U0093118

全新譯校 經典新版世界名著 16

Le Comte de Monte-Cristo

基督山恩仇記

〈上〉

〔法〕大仲馬 著

赫易、王琦 譯

經典新版　世界名著

閱讀經典名著確實是不一樣的宴饗。人們對於經典名著，不會只說「我讀過」，而是說「我又讀了」。事實上，我每次去讀它，都會讀出新的東西，新的精神。

——當代義大利名作家、後設小說大師卡爾維諾（Italo Calvino）

真正的光明，絕不是永遠沒有黑暗的時候，只是永不被黑暗掩沒罷了。真正的英雄，絕不是永遠沒有卑下的情欲，只是永不被卑下的情欲所征服罷了。閱讀經典名著，永遠可以使人自我昇華，不陷於猥瑣。

——法國名作家、諾貝爾文學獎得主羅曼羅蘭（Romain Rolland）

閱讀文學經典、世界名著，能夠滋潤現代人的心靈，使人對世事、愛情與人性重新有一番體悟。

——美國現代名作家、諾貝爾文學獎得主海明威（Ernest Hemingway）

台灣曾出版的世界名著與文學經典可謂汗牛充棟，然而，細察譯文品質與內容，大多是三十至五十年代大陸譯者的手筆，其行文用語的方式與風格，早已與當代讀者的閱讀習慣、閱讀趣味脫節，以致不再能喚起讀者的關注。這一套「經典新版　世界名著」是全新譯本，行文清晰、流暢、優雅，用語力求充分符合當代人的品味。故而，是「後真相時代」中尋求心靈滋養者最適切的選擇。

譯者序

赫易／王琦

閱讀名著，體驗經過歲月洗滌的文字帶給我們的不同感受，每每都不忍釋卷。於是我們反覆翻閱，一遍遍讀來彷彿一步步走進作者的心靈世界，對作品的理解也隨之慢慢加深。這一過程就好比品茶：先聞茶香觀茶色，接著便是慢慢品味茶的苦澀甘甜，最後在幽幽茶香中回味，讓心靈得到茶香的浸潤。

大仲馬的《基督山恩仇記》就是這樣一壺值得慢慢品嘗的好茶，每一道茶都值得細細品味，都有不同的滋味，從濃郁到淡香，這茶香縫綣著每一位讀者的心，令我們沉醉其中，每讀一遍《基督山恩仇記》都會對作品有更深層次的理解，正因為這部小說有這樣的魅力，才能使它在出版後被翻譯成幾十種文字並在西方多個國家被拍成電影，贏得了無數書迷與影迷的青睞。如今再次拜讀大師的巨作，彷彿捧來一壺香茗，讓我們一起淺嘗其甘美，品味其無窮餘味。

第一道茶，看細小的茶葉經過滾燙的歷練，在沸水中上下翻騰慢慢舒展，嗅到濃郁的茶香，不禁令人心馳神往。初讀《基督山恩仇記》就如同飲這第一道茶，一下子就被光怪陸離，跌宕起伏的故事情節深深吸引，沉迷其中不能自拔，彷彿濃濃的茶香已掠走我們的魂魄，書卷再厚，我們也要一氣讀完。

大仲馬，作為法國十九世紀的浪漫主義作家，他的小說中充滿了浪漫主義的特點，《基督山恩仇記》就是這樣一部典型的具有浪漫主義特點的通俗小說。英雄式的主人公，曲折離奇的故事情節，緊張刺激，富有戲劇性的場面，完整明晰的結構，生動睿智的對話，這些就是大仲馬作品中所體現的浪漫主義特點。

在《基督山恩仇記》這部書中，大仲馬用他巧妙設計的情節和精心編排的故事牢牢地吸引了讀者。十九世紀上半葉，法國經歷了波旁王室與拿破侖政權的復辟與反復辟的鬥爭，也見證了七月王朝的統治。《基督山恩仇記》所描述的故事就是在這樣的歷史背景下發生。

小說開端，讀者們看到一次陰謀得逞，使得主人公愛德蒙•鄧蒂斯蒙冤入獄，一瞬間從幸福的巔峰跌入了萬丈深淵中。主人公原本擁有甜美的愛情和錦繡的前程，卻不幸淪為囚徒，在暗無天日的牢獄中度過了十四年的悲慘歲月。主人公是否將就此冤死獄中，還是越獄復仇，他的命運牽動著讀者的心。作者抓住這樣的主線，巧妙安排，設計了環環相扣的情節。

一個偶爾，法利亞長老逃跑計劃的一個紕漏使得兩人因誤差而相見。在兩人相處的過程中，法利亞長老用他淵博的知識使鄧蒂斯具有了復仇的智慧，而他的突然離世，又使得鄧蒂斯成功擺脫牢獄的桎梏。從此年輕的水手涅槃再生，以基督山伯爵的身分出現在世人面前，利用他的財富與智慧展開了他的復仇計劃。

他的復仇之劍刺穿了人性的陰暗，使種種醜陋曝露於陽光之下，他揭露了弗南伯爵榮耀下的無恥卑鄙的真面目，他摘走了維爾福檢察官頭頂的威嚴光環，他使鄧格拉司在一無所有時體會到老鄧蒂斯曾經受到的忍飢挨餓的痛苦。在那個充滿爾虞我詐、揮霍享樂和爭權奪利的上流社會中，基督山伯爵憑藉他的智慧、膽識和財富將復仇進行得酣暢淋漓，大快人心。當讀者將厚厚的書本合上，似乎依然無法將自己從離奇的情節中抽離出來，依然無法平復澎湃的心潮。第一遍讀來，《基督山恩仇記》的魅力就好像這第一道茶，茶香濃郁，沁人心脾，禁不住誘惑想要繼續品嘗。

第二道茶，輕輕地嗅，悠悠地品，於是茶中的各種滋味便在唇齒之間慢慢散開，濃濃的甜，澀澀的苦，淡淡的香，就這樣再次將我們征服。再次翻看《基督山恩仇記》，讀者們不再有初讀時的衝動，卻好像端起這第二道茶，細細品味其中的苦澀甘甜。隨著閱讀的加深，讀者們不禁會探究故事發生的歷史背景，會琢磨書中出現的各個人物，這就是對一部書的進一步理解。

大仲馬將基督山伯爵的復仇故事置於復辟王朝和七月王朝時期的社會背景中，放在了複雜的階級鬥爭和社會矛盾中去描寫，作品觸及了社會生活的各個層面，上至宮廷中的皇帝，上流社會的達官貴人，下至市井小民，甚至綠林好漢以及獄中的囚犯，通過對他們的描寫揭露社會生活的某些本質方面，使作品具有一定的社會意義。

十九世紀初期，法國經歷了動盪不安的歲月。一七八九年爆發的法國大革命宣告了封建等級制度的滅亡，為歐洲資本主義的發展開闢了道路。但歐洲的封建勢力卻於一八一五年勾結起來打敗拿破崙，建立了波旁王朝，直到一八三〇年七月革命後資產階級才真正成為社會的主人。資本主義生產關係的建立和鞏固，卻帶來了人類歷史上從未有過的一系列新矛盾和新問題。其中伴隨著資本主義商品經濟而來的拜金主義以及隨之產生的種種罪惡，逐漸成為資本主義社會的一個本質現象。拜金主義對人的自由本質和人性的取代已經成為了時代的最大弊端。

在《基督山恩仇記》這部書中，我們可以看到自私的檢察官維爾福是怎樣為了自己的仕途不受影響而將正直又毫無心機的愛德蒙投入監獄之中；上流社會的奢靡之風令人震驚，名畫駿馬以及豪宅和陳設都成了他們炫富的手段；就連檢察官的夫人都不惜用下毒害人的卑劣手段來奪取財產；銀行家與政府官員相互勾結，他們靠竊取的情報，來買賣證券從中牟取暴利。為了維持這種相互利用的關係，夫妻之間的忠貞可以拋在腦後，在利益面前，情人之間的感情更是一錢不值。大仲馬用這種全景式的描寫揭示了在拜金主義影響下的社會現實以及人性的醜惡。

但是令人遺憾的是，小說中作者對金錢的態度不是批判而是頌揚。在書中我們發現作者用很多筆墨來描述基督山的珍寶，而且非常詳細地述了他是怎麼慷慨大方的利用自己的財富來實現自己的復仇計劃，從而告訴我們在資本主義世界，金錢的力量高於一切。可惜作者並沒有在充斥著拜金主義濁流的社會現實中為我們指出一條人性復歸之路，所以從文學作品的思想意義上講，這是這部小說無法與巴爾扎克、雨果等一流大師的作品媲美的原因。

再讀《基督山恩仇記》，我們還會折服於大仲馬對不同人物入木三分的刻劃，還會感受到他愛憎分明、懲惡揚善的道德立場。書中向我們展示的主要衝突就是人性的善良與醜惡之間的矛盾。大仲馬用他精湛的技巧為我們呈現了人性的陰暗與光芒，書中最令人讚歎的就是人物無論主次都具有鮮明的個性。我們會看到因嫉生恨的鄧格拉司、卑鄙無恥的弗南、貪婪的鄰居卡德羅斯和自私的檢察官維爾福，我們也會看到心地善良的摩萊爾一家。作者對人物的描寫並不是公式化的將人物簡單分為善與惡兩個陣營，即便是同類人物在思想和性格方面又有細致的區分。

此外，作者還注重社會生活環境的變化對人物思想性格等方面的影響，所以我們會看到正直單純的水手鄧蒂斯蛻變成了機敏睿智、城府極深的基督山伯爵。正是因為大仲馬在塑造人物方面的卓越才能，我們在閱讀這部小說時才會感覺到一個個有血有肉、個性十足的人物就出現在眼前。隨著對小說理解的加深，讀者會在書中發現更多的閃光點值得我們欣賞，引領我們繼續思考，正如這第二道茶，依舊值得我們細細品味。

第三道茶，幽幽茶香浸潤心靈，沉澱心緒，讓躁動的心復歸平靜，在茶香的餘韻中遐想、深思。茶香由濃郁變得清淡，心緒平復，我們對周圍一切似乎有了更深的感悟。再一次拜讀《基督山恩仇記》，掩卷而思，好似這第三道茶的一絲絲幽香依然瀰漫在身邊，讀者們的眼光會放得更遠，對這部作品會有更深的頓悟。小說中有很多包含人生哲理的名言，體現了作者對人生的到見解，值得我們深思。

「世界上沒有快樂或痛苦；只有一種狀況與另一種狀況的比較，只是如此而已。唯有經歷過苦難的人才能感受無上的幸福。活下去，並且生活美滿，我心靈珍視的孩子們！永遠不要忘記，在上帝揭露人的未來以前，人類的一切智慧是包含在這四個字裡面的：『等待』和『希望』。」小說的主人公最後選擇了「寬恕」，用人性的光芒驅散了復仇的陰霾。在小說的結尾我們看到了博大人性的勝利，也許這就是這部小說能夠經得起時間的歷練而魅力依舊的原因。

閱讀《基督山恩仇記》，讀者們經歷了初讀時的心潮澎湃，反覆閱讀時的思考與頓悟，我們從中得到了不同的體驗。希望會有更多的讀者在閱讀本書的過程中，能夠以品一壺香茗的心境，慢慢欣賞它，慢慢品味它。

目錄

Contents

目錄
Contents

chapter 1 船抵馬賽

一八一五年二月二十四日，保安員警隊在「聖母」港的瞭望塔發來信號，來自埃米爾納，途經的里雅斯特和那不勒斯的三桅船「法老號」已駛入港口。

像往常一樣，一個海岸領港員立即出發，繞過伊夫堡，在摩琴岬和里翁嶼之間登上這艘船。

和平常一樣，在馬賽任何一艘船駛入港口都是大事，尤其是像「法老號」這樣一艘船，它是由馬賽造船廠建造並裝配的，而且船主又是本地人，它的抵達引起了一時的轟動，前來看熱鬧的人擠滿了聖琪安堡的平台。

法老號緩緩駛來；它已經平穩地通過了卡拉扎雷涅島和雅羅斯島之間由幾次火山噴發而形成的那個海峽，又繞過了一個小島。船上扯起了上桅帆、艏帆和縱帆，繼續向前行駛。可是它行駛得過於緩慢，船上又了無生機，這一切使那些看熱鬧的人憑著能夠預見凶兆的本能，互相探問船上究竟發生了什麼不幸的事。不過，那些有著豐富航海經驗的人卻看得清清楚楚，假如真發生了什麼事故，也絕不是船體本身；因為這艘船駛近時的每一步都表明了駕駛者的精湛技術。大錨正準備拋下，斜桅的支索已經脫鉤。領港員正把「法老號」引向馬賽港的狹窄通道。站在他身旁的是一個年輕人，迅速地打著手勢，動作嫻熟，目光敏銳地監視著航船行駛的每一步，重複著領港員的每一個指令。

人群中的那一絲不安情緒使得聖琪安堡上的一個看客，等不及船駛入港口，便跳上一隻小艇，下令向「法老號」划去，並在里瑟夫灣的對面靠上了大船。

年輕船員看見這個人走來，就離開他在領港員身邊的崗位，脫下帽子，拿在手裡，走上前去倚在船舷上。

這個年輕人看上去在十八歲到二十歲之間，身材頎長，有一對漂亮的黑眼睛和一頭烏黑的頭髮：渾身散發出只有從小經歷過風險的人才會有的鎮定和堅毅的氣質。

「啊！是你嗎，鄧蒂斯！」小艇上的人大聲說道，「出了什麼事，為什麼你們的船顯得那麼喪氣？」

「大禍降臨，摩賴爾先生！」年輕人答道，「大禍降臨，尤其是對我：在船駛到奇維塔・韋基亞[1]附近時，我們失去了勇敢的黎克勒船長。」

「貨呢？」船主急忙問道。

「貨很安全，摩賴爾先生，我想這方面您會滿意的，可是那個可憐的黎克勒船長……」

「他出了什麼事？」船主問道，神情明顯輕鬆多了，「嗯，這位可敬的船長究竟出了什麼事？」

「他死了。」

「掉進海裡了嗎？」

「不是的，先生。他得腦膜炎死了，死得很痛苦。」

說完，他轉身對全體船員喊道：

1. 港口名，位於羅馬城以北。

「嗨！」「各就各位，準備下錨！」

全體船員聽從指令。霎時，船上的十來名水手迅速散開，有的去船的下後角帆索處，有的去轉帆索處，有的去吊索處，有的去三角帆和上帆的索子那裡，還有的去主桅帆索處。

年輕的海員對操作準備瞥了一眼，看見大夥都已迅速、準確地執行著命令，便又轉回到船主身邊。

「這件不幸的事是怎麼發生的啊？」船主接著剛才的話題，繼續問道。

「我的上帝啊，先生，完全出乎意料！黎克勒船長在離開那不勒斯以前，同港務長交談了好久。離開時顯得心緒不寧，二十四小時後，他開始發高燒，三天以後，他就死了……」

「按照慣例，我們為他舉行了海葬，我們把他平放在一張吊床上，端端正正地裹好，把他的頭、腳各捆上一隻三十六斤重的鉛球，然後把他葬在埃爾吉格里奧島附近了。我們帶回了他的榮譽勳章和佩劍，準備交給他的遺孀。他這一生也值得了，」年輕人露出一絲苦笑繼續說道，「他和英國打了十年仗，到頭來仍像尋常人一樣壽終正寢。」

「噢！有什麼辦法呢，鄧蒂斯先生，」船主接著說道，他顯得越來越寬慰了，「人終歸一死，老一輩總要給新一輩讓位，否則，年輕人就沒有升遷的機會了。你剛向我保證：貨物……」

「完好無損，摩賴爾先生，我向您擔保。這次航行，我想您至少可以賺進兩萬五千法郎以上。」

這時，船剛剛駛過圓塔，年輕水手便大聲喊道：

「各就各位，收主桅帆、三角帆和後桅帆！」

如同在戰艦上一般，命令得到迅速執行。

「全船下帆，收帆！」

在他最後一道命令下達後，所有的帆都降落下來，大船幾乎不動了，只是靠著慣性以難以察覺的速度向前行駛。

「現在，摩賴爾先生，您想上來就請吧，」鄧蒂斯看到船主急不可耐的樣子，便說道，「剛從船艙走出來的那位就是您的押運員，鄧格拉司先生，他會告訴你詳情。至於我，我得照應拋錨，還要給船掛喪。」

不用多說，船主就已經就勢抓住鄧蒂斯扔給他的繩索，以船員引以為榮的敏捷動作，爬上釘在海船側舷上的梯級。這時，鄧蒂斯回到大副的崗位上，讓他剛才提到的那位鄧格拉司先生跟船主交談。鄧格拉司走出船艙以後，果真迎著船主走去。

新來的人約莫有二十五六歲，臉色陰沉沉的，一副諂上欺下的樣子。因此，本來他作為會計員就讓水手們厭惡，現在更加引起大家對他的普遍不滿，而與他相反，愛德蒙・鄧蒂斯卻受到眾人的愛戴。

「您好，摩賴爾先生，」鄧格拉司說，「您知道船上的不幸，是嗎？」

「是啊，是啊，可憐的黎克勒船長！他可是一位善良、正直的人啊！」

「更是一位優秀的海員，歷經風雨，不辱使命，讓他負責維護像摩賴爾父子公司這樣重要的公司的利益是很合適的。」鄧格拉司答道。

「不過，」船主說道，眼神卻沒有從監督下錨的鄧蒂斯身上移開，「依我看，一個好船員可不用花很多年才能懂行，鄧格拉司，你看我們的朋友鄧蒂斯，沒有別人的指導照樣很在行。」

「嗯，」鄧格拉司答道，他向鄧蒂斯斜眼瞟了一下，眼裡閃著仇恨，「是啊，他年輕，年輕人就有些毫無顧忌。船長一斷氣，他就發號施令，也不徵求一下別人的意見。在厄爾巴島，他多逗留了一天半的時間，而沒有直接返回馬賽。」

「說到擔當指揮這艘船的事，這是他作為大副的職責，」船主說道，「至於在厄爾巴島浪費了一天半時間，如果不是因為船出了毛病需要修理的話，就是他的失職了。」

「這條船像我的身體一樣狀態良好，也如我所願，像您的身體一樣健康，摩賴爾先生。這一天半完全是他為所欲為，自作主張為了上岸遊玩而浪費掉的，事情就是這樣的。」

「鄧蒂斯，」船主轉過臉對年輕人說，「請到這裡來。」

「對不起，先生，」鄧蒂斯說道，「過一會兒我就來。」

接著，他對全體水手說：

「下錨！」

鐵錨即刻落下，鐵鍊穿過舷窗叮叮噹噹地落下。雖說有領港員在場，鄧蒂斯仍然堅守崗位，直到完成這項最後的操作。這時，他又吩咐道：

「降半旗，將橫桁疊成交叉！」

「您看，」鄧格拉司說，「他已經自封為船長了，我敢肯定。」

「他確實就是船長。」船主說。

「是啊，就差您和您的合夥人簽字認可了，摩賴爾先生。」

「嗨！為什麼不讓他走馬上任呢？」船主說，「雖然他還年輕，這我很清楚，可是我覺得他技術過硬，而且經驗老到。」

鄧格拉司的額頭上掠過一道陰霾。

「對不起，摩賴爾先生，」鄧蒂斯走近說道，「現在船已拋錨，聽候您的吩咐。您剛才叫我，是嗎？」

鄧格拉司向後退了幾步。

「我想問問你，為什麼你在厄爾巴島耽擱了？」

「我也不清楚，先生。我是為了完成黎克勒船長最後的一項囑咐。他在臨終前囑咐我將一包東西交給柏脫蘭大元帥。」[2]

「你見到他了嗎，愛德蒙？」

「誰？」

「傑出的元帥？」

「見到了。」

摩賴爾環顧四周，把鄧蒂斯拉到一邊。

「陛下[3]好嗎？」他急忙問道。

「我看，身體很健康。」

「那麼你也見到陛下了？」

「他走進元帥房間的時候，我正在那裡。」

「你跟他說話了？」

「事實上，是他先跟我講話的，先生。」鄧蒂斯微笑著說道。

「那他對你說了些什麼？」

「他問了我一些問題，關於這艘船，何時起航回馬賽，是沿哪條航道來的，裝載些什麼貨物。我

2. 又名貝特朗，一七七三至一八四四年在世，擁護拿破崙，隨拿破崙至厄爾巴島以及聖赫勒拿島，於一八四〇年護送拿破崙的骨灰返回法國本土。

3. 即拿破崙。

相信，如果船上沒有貨物，我又是船主的話，他的意思是要買下這艘船。不過我對他說，我只是一個普通的大副，海船屬於摩賴爾父子公司所有。『啊！嗯！』他說道，『我熟悉這家公司。摩賴爾家族的生意世代相傳。那年我在瓦朗斯[4]駐防時，摩賴爾家族有一個成員和我在同一個團裡服役呢。』」

「的確如此！」船主喜不自勝地大聲說道，「他是波立卡・摩賴爾，我的叔叔，他當過連長。鄧蒂斯，如果你告訴我叔叔，陛下還惦記著他，你一定會看到那個老兵熱淚盈眶的模樣，這個老兵啊。好啦，好啦，」船主親熱地拍著年輕人的肩膀，接著說道，「鄧蒂斯，你依照黎克勒船長的吩咐停靠在厄爾巴島，這件事做得對。只不過，一旦有人知道你把一包東西轉交給元帥，還同陛下交談過，你就有可能受到牽連。」

「先生，您有什麼依據我怎麼會受到牽連呢？」鄧蒂斯問道，「我甚至不知道我帶的是什麼東西，而且陛下問我的，只是他對來訪者提出的問題。哦，對不起，」鄧蒂斯轉口說道，「衛生署和海關關員來了！」於是他就迎了上去。

「忙吧，忙吧，親愛的鄧蒂斯。」

年輕人離開了，鄧格拉司又走過來。

「哎！」他說道，「看來他擺出了充分的理由，說明他為什麼在費拉約港[5]停泊，是這樣嗎？」

「理由充分，親愛的鄧格拉司先生。」

「哦，好極了，」那人又說道，「因為看到一個同事失職常常使我心裡不安。」

「鄧蒂斯盡職了，」船主回答道，「不用多說了，是黎克勒船長命令他這樣做的。」

4. 港口名，位於西班牙東部。
5. 港口名，位於厄爾巴島。

「說起黎克勒船長，他沒把船長的信轉交給您嗎？」

「他指誰？」

「鄧蒂斯。」

「交給我？沒有！怎麼，他有一封信嗎？」

「我想，除了那包東西，黎克勒船長還託付他轉交一封信。」

「你說的是一包什麼東西，鄧格拉司？」

「就是鄧蒂斯去費拉約港時留下的那包東西。」

「你怎麼知道他有一包東西留在費拉約？」

鄧格拉司的臉漲得通紅。

「那天我經過船長室門口時，門是半掩的，所以我看見他把一包東西和一封信交給鄧蒂斯。」

「他沒有跟我說信的事，」船長說，「如果有信，他會轉交給我的。」

鄧格拉司思索了一會兒。

「這樣的話，摩賴爾先生，」他說道，「我求您，對鄧蒂斯千萬別提起這件事，也許是我弄錯了。」

此時，年輕人走了回來，鄧格拉司走開去了。

「啊！親愛的鄧蒂斯，你有空嗎？」船主問道。

「有空，先生。」

「進港手續不複雜吧？」

「不複雜。我把貨物清單給了海關人員，而且因為我們有商船委託代理書，所以很容易就把領港員和那個海關人員都打發走了。」

「那麼你在這裡的事情做完了？」

鄧蒂斯迅速向四周掃了一眼。

「沒什麼事了，一切都已安排好了。」他說道。

「那麼你能同我們一起去吃晚飯嗎？」

「請原諒，摩賴爾先生。很抱歉，我得先去看看父親。不過，我有幸得到您的邀請，仍然非常感激。」

「不錯，鄧蒂斯，不錯。我知道你是一個孝子。」

「嗯……」鄧蒂斯遲疑地問道，「您知道我的父親身體好嗎？」

「雖然我沒見到他，不過我想是好的，親愛的愛德蒙。」

「是啊，他成天把自己關在他那小小的房間裡。」

「這至少說明，在你不在期間，他衣食無憂。」

鄧蒂斯笑了。「我的父親自尊心很強，先生。即使他連飯都吃不上，我懷疑除了上帝以外，在這個世界上他不會向任何人伸手要什麼的。」

「那麼，你先去看望一下父親，我們就等著你來吃飯啦。」

「再次請您原諒，摩賴爾先生。見過父親之後，我還得去探望另一個人，這對我同樣重要。」

「啊，不錯，鄧蒂斯。我倒忘了，在迦太蘭人[6]那裡，有一個人大概同你父親一樣焦急地等待著你：她就是美麗的美茜蒂絲吧。」

6. 地區名，位於西班牙東北部。

鄧蒂斯的臉紅了。

「哈哈！」船主說道，「她來過三次，向我打聽『法老號』的消息，我不奇怪啦。喲！愛德蒙，你沒什麼可抱怨的，你有一個漂亮的情人啊！」

「她不是我的情人，先生，」年輕的海員神色莊重地說道，「她是我的未婚妻。」

「有時兩者沒有區別。」船主笑著說。

「我們不是這樣的，先生。」鄧蒂斯答道。

「行啦，行啦，親愛的愛德蒙，」船主接著說道，「我不留你啦。你能這樣出色地完成我交給你的任務，所以讓你自由支配自己的時間是應該的。你需要錢用嗎？」

「不，先生！我已經領過這次航行的全部酬金，也就是將近三個月的工錢。」

「你是一個做事謹慎的小夥子，愛德蒙。」

「您還得說，我有一個窮苦的父親，摩賴爾先生。」

「對，對，我知道你是一個孝順兒子。趕快去看你的父親吧。我也有一個兒子，如果他在海上待了三個月之後，有人還留住他不讓見我，我可要埋怨他了。」

「那麼我可以走了嗎？」年輕人躬身問道。

「嗯，如果您不再有什麼話要對我說的話。」

「沒有了。」

「黎克勒船長在臨終時沒有讓你把一封信轉交給我嗎？」

「那時他已不能寫信了，先生。不過，我倒想起來了，我還得向您請半個月的事假。」

「為了結婚嗎？」

「先結婚，再去巴黎一趟。」

「好嘛，好嘛！你想請這段時間的假，當然批准，鄧蒂斯。從船上卸貨至少要六個禮拜，三個月之內，我們不會再出海……只要在三個月之內你回來就可以了。」船長拍拍年輕海員的肩膀又說道，「法老號出發可不能沒有船長啊。」

「不能沒有船長！」鄧蒂斯眼中閃爍著欣喜的光芒大聲說道，「您說的是真的嗎，先生，因為您可是說中了我心底的秘密啦。您真的要我擔當『法老號』的船長嗎？」

「如果我是獨資老闆，我就會向你伸出手來，親愛的鄧蒂斯，並且我會對你說：『一言為定。』可是我還有一個合夥人，而你知道這句義大利諺語：『誰有了一個合夥人，就有了一個老闆。』但至少事情已經成了一半，既然你已得了兩張選票中的一張。請相信我會替你拿到另一張，我一定盡力而為。」

「啊！摩賴爾先生，」年輕船員緊緊抓住船主的雙手，眼含熱淚興奮地說，「摩賴爾先生，我以我父親和美茜蒂絲的名義謝謝您。」

「好啊，好啊，愛德蒙，蒼天護佑好心人。快去看你的父親和美茜蒂絲吧，過後再回來找我。」

「您不要我送您上岸嗎？」

「不必了，謝謝。我要留在這裡和鄧格拉司查查帳。在航行中你對他滿意嗎？」

「這要看您說的是哪個方面了，先生。如果您問他是不是好相處的同事，我會說不是，因為我們有過一次小爭執。之後，我曾向他建議在基督山島上逗留十分鐘以消除誤會。其實我本不該向他提出來，而他加以拒絕是對的，就算我做了一件傻事吧。自那天以後，我想他就討厭我了。假如您是問我他作為押運員如何，我想他是無可挑剔的，他對工作的盡職盡責一定會讓您滿意的。」

「不過，說說看，鄧蒂斯，」船主問道，「如果你是『法老號』的船長，你會願意留下鄧格拉司嗎？」

「無論我當船長還是當大副，摩賴爾先生，」鄧蒂斯答道，「凡是我的船主們信賴的人，我也一定會尊重他們。」

「好哇，好哇，鄧蒂斯，我看得出，你在任何方面都是個好孩子，我不再拖住你啦，去吧，因為我看你像熱鍋上的螞蟻啦。」

「那麼您准假了？」鄧蒂斯問道。

「去吧，我已經說過了。」

「您允許我用您的小艇嗎？」

「用吧。」

「再見，摩賴爾先生，太感謝您啦。」

「再見，親愛的愛德蒙，祝你走運！」

年輕海員跳上小艇，走到船尾坐下，吩咐在卡尼般麗街靠岸。兩名水手立即彎腰划槳。從海港入口處到奧蘭碼頭的通道兩側，停泊了大大小小的船隻，這使河道變得非常狹窄，在如此擁堵的航道上，小艇飛快地穿梭在數不清的小船之間。

船主微笑著目送他上了岸，看到他躍上碼頭的石板地，旋即消失在人群之中。卡尼般麗街在當地頗負盛名，從清晨五點到傍晚九點都熱鬧非凡，現在的費卡亞人以此為榮，他們鄭重其事地宣稱：「假如巴黎也有一條卡尼般麗街的話，巴黎就成為小馬賽了。」

船主轉過身來，便看見鄧格拉司站在他的身後，後者表面上似乎是在等著他的吩咐，實際上卻也在目不轉睛地盯著年輕海員離去。

不過，雖說這兩個人同時在看著同一個人，但目光、神情卻截然不同。

chapter 2 父與子

我們暫且擱下心懷叵測，在船主面前竭盡所能中傷同事的鄧格拉司，先跟著鄧蒂斯橫穿卡尼般麗街，沿著諾阿伊街拐進米蘭巷左側的一座小樓，急匆匆地爬上黑暗的四樓。他在一扇半掩著的門前停下，一隻手扶住欄杆，另一隻手按住狂跳的心，從門縫裡他可以看見小屋的全貌。

這個房間就住著鄧蒂斯的父親。

老人還不知道「法老號」已經抵港，此刻他正踩在椅子上，專心地用顫抖的雙手整理著爬滿窗欄的幾株旱金蓮和夾雜其中的一簇鐵線蓮。

突然，他感到有人從背後抱住自己，一個熟悉的聲音在他的身後響起：

「父親，我的好父親！」

老人大叫一聲，轉過身子；隨即看到他的兒子，臉色一下子變得煞白，渾身直打戰，就勢倒入兒子的懷抱裡。

「您怎麼啦，父親？」年輕人不安地問道，「您生病了嗎？」

「沒有，沒有，親愛的愛德蒙。我的孩子，我的兒啊，沒有。可是我沒料到你回來了，我太興奮了，這樣冷不防地看到你，太激動了……哦！上帝啊，我覺得我快要死了！」

「那麼，父親，振作起來！是我呀，這是我呀！聽人常說快樂絕不傷身體，所以我悄悄地進來了。好啦，笑一笑吧，可不要這樣驚慌不安地看著我。我回來了，幸福生活就在眼前了。」

「啊！再好不過啦，孩子！」老人接著說，「可是我們怎麼會快活呢？難道你再也不離開我了嗎？得了，快告訴我你交了什麼好運了。」

「願上帝寬恕我，」年輕人說，「我把幸福建築在一家人的喪事之上了！可是，上天知道我並不期待這樣的幸福，但是既然來了，我也不想做出悲哀的樣子。好心的黎克勒船長死了，父親，摩賴爾先生很可能舉薦我接替他的位置。你明白嗎，父親？二十歲上就當船長！薪金有一百金路易，[7]還可以分紅！一個像我這樣可憐的水手從前連想也不敢想啊，是嗎？」

「是呀，我的兒子，確實如此，」老人說，「的確是好運。」

「這樣，我想，我會用領到的第一筆薪水為您買一座帶花園的小房子，園子裡種上您喜歡的旱金蓮、鐵線蓮，還有忍冬……不過，您怎麼啦，父親，據說您身體不好？」

「不要緊，不要緊！就會過去的。」

說著，老人筋疲力盡，仰面向後倒去。

「怎麼啦！怎麼啦！」年輕人說道，「喝一杯葡萄酒，父親，這會讓您好一些。您把酒放在哪了？」

「不，謝謝，別找了，我不需要。」老人說道，試圖攔住他的兒子。

「要喝，需要喝的，父親，告訴我酒在哪兒？」

7. 舊時的法國金幣，上面的圖案為路易十三等法國國王頭像。

說完，他打開兩三個櫃子。

「你是白找……」老人說，「沒有酒了。」

「什麼，沒有酒了！」這回鄧蒂斯也開始臉發白了，看了看父親蒼白而凹陷的臉頰，又看了一眼空空如也的櫃子，說道，「什麼，沒有酒了！您很缺錢用嗎，父親？」

「有你在身邊，我什麼都不缺。」老人說道。

「不過，」鄧蒂斯擦拭著額頭上的冷汗，吞吞吐吐地說道，「可是，三個月前我臨走時給你留下過二百法郎的。」

「不錯，不錯，愛德蒙，一點兒不錯。可是你臨行時忘了還欠鄰居卡德羅斯的一筆債。他跟我提起這筆債，說如果我不能為你還債，他就要去找摩賴爾先生要。這樣，你明白，我生怕要連累你……」

「於是？」

「嗯！於是我就付給他了。」

「可是，」鄧蒂斯大聲說道，「我欠卡德羅斯的就有一百四十法郎啊！」

「對。」老人無奈地說道。

「那麼您就用我給您留下的二百法郎還了這筆債嗎？」

老人點了點頭。

「這樣，您就用六十法郎過了三個月！」年輕人自語道。

「你知道我開銷不大。」老人說。

「啊，上帝，上帝啊，請寬恕我吧！」愛德蒙泣不成聲地跪倒在老人面前道。

「你怎麼啦？」

「啊！您太讓我心痛了。」

「別再提傷心事了！」老人微笑著說，「既然你回來了，一切也就都過去了，因為一切都會好起來了。」

「是啊，我回來了，」年輕人說，「帶著一點錢，還有光明的前途，回到您的身邊了，父親。拿著吧，父親，」他說道，「拿著，拿著，趕快叫人去買點兒東西。」

說著他就把口袋裡的錢全都倒在桌子上，總共有十來個金幣，五六個五法郎面值的埃居和一些零星硬幣。

老鄧蒂斯頓時容光煥發。

「這些是誰的？」他問道。

「是我的，您的……是我們兩個人的！拿著吧，去買些吃的，快活些。明天會有更多的錢。」

「小點兒聲，小點兒聲，」老人笑著說，「雖然得到你的同意，但是我還是把你的錢節省點兒用吧。如果別人見我一次買很多東西，會以為我買這些東西，是不得不等你回家呢。」

「隨你的便。不過首先應該雇用一個女傭人，父親，我不願您一個人孤單生活這麼久。我還私帶了一點兒咖啡和上等煙草，都在船艙的小保險箱裡，明天就拿來。噓！有人來了。」

「一定是卡德羅斯，他得知你回來了，大概來恭喜你平安歸來吧。」

「好啊，又是一些口是心非的話，」愛德蒙輕聲說道，「不過，再怎麼說，以前他是幫過我們的，我們還是該表示歡迎。」

果真，愛德蒙話音剛落，鬍子拉碴面色黝黑的卡德羅斯就出現在門口。他大約有二十五六歲，是個裁縫，手裡拿著一塊呢料，準備拿來做衣服襯裡。

「啊！你回來啦，愛德蒙？」他帶著濃重的馬賽口音說道，咧嘴一笑，露出白如象牙般的牙齒。

「正像您看到的那樣，卡德羅斯鄰居，我正想著如何讓你高興一下呢，不管做什麼事。」鄧蒂斯答道，表面上的幾句客氣話卻難以掩飾他內心的冷漠。

「多謝，多謝，幸虧我一無所需，倒是有時別人需要我。[8]當然，我這不是衝著你說的，孩子。我借錢給你，你還我了，這是睦鄰之間常有的事情，我們兩清啦。」

「對我們有恩的人，我們是永遠不會忘記的。」鄧蒂斯說，「因為就是我們還清了他們的錢，但總還欠他們的情啊。」

「過去的事還提它幹什麼！過去的就讓它過去吧。我們來說說你平安歸來的事吧，孩子。我剛才去碼頭準備配一塊栗色呢料，碰見了朋友鄧格拉司。

「『你也在馬賽？』我問。

「『可不是。』他答道。

「『我還以為你在士麥那哪。』

「『我去過那兒，可眼下回來了。』

「『愛德蒙呢，他在哪兒，那個小傢伙？』

「『肯定在他父親那裡。』鄧格拉司答道。於是我就趕快來啦。」

卡德羅斯接著說道，「為了同朋友握手言歡啊！」

8.卡德羅斯做了一個動作。

「好心的卡德羅斯，」老人說，「他對我們關懷備至。」

「當然啦，我不僅喜歡你們，我還敬重你們，因為忠厚老實的人實在太少了！哦，小夥子，看來你發財了？」裁縫瞟了一眼鄧蒂斯剛才扔在桌上的那把金幣、銀幣，繼續說道。

年輕人注意到他鄰居的黑眼睛裡閃現出貪婪目光。

「哦，天啊！」他漫不經心地說，「這些錢不是我的。剛才我對父親說，我擔心我不在時他會缺吃少穿，為了讓我安心，他就把錢包裡的錢都倒在桌上讓我看了。行啦，父親，」鄧蒂斯接著說，「把錢收到儲罐裡去吧。如果鄰居卡德羅斯需要，那麼我們一定願意效勞。」

「不，孩子，」卡德羅斯說，「我什麼都不缺，感謝上帝，我幹這一行夠吃的了。保存好你的錢吧，錢總是不嫌多的。不過，不管用上用不上，我都得謝謝你的好意。」

「我可是真心哪。」鄧蒂斯說。

「我相信。哦！我聽說你和摩賴爾先生關係非常好，你真的很會做事，小夥子。」

「摩賴爾先生對我總是關懷備至。」鄧蒂斯答道。

「這麼說，你就不該回絕他請你吃晚飯啊。」

「什麼，拒絕請你吃晚飯？」老鄧蒂斯接著說，「他曾邀請過你去吃晚飯嗎？」

「是的，父親，」愛德蒙說道，說著微笑著望向因兒子得到這樣的殊榮而備感驚訝的父親。

「那麼你為什麼拒絕呢，兒子？」老人問道。

「為了早些回您身邊，父親，」年輕人答道，「我急於來見您。」

「這會讓好心腸的摩賴爾先生生氣的，」卡德羅斯接著說，「如果你想當船長，就不該得罪船主。」

「我已向他解釋過我謝絕的理由了，」鄧蒂斯說，「我希望他已經理解了。」

「哦！要當船長，就得奉承老闆。」

「我希望不那樣做也能當船長。」鄧蒂斯答道。

「那就更好，那就更好！這樣會讓所有的老朋友高興的。還有，我知道在聖尼古拉城堡後面還有個人，聽了這個消息也不會不高興的。」

「美茜蒂絲？」老人問。

「是的，父親，」鄧蒂斯說道，「現在，我看過您了，我知道您身體不錯，也有了必須的一切。我請求您允許我到迦太蘭人的村子裡去看看。」

「去吧，我的孩子，」老鄧蒂斯說，「願上帝保佑你的妻子，就像它過去保佑我的兒子一樣。」

「他的妻子？」卡德羅斯說，「您可太心急了，鄧蒂斯老先生！她似乎還不是他的妻子吧。」

「還不是，不過，」鄧蒂斯答道，「現在看她很快就會做我的妻子了。」

「這沒關係，沒關係，」卡德羅斯說，「不過這次儘早回來倒是很明智的，小夥子。」

「為什麼？」

「因為美茜蒂絲是一位美麗的少女，美麗的少女從不缺少追求者，尤其這位，身後總有成打的人追著呢。」

「真的嗎？」愛德蒙說，微笑中露出一絲不安。

「啊，是真的，」卡德羅斯接著說，「條件不錯的追求者也有不少呢。但別氣餒，你就要當上船長了，誰都不會拒絕你。」

「那就是說，」鄧蒂斯雖然笑著回答，卻無法掩飾不安的心緒，「假如我不是船長……」

「呃！呃！」卡德羅斯搖了搖頭。

「得了，得了，」年輕人說道，「跟您相比，我對女人的評價要高很多，尤其是對美茜蒂絲。我相信，我當不當船長，她都會對我忠誠的。」

「再好不過啦！再好不過啦！」卡德羅斯說道，「快要結婚時，信心十足總是好事。呃，不說了，相信我，孩子，別浪費時間，趕快去報個平安吧，告訴她你回來了，而且前途無量。」

「我這就去。」鄧蒂斯說。

他擁抱了父親，向卡德羅斯揮手告別，便走了出去。

卡德羅斯又待了一會兒，然後，他向老鄧蒂斯告別，也下了樓，又去找鄧格拉司，後者在西納克街角等著他。

「怎麼樣，」鄧格拉司問道，「你看見他了？」

「我跟他剛分手。」卡德羅斯答道。

「他說到希望當船長了嗎？」

「他說得好像已經確定無疑了。」

「沉住氣嘛！」鄧格拉司說道，「我看他有點兒操之過急了。」

「不見得！摩賴爾先生似乎已經答應他了。」

「所以他一定揚揚得意嘍？」

「那當然，他的態度傲慢，而且還像個大人物似的要照顧我，就像銀行家一樣主動提出要借錢給我。」

「那麼你拒絕了？」

「當然拒絕了，雖然是我幫他掙了第一桶金，我可以心安理得地接受他的幫助，但現在的鄧蒂斯可再也不需要別人的扶持了，他就要當船長啦。」

「呸！」鄧格拉司說，「他還沒當上呢。」

「說句心裡話，最好他當不上，」卡德羅斯說，「否則，我就高攀不上他了。」

「假如我們願意，」鄧格拉司說，「他就爬不上去，而且可能摔得更慘。」

「你這話是什麼意思？」

「沒什麼，我在自言自語呢。對了，他還愛著那個漂亮的迦太蘭少女嗎？」

「愛得不能自拔，他這個樣子情有可原，但是，或許是我錯了，在這方面他可是要有麻煩了。」

「說來聽聽。」

「為什麼要和你說？」

「這件事可能比你想像的重要得多。你不喜歡鄧蒂斯，是嗎？」

「我只是不喜歡他目中無人的態度。」

「就是嘛！把你所知道的有關這個迦太蘭少女的事告訴我吧。」

「我也不太確定。不過，正如剛才我對你說的，我看見的一些事情讓我相信，未來的船長可能會在蔭芘密麗村遇到煩心事了。」

「你看見什麼啦？天哪，說呀。」

「好吧。我看見每次美茜蒂絲進城，總有一個身材高大的迦太蘭小夥子陪伴著，他長著一對黑眼睛，皮膚發紅，頭髮是褐色的，非常容易激動，她稱他為堂兄。」

「哦，當真！你認為這位堂兄在追求她嗎？」

「我猜是的。一個二十一歲的魁梧小夥子，對一個十七歲的漂亮少女能幹出什麼好事？」

「你說鄧蒂斯去迦太蘭人村子了？」

「他在我下來之前就走了。」

「我們也往那兒走，到里瑟夫酒店停下來，一邊喝梅爾姬葡萄酒，一邊等待消息，怎麼樣？」

「誰會給我們帶來消息？」

「我們在路邊等著，就可以在鄧蒂斯臉上看出發生了什麼事。」

「走，」卡德羅斯說，「但是酒錢你來付。」

「當然。」鄧格拉司答道。

隨後，兩人急匆匆地來到所說的地點，點了一瓶酒，要了兩支酒杯。

邦費勒老先生剛剛看見鄧蒂斯十分鐘前從這兒走過。

他們確信鄧蒂斯已在迦太蘭人村落裡，便在枝繁葉茂的法國梧桐和無花果樹下坐了下來。一群歡樂的小鳥在枝頭唱著春日的頌歌。

chapter 3 迦太蘭村

這兩位朋友喝著起泡的梅爾姬葡萄酒，豎起耳朵，注視著離他們只有百步之遙的一個村落。在那因風雨銷蝕而變得光禿禿的圍牆後面，就是迦太蘭人的村子。

很久以前，一群神秘的移民離開西班牙，在這塊狹長的半島上登陸，從此安頓下來居住至今。人們誰都不知道他們到底來自何處，只知道他們說著一種陌生的語言。有一位會普羅旺斯語的首領，請求馬賽市政府把這個貧瘠的海岬賜給他們，以便他們也能像古代的航海者那樣，有一塊立足之地。當局同意了他們的請求，三個月後，在這些海上的波希米亞人帶來的十多條帆船周圍，就出現了一座小小的村莊。

這座小村別具一格，保持著半是摩爾式，半是西班牙式的建築風格。移民的後代們至今在此繁衍生息，祖輩們的語言也世世代代相傳。三四百年來，他們如海鳥一樣，堅守在這片讓他們安身立命的小島上，他們同族通婚，不與馬賽居民混居，就像保存自己的語言一樣，還保留著故鄉的風俗和服飾。

穿過這個小村落裡唯一的一條街，走進一所房子。陽光照耀下，小屋呈現出當地古蹟特有的枯葉色彩。屋內則是西班牙小客棧慣用的石灰色。

一位漂亮的妙齡女子斜在板壁上。她的長髮閃著烏玉般的光澤，她的眼波如羚羊般溫柔多情。她那極富古典美的纖纖玉指正在撫弄一株歐石楠，摘下片片花瓣撒落一地。裸露至手肘處的小麥色手臂宛如阿爾[9]女神像的複製品，此時內心的焦躁不安使它微微擺動。她穿著繡有灰藍花邊的紅色長袜，曲線柔美的腳輕拍著地面，恰好展露出腿部純美、豐滿的迷人外形。

在離她幾步遠的地方，有個二十一二歲的高大小夥子坐在椅子上，蹺起椅子的後腿，胳膊支在一張被蛀蝕的桌子上。他正惱怒而又不安地看著少女，望向她的目光中滿是疑慮，但少女眼中的堅毅和鎮定卻使他無法繼續探究。

「你瞧，美茜蒂絲，」年輕人說，「復活節就要到了，這正是舉行婚禮的好時候，答應我吧！」

「我已經對你說過上百次了，弗南，說真的，你老問我，就是與自己過不去了。」

「唉！再說一遍吧，我求求你了，再說一遍，我才能相信。請你第一百次地告訴我，你拒絕我的愛情，可這是你的母親許諾過的呀；請讓我徹底死心吧，告訴我你不在乎我的幸福，我的生死你也可以置之不理。啊！我的上帝！我的上帝！十年來，我夢想著成為你的丈夫，美茜蒂絲，可如今我的希望落空了，這可是支撐我活下去的唯一目標啊！」

「至少我從沒讓你抱有這樣的希望，弗南，」美茜蒂絲說道，「你不能怪我，因為我從沒給你任何暗示，我對你是問心無愧的。我總是對你說：『我像愛哥哥一樣愛著你，決不要向我苛求任何超出兄妹情誼之外的感情，因為我已心有所屬。難道不是這樣說的嗎，弗南？』

「對，我一清二楚，美茜蒂絲，」年輕人答道，「是啊，你的坦白對我來說太殘忍了。可是，迦太

9.古代的一座法國城市名，該女神像因此得名。

蘭人有一條神聖的族規，就是只能在同族間通婚，難道你忘了嗎？」

「你錯了，弗南，這不是一條族規，而是一個習俗，如此而已。請你不要引用這種風俗來幫自己的忙。你已被列在了徵兵的名單中，現在的自由只不過是暫時的，你隨時都有可能上戰場。一旦入伍，你又怎樣安置我呢？我只是一個可憐的孤女，孤苦無依，身無分文，除了世代相傳的一間東倒西歪的小屋和幾張破爛的漁網之外，我一無所有。母親去世一年以來，請想想吧，弗南，我幾乎是靠大家的接濟在生活。有時，你故意說我可以幫你的忙，其實只為了和我一起分享你打到的魚，你的好意我接受了。弗南，因為你是我父親的一個侄子，因為我們從小一塊兒長大，更因為，假如我拒絕你，會使你非常難過。我賣魚換來錢，再去買紡線的麻。我心裡明白，歸根結底，這些魚是你的一種施捨，弗南。」

「沒有關係，美茜蒂絲，無論你多麼窮困、多麼孤單，你對我也要比那些馬賽最高傲的船主、最富有的銀行家的小姐要合適得多！對於我們這些人，我們需要什麼呢？不就是一個誠實的妻子和好主婦嘛。在這兩方面，我到哪兒能找到比你更合適的人呢？」

「弗南，」美茜蒂絲搖著頭答道，「如果一個女人愛著另一個男人更甚於自己的丈夫，她就不是一個好主婦，誰也不會說她是一個忠心的妻子。請滿足我的友誼吧，我再重複一遍，因為這是我所能答應你的一切，而我也只能允諾我確信能給予的一切。」

「我明白了，」弗南說道，「你可以獨自無怨無悔地忍受困苦，卻不願和我一起過著窮困潦倒的生活。那好，美茜蒂絲，要是能夠得到你的愛，我就要去努力掙錢。你會給我帶來好運，我會變得富有的！我可以擴大我的捕魚業，我也可以進一家商行去當夥計，我還可以自己去經商。」

「你根本沒有機會這樣做，弗南。你是個軍人，如果說你還能待在迦太蘭人的村子裡，那是因為沒有發生戰爭。就當個漁民吧；別想得太多，夢想太多會讓現實更加殘酷，你就只滿足於得到我的友誼吧，不要奢望更多。」

「好吧，你說得對，美茜蒂絲，那我就去當水手。你討厭我們祖先的服裝，那我就不穿。我要戴上一頂光亮的帽子，穿上條紋衫和藍夾克，就是扣子上綴著鐵錨的那種，那樣穿你總會喜歡吧？」

「你在說什麼？」美茜蒂絲略帶惱怒地瞥了他一眼，「你這是什麼意思？我不明白你的意思。」

「我想說，美茜蒂絲，你對我如此無情，如此殘酷，僅僅因為你在等著另一個人，而他正是這樣打扮的。不過，你等待的人或許對你並非忠心不二，即便他忠心於你，那大海也會反覆無常的。」

「弗南，」美茜蒂絲高聲說道，「我原以為你很善良，現在看來我錯了。弗南，祈求上帝來實現你因嫉妒而產生的邪念，你太惡毒了！好吧，我無須對你隱瞞什麼了，我是在等著，並且愛著你所說的那個人。即使他不回來，我也不會怪他像你說的那樣朝三暮四，而且我確信他至死都會愛著我，心中只有我一個人。」

女子恨意難平，繼續說道。

「我知道你的心思，弗南，如果因為我不愛你，你就去找他尋仇，如果你用迦太蘭短刀和他的匕首去決鬥，你知道會有什麼樣的結果嗎？如果你打敗他，你我之間的友誼就不復存在，你會看到你的勝利只會換來我的憎恨。相信我，為了討好一個女人而去和她愛著的另一個男人打架絕不是一個好辦法。不，弗南，你絕不該讓自己有這樣的邪惡的念頭。雖然我不能做你的妻子，但是你還可以把我看作朋友和妹妹，此外……」她的眼中噙著淚珠，映出她的憂傷，接著說道：「等著吧，等著吧，弗南！剛才你說過大海是反覆無常的，他已經去了四個月，這四個月來已經刮過幾次可怕的風暴了。」

弗南默不作聲，就這樣任由美茜蒂絲哭得淚流滿面。他願意用自己的一腔熱血來換美茜蒂絲流下的每一滴淚珠，可是這些淚卻是為另一個人而流。

他站起來，在小屋裡來回踱步，突然他在美茜蒂絲面前站住了腳，臉色陰沉，雙拳緊握。

「說吧，美茜蒂絲，」他說道，「請再回答我一次：這是你最後的決定嗎？」

「我愛愛德蒙・鄧蒂斯，」女子冷冷地說道，「除愛德蒙外，誰也不能做我丈夫。」

「你永遠愛他？」

「活一天就愛他一天。」

弗南好像被徹底打敗了，無力地垂下頭，呻吟似的歎了口氣。突然，他抬起頭正視著美茜蒂絲，鼻孔微張，咬緊牙關狠狠地說：

「假如他死了呢？」

「假如他死了，我也去死。」

「假如他把你忘了呢？」

「美茜蒂絲！」屋外傳來歡快的叫聲，「美茜蒂絲！」

「啊！」少女喊道，快樂染紅了她的雙頰，愛情讓她興奮得一躍而起，「你看哪，他沒有忘掉我，他來了！」

她衝向門口，打開門，大聲說：

「來吧，愛德蒙，我在這兒。」

弗南臉色慘白，渾身戰慄，就像看見一條毒蛇的旅行者那樣向後退去，踉蹌著跌坐在一把椅子上。

愛德蒙和美茜蒂絲緊緊地擁抱著。馬賽熾熱的陽光穿過敞開的門扉，使他們渾身沐浴著光華。開始，他倆根本沒在意到周圍的一切，無限的幸福已將他們與世隔絕，久別重逢的快樂令他們激動得語無倫次，當人們快樂到極點時，表現得倒像似悲傷得難以自持一樣。

突然，愛德蒙看見了陰影中弗南那張陰鬱、蒼白而殺氣騰騰的臉。年輕的迦太蘭人不由自主地把手按在了腰間的短刀上。

「哦，對不起！」鄧蒂斯轉過身，皺著眉說道，「我沒發現這裡有第三個人。」

接著，他面向美茜蒂絲，問道：

「這位先生是誰？」

「這位先生將成為你最好的朋友，鄧蒂斯，因為他是我的朋友，我的堂兄，我的哥哥，他是弗南。也就是說，愛德蒙，除了你之外，他是我在世上最喜歡的人。你不記得他了？」

「啊，記得。」愛德蒙說道。

他緊握著美茜蒂絲的手沒有放鬆，而把另一隻手熱情地伸向迦太蘭人。

然而，弗南對這友好的舉動毫不理會。他像一尊雕像那樣沉默不語，一動也不動。

於是愛德蒙仔細地審視著窘迫不安的美茜蒂絲，又看了看臉色陰沉、面露敵意的弗南。

這一看他就全都明白了，不免怒火中燒。

「我匆匆忙忙來到你家，美茜蒂絲，沒料到會遇上一個情敵。」

「一個情敵！」美茜蒂絲怒氣沖沖地看著她的堂兄，大聲說道，「你說，在我家裡有一個情敵，愛德蒙！假如我也這麼想，我就會挽著你的胳膊到馬賽去，離開這個家，永遠不再回來。」

弗南的眼睛射出一道怒火。

「如果你有什麼不測，親愛的愛德蒙，」她鎮定而無情地說著，借此向弗南表明，她已經看透他頭腦裡最陰險的想法了，「如果你有什麼不測，我就會爬上摩琴的最高處投海自盡。」

弗南臉色變得慘白，甚是可怕。

「不過你搞錯了，愛德蒙，」她接下去說，「你在這裡根本沒有情敵，只有弗南，我的哥哥，他會握住你的手，就像對待一個老朋友那樣。」

說完，她目光嚴厲地注視著這個迦太蘭人，他彷彿被施了魔法一樣，慢慢地走近愛德蒙，向他伸出手去。

他胸中的仇恨洶湧澎湃，但這無力的浪潮卻被美茜蒂絲的一席話擊得粉碎。

但是，當他一碰到愛德蒙的手，就無法自控，便一下子衝出屋去。

「啊！」他一邊大聲說，一邊像個瘋子似的狂奔著，雙手揪著頭髮，「啊！誰能讓我擺脫這個人呢？我太不幸了！太不幸了！」

「喂，迦太蘭人！喂，弗南！你到哪裡去啊？」一個聲音喊道。

年輕人猛地停下來，環顧四周，看見了坐在涼棚下的卡德羅斯和鄧格拉司。

「喂！」卡德羅斯說，「你為什麼不來坐坐呢？你真的忙到連和老朋友打聲招呼的時間都沒有了嗎？」

「尤其是這兩位朋友面前還有幾乎滿滿的一瓶酒呢。」鄧格拉司補充道。

弗南神情木然地看著他們，一聲不吭。

「他看上去很不自在，」鄧格拉司用膝蓋碰了碰卡德羅斯說，「也許我們判斷錯了，情況不是我們想的那樣，鄧蒂斯得勝了？」

「哼！可得弄個明白。」卡德羅斯說。

他轉身面向年輕人，問道：

「喂！迦太蘭小夥子，你下定決心了沒啊？」

弗南擦了擦額頭上的汗水，慢慢地走進涼棚。裡面的涼爽讓他又鎮定下來，一絲涼意也使他心力交瘁的身子覺得舒服些了。

「你們好，」他說，「你們叫我是嗎？」

他重重地倒在桌邊的椅子上，而不是坐在上面。

「我看見你跑得像個瘋子，就叫住你，我擔心你去跳海啊，」卡德羅斯笑著說，「嗨！一個人有了朋友，不僅僅是請他們喝杯酒，還要防止他們不要無事找事地去喝三四品脫[10]水呀。」

弗南歎了一口氣，聽上去就像是在呻吟，臉埋在手中，伏在桌子上。

「嗨！你要我告訴你嗎，弗南，」好奇心往往使市井小民忘記言辭是否得體，於是卡德羅斯一開口就毫無顧忌地說道，「嗨！你看上去像一個失意的情人！」

接著又肆無忌憚地大笑起來。

「胡說！」鄧格拉司說道，「像他這樣出色的小夥子怎麼會在情場上失意呢？你別嘲弄人了，卡德羅斯。」

「不，」卡德羅斯說，「還是聽聽他是怎麼唉聲歎氣的吧。行啦，行啦，弗南，」卡德羅斯說，「把頭抬起來，回答我們的話：當朋友關心我們的健康時，你不回答可是不友好的啊。」

「我的身體很好。」弗南依舊低著頭，緊握雙拳說道。

「啊！你看到了吧，鄧格拉司，」卡德羅斯對他的朋友眨眨眼睛，說道，「事情是這樣的：你看

10. 法國舊制中液體體積單位，一品脫約等於〇・九三升水。

到的弗南是一個善良正直的迦太蘭人，馬賽最出色的漁民之一。他愛上了一個名叫美茜蒂絲的美麗少女，可不幸的是，看來這位漂亮的少女卻愛著『法老號』的大副，而『法老號』就在今天進港了，你明白了嗎？」

「不，我不明白。」鄧格拉司說。

「可憐的弗南就該無事可做了。」卡德羅斯繼續說道。

「那又怎麼樣，你還想說什麼呢？」弗南問道，此刻他才抬起了頭，看看卡德羅斯，那樣子好像要找人發洩似的，「美茜蒂絲不屬於任何人，是嗎？她有她的自由，想愛誰就愛誰。」

「哦！如果你這樣想的話，」卡德羅斯說道，「那就是另一碼事了！我嘛，我還以為你是一個迦太蘭人呢。有人曾經告訴我說，迦太蘭人是不會向情敵認輸的。他們甚至還強調說，尤其是弗南，報起仇來是可怕的。」

弗南淒然地一笑。

「一個情人是永遠不會使人害怕的。」他說道。

「可憐的孩子哪！」鄧格拉司接著說道，假裝發自內心地同情這個年輕人，「有什麼辦法呢？他沒料到鄧蒂斯會這樣突然回來。他或許以為那個小夥子死了，或是移情別戀了，誰知道呢！這些事情來得太突然，實在讓人難以接受。」

「哦！說真的，不管怎樣，」卡德羅斯說道，他一邊喝酒，一邊說話，泛著泡沫的梅爾姬葡萄酒已經在他身上發揮威力了，「不管怎麼說，鄧蒂斯走運回來了，受打擊的不是弗南一個人，對吧，鄧格拉司？」

「是的，你說得對。我幾乎敢說，這也會讓他招來不幸的。」

「沒什麼，」卡德羅斯說著給弗南斟上一杯酒，又把自己的酒杯斟上第八杯或者第十杯，而鄧格拉司只是抿了一口而已，「沒什麼，這當口他可要娶美茜蒂絲，那位美麗的美茜蒂絲了，至少他是為了這件事回來的。」

這時候，鄧格拉司以銳利的目光打量著年輕人，卡德羅斯的話則像滾燙的鉛水一樣流入年輕人的心房。

「什麼時候舉行婚禮？」他問道。

「還沒有定下來呢！」弗南嘟噥了一句。

「現在還沒有，不過是遲早的事，」卡德羅斯說，「這消息和鄧蒂斯要當『法老號』船長一樣準確無誤，是嗎，鄧格拉司？」

鄧格拉司遭到這突如其來的一擊，顫抖了一下。他轉身面向卡德羅斯，這回輪到他研究他的表情了，想看看這一擊是不是預謀的。但是卡德羅斯已經醉得不輕，在這張凶巴巴、傻乎乎的臉上只看見了嫉妒。

「好吧！」他說著，把三個人的酒杯都斟滿了，「那麼就為愛德蒙・鄧蒂斯船長，那個美麗的迦太蘭少女的丈夫乾一杯吧！」

卡德羅斯用顫巍巍的手把酒杯湊到唇邊，一飲而盡。弗南拿起酒杯，往地上擲得粉碎。

「啊！啊！啊！」卡德羅斯說道，「那邊，牆那邊，朝迦太蘭村落的方向看看！我看見什麼來著？看哪，弗南，你眼力比我好，我想我看東西有點兒模糊了。還有，你知道，酒是會糊弄人的。好像那兒有一對情人手挽手，肩並肩在走著吧。上帝饒恕我！他們還不知道我們在看他們，瞧，這會兒他們摟在一塊兒啦！」

鄧格拉司沒有放過弗南每一絲苦惱的神情，弗南眼看著臉色大變。

「你認識他倆嗎，弗南先生？」他問。

「認識，」弗南壓低聲音回答，「是愛德蒙先生和美茜蒂絲小姐。」

「喲！瞧啊！」卡德羅斯說，「我可不認識他倆！喂，鄧蒂斯！喂，美麗的少女！到這裡來一會兒，告訴我們什麼時候辦婚禮，這位固執的弗南先生就是不肯告訴我們。」

「你閉上嘴行不行！」鄧格拉司說，他裝出阻止卡德羅斯往下說的樣子，但卡德羅斯帶著醉漢的固執，已經把頭探出涼棚，「好好坐穩了，讓這對情人安安靜靜地談情說愛不好嘛。瞧，看看弗南先生，好好學學人家，他表現得多紳士。」

弗南像一頭被鬥牛士激怒的公牛，已經被鄧格拉司刺激得忍無可忍，終於爆發了，因為此時他站了起來，好像要集中精力奮力撲向敵人一樣，可是這時，美茜蒂絲卻笑吟吟地、神色坦然地抬起她那可愛的臉龐，目光灼灼。弗南又想起了她曾經對他發出過的威脅，說如果愛德蒙死了，她也活不了，於是他便又垂頭喪氣地跌坐在椅子上。

鄧格拉司輪番看著這兩個人：一個醉得發酒瘋，另一個完全被愛情所左右了。

「這兩個傻瓜真是毫無用處，」他喃喃說道，「我夾在一個醉漢和一個膽小鬼之間真是提心吊膽。這個嫉妒成性的傢伙本應心懷怨恨，可是現在卻喝得不省人事。再看這個大傻瓜，別人剛剛從他的鼻子底下把情人搶走，而他卻只像個孩子似的耍小性。但他那對閃爍發亮的眼睛卻酷似復仇心極重的西班牙人、西西里人或卡拉布蘭人，他那兩隻拳頭像屠夫手上的重錘能準確無誤地砸碎一頭公牛。當然囉，愛德蒙現在可是吉星高照，他一定會娶那漂亮的少女，也會當上船長，之後就會嘲笑我們，除非……」鄧格拉司嘴角露出一絲冷笑，「除非我來阻止這一切。」他補上一句。

「哎喲！」卡德羅斯繼續喊道，拳頭支在桌子上，身子半撐起來，「哎喲！愛德蒙！你居然對我視而不見，要不就是你春風得意，驕傲得都不屑跟我們講話了？」

「不，親愛的卡德羅斯，」鄧蒂斯答道，「我不是驕傲，而是太快樂。我想，快樂比驕傲更能蒙住人的雙眼。」

「好極了，說得有理，」卡德羅斯說，「哎！你好，鄧蒂斯太太。」

美茜蒂絲莊重地頷首致意。

「現在我還不姓這個姓。」她說，「在我的家鄉，人們說，在未婚夫成為丈夫之前，就用未婚夫的姓來稱呼她，這是不吉利的。因此，請還是叫我美茜蒂絲吧。」

「應該原諒這位好心的卡德羅斯鄰居，」鄧蒂斯說，「他總是迷迷糊糊。」

「這麼說，婚禮馬上就要舉行嘍，鄧蒂斯先生？」鄧格拉司邊向這一對年輕人致意，邊說道。

「儘早舉行，鄧格拉司先生。今天，我們要到鄧蒂斯老先生那裡把一切先談妥。明天，至遲後天，訂婚宴席就在這裡的里瑟夫酒店舉行。我希望朋友們都能參加，對您說過了，請您也來，鄧格拉司先生。還有您，卡德羅斯。」

「那麼弗南呢？」卡德羅斯哧哧地笑著說，「弗南也來嗎？」

「我妻子的哥哥就是我的哥哥。」愛德蒙說道，「如果在這樣的時刻他不到場，我們，美茜蒂絲和我，會感到遺憾的。」

弗南張嘴想說什麼，但聲音卻消失在唇邊，他一個字也沒吐出來。

「今天談妥，明後天就訂婚……嗨！太匆忙了，船長。」

「鄧格拉司，」愛德蒙笑著說道，「我也要像剛才美茜蒂絲對卡德羅斯說的那樣對你說：請不要把不屬於我的頭銜扣在我頭上，這會給我帶來災禍的。」

「請原諒，」鄧格拉司答道，「我只是說，你太心急了，我們有的是時間，『法老號』在三個月之內不會出海的。」

「人總是急於想得到幸福，鄧格拉司先生。因為長久的痛苦使我們實在難以相信天下有好運氣這種東西。但是我並不是只考慮自己才這樣匆忙的，我還得去趟巴黎。」

「哦，真的，去巴黎，你是第一次去那兒嗎，鄧蒂斯？」

「是的。」

「你去那有事要辦嗎？」

「不是為我自己，而是為那不幸的黎克勒船長，我要完成他最後的囑託。您知道，鄧格拉司，這個使命是神聖的。而且，請放心，我很快就會辦好。」

「對，對，我理解。」鄧格拉司大聲說。

接著又低聲自言自語道：

「到巴黎去大概是轉交大元帥給他的那封信吧，啊哈！這封信可是給了我一個好主意，一個絕妙的主意！啊！鄧蒂斯，我的朋友，你還沒有被正式排在『法老號』名單上的第一位哩。」

於是，他轉過來向離開的愛德蒙喊道：

「一路平安！」

「謝謝。」愛德蒙回過頭來向他友善地點點頭。

然後，這對情人彷彿接到了天堂的召喚般平靜快樂地繼續走他們的路。

chapter 4 陰謀

鄧格拉司目送著愛德蒙和美茜蒂絲，一直到他倆消失在聖尼古拉堡的拐角處。然後，他才轉過身子，看見弗南臉色蒼白，渾身發抖地倒在椅子上。而卡德羅斯則結結巴巴地唱著一首祝酒歌。

「啊唷！親愛的先生，」鄧格拉司對弗南說，「我覺得這門婚事並沒讓大家皆大歡喜。」

「它讓我絕望。」弗南說。

「這麼說你愛美茜蒂絲囉？」

「我一直深深愛著她！」

「你愛上她很久了嗎？」

「我第一次見到她時就愛上了她，我對她的愛始終沒變。」

「可是你並沒有想辦法扭轉局面，卻只是坐在這裡揪頭髮。見鬼！我可沒想到你們迦太蘭人會這麼沒用。」

「你叫我怎麼辦呢？」弗南問道。

「問我嗎，我怎麼知道？這件事與我有什麼關係呢？似乎愛上美茜蒂絲小姐的是你，而不是我呀。照福音書上說的：找吧，你就會找到的。」

「我早就找到了。」

「找到什麼了？」

「我本想殺了那個人。但那女人卻對我說，要是她的未婚夫遭到不測，她就自殺。」

「算了吧！女人們只會動動嘴而已，絕不會幹那種事的。」

「你一點兒不瞭解美茜蒂絲，先生。她真的是說得出做得到。」

「大傻瓜！」鄧格拉司喃喃地說，「她自殺不自殺與我無關，只要鄧蒂斯不當船長就成。」

「在美茜蒂絲……離開人世之前，」弗南接著說，聲音中透著不可動搖的堅定決心，「我怕我也已經死了。」

「這才叫愛情哪！」卡德羅斯說，醉意更濃，「這就是愛情啊。否則，我就不知道什麼是愛情了！」

「瞧，」鄧格拉司說，「看來你是一個不錯的小夥子，我真是見鬼了，我倒真願意幫你忙，但是……」

「嗯，」卡德羅斯又說道，「好啊。」

「親愛的，」鄧格拉司繼續說道，「你已經醉得差不多了，再來一瓶你就不省人事了。喝吧，別插手我們的事。我們在商量的事可是要用腦冷靜判斷的。」

「我醉了？」卡德羅斯說，「才不會！我能再喝上四瓶，這種酒瓶比香水瓶大不了多少。邦費勒老先生，來酒。」

為了證明給大家看，卡德羅斯用酒瓶在桌上使勁敲著。

「剛才你說什麼來著，先生？」弗南接口說，迫不及待地等著鄧格拉司剛才話頭的下文。

「我說什麼來著？我記不起來了。這個醉鬼卡德羅斯打斷了我的思路。」

「愛喝就喝吧，不敢喝酒的人算了吧，因為他們心裡有鬼，怕酒後吐真言呢。」

說完，卡德羅斯就唱起當時十分流行的一首歌的最後兩句：

「壞人個個都喝水，

洪水就是好證據。」

「你剛才說，先生，」弗南接著說道，「你願意幫我的忙，但是……」

「是，我說過，但是我說的只是幫你阻止鄧蒂斯娶你愛的女人。依我看，很容易阻止這門婚事，而且也不必把鄧蒂斯置於死地。」

「只有死才能把他倆分開。」弗南說。

「我的朋友，」卡德羅斯說，「這位鄧格拉司可是名副其實的詭計多端、陰險狡詐的人，他馬上就可以證明是你錯了。證明給他看吧，鄧格拉司，我給你做了擔保。告訴他，無須置鄧蒂斯於死地。再說，鄧蒂斯如果死了會讓人傷心的。他是一個好小夥子，我喜歡他，這個鄧蒂斯，祝你健康，鄧蒂斯！」

弗南終於按耐不住，站了起來。

「讓他說去吧，」鄧格拉司挽住年輕人繼續說道，「雖然他說的是醉話，但也不無道理。分離和死亡一樣都會讓他們分開。假如在愛德蒙和美茜蒂絲之間隔著一堵監獄的牆，那麼就會產生讓鄧蒂斯躺在墳墓裡一樣的效果，他們一定會分開。」

「嗯，不過一旦從監獄裡出來，」卡德羅斯說道，他憑著尚存的一點兒神志，努力傾聽，「一旦從監獄裡出來，出來的又是愛德蒙・鄧蒂斯，肯定會來尋仇。」

「管他呢！」弗南咕嚕了一聲。

「再說，」卡德羅斯接著又說，「憑什麼要把鄧蒂斯關到牢裡？他既沒偷沒搶，也沒有殺人害命。」

「住嘴。」鄧格拉司說。

「我，我可不願意住口，」卡德羅斯說，「我想知道憑什麼把鄧蒂斯投進監獄，我嘛，我可喜歡鄧蒂斯。祝你健康，鄧蒂斯！」

說完，他一口氣又灌了一杯酒。

鄧格拉司看了看裁縫恍恍惚惚的目光，便知道他已不勝酒力，於是便轉臉面對弗南。

「嗯！不需要殺他，」他說道，「你明白了嗎？」

「照你剛才說的，如果真有辦法讓人把鄧蒂斯抓起來，當然用不著。不過，你有這個辦法嗎？」

「只要用心找，」鄧格拉司說，「總能找到。不過，」他繼續說道，「活見鬼，我憑什麼要插手這件事，這事跟我有什麼關係？」

「我不清楚是否與你有關，」弗南抓住他的胳膊說道，「但我所知的是，你也有痛恨鄧蒂斯的理由，心懷仇恨的人是絕對不會看錯別人的情感的。」

「我，有痛恨鄧蒂斯的理由？我可以發誓，絕對沒有。我只是看你太痛苦，你的悶悶不樂讓我想去關心你，如此而已。不過既然你認為我這樣做懷有個人目的，那麼再見吧，親愛的朋友。你的問題自己解決吧。」

說著，鄧格拉司裝出站起來要走的樣子。

「別走，」弗南挽住他說道，「別走！說到底，你恨鄧蒂斯也罷，不恨也罷，與我無關。我敢承認，我恨他。請想想辦法吧，我來做，只要不涉及人命，因為美茜蒂絲說過，如果鄧蒂斯被殺，她也會自殺。」

卡德羅斯本來把頭伏在桌子上，此刻抬起臉，目光呆滯地看著弗南和鄧格拉司。

「殺死鄧蒂斯！」他說道，「誰在這裡說什麼要殺死鄧蒂斯？我不會讓任何人傷害鄧蒂斯，他是我的朋友。今天早晨，他還提出要借錢給我，就像我借錢給他一樣，我不會讓任何人殺鄧蒂斯——絕不讓！」

「誰說要殺他了，傻瓜！」鄧格拉司接口說道，「只是開玩笑罷了。你就為他的健康乾杯吧，」他給卡德羅斯斟滿酒，又說，「別來打擾我們了。」

「行，行，為鄧蒂斯的健康乾杯！」卡德羅斯喝光了杯中的酒，又說，「為他的健康……祝他健康……」

「嗨，辦法……辦法呢？」弗南問道。

「你還沒有找到嗎？」

「沒有，辦法得由你來想。」

「真的，」鄧格拉司又說道，「在這方面法國人勝過西班牙人，西班牙人只會因循守舊古思冥想，可是法國人卻更富創造力。」

「那就請你創造吧。」弗南不耐煩地說。

「夥計，」鄧格拉司說，「拿筆墨紙張來！」

「筆墨紙張！」弗南嘟噥道。

「是的，我是會計，筆墨紙張是我的工具。沒有工具，我什麼事都辦不成。」

「拿筆墨紙張來！」這回是弗南在大聲喊道。

「您要的都在那張桌子上。」夥計指著他所要的文具說道。

「那麼給我們拿過來。」

夥計按吩咐把東西拿來。

「要想想，這些東西殺人不見血，可比守在林邊謀財害命更有把握！」卡德羅斯手按在紙上說，「我就覺得一支筆、一瓶墨水、一張紙比一柄劍或是一把手槍更可怕。」

「這個傻瓜還不像他外表上醉得那麼厲害，」鄧格拉司說道，「再給他喝點，弗南。」

弗南為卡德羅斯斟滿酒，後者真是個道地的酒鬼。一看見酒，就把手鬆開，抓住了酒杯。

迦太蘭人眼盯著看他喝酒，直到他的知覺在這輪新的攻勢下幾乎全無招架之力，接著酒杯脫手掉在了桌子上。

「行了吧？」迦太蘭人見卡德羅斯喝完最後一杯酒幾乎不省人事後，便說道。

「行了！我想，譬如說，」鄧格拉司接口說道，「像鄧蒂斯剛剛出航回來，途中到過那不勒斯和厄爾巴島，如果有某個人向檢察官揭發他是拿破崙黨[11]的專使的話……」

「我來揭發他，我！」年輕人急促地說。

「好的，不過他們會讓你在揭發書上簽字，而且要你和被告對質，我可以給你提供一些材料作為證據，對此我瞭解得清清楚楚。可是，鄧蒂斯不會一輩子坐牢，總有一天他會出獄，那麼自他出獄的這一天起，害他入獄的人就難逃厄運了。」

「啊，我求之不得，」弗南說，「正愁沒機會和他拚一次呢。」

11. 拿破崙失敗的殘餘組織，支持拿破崙企圖東山再起。

「是啊，那麼美茜蒂絲呢？只要你不小心傷到她心愛的愛德蒙，哪怕是一點皮毛，美茜蒂絲也會恨你入骨了！」

「說得對。」弗南說。

「不行，不能這樣，」鄧格拉司立即說道，「如果已經下定了決心，瞧，還不如簡簡單單像我做的那樣，拿起一支筆，在墨水裡蘸一下，用左手寫字，字跡不會被認出來，一封告密信馬上完工。」

鄧格拉司言傳身教，一邊說著，用左手寫出的字歪歪扭扭，與他通常的筆跡完全不同。他把寫好的幾行字拿給弗南看，弗南輕聲念了起來：

檢察官先生台鑒：鄙人乃王室與教會的朋友。茲稟告有一名叫愛德蒙・鄧蒂斯者，係『法老號』帆船之大副，今晨從士麥那港而來，中途停靠那不勒斯和費拉約港。此人受穆拉特[12]之托，有信託其轉交謀王篡位者，後者覆命他把信轉交巴黎的拿破崙黨人委員會。

逮捕此人時便可得到犯罪證據，因為此信不是在他身上，就是在他父親家中，或是藏於『法老號』的船艙內。

「成功啦，」鄧格拉司接下去說道，「這樣，你的仇報得完全合乎常理。因為在任何情況下，你都不會反過來遭到報復。事情會按部就班，眼下，只要把信折起來，像我做的這樣，在上面寫上『檢察長閣下親啟』，大功告成！」

---

12. 穆拉特又名繆拉，一七六七至一八一五年在世，為拿破崙軍中一名大將，拿破崙在滑鐵盧之戰敗北失勢後，躲至科西嘉島，後來因為試圖重新回到法國本土被俘，遭槍決。

鄧格拉司用假筆跡寫上地址。

「是啊，一切都解決啦，」卡德羅斯大聲說道，他憑著殘存的一點神志，聽著信的內容，本能地意識到這樣一封告發信會帶來什麼樣的不幸後果，「是呀，一切都妥啦。不過，這樣太無恥了。」

他伸出手想要抓住那封信。

「啊，」鄧格拉司把信挪開，不讓他的手搆到，「我剛剛只不過在開玩笑。如果鄧蒂斯，這位好鄧蒂斯當真出了什麼事情，我一定是第一個替他難過的人。啊，瞧……」

說著，他拿起信，揉成團，隨手扔在涼棚的角落裡。

「好得很，」卡德羅斯說，「鄧蒂斯是我的朋友，我不願別人對他使壞。」

「咳！誰會想要陷害他呢！我不會，弗南也不會！」鄧格拉司說著邊起身邊看著年輕人。後者仍然坐著一動不動，眼睛盯著躺在角落裡的那封告發信。

「既然這樣，」卡德羅斯又說道，「給我們倒點兒酒。我願為愛德蒙和美麗的美茜蒂絲的健康再喝上一杯。」

「你已經喝得夠多啦，酒鬼，」鄧格拉司說，「如果再喝，你就回不了家了，你都站不起來了。」

「我，」卡德羅斯這位酒後的勇夫為了捍衛自己的尊嚴，搖搖晃晃地站了起來，「我，無法站直？我敢打賭，我能登上阿歌蘭史教堂的鐘樓，絕對不會腳軟！」

「好吧，行，」鄧格拉司說，「我打賭，但在明天。今天，該回家了，把胳膊給我，咱們回家吧。」

「回家，」鄧格拉司說，「我可不用你扶。你來嗎？弗南，你和我們一起回馬賽嗎？」

「不，」弗南說，「我回迦太蘭村。」

「你錯了，和我們一起回馬賽吧，來吧。」

「我在馬賽無事可幹，我根本不想去。」

「瞧你在說什麼呀？我的好小夥子，你不想去？那好，隨你的便！每個人都有自由！來吧，鄧格拉司，隨他去吧，就讓這位先生回迦太蘭村吧。」

此刻，鄧格拉司正好順著卡德羅斯的脾氣，一路跌跌撞撞，扶著他向馬賽方向走去。不過，為了給弗南創造機會，他不是取道新岸碼頭，而是拐入聖維克多門回去。

走了二十來步，鄧格拉司回過頭來，看見弗南正撲過去撿起那封信，把它揣在口袋裡。接著，年輕人衝出涼棚，向皮隆方向走去。

「咦，他究竟想幹什麼？」卡德羅斯說道，「他騙了我們。他說他回迦太蘭村，可他卻進城了，嗨，弗南！你走錯路了，小夥子。」

「你看糊塗了，」鄧格拉司說，「他是順著蔭芘密麗村往前走的。」

「倒也是！」卡德羅斯說道，「那好吧！我還說他走錯了呢，酒這東西可真會糊弄人哪。」

「行了，行了，」鄧格拉司喃喃自語道，「我看這事開了個好頭，只要聽其自然發展就行啦。」

chapter 5 婚宴

翌日萬里無雲。燦爛奪目的朝陽灑在浸著泡沫的海面上，朵朵浪花宛若一顆顆紅寶石，嵌在海面上，閃閃發光。

里瑟夫酒家已在二樓備下了酒宴。讀者們早已熟知這裡的涼棚。舉行婚禮的大廳寬敞明亮，並排開著五六扇落地窗，每一扇的頂端都用金字鐫刻著法國各大城市的名字（人們無法知曉這些設計的玄機）。

窗外是一個和整幢樓房同樣材質的露台。

雖然午宴定於正午舉行，但從上午十一點鐘起，走廊上就已擠滿了性急的來賓，他們是「法老號」上與鄧蒂斯要好的水手，還有新郎的其他朋友。為了給這對新人賀喜，大家都穿上了最漂亮的節日盛裝。

賓客們紛紛議論著一則小道消息：「法老號」的船主將會來參加這次婚禮。大家都無法相信，「法老號」的船主竟會屈尊來參加鄧蒂斯這樣的小人物的婚禮。

不過，和卡德羅斯同來的鄧格拉司證實了這一消息的可信性，而且說，他剛剛遇見了摩賴爾先生，摩賴爾先生已向他保證會來參加婚禮的。

果然，過了一會兒，摩賴爾先生走了進來，「法老號」的水手們齊聲向他鼓掌致敬。在他們看來，船主的到來證實了一個傳聞，即鄧蒂斯將被任命為船長；由於鄧蒂斯在船上深受眾人愛戴，所以當船員們發現上司的選擇正合他們的心意時，便群情激動起來。摩賴爾先生剛剛進來，大夥就一致催促鄧格拉司和卡德羅斯快去向新人報信。兩人的任務就是通知新郎，重要人物已經光臨，請他趕快來迎接貴客。

鄧格拉司和卡德羅斯一溜煙地走了，還沒等他倆走出百步，他們就看見一簇人迎面而來。

這一小簇人是美茜蒂絲的朋友、四個少女，也像她一樣是迦太蘭人，她們伴隨著挽著愛德蒙胳膊的新娘；鄧蒂斯老先生走在新娘的旁邊，他們的身後跟著弗南先生，臉上掛著他那陰險的笑容。

美茜蒂絲和愛德蒙都沒有注意到弗南那異樣的笑容。這對令人憐惜的孩子沉浸在幸福中，所以他們的眼中除了彼此之外，就只容得下那明媚的陽光。

鄧格拉司和卡德羅斯已經通知了新郎。又同愛德蒙熱情地握手道賀，便走開了。鄧格拉司在弗南身旁找了個位置，卡德羅斯則挨在鄧蒂斯老先生身邊，老鄧蒂斯早已成為人們關注的中心。

老人身著漂亮的塔夫綢上裝，綴著一排立體的銅扣。他那瘦但仍很有力的小腿上套著一雙腳踝處綴有小花的長筒襪，一看就知道是英國走私過來的；他的三角帽上垂下一束藍白絲帶結成的穗子。

老人拄著一根手杖，杖身和杖柄彎曲，就如同古羅馬彎頭牧杖的樣式，簡直可以說，老人把自己扮成了要去一七九六年重新開放的盧森堡公園和托伊羅利花園裡炫耀一番的富豪公子。

卡德羅斯諂媚地挨在了他身邊，美餐一頓的渴望已經讓他跟鄧蒂斯父子重歸於好了；他的頭腦裡殘留著一些昨天發生事情的模糊片斷——就如有人一早醒來，在腦子裡還模模糊糊地保存著夜間的殘夢一樣。

鄧格拉司走近弗南，對這個神情沮喪的人意味深長地看了一眼。弗南走在這對未婚夫婦後面，被美茜蒂絲完全置於腦後，她沉浸在愛情的甜蜜與歡愉之中，眼睛裡只有她的愛德蒙一個人。弗南蒼白的臉上突然漲紅，接著又恢復如常，但每次變化之後都使他的臉顯得更加蒼白。他不時地朝馬賽方向望一眼，眼神中流露出焦躁不安，這時，他的四肢就會不由自主地、神經質地抖動一下。弗南好像在期待，或者可以說是預見到有重大事件要發生一樣。

鄧蒂斯的穿著雖很簡樸，卻非常得體。由於他在商船上工作，所以他的衣服半似軍裝，半似日常服裝。心中溢滿幸福的他穿上這樣的服裝，再加上未婚妻的美貌，這一切使得他那善良的面孔更加光彩照人，完美無缺。

美茜蒂絲像賽普勒斯或是賽奧斯的希臘女人那樣美麗，她眼睛烏黑，嘴唇鮮紅。她的步伐像阿爾勒女人和安達盧西亞[13]女人那麼輕盈婀娜，落落大方。城裡的少女可能會矜持地用面紗掩蓋住自己的快樂，或者至少眼簾低垂讓那快樂隱在濃密的睫毛之下，可是美茜蒂絲卻只是微笑著左顧右盼，彷彿在說：「如果你們是我的朋友，那就與我一起歡樂吧，說實話，我真的太幸福啦！」

這對新人和親友一出現在里瑟夫酒店的視線之內，摩賴爾先生便走下來，向他們迎去，水手和士兵也緊隨其後，這些人已從摩賴爾先生那裡得知，鄧蒂斯將會接替黎克勒船長的職位。一看見船主走近，愛德蒙就放開了未婚妻的手，年輕的女子走過去挽住摩賴爾先生的手臂。這時，船主和少女率先沿著通往婚宴大廳的木梯拾級而上，而樓梯在賓客腳步的重壓下呻吟了整整五分鐘。

13. 西班牙地區名。

「爸爸，」美茜蒂絲在餐桌中間停下來說道，「請您坐在我右首；至於我的左首，要留給我視為兄長的人坐。」她溫柔的話像一把鋒利的匕首深深地刺在弗南心裡，令他痛徹心扉。

他的嘴唇蒼白，在他棕色的堅毅臉龐上，可以看見他的血液突然退去，像突然受到壓縮，血液又流回到心臟一樣。

這期間，鄧蒂斯也在安排來賓們入座。他請摩賴爾先生坐在他的右首，鄧格拉司坐在他的左首；而後，他揮揮手，招呼大家各選好位置各自入座。

大家沿桌傳遞新鮮香美的阿爾勒臘腸、鮮紅晶亮的帶殼龍蝦、色彩鮮明的大蝦、周身長著刺但裡面細膩滑口的海膽，以及南方的美食家交口讚譽、聲稱完全能取代北方牡蠣的蛤蜊，最後，還有各色精美的冷盤：上面擺放著從沙灘上捕來的、被識貨的漁夫統稱為「海果」一類的海鮮。

「真是太安靜了！」新郎的父親呷了一口色澤如黃玉般晶瑩的葡萄酒說道，這種酒還是邦菲爾老先生親自獻給美茜蒂絲的，「可以說，此時這裡的三十個人個個都是心花怒放呀！」

「呃！做丈夫的不會總是興高采烈的。」卡德羅斯說道。

「事實上，眼下我太幸福了，因此反倒興奮不起來。」鄧蒂斯說道，「如果你是這樣理解的話，鄰居，你就說得不錯。有時，快樂會產生一種異乎尋常的效果，它也會像痛苦一樣壓得人透不過氣來。」

鄧格拉司看了弗南，後者易於激動沉不住氣的本性，使他所有的心思都暴露在臉上。

「咦，你有什麼不快樂。」他問愛德蒙，「你在擔心什麼呢？相反，我倒覺得，在目前這個時候，所有人裡面，就數你最稱心如意。」

「正是這點讓我害怕，」鄧蒂斯說，「對我來說，要想獲得幸福並不是一件容易的事！幸福就像魔法島上的宮殿，那裡由巨龍來把守，要穿越重重障礙，才能獲得幸福。說實話，連我自己都在懷疑卑微的我有什麼資格獲得做美茜蒂絲丈夫的幸福呢。」

「丈夫？丈夫？」卡德羅斯笑著說道，「現在還不算呢，我的船長。你行使一下做丈夫的權利，就會發現得到什麼待遇。」

美茜蒂絲的臉刷地紅了。

弗南急躁不安地坐在椅子上，一聽見聲響就渾身哆嗦；他不時地抹去額頭上沁出的冷汗，那汗珠如同暴雨來臨之前報信的雨滴一樣。

「當然啦，」鄧蒂斯說，「卡德羅斯鄰居，你不必費心來提醒我。美茜蒂絲還不是我的妻子，這不錯……可是，」他掏出錶來看一看，又說，「一個半小時之後，她就是我名正言順的妻子啦！」

所有的人都驚叫起來，除了鄧蒂斯老先生，他開懷大笑，露出依然整齊堅固的牙齒。美茜蒂絲微笑著，不再臉紅。弗南神經質地抓住他的短刀手柄。

「再過一個半小時？」鄧格拉司問，他的臉色也變得青白起來，「那是怎麼回事，我的朋友？」

「是的，朋友們！」鄧蒂斯答道，「父親是我在世上最大的恩人，而摩賴爾先生則對我有知遇之恩，由於他的器重，我才能克服所有的困難。我們已付了結婚告示費用，下午兩點半鐘，馬賽市長會在市政廳等我們。現在，一點一刻的鐘響剛剛敲過，因此我說再過一小時十五分鐘，美茜蒂絲將改稱為鄧蒂斯太太[14]，恐怕是不會有錯的。」

弗南緊閉雙眼，彷彿一團火燒灼著他的眉心。他不得不伏在餐桌上以不讓自己癱倒。儘管他已竭盡全力，卻還是難以克制地發出一聲輕歎，這聲音大都被賓客們的笑聲與賀喜聲所淹沒。

14.西方婦女成婚後冠夫姓，此處鄧蒂斯的話中之意是舉行完訂婚儀式後便立即去市政廳辦理結婚手續。

「憑良心說，你辦得真快，」鄧蒂斯老先生說，「昨天早上到家，今天下午三點就舉行婚禮！我真的見識到了水手辦事的效率。」

「可還有其他手續要辦呢，」鄧格拉司膽怯地提出異議，「結婚契約、有關字據呢……」

「哦，你真是，」鄧蒂斯笑著說，「契約已經寫好了，美茜蒂絲和我一樣，都是一無所有的人，婚後我們按夫妻共有財產制生活，就是這樣簡單，這種契約寫起來簡單，而且所費不多。」

這個玩笑逗得大家齊聲喝彩。

「這麼說，我們吃的這桌訂婚宴倒變成真正的結婚喜酒囉。」鄧格拉司說道。

「不是的，」鄧蒂斯說，「請您放心，我們不是那樣小氣的人。明天一早，我去巴黎。在路上要用四天的時間，回來還要四天，再加上到那裡要用一天的時間完成我的使命。三月一日，我就回來了，三月二日，我們就正式舉辦婚禮。」

想到另一場盛宴即將到來，來賓們更加興奮起來，以致在午宴一開始還嫌場面有些冷清的鄧蒂斯老先生，現在在嘰嘰喳喳嘈雜的交談聲中，想找個安靜的時間來對未來的夫妻說幾句祝詞，也幾乎不可能的了。

鄧蒂斯已猜到父親在想什麼，就用自己的微笑向父親表示感激。美茜蒂絲不住地看著大廳裡擺放的掛鐘上顯示的時間，向愛德蒙使了一個眼神。

酒席間瀰漫著嘈雜的快樂和無拘無束的氣氛，這是在宴請行將結束時時常可以發現的現象。那些對位子不滿意的人開始調換座位。所有的人都開始亂哄哄地說話，也沒有人在意對方的問題，大家都在自顧自地說著。

弗南臉上的蒼白幾乎傳染到了鄧格拉司的雙頰上。而弗南自己，他的生命似乎已經終止，就像在火海中受苦的死囚。他夾在第一批站起來的人中間，一言不發地在大廳裡踱來踱去，不讓自己聽到酒杯碰撞的聲音，也不願自己被滿屋洋溢的快樂所影響。

他似乎在有意躲避鄧格拉司，可鄧格拉司偏偏去找他，卡德羅斯一看到這種情形，也就向房間那一角走過去。

「說真的，」卡德羅斯說道，鄧蒂斯的幸運本來令他嫉恨不已，但是，鄧蒂斯友好熱情的款待，尤其是那些上等的葡萄酒已經去掉了這種仇恨的一切幼芽，「鄧蒂斯是個不錯的小夥子，當我看見他和他那漂亮的妻子坐在一起的時候，我心裡就想，你們昨天策劃的那場惡作劇，實在不應該施加這樣的好人身上。」

「當然啦，」鄧格拉司說，「所以你看見了，玩笑並沒有開下去。那個可憐的弗南坐立不安，一開始，我還真有點兒難過。但是既然他完全能控制住自己，並且自願在他的情敵的婚宴上做伴郎，旁人就沒什麼可指手畫腳的了。」卡德羅斯看了看弗南，後者的臉色鐵青。

「說實在的，失去這麼漂亮的少女，可真是不小的犧牲。」鄧格拉司說道，「嗨！我那未來的船長可真幸運！老天爺！就算讓我只當十二小時的鄧蒂斯我也在所不惜。」

「我們可以走了嗎？」美茜蒂絲以柔美的聲音問道，「都已過了兩點，我們約好兩點一刻到達市政廳的。」

「是啊，是啊，」鄧蒂斯一面大聲說，一面迅速站起來。

「我們馬上走吧。」他的話得到了全體賓客的附和，他們一起歡呼著站起身來，開始組成一個行列。

鄧格拉司一直在緊緊地盯住坐在窗口的弗南，就在此時，他看見弗南的眼中現出一絲驚恐，痙攣似的抽搐了一下，試圖站起來，卻又踉蹌著跌坐在窗台上。與此同時，樓梯上傳來一片嘈雜聲，期間夾雜著軍人佩帶的武器碰撞的聲音，這樣的聲音蓋過了賓客的喧嘩，人們注意到了發生的變化，在忐忑不安中，房間裡變得一片安靜。

嘈雜聲逼近了，接著有人叩了三下門。每個人都以驚異的神色看了看自己的鄰座。

「以法律的名義！」洪亮的聲音響起，但房間裡誰也沒有應聲。

門開了，一個掛著緞帶的警官走進大廳，後面跟著四個士兵，由一個下士率領著。

在場人的不安變成了極端的恐懼。

「敢問大人突然到此，有何見諭？」摩賴爾先生走到那位他認識的警長面前問道，「先生，這肯定是誤會。」

「如果有誤會的話，摩賴爾先生，」警長回答道，「那麼請相信，這場誤會很快就會澄清的。我暫且奉命抓捕犯人，雖然我極不情願地履行職責，但這是我必須做的。先生們，請問你們之中誰是愛德蒙・鄧蒂斯？」

所有的人都把目光轉向年輕人，他很不安，但能保持住尊嚴，他挺身向前一步，用堅定口吻說：

「我就是，先生，您找我有何見教？」

「愛德蒙・鄧蒂斯，」警長接著說，「我以法律的名義逮捕您！」

「您逮捕我！」愛德蒙說，他的臉色微微泛白，「請問您因何逮捕我？」

「我不清楚，先生，但法官審問時你就知道了。」

摩賴爾先生心裡有數，事已至此，再抗拒也無濟於事。一個掛著緞帶的警官此時不再是個人，而是一尊代表法律的冷峻、無情的雕像。

但那位老人卻撲向員警——因為有些事情是一個父親或一個母親的心永遠無法理解的。

他拚命地求情，可是眼淚和哀求都毫無用處，然而，他巨大的絕望深深地打動了警官。

「先生，」他說，「請冷靜些。也許您的兒子觸犯了海關方面或衛生公署的某些規定，很可能在瞭解清楚一些情況後，立即釋放的。」

「喔唷！怎麼回事？」卡德羅斯皺起眉頭對鄧格拉司怒斥道，後者卻裝出驚詫莫名的樣子。

「我怎麼知道？」鄧格拉司說，「我同你一樣，對眼前發生的事情一無所知，我自己也莫名其妙哩。」

鄧格拉司用目光尋找弗南，卻找不到他的人了。

於是，昨天的情景又清晰地浮現在卡德羅斯的腦海中。

他現場目擊的這場突如其來的禍事已經揭去了他昨天醉酒時在記憶上所蒙上的一層薄紗。

「哦！哦！」他嘶啞著嗓門兒說道，「這個，難道就是你昨天謀劃的那套把戲的後果嗎，鄧格拉司？果真如此的話，開玩笑的人真該死，因為開這種玩笑太令人不恥了。」

「我絕沒幹！」鄧格拉司大聲說道，「你明明知道我把紙條撕了。」

「你沒有撕，」卡德羅斯說，「你只是把它扔在一邊而已。我看見它被扔在一個角落裡。」

「住口，你什麼也沒看見，你那時喝醉了。」

「弗南在哪兒？」卡德羅斯問道。

「我怎麼知道？」鄧格拉司答道，「大概辦他自己的事去了吧。嗨，但我們別管這個，還是去看看有什麼需要我們幫忙的吧。」

在他們說話時，鄧蒂斯面帶微笑，和所有的朋友一一握手，然後走到那位官員身邊說道：

「大家放心，我馬上就會去解釋這場誤會，也許沒等我走進監牢就沒事了。」

「啊！當然啦，我可以擔保。」鄧格拉司說，此時他已回到人群中去了。

鄧蒂斯被士兵們簇擁著，跟著那位警官走下樓梯。一輛車門大開的馬車停在門口。他先登上去，警長和兩名士兵也隨後跟上，車門關上後，馬車順著去馬賽的路駛去。

「鄧蒂斯！愛德蒙！」美茜蒂絲撲向欄杆大聲喊道。

被抓去的人聽見了這最後一聲呼喊，這一聲撕心裂肺的呼喊彷彿是從他的未婚妻那破碎的芳心中發出的一陣嗚咽；他從車門探出頭來，大聲喊道：「再見，美茜蒂絲！」接著便消失在聖尼古拉堡的一個拐角處。

「各位請在這兒等我，」船主說，「我會趕快找一輛車，趕到馬賽去，我會儘快把消息帶回來的。」

「快去吧！」大家都異口同聲地喊道，「快去吧，早點兒回來！」

他在動身以後，留下的人一時間都驚慌得不知所措。

老人和美茜蒂絲悲痛欲絕，各自在一邊傷心。過了一會兒，他倆的目光終於相遇了，兩個人因受到同樣的打擊，不禁百感交集，相擁而泣。

在這段時間裡，弗南走了回來，斟了一杯水一飲而盡，然後在一張椅子上坐了下來。

正巧，離開了老人的懷抱，美茜蒂絲昏沉沉地跌坐在弗南身旁的椅子上。

弗南本能地把椅子向後挪了挪。

「是他。」卡德羅斯對鄧格拉司說，他的目光始終追隨著這個迦太蘭人。

「我不相信，」鄧格拉司答道，「他太蠢，不會是他。不管怎麼說，作惡者自作孽。」

「您還沒說那個教唆他幹的人更該受懲罰呢。」卡德羅斯說道。

「哦，當然啦！」鄧格拉司說，「一個人隨口說出的話怎麼能叫他負全責呢！」

「假如隨口說說的話真的兌現了，他就該負責。」

此時，聚在一起的人用各種不同的方式議論起這次逮捕來。

「您呢，鄧格拉司，」有人問道，「您怎麼看待這件事？」

「我嘛，」鄧格拉司說道，「我想他大概帶回來幾包禁運品了。」

「如果事情真是這樣，您怎麼會不知道呢，鄧格拉司，您是押運員啊。」

「不錯，是的。不過押運員只負責報關的貨物。我只知道船上裝載著棉花，如此而已，那分別是亞歷山大港[15]的帕斯特雷先生和士麥那港的巴斯卡先生的貨物。別的情況就不在我的職責範圍內了。」

「噢，我想起來了，」可憐的父親努力地回憶著，「他昨天對我說，他為我帶來了一盒咖啡和一包煙草。」

「看到了吧，」鄧格拉司說，「這才是關鍵，我們離開後，海關人員一定是上船對『法老號』進行了搜查，並且發現了鄧蒂斯私藏的東西。」

美茜蒂絲根本無法相信這種說法，一直壓抑著她的憂愁突然爆發，她開始歇斯底里地嗚咽起來。

「別哭，別哭，會有希望的！」鄧蒂斯老先生說道，自己也不大清楚在說些什麼。

「會有希望的！」鄧格拉司跟著說。

「會有希望的。」弗南也想嘟噥著說。

不過這句話卡在他的喉嚨裡了，他的嘴唇顫抖著，卻發不出一絲聲音來。

「先生們，」一位站在欄杆前專等消息的來賓大叫道，「先生們，來了一輛馬車！啊！是摩賴爾先

15. 埃及的一座港口，在地中海岸。

生！振作起來！他一定給我們帶來了好消息。」

美茜蒂絲和老父奔去迎接船主，在門口與他相遇。摩賴爾先生臉色慘白。

「怎麼樣？」大家異口同聲地問。

「還怎麼樣呢，我的朋友！」船主搖著頭答道，「事情很嚴重，超出我們的想像。」

「哦！先生，」美茜蒂絲大聲喊道，「他是無辜的！」

「我也這麼相信，」摩賴爾先生答道，「但有人控告他……」

「控告他什麼？」老鄧蒂斯問道。

「說他是拿破崙黨的專使。」

凡是瞭解這個故事發生時代背景的讀者們，一定知道摩賴爾先生剛剛提到的指控是多麼可怕。

美茜蒂絲尖叫了一聲，老人跌坐在一張椅子上。

「噢！」卡德羅斯低聲說，「我被騙了，鄧格拉司，你還是實施了這個陰謀。但是我不會看著可憐的老人和少女被痛苦折磨死，我會告訴他們真相。」

「閉嘴，你這渾蛋！」鄧格拉司抓住卡德羅斯的手大聲說，「否則你也自身難保。誰又告訴你鄧蒂斯不是真正的罪犯呢？商船在厄爾巴島停靠過，他下船了，並在那兒待了整整一天。如果有人在他身上發現了某封牽連到他的信件，為他說好話的人也會被看成共犯。」

卡德羅斯自私的本能使他馬上明白了這席話的意義。他的目光飽含恐懼和痛苦，直愣愣地看著鄧格拉司。他只好採取以退為進的策略。

「那就等等再說吧。」他喃喃地說道。

「是的，我們再等一等，」鄧格拉司說，「假如他真的無罪，就會被釋放的。假如有罪，就不值得為一個陰謀分子而身陷險境。」

「那麼走吧，我不能再待在這裡了。」

「好，來吧，」鄧格拉司說，他慶幸自己找到了一個一起離開的同伴，「來吧，讓他們自行離開吧！」

他倆走了。弗南現在又成了少女的依靠，於是他牽著美茜蒂絲的手，把她帶回到迦太蘭村去了。鄧蒂斯的朋友也把幾乎昏厥過去的老人扶回家。

很快，鄧蒂斯因拿破崙黨人的罪名被捕的消息在全城迅速傳開。

「你能相信這是真的嗎，親愛的鄧格拉司？」摩賴爾先生趕上了他的押運員和卡德羅斯說道，他匆忙進城，希望找到代理檢察長維爾福先生，直接打聽愛德蒙的消息，他早先與這位先生有點頭之交，「你相信這是真的嗎？」

「當然了，先生！」鄧格拉司答道，「我早先告訴過你，鄧蒂斯不知出於何種原因在厄爾巴島靠岸，您知道，我總覺得這次停靠有些蹊蹺。」

「除我而外，你把你的疑點對其他人說過沒有？」

「我言行向來謹慎，先生，」鄧格拉司輕聲說道，「您很清楚，您的叔叔波利卡•摩賴爾曾在先朝麾下效勞過，並且他也不隱瞞他的政治觀點，正是由於他，你才被人懷疑是拿破崙的支持者。假如我向人透露了我心中的懷疑，我擔心會對摩賴爾不利，然後又會牽連到您。守住船主的秘密而不洩露給他人，這是一個下屬的本分。」

「好樣的！好！」船主說，「你是個正直的小夥子，因此，在我決定晉升可憐的鄧蒂斯成為『法老號』船長時，我對你也做一些瞭解。」

「怎麼回事，先生？」

「嗯，我先問鄧蒂斯對你有何想法，他是否希望你繼續留任。因為不知怎的，我發現兩位之間關係冷淡。」

「他是怎麼回答您的？」

「他總覺得自己曾在什麼地方得罪過您，至於在什麼場合他並沒有對我說。但他認為無論是誰，只要船主信任的人，他也該相信。」

「虛偽是小人！」鄧格拉司嘟噥了一聲。

「可憐的鄧蒂斯啊！」卡德羅斯說，「這件事足可以證明他是個心地高尚的年輕人。」

「是啊，可是目前，『法老號』就沒有船長了。」摩賴爾先生說。

「哦！」鄧格拉司說，「可以等等嘛，但願三個月後，我們起航時，鄧蒂斯會被釋放。」

「也許吧，不過在那之前呢？」

「喔！在那之前有我呢，摩賴爾先生，」鄧格拉司說，「您可以相信我管理一艘船的本領，絕不亞於任何一個經驗豐富的船長。您任用我，甚至能給您帶來方便，就是如果愛德蒙從監牢裡放出來了，您就無須再還誰的情，他官復原職，不管個人遇到什麼不測，省事多了。」

「謝謝你，太好啦，」船主說，「這一來事情就都解決了。那麼，你就來掌管吧，我現在就委任你了，並請監督卸貨。我還做我的老本行，業務上總不該蒙受影響。」

「放心吧，先生。那麼，我們至少能否去看看善良的愛德蒙呢？」

「我會設法與維爾福先生面談，之後再把情況告訴你，鄧格拉司。我會盡力為愛德蒙求情。我知道他是一個激進的保王黨分子，那又有什麼呢！無論他是保王分子還是檢察官，他總是個人，況且我不認為他是個壞人。」

「不是壞人，」鄧格拉司說道，「不過我聽說他野心勃勃，一個野人家是不會心軟的。」

「唉，」摩賴爾先生歎了一口氣說，「走一步看一步吧。現在你請上船去吧，我隨後去找你。」說完他離開了兩位朋友，踏上去法院的路。

「你看，事情發生了變化，」鄧格拉司對卡德羅斯說，「你現在還想幫助鄧蒂斯嗎？」

「不，當然不。不過，開一次玩笑就帶來這樣嚴重的後果，真是令人不寒而慄啊。」

「當然囉！我倒要問問是誰把玩笑付諸行動的？不是你，也不是我，對不對？是弗南。你很清楚，我只是把那張紙扔到了一個角落裡，我原以為把紙撕掉了呢。」

「沒有，沒有，」卡德羅斯說道，「啊！至於這一點，我很肯定，我親眼看見那張紙在涼棚的角落上，皺巴巴的，捲成一團。在那裡還能找到那張紙呢？」

「如果你看見過，那一定是弗南把它撿走了，他可能照原樣抄了一份或是讓別人代勞，甚至他都懶得抄。嗯，我想……我的上帝啊！也許他會把我的親筆信直接寄走！幸好我改變了我的筆跡。」

「這麼說你早就知道他參與了陰謀活動嗎？」

「我嘛，我事前一無所知。正像我說的，我只想開一個玩笑，並沒有其他想法，就如哈里昆[16]一樣，彷彿我是在談笑中道出了實情似的。」

「這是一碼事，」卡德羅斯接著說道，「無論怎樣，我都不希望這樣的事情發生，或者至少我沒有參與其中。你瞧著吧，這件事會給我們帶來災難的，鄧格拉司！」

「假如這件事會帶來什麼禍害，那遭報應的人也應該是弗南，他才是罪魁禍首，並不是我們。你

16. 義大利喜劇中的小丑。

認為我們會遇到什麼麻煩呢?只要我們沉著冷靜守口如瓶，這場風波很快就會過去，絕不會波及我們。」

「阿門!」卡德羅斯說道，他一面晃動著腦袋，自言自語，像心裡有事的人都有的習慣那樣，一面向鄧格拉司做了一個告別的手勢，朝家的方向走去。

「好了!」鄧格拉司說道，「事態正朝我預料的方向發展。我現在是個代理船長，假如這個愚蠢的卡德羅斯能夠不走漏風聲，船長就非我莫屬了。萬一法院把鄧蒂斯放出來了呢?哦!」他微笑著補充道，「法院是公正的，這一點我深信不疑。」

說著，他跳上一條小船，吩咐船夫把他送到「法老號」船上去，讀者應該記得，摩賴爾先生曾約他在這艘船上相見。

chapter 6 代理檢察官

在大法院路上的墨杜薩[17]噴泉的正對面，一座具有貴族氣派的古老宅邸裡，同一天的同一時刻也有人在舉行訂婚喜宴。

不過，這個場面上的角色倒不是普通小市民、海員和士兵。他們屬於馬賽社會的上流頭面人物。在座的是一些在拿破崙攝政時期提出辭呈的文官，從法國軍隊裡開小差、加入孔代[18]的軍隊裡去的老軍官，還有一些年輕人，他們雖說都由家裡花錢雇四五個人來代服兵役，但境況仍不穩定，他們憎恨拿破崙，而且在放逐生活中流逝的五年歲月使他們變成了一個個殉道者，但十五年的復辟生涯卻使他們變成了一個神。

賓客坐在餐桌旁，情緒激昂地交談著，激動南方居民的復仇熱情在這樣的談話中隨處可聞。政治仇恨歷經五百年，在宗教仇恨的土壤中慢慢滋長。

那個皇帝，他曾主宰過世界的一部分，也曾聽過不同語言的「拿破崙萬歲」從一億兩千萬臣民的

17. 又稱美杜莎，為希臘神話中長著滿頭毒蛇為髮的女妖，如有人看到她的眼睛就會變成石頭。
18. 一位法國親王，一七三六年至一八一八年在世，在一七七二至一八〇一年間，率軍對抗共和軍。

口中喊出，可如今卻困居厄爾巴島，統領區區五六千人。在這張餐桌上的這些人看來，他對法國，對王室來說，永遠只是一個廢物而已。那些文官們不斷地指責他的政治觀點，軍人在議論著莫斯科戰役和萊比錫戰役[19]，女人則在私下議論他與約瑟芬[20]的那樁離婚案。這幫保王黨不僅由於一個人的垮台，而且因一個主義的滅亡而興高采烈、趾高氣揚。對他們來說，他們可以從噩夢中走出來，擁抱新的生活。

一位佩戴聖路易十字勳章的老人站起來建議賓客們舉杯恭祝路易十八[21]國王身體安康，他就是聖米蘭侯爵。

這一杯酒使他們同時聯想到赫德威爾的流亡生活和法國這位起調和作用的國王，因此又引起了一陣熱烈的議論和歡呼。他們根據英國式的禮儀紛紛舉杯，女人們仔細地取下胸前佩戴的花朵，疊放在桌布上。場面上氣氛異常熱烈，且詩意盎然。

聖米蘭侯爵夫人是一位目光嚴厲、嘴唇很薄的女人，一派高貴的貴族姿態，而且雖說年齡已到五十，但風度仍很優雅。她說道：「如果這些革命黨人也在這裡就好了。他們該明白，是他們把我們趕走的，在恐怖時代，他們用一塊麵包就賣掉了我們這些古老的宅邸，而如今，輪到我們讓他們安安心心地在我們的古堡裡密謀。他們該明白，我們才表現出了真正的忠誠，因為我們依戀的是一個行將沒落的君主政體，而他們卻與我們截然相反，他們僅憑東升的太陽就能升官發財，當我們為了國王而傾盡家財的時候，他們卻能成為暴發戶。他們必須承認，只有我們的國王才是受『萬民愛戴的路易』，而他們的拿破崙才是該詛咒的篡權者。您同意我的說法嗎，維爾福？」

19.拿破崙在一八一二年下半年遠征俄國，因莫斯科城大火而撤退，次年十月，拿破崙在萊比錫被聯軍擊敗。
20.法國皇后，一七六三年至一八一四年在世，與拿破崙在一七九六年成婚，一八〇九年因未能生育而被迫與拿破崙離婚。
21.法國國王，一八一四至一八二四年在位。

「您說什麼……侯爵夫人……請您原諒，我剛才沒認真聽。」

「唉，別去打擾這些年輕人，侯爵夫人，」先前提議祝酒的那個老人說，「孩子們快結婚了，他們自然愛說些其他事情，而不是談論政治。」

「請您原諒我，母親，」一位漂亮的金髮女子說道，她那柔和的眼波中閃耀著如水晶般的光芒，「是我剛才獨佔了維爾福先生，他才沒能回答您的問話，現在我把他交還給您。維爾福先生，我的母親在對您說話呢。」

「如果能夠煩勞夫人再問一遍我剛才沒聽清楚的問題，我一定樂於回答。」維爾福先生說道。

「我們原諒你，麗妮，」侯爵夫人說道，在她那張乾癟的臉上綻出一個令人驚奇的溫柔的笑靨。這就是女人的心，不管它感受到哪種偏見的薰陶，不管社交禮儀對它有多麼嚴格的限制，不管這顆心變得多麼冷漠，她還總留有寬厚、善良的一面，這是上帝給母愛留下的一角之地，「我們原諒你……我剛才對維爾福說：拿破崙黨分子既沒有我們的信念，也沒有我們的熱情和忠誠。」

「啊，夫人，他們至少也有取代這些的品質，這就是狂熱。拿破崙就像西方的穆罕默德[22]，受到那些碌碌無能卻又野心勃勃之輩的極大推崇，在他們的眼中，他不僅是一個立法者和一個君主，而且還是平等的仕身。」

「平等！」侯爵夫人大聲說道，「拿破崙，平等的象徵！那麼你把羅伯斯比爾[23]先生比作什麼呢？我認為您把他的榮譽，錯誤地扣在了那個科西嘉人的頭上，而且我覺得，有一次篡位就已經足夠啦。」

「不，夫人，」維爾福說道，「我讓他們有各自的歸宿。羅伯斯比爾的歸宿之地應該是路易十五廣

22. 伊斯蘭教創始人，約五七〇至六三二年間在世。
23. 一七五八至一七九四年，法國資產階級時代雅各賓黨領袖，熱月九日政變後被處死。

場上的斷頭台，而拿破崙的歸宿之地則該是旺多姆廣場的廊柱。只不過前者通過打壓上層社會的人來實現平等，而後者則通過抬高下層社會的地位來實現平等；前一個把國王們推到斷頭台上，後一個卻把人民捧到皇座上，」維爾福笑著補充道，「我並不想說這兩個人就不是下流可鄙的革命者，也並不想說熱月九日[24]和一八一四年四月四日[25]對法國而言不是兩個少見的幸運日子，不值得讓文明社會和王朝統治下的朋友們共同慶祝。我只是想說，拿破崙雖說跌倒後再也爬不起來了——但願如此——但他仍擁有眾多的狂熱信徒。您怎麼看？侯爵夫人，克倫威爾[26]雖然只及得上半個拿破崙，他也還有不少信徒呢！」

「你知道你說的話在一里開外就能聞出革命黨的味道嗎，維爾福？不過我原諒你，既然是吉倫特黨[27]人的兒子，就難免會對恐怖保留一點兒興趣。」

維爾福的臉漲得通紅。

「不錯，我的父親是吉倫特黨人，夫人，」他說道，「不過我的父親並沒有投票贊成處決國王。在那段恐怖的日子，我的父親和您一樣，經受了被放逐的痛苦，他的腦袋幾乎和令尊的腦袋一樣落在同一個斷頭台上。」

「是的，」侯爵夫人說，這血腥的回憶絲毫也沒有使她動容，「不過，家父和令尊雖然被送上斷頭台，但其中的原因卻有著天壤之別，證據就是我的所有家庭成員一直忠誠地追隨著流亡的王室成員，而您的父親卻迫不及待地投奔新政府，一介平民的諾梯埃成為吉倫特黨人以後，諾梯埃伯爵就成了參

24. 熱月九日是羅伯斯比爾等人被捕的日子，這一天吉倫特黨發動了針對羅伯斯比爾政權的政變。
25. 拿破崙退位被囚禁的日子。
26. 一五九九至一六五八年，英國政治家，英國資產階級領導人。
27. 一八世紀法國資產階級革命時期，代表工商資產階級政黨，後演變成反對革命。

議員。」

「母親，」麗妮說，「您知道，我們早已說好，不再提起那些令人不快的往事啦！」

「夫人，」維爾福答道，「我贊同聖米蘭小姐的意見，懇求您忘掉往事吧。這些往事連上帝都無法更改，何以再去翻舊賬呢？我們這些凡人，即使不能做到抹掉有關過去的所有記憶，至少也要用布幕小心地把它遮起來。嗯！我不僅放棄了家父的主張，而且脫離了他的姓氏。我的父親曾經是，也許現在還是波拿巴分子，名叫諾梯埃；而我呢，我是保王黨人，名叫維爾福。讓殘留革命汁液的樹枝同那枯萎的老樹一同死去吧。您會看到，夫人，一棵幼芽已與這株老樹保持了一定的距離，儘管它無法徹底與之斷絕關係。」

「好樣的，維爾福，」侯爵說，「好樣的，回答得好！我也一樣，我總是勸侯爵夫人忘記過去，但總不能如願，希望您的話對她會有效果。」

「嗯，好啦，」侯爵夫人說道，「如果能讓我們不再想起過去的往事，我當然求之不得，一言為定。不過，維爾福，您至少對未來要堅定不移才好，請別忘了，維爾福，我們已在陛下面前保舉過您了。在我們的保舉下，陛下答應不計前嫌，」她把手伸給了他，「就如我答應你的請求，忘掉過去一樣。不過，假如有人犯了謀反罪落入您的手裡，請您一定要秉公執法，嚴懲不貸，您要時刻記住您是大家關注的中心，因為大家都清楚，您出自一個與謀反者有瓜葛的家庭。」

「嗨，夫人，」維爾福說道，「我的職業，特別是我們生活的時代要求我必須嚴懲不貸，我會做到的。我已經對幾件政治案件提起了公訴，而且進展順利。不幸的是，我們還沒有到萬事大吉的時候。」

「你這樣想嗎？」侯爵夫人問道。

「令我擔憂的是，雖然拿破崙被困在厄爾巴島上，卻與法國僅一步之遙。他的存在，幾乎就在我們的海岸視野範圍之內，這就給了他的擁戴者以希望。只領半餉閑賦在家的軍官幾乎遍佈馬賽全城。他們每天為一點兒雞毛蒜皮的小事找保王黨人尋釁滋事，所以在上層人士中就常常搞決鬥，而老百姓中常有暗殺發生。」

「是啊，」薩爾維歐伯爵說，他是聖米蘭先生的老朋友，也是亞托士伯爵[28]的侍從官，「是啊，不過你得知道，神聖同盟[29]正打算將他從這個島上搬走呢。」

「是的，在我們離開巴黎時，正在研究這件事，」聖米蘭先生說，「他們準備把他送到哪去？」

「送往遙遠的聖愛倫島。」

「聖愛倫島！那是什麼地方？」侯爵夫人問道。

「離此地兩千里[30]左右的一個小海島，位於赤道附近。」伯爵答道。

「好極啦！正如維爾福所說的，把這樣的人放在這裡真是太蠢啦。他所在的島，一邊是他的出生地科西嘉島，另一則是他的妹夫執政的那不勒斯島，而他的對面，正是他曾幻想自己的兒子可以統治的義大利。」

「不幸的是我們還受到一八一四年條約的約束，」維爾福說道，「如果我們動了拿破崙，就算觸犯了條約。」

「哼！這些條約遲早要失效的，」薩爾維歐先生說道，「當他叫人槍斃不幸的鄧亨公爵時，是否也想到自己也在違反條約嗎？」

---

28. 國王路易十八的弟弟。
29. 一八一五年九月，俄、普、奧三國在巴黎締結「神聖同盟」，相互勾結，以此維護君主體制並達到撲滅革命之火的目的。
30. 此處為古代法里，一古法里約等於四公里。

「對，」侯爵夫人說，「就這麼定了，神聖同盟為歐洲除掉拿破崙，維爾福為馬賽除掉他的擁戴者。要麼做獨攬大權的君主，要麼將王位拱手相讓，假如我們承認他是法國的至尊，就必須為了他而維護和平與安寧。而最好的辦法就是任命一批忠貞不貳的使臣來鎮壓所有謀反的企圖，這是防患於未然的最有效措施。」

「夫人，不幸的是，」維爾福微笑著說，「一個代理檢察官卻只能在禍事發生以後才能行使權利。」

「那麼該由他來彌補禍患。」

「我還可以對您說，夫人，這一步法律也常常無力辦到。我們要報復：如此而已。」

「哦！維爾福先生，」一位年輕貌美的女子說道，她是薩爾維歐伯爵的女兒，聖米蘭小姐的朋友，「那麼趁我們還在馬賽，設法辦一次大案吧，我還從未見過法庭審理重罪案件哩。據說很有意思。」

「的確非常有趣，小姐，」代理檢察官說，「因為這齣悲劇不是由作家虛構出來的，而是一幕真正的悲劇，這不是戲劇中杜撰出來的痛苦，而是活生生的人間悲苦。我們看見站在被告席上的那個人，不是一等落幕便回家與家人共進晚餐、然後再安心入眠以便第二天重新登台的演員，而是回到牢獄，見到的是劊子手。你明白了吧，對喜歡追求刺激的、愛激動的人來說，沒有什麼場面比這更值得看的了。放心吧，小姐，如有機會，我會讓您去看看。」

「他的話使我們渾身顫抖，可是他卻還能笑得出來！她的臉嚇得蒼白。」

「那有什麼辦法……這是一場生死決鬥……我已經有五六次判處政治犯或其他罪犯的死刑了……哼，有誰會知道眼下會有多少人心中暗藏殺機，只等待時機成熟就會將早已磨好的匕首刺進我的心臟呢？」

「哦！我的上帝啊！」麗妮說，濃濃的愁卻爬上了她的眉梢，「請認真對我說說好嗎，維爾福先生？」

「我說的是實話，小姐，」年輕法官的嘴角上掛著微笑說道，「對於年輕的小姐，想看審理大案是為了滿足她們的好奇心，而對我來說，想審理這些大案，而是為了滿足我的野心，所以，辦理案件時我一定會全力以赴。拿破崙的這些士兵早已養成盲目向敵人衝鋒的習慣。你能想像出，一個習慣於一聽他的命令就不顧性命地向敵人的刺刀衝上去的人，一個能對他從來沒有見過的俄國人，奧國人或匈牙利人舉起屠刀的傢伙，當他一旦知道了他的私人仇敵以後，竟會畏畏縮縮地不敢用小刀刺進他的心臟嗎？而且對我來說，這就是實情，否則我們的職業就毫無存在的理由了。

「我本人也是如此，每當我看見罪犯的目光裡閃爍出仇恨的怒火時，我就覺得勇氣倍增，亢奮起來，心想：這不是一次審訊，而是一次戰鬥。我向他發起進攻，他給予反擊，我再次衝鋒，而在戰鬥結束時，如同所有戰鬥一樣，結果不是勝利便是失敗。這就叫作訴訟。正是這種危機感激發了我的鬥爭意識。如果我的反駁只換來被告不屑的一笑，我就會意識到自己的表現很差，我說的話是蒼白無力而不得當的。那麼，設想，當一個檢察官證實被告是有罪的，尤其是在他雄辯的雷霆之勢下，他看到了被告臉色蒼白，低頭服罪，此時，他又會感到怎樣的得意！不久那顆低垂的頭就會落地……」

麗妮輕輕地叫了一聲。

「這才叫字字鏗鏘哪。」一位賓客說。

「像我們這樣的時代就需要這樣的人才！」另一位說。

「怪不得，」第三位說，「上次您已經辦了一件很出色的案子，親愛的維爾福。你知道，這個人謀殺了自己的生父。說真話，在把他交給劊子手之前，你就置他於死地了吧。」

「哦！對那些弒殺父母的罪行，」麗妮說，「哦！我深惡痛絕，對於這種人，再怎麼重的懲處都不過分。但是那些可憐的政治犯還是讓人同情的……」

「那樣的罪行是不可饒恕的，麗妮，臣民應視君如父，誰想推翻或是謀殺國王，就是想危害三千兩百萬人的父親的生命和安全啊。」

「啊，不管怎樣，維爾福先生，」麗妮說，「您得答應我對那些我向您求情的人寬容一些，好嗎？」

「放心吧，」維爾福臉上浮現出迷人的笑容說，「判決書我會拿來和您一同草擬的。」

「親愛的，」侯爵夫人說，「你就玩玩小鳥，養養小狗做做針線活吧，讓你未來的丈夫履行他的職責。這個年頭，能夠馳騁沙場的人已沒有用武之地，只有您這樣的法官才能大展宏圖；關於這一點，有一句含義深刻的拉丁話。」

「**Cedant arma togae**」維爾福欠身說道。

「我不敢說拉丁語。」侯爵夫人說道。

「我真希望您去當一名醫生，」麗妮接著說道，「即便是一個天使，殺了人也會使我害怕。」

「好心的麗妮！」維爾福柔聲說道，深情地注視著少女。

「我的女兒，」侯爵說道，「維爾福先生將成為一名醫治這座城市道德和政治頑疾的醫生，相信我吧，這是個令人尊敬的職業。」

「再說，這個職業可以使人們忘記他父親的過去。」積習難改的侯爵夫人接口說道。

「夫人，」維爾福帶著苦笑答道，「我已經榮幸地告訴過您，我的父親已公開——至少我希望如此——承認他過去所犯的錯誤了，熱衷於宗教和秩序，也許比我更加擁戴王朝，因為他是帶著懺悔的心情，而我成為保王黨只是由於一腔熱血。」

這席嚴謹又不失熱情的話語結束之後，為了判斷他那能言善辯的效果，他掃視了一下賓客，如同他在審判席上說了一句相當有分量的話之後，要觀察檢查院裡的聽眾一樣。

「好啊！親愛的維爾福，」薩爾維歐伯爵說，「前天我在杜伊勒里宮也說了一模一樣的話，他向我瞭解這離奇的婚姻：一個吉倫特黨人的兒子和一位保王黨軍官的女兒的結合，我回答的正是你上面說的那番話。大臣對此非常理解。這種聯姻的方式正是路易十八所主張的。國王在我們沒有察覺時聽到了我們的談話，因此他打斷了我們，並說道：『維爾福』——請注意，國王沒有說出諾梯埃的姓氏，相反，卻使用了維爾福這個姓——『維爾福一定會出人頭地，他是一個極具判斷力的年輕人，我把他看作我的人。我很高興聖米蘭侯爵和侯爵夫人擇他為婿，假如不是他們先來請示我批准這門婚事的話，我本來也會希望他們聯姻的。』」

「國王真的是這麼說的嗎，伯爵？」維爾福喜不自勝，大聲問道。

「我把他的原話轉告你了，假如侯爵願意直說的話，他也會承認，此刻我重述您聽的話，正是半年前陛下對他說的話，當時他向國王提起他的女兒與您的婚事。」

「的確如此。」侯爵說道。

「啊！我的一切全靠這位尊敬的君王。因此，我對國王陛下一定會誓死效君！」

「好極啦，」侯爵夫人說，「這樣我就更喜歡您啦，此時此刻要是有一個反賊落到你的手裡，那可是皆大歡喜的好事呢。」

「我嘛，母親，」麗妮說，「我乞求您的話不要傳到上帝的耳中，請求他只把小偷小摸的人，無足輕重的走私犯和膽小的騙子送到維爾福的手中，這樣我才能睡得安穩哩。」

維爾福笑著說：「這樣的話，就等於您希望醫生只看一些諸如頭暈、麻疹和蜂螫這樣一些輕微的小病。如果您願意看到我坐上檢察官的職位，那麼，你就必須希望我接受某些危險劇烈的疾病，醫好了那些病，一個醫生才會聲名遠揚。」

這當兒，彷彿維爾福的願望一說出口，就能如願以償似的，一個貼身男僕走了進來，對他耳語了幾句。於是維爾福馬上離席，一邊表示歉意，不一會兒又走了回來。他神情開朗，面露微笑。

麗妮含情脈脈地看著他。因為此時她看著他那湛藍的眼睛、白皙的皮膚和那一圈烏黑的頰鬚，覺得他真是一個風度翩翩的漂亮男子。於是少女整個心似乎都懸在他的嘴上了，她等待著他解釋他剛才短暫離席的原因。

「啊哈，小姐，您剛才發願希望自己的丈夫是一個醫生。跟神醫埃斯柯拉庇俄[31]的門徒相比，我們至少有一點是相同的，那就是我的時間永遠不屬於我自己，甚至在我的訂婚喜宴上，還是會有人來提醒我這一事實。」

「那麼他們以什麼理由打擾你呢，先生？」美麗的少女微帶不安地問道。

「唉！如果剛才聽到的情況屬實，那就是說有一個病人已危在旦夕。這次，病情非常之嚴重，斷頭台已在向他招手了。」

「呵，上帝啊！」麗妮大叫道，臉色變得煞白。

「當真來了！」賓客們異口同聲地說道。

「據說有人舉報了拿破崙黨人的一宗陰謀。」

「可能嗎？」侯爵夫人問道。

「告發信在這裡呢。」

接著，維爾福就念起來：

31. 羅馬神話中的醫務之神。

「檢察官先生台鑒：鄙人乃王室與教會的朋友。茲稟告有一名為愛德蒙・鄧蒂斯者，係『法老號』帆船之大副，今晨從士麥那港而來，中途停靠那不勒斯和費拉約港。此人受穆拉特之托，奉命將一封信交與謀王篡位者，後者令他將信轉交巴黎的拿破崙黨人委員會。

逮捕此人時便可截獲犯罪證據，因為該犯可能將信隨身攜帶，或是藏於其父家中，或是在『法老號』的艙倉裡。」

「不過，」麗妮說，「這封信只是一封匿名信，而且是交給檢察官先生，不是交給你的。」

「是的，可是檢察官不在。他不在期間，他的信件由他的秘書代為處理，秘書有責任打開信件，於是他拆開了，便派人來找我。由於找不到我，他就下發逮捕令了。」

「這麼說，罪犯被捕了？」侯爵夫人問道。

「也就是說被告。」麗妮接著說。

「是的，夫人，」維爾福說道，「正如方才對麗妮小姐說的那樣，如果真的搜到了那封信，這個病人就危在旦夕了。」

「這可憐的人現在在哪兒？」麗妮問道。

「他在我的家裡。」

「去吧，我的朋友，」侯爵說道，「當你需要在別處為國王效忠時，別為了與我們待在一起而瀆職。國王交給你的使命在別處等待你去完成，快去那裡履行你的職責吧！」

「啊！維爾福先生，」麗妮雙手合十說道，「今天可是您訂婚的日子，請您一定要仁慈啊！」

維爾福繞著餐桌走了一圈，走近少女的椅子，倚在她的椅背上。

「為了不讓您擔心，」他說道，「我盡力而為，親愛的麗妮。不過，如果犯罪證據確鑿可信，使指控能夠成立，那麼就必須斬斷這株拿破崙分子的毒草。」

聽到「斬斷」兩個字，麗妮就膽戰心驚，因為這株說要斬斷的草上長著一顆腦袋。

「行啦！行啦！」侯爵夫人說道，「別聽這個小女孩嘮叨啦，她會習慣的。」

侯爵夫人說完便向維爾福伸出一隻瘦骨嶙峋的手，維爾福邊吻邊看著麗妮，他的眼神似乎在向她示意道：

「我此時吻的是你的手，或者至少眼下我想吻你的手。」

「不祥的預兆。」麗妮喃喃地說道。

「說真的，小姐，」侯爵夫人說，「你的天真真是令人目瞪口呆，我倒要問你，怎能任憑你的任性加多愁善感影響國家的命運呢？」

「啊！母親！」麗妮輕輕叫喚了一聲。

「請您饒恕她意志的不堅定吧，侯爵夫人，」維爾福說道，「我向您保證，我一定會做一個鐵面無私的代理檢察官以彌補她思想的不忠，換句話說，一定鐵面無私。」

然而，當做法官的維爾福對侯爵夫人說這番話時，做未婚夫的維爾福卻偷偷地向他的未婚妻使了一個眼色，這個眼神彷彿在說：

「放心吧，麗妮，為了你的愛，我一定會仁慈的。」

麗妮以溫柔的微笑回報了他的目光。於是維爾福離開時，快樂盈滿了心扉，好像置身於天堂一樣。

chapter 7 審訊

維爾福剛剛走出餐廳，便卸去了快樂的偽裝，擺出了一副對別人有生殺大權的氣派。他臉部的表情雖極善於變化，——這是代理官常常對鏡訓練出來的，因為一個職業演說家應該善於運用表情——可是現在要做出橫眉冷對的表情卻要花番工夫了，裝出一副莊嚴沉著的神氣。如果重蹈父親的覆轍，而不是與他劃清界限的話，就會給他的前程設置重重阻礙，這是他唯一不順心的事情。

但除了偶爾回想起這件略不順心的事情而外，他此時可以說是正在享受著人間所有的全部幸福。他通過自身努力已經變得很富有了，雖然只有二十七歲，卻已當上了高級法官，而且他將娶一個年輕貌美的女子為妻，雖說不上愛得狂熱，卻不吝一個代理檢察官所能付出的理智的愛。除了有目共睹的美貌之外，他的未婚妻聖米蘭小姐出身於當時朝廷裡最顯赫的名門望族中的一個。她的父母親膝下就她這麼一個女兒，所以會以自己全部的影響力去幫助他們的女婿。除此以外，她還能給她的丈夫帶來五萬埃居的嫁妝，借用媒人說過的一句不雅的話，希望如願以償，這筆嫁妝有朝一日還能增加五十萬的遺產。

對維爾福來說，所有這些因素綜合在一起，就構成了那燦爛奪目的幸福生活。所以，當維爾福略一沉思，平心靜氣地審視自己的內心世界時，他就彷彿被來自於太陽焦點的強光刺得目眩神迷起來。

在門口，他見到了在等待他的員警分局局長。一看見這個穿黑制服的人出現在眼前，他便立即從九霄雲處的快樂巔峰跌回了冰冷的現實中。他的臉上重又出現了剛才的那種神色，走近警長。

「我來了，先生，」他對警長說，「我讀了信，你逮捕此人是正確的。現在，請把目前你所搜集到的有關犯人謀反行動的一切細節彙報給我。」

「關於謀反的情況，先生，我們還一無所知。在他身上搜出的紙張都已放在一隻大信封裡，蓋上了封印，就放在您的辦公桌上。至於犯人，您從告發信中已經知道了，此人名叫愛德蒙‧鄧蒂斯，是三桅帆船『法老號』上的大副。該船與亞歷山大港和士麥那港做棉花生意，屬馬賽的摩賴爾父子公司所有。」

「他在商船隊工作之前，是否到海軍服過役？」

「啊，沒有，先生，此人十分年輕。」

「多大年紀？」

「最多十九或二十歲。」

這當兒，維爾福順著大街拐到了顧問街的轉角，有一個人似乎在他路過的地方等著他，這時向他走過來，此人便是摩賴爾先生。

「哦，維爾福先生！」這個正直的船主看見代理檢察官大聲說道，「很高興碰見您。您瞧，剛剛由於令人匪夷所思的誤會，有人把我船上的大副——愛德蒙‧鄧蒂斯抓走了。」

「我已經知道了，先生，」維爾福說道，「我來就是要審訊他的。」

「哦，先生，」出於對年輕人的深厚情誼，摩賴爾急切地為他求情，他繼續說道，「您不瞭解這個被告發的人，我卻瞭解他。請您相信他是世界上最善良而又正直的人。我敢肯定，他是整個商船界最優秀的海員了！哦，維爾福先生！我真心誠意向您擔保。」

讀者已經知道，維爾福屬於上流社會，摩賴爾只是一介平民；前者是個極端的保王黨人，後者則被懷疑暗地裡與拿破崙黨人有染。此刻，維爾福輕蔑地看著摩賴爾，冷冰冰地對他說：

「您知道，先生，有人在私生活中可能很善良，在商務交往中可能很正直，精通業務；但就政治而言，他卻可能因政見不同而觸犯法律。這您應該懂得的，不是嗎，先生？」

法官說最後一句時加重了語氣，似乎他所指的對象就是船主本人，而他那審視的目光似乎要看透船主的內心像是說：「你為旁人說情，你應該知道你本人也得需要饒恕呢？」

摩賴爾臉刷地紅了，他自知在政治觀點方面並不是無懈可擊。況且，關於與元帥見面和皇帝對他所說的話，鄧蒂斯都曾悄悄對摩賴爾說過，這也使他有些心緒不寧，但他還是以甚為關切的口氣說：

「我求您了，維爾福先生，請您一定要一如既往的公正仁慈，把這個可憐的鄧蒂斯儘快地還給我們吧！」

「還給我們」，這幾個字彷彿革命的鐘聲在代理檢察官的耳朵裡響起。

「呃！呃！」他默念道，「『還給我們』……這個鄧蒂斯大概加入了某個燒炭黨[32]組織，以致他的保護人不假思索地以這樣同舟共濟的態度為他求情。我記得，警長對我說過，他是在一家酒店被捕的，與許多人在一起，那裡可能真的是某個秘密集會場所呢。」

接著，他又大聲說道：

32. 十九世紀初的一個義大利秘密組織，扮作燒炭人集會於樹林，故被稱為燒炭黨。

「先生，您完全可以放心，假如犯人是無辜的，那麼您請求我主持公道是多餘的。不過，反之，假如他真的有罪，既然眼下我們正處在艱難時期，先生，為他免罪是開了一個前所未有的先例，後果不堪設想，所以我將不得不行使我的職權。」

說到這裡，他已走到在法院隔壁的家門口。於是他彬彬有禮卻又冷冰冰地向船主行了一個禮，隨後便昂首闊步走了進去，而船主站在維爾福離開的地方發愣。

客廳室裡已擠滿了憲兵和員警，在他們中間，一個犯人雖然被嚴加看管，卻能在眾多仇視目光的監視下泰然自若，安靜平和地站在那裡。

維爾福穿過候見室，對鄧蒂斯斜瞟了一眼，接過一個員警交給他的一捆東西，邊出門邊說道：

「把犯人帶進來。」

雖說是瞬間的一瞥，卻足以使維爾福對這個即將受審的犯人做出了初步的評價：那飽滿的前額顯示出了他的睿智，他堅定的目光和微皺的眉心流露他的勇氣，半啟的嘴唇露出了兩排潔白如象牙的牙齒，也露出了他的直率。

應該說，這個第一印象對鄧蒂斯是有利的。可是，維爾福經常聽人說，最初的念頭往往具有欺騙性，既然是個好印象，於是他把這句格言也用在印象上，卻忽視了印象和念頭兩者之間的差別。因此他竭力抑制著慢慢在心頭滋生的善良本能，這種本能竭力滲入他的心頭，他在鏡子前調整好自己出庭時的一副面孔，臉色陰沉，威風凜凜地在他的辦公桌前坐下來。

不一會兒，鄧蒂斯走進來了。

年輕人的臉色仍然是蒼白的，但表現得很鎮定，且面帶微笑。他毫不拘謹地向法官行禮，隨後用目光尋找一個座位，彷彿他此刻是待在摩賴爾船主的客廳裡似的。

就在這時，他接觸到維爾福陰沉的目光。那是在法院就職的人特有的目光，他們不希望別人看穿他們的內心，於是把自己的眼睛變成了一對失去光彩，沒有生機的玻璃球。這目光告訴鄧蒂斯，他面對的是威嚴的法官，這樣的目光會使一切犯罪行為無所遁形。

「你是誰？叫什麼名字？」維爾福邊翻著進門時員警交給他的筆錄邊問道。一小時之內，筆錄已摞成厚厚的一疊，無辜的可憐人就這樣落入了苛政惡吏的魔掌，令人猝不及防。

「我叫愛德蒙・鄧蒂斯，先生，」年輕人用沉著而洪亮的聲音回答道，「我是『法老號』船上的大副，該船為摩賴爾父子公司所有。」

「你的年齡？」維爾福接著問。

「十九歲。」鄧蒂斯答道。

「你被捕時在幹什麼？」

「我正在舉行訂婚宴，先生。」鄧蒂斯用有點兒激動的聲音說道，與剛才那歡快的時光相比，正在進行的死氣沉沉的司法程序之間的差距太大了，面對維爾福先生陰沉的臉，他更加思念美茜蒂絲明淨的笑奮，她容光煥發的形象也不斷地閃現在他的眼前。

「您在擺訂婚喜宴？」代理檢察官說道，不由自主地哆嗦了一下。

「是的，先生，我就要娶一位我愛上了三年的女子。」

維爾福的情緒雖說平時不會輕易受到影響，但這次卻因這樣的巧合而震驚。原本正享受著幸福，卻招來了牢獄之災，鄧蒂斯顫抖的嗓音，就要觸到他心靈深處那一根同情的神經。維爾福是感同身受的，他也要結婚了，同樣也非常的幸福，而現在有人竟然打擾他的幸福，要他去毀掉另一個像他一樣即將獲得幸福的人的歡樂。

他想，在我回到聖米蘭家的客廳裡時，告訴他們發生的事情一定會引起轟動的。眼下，鄧蒂斯正在等著他提出新的問題，他先得在思想上整理出一些對稱的詞，演說家們總是憑藉這樣的修辭技巧來博得滿堂喝彩的，這樣的詞句也使他們贏得雄辯家的美譽。

當維爾福把他那小小的演說腹稿整理完畢之後，禁不住微笑了一下，回過來向鄧蒂斯提問。

「請繼續說，先生。」他說。

「你要我繼續說什麼？」

「讓法官知道一切。」

「請法官先生告訴我，您想聽哪方面的事情，我將毫無保留地把我所知道的都說出來。不過，」他補充說道，這回他也笑了一下，「我想預先說一句，我知道的情況並不多。」

「你在逆賊手下效勞過嗎？」

「他垮台時我正要編入海軍。」

「有人說你的政見很極端。」維爾福說道，雖然並沒有人向他提起過這點，但他樂於以訴訟的方式訊問犯人。

「我？我的政見，先生？天哪，說來有些難為情，我從來沒有過別人所講的什麼政見。我今年剛滿十九歲。我剛才有幸對您說了，我什麼也不懂，也從未奢望自己會建功立業。我現在以及將來可能的最大作為，也就是說如果我可以得到我所期望的那個位子的話，那也是多虧了摩賴爾先生的提攜。因此，我的全部見解，我不說政見，而是私人見解，也僅僅局限於這三種感情之內：我愛我的父親，我尊敬摩賴爾先生，我深愛美茜蒂絲。先生，這就是我能向法官您和盤托出的所有內容，您瞧，您不會感興趣的。」

鄧蒂斯說話時，維爾福凝視著他溫和而開朗的臉，一面聽他往下講，一面回想起麗妮對他說的話。麗妮雖然不認識犯人，卻為這個犯人求情。代理檢察官根據對案件和罪犯的審理經驗，已經看出鄧蒂斯說的每一句話都證實了他的無辜。確實，這個年輕人，甚至說這個孩子，他單純、樸實，說話時理直氣壯，這是內心光明磊落的一種自然流露，而不是刻意追求就能做到的。他以友善的心對待周圍的所有人，因為他是個沉浸在幸福中的人。幸福原本就能使壞人都變得和藹可親，所以他甚至對法官都這麼溫和親切，這是一種充溢心靈的善良感情的流露。無論維爾福對愛德蒙是如何刻板和嚴厲，愛德蒙對這個審訊他的人，不論在眼神、聲調還是動作上，都只是表現出溫情和善意。

「沒錯，」維爾福心裡想，「這是一個可愛的小夥子，我希望，完成了麗妮對我的第一次囑託，我可以討得她的歡心。她也許會公開握一下我的手，並且私下裡給我一個甜蜜的吻呢。」

腦子裡縈繞著這樣甜蜜的想法，維爾福的臉上不自禁地展開了笑容。當他透露內心的眼神停留在鄧蒂斯臉上時，後者因剛才一直在注視著法官臉部的表情變化，也隨著他的想法而微笑起來了。

「先生，」維爾福說，「你有什麼仇人嗎？」

「我有仇人？」鄧蒂斯說，「我有幸是一個無足輕重的人，我的地位沒有資格使別人對我因妒生恨。至於我的脾氣，也許有點兒急躁，我始終竭力對下屬和藹一些。我指揮十至十二個水手，先生。如果您要問他們，他們會對您說，他們喜歡我，尊重我，當然不是像對待父輩那樣，因為我太年輕了，所以就像對待兄長那樣。」

「即使沒有仇人，也許會有人嫉妒你吧。您十九歲時就能當上船長，這在您的職業生涯中，算是一個高職位了；您又將要娶一位深愛著您的漂亮女子為妻，這對所有的人來說都是不可多得的幸福啊。命運對你的眷顧足以引起別人對您的嫉妒啊。」

「是的，您說得很對。您對人的瞭解一定比我深刻，這是有可能的。不過，如果這些嫉妒者是我的朋友的話，我得向您承認，我寧可不知道他們是誰，免得自己會憎恨他們。」

「您錯了，先生。必須始終保持頭腦清醒。說真的，你看起來是一個心地高尚的年輕人，我願為您破一次例，幫您查出事情的真相。告訴你何以有人告發，把逮捕你的控告信給你看一下。這就是告發信，你認識信上的筆跡嗎？」

說完，維爾福就從口袋裡抽出了一封信，放在鄧蒂斯眼前。鄧蒂斯看了看，又辨認了一會兒。臉上掠過了一層疑雲。他說道：

「不，先生，我不認識這個筆跡。這是偽裝的，不管怎麼說，書寫的人手法嫻熟。」他以感激的目光看著維爾福補充說道，「我很幸運，能和一個像您這樣的人打交道。因為說實在的，嫉妒我的人絕對是實實在在的仇人。」

注意到這個年輕人講這番話時眼中閃出的光芒。維爾福看出來了，在這個溫和的年輕人身上，蘊藏著一種驚人的力量。

「那麼再來看看吧，」代理檢察官說，「現在，請直言不諱地告訴我，先生。不是犯人面對法官，而要像一個受委屈的人面對另一個關心他的人：在這封匿名告密信中，有幾分實情呢？」

維爾福把鄧蒂斯方才交還給他的信不屑地丟在辦公桌上。

「全部是事實，又都不是，先生。現在，我要以水手的榮譽、對美茜蒂絲的愛情以及我父親的生命擔保，這是大實話。」

「請說吧，先生。」維爾福大聲說道。

接著，他又輕聲自語道：

「假如麗妮能看見我，我希望她會對我的行為表示贊許，再也不要說我是一個劊子手啦！」

「好吧！黎克勒船長離開那不勒斯後，得了腦膜炎，沒多久就一病不起了。由於我們的船上沒配備醫生，他又急於要到厄爾巴島去，不願意中途在任何港口停留，他的病惡化了，到第三天結束時，他覺得自己快死了，才把我叫到他的跟前。

「『親愛的鄧蒂斯，』他對我說，『我要你發誓一定完成我將要交給你的任務，這是牽扯到最高利益的大事啊。』

「『我向您發誓，船長。』」我回答他說。

「『那好，由於我死後這艘船的指揮權就屬於你，作為大副，你要負起這樣的指揮權，你要把船開往厄爾巴島，在費拉約港靠岸，去找大元帥，你把這封信親自交給他。也許他要交給你另外一封信，委託你完成某項使命。原來這件事情該由我來辦的，鄧蒂斯。現在由你代替我去完成，一切由此而來的榮譽歸於你。』

「『我一定完成，船長，或許不像您想像的那樣，輕而易舉的就能見到元帥。』

「『這兒是一枚戒指，你讓他手下的人交給他，』船長說，『一切困難便會迎刃而解的。』

「說完他交給我一枚戒指。

「時間很急促。因為兩小時後他昏了過去，第二天就與世長辭了。」

「那麼你是怎麼去做的呢？」

「先生，我要做的事情，任何處在我位子上的人都會這樣去做的。因為不管怎麼說，一個垂死的人的要求是神聖的。對我們水手來說，上司的最後要求無疑便是命令，必須完成。於是我便起航開往厄爾巴島，次日靠岸。我命令所有的人都留在船上，我獨自一人上岸。正如我所預料的，那些人為了阻止我見大元帥給我設置了種種障礙，但我手中的戒指卻幫我打通了關節，使我暢通無阻。他接見了我，向我瞭解了有關不幸的黎克勒船長臨終前的一些情況。正如船長所說的，他交給我一封信，委託我親自帶到巴黎。我答應了他，因為這是在了卻船長最後的心願。船到馬賽後，我迅速完成船上的事務，然後去見我的未婚妻，我發現她比以往更美麗、更可愛了。多虧有了摩賴爾先生的幫助，我們才能省掉教會方面的一切繁瑣手續。最後，先生，正如我剛才已經告訴過您的那樣，我正在宴請親朋好友，再過一個小時，我就應該完成訂婚儀式了，我打算明天出發去巴黎。而一封告密信卻使我被員警帶到這裡來。現在您和我一樣，似乎對這封信也很鄙視呢。」

「是的，是的，」維爾福低聲說道，「我覺得您說的都是實情。即便您有罪，那也是疏忽所致，況且這疏忽僅僅是執行了你的船長的命令，因而也是正當的。請你把在厄爾巴島收到的那封信交給我們，向我保證，只要起訴就出庭，然後你就去找你的朋友們吧。」

「這麼說我自由了嗎？先生！」鄧蒂斯難掩喜悅地叫道。

「是的，不過，你得把信交給我。」

「這封信應該就擺在您面前，先生。因為員警把這封信和其他紙張一起搜走了，應該在這疊文件裡，這捆東西裡我認得出幾份。」

「等等，」代理檢察官對鄧蒂斯說，後者已去拿自己的手套和帽子了，「請等等，信是寫給誰的？」

「致巴黎高海隆路的諾梯埃先生。」

即使被雷霆擊中，維爾福也不會如此震驚，如此錯愕。他立刻從椅子上坐直身子，去拿即將作為鄧蒂斯的案卷存檔的那疊紙。這時他又跌坐在他的扶手椅上，迅速地翻閱了這份案卷，抽出那封要命的信，帶著恐怖的眼神盯著上面的內容。

「諾梯埃先生收，高海隆路十三號。」他輕聲念道，臉色越來越白。

「是的，先生，」鄧蒂斯驚訝地問道，「您認識他嗎？」

「不，」維爾福立即回答，「國王的忠臣是不會與逆賊有任何瓜葛的。」

「那麼與謀反有關囉？」鄧蒂斯問道，他本以為已經獲得自由了，但現在卻比剛才更加惶恐不安了，「不管怎麼說，先生，我已經對您說過了，我對這封信件的內容一無所知。」

「對，」維爾福聲音暗啞地說道，「但是你知道收信人的姓名和地址！」

「為了送交給收信人本人，先生，我必須記住他的名字。」

「你沒有把這封信給任何人看過，對嗎？」維爾福邊看邊說道，他越往下看，臉色越蒼白。

「沒有給任何人看過，先生，我向您保證！」

「那麼沒有人知道你從厄爾巴帶了一封轉交諾梯埃先生收的信啦？」

「沒有人知道，先生，除了交給我信的那個人，先生。」

「太嚴重了，真是太嚴重了。」維爾福喃喃自語道。

維爾福對事情瞭解得越清楚，他的臉色就越陰沉。瞧著他那蒼白的嘴唇、顫抖的雙手、熾熱的眼睛，一陣恐怖的念頭湧上了鄧蒂斯的心頭。

維爾福讀完信，雙手掩面，痛苦不堪。

「啊，我的上帝！您怎麼啦，先生？」鄧蒂斯怯生生地問道。

維爾福默不作聲。不一會兒，他慢慢抬起蒼白扭曲的臉，又一次把信讀了一遍。

「你說，你不知道此信的內容嗎？」維爾福接著問道。

「我以名譽發誓，先生，」鄧蒂斯說，「我再重複一遍，我不知道。不過您這是怎麼啦，我的上帝啊！您看起來不舒服。我拉鈴行嗎？要我叫人來嗎？」

「不，先生，」維爾福迅速站起來說，「你別動，別開口。在這裡發佈命令的是我，而不是你。」

「先生，」鄧蒂斯說，他的自尊心顯然受到了傷害，「我是叫人來照顧你，我沒有別的意思。」

「我什麼也不需要。我只是一時頭暈，沒什麼，你管好你自己吧，不用管我。請回答問題吧。」

鄧蒂斯等待他提出更多的問題，但沒有等到。維爾福又跌坐在扶手椅上，用手抹了抹布滿汗珠的額頭，第三次重讀這封信。

「哦！假如他知道信的內容，」他對自己說道，「並有朝一日知道諾梯埃就是維爾福的父親的話，那麼我就完了，徹底完了！」

他不時地看看愛德蒙，彷彿他的目光能夠穿透任何看不見的壁壘，直達他心中最深層的秘密。

「哦！不用再懷疑了！」他突然大聲說道。

「呵，以上帝的名義起誓，先生！」不幸的年輕人高聲說道，「假如您不相信我，假如您懷疑我，那就審訊吧，我已作好答覆您的準備。」

維爾福費了好大勁才克制住自己，儘量以平靜的口吻說道：

「先生，這次審問的結果，你的罪名確實不輕。因此已超出我的職權範圍，我不能像最初希望的那樣，讓您馬上恢復自由。因為在做出這樣的決定之前，我得先去問問預審法官。這段時間，你已經看到我是如何對待你的了，對吧？」

「哦，是的，先生，」鄧蒂斯大聲說道，「我很感謝您，因為您待我更像是個朋友，而不是法官。」

「那好！先生，我要再拘留您一段時間，但我會盡我所能及早釋放您的。目前對您最不利的證據就是這封信，你瞧……」

維爾福走近壁爐，把信扔進火裡，一直等到那封信化為灰燼。

「你瞧，」他接著說道，「我把它銷毀了。」

「啊！」水手大聲說道，「先生，您真是既能秉公執法又能法外施恩的大好人。」

「不過聽我說，」維爾福緊接著說，「我做出這個舉動之後，你該明白你是能夠信任我的了，是嗎？」

「啊，先生！下命令吧，我一定遵命。」

「不，」維爾福走近年輕人說，「不，我想給你的不是命令。你得明白，這是忠告。」

「請說吧，我一定服從，如同執行您的命令一樣。」

「直到今晚，我都會請你留在法院。可能還有另一個人會來提審你，你就照你剛才對我說的話複述一遍，但隻字不提這封信。」

「我答應你，先生。」

此刻，似乎是維爾福在請求，犯人倒在讓法官放心。

「你要明白，」他一邊說，一邊朝灰燼望了一眼，那依然保持著信紙形狀的灰燼，變成火星慢慢飄散開，「現在，信是燒掉了，只有你與我知道曾經有過這麼一封信。今後絕不會有人再向你出示這封信，因此如果有人問起這封信，你就直接否認，大膽地否認，這樣，你就有救了。」

「我會否認的，先生，請放心吧。」鄧蒂斯說。

「好！好！」維爾福說著，把手放在拉鈴的繩子上。

他正要拉鈴，卻又停下來，問道：

「這是你身上帶著的唯一的一封信嗎？」他問道。

「是的。」

「請發誓。」

鄧蒂斯伸出一隻手。

「我發誓。」他說。

維爾福拉響了鈴。

警長走進來了。

維爾福走近警長，耳語了幾聲。警長點頭會意。

「請跟這位先生去吧。」維爾福對鄧蒂斯說道。

鄧蒂斯躬身致意，走了出去，最後投向維爾福的目光中寫滿了感激。

門剛剛關上，維爾福就已經疲憊不堪，幾乎暈倒在扶手上。

過了一會兒，他喃喃地說：

「哦，上帝啊！我的大好前程險些毀於一旦……假如檢察官此時在馬賽，假如招來的是預審法官而不是我，我就完了。而這封信，這封該死的信將會把我推入萬丈深淵。啊，父親，父親，您總是成為我通往幸福道路上的絆腳石。難道我必須與您的過去鬥爭到底嗎？」

突然間，一道突如其來的光彩似乎劃過了他的頭腦，照亮了他原本陰沉的臉，顫抖的嘴唇上也顯出了一絲微笑，他那惶恐的雙眼變得堅定起來，似乎在聚精會神地思考著一個問題。

「就這樣，」他說道，「是啊，這封本來要使我身敗名裂的信可能會幫我青雲直上。行動吧，維爾福，快快行動。」

確信犯人已不在候見室，代理檢察官也出了門，匆匆忙忙地朝他未婚妻的府邸走去。

chapter 8 伊夫堡

警長穿過候見室時，向兩個憲兵示意，他們分別站在鄧蒂斯的左右兩邊；他們打開了從檢察官的套間通往法院的一扇門，於是這一行人順著其中的一條陰森森的長廊走了一陣子，從這條走廊穿過的人都會覺得膽戰心驚，不由自主地渾身打戰。

維爾福住的房子和法院以及監獄是相通的，緊貼著法院的這個監獄是一座陰森森的高大建築物，從它所有開著的窗口望出去，可以看見正面聳立著與之很不相稱的阿庫爾教堂的鐘樓。

在長廊上拐了幾個彎之後，鄧蒂斯看見一扇帶有鐵窗的門打開了，警長在另一道門上敲了三下，響聲迴盪，對於鄧蒂斯來說，這三下彷彿敲打在自己的心口上。門打開之後，兩個憲兵輕輕地推了推還在猶豫不決的犯人。鄧蒂斯終於邁過了這可怕的門檻，門在他身後砰的一聲關上了。他呼吸到另一種空氣，一種混濁、帶有惡臭的空氣——他已經到了監獄。

他被帶到了一間門窗上裝有鐵欄的房間，但房間還算乾淨。應該說，這房間的外觀並不使他十分驚恐，再說，代理檢察官剛才說話的聲音似乎對鄧蒂斯充滿了關切和體諒，有如此美好的、充滿希望的諾言在他耳邊迴響。

鄧蒂斯被帶進他的牢房時已經是下午四點鐘了。我們前面一句說過了，那天是三月一日，因此犯人不久就被黑暗所包圍了。

雖然黑暗削弱了他的視力，卻使他的聽覺變得更加敏銳，他一聽到傳進來的細微聲響，就以為是有人要來釋放他，便立即站起來，向門口邁出一步，但不久響聲遠去，消失在另一個方向，鄧蒂斯只得再坐回到他那張小木凳上。

終於到了晚上十點鐘左右，正當鄧蒂斯開始絕望之際，又傳來了一個聲響，這一次，他覺得是朝他的房間走來的。果真，走廊上響起了腳步聲，腳步在他的房門前停住了。一把鑰匙在鎖孔裡轉動，鎖扣嘎嘎作響，笨重的橡木門打開了，兩支火把耀眼的光芒突然射進黑魆魆的房間。

借著火把的照明，鄧蒂斯看見四個憲兵的佩刀和馬槍在閃閃發亮。

他向前邁出兩步，但看到這新增的武力，他卻停下了腳步。

「你們是來接我的嗎？」鄧蒂斯問道。

「是的。」其中一個憲兵說。

「是代理檢察官的命令嗎？」

「我想是的。」

「好，」鄧蒂斯說，「我這就跟你們走。」

不幸的年輕人以為是代理檢察官維爾福下令派人來找他，一切恐懼便都消失了。於是，他鎮定地向前走了幾步，從容地走到押送他的士兵中間。

一輛馬車停在臨街的大門口前，馬車夫已坐在座位上，一個差官坐在車夫身旁。

「這輛馬車停在那裡，是為我準備的嗎？」鄧蒂斯問道。

「這是你坐的車，」一個憲兵答道，「請上車吧。」

鄧蒂斯還想再看上幾眼，但車門已打開了，而且他覺得有人在推他，他既不能、也不想做什麼抵抗，他隨即坐在馬車的最裡頭，夾在兩個憲兵之間。另外兩個憲兵坐在前排的座位上。沉重的馬車輪子開始滾動了，發出令人恐怖的聲音。

囚徒透過裝了鐵絲網的窗子向外張望。他只不過換了個裝在車輪上的監獄而已。他已從牢獄裡出來被護送到一個他所不知道的地方去。透過密得只伸得出手的鐵欄，鄧蒂斯還是能發現馬車是沿著工廠街行駛，拐入勞倫碼頭和塔拉密斯街，向南駛向河岸。

不一會兒，他的目光穿過馬車窗格，又透過附近一座建築物的窗戶，看到行李寄存處的燈光在閃爍。

馬車停下了，差官下了車，向警衛室走去。十來個士兵從裡面走出來，排列成兩行。借著馬路上的燈光，鄧蒂斯看見他們的步槍在閃光。

「他們是為我才這樣興師動眾的嗎？」鄧蒂斯心裡想。

差官打開上了鎖的車門，儘管一言不發，卻無疑是默認了這個問題。因為鄧蒂斯看見士兵組成了兩道人牆，從馬車到港口中間為他讓出一條長長的甬道。

坐在前排座位上的兩個憲兵先走下了車，然後才把他帶下來，緊跟著下的是坐在他兩旁的憲兵。他們走向一隻小船，一個海關的船員用一根鐵鍊把小船繫在碼頭旁邊。士兵們帶著好奇地神色望著鄧蒂斯走過去。很快，他就被安置在小艇的尾部，始終夾在這四個憲兵之間，而那個差官坐在船頭。小船搖搖晃晃地駛離了岸邊，四個槳手有力地把船划往皮隆的方向。艇上一聲喊叫，封鎖港口的鐵鍊就落下了。轉眼間，他們已經到了港口之外。

囚徒來到戶外，一呼吸到自由的空氣就會產生快樂的衝動。於是他大口大口地呼吸著新鮮空氣，風兒搧動著它的翅膀帶來了夜晚與海洋都難以名狀的芳香。不過，他很快就歎了一口氣。他正打里瑟夫酒店經過，就在當天早上，在他被捕的前一刻，他還曾是那麼幸福。而現在，舞會上歡快的聲響，通過酒店兩扇敞開的窗戶，一直傳到他的耳際。

鄧蒂斯雙手合在胸前，仰頭望天，祈禱起來。

小艇在繼續前進。它已經越過一個峽，駛到法羅灣的對面，正要繞過炮台。這樣的航行，讓鄧蒂斯大惑不解。

「你們把我帶到哪兒去呀？」他向一個憲兵問道。

「您待會兒就知道了。」

「但是……」

「我們奉命禁止向您作任何解釋。」

鄧蒂斯也算是半個兵，在他看來向遵照上級指示不得作答的士兵提問，是非常愚蠢的事，於是他沉默了。

這時，他的腦子裡冒出一些千奇百怪的想法。譬如說，既然這麼一隻小艇不可能作長距離航行，既然他們去的港灣也沒有大船停泊著，他思忖著，他們是要將他送到一個偏僻的遠離岸邊的地方，再對他說自由了。又譬如說，他沒有被捆綁起來，他們也沒有給他戴上手銬的意思，這在他看來是個好兆頭。此外，代理檢察官也對他深表同情，不是對他講過，只要他不說出諾梯埃這個關鍵的名字，他就沒什麼可害怕了啊！維爾福不是當著他的面燒毀了那封危險的信，對他不利的唯一的證據嗎？

因此他在沉默中等待著，並努力地用已經習慣於在黑夜中航行的眼力辨別著方向。

在小艇的右首，塔燈閃爍的蘭頓紐島已被甩在後面，他們幾乎沿著海岸前行，到了迦太蘭的海灣附近。這時，犯人的眼中閃耀著興奮的光芒。那裡居住著美茜蒂絲，他覺得時時都瞧見一個女人的身影隱約地顯現在昏暗的沙灘上。

美茜蒂絲怎麼就不會預感到，她的情人正從她的身邊經過，而且近在咫尺呢？

迦太蘭村落僅僅閃耀著一盞燈。鄧蒂斯打量這盞燈的方向，認出這是從他的未婚妻的房間裡射出來的光。在整個小小的移民區，美茜蒂絲是唯一的守夜人了。只要年輕人大喊一聲，他的未婚妻就可能聽見。

一陣沒有根據的羞恥感止住了他，他沒喊出來。假如看守他的這些人聽到他像一個瘋子似的大喊大叫會怎麼想呢？於是他保持沉默，眼睛緊緊地盯著這束燈光看。

這期間，小艇繼續在航行，不過囚徒已不再想著小艇了，他在想他的美茜蒂絲。

一片隆起的高地擋住了燈光。鄧蒂斯轉過身子，發覺小艇已經駛到海上了。

正當他凝望前方，冥思苦想的時候，士兵們早已把風篷扯起，不必划槳，小船便在風力的推動下向前駛去。

雖說鄧蒂斯極不願意再向這個憲兵提出新的問題，但還是走近他，握住他的一隻手。

「夥計，」他說，「我以基督的名義和水手的榮譽向您請求，我懇請您可憐可憐我，為我指點迷津。我是鄧蒂斯船長，一個善良、誠實的法國人，儘管被指控犯有連我自己也莫名其妙的謀反罪，請告訴我現在你們把我帶到哪兒去啊？我以水手的人格擔保，我一定會聽天由命。」

憲兵抓了抓後腦勺兒，又看看他的同伴。後者聳了一下肩，意思是說：「我看到了這一步告訴他也無妨。」於是那個憲兵回過身對鄧蒂斯說：

「你是馬賽人又是水手，」他說，「可你卻問我咱們這是去哪兒？」

「是的，我以我的名譽發誓，我不知道。」

「你一點兒也猜不出來嗎？」

「猜不出。」

「這不可能。」

「我以世間一切最神聖的名譽向您起誓，我確實不知道。發發慈悲，告訴我吧。」

「那命令不執行了嗎？」

「命令並沒有阻止您告訴我。十分鐘、半小時，也許是一小時以後我自己就會知道了呀。只求您別讓我蒙在鼓裡，彷彿要受幾百年的煎熬一樣。我把你看成朋友才問你的，你瞧，我不會反抗，也不會逃跑，更重要的是我也無能為力。我們究竟要去哪兒啊？」

「猜不出。」

「除非有塊黑布遮住了你的眼睛或是你從未出過馬賽港，否則你該猜得出往哪兒去呀。」

「那麼向四周看看吧。」

鄧蒂斯站起身，目光很自然地投向小艇似乎在駛近的那一點上。在前方大約一百碼外，一座黑森森的險峻的危岩上矗立著陰森恐怖的伊夫堡。

令人毛骨悚然的氣氛籠罩著這座形狀怪異的監獄。這座城堡三百年來以其悲慘的歷史沿革而在馬賽著稱。鄧蒂斯從未想到過它，現在突然看到它，給他的印象如同一個死囚看到了斷頭台。

「啊！我的上帝！」他大聲叫喊道，「伊夫堡！我們到那兒去幹什麼啊？」

憲兵笑了笑。

「可不是押我去那兒坐牢吧？」鄧蒂斯繼續說道，「伊夫堡是國家監獄，專門用來關押政治要犯的。我根本沒有犯罪。在伊夫堡有預審法官、或是什麼審判官員嗎？」

「我想，」憲兵說，「裡面只有監獄長、獄卒、衛隊和高高的圍牆。走吧，走吧，朋友，別這樣故作驚訝了。否則，說真的，你會讓我以為你這是在嘲弄我，以此來答謝我的好意呢。」

鄧蒂斯緊緊地握著憲兵的手，像要把它捏碎了一樣。

「那麼你認為，」他說道，「你們把我帶到伊夫堡是要把我關在裡面了？」

「有可能，」憲兵說，「但不管怎麼說，夥伴，把我的手握得再怎麼緊也是無濟於事的。」

「沒有其他預審，沒有其他手續了嗎？」年輕人問道。

「一切手續已經辦妥了，預審也進行過了。」

「不過維爾福先生對我許諾在先……」

「我不知道，維爾福先生是否曾許諾過你什麼，」憲兵說，「但我所知道的，就是我們要去伊夫堡。哦！你在幹什麼？哦！哦！大家來幫幫我！」

鄧蒂斯像閃電似的向前迅速一躍，想投身海中。但是憲兵訓練有素的眼睛早已有所提防了，正當他的雙腳要離開小艇甲板時，四隻堅強有力的手腕已鉗住了他。

他瘋狂地喊叫著，跌倒在小艇的後座上。

「好啊！」憲兵大聲說道，把膝蓋頂在他的胸口上，「好啊！你就是這樣實現水手的諾言的呀。再也不要相信甜言蜜語的人了！行啦，現在，我的朋友，你要是再動一下，僅僅一下，我就往你的腦袋裡摺一顆槍子。我已經違背了上司給我的第一道命令，不過，我向您擔保，不會違背第二次禁令了。」

他果真把他的短槍壓下來了，鄧蒂斯感到槍管抵住了他的額角。

一瞬間，他想不顧警告，拚命掙扎，就此轟轟烈烈地了結落到他身上的意外不幸，這不幸猶如禿鷹的利爪死死地抓住了他。然而，正因為這災難來得太突然了，鄧蒂斯覺得它也許很快就會過去的。再說，他又想到了維爾福先生的諾言。最後，如果一定要說的話，那就是在他看來，在船尾死在一個憲兵的手上真是太丟人了。

他又跌坐在船板上，狂吼一聲，狠狠地咬著自己的雙手。

幾乎在同時，劇烈的碰撞使小船晃動起來。船尾觸及了一塊岩石，一個水手跳了下去。滑輪轉出一條繩索，吱嘎作響。鄧蒂斯明白，他們到達目的地了，水手們正在用纜繩繫住小艇。

看守他的士兵同時抓住他的雙臂和衣領，強迫他起身，逼他上了岸，然後把他拖向通往登上城堡門的石級。而那個警官則提著上了刺刀的馬槍，緊隨其後。

再說，鄧蒂斯絕不會以卵擊石，他動作遲緩只是因為他疲憊不堪，而不是反抗，他又看到士兵在陡坡上列隊兩旁。他又看見士兵又迅速地排列成行，他碰到石級才不得不提起雙腳。他覺得他通過了一道門，門又在他身後關閉。但這一切都是機械進行的，如同身處濃霧之中辨不清周圍的一切。他甚至連大海都看不見了——海景在囚徒眼中是這樣的令人沮喪，因為他們再也擺脫不了這牢籠的束縛，他望著眼前的一切感受到了萬箭穿心般的痛苦。

這時停住了一會兒，這時他試著集中自己的思想。他環顧四周，發現自己置身在一個方形的天井裡，四周有高牆圍著。他聽到哨兵緩慢而均勻的腳步聲。城堡裡點燃的兩三盞燈在牆上映出兩三道反光。每次哨兵經過時，他們的槍筒便閃閃發亮。

他們等了接近十分鐘。確信鄧蒂斯無法再逃跑之後，就放開了他。他們似乎在等待命令，命令下達了。

「犯人在哪兒？」一個聲音問道。

「在這裡。」眾憲兵答道。

「讓他跟我來，我這就送他到他的房間去。」

「走！」幾個憲兵推著鄧蒂斯說道。

犯人隨著引路人走，後者果然把他帶到一個幾乎像地下室的廳裡。房間的牆面光禿禿、水淋淋的，似乎浸透了淚珠。矮凳上放著一盞小油燈，燈芯浸在散發出怪味的濁油中。燈光照亮了這間可怕的房間裡發亮的牆壁，也讓鄧蒂斯看清了為他引路的人。他像是一個下級的獄卒，穿著邋遢，面孔猥瑣。

「這是你今晚住的房間，」他說，「天太晚了，監獄長先生已經睡下。明天，他起身後，會瞭解關於你的命令，也許會給你換個房間。暫且這樣，這裡是麵包，罐裡有水，角落裡有麥秸，一個犯人能得到的就這些了。晚安。」

鄧蒂斯還沒來得及說話，沒有注意到獄卒把麵包和陶罐放在哪裡，也沒來得及向那堆充當床的稻草看上一眼，獄卒已提起燈，關上了門，也帶走了那盞照明的燈。他憑著這點光，如同借著閃電似的，方才看見他的牢房裡水淋淋的牆壁。

於是，在黑暗中他獨自忍受著死一般的寂靜，他頭上的圓形拱頂發出冷冰冰的寒氣，正壓在他像火一樣燃燒著的額頭上。而他也像那拱頂似的一言不發，一動不動地站著。

當曙光給這個陰森的地牢帶來一點點光亮時，獄卒帶著命令又出現了，他奉命讓犯人在原地住下。鄧蒂斯根本沒有挪動過，好像釘在那兒似的。不過哭腫的雙眼難掩他那深邃的目光。他就這樣站著度過了整整一夜，沒有片刻合過眼。

獄卒走近他，圍著他轉了一圈，但鄧蒂斯似乎沒有看見他。

獄卒拍了拍他的肩膀，鄧蒂斯哆嗦了一下，搖了搖頭。

「你沒有睡覺嗎？」獄卒問道。

「不知道。」鄧蒂斯答道。

獄卒驚訝地看著他。

「你不餓嗎？」他又問。

「不知道。」鄧蒂斯還是這樣回答。

「你需要點兒什麼？」

「我想見監獄長。」

獄卒聳聳肩，走了出去。

鄧蒂斯注視著他，向半開的門伸出雙手，但門又合上了。

於是，一陣撕心裂肺的哭聲從他的胸膛中迸發而出。他眼中積蘊的淚水，如溪水般不斷湧出。他撲倒下去，以頭觸地，久久地祈禱著。腦子裡把以往的生活過了一遍，捫心自問在他這短短的一生裡究竟做錯了什麼，年紀輕輕的，竟然要受到如此殘酷的懲罰。

這一天就這樣過去了，他僅僅吃了幾口麵包，喝了一點兒水。他時而坐下來靜靜地思考，時而猶如籠中的困獸不停地在牢房中走來走去。

最使他苦惱的就是，那時候，他雖然茫然不知要把他送到什麼地方，卻那麼安之若素地待著。他本來完全可以有十次機會往海裡跳，而一旦他到了水裡，憑著他的游泳技術和作為馬賽最優秀的潛水夫之一的本領，他能潛入水底，擺脫他的看守；游上岸，然後再逃走，躲藏在某個荒僻的小灣，等候一艘熱那亞或西班牙的海船到來，投奔義大利或是西班牙；再從那裡，寫一封信給美茜蒂絲，讓她來與他團聚。至於他的生活，不論在哪裡都不用犯愁的，好船員到哪裡都受歡迎。他說義大利語像托斯卡納[33]人那樣道地，說西班牙語與卡斯蒂利亞[34]的本地人並無區別，他會自由自在地生活，同美茜蒂絲和他的父親一起幸福地生活，因為他的父親也會來和他倆相會的。現在他成了囚犯，被關在伊夫堡，囚禁在這令人窒息的牢獄中，不知道他的父親和美茜蒂絲現在怎麼樣了，而所有這一切都是因為他輕信了維爾福的話造成的。想到這些他恨意難平，悔恨交加地在稻草上打滾。

第二天早晨，獄卒又準時出現了。

「嗨！」獄卒對他說，「今天你比昨天理智些了吧？」

鄧蒂斯默不作聲。

「得啦，」那人說道，「鼓起一點兒勇氣！在我力所能及的範圍內，你有什麼要求提出來嗎？得啦，快說吧。」

「我想和監獄長說話。」

「喔？」獄卒不耐煩了，說：「我已經對你說過了，這是不可能的。」

「為什麼不可能？」

「因為按照獄裡的規定，犯人絕對不允許提出要求。」

33. 位於義大利西北部的一個地區。
34. 位於西班牙中部的一個地區。

「那麼在這裡可以允許提出什麼？」鄧蒂斯問道。

「可以付錢吃得好一些，散散步，有時可以看點兒書。」

「我不想看書，也沒心思散步，我覺得飲食不錯。所以我只想一件事，就是見監獄長。」

「如果你總是在這事上糾纏我，」獄卒說道，「我就不給你帶吃的了。」

「好吧！」鄧蒂斯說，「假如你不再給我帶吃的來，我就餓死吧，那不就得了。」

獄卒從鄧蒂斯說這些話的口氣裡聽出來了，他的囚犯必死的決心。仔細計算一個囚犯每天至少會給獄卒帶來大約十個蘇的收入，現在看管鄧蒂斯的獄卒想到他的囚犯如果死了，他就虧了這幾個子兒，於是獄卒軟下口氣，又說道：

「聽著，你這個要求是辦不到的。就別再提了，因為監獄長應犯人的要求來巡視他的牢房，是沒有先例的。不過，你可以放聰明些，我們可以允許你散散步。很有可能某一天，當你在散步時，監獄長正好路過，你便可以問他，至於他是否肯回答你，就要看他了。」

「那麼，」鄧蒂斯說，「假如沒有這樣的機會，我在這裡像這樣還得等多久啊？」

「天哪！」獄卒說道，「一個月，三個月，六個月，或許一年。」

「太長了，」鄧蒂斯說道，「我要馬上見到他。」

「啊！」獄卒說，「不要抱著脫離實際的幻想不改。這樣下去，出不了半個月，你就會變瘋了。」

「哦！你這麼想嗎？」鄧蒂斯問道。

「是的，變瘋。發瘋都是這麼開頭的，我們這裡就有一個先例。一個長老先前住在你的這間牢房裡，他不斷提出給獄長一百萬，來換取他的自由，久而久之他就神經錯亂了。」

「他離開這間牢房多久了？」

「兩年。」

「他被釋放了？」

「沒有，他被投進了地牢。」

「聽著，」鄧蒂斯說道，「我不是長老，也不是瘋子。也許我以後會是，但不幸現在我的神志仍然清楚，我要向你提出另一個建議。」

「什麼建議？」

「我麼，我可拿不出一百萬。但如果你願意，我可以給你一百個埃居，條件是你去一趟馬賽，找到迦太蘭人的村莊，把一封信交給一個名叫美茜蒂絲的少女，甚至不是信，只是兩行字。」

「如果我帶走這兩行字，而且被發現了，我就會丟掉這個位子了。在這裡我每年可以掙一千利弗爾[35]，還不算各種好處和飲食。你瞧，我為掙這三百個利弗爾去冒險，可能會丟掉一千，我不成了一個大傻瓜啦。」

「行啊！」鄧蒂斯說，「聽著，請記住：如果你拒絕把這封短信交給美茜蒂絲，或者至少告訴她，我在這裡，那麼總有一天，我會躲在門背後等著你，當你進來時，我就用這張木凳砸碎你的腦袋。」

「恐嚇我！」獄卒大聲說道，他向後退了一步做出防備的架勢，「你一定是頭腦發昏啦。那個長老一開始也像你這樣，再過三天你就像他一樣瘋得要捆起來。好在伊夫堡還有地牢哩。」

鄧蒂斯抓起凳子，在獄卒的頭上揮舞。

「行啦！行啦！」獄卒說，「好吧！既然你堅持，我這就去通知監獄長。」

35. 法國的一種記帳貨幣。

「好極了！」鄧蒂斯說，他又把木凳放回地上，坐在上面，低著頭，目光凶狠，彷彿他真的變成瘋子似的。

獄卒走出去了，一會兒又走回來，同四個士兵和一個伍長一起回來了。

「監獄長有令，」他說，「把犯人帶到下一層牢房去。」

「就是去地牢。」伍長說道。

「是去地牢。瘋子就得跟瘋子關在一起。」

四個士兵向鄧蒂斯撲來。他陷入衰弱無力的狀態，毫無抵抗地跟著他們走了。

士兵帶他走下了十五級台階，打開一間地牢的門。他進去時口中喃喃地念叨著：「他說得對，瘋子就得跟瘋子關在一起。」

門又關上了。鄧蒂斯向前走去，直到伸出的手碰到了牆壁。之後，他在一個角落裡坐下來，一動也不動。而他那雙漸漸習慣在黑暗中辨物的眼睛，開始看清東西了。

獄卒說得不錯，鄧蒂斯已經到了崩潰的邊緣。

chapter

婚宴之夜

維爾福，正如我們所說的，重新走回大法院廣場街。當他走進聖米蘭夫人的府邸時，他看到原先還在進餐的賓客已轉移到客廳喝咖啡了。

麗妮正在焦急地等著他，在場的其他人也都抱有同樣的心情。因此，他的出現受到一致的歡呼。

「喲！專割腦袋的人，國家的支柱，保王的布魯圖斯[36]！」一個人大聲說道，「究竟怎麼回事？快說說吧。」

「喲！難道我們又回到一個新的恐怖時期了嗎？」另一個問道。

「科西嘉魔王從他的岩洞裡逃出來了嗎？」第三個問道。

「侯爵夫人，」維爾福走近他未來的岳母說道，「假如我剛才不得不這樣離開您，我現在來請求您的原諒……侯爵先生，能和您單獨談一談嗎？」

「哦，這件事當真很嚴重嗎？」侯爵夫人發現維爾福的臉上佈滿了愁雲，就問道。

36.西元前八五年至前四二年，古羅馬政治家，以強硬冷酷著稱。

「十分嚴重，因而我不得不向您請幾天假，」他又轉身面向麗妮繼續說道，「可見事情是嚴重了。」

「你要走嗎，先生？」麗妮大聲說道，她無法掩飾這突如其來的消息在她身上引起的情緒波動。

「唉！是的，小姐，」維爾福答道，「必須如此。」

「那麼你到哪裡去？」侯爵夫人問道。

「這是法院的秘密，夫人。不過，如果這裡有人要到巴黎辦事的話，我有一個朋友今晚出發去那兒，他很樂意效勞。」

大家面面相覷。

「您要我與您談一會兒嗎？」侯爵問。

「是的，我們到您的書房去吧，請。」

侯爵挽起維爾福的胳膊，與他一起走了出去。

「嗯！」侯爵走進自己的書房裡問道，「發生了什麼事情?說吧。」

「我認為此事重大，需要我馬上動身去巴黎。現在，侯爵，請原諒我冒昧地提出一個問題：您有國家證券嗎？」

「我的所有財產都投進去了，將近有六七十萬法郎。」

「好吧！快賣掉，侯爵，馬上賣掉，要不您就破產了。」

「那麼你讓我在這裡怎麼賣出？」

「您有一個證券經紀人，是嗎？」

「是的。」

「寫一封信讓我帶去，通知他儘快賣掉，一刻也不能耽擱。也許等我到巴黎已經為時過晚了。」

「唷！」侯爵說，「別再浪費時間了。」

說完，他立即坐在一張桌子前，給他的經紀人寫一封信，他在信中吩咐他無論如何要把證券賣掉。

「既然我有了這封信，」維爾福仔細小心地把它放進口袋裡，「我還要另一封。」

「寫給誰？」

「給國王。」

「寫給國王？」

「是的。」

「我可不敢隨便給國王陛下寫信。」

「我絕不是要求您寫信給陛下，而是請您讓薩爾維歐先生寫，他必須替我寫一封信，有了這封信我就可以越過辦理謁見請求的一切手續，而直接進宮覲見陛下。這樣就不會因浪費了寶貴的時間而錯失良機。」

「你不是認識司法大臣嗎？他有進奏權，他可以直接進入杜伊勒里宮，通過他，你白天晚上可以隨時去見國王。」

「當然是的。不過，我沒有必要讓另一個人知道我的資訊，分享我的功勞，您明白嗎？司法大臣會將我藏在幕後，奪走全部的好處。我只與您說一件事，侯爵：假如我第一個進入杜伊勒里宮，我的前程就有了保障，因為國王是不會忘記我對他的忠誠。」

「這麼說來，親愛的，趕快收拾行裝吧！我呢，我去叫薩爾維歐，讓他寫一封信，給你做通行證用。」

「好，別浪費時間了，因為再過一刻鐘，我必須坐上驛車。」

「讓人把車子在家門口停一會兒。」

「當然，當然……請代我在侯爵夫人面前道個歉好嗎？也跟聖米蘭小姐說一聲，我在這樣的日子還要離她而去，我真的是有愧於她。」

「你會在我的書房裡見到她倆的，你可以向她們道別。」

「不勝感激，請寫信吧。」

侯爵拉鈴，一個僕人走進來。

「請與薩爾維歐說一聲我等他……」繼而侯爵又對維爾福說，「現在你走吧。」

「好，我去了就回來。」

說完，維爾福飛奔而出，到了門口，他想，一個代理檢察官被人看到走路這樣匆匆，恐怕會讓全城的人都心生恐慌，於是他又恢復常態，擺出了大法官的姿態。

他走到自己的家門口，他看到黑暗中彷彿有一個白色的幽靈，紋絲不動。

這就是美麗的迦太蘭少女。她得不到愛德蒙的消息，所以夜幕降臨時，她從法羅跑出來，親自來打聽她的愛人被捕的原因。

她看見維爾福走近，她從倚在那裡的牆邊走出來，擋住他的去路。鄧蒂斯曾向代理檢察官提到過他的未婚妻，所以美茜蒂絲無須自報姓名，維爾福就把她認出來了。女子的美貌和高貴的儀態使他大吃一驚，當她向他詢問她愛人的情況時，他覺得自己才是被告，而她成了法官似的。

「你所說的人，」維爾福急促地說，「是一個罪大惡極的犯人。對他我愛莫能助，小姐。」

美茜蒂絲抽噎了一聲。正當維爾福準備朝前走時，她再次攔住了他。

「至少告訴我，他在什麼地方？」她說道，「好讓我知道他究竟是活著還是死了？」

「我不知道，他已不在我手裡了。」維爾福答道。

美茜蒂絲那機智的目光和哀求的態度弄得他無所適從。他推開了她，回到家中，使勁關上門，彷彿要把別人加在他身上的痛苦關在門外似的。

然而痛苦是不會這樣善罷甘休的，就如維吉爾[37]所說的命運之箭那樣，受傷的人隨它而去。維爾福回家後關上了門，但到了客廳，他的雙腿終於支持不住了。他歎息著跌坐在沙發椅上。

於是，在這顆受傷的心靈深處，滋生出致命的潰瘍的最初徵兆。他為了滿足自己的野心而犧牲了的這個人，為他有罪的父親代為受過的這個無辜的人，出現在他面前，臉色蒼白，帶著威脅的神氣，由他的未婚妻挽著，她像他一樣臉色蒼白。這幅畫面總使他內疚不已，這種內疚不會使當事人像古代那些命運不濟的狂人那樣暴跳如雷，而是無聲的、令人痛苦的打擊，它不時敲在他的心上。每當他回想到過去的行為時，就會讓他痛苦難忍。這致命傷引起的陣陣刺痛，慢慢就會成為他的一塊心病，且愈演愈烈，直至死亡。

於是，在這個人的靈魂裡又有過片刻的猶豫。他已經有好幾次要求對犯人判處死刑，這樣做時他恪守著作為法官的信條，而從未有過一絲一毫的內疚。由於他的不可抗拒的雄辯才說服了諸法官或是陪審團而被處決的這些犯人，並沒有在他的額頭留下一點兒陰影，因為他們是有罪的，至少維爾福是這樣認為的。

但是這一次，卻是另一碼事了：無期徒刑的殘酷懲罰，他剛剛判給了一個無辜的人，這個無辜的人本來就要獲得幸福。他不僅剝奪了此人的自由，而且還奪走了他的幸福。這一次，他不再是法官，

37. 古羅馬詩人，西元前七〇年至前十九年在世，代表作為《牧歌》等。

而是一個劊子手了。

想到這裡，正如前文所述，至今他還沒有體驗過的撲撲心跳，卻在他的胸膛內迴響著，使他胸膛裡泛起陣陣惶恐的波濤。就這樣，這個心靈受傷的人從一陣強烈的痛苦中本能地體會到自己的創傷，在他的傷口癒合之前，每當他用手指碰觸那裂開的、鮮血淋漓的傷口時，都會使他痛得瑟瑟發抖。

可是維爾福所受的傷是永遠不會癒合的了，或者一封口，傷口就會重又撕裂，帶來比之前的傷口更深切的痛苦。

在這個時刻，如果麗妮能夠在他身邊柔聲細語地請求他從寬處理這名犯人，如果美麗的美茜蒂絲走進來，對他說：「以無所不知，無所不能的上帝的名義，把我的未婚夫還給我吧。」這樣，這個正被良心責難的人就會徹底放棄掙扎。他無疑會用冰冷的雙手，不顧一切對他可能產生的不良後果，簽署命令釋放鄧蒂斯。然而，在寂靜中沒有響起任何令他回心轉意的聲音，門開啟時只是為了讓維爾福的貼身僕人進來告訴他，驛站快車的馬已經套在準備作長途旅行的四輪馬車上了。

維爾福站起來，或者說像一個內心鬥爭的獲勝者那樣一跳而起，奔向他的寫字台，把其中一個抽屜裡的金幣全部塞進自己的口袋。手扶額頭，不知所措地在房間裡轉來轉去，說出來的話語也毫不連貫。最後，他感到他的貼身僕人已經把大氅披在他的肩上，便出了門，跳進馬車，生硬地命令車夫趕往大法院路上的聖米蘭府邸。

不幸的鄧蒂斯就這樣被定罪了。

正如聖米蘭先生許諾過的那樣，維爾福在書房見到了侯爵夫人和麗妮。年輕人看見麗妮，維爾福哆嗦了一下，因為他以為她又要請求他釋放鄧蒂斯了。不過，唉！自私自利往往就是人們可恥的本性，此時，美麗的女子僅僅關心一件事情，那就是維爾福即將出發了。

她愛維爾福，維爾福在將做她的丈夫之際離她而去，且說不準何時才能歸來，這時的麗妮，不但不替鄧蒂斯求情，反而還要詛咒那個犯人，因為他的罪，才使她和她的情人不得不分開。

那麼美茜蒂絲又該怎麼辦呢？

可憐的美茜蒂絲在珞琪街和弗南相遇，後者一直跟隨著她。她回到迦太蘭村，絕望地撲在床上。弗南跪在床邊，把手按在美茜蒂絲冰涼的手上，她也沒想到抽回來。他熱烈地吻遍了她的手，美茜蒂絲卻沒有任何反應。

她就這樣度過了一個夜晚。燈油耗盡，屋子才暗下來。剛才她看不見燈火，現在她看不見黑暗；白天返回，她卻看不見白天。

痛苦蒙住了她的雙眼，現在她的心中只有愛德蒙。

「啊，你在這裡！」她終於轉臉面對弗南說道。

「從昨天起我就沒有離開過你。」弗南心痛不已地歎了一口氣說道。

摩賴爾先生不願意放棄。他得知鄧蒂斯在被審訊過以後便被投入監獄，他便來往奔波於他所有的朋友之間，登門拜訪了馬賽所有能施加影響的人士。但有流言傳出，年輕人是以拿破崙分子的專使罪名被逮捕的。在那個時期，再大膽的人也把拿破崙東山再起的任何企圖看成是荒誕不經的夢想，因此只是他處處碰壁，別人都對他避之唯恐不急。摩賴爾先生絕望地回到家，不得不接受這個殘酷的現實，他已無法左右事態的發展了。

卡德羅斯呢，他憂心忡忡，坐立不安。他不像摩賴爾先生那樣出門奔走，想著為鄧蒂斯做點兒什麼事，再說他也毫無辦法。他關在家裡對著兩瓶黑茶藨子就想借酒消愁。但他沒有成功，他醉得無法再去多取一點兒酒，但卻不能忘掉過去的種種。於是胳膊支在搖搖晃晃的桌子上，眼直直地盯著面前的空酒瓶，在搖曳的燭光下，好像看到不同的精靈在眼前翩翩起舞，他們好像是從霍夫曼[38]滿是酒味的手稿中躍出來的精靈鬼怪，又像是被施了魔法的黑色塵埃。

只有鄧格拉司不受煩惱不安的困擾。鄧格拉司甚至很高興，因為他已經向一個對頭報了仇，保住了在「法老號」上的位置，他擔心會丟掉這個位置。鄧格拉司天生工於心計，他們生來耳朵上就擱著一支筆，心頭放著一瓶墨水。在這個世界上，一切對於他來說只是加減乘除而已。在他眼裡，如果一個數字能使總數有所增加，而一個人只能使總數減少的話，那麼這個數字比這個人更加珍貴。

鄧格拉司照樣準時就寢，睡得很安穩。

維爾福接到薩爾維歐先生的信後，在麗妮的兩頰親了親，吻了吻聖米蘭夫人的手，與侯爵握了握手，便起程去巴黎了。

鄧蒂斯老先生卻被痛苦和焦慮不安折磨得奄奄一息。

至於鄧蒂斯，我們已經知道他的境況。

38.德國作家，著有《金瓶》、《公貓摩爾的人生觀》等，想像奇特。

chapter 10

杜伊勒里宮的小書房

由於維爾福支付了三倍的車費，馬車風馳電掣般地奔馳。我們暫且把他擱在一邊，還是先穿過兩三間客廳，走進杜伊勒里宮的小書房，這間窗戶呈拱形的小書房曾因為拿破崙和路易十八的偏愛而聞名於世，現在成了路易・菲力浦[39]的書房。

國王路易十八正坐在這間書房裡的一張桃心木製的小桌子旁邊，這張桌子還是他從赫德威爾帶回的。凡是大人物都會有癖好，他特別喜歡這張桌子。現在，國王路易十八漫不經心地在聽一個五十歲到五十二歲之間、滿頭銀髮、富有貴族氣質、衣著考究的人講話，一邊卻在格里夫斯版的賀拉斯[40]詩集的空白處作著注釋。這個版本雖然欠準確卻很受推崇，它對陛下抒發富有哲理性的遠見卓識貢獻匪淺。

「您說什麼，先生？」國王問道。

「我說我心裡忐忑不安，陛下。」

「真的？難道您夢見了七頭肥牛和七頭瘦牛了？」

39. 法國國王，一八三〇至一八四八年間在位，一八四八年資產階級革命後流亡英國，在英國去世。
40. 賀拉斯，西元前六五年至前八年，古代羅馬詩人。

「不是的，陛下，因為這個夢也不過對我們預示七個豐年與七個災年，而且有一位像陛下那樣深謀遠慮的國王，饑荒是不足擔憂的。」

「那麼指的是哪一種災難呢，親愛的勃拉卡斯？」

「陛下，我想，我有充分理由認為，南方可能風雲突變。」

「這麼說，親愛的公爵，」路易十八答道，「我認為您情報失真。相反，我可以肯定地說，那邊風和日麗得很呢。」

路易十八是個風趣的人，愛開隨便的玩笑。

「陛下，」勃拉卡斯先生說，「陛下就不能派一些忠實可靠的人到朗格多克、普羅旺斯和多菲內三省去一下，給您帶回來關於這三個省的民情報告嗎？就算讓一個忠僕放心。」

「『我們低聲唱歌。』[41]」國王一面繼續在賀拉斯詩集上寫注，一面答道。

「陛下，」朝臣笑著，裝作對這句詩很有研究的樣子說道，「陛下對法蘭西的信任是非常明智的，不過我想，提防某些人亡命的企圖也不會有錯。」

「誰？」

「拿破崙，或者至少是他的黨羽。」

「親愛的勃拉卡斯，」國王說，「您這樣惶恐不安使我無法繼續工作啦。」

「我呢，陛下，您的樂觀卻讓我不能安眠啊。」

「等一下，親愛的，請等等，我在『當牧童跟著走到時候』[42]這一句上找到了很好的注呢。等一會

41. 原文為拉丁語：Conimus surdis。
42. 原文為拉丁語：Pastor quum traheret。

兒，過後您再往下說。」

談話中斷了一會兒。此刻，路易十八用極小的字體在賀拉斯詩集空白處寫上一條新的注釋。寫完，他抬起頭來說道：

「請繼續說下去，我聽著呢。」他以為自己很有見地，於是得意揚揚地評點起別人的思想來。

「陛下，」勃拉卡斯說道，他突然想把維爾福的功勞占為己有了，「我不得不對您說，空穴來風的流言蜚語，或是捕風捉影的街談巷議絕不會使我如此的忐忑不安。我派了一個有頭腦、完全值得信賴的人去視察南方動態（公爵說此話時稍有猶豫）。他坐驛站快車來對我說：『國王將受到巨大的威脅。』於是我跑來了，陛下。」

「**最大的危機來自於沒有自知之明**。」路易十八依舊在寫他的注釋。

「國王陛下命令我不再談這個話題了嗎？」

「沒有的話，親愛的公爵，請把手伸出來。」

「哪一隻？」

「隨您的便，就左邊的吧。」

「這隻，陛下？」

「我對您說左邊的，您卻伸出右邊的手。我是想說，在我的左邊……對了，是這裡。您應該找到昨天警務大臣的報告……哦，聽啊，鄧德黎先生本人來啦……您在說鄧德黎先生是嗎？」路易十八打斷談話，對掌門官說，後者果真進來通報警務大臣到了。

「是的，陛下，鄧德黎子爵先生到。」掌門官重複了一遍。

「不錯，是子爵，」路易十八帶著難以覺察的微笑說道，「請進，子爵，請對公爵說說有關拿破崙先生的最新消息吧。不管局勢有多麼嚴峻，請不要對我們隱瞞。說說看，厄爾巴島是不是一個大火山，難道我們真的會看到那裡要爆發一場群情激昂、烈焰沖天的戰爭嗎？『戰爭！恐怖的戰爭！』[43]」

鄧德黎先生把兩隻手放在安樂椅的扶手上，優雅地搖晃著說：

「國王陛下翻閱過昨天的報告了嗎？」

「看過，看過了，不過請您對公爵說說，他找不到報告的有關部分。不知道報告的內容；對他詳細談談那個逆賊在島上的所作所為吧。」

「先生，」子爵對公爵說，「國王陛下所有的臣僕聽到我們從厄爾巴島得到的最新消息，都應該感到歡欣雀躍，波拿巴……」

鄧德黎先生看著路易十八，後者埋首加注，甚至連頭都不抬起來。

「波拿巴心裡煩透啦，」子爵接著說道，「他成天在隆江港看礦工幹活。」

「而且他還以搔癢來消遣。」國王說道。

「他還搔癢？」公爵問道，「陛下這話是什麼意思？」

「沒錯，親愛的公爵。您忘了這位偉人，這位英雄，半個神明，他患了一種癢得要命的皮膚病了嗎？」

「還不止於此哩，公爵先生，」警務大臣繼續說道，「我們十分有把握，不久篡權者就會發瘋。」

「發瘋？」

「會瘋到極點。現在，他的神志已經不清了。他時而熱淚滾滾，時而開口大笑。在別的時候，他

43. 原文為拉丁語：bella, horrida bella。

一連好幾個小時在海岸上往海裡扔石子。只要石子打了五六漂兒，他就彷彿取得了另一場馬倫戈[44]或是奧斯特利茨[45]戰役勝利似的心滿意足了。您瞧，您同意這是發瘋的徵兆吧。」

「或者是智慧的徵兆，子爵先生，智慧的徵兆，」路易十八笑著說道，「古代偉大的船長就是以往海裡扔石子取樂的。您可以看看普盧塔克[46]著的《阿非利加努生平》吧。」

勃拉卡斯先生對他們的過於樂觀沉思了一番。維爾福本不願向他和盤托出，以防讓另一個人截獲他的秘密獨佔功勞，但對他透露的情況又足以使他惶恐不安。

「行啦，行啦，鄧德黎，」路易十八說道，「勃拉卡斯還沒有被說服，再講講逆賊的轉變。」

警務大臣躬身致意。

「逆賊的轉變！」公爵喃喃說道，望著國王和鄧德黎，他倆就像維吉爾詩歌裡的兩個牧童在一唱一和，「逆賊轉變了？」

「絕對沒錯，親愛的公爵。」

「變得規規矩矩了。解釋給他聽聽，子爵。」

「事情是這樣的，公爵先生，」大臣一本正經地說道，「最近拿破崙作了一次視察，有兩三個他的老部下說了要返回法國的願望，他卻並沒有批評他們的請求，還告誡他們要為他們善良的國王效勞，這是他的原話，公爵先生，我確信無疑。」

「嗯！勃拉卡斯，您怎麼想呢？」國王帶著得意的神色說道，一時丟開了攤開在他面前的那一大

44. 義大利地名，一八〇〇年，拿破崙在此地戰勝奧軍。
45. 捷克地名，一八〇五年，拿破崙在此地戰勝俄奧聯軍。
46. 西元四六至一二六年，古希臘歷史學家。

厚本複雜繁瑣的考證作品。

「我說，陛下，警務大臣或是我，我們兩者之一必有一錯。不過，大臣不可能錯，因為他守衛著陛下的安全和榮譽，那麼很可能是我錯了。不過，陛下，假如我處在國王陛下的位子上，我會仔細地問一問我對您提到的那個人，我甚至懇請國王陛下給予他這樣的榮耀。」

「很高興，公爵。您推薦的人我一定要親自接見。不過，我希望他帶著貴族紋章來見我。大臣先生，您有比這個更新的報告嗎？這一份是二月二十簽發的，現在已是三月三日啦！」

「還沒有，陛下，但我時刻等待著。我從大清早就出門了，或許我離開時報告又到了。」

「那麼去員警總署走一趟吧，如果沒有報告，」路易十八笑著說道，「編一個好了，你們不是經常這樣做的嗎？」

「啊，陛下！」大臣說道，「感謝上帝。在這方面，絲毫不需編造。每天，在我們的辦公桌上都堆滿了最為詳盡的揭發材料。這些告密信都來自一大幫可憐蟲，他們希望效忠能換得一些補償。雖然他們使不上勁兒，但卻很希望能出點兒力。他們聽天由命，希望有朝一日重大的事件會扭轉他們的命運，令他們如願以償。」

「很好嘛。那麼去吧，先生，」路易十八說道，「記住我在等您。」

「我去去就來，陛下。過十分鐘我就來。」

「我嘛，陛下，」勃拉卡斯先生說道，「我現在就去找我的信使。」

「請等一等，等一等，」路易十八說道，「說實話，勃拉卡斯，我必須把您這種雄赳赳氣昂昂的樣子改變一下。我給您猜一個謎，有一隻雙翅展開的鷹，兩隻鷹爪牢牢地攫著一隻獵物，這隻犧牲品想逃，但怎麼也逃不了，它的名字叫作——固執，原文為拉丁語：Tenax。」

「陛下，我知道了。」勃拉卡斯先生說，不耐煩地捏緊了拳頭。

「我想同您商討這句話：『氣喘吁吁逃跑的怯傢伙』[47]您知道，這是指一隻逃避狼的鹿。您不是獵手和了不起的獵人嗎？您怎麼理解這雙重頭銜呢？」

「妙極了，陛下，不過，我的信使就如您說的那隻鹿。因為他只用三天的時間來到這，他乘著驛站的快車在路上狂奔了二百二十里的路。」

「這可夠勞累和傷神的了，親愛的公爵。眼下我們有了快報，只需花三四個小時，而且也不會把送信人累得喘不過氣。」

「啊！陛下，您對這個可憐的年輕人賞罰不明，他從老遠跑來，而且抱著滿腔熱忱，為的是給陛下提供有用的情報。可您對他也太不領情了，但薩爾維奧先生把他介紹給我，即便看在薩爾維歐先生的面上，請接見他一次吧，我求求您了。」

「薩爾維歐先生，是我弟弟的那個侍從官嗎？」

「就是他。」

「他確實在馬賽。」

「他就是從那裡給我寫信的。」

「他也向您提到了這次陰謀嗎？」

「沒有，不過他向我推薦了維爾福先生，並托我把他引薦給國王陛下。」

「維爾福先生？」國王大聲說道，「這個報信人名叫維爾福嗎？」

47. 原文為拉丁語：Molli bugiens anhelitu。

「是的，陛下。」

「從馬賽趕來的就是他？」

「親自趕來的。」

「您剛才怎麼不馬上把他的名字告訴我呢！」國王接著說，此時他的臉上寫滿了不安。

「陛下，我以為國王陛下不熟悉這個名字。」

「錯了，錯了，勃拉卡斯。這個人為人正直，見解獨到，而且有遠大的志向。對了，您知道他的父親姓什麼嗎？」

「他的父親？」

「是的，他姓諾梯埃。」

「吉倫特派分子諾梯埃？參議員諾梯埃？」

「是的，沒錯。」

「國王陛下任用這樣一個人的兒子？」

「勃拉卡斯，我的朋友，您根本沒聽明白。我不是對您說維爾福志向遠大嘛。為了實現目標，他會不惜犧牲一切代價，包括他的父親。」

「這麼說，陛下，我可以讓他進來了嗎？」

「馬上帶他進來，公爵，他在哪兒？」

「他該在下面等我，就在我的馬車裡。」

「去把他找來。」

「我馬上去。」

公爵像年輕人那樣敏捷地走了出去，他對王朝的熱忱與虔誠使他看上去就像只有二十歲。路易十八一個人留了下來，他把目光轉向了那本半打開的賀拉斯詩集，嘴裡念念有詞：

「正直而行動執著的人。」

勃拉卡斯先生又奔了上來向剛才下去時一樣快。但在前廳，他不得不請求國王准予謁見。維爾福的衣著完全不合宮廷的禮儀。他那件黏滿塵土的上裝引起了禮儀大臣勃黎齊先生的注意，他對這個年輕人這樣的穿著來謁見國王大為驚異。不過公爵以「陛下有旨」一句話排除了所有的困難。不管司儀官對維爾福的著裝有多少微詞，也不管他多麼想維護他的宮庭禮儀，維爾福還是被引進了。

國王仍然坐在公爵方才離開他時的位子上沒動。一打開門，維爾福正好面對著他，年輕的法官的第一個反應便是陡地剎住腳步。

「請進，維爾福先生，」國王說，「請進。」

維爾福躬身致敬，向前邁進幾步，等待國王垂詢。

「維爾福先生，」路易十八繼續說道，「勃拉卡斯公爵認為您有重要的情報要報告。」

「陛下，公爵先生言之有理。我希望陛下本人會同意這個說法。」

「首先，先生，依您看，事態真的像您說的那麼嚴重嗎？」

「陛下，我認為事不宜遲。不過，由於我行動快速，我想還不至於無法挽救。」

「假如您願意，就說說清楚吧，先生，」國王說，他也開始禁不住激動起來，這份激動剛才使勃拉卡斯先生面容大變，也使得維爾福聲音失常，「說吧，注意要從頭說起，我喜歡一切都有條有理。」

「陛下，」維爾福說，「我將向國王陛下如實稟告，如果我眼下由於心情紊亂而使我的表述不夠清楚的話，我請求陛下見諒。」

維爾福說了這番奉承的開場白之後，向國王瞥了一眼，確信那位在傾聽的尊貴之人臉色依然和悅，便放下心來，他繼續說道：

「陛下，我盡可能快地趕到巴黎，是為了報告陛下，我發現了一件真正的謀反事件，這不是每天在下層百姓或是在軍隊裡醞釀的普普通通、無足輕重的陰謀，而是一場風暴，甚至將直接威脅到國王陛下的王位。陛下，逆賊武裝了三條船。他在策劃某項計畫，也許是瘋狂的，然而或許也是可怕的。此時此刻，他大約已經離開了厄爾巴島，去哪兒呢？我並不知道，不過可以肯定他想回到大陸，或者是在那不勒斯，或者是在托斯卡納海岸，甚至可能是在法國本土登陸。國王陛下不會不知道，這個厄爾巴島的統治者與義大利和法國還保持著聯繫。」

「是的，先生，我知道。」國王十分激動地說，「最近還有情報說，在聖傑克司街開了拿破崙黨人的集會。不過我請您說下去，您是怎麼得到這些詳情的？」

「陛下，詳情我是從一個受審的馬賽人口中得知的，我已經監視他很長時間了。我動身那一天逮捕了他。此人是一個不安分守己的水手，我一直懷疑他是一個拿破崙黨分子。他曾暗暗地上過厄爾巴島，在那裡會見了大元帥，元帥讓他傳個口信給巴黎的一個拿破崙黨人，我沒能從他口中審問此人的名字。但卻探聽到口信的內容是要那個拿破崙黨人重整旗鼓以備捲土重來，就在這幾天他們就會採取行動了。」

「這個人現在在哪兒？」路易十八問道。

「在監獄裡，陛下。」

「您覺得事情嚴重嗎？」

「十分嚴重，陛下。那天正是我訂婚的日子。家宴正在進行，我得知這事後大吃一驚，於是我就拋下未婚妻和親朋，把一切都放在一邊，急忙趕來投到國王陛下的腳下，陳訴我的擔憂，表明我的忠心。」

「不錯，」路易十八說道，「您是想與聖米蘭小姐締結良緣嗎？」

「她是國王陛下一個最忠誠的臣僕的女兒。」

「是的，是的。但言歸正傳，談談這個陰謀吧，維爾福先生。」

「陛下，我擔心這不只是一次陰謀，我擔心這是一次謀反。」

「在目前形勢下來一次謀反，計畫很容易，付諸行動就很難了，」國王面帶笑容說道，「因為我們剛剛才恢復了世襲的王位，對於過去、現在和未來我們都看得一清二楚。十個月來，我的大臣們一直對地中海沿岸嚴加防範，以防發生變故。假如波拿巴在那不勒斯登陸，整個聯軍在他到達皮昂比諾[48]之前就會行動起來。假如他在托斯卡納登陸，他就踏上了敵對的國土。而假如他在法國登陸，他勢必只能帶少數人馬，像他這樣被人民深惡痛絕的人，我們會輕而易舉取得勝利的。請放心，先生。不過，請您仍然相信我們王室的深切謝意。」

「哦！鄧德黎先生到了！」勃拉卡斯公爵大聲說道。

這時，警務大臣先生果然出現在門口。他的臉色蒼白，渾身顫抖，神色慌張，彷彿他隨時都會暈倒一樣。

維爾福走了一步，準備引退，但勃拉卡斯先生握住了他的手，將他拖住。

48. 義大利西部的一個小島，與厄爾巴島相對。

chapter
11

科西嘉的食人魔王

路易十八看見這張神色慌張的臉，猛然推開了他面前的桌子。

「發生了什麼事，子爵先生？」他大聲說道，「您看起來驚慌失措：您如此慌亂，如此不定，是因為勃拉卡斯先生剛才說的話，還是因為維爾福先生剛才證實的事情呢？」

勃拉卡斯先生迅速走近子爵。這時，那位朝臣的恐懼已經嚇退了這位重臣的自尊心。說實在的，在這樣的時刻，對他來說，讓自己丟臉總比使警務部長難堪對他有利得多。

「陛下……」子爵吞吞吐吐地說道。

「怎麼啦！說吧，」路易十八說道。

警務大臣這時做了一個絕望的手勢，忙不迭地走到路易十八跟前。國王後退了一步，皺了一下眉。

「您說呀？」他說道。

「啊！陛下，大禍臨頭了！我還有什麼可申辯的？我永遠也不能寬恕自己啊！」

「先生，」路易十八說道，「我命令您說。」

「嗯！陛下，逆賊在二月二十六日離開了厄爾巴島，三月一日登陸了。」

「在哪兒登陸，在義大利嗎？」國王急切地問道。

「在法國，陛下。靠近昂蒂布的一個小港，在琪恩海灣那兒。」

「逆賊三月一日在法國的昂蒂布靠近琪恩海灣的地方登陸，離巴黎兩百五十里路，是三月一日上岸的，而您到今天三月三日才剛剛得到這個消息！……哦！先生，您告訴我的情況是不可能發生的，如果不是別人給您打了個假報告，那就是您的精神失常了。」

「唉！陛下，此事千真萬確！」

路易十八做了個手勢，臉上的憤怒和驚恐難以用語言形容，他僵硬地站在那裡，彷彿這突如其來的打擊擊中心臟也擊在了臉上。

「到了法國！」他大聲說道，「這個逆賊已經到了法國！可為什麼沒有看住這個人呢？哦，誰知道？也許他們與他串通一氣？」

「哦！陛下，」勃拉卡斯公爵高聲說道，「像鄧德黎這樣的人是不會指責他叛國的。陛下，我們大家都兩眼漆黑，警務大臣也像大家一樣瞎了眼，事情就是這樣。」

「不過……」維爾福說。但他馬上打住，改了口，「啊！對不起，對不起，陛下，」他欠身說道，「我的激動令我口無遮攔了，望國王陛下寬恕。」

「說吧，先生，大膽地說，」國王說道，「只有您事先向我們報告大禍臨頭了，請幫助我們從中找出補救辦法吧。」

「陛下，」維爾福說道，「逆賊在南方受人憎惡，我看，如果他們在南方鋌而走險，必然會引起普羅旺斯和朗格多克兩省民眾的不滿，那時我們就會很容易發動當地人反對他了。」

「對，毫無疑問，」大臣說，「可是他取道加普和錫斯特龍前進。」

「前進，前進，」路易十八說道，「那麼他在向巴黎挺進囉？」

警務大臣保持沉默，這等於完全默認。

「那麼陀菲內省呢，先生，」國王向維爾福問道，「您認為我們能像普羅旺斯省那樣把這個省動員起來嗎？」

「陛下，我很遺憾地向國王陛下說出一個殘酷的現實：陀菲內省民眾的思想遠不如普羅旺斯、朗格多克兩省。山民都是拿破崙分子，陛下。」

「行啦，」路易十八喃喃說道，「他對情況瞭解得清清楚楚。那麼他帶了多少人？」

「陛下，我不知道，」警務大臣說道。

「什麼，您不知道！您忘了去打聽這個情況？不錯，這個情況無關緊要。」他苦笑著補充說了一句。

「陛下，我還無法打聽到。急報只是報告了逆賊登陸和取道的消息。」

「這份急報是怎麼送到您那裡去的？」國王問道。

大臣低下頭，漲紅了臉。

「是通過電報發送來的，陛下，」他喃喃地說道。

路易十八向前跨了一步，像拿破崙那樣交叉起雙臂。「這麼說來，」他氣得臉色發白，說道，「七國聯軍推翻了這個人。蒼天護佑，在我過了二十五年流亡生活之後，列祖列宗的御座重新回到了我的手中。在這二十五年之中，我研究、探索、分析這個已託付給我的國家的民情與事物。而一旦滿足我的願望，我手中的權力卻炸開了，把我擊得粉碎！」

「陛下，這是劫運啊，」大臣低聲說道，在他看來，命運之神對這樣的劫運無動於衷，可是它的力量卻可以摧毀一個凡人。

「那麼，敵人對我們的評價真是一語中地：『什麼都沒有學到，什麼都不會忘記』？如果我同他一樣被別人出賣，那麼至少我有藉口可以聊以自慰。可是，我信任一些人並使他們身居要職，他們本應該更好地維護我，而不是只考慮自己的利益，因為我們是榮辱與共的。在我接位之前，他們一無所有，在我遜位之後他們也將一無所有。因為無能和愚昧而悲慘地死去！啊！是的，先生，您言之有理，這是劫運。」

大臣在聽這一番辛辣刺人的詛咒時，一直躬身不起。

勃拉卡斯先生擦著額頭上的汗珠，維爾福暗自得意，因為他感到自己的重要性擴大了。

「垮台，」路易十八接著說，他清醒地認識到自己的王朝將要墜入的深淵，「垮台，並且通過急報才得知自己要垮台了！哦！我寧願登上我哥哥路易十六的斷頭台，也不願意被一個小丑趕下台，從杜伊勒里宮的樓梯上滾下去……滑稽可笑的人啊，先生。您不知道這在法國意味著什麼，不過您是應該知道的。」

「陛下，陛下，」大臣喃喃地說，「陛下開恩！……」

「請您過來，維爾福先生，」國王對年輕人接著說道，維爾福一直一動不動地站在後面，關注著這場維繫著一個王朝岌岌可危的命運的談話進展，「請您過來，對大臣閣下說，他還被蒙在鼓裡時，別人已經對情況瞭若指掌了。」

「陛下，事實上誰也不可能猜測出這個人的具體計畫的，那個人一手遮盡了天下人的耳目。」

「事實上不可能！是啊，真是了不起的字眼兒，先生。不巧的是，有了不起的字眼兒，也有了不起的人，我都一一掂量過了。一位大臣擁有行政權，有他的職員，有員警、密探、間諜和一百五十萬法郎的秘密活動經費，他想知道法國海岸六十法里的地方發生的事情，卻說不知道！啊！聽著，這裡有一位先生，他手上沒有任何情報來源，只是一個普通的法官。他卻比您與您的全部員警知道得更多，如果他同您一樣統領整個情報部門的話，他就會挽救我的王冠。」

警務大臣帶著極為仇恨的表情把目光轉向維爾福，後者以勝利者的謙虛垂下了頭。

「我這番話不是對您說的，勃拉卡斯，」路易十八繼續說道，「因為即使您沒發現什麼，至少您頭腦清楚，堅持心中的疑慮。換了另外一個人，或許會把維爾福先生的發現看成毫無意義，甚至認為是出於功利的野心杜撰的。」

這番話顯然是影射一小時前警務大臣帶著極為自信的口氣所發的那番議論。

維爾福明白國王的意圖。換了另一個人，或許會因為國王的讚譽而忘乎所以，然而他擔心自己成為警務大臣的死敵，雖然他感到鄧德黎從此便無法翻身了。事實上，這位大臣過於迷信他的能力，沒能及早洞悉拿破崙的詭計。但在他做垂死掙扎時，卻有可能咬住維爾福的秘密不放，為此，他只要提審鄧蒂斯就會發現真相。於是他要站出來為警務長解圍，而不是落井下石。

「陛下，」維爾福說道，「事態發展之迅速可以向國王陛下證明，只有借上帝之手才能掀起一場風暴來阻止它，而絕非人力可為。國王陛下以為我具有先見之明，其實這純粹是出於偶然。我只不過作為忠臣利用了這個偶然而已。請別對我過獎了，陛下，以免將來我會辜負您的厚愛。」

警務大臣深情地看了年輕人一眼，維爾福於是明白他的計策大功告成，也就是說，他既沒有失去國王的感激之情，還結交了一個必要時他可以依靠的新朋友。

「行啦，」國王說，「現在，先生們，」他邊轉向勃拉卡斯先生和警務大臣邊說道，「我不需要你們了，你們可以退下了。餘下的事情由陸軍大臣來辦理。」

「所幸的是我們還可以依靠軍隊，陛下，」勃拉卡斯說道，「國王陛下知道，所有的報告都向我們表明軍隊忠誠於您的政府。」

「別向我提起報告了。現在，公爵，我知道該對他們有幾分信任。哦，提起報告，子爵先生，您知道有關聖傑克司街事件的最新消息嗎？」

「有關聖傑克司街事件的！」維爾福不禁驚呼了一聲。

但他突然停下來。

「請原諒，陛下，」他說道，「我對國王陛下的忠誠使我總是忘卻——不是忘記我對您的尊敬，這份尊敬已經銘刻在心，而是忘記禮儀，而是一時忘記了禮儀的條文。」

「不要拘束，先生，」路易十八又說道，「今天您有權提問。」

「陛下，」警務大臣答道，「我今天就是來向國王陛下呈遞我收集到的有關這個事件的最新情報的，眼下，陛下將注意力全部放在那件可怕的大事上，相比之下，這些小事已無足輕重了。」

「恰恰相反，先生，恰恰相反，」路易十八說，「我倒覺得這件事與我們所擔心的事息息相關。奎斯奈爾將軍之死也許能讓我們摸到一個內部的大陰謀。」

聽到奎斯奈爾的名字，維爾福不禁戰慄了一下。

「不錯，陛下，」警務大臣接著說道，「所有證據都表明，他的死絕不是人們所估計的那樣屬於自殺，而是暗殺的結果。好像奎斯奈爾從一個拿破崙黨分子俱樂部出來時就失蹤了。當天早上曾有一個陌生人來找他，約他在聖傑克司街見面。正當陌生人被引進到書房時，將軍的貼身侍僕正在給他梳頭，不幸的是他只聽到那人說了個聖傑克司街，而沒聽清門牌號。」

警務大臣向國王路易十八轉述情報時，維爾福全神貫注地傾聽著，臉上陰晴不定，好像這番話會決定他的生死一樣。

國王轉向他了。

「維爾福先生，人們認為奎斯奈爾將軍投靠了逆賊，但事實上他是完全忠於我的。我認為他是中了拿破崙黨人的伏擊，才不幸罹難的，你是否與我有同感？」

「有可能，陛下，」維爾福答道，「但現在我們知道的情況就只有這些嗎？」

「員警在追蹤那個和將軍約會的人了。」

「已經跟蹤他了嗎？」維爾福重複了一句。

「是的，那僕人報出了他的特徵：此人約莫五十出頭，褐色皮膚，黑眼睛，濃眉毛，鬍子長而密。他穿一身藍色禮服，鈕扣兒上別著四級榮譽勳位的玫瑰花形徽章。昨天，密探跟蹤上一個人，他的形貌特徵跟我剛才提到的那個人一模一樣，但此人在裘森尼街和高海隆路的拐角處不見了。」

維爾福只能靠在椅背上了，因為警務大臣講述的時候，他感到兩腿發軟。然而，當他聽到此人擺脫了盯梢之後，他才能恢復正常的呼吸。

「您要繼續尋找此人，先生，」國王對警務大臣說，「由於一切都令我相信，眼下對我們非常有用的奎斯奈爾將軍要是成了一樁謀殺的犧牲者。如果案情確鑿，不論是不是拿破崙分子所為，我希望能嚴懲兇手。」

維爾福竭力保持鎮定，才不至於在聽到國王的吩咐之後暴露出自己內心的恐懼來。

「真是無奇不有！」國王怒道，「警方說『發生一起謀殺案』，便以為道出真相。當他又說『正在追捕嫌犯』時，就以為可以結案交差了。」

「陛下，我想陛下至少對繼續追蹤這一點會是滿意的。」

「好啊，等著瞧吧。我不再留您了，子爵。維爾福先生，您長途跋涉一定疲憊不堪了，您去。您大概住在您的父親那裡吧？」

維爾福突然緊張得頭暈目眩。

「不，陛下，」他說，「我下榻在馬德里飯店，在導農街上。」

「你見過他囉？」

「陛下，我剛到就讓馬車送我到勃拉卡斯公爵府上。」

「但您總要去見見他吧？」

「我不想見他，陛下。」

「哦！這就對了，」路易十八帶著微笑說道，為了表示他的話絕無弦外之音，「我倒忘了，您與諾梯埃先生的關係並不融洽。這是為了王室利益所作的又一次犧牲，我應該好好地犒勞您。」

「陛下，國王陛下對我的善意已經是一種褒獎了，它遠遠超出我的奢望，我對國王別無所求啦。」

「沒關係，先生，我們是不會忘掉您的。放心吧，等一等，」（國王摘下榮譽勳位十字勳章，通常它掛在他的藍色上衣上面，靠近聖路易十字勳章，加爾邁山聖母院和聖拉扎爾騎士團徽章的上方，他把它交給維爾福）「等一等，」他說，「您就接受這枚十字勳章吧。」

「陛下，」維爾福說，「國王陛下搞錯了，這枚勳章是四級榮譽勳位獲得者佩戴的。」

「當然啦，先生，」路易十八說道，「就這樣拿著吧，我來不及再申請另一枚。勃拉卡斯，請您記得把榮譽勳位證書發給維爾福先生。」

維爾福由於自豪與喜悅而熱淚盈眶，他拿起勳章，在上面吻了吻。

「現在，」他問道，「國王陛下如此不吝厚愛，還有什麼命令要向我下達嗎？」

「去休息吧，您很需要休息。記住，即使不能在巴黎為我效力，那麼在馬賽您可以大有作為啊。」

「陛下，」維爾福欠身答道，「我再過一小時離開巴黎。」

「去吧，先生，」國王說，「哪怕因為我的壞記性而疏忽了您，您千萬要喚回我的記憶……子爵先生，請下令去找軍機大臣，勃拉卡斯，您留下。」

「啊！先生，」警務大臣走出杜伊勒里宮時對維爾福說道，「您做事光明正大，前途無量啊。」

「將來還不知道呢。」維爾福喃喃地說道，向大臣鞠了一個躬，這個大臣的政治生涯已經走到了盡頭，同時用目光尋找一輛出租馬車準備回家。

一輛馬車經過碼頭杜伊勒里宮鄰近塞納河，維爾福朝它做了個手勢，馬車駛近了。維爾福說出地址，坐到車廂的最裡頭，對未來想入非非起來。十分鐘過後，維爾福回到住地。他吩咐馬車兩小時後來接他，並吩咐給他端上飯菜。

他正準備坐上餐桌，忽然鈴聲響起來了，這鈴聲表明拉鈴的人是堅定而又無所顧忌的。貼身侍僕前去開門，維爾福聽見一個聲音在說他的名字。

「誰能知道我在這裡呢？」年輕人感到納悶。

這時，貼身侍僕走進來。

「怎麼！」維爾福說道，「有什麼事情？誰拉鈴啊，誰想見我？」

「一個陌生人，他不願說出姓名。」

「什麼！一個不願說出姓名的陌生人？這個陌生人找我幹什麼呢？」

「他想和先生說話。」

「同我說話？」

「是的。」

「他說出我的姓名來了？」

「一點兒沒錯。」

「這人外面什麼模樣？」

「哦，先生，此人有五十來歲。」

「小個還是大個？」

「同先生身材差不多。」

「皮膚是棕色還是黃色的？」

「棕色，深褐色，黑頭髮、黑眼睛、黑眉毛。」

「穿著呢，穿什麼衣服？」維爾福急切地問道。

「穿一件藍色長禮服，從上到下有一排鈕扣兒，佩戴榮譽勳位勳章。」

「是他。」維爾福臉色頓時變得慘白，輕聲說道。

「沒錯！」上文已經兩次描寫過他的相貌特徵的人出現在門口說，「嘿，規矩倒不少。兒子讓父親在前廳等著是馬賽的習俗嗎？」

「父親！」維爾福大聲說道，「我畢竟沒有猜錯……我猜就是您。」

「行啦，如果你想到是我，」來者說道，一面把手杖放在角落裡，把帽子放在椅子上，「那麼請允許我對你說，親愛的傑拉，你讓我這樣等著可不大客氣啊。」

「你走開，茄曼。」維爾福說道。

僕人做出驚訝的表示，走了出去。

chapter 12 父與子

諾梯埃先生──因為剛剛進來的確實是他──用他的目光一直追隨著僕人，直到他重新把門關上為止。接著，他擔心僕人可能會在前廳偷聽，於是又去重新把門打開。看來他這樣小心謹慎並非無用，茄曼領班抽身退走的迅速，證明他絕不可能倖免於使我們先祖墮落的原罪。[49]這時，諾梯埃先生不怕麻煩，又親自去把前廳的門關上，再返回關上臥室的門，插上門閂，又轉過身子把手遞給維爾福。後者注視著他的這一切動作，一時無法從驚詫中緩過神來。

「啊哈！你知道嗎，我親愛的傑拉，」他微笑著對他說，似乎話中有話，「你似乎並不高興看見我？」

「怎麼會呢，父親，」維爾福說道，「我很高興。但我根本沒有想到您會親自到這裡來，所以您的來訪多少使我有點兒措手不及。」

「不過，我親愛的朋友，」諾梯埃先生邊坐下邊說道，「我倒想對你說同樣的話。怎麼啦！你告訴

49.《聖經》記載：亞當夏娃因違反上帝之命而犯了偷吃蘋果的原罪，被驅趕出伊甸園。

我你將於二月二十八日在馬賽訂婚，然而三月三日你卻已到了巴黎？」

「我來了，父親，」傑拉走近諾梯埃說道，「請您不要抱怨啦，因為我的巴黎之行是為了您，甚至可能會救您一命。」

「啊，真的，」諾梯埃先生說，慵懶地躺在扶手椅上，「真的，對我說說看吧，法官先生，這大概會很有趣的。」

「父親，您聽過在聖傑克司街上設有一個拿破崙黨人的俱樂部嗎？」

「不錯，在五十三號。我是這個俱樂部的副主席。」

「父親，您的鎮定使我害怕。」

「你要我怎樣，親愛的？我被山嶽黨[50]人流放過，坐在一輛運乾草的小車上逃出巴黎，後來又在波爾多[51]的荒原裡被羅伯斯比爾的密探追逐，我已經身經百戰了。習慣許多事情啦。嗨！在聖傑克司街的這個俱樂部裡發生了什麼事情呀？」

「他們引誘奎斯奈爾將軍到俱樂部裡，奎斯奈爾將軍晚上九點走出家門，次日在塞納河裡被人發現。」

「誰告訴你這篇動人的故事？」

「國王本人，先生。」

「好啊！我呢，作為對您的故事的回報，」諾梯埃繼續說道，「我要告訴您一個消息。」

「父親，我相信我已經知道您要告訴我的事。」

---

50. 法國大革命中的民主派，因為其機關在國民公會議會大廳的最高層而有此名。

51. 位於法國西南部的重要城鎮。

「哦！你知道皇帝陛下上岸了嗎？」

「別出聲，父親，我求求您了，首先為了您；其次為了我。是的，我已經知道這個消息，甚至我比您知道得早，因為三天以來我馬不停蹄，我從馬賽到巴黎的一路上拚命趕，恨不得把我頭腦裡翻騰的想法先於我一下送到兩百里以外。」

「三天前！你瘋啦？三天前，陛下那時還沒有上船哪。」

「那有什麼關係，我已經知道這個計畫。」

「怎麼會呢？」

「通過從厄爾巴島寫給您的一封信中截獲的。」

「給我的信？」

「給您的，我是從送信人的文件袋裡截獲的。假如這封信落到另一個人手裡，此刻，父親，您也許已經被槍斃了。」

維爾福的父親笑了。

「行啦，行啦，」他說道，「看來復辟王朝從帝國那裡學到了果斷速決的方法了……槍斃！親愛的，瞧你說的！那麼這封信，它在哪兒？知子莫若父，所以根本不用擔心你會讓這封信落到別人的手中。」

「我把信燒了，就怕留下隻言片語，因為這封信就是您的判決書。」

「還會毀了你的前程，」諾梯埃冷冷地答道，「是的，我懂得。不過，我絲毫不用擔心，因為有你保護著我。」

「我不止是保護您，先生，我還要救您一命。」

「活見鬼！這就變得更有戲劇性了，那就請你解釋一下吧。」

「先生，我再來說說聖傑克司街上的這個俱樂部吧。」

「看來警務部裡的先生們對這個俱樂部是念念不忘啊。為什麼他們不再仔細搜查搜查呢？他們是完全可以找到的。」

「他們沒有找到，但他們正在追蹤他。」

「這是一句絕妙的話，我知道得很清楚。每當警方陷入無計可施的狀況時，就說是正在追蹤，而政府就會耐心地等待某一天到來，那時他們就會低著腦袋走來又說，線索又丟了。」

「是的。不過他們找到了一具屍體，奎斯奈爾將軍被殺了，在世界各國，這都叫作謀殺。」

「謀殺？你這麼認為嗎？但毫無證據表明這位將軍是被暗殺啊。在塞納河裡每天都可以找到許多人啊。或者是投河自盡的，或者是溺水而亡的。」

「父親，您很清楚將軍不是一個會因為絕望而投河的人。而在一月份也不能在塞納河洗澡。不，不！別弄錯了，這次死亡就是一次謀殺。」

「誰下的結論？」

「國王本人。」

「國王！我原以為他頗有點兒哲學家頭腦，能懂得在政治上沒有謀殺這一說法呢。在政治上，親愛的，你我都同樣清楚，沒有人的存在，只有思想的存在；沒有感情，只有利益。在政治上，不是殺死一個人，而是去掉一個障礙，如此而已。你想知道實際的經過嗎？那好，我這就對你說說吧。我們原以為可以依靠奎斯奈爾將軍，因為厄爾巴島上有人把他推薦給我們。我們之中的一個人去找他，請他參加聖傑克司街的一次集會。他來了，大家把整個計畫，離開厄爾巴島的出發時間，計畫中的登陸時間告訴他。待他聽完了，瞭解了所有情況後，他回答說他是保王分子。這時大家都震驚極了。我們要他發誓保守秘密，他做了，但說的都是一派口是心非的話，以致真的激怒了老天來顯示報應！雖然他做得很勉強，不管怎麼，大家叫將軍自由離開，絕對自由。他沒回到自己的家中，有什麼辦法呢，親愛的？他從我們這裡出去，他可能走錯了路，如此而已。一次謀殺！說真的，你讓我大吃一驚，維爾福，代理檢察官，竟依靠不可信的證據來定罪。當你為王室盡責，下令把我們的一個人的頭砍下來的時候，我是否曾無所顧忌地對你說過一次：『我的兒子，你犯了謀殺罪！』沒有，我只是說：『很好，先生，你得勝了，但明天我們會反擊的。』」

「不過，父親，請注意，如果我們要報復，就絕不會心善手軟。」

「我不明白你的意思。」

「您是指望逆賊要捲土重來？」

「我承認。」

「您錯了，父親。他在法國本土走不到十里路就會被跟蹤並被逮捕，就好像一頭野獸那樣被人追捕、圍剿、擒住的。」

「親愛的朋友，此刻皇帝正在向格勒諾布爾[52]前進呢。十日或十二日，他就會到里昂——法國的第二大城市，位於格勒諾布爾西北方，而二十日或二十五日到巴黎。」

「民眾會群起反抗……」

「是的，起來歡迎他。」

52. 馬賽正北方的一個城市，位於法國東南。

「追隨他的人所剩無幾，而當局會派出大軍來迎擊他。」

「這些軍隊將會護送他回到首都。說實話，親愛的傑拉，你還不夠成熟。你自以為消息靈通，因為登陸之後三天，你收到的一份快報告訴你：『逆賊已經帶幾個人在坎城法國城市，位於地中海沿岸。登陸了，我們正在追擊之中。』但是他在哪兒？他幹什麼？你卻不得而知。你所知道的也只限於仍在追捕中。好啊！就這樣追逐他，直到巴黎，不費一槍一彈。」

「格勒諾布爾和里昂都是效忠國王的城市，他們會築起一道不可逾越的防線阻止他。」

「格勒諾布爾市會熱情地為他敞開大門的，全里昂的人都會去迎接他。相信我吧，我們的情報來源並不比你們的遜色，我們的員警能和你們的員警一樣出色，你需要證據嗎？這就是你原想對我隱瞞你的這次旅行，但你進城半個小時後我就知道你已經到達了。你的住址，除了你的馬車夫外，其他人一概不知，啊哈！可是我知道你的住址，正當你要用餐時我準時到達，這就是明證。請按鈴吧，再要一份餐具，我們一起用餐。」

「呃！上帝啊，事情相當簡單。你們這些人執掌政權，只懂得用金錢來買通別人，我們呢，我們等待掌權，我們擁有忠誠所能激發的一切。」

「是啊，」維爾福回答，驚異地看著他的父親，「是啊，看來您知道得很多。」

「忠誠？」維爾福笑著問道。

「是的，忠誠。用恰當的詞來說，所謂野心勃勃，就是這個意思。」

說完，維爾福的父親向拉鈴繩伸出手去，要把他兒子不肯叫來的僕人招來。

維爾福拉住了他的胳膊。

「請等等，父親，」年輕人說，「還有一句話。」

「說吧。」

「不管保王黨的員警多麼無能，然而他們卻知道了一件可怕的事情。」

「什麼事？」

「就是在奎斯奈爾將軍失蹤的當天早晨，拜訪過他的那個人的相貌特徵。」

「哦！他們知道這個，真夠精明的囉！那麼是什麼樣的特徵呢？」

「褐色皮膚，頭髮、頰鬚和眼睛都是黑色的。身穿藍色禮服，從下敞開一直到頸部。鈕扣兒處別著四級榮譽勳位的玫瑰形徽章，戴寬邊帽，拿白藤手杖。」

「啊！啊！他們知道這些了？」諾梯埃說道，「既然這樣，那麼為什麼不抓住這個人呢？」

「因為昨天或是前天他從高海隆路的拐角上跑掉不見了。」

「我不是對你說你們的員警是草包嗎？」

「不錯，不過他們遲早會找到他的。」

「嗯，」諾梯埃若無其事地環顧四周，「嗯，假如這個人蒙在鼓裡的話是會這樣的，可是他已經知道了。而且，」他微笑著補充道，「他還要改變自己的面貌和服裝。」

說完，他站起來，把禮服脫下，領帶解下，走到兒子擺著各種梳妝品的桌旁。他拿起一把剃鬚刀，在臉上塗上肥皂，用他結實有力的手，極其果斷地刮掉了會連累他的鬍鬚，因為鬍鬚給警方提供了非常寶貴的標記。

維爾福看著他做，恐懼中不無敬佩之意。

諾梯埃刮掉鬍鬚之後，又在頭髮上下了一番功夫。他不帶黑領帶，換了一條花領帶，這條領帶就放在一只打開的箱子的表面；套上了維爾福穿的一件下擺呈喇叭狀的栗色禮服，而不是那件藍色開襟的禮服；他又在鏡子前試戴了一下年輕人的卷邊帽，對鏡中的效果非常滿意；他把白藤手杖就扔在剛才所放的壁爐角落裡，拿起一根竹子小手杖，在強壯有力的手中揮得嗞嗞作響。高雅的代理檢察官就是用這根手杖給自己的舉止平添一種瀟脫的風度，來構成他的一個主要特徵的。

「怎樣？」當他改變了模樣，回過身來對著發呆的兒子說，「經過這一番簡單地化裝，嗯！你認為你們的員警現在還認得出我來嗎？」

「認不出，父親，」維爾福訥訥地說，「至少我希望如此。」

「現在，親愛的傑拉，」諾梯埃繼續說道，「我相信你會謹慎的，由你把我留給你保管的這些東西處理掉吧。」

「啊！放心吧，父親，」維爾福說道。

「是呀，是呀！現在我想你是對的，你的確是救了我一命。不過，請放心，要不了多久我就會回報你的。」

維爾福搖了搖頭。

「你不相信？」

「至少我希望是您錯了。」

「你還見得到國王嗎？」

「也許。」

「你希望他把你當成一個預言家嗎？」

「預言不幸的人在宮廷裡是不受歡迎的，父親。」

「是的，但總有一天他們會得到公正的待遇。假如真的發生了第二次復辟，這樣你就會被當成英雄看待了。」

「我究竟要對國王說什麼話呢？」

「告訴他：『陛下，關於法國的形勢、市民的輿論、軍隊的士氣，您都受騙了。您在巴黎稱作科西嘉魔王的這個人，在納韋爾[53]還被人叫逆賊，但在里昂已被人稱為波拿巴，在格勒諾布爾則更被尊稱為皇帝了。您以為他被人圍剿、追逐、四處逃竄，但他卻像他養的鷹那樣動作迅猛。您以為他的殘餘部隊快要餓死、累垮，都想開小差，但他們卻像附在滾動的雪球上的雪花越來越多。陛下，走吧！法國的真正主人應是她的征服者，而不是付錢給她的商人。走吧，陛下，並非您會經歷什麼風險，因為你的對手足夠強大，絕不會難為你的，而對聖路易[54]的一個孫子來說，要讓打贏阿庫爾[55]戰役、馬倫戈戰役、奧斯特利茨戰役的那個人來饒他一命未免也太難堪了吧。』

「把這些告訴他，傑拉，或者什麼也別對他說。記得隱瞞你的這次行程，別吹噓你到巴黎來幹什麼和已經幹了什麼。回去做你的法官吧；如果你是日夜兼程來的，那麼就要快馬加鞭地回去；趁夜晚回到馬賽，從後門鑽進你的家。在那裡，安安靜靜、規規矩矩地待著，不要讓別人察覺，特別是千萬別傷害任何人，因為這一次，我向你保證，我們是強大的，在認清了敵人之後我們會揮拳出擊的。去吧，兒子，去吧，親愛的傑拉，如果你能聽從父親的命令，或者如果你更愛他一些，把我的話尊為一個朋友的忠告，我們會保留你的職位。」

諾梯埃笑著補充說道，「如果政治的翹翹板有朝一日將你置於上層，這倒不失為你第二次救我命

53. 位於巴黎與里昂中間地帶的法國中部城市。
54. 即路易九世，一二一四至一二七〇年在世，是公認的完美基督徒。
55. 是一個義大利城市，拿破崙於一七九六年在此地擊敗奧地利軍隊。

的一個辦法呢。再見，親愛的傑拉，下一次來旅行，就到我家下車吧。」

諾梯埃說完這些話就神色安詳地走了出去，在整個這場艱難的談話中間，他一直都是如此坦然、如此安詳的。

維爾福臉色蒼白，心情激動。他奔到窗台前，拉開窗簾，看見父親鎮定自若地從兩三個面目猙獰，埋伏在屋角和街口的人中間走過去。這些人在街頭巷尾打著埋伏，也許在那兒放哨正是為了逮捕那個長黑鬍鬚、穿藍禮服、戴寬邊帽的人呢。

維爾福站在那裡，心驚膽戰，目送他的父親直到他消失在蒲賽街的十字路口。於是，他衝向被他扔下的衣物，把黑領帶和藍禮服塞進箱底，然後把帽子折攏，塞進一個衣櫃的下層，再把白藤手杖折成三段，扔在爐火中。最後戴上一頂旅行便帽，叫來他的隨身僕人，使一個眼色示意他別提出他想提出的種種問題，與飯店結了賬，跳上了已經套好馬等候他的馬車。他在里昂得知波拿巴剛剛進入格勒諾布爾。到處都是一片兵荒馬亂的景象，他終於抵達了馬賽，這個抱有野心又初嘗富貴尊榮的人的心裡，充滿了各種希望和恐懼。

chapter 13

百日王朝[56]

諾梯埃的預言準確無誤，政局的發展正如他預料的那樣，發展迅速。所有的人都知道那人從厄爾巴島回來了，出人意料地、奇蹟般地回來了。這次復位真是前無古人，或許後人也無法仿效。

路易十八面對這來勢凶猛的一擊，也只能做出軟弱無力的反抗。他疑心太重，對事態又缺乏堅定的信心，這個他還沒有重建成功的王朝，基礎本來就不穩固，一向都是搖搖欲墜的。只要拿破崙一出手，這座混合了舊偏見與新思想的上層建築就會轟然倒塌。維爾福從國王處只得到一些感謝之情（這種感激眼下不僅無用，而且甚至還很危險）。而那枚四級榮譽勳位的十字勳章，雖然勃拉卡斯先生遵照國王的吩咐，派人小心翼翼地給他送去了榮譽勳位證書，但他還是多了個心眼兒，小心謹慎而沒有顯露出來。

在百日時期的宮廷，諾梯埃大權在握，這是由於他冒著生命的危險為帝國立下了汗馬功勞，如果沒有他的保舉，拿破崙肯定要免除維爾福的職。一切正如他所許諾兒子的那樣，這位一七九三年的吉

56. 指的是一八一五年三月至六月，拿破崙第二次統治期間的王朝。

倫特黨人和一八〇六年的參議員，保護了這個在不久前曾保護過他的人。

這樣，在帝國復辟的時期——這個帝國是很易於預見其二次傾覆的——維爾福的全部權力只是局限於把鄧蒂斯幾乎要大白於天下的秘密掩蓋住。

只有檢察官一人被解職了，因為他被懷疑對拿破崙帝國不夠忠誠。

帝國的政權剛剛建立，也就是說皇帝剛剛住進路易十八離開的杜伊勒里宮。他便在維爾福曾經進入的那間小書房發出無數道引起爭議的命令。在書房的那張桃心木製的小桌子上，他還發現了路易十八的敞開的、還剩有一半煙絲的鼻煙盒。就在這時，馬賽人不管官員們的態度如何，老百姓已經明顯感到南方始終未被撲滅的國內戰爭的餘燼重新燃燒起來了。人們的報復差不多沒有超出把保王黨人堵在他們家中加以嘲弄和對敢於外出的保王黨人公開侮辱的範圍。

那位可敬的船主，上文已經指出他是站在百姓的陣營，但是摩賴爾先生就如那些勤儉持家、慢慢積攢點兒錢的生意人那樣，向來是一個謹慎小心的人。他被激進的拿破黨人斥為「溫和派」，立場不堅，因此他是不會飛黃騰達的。但是不管怎樣，在這個時期，相對而言，也該輪到他理直氣壯，大聲疾呼了。他提出的要求，我們不難猜出，是與鄧蒂斯有關的。

維爾福雖然上司倒台，自己卻巋然不動。他的婚事雖然已經確定，不過要推遲到適當的時候再舉辦。假如皇帝能穩坐皇位，對傑拉來說，就要另覓一樁婚事，他的父親會幫他物色到的。假如王朝第二次復辟把路易十八又帶回法國，聖米蘭先生及他本人的影響就會倍增，那麼這一結合就比先前更加完美了。

代理檢察官那時已升為馬賽的首席法官。一天早晨，僕人推開他的房門，通報摩賴爾先生來訪。

換了別人可能會匆匆忙忙去迎接船主，這樣殷勤反倒表明當事人的心虛。然而維爾福是一個精明強幹的人，雖然不能說他是樣樣精通，但至少有隨機應變的本能。他像在王朝復辟時期那樣，讓摩賴爾在候見室等候。雖說他身邊沒有客人，但通常代理檢察官總是讓人在候見室等候的，這次也不例外。接下來的一刻鐘，他用來閱讀兩三份宣揚不同政見的報紙，之後才吩咐請船主進來。

摩賴爾先生原以為維爾福會垂頭喪氣的，他看見維爾福就像六個星期前那樣，冷靜而又穩重，待人以慣有的冷冰冰的禮貌。那種禮貌是一切隔閡中最難超越的一種，這是有教養的人與平民百姓之間的一道最難以逾越的鴻溝。

他走進維爾福的書房，原以為法官看見他會心慌意亂。但事實恰恰相反，當他看見維爾福手托著頭，手肘支在辦公桌上靜靜地坐在那裡時，這個原本信心十足，準備責難的人卻開始侷促不安起來。

他在門口站住。維爾福注視著他，似乎一時還不能把他認出來似的。最後，在沉默中審視了幾秒之後，可敬的船主把手裡的帽子翻來又轉去，而後，維爾福才說道：

「我想您是摩賴爾先生吧？」

「是的，先生，是我。」船主答道。

「那麼請進來，」法官接著說道，用手示意了一下，那姿勢彷彿恩賜一樣，「請告訴我，什麼事情使我有幸見到您。」

「您一點兒都猜想不到嗎，先生？」摩賴爾問道。

「不，完全猜不到。這並不妨礙我時刻準備為您效勞，只要在我的職權範圍之內。」

「事情完全取決於您，先生。」摩賴爾說道。

「那麼請詳細說說吧。」

「先生，」船主邊說邊恢復了自信，而且由於要洗清這不白之冤，自己的立場也變得更加堅定起來，「您還記得吧，在人們得知皇帝陛下登岸的前幾天，我特地來為一個不幸的年輕人請求過寬恕。他是一個水手，我的三桅帆船的大副。假如您還記得，他被控告與厄爾巴島有聯繫。這種行為在當時算得上一樁重罪，今日卻是無上的光榮。那時您為路易十八效忠，不能庇護他，先生，那是您的職責。今天，您在為拿破崙出力，您就應該保護他了。這仍然是您的職責。因此，我來瞭解他的情形。」

維爾福竭力穩住自己。

「這個人叫什麼名字？」他問道，「請費心把他的名字告訴我。」

「愛德蒙・鄧蒂斯。」

顯然，維爾福寧願在一場決鬥中讓對手在二十五步外開火也不願直接聽人提到這個名字，然而，他連眉頭也不皺一下。

「鄧蒂斯？」他重複了一遍，「您說愛德蒙・鄧蒂斯？」

「是的，先生。」

這時，維爾福開始翻閱放在旁邊書架上的一摞厚厚的卷宗，放到桌上，一會兒又離開桌子走去翻閱其他文件，然後，他轉身面向船主。

「您能肯定沒有弄錯，先生？」他極為自然地問道。

假如摩賴爾再精明點，或者說對處理這類事的經驗更豐富一些的話，他也許就會覺得奇怪，為什麼代理檢察官會親自回答他這些完全與他的職務無關的事情。他一定會納悶，為什麼維爾福不打發他去查詢犯人入獄登記簿、諮詢監獄長或是省長呢。而此刻，摩賴爾看不出維爾福有半點兒心虛，在毫無恐懼的情況下，他在維爾福身上見到的就只是屈尊俯就的態度了。維爾福的戰略是完全正確的。

「沒有，先生，」摩賴爾說，「我沒有弄錯。再說，我認識這個可憐的孩子已有十年了，四年來，一直在我的船上效力。您還記得嗎，六個星期前，我來請求您對這個可憐的孩子寬容些。正如今天我來請求您對他公道些一樣，您那時對我可相當冷漠。啊！在那個年頭兒，保王分子對拿破崙黨人可真是嚴厲呀！」

「先生，」帶著習以為常的敏捷思維，維爾福開始冷靜地辯駁道，「我當時是保王分子，我認為波旁家族不僅是王位的合法繼承人，而且也是全民族擁戴的對象。可是，我們所親歷的奇蹟般的歸來向我證明我搞錯了。天才的拿破崙勝利了：合法的帝王是受人民愛戴的帝王。」

「好極啦！」摩賴爾心直口快地大聲說道，「您這樣說我很高興，愛德蒙的命運也不難揣測了。」

「請等一等，」維爾福翻閱一個新的卷宗接著又說，「我找到了。他曾是一個海員，是嗎？他要娶一個迦太蘭女子為妻，是嗎？是啊，是啊；哦！現在我想起來了，當時案情非常嚴重。」

「怎麼回事？」

「您知道，從我處出去之後，就押到法院的監獄去了。」

「是的，後來呢？」

「後來！我向巴黎打了報告。我寄走了在他身上搜到的文件。這是我的職責，有什麼辦法呢……他被捕的一個星期之後，犯人就被帶走了。」

「帶走！」摩賴爾大聲說道，「他們會怎麼處理這個可憐的孩子呢？」

「啊！請放心吧。他可能被送往費尼斯德里、壁尼祿爾[57]或送到聖瑪加里島去了。按司法部門的行

57. 位於義大利北方的一個城市。

話，這叫異地送押。有朝一日，一大清早，您也許會看見他回來重新指揮他的船員的。」

「無論他什麼時候回來，他的位子永遠會給他留著。但他怎麼還不回來呢？依我看，拿破崙的法院首先要解決的就應該是釋放被王朝法院監禁的人啊。」

「不要過分苛責，親愛的摩賴爾先生，」維爾福答道，「任何事都得按法律程序辦。關押令是從上面下達的，因此釋放的命令也該自上而下。不過拿破崙回來才半個月，赦免令大概也剛剛寄出。」

「可是，」摩賴爾問道，「現在我們得勝了。難道就沒有辦法加快手續程序嗎？我有幾個朋友，他們有一些影響，我能獲得一紙撤銷逮捕令。」

「沒有逮捕令。」

「那麼在囚犯登記簿上勾銷他的名字。」

「政治犯入獄是不會登記的。政府往往為了自身利益，使這樣的人失蹤而不讓他人有跡可查，有囚犯入獄登記就有據可查了。」

「在波旁王朝執政時也許會如此，但現在……」

「任何時代都如此，親愛的摩賴爾先生。權利更迭，周而復始，但實質大同小異。在路易十四[58]統治下的司法機構今天還在運轉，恐怕就只有巴士底獄[59]除外。皇帝對於監獄的管理比國王[60]本人更加嚴格！入獄登記簿上不入冊而受囚禁的人無可計數。」

這樣耐心的勸解打消了摩賴爾的一切戒心，他甚至沒有產生半點兒懷疑。

---

58. 法國國王，一六四三至一七一五年間在位，法國的封建王朝在他治下達到鼎盛時期。
59. 原為十四世紀建成的堡壘，黎塞留統治時被改建為監獄，在法國大革命中被民眾當做封建舊制的象徵攻破，一七九〇年間被鏟平。
60. 此處所說的國王指路易十四。

「那麼，維爾福先生，」他說，「您能給我什麼建議，來促使可憐的鄧蒂斯早日歸來呢？」

「只有一個，先生，你可以向司法大臣寫請願書。」

「哦！先生，我們知道請願書意味著什麼。可大臣每天要收到兩百份，但看不到四份。」

「不錯，但他會去讀那份由我發出、簽署，並直接由我送去的請願書的。」維爾福接著說道。

「您肯負責這份訴願狀嗎，先生？」

「非常樂意。鄧蒂斯也許在當時是有罪的。但如今是清白的，我以前把他投入監獄是我的職責，現在使他獲得自由也是我的職責。」

維爾福就這樣避免了被調查的危險，雖說可能性很小，但危險或確實存在，一旦調查他就會徹底完蛋了。

「但怎麼給大臣寫訴狀呢？」

「請坐在那裡，摩賴爾先生，」維爾福說著把座位讓給船主，「我來向您口述。」

「您真願意費心嗎？」

「當然了。別浪費時間了，我們已經浪費了太多時間啦。」

「是的，先生。想想吧，那可憐的孩子在等待，在備受煎熬，或許已經放棄了希望。」

維爾福想到這個犯人在寂寞的黑暗中不停咒罵他，不禁打了一個寒戰。但他已經牽涉太多，無法止步了，為了滿足他的野心，鄧蒂斯必須被他前進的車輪碾得粉身碎骨。

「我準備好了，先生，」船主說道，他已坐在維爾福的安樂椅上，手裡握著筆，說道。

於是，維爾福口述了一份請願書，在這份請願書中，他無可厚非地表達了他的善意。他在裡面誇大了鄧蒂斯的愛國主義，以及他為拿破崙事業所作出的貢獻。這份請願書將鄧蒂斯描述成了拿破崙搖土重來的最活躍的代表之一。顯然，如果鄧蒂斯還在蒙冤受屈的話，大臣讀了這份東西，會立即為他伸張正義的。

請願書寫完以後，維爾福又把它高聲念了一遍。

「是這麼回事，」他說，「現在，您就包在我身上吧。」

「請願書會很快就發出嗎，先生？」

「今天就寄。」

「由您批署嗎？」

「我會儘量寫得好些，先生，批示能證明您在這份請求中陳述的通通都是事實。」

說完，維爾福也坐下來，在請願書的一角附上了自己的證明文字。

「現在，先生，還要做什麼呢？」摩賴爾問道。

「等待，」維爾福接著說，「一切由我負責。」

這個保證使摩賴爾充滿了希望。他對維爾福感激涕零，在離開那之後，便去告訴鄧蒂斯的老父親，他不久便會重新看見他的兒子了。

至於維爾福呢，他不僅沒把請願報告送交巴黎，反而極其小心地保存好。這份報告眼下雖可救出鄧蒂斯，將來卻會成為可怕的證據將他置於死地。因為從歐洲的局勢及事態的發展中已經可以看出一件事情的端倪，那就是第二次的王朝復辟。

鄧蒂斯於是繼續當犯人，他還是被關在深深的囚牢裡，關於路易十八垮台以及帝國顛覆時騷亂的消息都沒有傳到他的耳中。

但維爾福卻以警覺的目光注視著，聚精會神地傾聽著。在世人稱為「百日王朝」的帝國復辟的短暫時期，摩賴爾又兩次前來提出請求，堅持釋放鄧蒂斯，每一次維爾福都用花言巧語的許諾來安撫他。最終，滑鐵盧戰役[61]發生了。摩賴爾再也不到維爾福府上登門了。船主出於道義，已經為了他年輕的朋友做了一切他該做的事，在第二次王政復辟時期想做的新努力只能於事無補地連累自己。

路易十八重新登上王位。對維爾福而言，馬賽給了他過多的記憶，而且都一一成了內疚之事。他請求得到在圖盧茲[62]某一空缺的檢察官職位，立刻獲得了允准。在他遷入新居後半個月，就娶了麗妮・聖米蘭小姐為妻，此時其岳父在宮廷的地位更加顯耀了。

這一切都說明了為什麼鄧蒂斯在百日政變期間和滑鐵盧戰役之後仍然被關在囚牢裡，好像上帝已拋棄了他，但他卻從未被某些人遺忘。

當拿破崙重新回到法國時，鄧格拉司十分理解他給予鄧蒂斯的一擊的全部意義，他的告發擊中了要害。正像那些耍小聰明的罪犯一樣，他們自欺欺人地把他們的罪惡稱為是天意。

而當拿破崙到達巴黎，重又威震四方時，鄧格拉司真的害怕了。每時每刻他都等待看到鄧蒂斯重新出現：鄧蒂斯知道一切，鄧蒂斯是個很有威脅性的人物，他有能力報仇雪恥，於是他向摩賴爾先生表示了離開航海工作的願望，由船主介紹給一個西班牙批發商。三月底，他在那家商行裡開始做小職員，那是拿破崙重返杜伊勒里宮後的十到十二天之間的事情。之後他去了馬德里，此後就杳無音信了。

弗南始終不知道事情的本相。鄧蒂斯不在，這就萬事大吉了，至於他現在怎樣了呢？他根本不想去知道。不過，在鄧蒂斯不在給他騰出的這段時間裡，他費盡心機，有時他在想鄧蒂斯銷聲匿跡的原

61. 比利時的一個城鎮，距離首都十八公里，一八一五年六月拿破崙在此遭遇大敗，就此衰落。
62. 位於法國南部的城市，在馬賽以西三百公里處。

因；有時則在心中醞釀著移民並把她一起強行帶走的計畫。當然，這是他一生中最難受的時刻。他坐在法羅灣的頂端，從此處可以同時看清馬賽和迦太蘭村落。他宛如一隻猛禽那樣哀傷地、一動不動地凝望著遠方，希望從其中的一條路上，會看見那個英俊的年輕人瀟灑倜儻、昂首闊步地走進家門。對弗南來說，這個年輕人變成了嚴厲復仇的使者。於是，弗南也擬定了行動計畫：他將一槍擊碎鄧蒂斯的腦袋，然後自殺。他心想，這是為了掩飾他的謀殺。然而弗南在自己騙自己：他絕不會自殺，因為他還抱著一線希望。

在這期間，社會風雲際會，動盪不安。帝國下令召集全部人馬，所有尚能拿起武器的人都響應皇帝響亮有力的號召衝到法國境外去了。弗南也像別人一樣起程，離開他的簡陋小屋和美茜蒂絲。一個晦暗、可怕的想法折磨著他，即他走後，他的情敵也許會回來，娶了他心愛的人。

如果弗南不得不自殺，他在離開美茜蒂絲時就會這麼做。

他對美茜蒂絲的關心，雖然並不是發自內心地同情她的不幸，卻殷勤地滿足她的一切需求，於是這表面上的忠心耿耿也漸漸地打動了那寬宏的心靈。美茜蒂絲始終像兄妹般地深愛著弗南，現在在這友誼之上又增添了一種新的感激之情。

「哥哥，」她把新兵的背包繫在迦太蘭人的肩上說道，「哥哥，你是我唯一的朋友，千萬別讓人給打死，不要讓我孤零零地留在這個世界上。你如果不在了，就只剩下我孤單一人，我只能獨自哭泣。」

動身時說的這些話，給弗南一些希望。假如鄧蒂斯不回來的話，美茜蒂絲說不定真有一天會屬於他的。

美茜蒂絲孤苦伶仃地留在這裡，低頭時目光觸及到的是荒蕪的土地，舉目遠眺時卻發現自己被茫茫無邊的大海包圍，她從未像現在這樣感到如此淒涼。人們可以看見她整日以淚洗面，就像淒婉的故事中的癡情女子一樣，不停地圍著本族的小村子轉悠。時而站在南方的烈日之下，如雕像一般凝望馬賽，默默無語；有時她坐在海岸邊，傾聽那大海的呻吟，那海浪如泣如訴，好像在訴說著她的哀愁，她常常在心中自問，要是把自己投身到海洋的無底深淵裡，究竟是否比這樣忍受著這殘酷的現實，毫無希望地等待著更好。

並非美茜蒂絲沒有勇氣完成這個計畫，而是宗教幫助了她，使她沒有走上自殺絕路。

卡德羅斯與弗南一樣應徵入伍了。不過他比迦太蘭人年長八歲，並且已經結婚了，所以這第三道應徵令下達後，他就被派去駐守海疆。

鄧蒂斯老先生一直帶著希望支撐著，但皇帝倒台後，希望就化為泡影了。和兒子活生生地分離，在痛苦中煎熬了五個月之後，幾乎可以說，在他兒子被捕的那個時候，他就在美茜蒂絲的懷裡與世長辭了。

摩賴爾先生提供了全部喪葬費，也還清了老人在患病期間欠下的一筆筆小債。

當時只有有勇氣的人，才能做出這樣的善舉。因為那時南方在開火，資助一個像鄧蒂斯那樣危險的拿破崙黨分子的父親，即使他已躺在靈床上，也會受到牽連。

chapter 14

憤怒的囚徒和瘋狂的犯人

路易十八復位一年以後，監獄巡視員先生做了一次視察。

鄧蒂斯在地牢裡聽見了做迎接準備所發出的各種嘈雜聲。這種聲音，在他所躺的那樣深的地方，常人是無法分辨的，只有在寂靜的黑夜中聽慣了蜘蛛織網聲音的囚徒，只有聽慣了凝聚在黑牢棚頂的水珠有規律地滴下時所發出細微聲音的耳朵，才能聽得出來。

他猜想那些活人當中一定有大事要發生。長久以來，他似乎是居住在墳墓裡，當然可以自認為是一個死人。

果然，是巡視員在逐一視察大牢、單間牢房和地牢。幾個犯人被詢問過了，正是由於他們的表現良好或是因為他們的愚蠢無知，才使他們贏得了當局的憐憫。巡視員問到他們伙食如何，有什麼要求。

他們一致回答說伙食很糟糕，要求恢復自由。

於是巡視員問他們有沒有別的要求。

他們又都搖頭了，他們除了自由，還能希望些什麼別的呢？

巡視員微笑著轉過身子，對監獄長說：

「我真不明白為什麼政府要叫我們來做這些無用的巡迴視察。看一個犯人就等於看了一百個，聽過一個犯人說話就等於聽到一千個說話，永遠是千篇一律：嫌吃得不好，說自己無辜。還有其他犯人可以看看嗎？」

「有，我們有危險犯人或者瘋子犯人，他們關在黑牢。」

「去看看吧，」巡視員帶著極為厭倦的神色說道，「盡職到底，現在下去看地牢吧。」

「請等等，」監獄長說道，「至少讓我們去找兩個兵來。犯人有時會走極端去做毫無意義的傻事，或者他們是因為厭棄生活，或者是因為想被定成死罪，因此您會受到這些行為的傷害。」

「那麼就採取必要的預防措施吧。」巡視員說。

果然派人找來兩個士兵。一行人開始沿著一條黴腐、散發著惡臭、潮濕的樓梯往下走。僅僅在這樣一個地方經過，就會刺激到身上的所有感官，令人不快。

「哦！」巡視員走下一半停住說道，「活見鬼，誰能住在這樣的地方呀？」

「一個極其危險的謀反者，上面特別關照說他是一個無惡不作的人，要特別嚴加看管。」

「他是被單獨關押嗎？」

「當然。」

「他在這裡多久了？」

「差不多一年。」

「他一來就關在地牢裡嗎？」

「不是的，先生。他想殺死一名為他送飯的掌匙獄卒以後才被關進去的。」

「他企圖殺死監獄看守？」

「是的，先生，就是給我們照明的這個人。是這樣嗎？安多尼！」監獄長問道。

「他要殺死我。」那個獄卒說道。

「啊呀！這個人是個瘋子囉？」

「比瘋子更糟糕，」掌匙獄卒說，「簡直是個魔鬼。」

「您要我教訓他一頓嗎？」巡視員問監獄長道。

「毫無用處，先生，他已經受夠懲罰了。再說，從目前來看，他快變瘋了。以我們觀察的經驗來看，再過一年，他就完全瘋了。」

「是啊，這樣對他來說反倒好些，」巡視員說，「完全瘋了，他的痛苦也會減少些。」

讀者不難看出，這個巡視員是一個博愛的人，他盡職盡責地使仁政能夠惠及每一位囚犯。

「您說得對，先生，」監獄長說，「您的想法說明您把這個問題研究得很深了。另外一個黑牢，同這個黑牢隔開二十來尺。我們可以從另一個樓梯下去到達那兒去，裡面關著一個老長老。他原來是義大利一個政黨的領袖，從一八一一年起就被關在這裡了，一八一三年底發了瘋。從那時起，他面目全非：他時而哭，時而笑，先前越來越瘦，現在發胖。您看這一位還不如看那一位，他的瘋癲會引人發笑，看了不會讓您傷感的。」

「我兩個都要看，」巡視員答道，「要憑良心履行職責。」

巡視員第一次巡迴視察，很想給上司留一個好印象。

「我們先去看這一個。」他繼續說道。

「好的。」監獄長答道。

說完，他示意監獄看守，後者打開了門。

鄧蒂斯蹲在地牢的一角，帶著難以描述的快樂迎接穿過狹窄的窗柵欄射進來的一縷微弱的陽光。聽到生銹的鉸鏈在支軸上轉動的響聲，巨大的鎖的吱嘎聲，便抬起頭來。鄧蒂斯看見一個陌生人由兩個獄卒擎著火把照明，而監獄長手拿著帽子在與他說話，另有兩名士兵護送，鄧蒂斯立刻猜出是怎麼一回事了。他終於看見向上級部門申訴的機會到了，於是雙手合十，向前一躍。

士兵們立即把刺刀交叉成十字，因為他們以為犯人惡意地撲向巡視員。

巡視員本人也不禁往後退了一步。

鄧蒂斯看到別人把他當成一個必須提防的犯人了。

於是他在目光裡集中了一個人的心靈所能凝聚的所有的溫順與謙恭，並且用一種恭敬的、使在場的人震驚的雄辯口才訴說著，他試圖打動來訪者的心靈。

巡視員一直把鄧蒂斯的陳述聽完，然後他轉身面向監獄長。

「他會皈依宗教的，」他輕聲說道，「他已經準備接受更加溫馨的感情。瞧，威嚇已在他的身上起作用，他在刺刀前就退縮了。反之，一個瘋子面對什麼都不會後退的。關於這個題目我在夏朗東[63]做過一些有趣的觀察。」

接著，他向犯人轉過身去。

「概括地說，」他說，「你有什麼要求嗎？」

「我希望知道我到底犯了什麼罪。我要求開庭審判，我要求公開審理我的案子。最後，如果我真

63. 一所瘋人院地名。

的有罪，我要求你們槍斃我；相反，如果我是冤枉的，就釋放我。」

「你的伙食好嗎？」巡視員問道。

「嗯，我想是的。我不知道，不過這沒什麼。真正有關係的是，一個無辜的人不能成為栽贓陷害的犧牲品，不能咒罵著他的劊子手而老死在獄中，這不但關係著我這個不幸的囚犯，還關係著主持司法的老爺，更關係著統治我們的國王。」

「你今天非常謙恭有禮，」監獄長說，「但你不總是這樣的。那一天你想打死看守獄卒，你說的可是另一番話啊，親愛的朋友。」

「不錯，先生，」鄧蒂斯說，「我非常恭順地請他原諒，他對我一直很好……可是，您讓我怎麼辦呢！那是我氣瘋啦，我狂怒至極。」

「你不會再這樣了？」

「不了，先生。因為監獄生活已經徹底地打垮了我，使我失去了尊嚴，使我非常沮喪……我來這裡已經很久了！」

「很久了……你是什麼時候被捕的？」巡視員問道。

「一八一五年二月二十八日的下午兩點。」

巡視員計算著。

「今天是一八一六年七月三十日。你說什麼來著？你被關在這裡只有十七個月呀。」

「只有十七個月！」鄧蒂斯接口說道，「啊！先生，您不知道十七個月的囚徒生活意味著什麼！它等於十七年，十七個世紀，尤其對我這樣一個人，快要得到祝福，對於像我這樣即將娶上一位心愛的妻子的人，對於一個錦繡的前程已經在他面前展現，而轉瞬間一切又都化為泡影的人來說，這段時間意味著什麼？他從美好的白天墜入最深沉的黑夜，他發覺自己的前途毀於一旦，不知道他所愛的人是否還在愛著他，也不知道他的老父親是死了還是活著，這又意味著什麼呀！啊！對於一個習慣了在遼闊的大海上，自由地呼吸，無拘無束生活的水手來說，十七個月的監獄是什麼日子啊！先生，十七個月困禁生活的殘酷是所有的人類語言都無法表述的，這樣的懲處是令人髮指的。因此，請可憐可憐我吧，先生。您替我要求的不是寬恕，而是嚴肅法紀，請審判我，而不是開恩。法官，先生，我要求的只是法官。人們總不該拒絕一個被告見法官吧。」

「好吧，」巡視員說道，「我們討論一下。」

接著，他又轉身對監獄長說：

「說真的，這個可憐蟲使我難受了。上去時，你把他的入獄卷宗拿給我看看吧。」

「一定給您看，」監獄長說，「不過，我認為您會看到對他非常不利的可怕的記錄。」

「先生，」鄧蒂斯接著說道，「我知道您本人不能決定讓我從這裡出去的，但您可以向當局轉達我的請求，您能促成調查。總之，您可以讓我接受審判：一次審判，這就是我的全部請求。我要知道我犯了什麼罪，我到底被判了什麼刑。因為，您瞧，不審不判是最厲害的一種酷刑。」

「請給我解釋一下。」巡視員說。

「先生，」鄧蒂斯大聲說道，「我從您的聲音裡聽出您被我感動了。先生，告訴我還有希望吧。」

「我不能對你說這句話，」巡視員答道，「我只能答應查閱你的檔案。」

「啊！這麼說，先生。我自由了，我得救了。」

「是誰下的逮捕令？」巡視員問道。

「維爾福先生，」鄧蒂斯答道，「請去拜訪他，與他達成共識。」

「維爾福先生不在馬賽已有一年了，他在圖盧茲。」

「啊！事情不再使我驚訝了，」鄧蒂斯喃喃地說道，「原來我的唯一的保護人離開了。」

「維爾福先生對你有什麼私人的惡感嗎？」巡視員問道。

「絕沒有，先生。他甚至對我非常友好。」

「那麼他留下來的關於您的記錄，或者他給我的記錄都是可信的嗎？」

「完全可以相信，先生。」

「那好，你等著吧。」

鄧蒂斯跪倒在地，雙手舉向上天，小聲念著祈願。他已經把這個查看監獄的人託付給上帝，並把他看成拯救地獄靈魂的人。

地牢的門又重新關上，同巡視員一起來的希望也被關在地牢裡了。

「您想立即看入獄檔案，還是先到長老的地牢裡去呢？」監獄長問道。

「一下子了結視察黑牢的事再說吧，」巡視員答道，「假如我再往上走到亮光處，我也許就沒有勇氣把我那可悲的差事幹到底啦。」

「啊！這一個犯人可不像剛才那個，他那瘋勁兒可不像他鄰居的理智那樣令人感動。」

「他的瘋癲是什麼性質？」

「啊唷！離奇古怪的瘋子！他自以為掌握了一個極大寶藏的秘密。在他被捕的第一年，他聲稱假如政府願意還他自由，他就奉獻給政府一百萬。第二年，增加到了兩百萬；第三年，三百萬；這樣逐年增加。他已坐了五年牢了，他會請求與您私下交談，並承諾給您五百萬的。」

「哦！哦！果真很有趣，」巡視員說道，「這位百萬富翁叫什麼名字？」

「法利亞長老。」

「第二十七號地牢！」巡視員說道。

「就在這裡。打開門，安多尼。」

掌匙獄卒遵命開門，巡視員好奇的目光探進瘋長老的地牢。

人們通常就是這樣稱呼這個犯人的。

在房間的正中，一位幾乎赤身裸體的人睡在用牆上剝落的石灰在地上畫的圓圈裡。他的衣服已經絲絲縷縷，破爛不堪了。他在圈內畫了一些線條清晰的幾何圖形，好像專心地在解決他的問題，他的神情與阿基米德[64]被瑪律賽魯斯的一個士兵殺死前的神情很像。因此，當地牢的門打開而發出的聲音傳來時，他連動也不動。直到火把那不尋常的光芒突然照亮他工作的那塊濕漉漉的地面時，他才如夢方醒。這時他回過頭來，驚奇地看著許多人魚貫走下他的地牢。

他趕緊站起來，拿起一條毯子蓋住他可憐巴巴的床腳，手忙腳亂地披在身上，不讓自己在陌生人眼中出醜。

「你有什麼要求嗎？」巡視員千篇一律地問道。

「我嗎，先生，」長老帶著驚奇的神色答道，「我沒有要求。」

「你不明白我的意思，」巡視員接著說道，「我是政府特派員，我的任務就是巡視監獄，聽聽犯人的要求。」

64. 古希臘的一位數學家，傳說他在城池被攻破時專心數學計算而被古羅馬士兵殺死。

「哦，這麼說來，先生，那就是另一碼事了，」長老趕緊大聲道，「我希望我們能達成共識。」

「瞧，」監獄長低聲說道，「就像我說的那樣，他要開始了。」

「先生，」犯人繼續說道，「我是法利亞長老，出生在羅馬。我當了二十多年斯巴達紅衣大主教的書記。在一八一一年年初，我被捕了，為了什麼原因我卻不知道。自那時起，我就要求義大利和法國當局釋放我。」

「為什麼向法國當局提出？」監獄長問道。

「因為我在皮昂比諾被捕，我想，皮昂比諾如同米蘭和佛羅倫斯[65]，也許已經成為法國某個省的省會了。」

巡視員和監獄長相視而笑。

「見鬼，親愛的，」巡視員說道，「你從義大利得來的消息並不新鮮。」

「這是我被捕時的消息，先生，」法利亞長老說道，「既然皇帝要為他的嬰兒建立羅馬王國，我想他大概也已實現了馬基維里[66]的夢想，把義大利造成一個統一的王國了。」

「閣下，」巡視員說，「幸虧上天沒讓他實現這樣的鴻願，我看你是這個計畫的熱烈擁護者。」

「這是把義大利變成一個強大、獨立、幸福國家的唯一辦法啊。」長老答道。

「可能是這樣，」巡視員說，「但我此行的目的不是與你討論教皇的權力政治，而是像我剛才做的那樣詢問您，關於您在吃的和住的方面，您有什麼要求呢？」

「伙食與其他監獄的相仿，」長老答道，「換句話說，非常糟糕。至於住宿條件，您也看見了。這

65. 米蘭和佛羅倫斯分別於一七九六年和一七九九年被拿破崙攻取。
66. 十五至十六世紀間的義大利政治思想家和歷史學家，代表作為《君主論》等。

裡很潮濕，不衛生，不過對黑牢來說倒是相當適合。現在，問題不在這，我要講的是一個秘密，我所要揭露的秘密，是極其重要的。」

「談到正題上了。」監獄長低聲對巡視員說道。

「為了那個理由，我很高興見到您，」長老繼續說道，「既然我的一次重要演算被您打斷了，要是那個演算成功，或許會改變牛頓的定律。您能允許和我私下談幾句話嗎？」

「嗨！我的預言如何？」監獄長對巡視員說道。

「你很瞭解你的犯人。」後者微笑地答道。

隨後，他回頭面對法利亞：

「先生，」他說道，「你對我提出的要求是辦不到的。」

「不過，先生，」長老接著說道，「如果關係到使政府獲得一筆巨大款項，譬如說五百萬呢？」

「你連數目都估計到了。」這次是巡視員對監獄長耳語了。

「但是，」長老看見巡視員動了動身子準備退出，接著說道，「我們不必單獨談，監獄長先生也可以加入我們的談話。」

「親愛的先生，」監獄長說，「不幸的是您要說的內容我們早已瞭解而且爛熟於心了。關於您的寶藏是嗎？」

法利亞眼睛盯住他，眼神中透出的真誠和理智足以使人相信他的神志是清醒的。

「當然囉，」他說，「此外我還有什麼可說的呢？」

「巡視員先生，」監獄長接著說道，「那個故事我也可以告訴您，因為它已經在我耳邊喋喋不休了四五年啦。」

「那就證明，」長老答道。「你是像《聖經》裡所說的那些人，有眼不能視，有耳不能聽。」

「政府有錢，上帝保佑，」巡視員回答說，「留著吧，等你釋放以後自己享用好了。」

神甫把眼睛睜得滾圓；他緊抓著巡視員的手。

「可是如果我出不了獄，」他說，「如果沒有人為我主持公道，我還要被硬留在這間牢裡，如果我生前沒有把這個秘密託付給任何人的話，這筆財富不是付之東流了嗎？還不如政府得到好處，我也得到好處。我出六百萬了，先生，是的，我將放棄六百萬，如果你們放了我，我只滿足於剩下的錢。」

「說真的，」巡視員輕聲說道，「如果我們不是知道這個人瘋了，聽他說話的口氣那麼自信，真要令人以為他說的是真的哩。」

「我沒有瘋！」法利亞回答，他具有囚徒所特有的那種敏銳的聽覺，沒有漏掉巡查員的任何一句話。「我所說的寶藏真是有的，我提議來簽訂一個條約，根據這個條約，您押著我到我指定的地方，由你們掘，假如我欺騙你們，如果什麼也找不到，如果我是個瘋子，再把我再帶回到這兒來——我永遠待下去，再不向您和任何人要求什麼，直到死去。」監獄長笑了。

「寶藏很遠嗎？」他問道。

「離這裡將近三百法里。」[67]法利亞答道。

「這個想頭倒不壞，」監獄長說。「假如每一個犯人都想做一次三百法里的旅行，如果看守也同意這樣長途跋涉，他們倒有了一個很妙的逃走機會了。」

「這是人所共知的辦法，」巡視員說道，「這位先生甚至得不到發明權。」

67. 法國古長度單位，一法里約等於四公里。

接著，他又轉身面向長老。

「我已經問過你了，吃的好嗎？」他問道。

「請對我發個誓，」法利亞答道，「假如我所告訴您的話證明是確實的，就釋放我，那麼你們到那兒去，我留在這兒等。」

「你伙食吃得好不好？」巡察又問一遍。

「先生，你們是毫無危險的呀。因為如我所說的，我願在這兒等，那我就不會有逃走的機會啦。」

「你還沒有回答我的問題啊。」巡察不耐煩地答道。

「你也沒有回答我的呀，」長老喊道，「那麼，願上帝降禍於你！就像不願相信我的其他不講道理的傻瓜那樣，你真該死。你不願意接受我的金子，我就留著給自己。你拒絕給我自由，上帝會給我的。走吧！我再沒有多的話說了。」

於是長老拋開他的床單，撿起石塊，重新坐在圓圈之中，繼續做他的演算。

「他在幹什麼？」巡視員退出時問道。

「他在計算他的寶藏價值。」監獄長說。

法利亞用輕蔑的眼神回應了監獄長的譏諷。

他們出去了，獄卒隨之關上了門。

「他可能確實擁有一筆寶藏。」巡視員走上梯級時說道。

「是呀，他做夢都想有，」監獄長回答道，「可第二天醒來就變瘋了。」

「總而言之，」巡察說，「假如他有錢，他就不會到這兒來。」這句話坦白道出了當時的腐敗情形。

對於法利亞長老來說，一件意外事件就這樣結束了。他仍然當他的囚犯，不過，在這次視察之後，他癡癡的名聲更加出名了。

假如是那些熱心尋找珍寶的人，那些以為天下無辦不到之事的狂想者，如凱力球拉王[68]或尼祿王[69]，則就會答應這個可憐蟲，允許他以他的財富來換取他所這樣迫切地祈求的自由和空氣。但當今國王的思維受制於現實生活，再沒有什麼雄圖大略。在以前，國王都相信他們是天神的兒子，或至少如此自稱，而且多少還帶著點兒他們父親天神的風度。到現在，雖然無法控制雲層背後的變幻，但國王卻已都自視為凡人了。

要專制政府允許那些淪為他們政權犧牲品的人重新露面，一向是和他們的政策背道而馳的。人們不會再看到受到酷刑的犯人，帶著累累的傷痕出現在法庭上，瘋子總是被藏在地牢裡，假如允許他出獄，也是送到某一個陰氣沉沉的醫院裡，獄卒送他到那兒時往往也只是送去了一具面目全非的屍體罷了，連醫生也認不得這是一個人，也辨不出他還尚有一絲意識。

在監獄裡發瘋的法利亞長老，單憑他的發瘋就足以判他無期徒刑。

說到鄧蒂斯，巡視員實踐了他對鄧蒂斯的諾言。上樓來到監獄長的辦公室之後，他檢查檔案，找到了下面這張關於他的條子：

愛德蒙·鄧蒂斯是狂熱的拿破崙黨分子；

曾積極參與厄爾巴島的復辟；

須絕密關押並嚴加監視。

68. 又譯為加里古拉，是羅馬帝國皇帝，西元三七至四一年在位，患有家族遺傳的瘋病，被人暗殺而死。

69. 又稱尼祿，西元五四至六八年在位的羅馬帝國皇帝，因為其統治手段十分殘暴而被人民推翻放逐。

這個評語的筆記和所用的墨水與登記簿的其他記錄都不相同，證明是在他入獄以後才附加上的。

罪證確鑿，無可辯駁，他只是批上一句：「無可設法。」

這次視察重新燃起了鄧蒂斯的希望。自從入獄以來，他已忘記計算日期。但巡察給了他一個新的日期，他沒有忘記。他用一塊從屋頂上掉下來的石灰在牆上寫道，「一八一六年七月三十日」，從那時起，他每天都刻一道痕，不再漏掉計算的日子。

日子一天又一天，一星期又一星期的過去，後來是一月又一月地過去，鄧蒂斯始終等待著。他最初預計兩星期內就可以被釋放，這兩星期就這樣過去了。後來他想到，巡察員在回到巴黎之前會管他的事實在是太荒唐了，而他要在巡查完畢以後才能到那兒，於是鄧蒂斯給自己定了三個月。三個月過去了，於是心中又出現了另一種設想來支持他，於是他又將期限延長到半年，可是半年過去了，他把這些日子加在一起，算出他等了十個半月。在這許多日期間，並沒有發生什麼有利的轉變。監獄看守受到詢問，像往常一樣一言不發。於是鄧蒂斯開始幻想，認為巡察的視察只是一個夢，只是腦子裡的一個幻想。

一年之後，監獄長換了。他被調任漢姆市長。他帶走了好幾個下屬，其中就有看守鄧蒂斯的獄卒。來了一個新的監獄長，他覺得記住這些犯人的名字實在太麻煩，便只記住他們的牢房號碼。這個滿員的、可怕的地方共有五十個房間，其中的囚徒就以住房的號碼為代號，不幸的年輕人不再叫鄧蒂斯這個姓或者愛德蒙這個名字了，他叫三十四號。

chapter 15 三十四號和二十七號

一個囚徒被遺忘在黑牢裡所受的種種痛苦，鄧蒂斯都已親身經歷過了。

他最初很高傲——那是因為他心中還抱有希望，他自知無罪的信心還在支撐著他，漸漸地他也在懷疑自己是否真的無辜——這就很好的證明了監獄長對他精神錯亂的看法，然後他從高傲的山頂重重地摔下來——他開始懇求，他懇求的對象不是上帝而是人。這個不幸的人，本該一開始就祈求上帝，但直到其他希望都一一破滅之後，才寄希望於上帝。

鄧蒂斯那時懇求為他換一間牢房，——因為無論調換一次是多麼糟糕，總還算得上是一種變化，可以讓他發洩一下積鬱心中的煩悶。他請求准許他散步，給他空氣、書籍、工具。什麼都沒被批准，但這並未影響到他，那沒有關係，他還是照樣的要求。他已經習慣和新來的獄卒說話，雖然他可能比以前的那個更沉默寡言，但是，即便對一個啞巴講話，也是有點人情味的。鄧蒂斯之所以說話，是為了要聽到他自己的聲音，他也曾嘗試獨自講話，但他被自己的聲音嚇到了。

在入獄以前，每當鄧蒂斯想到那些被關押在一起的犯人，都是小偷、流浪漢、殺人兇手，覺得這是一件非常可怕的事情。現在他希望和他們在一起，這樣就可以看到其他的面孔，而不只是那個不與他說話的獄卒了，他嚮往役監，帶侮辱性的服裝，腳上的鐵鐐，肩上的烙印。充當苦工的囚徒能呼吸到外面新鮮的空氣，又能互相見面，苦役犯真幸福。

一天，他哀求獄卒為他找一個夥伴，無論是誰，哪怕這個夥伴是他曾聽人提起過的那個瘋長老也好。不管獄卒表面上多麼粗暴，在那樣的外表下卻還留有一顆常人的憐憫之心。他的臉上雖然鐵板無情，但在內心深處，常常還對這個不幸的年輕人抱有幾分同情，因為他的囚禁生活也實在太艱難了。他把三十四號的請求轉告給監獄長，但監獄長就像一個政治家那樣小心謹慎，認為鄧蒂斯是想要煽動其他犯人，醞釀某個陰謀，然後尋找某個朋友幫忙來潛逃，於是他拒絕了。

鄧蒂斯竭盡全力，用了各種手段，但一無所獲。他轉而祈求上帝了，正如我們說過了，這種事遲早會到來的。

所有那些久已忘記的敬神之念都回來了。他記起了他母親所教他的禱告，並在那些禱告裡發現了一種他以前一向所不知道的意義。因為對於幸福的人來說，祈禱只是單調的，毫無意義堆積在一起的詞句，直到有一天，上帝用災禍向那不幸的受難者表明，只有向上帝祈求才是最崇高的行為！

他禱告，不是虛誠地禱告，而是懷著狂熱。他大聲禱告，他已不再怕聽他自己的聲音了。然後他陷入一種神志不清恍惚的狀態。他看到上帝在傾聽他所說的每一個字。他把自己已經被摧毀的卑微的一生所經歷的一切歸於萬能的上帝的意志，將其作為訓誡，並訴說自己情願做出的犧牲，並在每一次禱告的結尾引用這一句向上帝請求時所常用而向人請求時更常用的話，「請寬恕我們的罪惡，像我們寬恕那些負罪於我們的人一樣。」

但雖然作了這種最誠懇的禱告，鄧蒂斯卻並未擺脫囚徒的命運。

於是，他的情緒變得更加陰鬱了，他眼前的霧靄更加厚重了。他為人單純，受過的教育也不多，所以，在他那孤獨的黑牢裡，在他思想的荒漠中，他無法重現祖先們生活的時代，也無法讓那些已消亡的民族起死同生，更無法通過自己的想像理解歷史的恢宏，像在馬丁[70]的名畫裡那樣在天火中顯現，卻在我們眼前消逝了的古代城市。他無法做到這一步，他過去的生命是如此的短暫，他的現在是這樣的昏暗，他的未來更是無從說起。十九年的光燭去照那無窮盡的黑暗是太微弱了！他無法排解自己的愁悶。他那充沛的精神，本來可以幫助他在過去的記憶中自由穿梭，現在卻被囚禁了起來，像一隻被關在籠子裡的鷹一樣。他心中只有一個念頭——就是他的幸福，被突如其來的厄運摧毀的幸福。他追逐著這個想法，然後，像但丁的地獄裡的烏哥里諾吞下羅格大主教的頭顱骨[71]似的把它囫圇吞了下去。

他被憤怒吞噬，再也不能忍受這苦苦的等待，用他自己的身體去撞監獄的牆壁，口中大咒著神明，以致他的獄卒驚恐得不敢接近他。他的憤怒也波及到他周圍的一切，尤其是對他自己，甚至於對那些惹惱他的最微細的東西都不放過——一粒沙、一根草、或一絲氣，然後，他的腦海中又出現了那封維爾福給他看的告密信，那一行行火紅的字母彷彿就刻在面前的牆壁上。他對自己說，這是別人的仇恨而不是上天的報應把他投入這個深淵的。他用他所能想像得出的種種最可怕的毒刑來懲罰這些不明的迫害者，而他依然覺得最嚴厲的刑罰對於他們還是太輕，因為在毒刑以後接著就來了死，而死以後，即使不是安息，至少也是近於安息的那種麻木狀態。

由於想到死亡對他的仇敵來說就是一種解脫，又想到應該對他們施以不會致死卻更加殘酷的刑罰，於是他就開始想到自殺。真不幸，本已處於痛苦的深淵，現在又產生了這樣的念頭！自殺的念頭就像那一片沉寂的死海，表面上看還風平浪靜；一旦不顧一切地縱身投入，就會發現自己被陷在一個

70. 十八至十九世紀間的英國畫家。
71. 參見《神曲》「地獄篇」，烏哥里諾本為皇帝派成員，羅格主教推翻他的殘暴政權後，將他關在塔中餓死。

泥沼裡，無法自拔。一旦陷入，要是沒有神的力量，一切就完了，他越是掙扎就會更快地走向毀滅。

但是，比起已經遭受的痛苦和即將面對的懲罰，這樣淒淒的心境也並不可怕。這是一種令人癡迷的慰藉，這種慰藉猶如使人只看見深淵張開的大口，卻不知底下是一片黑暗。到了這一步，愛德蒙從這個念頭上得了一些安慰。當死神似乎快要降臨的時候，他一切的憂愁，一切的痛苦，痛苦拖在後面的一大幫幽靈，便似乎從角落裡飛出去。鄧蒂斯平靜地回顧他短暫的一生，驚恐地想像著他的未來，似乎在二者中間找到了一處避難之地。

「有的時候，」他說，「在我的航程中，那時我享受著自由而且身強力壯，指揮著別人，我看到天空烏雲密佈，大海怒吼，波濤洶湧，風暴在天空的一角孕育而成，像一隻用翅膀遮空而來的大怪鳥似的。那時，我發覺我的船隻是一個無用的藏身處，就像是巨人手中的一根羽毛，在大風暴來臨之前，我感到它在震顫。不久在海浪的可怕轟響中，前方出現的尖利危岩就是死亡的預兆。那時，死亡令我恐怖，於是作為一個男子漢和一名水手，我用我全部的智慧和所學的技術與萬能的主抗爭。我之所以這樣做，因為那時我很幸福，回到生活中，也就是回到幸福中，因為我不允許那樣的死，不願意像那樣的死，因為在岩石和海藻的床上長眠，這樣的景象令我恐懼不已，因為我不願意像我這樣一個上帝用照他自己的模樣創造出來的人卻成為海鷗和大鴉的食物。但今天是情況不同了。我已經喪失了使我留戀於生命的一切，死神微笑著向我發出邀請。我自願放棄生命。我的精力已耗盡無法生存。就像那個絕望地和發狂的夜晚我在牢房裡轉了三千圈，也就是三萬步，差不多是沉沉入睡一樣。」

想到這些，他就更加從容了。他盡力整理好自己的臥榻，只吃極少的東西，睡極少的時間，感到剩下這點兒生存的時間幾乎能忍受得了，因為他覺得他能愉悅地拋開生命，像拋掉一件破舊的衣服一樣。

他有兩種方法可以死——一是把他的手帕繫在窗口的柵欄上吊死；一是絕食餓死。第一種他忍受不了，鄧蒂斯一向對海盜深惡痛絕，被擒海盜都會被吊死在帆行上，因此，對他來說，吊死是一種侮辱性的刑罰，他不願採取這種方法。他決定採取第二種辦法，當天就開始執行他的決心。

鄧蒂斯在獄中已待了四個年頭，在第二年末，他又忘了計算日期，因為從那時起他覺得巡察已拋棄了他。

鄧蒂斯說：「我想死。」並自願選擇了死的方式，那時他認真考慮過這種方法，由於怕自己改變主意，他發了一個必死的誓。他想道，如果獄卒早晚兩次把飯拿來的時候，他就把食物從窗子裡扔出去，擺出吃掉的樣子。

他實踐了他的誓言。每天兩次，他把食物從露出一方天空的鐵窗欄上倒出去。最初很愉快，隨後思索再三，繼而後悔不迭。他必須想到自己所立下的誓言才有力量繼續執行他那可怕的計畫。這些食物之前他很厭惡，但當他餓得快咬碎牙齒的時候，這些曾經令人作嘔的食物，聞起來也令人胃口大開。有時，他能把盛菜的盤子幾小時地端在手上，直愣愣地望著一塊腐肉或是一塊臭魚，還有發黴的黑麵包。神秘的生存本能還在他的身上抗爭著，不時打垮他的決心。此時，他覺得地牢不再那麼陰森可怕了，他不覺得處境那麼絕望了。他還年輕，還不到二十五歲，尚有將近五十年的生活，也就是說，兩倍於他生活過的時間。在這足夠漫長的歲月裡，可能會發生許多事情來衝破大門，推倒伊夫堡的圍牆，還他自由！他本來自願做丹達露斯，自動拒絕進食，但想到這裡，他就把食物舉到唇邊；但他又想起了他的誓言，他高尚的天性使他不願放棄自尊。於是，他堅毅而無情地消耗著所餘的生命。直到終於有一天，他虛弱得無法站起來，就連將端給他的食物從天窗扔出去的力氣也沒有了。

次日，他已經看不清東西，幾乎也聽不見什麼了。

獄卒以為他得了重病，而愛德蒙則希望死已臨近。

那一天就這樣過去了。愛德蒙感到意識模糊，全身麻木，胃裡面像被牙齒在咬那樣的劇痛已經停止，口渴也已經減輕，一閉上眼睛，就好像有萬丈光芒在他眼前狂舞，就像夜晚在沼澤地裡流竄的鬼火一樣。這就是那個秘密之國發出的「死亡之光」！約莫在晚上九點，愛德蒙突然聽到他靠著的這一面牆上發出一種空洞的聲音。

有那麼多污穢的動物爬到這個牢房裡，以致牠們的響聲通常都不會吵醒他。可是現在，不知究竟是因為饑餓使他的感官更靈敏了呢，還是因為那聲音的確比平常的響，也可能是因為人之將逝，一切都具有意義，總之，愛德蒙抬起頭來傾聽。

這是一種均勻的搔爬聲，像是一隻巨爪，或一顆強有力的大牙齒，或某種鐵器在鑿石頭似的。年輕人雖然很衰弱，卻因為一個囚犯們常有的那個念之不忘的想法而振奮起來——自由！這響聲來的時候正巧周圍一片安靜，他覺得，似乎上蒼終於對他開恩，所以派這個聲音來警告他要迷途知返。或許是那些他所摯愛，所時刻不忘的人之中，有一個也在想念著他，正在努力將隔開他們的距離縮短。

不，不！無疑鄧蒂斯搞錯了，這只不過是徘徊在死之國門前的一場幻夢而已。

幾小時後，聲音又傳來了，而且更響更近了。愛德蒙已經對這種勞作很感興趣，因為這使他有了伴。但獄卒卻突然走了進來。

自從他決意要死大約一個星期以來。四天前，他開始執行這個計畫。在此期間，鄧蒂斯對這個人沒有說過一句話。當獄卒對他說話，問他哪裡不舒服，他一聲不吭。當獄卒仔細端詳他時，他就把臉轉到靠牆的一邊。但是今天，看守可能聽到了這種輕微的響聲，他驚慌起來，設法阻止這種聲音，要是一追查，或許會打斷這種聲音，也將把他臨終帶給他安慰的最後一線希望徹底毀滅。

獄卒帶早飯來了。

鄧蒂斯撐起身子，放大嗓門兒，開始和獄卒東拉西扯起來，什麼他端來的飯菜品質太差啦，地牢裡冷得難受啦，嘰哩咕嚕，抱怨這個，抱怨那個，以便有權叫得更響，讓獄卒聽得不耐煩了。後者正巧在當天為患病的犯人申請到一份湯、一份新鮮的麵包，並且已經給他帶來了。

幸好他以為鄧蒂斯神志不清，是在囈語。他按照習慣把食物放在不穩的桌子上，然後就退了出去。

愛德蒙自由了，重新愉快地傾聽起來。

聲響變得異常清晰了，現在，年輕人可以毫不費勁便能聽清楚。

「毫無疑問，」他想，「既然這聲音在響，又不只是白天，一定是有一個犯人在努力求得他的自由。噢，假如我和他在一起，我一定盡力幫他的忙！」

突然間，在這個對痛苦早已麻木，很難回憶起人間歡樂的頭腦裡，掠過一片陰雲遮住了那希望的曙光。他想到，這種響聲的起因是幾個工人在幹活，監獄長雇他們來修補隔壁房間。

要確定這一點倒很容易，但他怎麼能如此莽撞呢？當然，最簡單不過的是等監獄長看守到來，讓他聽聽這種響聲，看看他傾聽時的臉色。但用這種方法，不就會因一時的滿足而葬送了寶貴的希望嗎？不幸，愛德蒙的頭腦像只空心的鐘，一種想法在他的大腦中嗡嗡響令他心緒不定；他這樣衰弱，已無法使自己專心致志地思考一個問題。他知道，只有一個方法可以恢復他的判斷力。他的眼光轉向獄卒給他拿來的那盆湯上，還在冒氣的那碗湯。他站起來踉踉蹌蹌地走過去，拿起了碗，端到嘴邊，帶著說不出的舒服之感喝乾了它。

然後他又克制自己不要吃得太多。因為他曾聽人說過，不幸的海上遇難者被打撈上來，餓得虛弱無力；卻因為心急，吃得太多反而喪命。愛德蒙把那快要送進嘴裡的麵包放回到桌子上，他已經幾乎將麵包送到嘴邊。回到他的床上，他不再希望死了。

不久他的腦力又恢復了，可以思考了，他把那模糊不清的思路重新梳理好，他的思想又活躍起來，於是就用他的理智來加強他的思想。

他對自己說：

「我一定要確定這件事，但必須不妨礙別人。假如幹活的是一個普通的工人，我只要敲敲牆壁，他就會停止工作，來查看是誰敲牆，為什麼要敲牆，由於他幹活不僅是合法的，而且是雇來的，所以不久就會重新做事。假如，從另一個角度講，如果這是一個犯人，那我所發出的聲音就會使他受到驚嚇，他害怕被人發現，他會停止工作，不到他認為每一個人都已睡著以後不會再動手。」

愛德蒙第二次起身，但這一次他的腿已不像先前那樣發抖了，他的眼睛不再冒金星。他走到黑牢的一角，挖下一塊因受了潮而鬆動的石片，再回到響聲最清楚的地方，敲擊牆壁。

他敲了三下。

第一下敲下去，那聲音彷彿被施了魔法一樣戛然停止。

愛德蒙以全部身心傾聽著。一小時過去了，兩小時過去了，牆上沒有任何動靜——牆那邊變得悄無聲息。

帶著無限的希望，他吃了幾口麵包，喝下幾口水，由於他天生體魄強健，現在體力已差不多恢復到以往那樣了。

白天過去了，一片寂靜。

夜來了，卻沒有帶著那聲音同來。

「這是一個犯人。」愛德蒙高興地說。

從此，他的腦袋激動起來了，由於他精神振奮，他又恢復了旺盛的生命力。

夜晚過去了，沒有傳來一點兒聲響。

愛德蒙不曾合一合眼。

早晨，獄卒端著飯菜進來。愛德蒙已經把昨天的飯菜吃得精光，他狼吞虎嚥地吃著送來的飯菜。他焦急地探聽聲音，擔心聲音永遠停息，在他的牢房裡來回踱步，好幾個小時搖晃著通氣窗的鐵柵，活動活動他的四肢，使它們恢復以往的活力，準備應付任何突發的情況。他就像即將登上舞台的鬥士那樣，伸展手臂，用油去擦自己的身體。每過一會兒，他就聽聽聲音有沒有再來，漸漸地他開始埋怨起那個囚犯的謹慎來，而那個犯人也絕對想不到一個和他一樣渴求自由的犯人打擾了他的工作。

三天過去了，可怕的七十二個鐘頭，就這樣計算著一分一秒地度過！

終於，有一天晚上，在獄卒作了最後一次巡查後，當鄧蒂斯第一百次將他的耳朵貼在牆上時，他覺得有一種難以覺察的搖動在他的腦袋裡引起無聲的迴響，他的腦袋貼近了無聲的石頭。

他抽身離開牆，想讓震動的頭恢復平靜，在他的牢房裡踱步，集中思想，然後又把他的耳朵貼到老地方去。

毫無疑問，那一邊一定有事發生，而犯人已嗅到了危險的氣息；採用了另一種辦法，不消說更加安全地繼續工作，已用鑿子代替了鐵棍。

這個發現令他振奮，愛德蒙決心要幫助那個堅韌不拔的勞動者。他首先要做的就是移開床，他覺得越獄工作是在床後邊進行的。他環顧四周極力搜索能夠穿透牆壁的工具，可以用來挖掘水泥，以便搬開一塊石頭。

他什麼都沒有發現。他沒有小刀或尖利的器具，只有他窗上的柵欄是鐵做的，而他早就深信，鐵棍固定得非常牢固，甚至不用再嘗試去搖動它。

他的牢房中只有一張床，一把椅子，一張桌子，一隻提桶和一個瓦壺，而這就是他的全部傢俱。床上有鐵檔子，但卻緊緊地旋在木架子上，要有一把螺絲刀才能把它們取下來。

桌子和椅子上沒有可用之物，桶上以前有把手，但那柄已經被拆掉。

鄧蒂斯只有一個辦法了，就是把瓦壺打破，挑一塊鋒利的碎片來挖牆。

他讓瓦壺掉到地上，瓦片散落一地。

他撿兩三塊最鋒利的藏到床上，其餘的留在地上。打破瓦壺是一件極其平常的小意外，不會令人不安。

整個晚上他都在工作，但在黑暗之中，不好幹活，他需要摸索著幹活，他不久就覺得他的工具已碰上了某種堅硬的東西。他把床推回去，等待天亮。有了希望，耐心也就恢復過來了。

他整夜都聽著那個隱藏的工作者，那個人在繼續開他的路。

白天來了，獄卒走進來。鄧蒂斯告訴他，昨夜就著瓦罐喝水，瓦罐從他手裡滑落下來，變成碎片。獄卒一邊埋怨一邊又給他去另取一個，也懶得去打掃那些打爛的碎片。

他很快又回來了，叮囑犯人以後要小心，就離開了。

鄧蒂斯歡喜地聽到鑰匙在鎖孔裡轉動的聲音。以前，每次門重新關上時，這種聲音都會令他心碎。他一直聽到腳步聲完全消失，然後，他撲向自己的床位，急忙拉開他的床，憑著射進他的地牢裡來的那一點兒微弱的光線，看出原來昨晚他是在和石頭對抗而不是在挖除石頭四邊的石灰。

由於牢內潮濕，石灰一碰就碎。

鄧蒂斯的心因為滿懷喜悅而突突直跳，石灰一團團地自動剝落——當然，只是一些碎片，但在半小時以後，他已刮下了滿滿一把。一位數學家或許能夠推算出，繼續挖下去，不出兩年，條件是沒有碰上岩石，一條長二十尺，寬兩尺的地道就可以竣工。

鄧蒂斯後悔不已，責備自己不曾把那些在禱告和絕望中度過的光陰用到這上面來。漫長的時間只是在期望、禱告和絕望中消磨掉了。

在六年——據他算來，已有這麼久了——的囚禁期中，不管工作進程多麼緩慢，還有什麼事完成不了呢？

鄧蒂斯不停地工作了三天，以最大的小心挖掘水泥，使石頭暴露出來。牆壁是用碎石壘成的，為了堅固起見，當中不時放上一塊鑿好的石頭。他所挖到的就是這些大石之一，他必須把它從石窩裡挖出來。

他勉強用他的指甲去挖，但指甲太軟了。

鄧蒂斯想把瓦壺的碎片插進縫隙當做杠杆，卻破碎了。

經過一小時毫無進展的辛苦以後，汗水涔涔地站起來，臉上愁雲密佈。

難道他才開頭就要停下，難道他要無所事事地等著，等他那疲倦而或許有工具的鄰居來完成一切嗎？但也許這個人也已筋疲力盡了呢。

他的腦子閃出了一個想法，他微笑起來，他汗淋淋的額頭也乾了。

獄卒每天都用一隻帶柄的白鐵皮平底鍋盛著湯端來。這只平底鍋還盛著另一個犯人的湯——因為鄧蒂斯曾注意到，它有時是很滿的，有時則是半空的，這得看獄卒是先送給他還是先送給他的同伴而定。

這只平底鍋的柄是鐵的，正是他需要的，鄧蒂斯寧願以他十年的生命來和它交換。

監獄看守把平底鍋裡的東西倒到鄧蒂斯的盆子裡。鄧蒂斯用木匙喝完湯，洗好盆子，每天就這樣用餐。

晚上，鄧蒂斯把盆子放在門與桌子之間的地面上。獄卒進來時，一腳踹在盆子上，把它踩成了碎片。

這次，他沒有理由抱怨鄧蒂斯，因為鄧蒂斯把盤子放在地上是不好，但獄卒不看看自己的腳下就走路也不對。

獄卒嘟噥了幾句也就算了。

接著，他環顧四周，看看能把湯倒在哪裡。鄧蒂斯可動用的器具也只有這麼一隻盤子，別無選擇。

「把平底鍋留下吧，」鄧蒂斯說，「你明天送早飯給我時再拿走。」

這個建議正好迎合了獄卒的心意，因為他不必上下再多跑一趟了。

他留下了平底鍋。

鄧蒂斯興奮得有點兒激動。

他很快把湯和肉吃完了，按照監獄的習慣，湯裡有肉。又等了一個鐘頭，唯恐獄卒會改變主意又回來，然後，他搬開他的床，拿起平底鍋，將柄尖插進牆上大石和碎石的縫裡，當做杠杆用。

輕輕一搖就向鄧蒂斯證明他的計畫很不錯。

一小時以後，石頭從牆上取了出來，露出一個半尺見方的穴洞。

鄧蒂斯仔細地把石灰都收攏來，放到地牢的一角，用一些泥土蓋在這些石灰上。

現在他手裡有了這樣寶貴工具，這是碰巧得來的，或更正確地說，是他想出來的巧妙手段，他決定要儘量利用這一夜工夫，毫不停頓地繼續工作。

黎明時分，他把大石頭放回到洞穴裡，把床推靠到牆上，然後睡下。

早餐只有一塊麵包，獄卒過來，把這塊麵包放在桌上。

「咦！你沒給我另外帶一隻盤子來嗎？」鄧蒂斯問道。

「沒有，」掌匙獄卒說道，「你把什麼都打碎了，摔碎了瓦罐，我踩破盆子也與你有關。假如所有的犯人都這樣毀壞東西，政府就不能維持啦。我把平底鍋留給你，湯就倒在裡面。這樣，你也許就不會再打碎你的家什了吧。」

鄧蒂斯抬頭望天，在被子裡雙手合十。

留下來的這一件鐵器使他的心裡產生了對上天的一片感激之情，比他平生突如其來的最大的幸福所引起的衝動還要強烈。

但是他發現，自從他開始工作之後，那個犯人就再沒幹過活。

沒有什麼關係，這不是一個停下來的理由。為了這，他得更加緊工作，假如他的鄰居不來找他，他可以過去找他。

整個白天他都在毫不鬆懈地挖掘。到傍晚時分，他靠了新的工具從牆上挖出十來把碎石、石灰和水泥的碎末。

待到監獄看守要來時，他就用勁把平底鍋把手向上扳直，再把鍋子放回原處。掌匙獄卒像往常那樣在裡面倒一份肉湯，或者不如說湯和魚，因為每週有三次守齋日，他們讓犯人守齋。如果鄧蒂斯不是早已不再計算日子的話，這倒不失為一種計算日期的方法。

湯一倒完，監獄看守就走了。

這一回，鄧蒂斯很想確認一下，他的鄰居是否真的停止工作了。

他側耳細聽。

四周一片寂靜，就像他一直挖掘沒停過的這三天之內一樣。

鄧蒂斯歎了一口氣。顯然，他的鄰居不信任他。

但是，他一點兒也不洩氣，仍然整夜幹活。不過兩三個小時以後，他遇到了一個障礙，鐵器固定不住，只是在一塊平面滑了一下。

鄧蒂斯用手觸摸了一下，發覺他碰到了一根大樑。

這根大樑橫穿過，或者不如說完全堵住了鄧蒂斯挖開的那個洞。

現在，必須上挖或者下挖。

不幸的年輕人從未想到還會有這麼一個障礙。

「啊！上帝呀，上帝，」他大聲說道，「我曾經虔誠地祈求過您，希望您聽到我所禱告的話。但你既剝奪了我的自由，剝奪了我死的安息，提醒我再活下去——我的上帝呵！可憐可憐我，別讓我絕望而死吧！」

「誰在把上帝和絕望放在一塊兒說呢？」一個像是來自地下的聲音說，這個聲音由於被阻隔而削弱了，傳到年輕人的耳裡，是那樣的縹緲恍惚，像是從墳墓裡發出來似的。

愛德蒙頭髮都豎立了起來，他身體一縮，跪在地上。

「啊！」他說，「我聽到一個人的聲音了。」

這四五年來，鄧蒂斯一直只能聽到他的監獄看守說話的聲音，而在一個犯人看來，獄卒並不是一個人——他是橡木門以外的一扇活的門，這是他的鐵柵上增加的一道肉柵。

「看在上帝的份兒上！」鄧蒂斯說道，「剛才你說話，請再說話，雖說你的聲音讓我害怕，還是說下去吧。你是誰？」

「你又是誰？」那個聲音問道。

「一個不幸的囚犯。」鄧蒂斯回答，面無人色。

「哪個國家的人？」

「法國人。」

「你的名字？」

「愛德蒙・鄧蒂斯。」

「你的職業？」

「船員。」

「你何時來到這裡的？」

「一八一五年二月二十八日。」

「你犯了什麼罪？」

「我是無辜的。」

「那麼別人指控你犯了什麼罪？」

「控告我參加密謀，幫皇帝復位。」

「什麼！皇帝復位！皇帝不在位了？」

「他是一八一四年在楓丹白露遜位，並被流放到厄爾巴島。而您呢，您是什麼時候到這裡來的，怎麼會對這些事情都不知道呢？」

「一八一一年來的。」鄧蒂斯戰慄了一下：這個人比他多坐了四年牢。

「好吧，別再挖了，」那個聲音很快地說道，「不過，請告訴我，你挖的洞高度有多少？」

「與地面齊平。」

「洞是怎麼遮起來的？」

「在我床的後面。」

「自你入獄以後，他們移動過你的床嗎？」

「從來沒有。」

「你的房間通向哪兒？」

「通向一條走廊。」

「走廊呢？」

「通到天井。」

「糟糕！」那人喃喃地說。

「哦！上帝啊！怎麼啦？」鄧蒂斯問道。

「我搞錯了，我的計畫並不準確，讓我出了錯。一隻圓規有缺陷破壞了整個計畫。設計圖上只錯一條線，實行起來就等於錯了十五尺。我把你所挖的這面牆當做城堡的牆啦。」

「但您要通到海裡嗎？」

「正如我願。」

「如果你成功了呢？」

「我就跳海，游到伊夫堡附近的某一個島上——大魔島或是狄波倫島——那時我就安全了。」

「你能游到那裡嗎？」

「上帝會給我力量，現在一切都完了。」

「一切？」

「是的。請小心把洞堵上，別再挖了，您什麼也不用管，等候我的消息吧。」

「至少說一聲你是誰……請告訴我你是誰？」

「我是……我是……第二十七號。」

「你信不過我嗎？」鄧蒂斯問道。

愛德蒙似乎聽到一聲苦笑透過拱頂，傳到他耳朵裡。

「噢，我是一個基督徒，」鄧蒂斯大聲說，他本能地猜到這個人決定棄他而去了。「我憑基督的名義向你發誓，我情願讓他們殺掉我也不會向你和我的劊子手們吐露一絲真情，但看在老天爺的面上，別躲開不和我見面，別不和我說話，要麼我向你發誓——因為我的毅力已經到了最後的盡頭——我就要對準牆壁把我的腦髓撞出來了，那時，我的死您要自責的。」

「你有多大了？聽聲音，你似乎是個年輕人。」

「我不知道我的年齡，因為從我來這裡以後，我就不再計算時間了。我所知道的，就是我在一八一五年二月二十八日被捕時，快滿十九歲了。」

「還沒滿二十六歲啊，」那人喃喃地說，「好，在這個年齡，還不會背信棄義。」

「啊！不！不！我向你起誓，」鄧蒂斯重複道，「我已經對您說過，我再對您說一遍，我寧願被他們碎屍萬段也不會背叛你。」

「幸好你這樣說，又這樣求我，因為我就要另外去擬一個計畫，不顧你了，但是你的年齡使我放了心。我會再到你這兒來的。等著我吧。」

「什麼時候？」

「我必須盤算我們的機會；由我來給你打信號吧。」

「可是千萬別拋開我，別讓我一個人待著，你會來找我或是你允許我來找你嗎？我們一塊兒逃跑，即便我們逃不了，我們還可以聊天，聊聊各自喜歡的人，說說你的，也說說我的。你大概愛著某個人吧？」

「我在世上孤單一人。」

「那麼你會愛我的。假如你年紀輕，我就是你的朋友，假如你年紀大了，我就做你的兒子。我有一個父親，要是他還活著，就有七十歲啦，我只愛他和一個名叫美茜蒂絲的青年女子。我的父親沒有忘記我，這個我十拿九穩，但她還愛不愛我，那就只有上帝知道了。我將來就像愛我爹那樣的愛你。」

「好吧，」那個犯人說，「明天見。」

雖然只有三言兩語，鄧蒂斯已經被他的音調說服了。他也不再奢求，站起來，像他以往做的那樣，小心謹慎地把牆上挖出的碎塊處理完畢。之後，他把床推回頂上牆。

鄧蒂斯聽得出這幾個字當中的誠意，他確信自己很快就不會再孤單了，他或許快要重新獲得自由了。退一步說，即使他依舊還是做一個囚徒！最糟糕的情況也有一個同伴，然而，跟別人共同分擔這囚禁生活的痛苦，這痛苦也會減半。兩個人的抱怨幾乎是祈禱，兩個人一起做祈禱幾乎是上天的恩賜。

鄧蒂斯整天在他的斗室裡踱來踱去，心裡充滿了歡喜。歡樂有時使他喘不過氣來，他在床上坐下來，用手按住他的胸膛。一聽到門廊裡有輕微聲響，他就一躍跳到門口去。有一兩次，他腦子裡有一種恐懼，唯恐他會被迫和這個他已經愛上了的陌生人分離。可是，他已經像朋友一樣熱愛他了。假如發生這種事情，他也已下了一個決心，當獄卒移開他的床，彎下身來檢查那洞口時，他就用瓦罐底下的那塊石頭砸碎看守的腦袋。

他會被處死，他清楚地知道這一點，但他本來已經是快要絕望而死的了，只是這個神妙不可思議的聲音又把他救活了。

晚上，獄卒來了。鄧蒂斯躺在床上，他覺得在那裡能更好地守住未挖成的洞。無疑，他看這個惱人的來訪者時目光有些不同尋常，因為那人問他道：

「瞧，你又瘋了嗎？」

鄧蒂斯默不作聲，他擔心他的嗓音的激動會洩露他的秘密。

獄卒搖搖頭走了出去。

夜來臨了。鄧蒂斯以為他的鄰居會趁寂靜和黑暗之際重新與他接頭。但他想錯了，一夜過去了，卻沒有任何聲響回應他焦灼的等待。但在第二天，監獄看守在早上來過之後，正當他把床從牆前移開時，他聽到間歇時間相同的三下叩擊聲。他衝過去跪下。

「是你嗎？」他說，「我在這兒。」

「你那裡獄卒走了嗎？」那個聲音問道。

「走了，」鄧蒂斯答道，「他要到今晚再來。我們有十二個小時可以自由支配的。」

「那麼我可以行動了嗎？」聲音問道。

「啊！可以，可以！現在就幹，別拖了，我求求你了。」

鄧蒂斯半個身體鑽在洞裡，他雙手支撐的那塊地面似乎向下陷了。他趕緊向後退，這時，一堆鬆動的泥土和石頭落入洞口，這個洞正巧位於他自己挖掘的洞口的下方。這時，在這個晦暗、深不可測的洞底下，他看到露出腦袋、雙肩，繼而露出了整個人。這個人十分敏捷地從洞穴裡鑽了出來。

chapter 16 一位義大利學者

鄧蒂斯把這期盼已久的新朋友一把摟在懷裡，把他帶到窗前，以便讓透進地牢的微弱日光照亮他的全身。

他是一個身材瘦小的人，或許他滿頭的白髮與年齡無關，只是因為長期監獄生活的折磨，一雙沉陷的眼睛幾乎被那灰色的長眉毛遮住，卻遮不住眼中透出的深邃，一叢長而依舊還是黑色的鬍鬚一直垂到他的胸際。憂傷造成的皺紋遍佈在神色疲憊的臉上，再加上他那透著堅毅的輪廓，看到他的人立即會得出結論，他是個勞心者而非勞力之人。來者的額頭大汗淋漓。

至於他的衣服，讓人很難猜到它們原來的樣子，因為已經破成碎片。

來客大概在六十至六十五歲之間，儘管敏捷的動作表明：他顯現年齡的大小主要是由於長期囚禁的結果，而並非僅僅由於歲月的流逝。

他顯然很高興地接受了他這位青年朋友的熱情敬意。他冰封的心靈似乎一下子被年輕人的熱情溫熱了，心中的冰塊同樣被這顆熱烈的心慢慢融化。他很真誠地感謝這樣親熱的歡迎，雖然他一定會感到失望至極，因為他本來設想的是重獲自由，而現在卻只找到了另外一間黑牢。

「我們來看看，」他說，「有沒有辦法不讓監獄看守發現我來過的痕跡。我們要保持秘密，千萬不能讓獄卒知道一點兒風聲。」

他走向洞口，彎下身體，捧起石頭，雖然石頭很重，他搬起來卻輕而易舉。然後，又把它塞回原位說：

「這塊大石頭挖下來時你真太大意了。我想你大概是沒有工具助你一臂之力吧。」

「你呢，」鄧蒂斯吃驚地問道，「難道你有工具嗎？」

「我做了幾件，除了少一把銼刀外，我有一切必需的東西——鑿子、鉗子和錘子。」

「啊！我真想見識一下你憑耐心和巧手做出來的東西。」鄧蒂斯說道。

「瞧，這是一把鑿子。」

他拿出一把堅硬鋒利的刀，上面裝著用木棒做的柄。

「你用什麼做的？」鄧蒂斯問道。

「用我床上的一塊鐵楔子做的。我就是用了這件工具才把通道一直挖到您這裡的，約有五十尺。」

「五十尺！」鄧蒂斯不禁驚恐地叫出了聲。

「小聲點兒，年輕人，說話輕點兒。常常有人在囚犯的門口偷聽。」

「他們知道我是一個人。」

「那沒有用。」

「你說你挖了五十尺才挖到這裡？」

「不錯，那差不多就是你我兩個房間之間的距離。可惜我算錯了轉彎的角度，因為我沒有計算比例圖的幾何儀器，實際不是挖的四十尺的弧線，而是五十尺。我已經告訴過你，我以為可以挖到外牆，然後跳進海裡去，但是，我卻順著你房間對面的走廊挖，而不是從底下穿過你的牢房。我的工夫都白費了。因為這條走廊通向佈滿看守的院子裡。」

「是的，」鄧蒂斯說道，「不過這條走廊只占著我房間的一面，而我的牢房有四個方向呢。」

「這一面是用實心的岩石築成的，要鑿穿危岩，得有十個工具齊全的礦工幹十年的活。另外這一面和監獄長住宅的地基相連，假如我們挖過去，等待我們的也只是一間鎖了門的地牢，還有一群士兵。你這間地牢的第四面，也是最後一面是朝——等一下，它是朝什麼的呢？」

這一面是開著槍眼的牆壁，光線從槍眼射進來。這個窗洞向外漸漸縮小，開口的地方連一個小孩都鑽不過去，而且還裝著三條鐵柵，甚至最疑慮重重的看守也不用擔心越獄事件的發生。

那來客一面說，一面把桌子拖到窗口底下。

「爬上去。」他對鄧蒂斯說。

鄧蒂斯聽從了他的話，爬上了桌子，他猜測到他同伴的意思，就將背牢牢地貼住牆壁，伸出雙手。

鄧蒂斯到目前為止還只知道他的牢房號碼的這位來客，以他的年齡使人猜想不到的靈敏，就像貓或蜥蜴一樣身手敏捷地爬上桌去，然後踏上鄧蒂斯的手，從手爬到他的肩頭，然後，彎下腰——因為黑牢的頂使他無法伸直——他把腦袋伸進第一排鐵柵之間，以便從上到下看個仔細。

過了一會兒，他迅速地把頭縮回來，說：

「果然不出我所料。」

於是他又順著鄧蒂斯的身子向下滑到桌上，再從桌上跳到地面。

「你料到什麼啦？」鄧蒂斯從桌上跳到他旁邊，焦急地問道。

老囚犯思索了一會兒。

「對了，」他說，「是這樣的。你的地牢的第四面牆外面是一個露天走廊，巡邏隊在那裡來回經過，也有哨兵站崗。」

「你能肯定嗎？」

「我看見一個士兵的軍帽和毛瑟槍的槍管，所以我才趕快縮回頭來——因為我怕會被他們發現。」

「那怎麼辦？」鄧蒂斯問道。

「你瞧，從你的黑牢裡是不可能逃出去的。」

「那怎麼辦？」年輕人不解地問道。

「那麼，」老犯人答道，「上帝的意志是應該服從的！」

當老人緩緩說出這些字的時候，一種聽天由命的沮喪神色爬上了老人的臉。

鄧蒂斯凝視著這個打消了自己心中醞釀已久希望的人，神色裡混合著驚異和欽佩。

「現在，您肯告訴我，您是誰了嗎？」鄧蒂斯問道。

「很好，」來客回答說，「如果您對這樣的問題還感興趣的話，因為現在我已無力幫助您了。」

「您可以帶給我安慰和鼓勵——因為據我看，你是強者中的王者。」

來客淒然微笑了一下。

「那麼聽著，」他說，「我是法利亞長老，正如你所知的，是在一八一一年關到這個伊夫堡來的。在這以前，我曾在費尼斯德里堡關過三年。一八一一年，我從皮埃蒙特[72]被轉押到法國。在那個時候，我獲悉拿破崙正值春風得意，上天賜給了他一個兒子，這個孩子還在搖籃中就被封為羅馬皇帝了。我根本沒料到竟會發生您剛才所說的轉變。世事難料，如此強大的國家竟會被推翻。那麼法國現在是誰

72.位於義大利北部的一個大區。

執政呢——拿破崙二世嗎？」

「不，是路易十八。」

「路易十六[73]的兄弟！天意太難測了！蒼天究竟為何要罷黜一個顯赫有名的人，而去抬舉一個無名小卒呢？」

鄧蒂斯的注意力都集中在他身上，這個人多麼奇怪，他竟全然不顧自己的不幸，卻這樣關注著世界的命運。

「但英國也是這樣的，」他繼續說，「在查理一世[74]以後，來了克倫威爾，繼而是查理二世[75]，接著是詹姆士二世[76]，詹姆士二世的繼承人是他的一個外甥，一個親戚，一個什麼愛爾蘭親王——一個自任為國王的總督，然後向人民作了讓步，新的憲法出台了，接著自由了！你會看到這個局面，小夥子，」他轉向鄧蒂斯，帶著一位預言家的興奮眼光凝視著他說，「你還年輕——你看得到的。」

「是的，假如我能出獄的話！」

「不錯，」法利亞答道，「我們是囚徒，但這一點常常被我遺忘，甚至有些時候，我的目光可以穿透幽禁我的厚厚牆壁，彷彿我真的自由了呢。」

「但你怎麼會到這兒來的？」

「因為在一八〇七年時，拿破崙在一八一一年才想實現的計畫在我的腦中已經形成。因為，像馬

73.法國國王，一七七四至一七九一年間在位，法國大革命期間被斬首。
74.英國國王，一六〇〇年生，卒於一六四九年。
75.英國國王，一六三〇年生，卒於一六八五年，查理一世的兒子。
76.即雅克二世，查理二世的弟弟。

基維里一樣，我也希望義大利的政局得到改變，我不願意看到義大利分裂成若干小國，而每個小國又都由軟弱成殘暴的君主統治。我希望它能統一，成為強大的帝國。後來，我把那個頭戴王冠的傻瓜看成了凱撒・布琪亞，他假意接受我的意見，背後卻把我出賣了。亞歷山大六世[77]和克力門七世[78]也曾經有過這種計畫，但現在是絕不會成功的了，因為他們並不重視這個計畫，認為是不會有結果的，而拿破崙又不能完成他的工作。義大利似乎命中註定要倒楣的。」

老人說最後這幾個字的時候，語言更加沉重，他的頭無力地垂到胸前。

鄧蒂斯無法理解聽到的一切，他不懂一個人怎麼能為這種事甘冒生命的危險。不錯，即使他見過拿破崙，相互說過話，但克力門七世和亞歷山大六世，他連聽都沒有聽見過。

「您是不是就是那位……」鄧蒂斯開始有點兒理解獄卒的話了，這也是伊夫堡普遍的看法，「別人說的……有病的……長老？」

「您是想說大家以為發瘋的那個長老……是嗎？」

「我不敢那麼說，」鄧蒂斯微笑著說道。

「對，對，」法利亞帶著苦笑接著說道，「讓我回答您的問題，我承認是伊夫堡那個可憐的瘋犯人。多少年來，在這座監獄中，我一直是來賓們的消遣，說我怎麼瘋，怎樣狂，而且，還極可能再抬舉我一下，使小孩兒笑顏逐開，假如在這個暗無天日的地方有孩子們來的話。」

鄧蒂斯一動不動，沉默良久後，問道：

「這麼說，你放棄逃跑的希望了嗎？」

77. 羅馬教皇，一四九二至一五〇三年在位。
78. 羅馬教皇，一七三〇至一七四〇年在位。

「我覺得逃跑是不可能的了；硬要違背上帝的意志，那是大不敬的行為。」

「為什麼要洩氣呢？想要一舉成功，那也是苛求上帝。你不能朝另一個方向重新開始挖一條通道嗎？」鄧蒂斯反問道。

「重新開始，說得這樣輕巧，您可知道我花費了多少心血嗎？首先，我用了四年的時間來造我現在所有的這些工具，然後又花了兩年工夫來挖掘那像花崗石一樣堅硬的泥土，然後我又得搬開那些我曾認為連搖都搖不動的大石頭。您知道有多少個白天我都在做這些看似不可能的工作，要是到晚上能挖下一方寸這種堅實的水泥，我就已經很欣慰了。你不知道，為了存放這些泥土和所有這些小石頭，把它們埋起來，我需要挖穿一道樓梯的彎頂。但那塊地方現在已經完全塞滿了，要是再投一把灰塵進去，一定會被人發覺。你再想想看，我本來完全相信我已經完成我的目標，我的精力也只能勉強支撐我完成這項任務，使它恰巧能使我的計畫告一段落。而正當我算來已經成功了的時候，我的希望就這樣煙消雲散了。不，我再說一遍，今後我絕不會再違背上帝的意志，也絕不會強求那上帝拿走的自由。」

愛德蒙低下了頭，為了掩飾，他因為有了一個夥伴就已經很高興了，卻多少沖淡了他對這個犯人因逃跑失敗而痛苦時理應表示出來的幾分同情的心理狀態。

法利亞長老就勢倒在愛德蒙的床上，而愛德蒙仍然站著。

鄧蒂斯以前從來不曾想過要逃走。有些事情看來實在是不可能的，因此連嘗試的念頭都不會動一動。在地底下掘一條五十尺的地道，用三年的時間來致力於一種工作，即使成功，也只是來到大海的懸崖峭壁上；就算沒有被哨兵的子彈擊斃，從五十尺，六十尺，或許甚至一百尺的高處向下跳，也會使你摔得粉身碎骨，即使那逃亡者逃過了一切危險，也還得再游三里路的海面——這個距離太長，根本無法忍受，這種計畫他甚至連做夢都沒有想到過，他只是聽天由命。

但是，年輕人在這位老者身上看到了那種百折不撓的求生精神，這榜樣的力量也同樣激起了他的勇氣。別人已經嘗試過了他想都不敢想的事情，而且那個人，也不像他這樣年輕力壯，動作敏捷，卻憑著耐心和技巧給自己配齊了做那樁驚人的工作所必要的一切工具，只是由於測算錯誤才導致失敗。那個人把這一切都做到了。那麼，鄧蒂斯就沒有做不到的事了！

法利亞從他的牢房裡挖通了五十尺地道，鄧蒂斯就能挖通一百尺。年過半百的法利亞，在這項工作上已花了三年的精力，還沒有前者一半年齡的他，卻虛度了六年。做教士和哲學家的法利亞，甘願冒生命的危險游一段三里路的距離來達到大魔島，蘭頓紐島或黎瑪島，難道像他這樣一個強壯的水手，一個經驗豐富的潛泳者，竟沒有勇氣完成同樣的工作嗎？以前常常潛到海底尋找珊瑚枝，難道不會毫不猶豫游上三海里嗎？三里路，他在一小時內就可以游到，而以前，純粹是為了消遣，他曾多次在水裡游過那樣兩倍多長的距離！鄧蒂斯下決心要像這位勇敢的同伴一樣，並牢牢地記住，別人做到的或者可以做到的，鄧蒂斯也可以做到。

鄧蒂斯思考了一會兒。

「我找到您要找的出路了。」他對老人說道。

法利亞吃了一驚。「真的嗎？」他趕緊抬起頭，那神態在表示，如果鄧蒂斯說的是實話，那麼他就會重拾鬥志。「請告訴我，你發現了什麼。」

「您從您的牢房挖到這裡的通道，與外面這條走廊是同一個朝向，是嗎？」

「是的。」

「而走廊離你的地道不過十五步左右？」

「最多也不過如此。」

「那麼好，我來告訴你我們所必須做的工作吧。我們必須在地道的中部開一條像丁字形的路。這次您要好好計算。我們接通露天走廊，把看守走廊的哨兵殺了，就此逃走。只要有勇氣，我們就會成功，您有十足的勇氣，我有充沛的精力，再加上強大的忍耐力——您就只看我的吧。」

「等等，」長老答道，「親愛的夥伴，你顯然還不明白我具有哪一種勇氣，而我是憑了那種勇氣才有了氣力的。至於說忍耐，我認為每天早上重新開始夜裡的工作，倒也鍛煉得夠了。但在那個時候，小夥子——聽我說——在那個時候，解救出上帝的一個造物，就是為它效勞，這個造物由於是被冤枉的，不會被定罪。」

「好呀，現在情況不同了，」鄧蒂斯問道，「難道從你遇見我之後，您就不再認為自己是清白的嗎，請說呀？」

「我不承認，但我是不希望變成這個樣子的。到目前為止，我一直認為在同事物打交道。但您的計畫中卻涉及了同人對抗。我能夠挖通一道牆，或拆毀一座樓梯，但我不會刺穿一個人的胸膛，或奪去一條命。」

鄧蒂斯稍稍做了個表示驚訝的動作。「這麼說，」他說道，「當您獲得自由時，卻被這麼一個顧忌束縛住手腳了？」

「那麼你自己呢，」法利亞說道，「為什麼您沒有在一個傍晚，用桌子腿猛擊監獄看守，穿上他的衣服，然後設法逃走？」

「這是因為那時我沒想到這一點。」鄧蒂斯說。

「那是因為，」老人說，「你這種罪行令你產生了本能的恐懼，以致你不會生出這樣的念頭。凡是容易做到的事情，我們與生俱來的天性就會阻止我們脫離正軌。拿老虎來說吧，牠本性嗜殺，這是牠的職業，牠的目的所在，牠只憑嗅覺就可以知道，有隻獵物在牠的捕殺範圍，牠撲到那犧牲品的身上，把牠撕得粉碎。牠服從牠本能的驅使。可是人卻不同，人是怕見血的。無論是人類社會的法律，還是自然的法則，都容不下謀殺。」

鄧蒂斯有些迷惑不解，這樣的法規確實也曾經出現在他的腦海中，或者不如說曾經活躍在他的心靈中，因為有些思想出自大腦，而另外有些思想源自於心靈。

「再說，」法利亞接著說道，「在被囚禁的十二年中，我把歷代那些有名的越獄案都仔細琢磨過了。我看到越獄成功者寥寥無幾。最幸運的越獄，得到圓滿成功的越獄，都是經過深思熟慮、長期準備的，如波福公爵[79]逃出萬森堡，杜布古長老逃出伊微克堡，拉都特逃出巴士底獄。還有僥倖成功的越獄，這樣的例子是少之又少的。機會常常會出其不意地到來，那是我們無法想到的。所以，讓我們耐心地等待，相信時機一定會到來，而且我們一定會抓住它。」

「您真有耐心啊，」鄧蒂斯歎息道，「曠日持久的勞動使您每時每刻都有事可幹，當您無法用勞動來消磨時間時，您的希望可以繼續鼓勵您。」

「還有，」長老說道，「我也絕不僅僅是做這些事。」

「那麼你做什麼呢？」

「我要麼寫作，要麼做研究。」

「他們會給你紙、筆和墨水嗎？」

79. 又稱德・博福特公爵，是投石黨的領導成員。

「不給，不過我自己做。」

「你自己做了紙、筆和墨水？」鄧蒂斯驚呼道。

「是的。」

鄧蒂斯敬佩地望著他；不過，他仍難以相信他說的話。這一絲疑慮並沒有逃過老人銳利的眼睛。

「下回你到我那裡去時，」他說，「我會給你看一部完整的著作，這是我研究思考的結晶，是我一生思想的總結和反省的結晶——無論是羅馬鬥獸場的廢墟、威尼斯、聖‧馬克古宮的圓柱，還是佛羅倫斯的阿爾諾河，都見證過我為這部著作所做出的努力。萬萬沒有料到，有一天伊夫堡高牆的生活終於使我有時間讓這些思想躍然紙上，我說的那部書題目叫作《論義大利之統一》，印出來可以成為一冊四開本的大書。」

「您已經寫出來了？」

「寫在兩件襯衫上。我發明了一種藥劑，可以先使襯衣變得像羊皮紙那樣光滑緊密。」

「您真是個化學家？」

「學過一點兒。我認識拉瓦錫[80]，與卡巴尼斯[81]也是朋友。」

「可是，要完成這麼一部著作，您得對歷史有研究。那麼您有好多書囉？」

「在羅馬，在我的圖書室裡有將近五千冊書。由於反覆研讀，我發覺，一個人只要精選過一百五十本書，雖然不能說掌握了全部人類知識的概況，但可以說這些知識已經足夠了。我花了三年的時間一讀再讀這一百五十本書，在我被捕時，我已經差不多能熟記在心了。我在牢房裡，我只要仔細回想

80. 十八世紀的法國化學家，發現並證明了氧氣助燃的作用以及生物呼吸時發生的氧化作用。
81. 十八世紀的法國醫生、哲學家。

一下，便能完全回想起來。因此，我能向您舉出修昔底德[82]、薩諾芬[83]、普盧塔克、塔都司・李浮斯[84]、塔西佗[85]、史德拉達、約南特斯、但丁、蒙田[86]、莎士比亞，斯賓諾莎[87]，馬基雅弗利和布蘇亞[88]。這裡我僅僅給你說出一些最重要的名人而已。」

「那麼你懂得好幾國語言囉？」

「我會說五種現代語言：德語、法語、義大利語、英語和西班牙語。我依據古希臘語，也懂得現代希臘語。不過我還說不好，眼下，我正在學哩。」

「你還在研究？」鄧蒂斯問道。

「是的，我把我知道的字排成了一個單詞表，然後把這些單詞排列、組合、顛來倒去，沒想到竟夠我表達思想了。我大約知道一千個詞，嚴格地說這是必須掌握的詞彙，雖然在詞典裡有不少於十萬個詞彙。不過，我做不到侃侃而談，但我能讓人完全明白我的意思，這就夠了。」

愛德蒙越聽越入迷，開始感到這個人有超凡的能力。他希望能在他身上發現一點缺陷，於是繼續問道：

「如果他們不給你筆，那麼您是用什麼寫成這麼厚的一本大書的呢？」

---

82. 西元前五世紀時，古希臘著名歷史學家、作家，代表作為《伯羅奔尼薩斯戰爭史》。
83. 西元前一世紀時，古希臘軍事家、歷史學家、作家，代表作為《遠征記》、《希臘史》。
84. 西元一世紀時，古羅馬歷史學家，《羅馬史》為其代表作。
85. 西元一世紀時，古羅馬歷史學家。
86. 十六世紀法國著名散文家，代表作品為《隨筆集》。
87. 十七世紀荷蘭哲學家，著有《倫理集》等論著。
88. 又稱博絮埃，十七世紀法國主教，也是神學家、作家，其代表作為《誄詞》。

「我自己製造了上好的筆。假如有人知道在齋日有時吃到的鱈魚頭的軟骨是做筆的材料的話，那麼他們會寧願用這種筆而不用普通的筆了。因此，我總是非常高興地盼著星期三、星期五和星期六，因為這些日子給了我希望，能增加我的筆的儲存。我承認，寫歷史著作是我最喜歡的工作，當我回憶往昔時，就忘掉眼前的一切了。當我在歷史之中自由自在、獨來獨往的時候，就不再記得我是囚犯了。」

「那麼墨水呢？」鄧蒂斯問道，「你用什麼材料自製墨水呢？」

「我的黑牢裡以前有一隻壁爐，」法利亞說道，「在我住進來時，這只壁爐大概已經被堵塞多時了。但以前一定用過很多年，整個內部蒙上了一層煙灰。每個星期天，他們給我一點兒葡萄酒喝，我就把煤煙溶化在葡萄酒裡，這就為我提供了上好的墨水。至於特別的注釋，需要引起注意之處，我就刺破手指，用我的血寫上。」

「什麼時候我能看見這一切呢？」鄧蒂斯問道。

「您隨時都能來。」法利亞答道。

「哦！那麼就現在！」年輕人脫口說道。

「跟我來吧。」長老說道。

說完，他鑽到地道，消失不見了。鄧蒂斯尾隨其後。

chapter 17 長老的牢房

鄧蒂斯雖然不得不彎著腰，但還算順利地走到了地道的盡頭，長老的牢房。可是，越走越狹小，到了地道的那一端，露出的空間僅容得下一個人爬上去。長老地牢的地面上鋪著石板，他在最暗的一個角落掀起了一塊石板才開始他那艱巨的工程，鄧蒂斯已經看到其結果了。

年輕人進來後直起身子，極其急切地審視這間牢房。初看，這間房間並無特別之處。

「好了，」長老說道，「現在才十二點一刻，我們還有幾小時自由支配的時間。」

鄧蒂斯環視四周，尋找著長老靠什麼鐘如此準確地測出時間。

「請看看從我的窗口透進來的一縷陽光，」長老說道，「再看看我刻在牆上的線條。這些線條是根據地球自轉及它繞著太陽公轉的原理畫出來的。我能比錶更準確地報出時間，因為錶會亂走，而太陽和地球的運轉是絕不會偏離軌道的。」

鄧蒂斯對長老的解釋全然不懂，他只看到太陽從山背後升起，又沉入地中海，便一直認為是太陽而不是地球在動。要說他生活的這個地球竟會自轉和繞太陽而轉，對他來說，是完全超出他的理解力的，因為他並沒有感覺到任何轉動。可是，雖然他不能理解他的同伴這番教導的全部含義，但在對方的每一句話裡，他看到了科學的奧秘，就像他在早年的航程中，從古齊拉到戈爾康達所看見的那些寶物一樣的閃閃發光。

「嗯，」他對長老說，「我已等不及要看您的寶貝了。」

長老走向壁爐，用始終拿在手裡的鑿子移開爐膛內的一塊石頭。那裡出現了一個相當深的洞穴，他剛才對鄧蒂斯說起的所有東西就藏在這個洞裡。

「您想先看什麼？」他問道。

「請您先把有關義大利王朝的大作讓我看看。」

法利亞從他那洞中掏出三四卷一疊一疊的布片，像木乃伊棺材裡所找到的草紙。這幾卷東西都是四尺寬，十八尺長的布片，編上號碼，上面的字跡工整，連鄧蒂斯都讀得懂，意義也很明顯，因為是用長老的母語，義大利文寫成。鄧蒂斯就是普羅旺斯人，對這種語言完全懂得。

「瞧，」他說，「都在裡面了。將近一個星期前我在第六十八條布片的末尾寫上了『完』字。我把兩件襯衣和我所有的手帕都做成了這種東西。假如有一天我又恢復了自由，在義大利又找得到一個印刷廠廠主敢於印我的東西，我就成名了。」

「不錯，」鄧蒂斯答道，「我看清楚了。現在，請您把寫這部書的筆拿給我看看好嗎？」

「看吧。」法利亞說道。

他拿出一根細棒給年輕人看，這根細棒長約六公分左右。那支細棒看起來極像一管好圖畫筆的筆桿，末端用線綁著一片長老之前對鄧蒂斯說過的那種軟骨，頂端成鳥嘴狀，像普通的筆那樣裂開。

鄧蒂斯仔細端詳著，用目光搜尋著能如此恰到好處地削出軟骨筆尖的工具。

「啊！對了，」法利亞說道，「要找小削刀是吧？這可是我的傑作。我自製的，還有這把刀，都是用舊的鐵蠟燭台做出來的。」

鉛筆刀鋒利如剃刀。至於這把刀，它有個好處，它的優點是可以兼做刀和匕首。

鄧蒂斯仔細觀察著這一件件東西，其認真程度，就像他從前有時逛馬賽的古玩店時，欣賞遠洋航船船長從南大西洋帶回來的野人所用的那些稀奇古怪的工具一樣。

「墨水嘛，」法利亞說道，「你知道我是怎麼做的。我現做現用。」

「現在還有一件事我還沒弄明白，」鄧蒂斯說道，「就是要幹這麼多工作，僅僅白天怎麼就夠用了。」

「晚上我可以照常工作。」法利亞答道。

「晚上！您難道還像貓一樣，在夜裡能看清東西？」

「不是的，不過上帝會給人智慧以彌補他官能之不足：我弄到了光。」

「怎麼回事？」

「我從給我吃的肉裡分出油脂，煉出一種厚厚的油脂。看，這就是我的燈。」

說著，法利亞拿出一盞小燈樣的東西給鄧蒂斯看，有點兒像在公共場所照明用的燈。

「但哪兒來的火呢？」

「這是兩塊碎石和燒焦的襯衣。」

「火柴呢？」

「我假裝得了皮膚病，要一點兒硫黃，他們給我了。」

鄧蒂斯把手裡的東西放到桌上，垂下頭，被這個人的堅韌和力量所折服。

「還不止這些呢，」法利亞接著說道，「因為我不會輕率地把所有的寶貝都藏在同一個地方。把這個洞蓋上吧！」

他倆把石板放在原地。長老在上面撒了一點兒塵土，用腳又擦了擦以清除移動的痕跡，而後向他的床走去，移開了床。

在床頭後面露出一個洞，洞口被一塊石頭封得嚴嚴實實，洞裡有一根長約廿五到三十尺的繩梯。

鄧蒂斯仔細看了看，這條繩子極其結實，不會斷裂。

「誰給了您為完成這麼一件美妙的傑作所必需的繩子呢？」

「一開始我撕了幾件襯衫，後來又用了幾塊床單，我關在費尼斯德里監獄的三年間把它們搓成細繩。之後我被轉送到伊夫堡，我想出個辦法隨身把那些拆散了的紗線也帶來了。到了這兒，我就把這件活兒做完了。」

「難道他們沒有發現你的床單上少了折邊嗎？」

「我又給縫上了。」

「用什麼縫的？」

「用這根針。」

說完，長老撩開他的破衣爛衫，給鄧蒂斯一根長長的、尖尖的、還穿著線的魚骨，他一直揣在身上。

「是啊，」法利亞繼續說道，「我本想折斷這些鐵柵欄，從這個窗口逃出去，您瞧，這扇窗比您的窗寬一點兒，逃走時還可以再挖寬一點；但是，我發現這個窗口下面就是內天井，於是我放棄這個計畫，因為成功的機率實在太小。不管怎麼說，我保存了繩梯以備不時之需，正如我對您說的，這樣的機會有時會突然從天而降。」

鄧蒂斯表面上注視著梯子，心頭卻縈繞著另一種想法。他想：一個像長老這樣聰明，靈巧又有城府的人，興許能夠幫他拔開不幸的迷霧，使他看清令他困惑已久的謎團。

「您在想什麼？」長老看到他的客人露出那種驚訝不已的表情，就微笑著問道。

「我首先想到一件事情，您非凡的智慧創造了這令人驚歎的成就。如果有朝一日您重獲自由，又會做出什麼樣的豐功偉業呢？」

「也許一事無成，我的過剩的腦力也許會化為烏有的。必須遇到患難才能開發深藏在人類智慧裡的神秘寶藏，就需要遭遇不幸；就像要想引爆炸藥，就需要壓力一樣。囚禁生活把我分散的、浮動的精力都凝聚在一個焦點上，這個狹窄的空間使它們相互撞擊，你是知道的，烏雲相撞生成電，由電生成火花，由火花生成了光。」

「不，我一無所知，」鄧蒂斯說道，他因自己的無知而有點兒垂頭喪氣了，「您說的話中有一部分對我來說毫無意義。能如此博學多才，真幸福啊！」

長老笑了。

「您剛才說，您想到了兩件事情？」

「是的。」

「但您只讓我知道了第一件，第二件又是什麼呢？」

「第二件是您對我敘述了您的過去，可您還不知道我的身世呢。」

「年輕人，您的生活夠短促的，無法經歷有重要意義的大事。」

「它卻遇到過一次極大的災難，」鄧蒂斯說道，「我根本不該遇上的災難。有時我會因此詛咒上帝，為了不再褻瀆上帝，我願意只怨恨造成我不幸的那些人。」

「那麼您能肯定別人控告您的罪名是無中生有的嗎？」

「我以我最珍視的兩個人的性命，以我的父親和美茜蒂絲的性命起誓，我完全無辜。」

「談談吧，」長老邊說，邊封上洞穴，再把床推回原位，「把你的故事說給我聽聽吧。」

於是，鄧蒂斯就講起他的故事。簡單得只包括一次赴印度的遠航和兩三次到地中海東岸的經歷，接著他講到最後一次航行：黎克勒船長如何死；如何從他那兒接到一包東西交給大元帥；如何謁見那位大人物，交了那包東西，又轉收到一封致諾梯埃先生的信；後來他到馬賽，同他的父親見面；如何與美茜蒂絲相愛，如何舉行他們的婚筵；如何被捕，受審和暫時押在法院的監牢裡；最後，又如何被關到伊夫堡來。在未遇到長老的這一階段中，一切對鄧蒂斯都只是一片空白，他什麼都不知道，甚至他入獄有多久了也不曉得。

他講完以後，長老陷入深深地沉思，過了一會兒他說：

「有一句格言說得很妙，」他想完了以後說，「這句格言和我不久以前講過的話是互為聯繫的，就是，雖然人們身處惡世，人的本性是厭惡犯罪的。可是，從一種虛偽的文明制度裡，產生了欲望、惡習和不良的嗜好，有時這股力量會強大到會摧毀我們善良的本性，終於引導我們走入犯罪作惡之路。所以那句格言是：若要找出罪犯，必先找出從所犯罪行中有利可圖的人。您的失蹤能對誰有利呢？您不在了能對誰有利呢？」

「我的上帝，對誰都沒有好處！我是這樣不足輕重。」

「不要這麼回答，因為您的回答既不合邏輯又缺乏條理。一切都是相對的，親愛的朋友。無論是國王的法定繼承人，還是臨時聘用的職員，道理都是一樣的。假如國王死了，繼任者就可繼承王位；假如小職員死了，候補雇員就能得到那份一二○○利弗爾的薪金。為了生活，這筆錢對他的重要性與國王得到的一二〇〇萬是同樣的。每個人，無論社會地位高低，都在它周圍形成了一個小小的利害關係網，網中有無數活躍的原子，正如笛卡兒描述的世界一樣。不過，這些關係網隨著本人地位的升高，會越張越大。這就像一個倒轉的螺旋形似的，尖端靠平衡作用保持穩定。我們來談談您的世界吧。你就要被任命為『法老號』船長了？」

「是的。」

「您將要娶一位年輕貌美的女子為妻？」

「是的。」

「如果您當不成『法老號』船長，誰會從中受益嗎？如果您娶不成美茜蒂絲，誰會興奮不已呢？請先回答第一個問題，條理性是解決問題的關鍵。有誰不願意您當『法老號』的船長呢？」

「沒有，我在船上很受歡迎。如果他們能自由選舉一個頭兒，我相信他們會選中我。只有一個人對我不滿，從前，我曾與他吵過一架，還向他提出以決鬥的方式來解決我們之間的問題，但他拒絕了。」

「行啦！這個人，他叫什麼名字？」

「鄧格拉司。」

「他在船上幹什麼？」

「押運員。」

「假如你當了船長，你還會留他繼續任職嗎？」

「不，如果取決於我的話，因為我發現他的帳目有幾處不清。」

「好了。現在說說，你與黎克勒船長最後一次談話時有誰在場？」

「沒有，就我們兩個人。」

「有誰可能聽到你們的談話？」

「會有的，因為艙門是開著的。甚至……對了，對了，黎克勒把給大元帥的那包東西交給我時，正巧鄧格拉司路過。」

「對了，我們上了正道了。當你們在厄爾巴島停泊時，你帶了誰上岸沒有？」

「沒有。」

「有人交給你一封信？」

「是的，元帥給的。」

「這封信，你怎麼處理的？」

「我放在我的公事包裡。」

「你的公事包是隨身帶著的嗎？一只公事包大得足以放得下一封官方信函，如何能放進一個船員的口袋裡呢？」

「你說得對，我把公事包留在船上了。」

「那麼你是回到船上之後才把信放進公事包裡的囉？」

「是的。」

「從費拉約回到船上之前，是怎麼處理這封信的？」

「我一直拿在手上。」

「當你回到『法老號』船上時，人人都能看到你拿著一封信嘍？」

「是的。」

「鄧格拉司也與其他人一樣看得見囉？」

「鄧格拉司也不例外。」

「現在，聽我說，仔細回憶所有的細節，你記得告發信上寫的是什麼內容嗎？」

「哦！記得，我重讀過三遍，每個字都銘記在我的記憶裡。」

「請複述給我聽。」

鄧蒂斯沉思默想了片刻。

「信的全文如下，」他說道。「檢察官先生台鑒：鄙人乃王室與教會的朋友。茲稟告有一名叫愛德蒙・鄧蒂斯者，係『法老號』帆船之大副，今晨從士麥那港而來，中途停靠那不勒斯和費拉約港。此人受穆拉特[89]之托，有信託他轉交謀王篡位者，後者覆命他把信轉交巴黎的拿破崙黨人委員會。」

「逮捕此人時便可得到他的犯罪證據，因為此信不是在他身上，就是在他父親家中，或是在『法老號』的船艙裡。」

長老聳了聳肩。

「現在真相大白了，」他說道，「您太天真、太善良了，要不您一下子就能猜出是怎麼回事了。」

「您這麼想嗎？」鄧蒂斯脫口說道，「啊！這可太卑鄙了！」

「鄧格拉司通常的筆跡是怎麼樣的？」

「一手漂亮的草體。」

「匿名信上是什麼筆跡？」

89.穆拉特又名繆拉，一七六七至一八一五年在世，為拿破崙軍中一名大將，拿破崙在滑鐵盧之戰敗北失勢後他躲至科西嘉島，後來因為試圖重新回到法國本土被俘，遭槍決。

「向右傾斜的字體。」

長老露出淺淺的一笑。

「偽裝的，是嗎？」鄧蒂斯問道。

「筆跡流暢，一定是偽裝的。」

「等一下。」他說道。

他拿起筆，或者說他稱之為筆的東西，在墨水裡蘸了蘸，用左手在一件備用的襯衫上寫了告發信的頭兩三行字。

鄧蒂斯往後退了一步，望著長老的眼神中充滿了恐懼。

「啊！真令人吃驚，」他驚呼道，「這個筆跡與告發信上寫的多麼相像啊。」

「這就是說，告發信是用左手寫的。我曾經觀察到一件事。」長老繼續說道。

「什麼？」鄧蒂斯不解地問道。

「就是用右手寫的字體千差萬別，而用左手寫的所有筆跡就大同小異了。」

「你什麼都見過，什麼都研究過了？」

「我們繼續往下說吧。」

「哦！好，好。」

「轉入第二個問題。」

「我聽著。」

「有誰出於自己的利益，不願意您與美茜蒂絲結婚嗎？」

「有！一個愛著她的年輕人。」

「他的名字呢？」

「弗南。」

「這是一個西班牙名字。」

「他是迦太蘭人。」

「你認為他有能力寫出這麼一封信來嗎？」

「沒有。這個人只會捅我一刀，來解決問題。」

「是啊，這符合西班牙人的天性：他們可以毫不猶豫地殺人，但絕不會做出膽小怯懦的事。」

「再說，」鄧蒂斯接著說道，「他並不知道告發信裡的所有細節。」

「你沒把這些細節告訴任何人嗎？」

「沒有。」

「連你的意中人也沒有講過？」

「甚至沒有對我的未婚妻說。」

「那麼就是鄧格拉司寫的了。」

「啊！現在，我百分之百地肯定。」

「等等……鄧格拉司認識弗南嗎？」

「不……如果……我想起來了……」

「想起什麼？」

「在我訂婚的前兩天，我看見他倆在邦費勒老先生的涼棚下同坐在一張桌子旁。鄧格拉司在友善地說笑，而弗南臉色蒼白，一副魂不守舍的樣子。」

「就他倆嗎？」

「不。同他們在一起的還有第三個夥伴，我很熟悉的，大概就是他讓他倆認識的。此人名叫卡德羅斯，是個裁縫，不過那時他已經喝醉了。等等……等等……我怎麼以前沒想到這件事呢？在他們喝酒的桌子旁邊的一張桌子上，放著墨水、紙和筆。[90]啊！無恥！無恥！真無恥！」

「你還想知道其他的事情嗎？」長老笑著問道。

「想，想，既然您已經洞悉了一切，我求您為我解出另一個謎底，我還想知道為什麼我只被審訊過一次，為什麼我沒有上法庭，我怎麼會不經判決就定罪？」

「哦！這個嘛，」長老說道，「那就更嚴重些了：司法機關是非常黑暗的，常常神秘得令人難以捉摸。通過你的兩個朋友我們現在做的只是一種兒童遊戲。至於這個題目，你得給我一些更確切的提示。」

「嗨，問我好啦。因為說真的，您比我更能看清我的身分。」

「誰審訊你的？是檢察官、代理檢察官，還是預審法官？」

「是代理檢察官。」

「年輕人還是老年人？」

「年輕人，二十七八歲光景。」

「嗯！雖然還沒有徹底腐化，但已經野心勃勃，」長老說道，「他對你的態度如何？」

「並不嚴厲，反而很溫和。」

90. 鄧蒂斯把手放在額上。

「你什麼都對他說了嗎？」

「都說了。」

「他的態度在審問中有變化嗎？」

「他看過那封陷害我的信以後，態度一時產生了變化。他想到我所處的危險，似乎很難受。」

「是為你的不幸遭遇嗎？」

「是的。」

「你確信他同情你的不幸？」

「至少他對我表現出極大的同情心。」

「什麼證明？」

「他燒毀了能連累我的唯一的一張紙。」

「什麼紙？告發信嗎？」

「不，是要我轉交的那封信。」

「你確定無疑燒掉了嗎？」

「信是當我面燒的。」

「這就是另一回事了。這個人很可能是一個你想像不到的最陰險毒辣的傢伙。」

「說實話，您使我太寒心了！」鄧蒂斯說道，「難道這是個老虎、鱷魚橫行的世界嗎？」

「不錯，不過，兩隻腳的老虎和鱷魚比其他四隻腳的更凶險。」

「我們談下去，談下去吧。」

「非常樂意。你說他把信燒了？」

「是的，他一面對我說：『瞧，只有這個證據對你不利，現在被我銷毀了。』」

「這個行為太過高尚，反而顯得虛偽了。」

「你這樣認為？」

「我能肯定。這封信是指定給誰的？」

「給巴黎高海隆路十三號的諾梯埃先生。」

「你能估計出您那位代理檢察官燒了這封信對他有什麼好處嗎？」

「也許吧。因為有兩三次，說是為了我的利益著想，要我答應別對任何人提起這封信。並且，他讓我發誓不吐露寫在信封上的那個人名。」

「諾梯埃？」長老反覆念道，「諾梯埃？我倒知道一個在原來伊屈羅麗亞女皇的朝廷裡供過職的諾梯埃，他在大革命時期是個吉倫特黨人。你那代理檢察官對你說他叫什麼名字？」

「維爾福。」

長老爆發出一陣大笑。

鄧蒂斯驚愕地注視著他。

「您怎麼啦？」他問道。

「你看到這束陽光了嗎？」長老問道。

「看到了。」

「啊！現在，在我看來，事情的來龍去脈比這縷澄澈的陽光還要清楚了。可憐的孩子，可憐的年輕人！那麼這個法官對你很好囉？」

「是的。」

「這位尊敬的代理檢察官燒毀了那封信？」

「是的。」

「這個劊子手的正直供應者，他要你發誓永遠不吐露諾梯埃這個名字嗎？」

「是的。」

「你這個可憐的瞎子啊，你知道這個諾梯埃是誰嗎？這個諾梯埃就是他的父親！」

即使一個霹靂打在鄧蒂斯的腳下，擊開一個深淵，地獄就在深淵之底大張著口，在他身上產生的效果也不如長老突如其來的這幾句話那麼迅猛、那麼刺激、那麼慘烈。他站起來，雙手捧住頭，彷彿不讓它爆炸似的。

「他的父親！他的父親！」他驚叫道。

「對，是他的父親，名叫諾梯埃．維爾福。」長老接著說道。

在這一剎那間，一縷明亮的光射進鄧蒂斯的腦子裡，照亮了原本模糊不清的一切。維爾福在審問時態度的改變啦，那封信的銷毀啦，硬要他作的許諾啦，這個法官不是威脅，而是好像懇求的聲音——一切都回到他的記憶裡來了。鄧蒂斯的嘴裡透出一聲從心靈中發出來的痛苦的喊聲，他踉踉蹌蹌地靠到牆壁上，幾乎像一個醉漢一樣。然後，當那一陣激烈的情感過去以後，從那個溝通長老的單身牢房與他的牢房的缺口衝出去，說：「噢，我要獨自把這一切再想一想。」

他一進入自己的地牢，就躺倒在床上。傍晚，監獄看守看到他坐在那裡，兩眼發直，面無表情，像一尊雕像似的，一動不動，一言不發。

他冷靜思索了好幾個小時，但在他看來僅僅才度過了幾秒鐘。在這期間，他下了一個可怕的決心，並且發了一個令人生畏的誓願。

一個聲音把他從沉思中喚醒了，是法利亞長老。獄卒的例行檢查已經結束，他來邀請鄧蒂斯與他共進晚餐。大家確信他是個瘋子，而且是個使人開心的瘋子，因而這個老囚犯享受了某種特權，譬如說星期天可以得到一點兒白麵包，還可以享受一小瓶葡萄酒。這天正巧是星期天，因此長老特地來邀請年輕夥伴分享他的麵包和酒。

鄧蒂斯跟隨他去了。他的臉上恢復了以往的平靜，卻換了另一種更加嚴肅、更加堅毅的神態，可以看得出來，他的決心已不可動搖。長老久久地凝視著他。

「我很遺憾幫你研究了個水落石出，說了那番話。」他說道。

「為什麼？」鄧蒂斯問道。

「因為我在你的心裡注入了一種你從未有過的煩惱，那就是復仇。」

鄧蒂斯微微一笑。

「我們談別的事吧，」他說道。

長老又端詳了他一會兒，憂傷地搖了搖頭。就像鄧蒂斯請求的那樣，他就聊其他事情了。像所有飽經滄桑的人那樣，老犯人的談話包含著許多啟示，絕不會讓人聽了乏味的。這種談話不是為了顯示自己豐富的閱歷，這個不幸的人從不提他的傷心事。

鄧蒂斯懷著敬佩的心情傾聽著他說的每句話：有的話與他原來的想法一致，也符合他做為水手獲得的知識。有的話涉及一些未知的領域，宛如給在南緯度的航海者照亮航道的極光一樣，他的話給年輕人展現出五光十色的景象和眼花繚亂的新天地。鄧蒂斯明白了，一個頭腦聰明的人追隨這個高尚的人在道德、哲學，或是社會的高度上遨遊是多麼的幸福，而這個人在這個水準上是遊刃有餘的。

「您該把您知道的教給我一點兒才好，」鄧蒂斯說道，「哪怕只是為了不再使您對我感到厭倦。現在，我似乎覺得，您寧願孤獨自處也不想與一個像我這樣無知無識的同伴在一起。如果您答應我的請求，我保證絕不再跟您提起逃走的事。」

長老笑了。

「嗨，我的孩子，」他說道，「人類的知識是很有限的，在我教會你數學、物理、歷史和我會講的三四種現代語言後，你就會掌握我所知的知識。不過，只需要花兩年時間，我就可以把我頭腦裡的知識全部傳授給你。」

「兩年！」鄧蒂斯說道，「你以為用兩年時間我就能學到所有這些東西了嗎？」

「雖然不能應用它們，但足以掌握基本原理，學會和知道是兩碼事。一知半解的人和學者不可同日而語：前者全憑記憶，而後者都是通過哲學式的思考對知識進行了消化吸收。」

「難道不能學哲學嗎？」

「**哲學是學不到的。哲學是各門科學的總和，是天才們在實踐的過程中總結出來的精華，哲學就是基督升天時踩在腳下的那片絢麗的祥雲。**」

「說說吧，」鄧蒂斯說道，「您先教我學什麼呢？我迫不及待，想快點兒開始，我太渴望知識了。」

「好！」長老說道。

果真，當天傍晚，這兩個囚犯就擬訂了一個學習計畫，次日就開始實行了。鄧蒂斯的記憶力驚人，而且悟性極好，一點就通。他很有數學頭腦，能順利接受各種需要經過計算才能學到的知識，而水手豐富的想像又使得數字的論證和圖形不再枯燥和呆板。此外，他本來就懂得義大利語和一點兒羅馬語，這是在他遠航東方時學到的。不久，靠這兩種語言，他輕鬆地掌握了其他所有語言的結構。六個月後，他已經能說西班牙語、英語和德語了。

或許是學習使他分散心思，給了他一個自由的天地，或許是他像讀者看到的那樣能嚴格遵守諾言，他再也不提逃跑的事了，他覺得日子過得飛快，而且很充實。一年之後，他已經變成了另一個人。

法利亞長老呢，鄧蒂斯發現，雖然他在一旁給長老的囚禁生活帶來些許樂趣，他卻越來越憂鬱了，似乎有一種想法在他的腦中不斷地出現，揮之不去。他常常陷入深思，不自覺地歎息，有時陡然起立，交叉雙臂，在牢房裡愁眉不展地徘徊。

一天，他在牢房裡已沿著來回走動不下百次的一條路線上突然停了下來，大聲說道：

「如果沒有哨兵該有多好！」

「會像您希望的那樣，一個哨兵也沒有。」鄧蒂斯說道，他本來就在追溯他的思想，他的話使鄧蒂斯一下子透視到了他頭骨下的大腦，好像那頭顱骨是水晶做成的似的。

「啊！我說過了，」長老接著說道，「我厭惡謀殺啊。」

「可是這樣殺人，即便是我們幹的，也是出於生存和自衛的本能。」

「無論如何，我是做不出來的。」

「可是您在想越獄嗎？」

「永遠不停地在想。」長老喃喃地說道。

「那麼你想出一個辦法了，對嗎？」鄧蒂斯焦急地問道。

「是的，只要在露天走廊碰巧派的是一個又聾又啞的哨兵。」

「這個哨兵會瞎會聾的。」年輕人以堅定的語氣答道，讓長老吃了一驚。

「不，不！」他高聲說，「不可能。」

鄧蒂斯本想讓他繼續談談這個內容，但長老搖了搖頭，拒絕再說下去。三個月就這樣過去了。

「你身體強壯嗎？」一天，長老問鄧蒂斯。

鄧蒂斯一句話也沒說，拿起鑿子，把它彎成馬蹄狀，再把它扳直。

「你能保證不到最後關頭不殺死哨兵嗎？」

「是的，我以名譽擔保。」

「這麼說，」長老說道，「我們可以執行計畫了。」

「我們執行這個計畫需要多長時間？」

「至少一年。」

「那麼我們現在就開始工作嗎？」

「馬上。」

「哦！你瞧，我們白丟了一年。」鄧蒂斯說道。

「你認為我們浪費了這一年時間嗎？」長老問道。

「啊！對不起，對不起！」愛德蒙漲紅了臉說道。

「噓！」長老說道，「人終究是人，而你仍然是我認識的人中最出色的。聽著，我的計畫是這樣的。」

這時，長老向鄧蒂斯展示了他早已畫好的一張草圖。這是他的牢房、鄧蒂斯的牢房和連接兩者的通道的平面圖。他計畫在通道裡再挖一條地道，就如礦工經常使用的巷道那樣，一直通到外走廊的中間地帶。這條巷道可以把兩個囚犯引到哨兵放哨的外走廊下面。一旦挖到那裡，他們再挖一個大洞，撬下露天走廊裡的一塊大石板。到時候，士兵一踩上去，人在自身重量下就會隨石板一道陷落進大洞穴裡。正當他摔得迷迷糊糊，無法反抗，鄧蒂斯就撲上去，把他捆住，堵住他的嘴巴。於是這兩個人便通過這條走廊上的一個窗戶，利用繩梯沿著外牆爬下去，順利逃脫。

鄧蒂斯高興得拍起手來，他的眼睛裡閃射出快樂的光芒，因為這個計畫非常簡單，成功在望。當天，這兩名挖掘工就開始工作了。由於經過長時間休息，而且這項計畫多半在他們心中醞釀已久，現在終於得以付諸行動，所以幹勁就更大了。

除去到了他們每個人不得不回到各自的牢房裡，等候獄卒的檢查，他們的工作從未中斷。再說，他們早已習慣辨別出獄卒下來時那輕微的腳步聲了，他們倆從沒被發覺。他們從新地道裡挖出來的土如果不弄走，很可能會把舊地道堵死，所以他們萬分小心地逐漸從鄧蒂斯牢房的窗口或是法利亞牢房的窗口把它們扔出去。由於事先把土碾得粉碎，夜間的風又把碎土吹到遠處，所以不會留下任何蛛絲馬跡。

這項工作用的工具也僅限於一把鑿子、一把小刀和一根撬棍。在一年多時間裡，他們就用這些工具去完成這項艱巨的工程。在這一年中，法利亞邊幹活邊繼續教育鄧蒂斯，時而用一種語言對他說話，時而又用另一種；給他講授各國歷史和名人傳記，這些一代又一代的偉人在他們身後留下了人們稱為「光榮」的燦爛的足跡。長老閱歷豐富，出入過上流社會，所以他的風度言行莊重而含蓄，而鄧蒂斯天生具有模仿能力，懂得如何吸收他所缺少的高雅的禮儀和貴族的風度。這種儀態只有那些經常接觸上流社會或與有教養的人來往頻繁的人，才會有。

十五個月之後，地道挖成了。走廊下的洞穴也挖好了。在洞裡可以聽見哨兵來回走動的聲音。這兩個人不得不等一個漆黑無月的夜晚再逃跑，以確保他們的越獄行動能夠成功。眼下他們只懼怕一點，就是挖空的石板在士兵的腳下會自行墜落。他們在地基裡找到的一根作為支撐的小樑，以預防不測。這一天，鄧蒂斯在撐木樑，法利亞長老則待在年輕人的囚室裡正在磨尖一隻木釘，用作將來掛繩梯之用。這時，他突然聽到長老用一種痛苦的聲音呼喚他，鄧蒂斯迅速退回去，看見長老站在囚室中央，臉色蒼白，頭冒冷汗，兩手痙攣著。

「哦！天哪！」鄧蒂斯叫出了聲，「發生了什麼事，您怎麼啦？」

「快！快！」長老說道，「聽我說！」

鄧蒂斯看到法利亞臉色鐵青，眼睛青黑，嘴唇發白、頭髮豎起。他驚呆了，手一鬆鑿子就落到了地上。

「究竟怎麼回事！」愛德蒙大聲問道。

「我完了！」長老說，「請聽我說。我得了一種可怕的，或許會致命的病，我總是覺得，就要發作了。在我被囚禁的前一年，我曾經發作過一次。對付這個病只有一種藥，我這就告訴你。請趕快跑到我的房間去，抬起床腳。床腳裡有一個洞，你可以找到一隻小瓶，盛有半瓶紅色的液體，儘快把藥瓶帶來。哦，不，不，在這裡我會被人發現的。請幫我回到自己的房間，趁我現在還有一點兒力氣。病發作時，誰知道會發生什麼事情呢？」

雖然面對突如其來的沉重打擊，鄧蒂斯並沒有方寸大亂。他鑽進地道，拖著他不幸的同伴，費了好大勁才把長老拖回牢房，回到了長老的房間，把他平放在床上。

「謝謝，」長老說道，手腳直打哆嗦，他彷彿剛剛墜入冰水中，四肢瑟縮發抖，「我得的是一種昏厥病，當它發作到最高點的時候，我或許會一動不動地躺著，好像死了一樣，並發出一種既不像歎息又不像呻吟那樣的喊聲。但是，說不定病症會比這劇烈得多，會使我可怕地痙攣起來，口吐白沫，四肢僵直，大喊大叫。最後這一著你必須要小心防到，因為那樣的話他們就會給我換牢房，我們就要永遠分離了。當我變成一動不動，冷冰冰，硬梆梆，像一具死屍那樣的時候，可以說，只有在這個時候，用鑿子撬開我的牙齒，把瓶子裡的藥水滴八滴至十滴到我的喉嚨裡，或許我還會恢復過來。」

「也許？」鄧蒂斯痛苦地問道。

「救命！救命！」長老突然驚呼起來，「我……我……」

疾病來勢迅猛，可憐的囚犯甚至都沒能把話說完。他的額頭迅速暗沉下來，彷彿被海上暴風雨來臨之前的陰雲所遮蔽。他的瞳孔放大，嘴巴歪斜，兩頰呈紫色。他扭動著身體，口吐白沫，大聲地吼叫著。但就像他親口吩咐過鄧蒂斯的那樣，鄧蒂斯把他的喊聲悶在他的毯子底下。這個狀況持續了兩個小時之久。這時，他變得比鐵錘還沒有生氣，比一塊大理石更白更冷，比踩在腳下的蘆葦更加軟弱無力了。他最後痙攣了一次，就昏厥了過去，身體僵直，臉色鐵青。

愛德蒙等待著似乎死亡已侵入長老的軀體，麻痹了他的心臟。然後，他拿起小刀，把刀刃伸進他的牙齒縫，用了很大力氣撬開了那咬緊的嘴巴，一滴一滴地數著，滴進十滴紅色液體以後就靜等著。

一小時過去了，老人沒有挪動一下。鄧蒂斯擔心下藥太遲了，急得兩手插進頭髮裡死死地盯著他看。末了，長老的臉上重又泛起了淡淡的紅潤，他那雙一直睜著、毫無反應的眼睛又有了一點兒生氣，嘴裡也吐出了一聲輕輕的歎息，身體輕輕動了一下。

「救活了！救活了！」鄧蒂斯大聲叫道。

病人雖然還不能說話，但他卻用手不安地指著門口。鄧蒂斯側耳細聽，聽到獄卒的腳步聲：快到七點鐘了，先前他根本沒有閒暇去計算時間。

年輕人奔向洞口，鑽了進去，再在洞口放好石頭，回到了自己的牢房。

不一會兒，輪到他的牢門打開了，像往常那樣，獄卒看見囚犯坐在床沿邊上。

獄卒轉過身子走了，他的腳步聲剛剛消失在長廊上，焦慮不安的鄧蒂斯沒心思吃東西，便又鑽回剛才回來的那條通道。他用頭頂起石板，回到長老的囚室。

老人已恢復知覺，但他仍然平躺在臥榻上，毫無生氣，精疲力竭。

「我沒料到還會見到你。」他對鄧蒂斯說道。

「為什麼？」年輕人問道，「你以為會死去嗎？」

「不是的，不過一切都準備好了，你可以逃走，我以為你跑了呢。」

鄧蒂斯生氣了，臉漲得通紅。

「不帶你走！」他大聲說道，「您當真認為我會那樣去做嗎？」

「現在，我看出來了，我原先的想法是錯誤的，」長老說道，「我的身體虛弱不堪，我的精力也已耗盡，像散了架似的。」

「振作起來，您會恢復體力的。」鄧蒂斯說道，他在法利亞的床邊坐下，握住他的雙手。

長老搖了搖頭。

「上一次，」他說道，「我發病半小時，事後我覺得肚子餓了，一個人能重新站起來。今天，我的腿已經不能挪動，右臂也失去了活動的能力。而且我的腦袋發脹，這表明腦溢血了。如果第三次再來，我就會完全癱瘓，或者突然死去的。」

「不，不，放心吧，你不會死的，即便你第三次發作，你那時早已獲得了自由。我會像這一次那樣把你救活的，而且比這次更好，因為我們會有一切急救工具和藥品。」

「我的朋友，」老人說道，「別搞錯了。剛剛過去的疾病已經判處我無期徒刑了。只有走得動才能逃走啊。」

「好吧！只要需要，我們可以等上一星期、一個月、兩個月，要是非如此不可的話。在這期間，你就會恢復力量的。所有的一切都按計劃進行，現在只需考慮逃跑的時間和時機。哪一天，當你感到有足夠的力氣游泳了，那麼這一天我們就執行我們的計畫。」

「我游不了啦，」法利亞說道，「這隻胳膊癱瘓了，不是癱瘓一天，而是一輩子的事情。你自己提提這個胳膊吧，你就會看到它已經失去了活動的能力。」

年輕人提起長老的一隻胳膊，它又毫無知覺地垂落下來。他歎了一口氣。

「現在你相信了是嗎，愛德蒙？」法利亞說道，「相信我吧，我明白我在說什麼。自從這種病第一次發作以來，我就不停地在想這件事情。我早就料到了，因為這是我家的遺傳病。我的父親在第三次發病時死去，我的祖父也是。這種藥已經兩次救了我的命，它實際上就是那著名的『卡巴尼斯』。這是醫生給我預備了的，他預言我也會得同樣的病。」

「醫生錯了，」鄧蒂斯大聲說道，「說到你的癱瘓病，這難不倒我，我會把你背在肩上，我拖住你游泳。」

「孩子啊，」長老說道，「你是水手，也是游泳高手，因此你應該明白，負載這樣重的人在海裡游不到五十尋。別想入非非欺騙自己了，你那顆高尚的心靈也不會相信的。我就留在這裡，直到我徹底解放的鐘聲敲響的那一刻吧。如今，我的解脫之時只能是死亡的時刻。至於你，你逃跑吧，快走吧！你年輕、機靈、強健，別替我操心啦，我不用你實踐你的諾言。」

「好啊，」鄧蒂斯說道，「好啊！這麼說，我也留下不走了。」

接著，他站起來，在老人頭上莊嚴地伸出一隻手，說：

「我以耶穌基督的血發誓，直到您死去才離開您。」

法利亞默默地注視著這個年輕人，他是如此高尚、如此純潔、如此有教養。他在他那絕對虔誠的神情裡，看到了他的愛心的真誠和對誓言的忠貞。

「好吧，」病人說道，「我接受了，謝謝。」

而後，他又向他伸出一隻手說道：

「你這樣忠誠於朋友，又捨己為人，日後或許會有善報的。現在，既然我走不了，你又不願走，重要的是堵住走廊下的地洞。因為士兵在走動時可能會發現被挖掘過的這塊地方發出空洞的聲響，會叫人來檢查，這樣我們就可能暴露，而且要分開了。去做這件事吧，遺憾的是我再也不能幫助你了。如果需要，就連夜去幹，明天早晨獄卒查監後再過來，我有一件重要的事情要對你說。」

鄧蒂斯抓起了長老的一隻手，後者微微一笑，讓他放下心來。鄧蒂斯懷著對年老朋友的忠誠和堅定地履行對朋友的諾言的信心離開了他。

chapter 18 寶藏

次日清晨，當鄧蒂斯再次回到同伴的牢房時，他看見法利亞坐著，神色安詳。一束陽光穿過他牢房狹窄的窗口照射進來。他用左手——讀者該記得，只有這隻手還能使用——捏住一張打開的紙。紙張先前一直是被捲成一小卷的，因此現在還微微捲曲著。

他一聲不響地拿這張紙給鄧蒂斯看。

「這是什麼？」鄧蒂斯問道。

「仔細瞧瞧。」長老微笑著說道。

「我細看過啦，」鄧蒂斯說道，「可我只看見一張燒掉一半的紙片，上面還用一種奇怪的墨水，寫著哥德體的文字。」

「這張紙嘛，我的朋友，」法利亞說道，「現在我可以把真相告訴你了，因為你已經通過了我的考驗，這張紙就是我的寶藏，從今天開始，寶藏的一半就歸你所有了。」

鄧蒂斯的額上沁出了冷汗。直到這一天，而且這段時間多麼長啊！他一直避免與法利亞提起這個寶藏，這是他發瘋的病根，這種瘋狂折磨著可憐的長老。愛德蒙憑著善解人意的本能，一直在避免觸動他這根痛苦的神經。而法利亞對此事也緘口不言。愛德蒙一直把老人對此事的沉默看成是理智的恢復。可是今天，法利亞經過這次死裡逃生的疾病，又提到了這幾個字，這似乎說明他又一次陷入了神經錯亂的狀態。

「你的寶藏？」鄧蒂斯結結巴巴地問道。

法利亞笑了。

「是啊，」他說道，「從各個方面來看，你的心地都很善良，愛德蒙。看你臉色發白，渾身顫抖，我明白你現在心裡在想什麼。不，放心吧，我沒有瘋。這個寶藏確實存在，鄧蒂斯，如果我無法擁有它，就由你來擁有它：誰也不肯聽我的，誰也不相信我，因為他們都認為我瘋了。可是你，你應該相信我不是瘋子，請先聽我說，只要你願意，你以後再相信我也不遲。」

「咳！」愛德蒙對自己低語道，「他老病又犯了！我就差碰上這件倒楣事了。」

接著他又大聲對法利亞說道：

「我的朋友，也許你剛才發病時累著了，您不想休息一會兒嗎？明天，假如您願意，我會靜下心來聽您講故事，但是今天我只想好好照顧您，就這樣吧。再說，」他笑著接下去說道，「一個寶藏，難道我們就這樣著急去找它嗎？」

「相當緊急，愛德蒙！」老人答道，「誰知道明天，或許是後天，我會不會第三次再犯病呢？想想吧，到那時一切就都完了！是啊，確實如此，在痛苦中，想著這些財富是我最大的安慰。它能使十個家庭發大財，而那些迫害我的人卻永遠也得不到。這個想法滿足了我的報復心理。在黑牢的慢慢長夜裡，在囚禁生活的絕望中，我慢慢品味著復仇的快意。可是現在，既然我因出於對你的愛而寬恕了世界，既然我看見你這麼年輕、前途無量，既然我想到我說出這個秘密之後將會給你帶來的幸福，我就非常擔憂會為時過晚，生怕不能確保把埋在地下的巨大寶藏交給像你這樣一個值得享有的人的手中。」

愛德蒙扭過頭去歎了一口氣。

「你固執己見，不肯相信，愛德蒙，」法利亞又說道，「我的話還不能使你相信？我知道，得拿出證據給你看才行。那好！你念念這張紙吧，這是我從未給任何人看過的。」

「明天吧，我的朋友，」愛德蒙說道，他很不願意順從老人的瘋狂之舉，「我還是認為明天來談這件事比較合適。」

「我們明天再談也可以，不過今天你先念念這張紙。」

「絕不要激怒他。」愛德蒙心裡想。

於是，他拿起這張想必是因某次意外而損毀的、殘缺了一半的紙張，念了起來：

今日為一四九八年四月二十五日，
亞歷山大六世之邀赴宴，
所獻之款，而欲繼承余之產業
死克拉帕拉及班蒂伏格遼
余今向概括遺贈財產承受人
愛任宣佈，在攜余同遊之處
島之岩洞中，埋藏余
石、鑽石、首飾；此處寶藏

約值兩百萬羅馬埃居，僅需
首小港處第二十塊岩石，即可
設有洞口二處：寶藏位於第二
隅中，此寶藏余全部遺贈。

凱撒

一四九八年四月二十五日

「怎麼樣？」當年輕人念完後，法利亞問道。

「可是，」鄧蒂斯答道，「我在這張紙上僅看到一行行不完整的句子，只是一些沒有下文的斷句。字母被火燒了一些，無法辨清。」

「對你是這樣的，我的朋友。你第一次讀到啊。但對我卻不同了，不知多少個夜晚，我都在埋頭研究它，現在已經重新把句子組織起來，把所有的意思都補充完整了。」

「您認為發現其中的意思了嗎？」

「我完全能肯定，你可以自己來判斷。不過，請先聽聽這張紙的來歷吧。」

「別出聲！」鄧蒂斯輕喚道，「有腳步聲……有人來了……我走了……再見！」

鄧蒂斯很高興能避開對方的故事，因為這番解釋只能向他證明他的朋友又犯了老毛病。他宛如一般溜進狹窄的通道。至於法利亞，他因受到驚嚇，恢復了一點兒活力，用腳把石塊推到原位，再蓋上一張席，以遮住移動過的痕跡，因為鄧蒂斯已來不及做這些了。

來者是監獄長，他從獄卒的報告中得知法利亞的病情，要親自來查看是否嚴重。

法利亞坐著見他，努力避免做出任何會引起猜疑的動作，終於逃過了監獄長的檢查，成功地掩飾了他半邊身子已癱瘓的事實。其實這已經使他半邊身子入土了。他原本擔心監獄長會對他萌發惻隱之心，想把他安排到更乾淨一些的監牢裡，這樣就把他與他的年輕夥伴分開了。幸虧沒有發生這樣的事情，監獄長離去時確信，這個可憐的瘋子只是有些身體不適而已，他對這個瘋子還是很憐憫的。

在這期間，坐在床上的愛德蒙，雙手捧住頭，竭力集中思想。自從他認識法利亞以後，後者身上的一切都顯得那麼理智，那麼崇高，那麼合乎邏輯。他實在不能理解，這麼富於智慧的，竟然在這一點上失去了理智：究竟是法利亞在寶藏的問題上錯亂了呢，還是世人誤解了法利亞呢？

整個白天，鄧蒂斯都待在自己的牢房裡，不敢再回到他的朋友那裡去。他想這樣來拖延一些時間，他不願面對長老再次發瘋的殘酷事實。對他來說，證實這一點該是多麼可怕啊。

到了傍晚時分，常規查監的時間過了，法利亞等了許久不見年輕人返回，於是就試著自己穿過他倆之間的那段通道。愛德蒙聽見老人拖著身體痛苦掙扎的聲音，打了一個寒戰。老人的一條腿已經癱瘓，而且他的手臂也幫不上忙，愛德蒙不得不去拉了他一把，因為他根本不能獨自從鄧蒂斯這邊的狹小洞口鑽出來。

「我不顧一切地追蹤到你這兒來了，」他帶著微笑慈祥地說，「不要想著迴避我的慷慨饋贈，這是白費力氣。所以你還是聽我說吧。」

愛德蒙看出自己已再無退路，於是便扶著老人坐在他的床上，自己則靠近他坐在一張小板凳上。

「你知道，」他說道：「我是紅衣主教斯巴達的秘書，又是他的密友，他是最後一位斯巴達親王。我這位可敬的主人賜予了我一生的幸福。他並不有錢，雖然別人都說他家富可敵國，我當時常聽人說

『富比斯巴達』這句話。但是他，像外面的謠言一樣，卻只靠富豪的虛名生活著。他的宮殿就是我的天堂。我曾教過他的侄子，他們如今都過世了。當他只剩下孤家寡人獨自一個的時候，我回到他的身邊，忠誠地服侍他，借此報答他十年來待我的恩情。

「紅衣主教的邸宅對我已毫無秘密。我常常看到我那高貴的東家注釋古書，熱心地在灰塵滿布的祖先遺稿中搜索。有一天，我責怪他熬夜是白費力氣，總是把自己弄得疲憊不堪，他看了看我，然後苦笑著打開一大卷述及羅馬市歷史的書。在那本教皇亞歷山大六世傳的二十九章裡，有下面這幾句話，那是我絕不會忘記的：

「『羅馬尼大戰業已結束。凱撒・布琪亞於完成其征服大業後，欲等款購買義大利全境。教皇亦欲借助財力擺脫法國國王路易十二之困擾，儘管後者於戰場之上屢遭失利，但仍然十分強悍，必須借力於某種有利的投機活動，然而在義大利遍地窮困之狀況下，此事極其為難。

「聖下遂思得一策，決封立二紅衣主教。』

「在羅馬具有影響力的人物中選出兩位，尤其是大富翁，則聖父就可以從這項投機活動裡收到下述的利益。第一，他可先出賣兩位紅衣主教屬下的高官美差；第二是紅衣主教這兩頂高帽子也可以換得所需錢財。

「這項投機還有第三種利益，下文即將提到。

「教皇和凱撒・布琪亞先找到這兩個未來的紅衣主教，就是琪恩・羅斯辟格里奧賽和凱撒・斯巴達，前者已在教廷裡擁有四種最高的榮譽稱號，後者則是羅馬貴族中地位最高，財富最多的一個。兩者都因得到教皇如此恩寵而萬分自豪，並且野心勃勃。這件事一經確定，凱撒・布琪亞不久就又找到了捐納紅衣主教手下官職的人。

「結果是羅斯辟格里奧賽和斯巴達都用錢買通了關係而當了紅衣主教，可是在他們還沒有正式榮升以前，另有八人花錢謀得新設的兩位紅衣主教昔日佔據之職，而八十萬埃居法國舊幣單位，就此落入了投機者的腰包。

「再說投機的最後一部分。此時此刻，教皇幾乎把羅斯辟格里奧賽和斯巴達要捧到天上了，既賜他們以紅衣主教的勳章，深信他們為了報答教皇的恩惠，一定會不惜變賣財產，定居羅馬——教皇和凱撒・布琪亞又賜宴招待兩位紅衣主教。

「這時聖父和他的兒子之間出現了分歧。凱撒想採用通常使用的方法之一來對付密友。那是說，第一種方法，可以用那把著名的鑰匙，他們請某一個人拿了這把鑰匙去開一隻指定的碗櫃。這把鑰匙上有一個小小的鐵刺——出於鎖匠的粗枝大葉留下的。那把鎖很難開，當這個人用力去開碗櫃的時候，隨即被小尖頭刺破，第二天便一命嗚呼了。此外還有那只雕著獅頭的戒指，凱撒同人用力握手時戴在指頭上。獅頭會咬破那隻承恩的手，而在二十四小時以後，那咬破的小傷口便會奪去那人的性命。

「所以凱撒向他的父親建議，要麼請這兩位紅衣主教去開碗櫃，要麼分別與他們熱烈握手。但亞歷山大六世回答他說：

「『想到羅斯辟格里奧賽和斯巴達這兩位可敬的紅衣主教，我們可以設宴款待他們而不必在意這筆開支。我有預感，這筆開支可以再撈回來。而且，你忘記啦，凱撒，消化不良的症狀會立刻表現出來，而刺傷或咬傷卻只能在一兩天後發作。

「凱撒聽了他的分析覺得頭頭是道，於是欣然接納了他的建議。兩位紅衣主教因此就被邀赴宴了。

「筵席設在聖・庇蘭宮附近，教皇的葡萄園裡——兩位紅衣主教早就聽說那個地方清幽怡人。

「羅斯辟格里奧賽真是受寵若驚得忘乎所以，他滿面春風，穿戴整齊，準備赴宴。斯巴達卻是一個心思細密的人，他只有一個侄子，一個前程似錦的年輕上尉，他非常鍾愛這個侄子，所以他拿出筆和紙，寫下了他的遺囑。

「然後他派人去找他的侄子，要他在葡萄園附近等候他，但看來僕人沒有找到年輕的上尉。

「斯巴達很清楚這種邀請意味著什麼。自從文明的基督教給羅馬帶來了長足進步以來，再也不會出現一個百夫長來傳達暴君口信的情況了，我們不會聽到：『凱撒賜你死！』現在教皇今派來一個面帶微笑的特使，傳達上帝的旨意說：『聖下請您去赴宴。』

「大約二點鐘，斯巴達動身到聖・庇蘭去。教皇已在那等待他了。令斯巴達震驚的是，他第一眼便看見了他那身著盛裝，英姿颯爽的侄子和那虎視眈眈望著他的凱撒・布琪亞。斯巴達立刻臉色鐵青，而此時凱撒望著他的眼神中卻充滿了不屑，彷彿在宣告一切盡在他的掌控之中，天羅地網已經布下了。

「他們隨後入席，斯巴達只有機會問侄子一句，問他有沒有接到他的口信，侄子回答說沒有——這句話讓他明白了一切。可是太遲啦，因為他喝下了膳食總管為他特意準備的酒。同時，斯巴達看見他自己的面前又添了一瓶酒，他被勸喝了幾大杯。一小時以後，醫生宣佈他們兩個人都因為吃香蕈中了毒。斯巴達死在葡萄園的門檻上，侄子死在了自家的門口，臨死還做了一些手勢，但他的妻子卻未解其中之義。

「凱撒和教皇隨即以尋找死者的文件為藉口，匆忙侵吞財產，但他們的收穫卻不多——斯巴達在一小片紙上寫著：

「『余將余之庫藏及書籍遺贈與余所鍾愛之侄，其中有余之金角祈禱書一本，盼其善為保存，作其愛叔之留念。』

「侵吞者們到處搜尋，仔細地研究那本經書，把傢俱都翻來覆去地察遍，最終卻驚異地發現這個富豪斯巴達原來是個窮光蛋。說到寶藏，除了那些在圖書館和實驗室裡的科學寶藏以外，再也找不到有價值的東西了。

「事情就是這樣：凱撒和他的父親尋找、搜索、勘察，卻一無所獲，或至少是所獲無幾——只有幾千埃居的金條和少得可憐的現金。那個侄子回家時還來得及對妻子說：

「我叔父的文件裡有遺囑，仔細找。

「這家人也許比那些令人敬畏的繼承人找得更加積極更加徹底，但依舊無所收穫。王府後面有兩座宮殿和一個葡萄園，但那時的房產值不了多少錢，不能滿足教皇和他的兒子的胃口，最後還是留給了斯巴達的後人。

「光陰似箭，亞歷山大六世死了，中毒身亡——你知道那是怎麼死的。凱撒也在同時中毒，雖未致死卻像蛇蛻皮一樣換了一層皮，毒藥使皮膚起了很多斑點，就像虎皮。於是，他不得已離開了羅馬，在一次史書中沒有提到的夜間小戰後，在一個偏僻的地方自殺身亡。

「在教皇去世和他的兒子被放逐以後，人們都認為斯巴達家族會恢復紅衣主教時代的輝煌，但事情並未朝著這個方向發展。斯巴達這一族人依舊只是勉強維持生計，事情的真相就這樣永久地留在了迷霧之中。大家普遍認同的猜測是，那政治手腕比他父親更高明的凱撒已從教皇那兒奪走了兩位紅衣主教的全部財產，我說兩位，因為紅衣主教羅斯辟格里奧賽根本沒有防備，所以家產被全部捲走。」

講到這裡，法利亞停頓了一會兒，微笑著說，「你是不是覺得這個故事很荒唐呢？」

「啊，我的朋友，」鄧蒂斯說道，「相反，我似乎在讀一本引人入勝的歷史書。請再往下說吧。」

長老繼續說下去：

「斯巴達這族人已經習慣了安貧樂道。多少年又流逝了。在後代之中，有的習武，有的當了外交官。一些人成為教會的人士，另一些人又做起銀行家來了。部分人發財致富，而其他人以破產告終。我現在要說的是這個家族的末代子孫斯巴達伯爵，我當過他的秘書。

「我常聽到他抱怨他的家財與他的爵位不相稱，因此我勸說他把手頭的一點兒家產變為終身年金，他聽從了這個意見，因此收入就增加了一倍。

「那本著名的經書族人世代相傳，現在傳到了斯巴達手中。那本經書能夠父子相傳，保存至今，是因為遺囑之中的那句話使它成為族內的傳家寶，族裡人懷著迷信般的崇敬把它保存至今。這本書裡有許多美麗的哥德體的花體字，角上包著金，很沉。遇有盛大的節日，總得由一名僕人把它捧到紅衣主教面前。

「各種各樣的文件——詔書、契約、公文等，這些都藏在檔案櫃裡，全部來自那個毒死的紅衣主教——我，也像我以前的那二十位侍僕、管家和秘書一樣，把那許多捆碩大無比的文件又查看了一遍。儘管我堅持不懈地研究，仍然一無所獲。我詳詳細細地讀了一遍布琪亞族人的歷史，甚至為它寫了一部書，唯一的目的是要證明那些親王的財產是否在紅衣主教凱撒・斯巴達死後增加了許多。但是我只是查到了，他們獲得了同時遇難的另一位紅衣主教羅斯辟格里奧賽的家產。

「所以我十分有把握，布琪亞家族和斯巴達家族都沒有得到這筆財產。這筆遺產一時尚無主人，就如在大地的懷抱中長眠著，由一個守護神看守著的那些阿拉伯神話裡的寶藏那樣。我千百次計算、估計這個家族三百年來的進賬和支出，但一切都於事無補，我仍然一無所知，而斯巴達伯爵仍然貧困。

「我的東家離開人世了。將他所有的年金、家族文件和五千冊的圖書，包括那本經書，都遺贈給我，並把他僅有的一千羅馬埃居的現款也留給了我，條件是我每年要為他舉行一次彌撒活動，給他編一本族譜和一本家史。我都一一照辦了……

「別著急，我親愛的愛德蒙，就要說完了。

「一八〇七年，在我被捕前的一個月，即斯巴達伯爵死後的半個月，也就是十二月二十五日那天，你待會就會明白，為什麼這個日子讓我的記憶如此深刻。我第一千遍地重讀我正在整理的文件資料，因為這座大宅今後屬於一個外國人，我即將離開羅馬到佛羅倫斯去定居，同時要帶走我擁有的一萬兩千利弗爾、我的藏書，以及那本有名的祈禱書。由於太用功使我感到十分疲倦，加之午餐吃得過飽而身體稍有不適，我用雙手墊著頭睡著了，那時約莫午後三時。

「掛鐘敲響六點時，我醒了過來。

「我抬起頭，發覺周圍一片漆黑。我拉鈴想讓人把蠟燭拿來，但是無人答應，於是我決定自己去點。再說思想豁達的人一定會這樣做，我可得這樣做了。我用一隻手拿起一支現成的蠟燭，因為盒裡的火柴都用完了，另一隻手在摸索一張紙，想就著壁爐裡的最後那綹跳動的火苗點燃這張紙。由於生怕在黑暗中拿錯，而使寶貴的文件付之一炬，所以就猶豫了一下。忽然，我想到，我放在身旁桌子上的那本著名的祈禱書裡有一張年久發黃的舊紙片，似乎是做書簽用的。這張紙片已經用了幾個世紀，繼承人出於尊重還把這張紙保留在書中。我摸摸索索地去尋找那張廢紙片，找到以後，就把它捲成一卷，伸向即將熄滅的火苗，點著了。

「但這張紙在我的手指下，彷彿被施了魔法一樣，我看見手指下的白紙上顯出了泛黃的字跡，它們凸顯在紙片上。這時我嚇了一跳。我趕緊把紙攥在手中，吹滅了火，直接將蠟燭伸到壁爐裡點著，以無比激動的心情重新打開捲皺的紙張。我發現這些字母是用神秘的隱形墨水寫成的，只要遇到高溫便顯現。三分之一以上的紙片已經被火焰燒毀，餘下的就是今天早晨你讀到的那張碎紙片。再讀一遍吧，鄧蒂斯，等你看完了，我會為你補上不連貫的句子和剩下的意思。」

法利亞停頓一下，把那殘缺的紙片交給鄧蒂斯。這一回，鄧蒂斯熱切地重讀一遍這些如鐵銹般黃褐色的文字：

今日為一四九八年四月二十五日，
亞歷山大六世之邀赴宴，
所獻之款，而欲繼承余之產業
死克拉帕拉及班蒂伏格遼
余今向概括遺贈財產承受人
愛侄宣佈，在攜余同遊之處
島之岩洞中，埋藏余
石、鑽石、首飾；此處寶藏
約值兩百萬羅馬埃居，僅需
首小港處第二十塊岩石，即可
設有洞口兩處：寶藏位於第二
隅中，此寶藏余全部遺贈。
凱撒
一四九八年四月二十五日

「現在，」當他看見鄧蒂斯讀到了最後一行，便說道，「請看這另一張紙。」

他遞給鄧蒂斯第二張殘缺不全的紙。

鄧蒂斯接過來看：

因應教皇陛下
恐其不滿余捐職
為余設下毒
紅衣主教之命運，
吉多・斯巴達
亦即基督山小
所有金條、金幣、寶
僅余一人所知
揭去自小島右
發現。此洞窟
余之唯一繼承人
斯巴達

法利亞用熱切的目光看著他。

「現在，」當他看到鄧蒂斯看完最後一行時，說，「請把兩張殘紙合併到一起，自己判斷吧。」

鄧蒂斯照著做了，兩張併攏的紙湊成了以下完整的內容：

今天，一四九八年四月二十五日，因應教皇陛下亞歷山大六世之邀赴宴——恐其不滿於余捐職所獻之款，而欲繼承余之產業——為余設下毒死克拉帕拉及班蒂伏格遼——紅衣主教之命運，余今向概括遺贈財產承受人——吉多・斯巴達愛侄宣佈，在攜余同遊之處——亦即基督山小島之岩洞中，埋藏余——所有金條、金幣、寶石、鑽石、首飾；此處寶藏——僅余一人所知，約值兩百萬羅馬埃居，僅需——揭去自小島右首小港處第二十塊岩石，即可——發現。此洞窟設有洞口兩處：寶藏位於第二——洞口最深之隅中，此寶藏余全部遺贈——余之唯一繼承人。

凱撒—斯巴達

一四九八年四月二十五日

「怎樣！總該明白了吧？」法利亞問道。

「這就是斯巴達紅衣主教的聲明和人們一找再找的遺囑嗎？」愛德蒙仍然將信將疑，反問道。

「是的，千真萬確。」

「誰把它重新組織成這樣子？」

「我。我憑藉餘下的殘紙，依據紙張的長度，猜測出句子的長短，憑著已顯現出的文字悟出隱含在其中的意思，把另一半也猜出來了，這就像是在隧道裡借助頂上漏進的一線亮光，摸索前進一樣。」

「當您確信自己猜對之後，又採取了什麼行動呢？」

「我想馬上出發，於是帶上我那本剛開了頭的關於統一義大利王國的巨著手稿就出發了。但帝國警務部長卻早已在注意我了，他當時的意見恰巧和拿破崙相背，拿破崙是希望生一個兒子來統一義大利，那位卻希望造成各自為政的割據局面。我走得匆忙，帝國警務部長不明原因，因此就引起了他們的疑心，所以我剛一離開皮昂比諾就被捕了。」

說到這兒，法利亞如慈父般看著鄧蒂斯繼續說，「我的好人哪，你同我一樣知道這個秘密。假如我們能一起逃走，這個寶藏的一半是你的了，假如我死在這兒，你獨自逃了出去，這個寶藏全部歸你。」

「可是，」鄧蒂斯猶豫不決地問道，「難道除我們而外，這個寶藏沒有比我們更加合法的主人了嗎？」

「沒有，沒有了，你放心吧。這個家族已經沒有後裔了。再說，最後那位斯巴達伯爵把我認作他的財產繼承人，他把這本作為象徵的祈禱書遺留給我，也就把書中包含的一切東西都留給我了。沒有了，沒有了，放心吧，假如我們得到這筆財富，我們可以問心無愧地接受。」

「你說這個寶藏價值……」

「兩百萬羅馬埃居，大約等於一千三百萬法國埃居。」

「不可能！」鄧蒂斯聽了這個天文數字嚇得叫出了聲。

「不可能！為什麼？」長老接著說道，「斯巴達家族是十五世紀最古老最強盛的家族之一。況且，那個時代沒有投機事業，工業也沒有發展，所以積攢這麼多金銀財寶並不足為奇。至今還有些羅馬家族幾乎窮得快餓死了，但身邊還守著價值百萬的金剛鑽和寶石不能動用，因為那是當做傳家寶歷代傳下來的，他們不能動。」

愛德蒙彷佛如墜夢中，半是懷疑半是驚喜。

「我長久以來對你保守這個秘密，」法利亞接著說道，「一來是為了考驗你；二來也是為了讓你大吃一驚，假如我們在我的病再次發作之前越獄成功，我就把你帶到基督山去。眼下，」他歎了口氣又說道，「該你帶我去了。嗯，鄧蒂斯，你不謝我一聲嗎？」

「這個寶藏是屬於您的，我的朋友，」鄧蒂斯說道，「只屬於您一個人，我無權過問，我根本不是您的親人。」

「你是我的兒子，鄧蒂斯！」老人大聲說道，「你是囚禁生活帶給我的孩子。我的職業決定了我只能過單身生活，上帝派你來到我身邊，來安慰我這個既不能成為父親也無法獲得自由的人。」

法利亞向年輕人伸出那隻尚能活動的一隻胳膊，後者摟住他的脖子，感動得流下了淚水。

chapter 19 第三次發病

長老一直在心中想著這個寶藏，既然它能保證法利亞真愛如己出的鄧蒂斯未來的幸福。在法利亞的眼中，它又增加了一倍的價值。他每天都喋喋不休地談論寶藏應該如何分配，向鄧蒂斯解釋說，一個人在當今時代，擁有一千三百至一千四百萬的財產，能怎樣為朋友做好事。這時，陰雲再次籠罩在鄧蒂斯的臉上，因為他曾經為了報仇而發過的誓言又再次出現在他的腦中。他也想到，在當今時代，一個人擁有一千三百萬至一千四百萬財富，能給他的仇人帶去多大的災難。

長老不知道基督山島在什麼地方，但鄧蒂斯卻知道，他經常從這個島前面駛過，甚至還上去過一次。它離皮亞諾扎只有二十五里路，在科西嘉和愛爾巴島之間。這個島以前一直、如今依然荒無人煙。它幾乎是一塊圓錐形的大岩石，像是某一次火山爆發把它噴出到海面上來似的。

鄧蒂斯把那個島畫了一張地圖給法利亞看，而法利亞則為鄧蒂斯提供建議，用什麼方法找到寶藏。但鄧蒂斯卻遠不如老人那樣熱情洋溢，信心堅定。不錯，如今他確信法利亞沒有發瘋，他的發現引起了人們對於他瘋狂的懷疑，可是知道這種發現的艱苦過程更增加了鄧蒂斯對長老的崇拜。同時，即使那筆寶藏的確是有的，他也不能相信現在依舊還會存在，即使他認為寶藏是確實存在的，可是他相信它絕不會完好地保存在那。

即使他確定那寶藏還在那兒，但命運彷彿要把這兩個囚徒最後的希望也一併奪走，像是要使他們徹底屈服於被判無期徒刑的命運似的，一件新的不幸又降到了他們頭上。海邊那條走廊早已搖搖欲墜，現在忽然又被獄卒重建起來。工人修補地基，用許多大石頭堵塞了鄧蒂斯填過了的洞。但要是沒有採取這一著預防——要記得，這是長老向鄧蒂斯建議的——那麼後果會不堪設想，因為他們逃走的企圖會被發覺，那麼他們就會被分開。現在，他們被一道新的而且比以前更堅固的門封在了裡面。

「你看，」鄧蒂斯帶著一種悲哀的、聽天由命的語氣對法利亞說，「您說我對您忠誠，但現在上帝連我對您表現忠誠的機會都要剝奪了。我答應過永遠和您在一起，我也不能不遵守諾言了。

「至於那寶藏，我和您都同樣拿不到，我們倆誰也逃不出去。但我真正的寶貝卻並不是那個，我親愛的朋友，並不是那在基督山陰森的岩石底下向我招手的寶藏，而是和您在一起——雖然有獄卒打擾，我們每天仍有五六個鐘頭能生活在一起，是您讓那智慧之光照亮了我的頭腦，您的話已留在我的記憶裡，會在那兒成長、開花、結果。憑藉您淵博的知識，您把各類科學知識歸納總結為淺顯易懂的原理，使我很容易的領會了它們——這才是我的寶貝，我敬愛的朋友，就憑這一切，你已經使我擁有了財富和幸福了。

「相信我吧，寬心吧！對我來說，這勝過成噸的黃金和成箱的鑽石，即使那些黃金和鑽石或許並不是幻景——並不是那種我們在早晨看到它浮在海面上，認為是陸地，但走近它的時候就消失了的海市蜃樓。盡可能長久地待在您身邊，能聽見您那雄辯的聲音來豐富我的頭腦，振作我的精神，使我的身心能經受得住任何災難的挑戰，能豐富我的心靈，以致我認識您時的那種向命運低頭的沮喪不復存在——這才是我的財產，這筆財產是實實在在的。這一切都是你賜給我的。世界上所有的帝王，即使是凱撒・布琪亞，也是無法從我這兒把它奪去的。」

對於這兩個受難者來說，共同度過的日子雖然算不上幸福，卻也是光陰似箭，以前關於那寶藏，法利亞以前曾保持了很長時期的沉默，現在一有機會就重提它。正如他所預想的，他的右臂和右腿依舊麻痹不能動，他自己已經不再幻想可以享受到那些寶藏了。但他一直為年輕的難友設計出逃的方案。他擔心那張遺囑可能會遺失或被人偷去，所以強迫鄧蒂斯把它記在心裡，使他能夠把每一個字都記得清清楚楚。然後他把下一半毀掉，以確保即使有人得到第一部分也猜不出其中的真正含義。有時候，法利亞成天地教導鄧蒂斯——教導他在得到自由以後該如何應對各種情況。要是一旦獲得自由，從獲得自由的那一天，那一時，那一刻起，他的心中應該只懷有一個念頭，就是無論如何都要到基督山去。找一種不會被懷疑的藉口，獨自登岸，一旦到了那兒，就得努力去找到那神奇的洞窟，在指定的地點去發掘——要牢記，那指定的地點是在第二個洞口最深的一個角落。

在這期間，時間依舊在一分一秒地消逝，但在他們心中，這時間的流逝似乎還可以忍受。法利亞的手腳雖不能像以前那樣活動，但他的頭腦已經完全恢復了從前的判斷力，除了向鄧蒂斯詳述的那些為人處世的種種竅門以外，他還不斷地教導他的青年同伴，逐漸教會了鄧蒂斯作為囚犯必須掌握的耐心和另外一種高尚的技巧，這就是讓自己有事情可做。所以他們是永遠有事情做的——通過這種方法，法利亞似乎漸漸忘記了衰老；鄧蒂斯則擔心回想起幾乎淡忘的過去，而那些記憶中的往事彷彿茫茫黑夜中依然在遠處閃爍的明燈。時光就這樣平靜地流逝，恰如災禍不會降臨，只是在蒼天的庇佑之下機械地、寧靜地溜過去的日子一樣。

但在這種表面的寧靜之下，年輕人的心裡，或許老人的心裡都壓抑著很多衝動，忍著無數聲歎息，但是每當鄧蒂斯回到自己的牢房裡時，每當法利亞獨自一人留在牢房裡的時候，這些願望就會釋放出來，這些歎息也會不由自主地從胸中溢出。

一天夜間，愛德蒙以為有人呼喚他，驚醒過來。

他睜開眼睛，努力想穿過濃重的夜色看個明白。

他聽見有人在叫他的名字，或者確切地說，這是一種竭力從齒縫中擠出的淒慘聲音。

他從床上一躍而起，額頭上一下子冒出了不安的冷汗，他努力傾聽著，不再有疑問了，呻吟聲正是從他夥伴的牢房裡傳出來的。

「崇高的上帝啊！」鄧蒂斯喃喃地說，「難道……」

他迅速移開床，抽出石塊，鑽進地道裡，爬到另一端，洞口的石塊已經掀開了。

借著上文提到的那盞樣子難看的燈發出的搖曳的光，愛德蒙看見長老的臉色蒼白，站著靠在木床架上。愛德蒙熟悉他那可怕的症狀的，這些症狀第一次出現時，曾經使他惶恐不安。眼下，長老的臉面又因這些病兆一反常態。

「哦！我的朋友，」法利亞無力地說，「你明白了，是嗎？我不需要再告訴你什麼了吧？」

愛德蒙發出一聲痛苦的喊叫，完全昏了頭，他衝向門口大聲叫喊：「救命！救命！」

法利亞用盡最後一點兒力氣才用手臂攔住他。

「別出聲！」他說，「要不你就完了。我們要想到你，想到讓你的牢獄生活還能忍受，或者如何能讓你逃跑。我在這裡所做的一切，你獨自得幾年才能重新再做到，萬一監獄看守知道我們暗中有來往，就會前功盡棄。再說，你就放心吧，我的朋友，我即將離開的這間地牢，不會長期空著的，另一個不幸的人會接替我。對那個人來說，你就好比是一個拯救天使。那人也許像你一樣年輕、強健、堅韌不拔。那個人能幫助你逃跑，而我只能拖累你。你再也不會有一個半身癱瘓的人綁在你身上使你動彈不得啦。上帝終於為你做了件好事，對你的恩賜大於對你的剝奪，現在到了我該死的時候了。」

愛德蒙禁不住握起法利亞的雙手說：

「啊！我的朋友，我的朋友，請別這樣說啊！」

剛才，他受到意外的打擊失去了理智，老人的話熄滅了他的衝動，現在他又恢復了勇氣，說道：

「啊！」他說道，「我已經救活過你一次，我還能第二次救活你的！」

說完，他抬起床腳，從缺口裡取出藥水瓶，裡面還剩下三分之一的紅色藥水。

「聽著，」他說道，「這救命藥水還有哪。快，快，快告訴我這次該怎麼做。有什麼新的辦法嗎？說吧，我的朋友，我聽著哪。」

「沒有希望了，」法利亞搖著頭說道，「不過沒什麼。上帝創造了人，並在他們心靈深處播種了熱愛生命的種子，他當然希望人竭盡所能保存，雖然給他們帶來苦痛，卻依舊令人嚮往的生命。」

「啊！對啊，對啊，」鄧蒂斯大聲說道，「我會救活你的，我向你保證！」

「那好，就試試吧！我越來越冷了。我感到血在向我的腦子裡湧。這種顫抖使我的牙齒打戰，骨頭似乎都要散架了，開始震撼我全身。再過五分鐘，病就要發作了，過一刻鐘，我就成為一具殭屍啦。」

「啊！」鄧蒂斯喊道，內心感到陣陣絞痛。

「你照第一次那樣做，不過時間別等得那麼長。此刻，我生命的活力全都已經耗盡了，死神要做的事，」他指著他癱瘓的胳膊和小腿繼續說道，「只剩一半事要你完成。假如你在我嘴裡倒了十二滴藥水，而不是上次的十滴，看到我仍然沒有甦醒，你就把剩下的全都倒進去。現在，把我抱起放到床上，因為我已經支撐不住了。」

愛德蒙把長老抱在懷裡，安放到床上。

「現在，朋友，」法利亞說道，「你是我悲慘的一生中唯一的安慰，上天把你賜給我雖說遲了一點，但畢竟還是給了我。這是一件無比珍貴的禮物，我深深地感激上帝。現在你我就要永別了，希望你能找回本應是屬於你的幸福，也祝願你有遠大的前程。我的兒子，我為你祝福！」

年輕人跪下來，把頭靠在老人的床上。

「但千萬要記住我，這即將離開人世的人對你說過的話。斯巴達的寶藏是有的。上帝的仁慈，使我能夠跨越距離和障礙。我現在看到寶藏就在第二個岩洞的深處。我的眼睛穿透了最深厚的地層，這許多財寶簡直照得我眼睛都花啦。假如你能成功逃走，請記住那個人人都以為他發瘋的可憐長老並沒有瘋。趕快到基督山去，去享用那寶藏吧——因為你的苦實在受得夠久啦。」

一陣劇烈抖動打斷了老人的話。鄧蒂斯抬起頭，看見長老的眼球充滿了血，簡直可以說，一股血潮剛從他的胸脯湧上他的臉部。

「永別了，永別了！」長老痙攣地按住年輕人的手喃喃說道，「永別了！」

「啊！別這麼說！」後者大聲說道，「哦，上帝啊，別拋棄我們！快來救救他，幫幫我的忙吧……」

「別出聲！別出聲！」垂死的人輕聲說道，「如果你救活我，不要讓他們把我們分開！」

「你說得對。啊！是的，是的，請放心，我會救活你的！再說，你雖然很痛苦，但您看起來沒有第一次那麼難受。」

「哦！你錯了！我不那麼難受，是因為我身上已經沒有力氣再忍受痛苦了。你這個年輕的人才對生命有信心，自信和希望是專屬於年輕人啊。然而老人對死就看得比較清楚了。啊！它在這兒……

它來了……結束了……我看不見了……我的思想消失了……你的手呢，鄧蒂斯！……永別了……永別了！」

長老集中了所有的精力，做了最後一絲努力，抬起身子。

「基督山！」他說道，「別忘了基督山！」

說完，他癱倒在床上。

病情來勢洶洶：長老的四肢僵直了，眼皮鼓起來，口中吐出紅色泡沫，全身一動不動。剛才躺在床上那個非凡的智者，如今只剩下一具空空的軀殼。

鄧蒂斯拿起燈，放到床頭前的一塊凸出的石頭上。在老人扭曲的臉龐和毫無生氣、僵硬的軀體上，抖動的燈光投射出多變而古怪的幻影。

他目光凝視，無畏地等待著施用救命藥水的那個時刻的到來。

待他看準了時機，便拿起小刀，撬開牙床，這次牙齒不像第一次咬得那麼緊。他一滴一滴地數著，數到十二滴，又等了一會兒。小瓶裡還有將近剛倒出的一倍的藥水。

他等了十分鐘，一刻鐘，半小時，但毫無動靜。他渾身顫抖，毛髮豎起，額上凝著冷汗，按自己的心跳來計算時間。

於是他想到該是最後一搏的時候了：他把藥瓶移到法利亞發紫的嘴唇上。這次他無須掰開那張開後不曾閉上的下頷，把裡面的液體全部倒進去。

藥水產生電擊似的效果，長老的四肢劇烈地抖動了一下。他的雙眼睜得大大的，非常恐怖。他發出一聲好像尖叫的聲音，接著，顫動的全身漸漸又歸於死寂了。

只有兩隻眼睛依舊大睜著。

半小時，一小時，一個半小時過去了。在這令人不安的一個半小時裡，愛德蒙一直俯身望著他的朋友，把手貼在他的心窩上，但漸漸感到的只是他的身體逐漸變涼了，心臟的跳動漸漸減弱，聲音也越來越低、越來越沉了。

生命的活力徹底消失了。心臟在最後一搏後也驟然停止了跳動。長老臉色變得鐵青，兩眼仍然睜著，然而眼神無光了。

這是清晨六點鐘，天色微明，淡淡的晨曦射入黑牢，使那將熄的燈光變成了蒼白色。反射到死者臉上的光，使他看上去隨時都可能恢復生命的活力。在那日夜更迭的瞬間，鄧蒂斯依舊抱有幻想，但一到白天完全來到的時候，他發覺自己原來是和一具屍體在一起。

於是內心深處、難以克制的恐懼向他襲來，他不敢再去握那垂在床沿外面的手；不敢再去望著那一對一眨不眨的、失神的眼睛——他多少次試圖合上老人的眼，但並不奏效，它始終還是睜開著。他吹熄燈，小心地把它藏了起來，然後他就走了，儘量把頭頂的石板蓋好。

真是千鈞一髮，因為獄卒正好過來了。

這一次，他先到鄧蒂斯的地牢，離開鄧蒂斯以後，就向法利亞的黑牢走去，手裡端著早餐和一件襯衣。

在這個看守的身上，沒有發現任何跡象表明他已知道發生的事情，他逕自離開了。

於是鄧蒂斯按捺不住心中的焦慮，他迫切地想知道那不幸的朋友在黑牢裡到底發生了什麼情況。於是他又鑽進地道裡，到了那頭正巧聽到那個獄卒驚呼著求援。

不一會兒其他獄卒也都進來了，接著，便聽到士兵們沉重而有節奏的腳步聲。這樣走路對士兵來說已經成了習慣，即便不在值勤時他們也這樣走路。在士兵之後，來的是監獄長。

鄧蒂斯聽到有人搖動屍體時床發出的吱嘎聲。他還聽到監獄長命令下屬向長老臉上潑水的聲音。儘管這樣潑水，囚犯還是沒有甦醒過來，就派人去找醫生了。

監獄長出去，有幾句憐憫的話傳到鄧蒂斯的耳朵裡，話中還夾雜著嘲諷的笑聲。

「行啦，行啦，」一個人說道，「瘋子去找他的寶藏去了，祝他一路順風吧！」

「他有幾百萬，卻沒有錢付裹屍費。」另一個人說道。

「哦！」第三個人接著說，「伊夫堡的壽衣可不算貴啊。」

「也可能，」先前的第一個人說道，「由於他是教會的人，說不定會為他破費一些。」

「那麼他就有幸裝進袋子裡囉。」

愛德蒙聽著，一句話也沒漏掉，但不太明白這場對話。說話聲很快就消失了，他覺得牢房裡的人都離開了。

然而他仍不敢進去，也許他們會留下個獄卒看守著屍體呢。

因此他一聲不吭、動也不動、屏住了呼吸。

將近一個小時之後，寂靜中漾起了輕微的聲音，繼而又越來越響，打破了寂靜。是監獄長回來了，後面跟著醫生和幾名軍官。

安靜了一會兒，醫生走近床，在檢查屍體。

過一會兒，就開始了問話。

醫生分析犯人所得的病，宣佈他已經死了。

問話答話都是那麼的漫不經心，鄧蒂斯不禁憤慨起來，他覺得人人都應該和他一樣對那可憐的長老心懷敬意。

「聽了你的診斷我很難過，」醫生明確宣佈長老確實死了，監獄長聽了回答道，「這個犯人性情溫和，從不知張牙舞爪，他雖然瘋癲卻給我們帶來了很多快樂，而且特別易於看管。」

「啊！」那個獄卒接口說道，「我們甚至可以不必看守他。我敢擔保，這個人能在這兒安分守己地待上五十年，也不會設法越獄一次。」

「不過，」監獄長又說道，「雖說你滿有把握，現在當務之急是弄清楚犯人是不是當真死了，倒不是因為我懷疑你的醫道，而是出於我的責任。」

囚牢裡一時鴉雀無聲，在這期間，鄧蒂斯一直在仔細地聽，他估計醫生又一次在查看死者。

「你可以完全放心，」醫生說道，「他死了，我向你擔保。」

「你知道，先生，」監獄長執拗地又說道，「由於這個犯人情況特殊，一次簡單的診斷是不夠的。不管表面情況如何，請你務必按法律程序辦理，把這件事了結吧。」

「那麼請人去燒烙鐵吧，」醫生說道，「但說實話，這種小心毫無必要。」

鄧蒂斯聽到下達燒烙鐵的命令後，打了一個寒戰。

只聽到急促的腳步聲，門的咿呀聲，牢房裡的踱步聲。不一會兒，一個獄卒走進來說道：「火盆和烙鐵拿來了。」

這時靜默了片刻，然後聽到皮肉燒焦的吱吱聲，濃烈而嗆人的氣味甚至穿過了牆壁，鄧蒂斯正在那堵牆後驚恐地聽著。

鄧蒂斯聞到這種燒焦的人肉氣味，額上立即冒出了汗，他覺得自己快要昏過去了。

「你瞧，先生，他是死了，」醫生說，「火燒腳跟能做最後決斷。可憐的瘋子的瘋病治好了，從大牢裡解脫了。」

「他名叫法利亞嗎？」陪同監獄長的一個軍官問道。

「是的，先生。據他的說法，他與一個古人同名。另外，他很有學問，而且只要不提他的寶藏，他在各方面都表現得相當理智，但一提到那件事，他就固執得要命。」

「這種病我們稱之為偏執狂。」醫生說道。

「你對他從來就沒什麼可抱怨的嗎？」監獄長向負責給長老送飯的獄卒問道。

「從來沒有，監獄長先生，」獄卒答道，「從來沒有，絕沒有！相反，從前，他還講過故事給我聽，可有趣了。一天，我的老婆生病了，他甚至給我開了一個藥方，治好了她的病。」

「哦！哦！」醫生說道，「我還不知道和我打交道的原來是一個同行。我希望，監獄長先生，」他笑著補充道，「您能給他辦理體面的後事。」

「是啊，是啊，放心吧，我們盡可能找一個嶄新的袋子把他裝在裡面的。你滿意了嗎？」

「您必須監督我們完成這最後一道手續嗎？」一個守門獄卒問道。

「當然，不過得抓緊時間。我總不能一整天待在這個房間裡。」

又傳來進進出出的聲音。隔了一會兒，鄧蒂斯聽到了搓揉麻布的聲音，床吱嘎作響，還有沉重的腳步聲，這似乎是有人在抬起屍體時，雙腳負重踏在石頭地面上的聲音，然後床又在重壓之下啪的響了一聲。

「就在今天晚上。」監獄長說。

「要做一次彌撒嗎？」一個軍官問道。

「做不了了，」監獄長答道，「堡裡的神甫昨天來請了一個禮拜假，要到耶爾去旅行一星期。在這段時間，所有犯人的後事都由我來負責。可憐的長老走得也太著急了點兒，他本來可以聽到安魂曲的。」

「哦！哦！」醫生帶著他這一行人對宗教慣有的不敬口吻說道，「他是教會裡的人，上帝會尊重他的職業，不會惡作劇，把一個教士送到地獄去的。」

這句拙劣的玩笑引起一陣哄堂大笑。

這時，裹屍體的工作仍在進行。

「晚上見！」活兒幹完後，監獄長說道。

「幾點？」看門獄卒問道。

「十點到十一點吧。」

「要守屍嗎？」

「何必呢？把黑牢關上，就像他還活著，不就得了。」

腳步聲漸漸走遠了，聲音也越來越小，遠處又傳來了關門上鎖以及拉鐵門的刺耳的嘎嘎聲。接著在陰森的夜色中，比孤獨更加可怕的靜謐，這死一般的寂靜瀰漫開來，一直滲入年輕人冰冷的心裡。

此時，鄧蒂斯用頭慢慢地頂起石板，用探尋的目光，在牢房裡掃視了一眼。

囚房裡確實空無一人，鄧蒂斯鑽出地道。

chapter 20 伊夫堡的墳場

借著從窗洞裡透進來的蒼白微弱的光線，順著較寬那邊的方向的床上，可以看到一隻粗麻布口袋，長長的褶皺下隱約顯出修長的、僵直的形狀。這個口袋就是法利亞的壽衣——正如獄卒所說的，這個口袋花不了幾個錢。那麼，一切都已了結。在鄧蒂斯和他的老朋友之間，已經隔上了一層厚厚的東西。他再也看不到那一對依舊睜大著的，彷彿穿越死亡仍在凝視的眼睛；他再也不能緊握那隻曾為他拔開迷霧，勤奮的手了。法利亞，這個他曾經與之朝夕相處、作為良師益友的好夥伴，只能留在在記憶之中了。他在那張恐怖的床邊上坐下來，陷入一種憂鬱、迷離的狀態之中。

孤獨了！他又孤獨了！又寂寞了！他又陷入孤寂，重新面對孤獨！

孤獨了，再也看不到、也聽不到唯一使他還留戀世間的人了！假如他也像法利亞一樣，無畏地穿越那道可悲的痛苦之門，去向上帝追問人生的謎底和意義，那不是更好嗎？

自殺的念頭，曾被他的朋友趕走，在長老活著的時候，當著他的面，曾被鄧蒂斯所遺忘了的，現在面對他的屍體，卻又如幽靈般出現在他面前。

「假如我可以離開人世，」他說，「我就可以隨他而去，一定可以找到他。但如何死呢？這是非常容易的，」他帶著一個痛苦的微笑繼續想，「只要我留在這裡，撲向第一個進來的人，掐死他，我就會被送上斷頭台。」

但人在極度悲痛之中，就像置身於強大的風暴中，巨浪之間夾著萬丈深淵，這種卑鄙的死令鄧蒂斯望而卻步，很快他的心中又產生了對生存的熱情和對自由的渴望。

「死！噢，不！」他喊道，「現在還不能死，我活到現在，受盡折磨！幾年以前，當我下定決心要去死的時候，或許還好，但現在這樣做，就真是讓我屈服於這悲慘的命運了。不，我要活，我要戰鬥到只剩最後一口氣，我要重新找回我被剝奪的幸福。我不能死，在死以前，我還要去懲罰那幾個陷害我的劊子手，或許，誰能想到，還有幾個朋友要報答。可是，現在人們要把我永遠扔在這裡，我只能像法利亞一樣的走出我的黑牢了。」

說到這裡，他定在那裡，眼睛一眨都不眨，彷彿被一個猝然而至的想法打蒙了，這個想法使他惶恐不安。他猛然站起身來，舉手按住額頭，像是腦子已在暈眩似的。他在房間裡轉了兩三圈，在床前站住腳步……

「啊！啊！」他自言自語地說，「是誰使我有這個想法的？是您嗎，慈悲的上帝？既然只有死人才能自由地離開這個黑牢，就由我來代替死去的人吧！」

他不讓自己有片刻時間來考慮這個決定，彷彿擔心過多的思考會動搖自己堅定的信心似的。他彎身湊到那張可怕的布袋前面，用法利亞製造的小刀將它割開，把屍體從口袋裡拖出來，運到他的牢房，讓屍體睡在他的床上，把自己晚上包頭的那塊布紮在它的頭上，低頭吻了吻那冰冷的額頭，他試著閉上那依舊開著的眼睛卻是徒勞，於是只好把頭轉向牆壁。這樣，當監獄看守傍晚來送飯時，就會看見他在睡了，這樣的事是常有的，於是，鄧蒂斯折入地道，把床拖過來靠緊牆壁，回到那個地牢裡，從儲藏處拿出針線，脫掉他破爛的衣衫，以讓人感到麻布下面的肉體是光溜溜的，然後鑽進口袋，待在屍體原來的位置，在口袋裡面把袋口縫起來。

假如獄卒碰巧在此時進來，或許會聽到他心跳的聲音。

原本鄧蒂斯打算等到傍晚監獄看守來過之後，但他怕監獄長改變決定，吩咐把屍體提早搬走。

假若如此，他最後的一個希望也要破滅了。

無論如何，他已下定決心要實施這項計畫了，並且希望事情可以朝著預計的方向發展。

如果在運屍體的過程中，掘墓人發現扛的是一個活人，而不是死人，則鄧蒂斯絕不讓他們認出是誰，使勁一刀從上往下劃開口袋，乘他們在驚慌失措的時候逃走。假如他們追上來，他的小刀就會派上用場了。

倘若他們把他送到墓地，把他放在墳墓裡，他就讓他們在他的身上蓋土，因為在夜裡，只要那掘墓人一轉身，他便從鬆軟的土中爬出來逃走。他希望壓在身上的泥土不要太重，使他承受不了。

假如不幸，那泥土如果太重，他就會窒息而死，那樣也好，一切就此了結了。

從昨晚開始，鄧蒂斯就沒有吃過東西，但他沒有感到饑渴，他現在也沒有想到吃些東西。他身處險境，他沒有時間考慮其他的事情。

鄧蒂斯面臨的第一重危險是：七點鐘，獄卒會準時給他送晚餐，或許那時他的掉包計就會露餡。幸虧以前有許多次鄧蒂斯或是因為心情陰鬱，或是因為疲倦不堪，他就這樣躺在床上迎接他的獄卒。每當這個時候，獄卒就把鄧蒂斯的麵包和湯放在桌子上，然後默默離開。

這一次，如果監獄看守打破常規地與鄧蒂斯說上幾句話，又發現他毫不理會，可能會走到床邊去看看，那麼所有的一切就會被發現。

當七點鐘來臨的時候，鄧蒂斯的不安也達到了頂點。他試著把一隻手壓在心上卻不能抑制它劇烈的跳動，他用另一隻手抹去額頭上沿著雙鬢往下淌的冷汗。他全身不住地打著寒戰，彷彿心臟被一隻冰冷的老虎鉗夾住似的。那時，他以為自己快要死了。可是，幾個小時過去了，整個堡裡悄無聲息，鄧蒂斯明白，他覺得已經安然渡過了第一關，這是一個好兆頭。終於，大約在監獄長所指定的那個時間，樓梯上響起了腳步聲。愛德蒙知道時機已到，他鼓足勇氣，屏息靜氣，他真希望能同時止住他脈搏的急促跳動。

腳步在門口停住了。那是兩個人的腳步聲，鄧蒂斯猜測這是兩個來搬運屍體的掘墓人。接著兩人將擔架放下時發出的響聲使鄧蒂斯進一步確認了自己的猜測。

門開了，一片昏暗的光透過粗布，照亮了鄧蒂斯的眼睛。透過裹住他的麻布，他看到兩個黑影朝他的床邊走過來，第三個人留在門口，手裡舉著火炬。這兩個人分別走到床的兩頭，各人扛起布袋的一端。

「這麼個瘦老頭，還挺沉哪！」抬起他的頭的那個人說道。

「據說每年骨頭要增加半磅分量。」提他雙腳的那人說道。

「你綁住結了嗎？」第一個人問道。

「何必增加那點兒不必要的分量呢，」第二個人說道，「我到那兒再綁結也不遲啊。」

「說得對，我們走吧。」

「為什麼要綁結？」鄧蒂斯暗自問道。

他們把所謂的死人抬到擔架上。愛德蒙挺直身體，要把死人的角色扮演得更好。他們把他平放在擔架上。這一行人由提著風燈的人在前面照路，登上了台階。

陡然，夜晚新鮮而寒冷的空氣包圍了他。他感覺到這是地中海上乾寒而強烈的西北風。這是一種突然的感覺，讓他悲喜交加。

抬擔架者走出二十來步，突然停下來，把擔架放到地上。

其中一個走開了，鄧蒂斯聽見他的鞋底在石板地上震響。

「我到了哪兒啦？」他自問。

「你信不信，他可一點兒也不輕啊！」站在鄧蒂斯身旁的人邊說邊在擔架邊上坐下來。

鄧蒂斯的第一個本能反應便是逃走，幸虧他克制住了自己。

「照著我，渾蛋，」走開的那個扛夫說道，「要不然我就找不見要找的東西了。」

提風燈的人聽從了他的命令。儘管這個命令的口吻十分粗魯。

「他在尋找什麼呢？」鄧蒂斯心裡想，「大概是一把鏟子之類的吧。」

一聲滿意的歎息說明掘墓人已發現了他要找的東西。

「總算找到了，」另一個說道，「也真不容易。」

「對，」他答道，「不過他再等也不會失去什麼。」

說完，他走近愛德蒙。愛德蒙聽到一件很重的東西扔在他身旁，砸在地上發出一聲很響的聲音。

同時，一根繩子緊緊捆住了他的雙腳，他感到很疼。

「怎樣！綁好了嗎？」一直袖手旁觀的那個掘墓人問道。

「綁好了，」另一個人說，「綁牢。」

「那麼，上路吧。」

他們抬起擔架重新上路。

一行人走了五十來步，又停下來去開門，然後再上路。隨著一步步往前走，波濤拍擊城堡下面的岩石聲響就越清晰地傳入鄧蒂斯的耳中。

「天氣真壞！」一個扛夫說道，「今天夜裡泡在海裡可不是滋味。」

「是啊，長老可要渾身濕透啦。」另一個人說，他們爆發出一陣大笑。

鄧蒂斯還沒弄明白這玩笑的意思，不過他照樣覺得毛骨悚然。

「好，我們總算到了！」第一個人接著又說。

「再走遠點兒，走遠點兒，」另一個說道，「你明明知道，上次那一個半空中撞在岩石上，第二天，監獄長怪我們都是粗心的傢伙。」

他們又向上攀登了四五步，接著鄧蒂斯感到他們同時提起他的頭和腳，把他來回地搖晃。

「一。」這幾個掘墓人齊聲喊道。

「二。」

「三！」

這時，鄧蒂斯感覺到自己被拋向天空像一隻受傷的鳥在空中劃過——再往下掉，他的血液凝固了，就這樣在驚恐中下墜。雖然有重物拖著他往下掉，加快了他下降的速度，他還是覺得墜落的過程彷彿一個世紀那麼久。終於，隨著可怕的一個衝擊，像一支巨箭射入冰冷的水裡。當他落水的時候，他發出了一聲尖銳的喊叫，那聲喊叫立刻被淹沒在浪花裡。

鄧蒂斯被拋到海裡，綁在他雙腳上的一隻三十六磅重的鐵球在把他拖向海底。

大海就是伊夫堡的墳場。

chapter 21 狄波倫島

鄧蒂斯雖然有點兒天旋地轉，無法呼吸，但還能記得屏住他的呼吸。他的右手握著一把打開的小刀，這是為了順利逃走才準備的，所以他迅速地劃破口袋，先掙脫手臂的束縛，接著又掙出他的身體。他竭力要提起鐵球，可是身體卻被拖著不斷地往下沉。於是他蜷起身體，抓住綁住腳的繩子，使出渾身力氣，才把繩索割斷，而此時他幾乎要窒息了。他用力一蹬，躍出海面，那鐵球則帶著那幾乎成為他壽衣的那只布袋沉入了海底。

鄧蒂斯在海面只吸了一口氣，又潛到水下，以防被別人發現。

當他第二次浮起來的時候，他離第一次沉下去的地方已有五十步了。他的頭頂上那片黑暗的天空，預示著大風暴的來臨，風驅趕著雲霧疾馳而過，時而露出一顆閃爍的星星。他面前無邊的大海怒吼著，海浪不斷地翻滾著，暴風雨就要到來。他的身後，聳立著一座如巨獸般的花崗岩，看起來比海水更黑暗，比天空更陰沉，它那凸出的礁岩像是伸出來的手臂隨時準備抓住它的獵物。在那最高的岩石上，一支火炬照出了兩個人影。

他想這兩個人是在望海，這兩個奇怪的掘墓人肯定已聽到了他的喊聲。於是鄧蒂斯再次沉入海底，潛遊了很長一段時間。這種技巧他是很嫻熟的，他過去在馬賽燈塔前的海灣游泳的時候，常常會引得眾人圍觀，他們一致稱讚他是港內最出色的游泳健將。

當他再次探出頭來的時候，燈光已不見了。

他必須確定方向。蘭頓紐和波米琪是伊夫堡周圍最近的小島，但蘭頓紐和波米琪是有人居住的，大魔小島也是如此。最安全可靠的島嶼是狄波倫或黎瑪，這兩個島離伊夫堡有三里路。

鄧蒂斯決定游到那兒去。但在這越來越濃的夜色中，怎樣才能辨清方向找到這兩個島呢？

這時，他看到了伯蘭尼亞燈塔像一顆燦爛的明星在他的前方閃耀。

他朝著這座燈塔游去，假如這個燈光在右面，則狄波倫島就在它相反的方向，所以他只要向左轉就可以找到它了。

但我們已經說過，從伊夫堡到這個島至少有三里路。

在獄中的時候，法利亞每見他露出倦怠懶惰的神色，就常常對他說：

「鄧蒂斯，不要一副無精打采的樣子。要是你不好好地鍛煉你的體力，準備奮鬥，即便你逃出了這牢房，也會被淹死的。」

此時鄧蒂斯正在洶湧的浪濤中掙扎，而這些話依舊迴盪在他的耳邊。他加緊划水前進，看自己的體力有沒有喪失。他高興地看到，囚禁生活並沒有使他失去以往的體力和敏捷，他以前常常在海的懷抱裡像一個孩子似的嬉戲，他感到還能主宰海水。

恐懼有如殺手無情地追逐著他，同時也使鄧蒂斯的力量倍增。浪頭把他抬起時，他就會傾聽有沒有嘈雜聲。每一次浮出水面時，他的目光就會投向地平線上，努力在黑暗中望向遠方。每一個較高的浪頭都像是一艘來追趕他的小船，於是他就更加賣力，這當然使他游得更遠，但這樣反覆做了幾次以後，他的體力漸漸不支了。

他依舊向前游，那座可怕的城堡已消失在黑暗裡。他已經分辨不出它，但是仍然感覺到它的存在。

一小時過去了，在這段時間裡，重獲自由的興奮注入了鄧蒂斯全身的血液，他精神振奮，衝破重重浪潮勇往向前。

「嗨，」他心想，「我已經游了將近一個小時了，但因為是逆風，速度大約減慢了四分之一。不過，除非我看錯了方向，否則我現在離狄波倫島不會太遠了……啊，要是我認錯了方向呢？」

一陣戰慄掠過他的全身。他想仰浮在海面上休息一會兒，然而翻滾的大海越來越洶湧了。他很快就發現，他本來指望放鬆一下，可是這種辦法行不通。

「唉！」他說道，「好吧，我就一直游到底，直到雙臂精疲力竭，全身痙攣，然後就沉到海底了事！」

於是，愛德蒙孤注一擲，使出全部力量和衝勁游下去。

突然間，他發覺幽暗的天空變得更加陰沉了，雲塊越聚越多不斷向他壓來，同時，他感到膝頭襲來一陣劇痛。他憑著想像，他認為自己中彈了，他馬上就會聽到一聲槍響，但是卻什麼都沒聽到。他伸出手，覺得有東西擋住了他，他收縮另一條腿，踏到了地面，他那時才看清了自己誤認為雲的那個物體。

離他二十步遠，聳起一大片崢嶸的岩礁，活像是一個巨大的火爐中熊熊燃燒的火焰凝結成了石頭：這就是狄波倫島。

鄧蒂斯站起來，向前邁出幾步，躺在花崗岩上熱烈地感謝著上帝。此刻在他看來，他身下凹凸不平的岩石比世上最舒適的床還要柔軟。

風暴仍在肆虐，雨點開始落下來。他已經累得精疲力竭，所以還是沉沉入睡，雖然他的身體已經失去知覺，不過心中都還能真真切切地感受到這意外的喜悅。

一小時之後，一聲巨雷把愛德蒙驚起。大風暴已如脫韁野馬，以雷霆之勢奔馳而來，雷聲滾滾時，閃電有如火蛇一般從天而降，照亮了那混沌洶湧的浪潮捲滾著的雲層。在這無邊的混沌中，烏雲好似浪潮，蜂擁著翻滾向前。

鄧蒂斯以水手的銳利目光一掃，知道自己沒估計錯。他來到了兩個島中的一個。它果真就是狄波倫島。他早就知道這個島嶼光禿禿的，草木不生，沒有任何遮蔽之處。只要暴風雨停息，他就得重新下海，游到黎瑪島去。那個島雖然也是一片荒蕪，但畢竟開闊些，因而也更宜於棲身。

一塊懸空的岩石給鄧蒂斯提供了臨時的藏身之處。他躲了進去，幾乎就在同時，暴風雨又以排山倒海之勢驟然而至。

愛德蒙覺得他身下的岩石都在震動，浪濤猛烈地撞擊在巨大的金字塔形的岩石底部，濺了他一身的浪花。他雖然已脫離危險，卻也被這雷電的巨大威力驚得眩暈不已。他似乎覺得整個島都在震動，像一艘拋錨的船時刻就要掙脫纜索，被風暴捲入無邊的旋渦之中。

於是他想起自己已有整整一天沒有吃喝了，他饑腸轆轆，口渴難熬。

他伸手捧起岩洞中蓄積的雨水，貪婪地喝著。

他抬起身子的時候，一道閃電劈開了蒼穹，點亮了天空，也照亮了上帝華麗的寶座坐基。愛德蒙憑藉這道亮光，看見在黎瑪島和克羅斯里岬之間，還不到一里遠的海面上，有一艘漁船，像一個魅影似的，正被風浪驅迫著疾駛。過了一會兒，這幽靈又出現在另一個浪尖上，以可怕的速度衝了過來。

鄧蒂斯用盡氣力大喊，警告他們所處的危險，但他們自己也已發現這種危險。借著另一道電光，年輕人看到四個男人攀住桅杆和支索，而第五個人則緊抱著那破碎的舵。他所看到的那些人無疑地也看到了他，因為風把他們的喊聲帶到了他的耳朵裡。在那折斷的桅柱上，有一張裂成碎片的帆還在飄揚。突然，一直繫在帆上的繩索斷了，於是那張帆就像一隻大海鳥似被黑夜吞沒。

同時，一聲猛烈的撞擊聲夾雜著痛苦的喊聲傳進了他的耳朵。他像斯芬克斯那樣攀住岩石，從高處俯瞰海的深淵，又有一道閃電照出那只破碎的小船，在破片之中，又看到了面色絕望的人頭和伸向天空的手臂。

接著周圍的一切又被黑暗籠罩。那副可怕的景象像閃電一樣轉瞬即逝。

鄧蒂斯冒著落入海中的危險，衝向滑溜溜的岩石斜坡上。他側耳傾聽，努力查看，卻沒聽到任何動靜也沒看到任何人。一切人類的呼聲都已停止，唯有暴風雨，這一上帝的偉大創造，仍然在繼續呼嘯。

風漸漸息了，大塊灰色的雲片向西方退去，露出了蔚藍的天空和閃爍的星辰。不久，東方的天際出現了一道淡紅色的光帶映襯出暗藍色的起伏波浪，此時，一道光掠到波浪上面，把泛著白沫的浪尖染成金黃色。

白天來了。

鄧蒂斯一動不動，默默地望著眼前壯麗的景象，彷彿他是第一次看到。事實上，自從他被關進監獄，他就已經忘記自己曾欣賞過如此的美景。他轉頭望向城堡，望望海，又望望陸地。

那陰森的建築物就直立在大海的懷抱中，帶著龐然大物特有的那種莊嚴顯赫的威風，如帝王般傲視著萬物。

這時大約已有五點鐘，海越來越平靜了。

「再過兩三個鐘頭，」愛德蒙心想，「獄卒就要走進我的房間，發現我那可憐的朋友的屍體了。等認出他來，又找不著我，就會發出呼叫。於是，他們會發現洞穴、地道，接著就要詢問把我扔進海裡的那些人，他們一定聽到了我的叫喊聲。很快，載滿武裝士兵的小艇就要去追捕那個不幸的逃亡者了，他們知道他逃不了多遠。大炮會向海岸沿線發出警告，絕不要藏匿一個赤身裸體、饑腸轆轆的人。馬賽的探子和警官也將要接到通知，奉命在海岸各處搜索，而伊夫堡的監獄長也會派人在海上搜索的。那時，海上和陸地都會受到追擊，我該怎麼辦？就這樣饑寒交迫，我甚至把那把救命的小刀都扔了。現在任何一個農民都可以置我於死地，只要他想交出我去掙得那二十法郎的賞金，我既沒有力氣，也沒有主意和決心。啊，我的上帝啊！我的上帝！您瞧，我受的苦難夠多的啦，您是否能再為我做些我自己沒法做到的事情呢？」

當鄧蒂斯（他的眼睛是朝著伊夫堡那個方向的）像一個疲憊不堪的人神志不清地做這個禱告的時候，他看到在波米琪島的尖端那邊的天際出現一面三角帆船，它正像一隻海鷗掠過海面，只有一個水手的眼睛才能分辨出它是一艘熱那亞的獨桅船，若隱若現地行駛在航道上。它從馬賽港向海外疾駛，它那尖尖的船頭正破浪而來。

「噢！」愛德蒙喊道，「想到半小時後我就可以加入那艘船裡，我還怕什麼盤問，搜索，被押回馬賽！我怎麼辦呢？編出什麼樣的藉口能騙過他們呢？這些人表面上是在沿海做貿易，實際上卻是走私販子，他們寧願出賣我，也絕不會做撈不到好處的事。」

「我一定得等一等。」

「但我已經等不了了，我餓極啦。再過幾小時，我所剩無幾的力氣就耗光了，還有，送飯的時候快到了；堡裡卻沒有什麼動靜，或許堡裡還未發現我已失蹤了吧。我可以冒充昨天晚上沉船的一個水手。這個故事正巧合時，也不會有人來拆穿我，他們都淹死了，就這樣。」

鄧蒂斯一面說，一面向那漁船撞破的地方張望，這一望不由得使他吃了一驚。岩石尖上掛著一頂水手的紅帽子，支離破碎的船體飄蕩在附近的海面上，一根小樑，被海水沖到小島的岸邊，就像一隻羊角槌有氣無力地敲打著岸邊。

鄧蒂斯突然想出了一條計策。他又下到海裡，朝那頂帽子游去，把帽子戴在頭上，抓住一塊龍骨的碎片，於是盡力向那艘船行駛的方向橫抄過去。

「我有救了！」他喃喃自語道。

而這個信念重又喚起了他的力量。

不久，他瞥見了單桅三帆船，那艘帆船因為正遇著頂頭風，所以正在伊夫堡和伯蘭尼亞燈塔之間逆風而行。在一剎那，他怕那帆船不會沿著岸邊航行，而逕自駛向外海。但不久他就從它的行動上看出像大多數到義大利去的船隻一樣，它也試圖從傑羅斯嶼和卡拉沙林嶼之間駛過。

總之，水中的人已慢慢地在接近了帆船，拐過來的時候，帆船就會接近到離他四分之一里以內。鄧蒂斯於是浮出水面，揮動帽子發出求救的訊號，但船上沒有人看到他，船又拐了一個彎。鄧蒂斯本來可以大聲喊叫，但他目測，明白他的聲音絕對傳不到船上，就會像剛才那樣被海風吹跑，被浪聲淹沒。

這時他很慶幸自己預先想到要抱住這塊龍骨，要是沒有它，如果這艘帆船沒有看到他而駛過去了——這是很可能的，當然他就無法回到岸上了。

鄧蒂斯十分確定那艘獨桅船的航程，但仍舊焦急地注視著它，直到看到它調轉頭，向他駛來。於是他就向前游。但他們還沒有靠近彼此，那艘帆船又改變了方向。

鄧蒂斯使出渾身力氣，從海水中躍起，揮動帽子，發出水手所特有的一聲大喊，這種喊叫活像海怪的嗚咽。

這一次，有人看見他，而且還聽到了他的喊聲，單桅三角帆船停止向前，又轉過船身。同時，他看到他們已在把小艇放下來。

片刻以後，兩個人划著小艇，迅速地向他搖來。鄧蒂斯於是讓橫木漂走，他覺得再也用不著了，用力游向他們，以便讓營救他的人節省一半路程。

但他高估了自己的力量，離開了那條橫木他才意識到它是多麼的重要。他的手臂漸漸僵了，他的腿失掉了彈性，他幾乎喘不過氣來了。

他又大叫一聲。兩個水手加倍用力划船，其中有一個用義大利語喊道：「鼓起勇氣！」

這兩個字剛傳到他的耳裡，一個浪頭湧來，將他淹沒，他再也沒有力氣去拚搏。

他又浮出水面，像快要溺死的人那樣拚盡全力拍打著水面，發出第三聲大喊後，他覺得自己又在往下沉，像是那要命的鐵球又綁到了他的腳上一樣。

水沒過了他的頭，透過水，他看到一片蒼白的天和黑色的雲塊。

一陣強大的力量又把他帶到水面上。他覺得好像有什麼東西抓住了他的頭髮，但他什麼都看不到也什麼都聽不到了。他已昏了過去。

當鄧蒂斯睜開眼來的時候，發現自己躺在獨桅船的甲板上。帆船仍在繼續航行，他想知道的第一件事就是帆船朝哪個方向行駛。他們正在迅速地把伊夫堡拋到後面去。

鄧蒂斯實在軟弱無力，就連他發出的歡呼聲聽起來也像痛苦的呻吟。

正如我們已經說過的，鄧蒂斯躺在甲板上，一個水手用一塊絨布摩擦他的四肢。另一個，他認出就是對著他喊「鼓起勇氣」的那個人，把一隻葫蘆的嘴伸進了他的嘴裡。第三個人是一個老水手，他既是駕駛員又是船長，此刻正懷著感同身受的憐憫之情望著他，對於那些慣於冒險卻不知明天自己是否會在劫難逃的人來說，一般都會發生這種憐憫之情。

酒壺裡的幾滴朗姆酒使年輕人衰竭的心臟重新興奮起來了，而跪在他面前的人繼續用絨布為他按摩，使他的四肢恢復了活力。

「你是誰？」船長用蹩腳的法語問道。

「我是一個馬爾他水手，」鄧蒂斯用蹩腳的義大利語答道，「我們是從錫拉丘茲裝穀物來的。昨天晚上起風暴的時候，我們剛到摩琴岬，我們就是撞在那邊不遠的岩石上沉沒的。」

「你從哪裡游來的？」

「就是從這些岩石上來的，也是我的運氣好，得以抱住一塊岩石，而我的船長和其他的船員卻都喪命了。我看到了你們的船，我擔心會在這個荒無人煙的孤島上等很長時間，所以我抱住一片破船幫，想游到你們這兒來。你們救了我的命，我謝謝你們，」鄧蒂斯接著說道，「你們救了我的命。當你們的一個水手抓住我的頭髮時，我失去了知覺。」

「是我，」一個面容坦誠、開朗，兩頰蓄著長長的鬍鬚的水手說道，「真是千鈞一髮，你正在往下沉呢。」

「是啊，」鄧蒂斯向他伸出手說道，「是啊，我的朋友，我再次感謝你！」

「說真的，」水手說，「我幾乎在猶豫要不要救你。你的鬍子有六寸長，頭髮夠一尺。看起來不像個好人，更像是一個強盜。」

鄧蒂斯想起，他的頭髮和鬍子自從進了伊夫堡以後就沒有剃過。

「是的，」他說，「有一次遇難時，我曾向寶洞聖母許過願，情願十年不剃頭髮、不刮鬍子。求聖母在危難時救我，今天我許的願果然應驗了。」

「現在，你要我們怎麼辦？」船長問道。

「咳！」鄧蒂斯答道，「隨你們的便，反正載我的小帆船沉沒了，船長死了。正像您看到的，就只剩下這一條命，我幸好是個相當能幹的水手，在你們靠岸的第一個港口就把我扔下吧，我總能在一條商船上找到工作的。」

「你對地中海熟悉嗎？」

「從童年起我就在地中海航行。」

「你知道在哪些港口可以下錨嗎？」

「沒有幾個港口是我不能閉著眼駛進駛出的。」

「那好吧！您說呢，船長，」那個讓鄧蒂斯「加油」的水手問道，「假如這個夥計說的是真話，他留下同我們在一起不是很好嗎？」

「假如真是這樣，當然可以，」船長遲疑不決地說道，「處於這麼可憐的境地，一個人很容易誇下海口，卻不能兌現。」

「我可以實現所言。」鄧蒂斯說。

「我們瞧吧。」對方微笑著回答。

「悉聽尊便，」鄧蒂斯邊起身邊說道，「你們要到哪裡去？」

「去里窩那。」

「那麼，不必繞來繞去，浪費了寶貴的時間，為什麼不乾脆側風行駛呢？」

「因為這樣我們就會筆直地撞到里翁島上去了。」

「你們會在它的旁邊經過，離岸還有二十尋多。」

「去掌舵吧，」頭兒說，「讓我們看看你的本事如何。」

鄧蒂斯走去坐在舵把前，輕輕一握，帆船便聽從他的指揮輕盈地轉了方向。他看出船的靈敏度雖不能算第一流的，但還過得去。於是他接受了任務。

「準備扯帆！」鄧蒂斯說道。

船上的四個水手奔到他們各自的崗位上，船長則站著旁觀。

「近風直駛！」鄧蒂斯又喊。

水手們即刻服從。

「拴索！」

水手們執行了這個命令，於是小船不再繞來繞去了，開始向里窩那島駛去。果然如鄧蒂斯的預料，船在離岸右手二十尋的地方擦了過去。

「太棒了！」船長歡呼道。

「太棒了！」水手跟著叫喊起來。

大家都欽佩地看著這個人，他的眼神又恢復了以往的睿智，身體也恢復了活力。大家對此是絕不會懷疑的。

「您瞧，」鄧蒂斯離開舵把說，「至少在這次航行中我還能對你們有點兒用處。假如你們到了里窩那不要我了，也行！你們可以把我留在那裡。等我拿到頭幾個月的工錢以後，我就把這段時間的伙食費還給你們，還有請你們借給我一些穿的衣服。」

「行，行，」船長說，「如果你通情達理，我們會作安排的。」

「人人平等，」鄧蒂斯說，「您給夥計們多少，也給我多少，一切就妥當了。」

「這不公平，」把鄧蒂斯從海裡拉上來的水手說道，「因為你比我們懂得多。」

「你在幹什麼?這關你的事嗎，賈可布?」船長說，「要多要少，這是人家的自由嘛。」

「不錯，」賈可布說，「我只不過說說我的意見罷了。」

「喂，最好你還是借一件短褂和一條褲子給他，如果你有替換的衣服的話。」

「可是，」賈可布說，「我只多出一件襯衫和一條褲子。」

「我只需要這些，」鄧蒂斯說，「謝謝，我的朋友。」

賈可布從艙口躥下，過了一刻又帶了兩件衣服爬上來，鄧蒂斯心滿意足地穿上。

「現在，你還需要什麼東西?」船長問道。

「一塊麵包，再來一口我剛才喝的上好的朗姆酒。我好長時間沒有吃東西了。」

實際上，已經隔了大約四十個小時了。

他們給鄧蒂斯拿來一塊麵包，賈可布把酒葫蘆遞給他。

「打左舵!」船長轉身對舵手說。

鄧蒂斯把葫蘆舉到嘴邊，一面也朝那個方向瞥了一眼，但他的手突然停在半空中了。

「看哪!」船長說道，「伊夫堡那邊出什麼事啦?」

果然，一朵白雲，吸引了鄧蒂斯的注意力。同時，又隱約聽到了一聲炮響。水手們都很驚訝。

「怎麼回事?」船長問道。

「伊夫堡有一個犯人逃走了，他們在放警炮。」鄧蒂斯回答。

船長向年輕人看了一眼，後者一面說話，一面把酒壺送到嘴裡。假如說他曾有過一絲懷疑的話，當船老大看著鄧蒂斯喝酒時泰然自若的樣子，這一絲疑慮也立刻煙消雲散了。

「這酒好厲害。」鄧蒂斯邊說邊用襯衫袖管擦著淌汗的額頭。

「不管怎麼說，」船長看著鄧蒂斯心裡想，「即使是他，那更好，因為我得到一個少有的老手了。」

鄧蒂斯假裝說得膩煩了，要求由他來掌舵。舵手很高興有人接替他的職位，用目光徵詢船老大，後者示意他可以把舵交給他的新夥伴。鄧蒂斯於是就能時刻觀察到馬賽方面的動靜了。

鄧蒂斯坐定之後，終於能把目光死死盯著馬賽方向了。

「今天是幾號？」鄧蒂斯等看不見伊夫堡之後，向走來坐在他身旁的賈可布問道。

「二月二十八日。」那人答道。

「哪一年？」鄧蒂斯又問道。

「什麼，哪一年？你問哪一年？」

「是的，」年輕人接著說道，「我問你是哪一年。」

「你忘了我們現在是哪一年？」

「有什麼辦法呢，夜裡我膽戰心驚。」鄧蒂斯微笑著回答，「我的記憶力幾乎都喪失了。我是問你今年是哪一年。」

「一八二九年，」賈可布說道。

不多不少，十四年前的今天，鄧蒂斯被捕了。

他被關進伊夫堡時才十九歲，出來時已經三十三歲了。

他的臉上現出一絲悲哀的笑意。他自己問自己，美茜蒂絲大概認為他死了，她的境況怎麼樣呢。

接著他想到那三個使他身陷囹圄，受盡折磨的人，他的眼睛裡不由得射出仇恨的光芒。

他在監獄裡已經發過無情復仇的誓言，如今他重新發誓要向鄧格拉司、弗南和維爾福復仇。

這個誓言不再是一個空洞的威脅，因為這只小小的獨桅船使地中海上最快速的帆船都望塵莫及，船上的每一片帆都漲滿了風，直向里窩那飛去。

chapter 22

走私販

鄧蒂斯上船不到一天，他已經摸清船上的情況了。宙納・阿米里號[91]的這位可敬的船長，雖然沒有受過法利亞長老的教導，但對於所謂地中海沿岸的各種語言，從阿拉伯語到普羅旺斯語，他卻都略知一二，所以就省去了翻譯的拖累，也少了一些走漏風聲的可能。這種語言的能力，便於他和別人交換消息，不論是他在海上遇到的帆船，還是那些沿著海岸航行的小舟上的任何來歷不明的人，這些人，無名無姓，也不知來自何方，沒有準確的稱呼，卻總是出現在入海口的碼頭上，他們憑著那種不為人知的收入過活，而由於看不出他們收入的來源不明，我們只能說是老天養活了他們。我們可以斷言，鄧蒂斯是碰到了一艘走私船。

因此，雖然船老大收留了鄧蒂斯，卻對他仍然心存疑慮。岸上的海關官員早已熟知他的大名。由於在這些官員和他之間爾虞我詐的較量，所以他起初以為鄧蒂斯或許是稅務局派來的一個密探，用這條巧計來刺探他這一行的秘密的。但是鄧蒂斯駕駛帆船避風航行，出色地經受住了考驗，這一招完全

91. 這是艘熱那亞獨桅船的船名。

使船老大放心。後來，當他看到一縷羽毛似的輕煙在伊夫堡的上空浮起，聽到遠處傳來的炮聲，他馬上想到，他收留的這個人，如帝王般享受了眾人鳴炮致敬的禮遇。但老實說，這一點倒還沒有假如新來者是一個海關官員那樣使他不安，可是當他看到這位新來的夥計十分鎮定，這樣的懷疑也就此打住了。

所以愛德蒙倒占了一點兒便宜，他知道船老大是什麼樣的人，而船老大卻不知他的底細。不論那個老水手和他的船員用什麼方法來試探他，他總是將自己保護得很好，絲毫沒有洩露真情，他詳述那不勒斯和馬爾他的詳細情形，這些地方他原本就知道得像馬賽一樣清楚。雖然是第一次講給別人聽，可是他卻對自己的記憶力非常有自信。所以這個精明的熱那亞人，就被鄧蒂斯用溫和的態度和熟練的航海技術矇騙了過去。

而且，說不定這位熱那亞人也是那些聰明人之一，他們只知道應該知道的事，而且只相信樂意相信的事。

就在互惠互利的前提下，他們到達了里窩那。

至此，愛德蒙又要接受一次考驗了：十四年不曾露面的他，是否會被人認出來。他對自己年輕時的模樣記得非常清楚，現在得來看成年時代的自己究竟變成怎樣的一個人了。在他的夥伴們看來，他的誓願已經終止，不必要堅持了。鄧蒂斯以前曾在里窩那停靠過二十次。他記得在聖・費狄南街有一家理髮店，於是，他就到那兒去刮鬍子修頭髮。

理髮匠驚異地望著這個長髮黑鬚的人，看他的頭，簡直像是提香[92]名畫上的人物。當時並不流行蓄

92. 十六世紀義大利著名畫家。

鬍子留長髮，只有今天的理髮師才會惋惜，一個美髯公竟同意如此割愛。

那位里窩那理髮匠不假思索，立刻就工作起來。

理髮師的工作結束了，鄧蒂斯感到下巴光滑了，頭髮也理到了合適的長度，於是他要了一面鏡子，在鏡中端詳起自己來。

我們已經說過，他現在已是三十三歲了，十四年的牢獄生活已經改變了他臉上所謂的氣質。

鄧蒂斯進伊夫堡的時候，是一個幸福的青年，圓圓的臉上帶著坦白和微笑，他入世之初未經風雨，認為未來也會重複過去的生活。現在這一切都變了。

他那橢圓形的臉發腫拉長了，那張常掛微笑的嘴已有了明確的線條表明他堅定的決心；他的眉毛彎在深思留下的皺紋之下；他的眼睛裡充滿了抑鬱的神色，從眼的深處，時或閃耀出厭世和仇恨的陰沉的火花；他的臉色由於長時期不接觸陽光，已失去了光澤，配上他那黑色的頭髮，顯現出北歐人的那種貴族美；胸中廣博的知識使他的臉上映出從容而智慧的光芒；他的身材本來就很高，而由於精力含蓄了這麼久，所以體力足可以和身高相配。

他已不再有結實而肌肉發達的身材，卻換了另一種文質彬彬的優雅，長久的祈禱、飲泣和詛咒改變了他的聲音，現在有時溫柔動人，有時又粗魯得近乎嘶啞。

而且，由於長久待在昏暗或黑暗的地方，他像狗和狼一樣，獲得了在黑夜裡辨別出東西的奇異能力。

愛德蒙微笑地望著自己，即使他最好的朋友——假如他的確還有什麼朋友留在世上的話——也不可能認識他，他連自己都認不出了。

宙納•阿米里號的船長極希望留下像愛德蒙這樣能幹的船員，他預支了一些將來應得的紅利給愛德蒙，愛德蒙同意了。理髮店是愛德蒙裝扮的第一個去處，從理髮店出來以後，他做的第一件事情就是走進一家商店，買一套水手服裝——我們都知道，那是非常簡單的，只是一件白褲子的水手服、一件條紋襯衫和一頂帽子。

愛德蒙就穿了這套服裝回去，把賈可布借給他的襯衫和褲子還了，重現在宙納・阿米里號船長的面前。他不得不把他的經歷向船老大講了一遍，他已認不出這個整潔文雅的水手就是那個留有大鬍子，頭髮裡纏滿了海藻，全身浸在海水裡，在快要淹死的時候赤裸裸地被他救起來的人。

受到鄧蒂斯整潔容貌的吸引，他提出將合同延期。但鄧蒂斯有他自己的計畫，不同意比三個月更長的時間。

再說宙納・阿米里號的全體船員都非常勤懇，而且服從船老大的命令。船長一向總是盡可能地減少時間的損失，他在里窩那逗留的短短一周裡，他的船上就已裝滿了印花紗布、禁止出口的棉花、英國香粉和廠方忘記蓋上商標的煙草。問題是要把這一切從免稅港里窩那運出去，運到科西嘉沿岸，那兒，自有某些投機商人把貨物轉運到法國去。

他們出航了，愛德蒙又在蔚藍的海上迎風遠航，大海為青年時代的他開啟了夢想之門，也使獄中的他夢牽魂繞。他把戈爾戈納拋在右邊，皮亞諾扎拋在左邊，他是在向巴奧里和拿破崙的故鄉前進。

第二天早晨，船長到甲板上去的時候（他老是一早就到甲板上去的），他發現鄧蒂斯正斜靠在船舷上，帶著令人難以琢磨的神情凝望著一座被朝陽染成玫瑰色的花崗石的岩山。那就是基督山小島。

宙納・阿米里號經過它一直向科西嘉駛去，在經過它的時候，左舷離它還不到一里路。

這個島對鄧蒂斯來說至關重要，當他們這樣近地經過它的時候，鄧蒂斯心裡想，他只要跳進海裡，則在半小時內，他就可以到達那塊上帝許給他的土地上了。但那時，沒有發掘的工具，也沒有自衛的武器，他到那裡能做什麼呢？而且，水手們會怎麼說？船長會怎麼想呢？他必須等待。

幸而，他已學會如何等待了。為了重獲自由他等了十四年，為了獲得財富他可以繼續等待半年或一年。

最初要是只給他沒有財富的自由，他不是也會欣然接受嗎？

而且，那筆財富不是虛幻的嗎，是可憐的法利亞長老腦子裡的產物，已和他一同被埋葬了嗎？

毫無疑問，紅衣主教斯巴達的那封信是唯一確鑿的證據，那倒是千真萬確。

於是鄧蒂斯又從頭到尾地背了一遍，他一個字都沒有忘記。

黃昏來了，在普通人的眼中，薄暮給小島帶來的斑斕色彩終於消失了，但卻沒有在愛德蒙的眼前消失。他的眼睛早已習慣牢獄中的黑暗，在其他一切人都已看不到它的時候，卻仍繼續看到它，此刻，只他一個人留在甲板上。

第二天黎明，他們已到了阿立里亞海外。整個白天，他們搶風而行，到傍晚時分，看到岸上燃起了火光。這火光大概是約定的暗號，一看這火光，他們知道可以靠岸了——因為一盞燈代替了紅旗，升上小帆船的斜桁，於是他們就向岸靠近，駛到大炮的射程以內。

鄧蒂斯注意到，每當遇到這種需謹慎對待的情況，在接近岸邊的時候，宙納・阿米里號的船長架起兩尊舊式的小炮，這兩尊炮能把四磅重的炮彈射出一千步左右而不會發出很大的聲響。

但這一次，這種預防毫無必要，一切都順利進行。四隻小艇聲音很輕地靠到小帆船旁邊，帆船無疑懂得這種迎候的意思，也把它自己的小艇放到海裡。總之，五隻小船同心協力，到早晨兩點鐘，全部貨物已從宙納・阿米里號搬上了環球號。

宙納・阿米里號船長辦事是這樣的井井有條，當天晚上就分紅利，每一個人得了一百個托斯卡納利弗爾——那是說，合我們的八十法郎。

但航程並沒有就此結束，他們把船頭的斜桅轉向撒地尼亞，要去裝載剛從一艘帆船上卸下來的貨物。第二次的活動也像第一次一樣的成功，宙納・阿米里號真是走運了。

新裝載的貨物的目的地是盧加沿岸，貨物幾乎完全是哈瓦那雪茄、白葡萄酒和馬拉加葡萄酒。從那兒回來的時候，他們和宙納・阿米里號船長的死對頭稅警打了一場小戰。一個海關官員倒了下去，兩個水手受了傷，鄧蒂斯是其中之一，一發子彈碰上了他左面的肩膀。

這次小小的摩擦讓鄧蒂斯興奮不已，而且也慶幸自己受了傷。這是無情的教訓，教會了他用怎樣的眼力才能判斷危險，用怎樣的忍耐才能忍受痛苦。正視危險時他可以面帶微笑，受傷時，他仍然可以喊出大哲學家的那句話：「痛苦哇，你並不是一件壞事！」

而且他還直視著那個負傷將死的海關官員，不知是由於戰鬥中熱血沸騰，還是因為人道情感的減退，總之，他對於這個景象沒有絲毫的感觸。鄧蒂斯正行走在他選擇的道路上，義無反顧地奔向他的目標，他的心已堅如磐石。

賈可布看見他倒下，以為他被打死了，撲到他身上，把他扶起來，極力照顧他，盡了一個好夥伴的責任。

那麼，這個世界雖沒有像班格羅斯醫生所相信的那樣好，卻也沒有像鄧蒂斯所認為的那樣壞，因為這個水手除了能繼承那一份紅利以外，從同伴身上再也得不到什麼了，但當他看見他倒下的時候，卻表示了這樣深重的悲哀。

幸好，我們已經說過，愛德蒙只是受傷，靠了斷斷續續採集的草藥和撒地尼亞老太婆賣給走私販子的某種草藥，傷口不久就癒合了。愛德蒙為了試一試賈可布，他把自己的那份紅利送給了賈可布，以報答他的照顧之情，卻被賈可布憤然拒絕。

這是一種出於好感的忠誠，賈可布在第一次遇見愛德蒙的時候就把這種愛給了他，結果是愛德蒙對賈可布也產生了一定的情感，賈可布覺得這已經使他心滿意足了。他在愛德蒙身上本能地看到了一種超越目前身分的非凡氣質，但這種高貴的氣質卻沒有被他人發現；而用那一點來衡量愛德蒙所賜予他的情意，那勇敢的水手也就滿足了。

於是，當那帆船在淺藍色的海面上平穩地行駛，當順風鼓滿了帆船，只需要掌舵手把穩舵的時候，愛德蒙就利用船上這漫長的時日，手裡拿了一張地圖，做起賈可布的導師來，就像可憐的法利亞長老做他的導師一樣。他向他指出海岸線的位置，解釋羅盤的各種變化，教他讀那本攤開在我們頭上，上帝用鑽石做成的字寫在藍空上的，所謂「天」的大書。

而當賈可布問他：「何必把這些東西都教給一個像我這樣的可憐水手呢？」

愛德蒙回答說：「誰知道呢？或許有朝一日你會成為船長。你的同鄉波拿巴還做了皇帝呢。」

我們忘記了提一句，原來賈可布也是一個科西嘉人。

這樣的航程持續了兩個半月，愛德蒙以前是個無畏的水手，現在又積累了沿海航行的經驗。他跟沿岸所有的走私販子都打過交道，並學到了這些半似海盜的私販用來互相辨識的秘密訊號。

他從基督山小島一共經過了二十次，但沒有一次他能得到一個機會上去。

於是他下了一個決心：

只要他和宙納・阿米里號船長的約期一滿，他就自己花錢租一艘小帆船——因為在他的幾次航程中，他已積蓄了一百個畢阿士特[93]——找上一個藉口，在基督山上登陸。

93. 當時埃及、西班牙等國的貨幣名。

到了那裡，他可以自由自在地尋找。

或許並不完全自由，他會受到同伴的監視。

但在這個世界上，我們總是要冒一點兒險的。

牢獄生活練就了鄧蒂斯謹慎的行事風格，他要確保一切萬無一失。

可是不管他如何發揮想像，如何絞盡腦汁，他都想不出任何計畫可以不用人陪伴而到他所渴望的小島上去。

有一天晚上，當鄧蒂斯滿心疑慮，心神不定時，盡力挽留他的船長走了過來，拉起他的一隻臂膀，領他到一艘泊在奧格里荷的獨桅船上去。那是里窩那的走私頭子們常常聚會的地方。

他們就在這兒討論他們的沿海貿易。鄧蒂斯已經有兩三次來到這個海上交易所，並見過了所有這些大膽勇敢，供應將近六百里沿岸的免稅貿易者，他曾捫心自問，只要開動腦筋，掌握這些集中或分散的線索，那該有多大的力量啊。

這一次商討的是一件大事——關於一艘裝載土耳其地毯、勒旺絨布和喀什米爾毛織品的帆船。他必須找到一個中立的地方，使買賣做成，然後設法把這些貨物運到法國沿海的地方。

假如成功了，會帶來豐厚的收益，每一個船員可以分到五六十個畢阿士特。

宙納·阿米里號的船長建議以基督山島作為裝貨的地點，因為這個島荒無人煙，既沒有兵，也沒有稅吏，似乎從商人和盜賊的祖師邪神麥考萊羅馬神話中商人、盜賊的保護神。那個時代起，就已孤立在海中央了。商人和盜賊這兩個階級，在我們近代，即使有時仍是二而一的東西，但名稱已是分別的了，但在古代，好像是包括在同一門類裡的。

提到基督山，鄧蒂斯興奮得難以克制，為了掩飾他的情緒，他站起身來，在煙霧瀰漫的小酒店轉了一圈，那裡，已把世界上的各種方言融匯成地中海東岸的混合語。

當他再回到那兩個討論者那兒的時候，事情已經決定了，他們決定在基督山相會，而且明晚就起程前往。

他們徵詢愛德蒙的意見，他認為從各方面來看那個島都是安全的交易地點，而且只有速戰速決才能確保這樣的大買賣萬無一失。

所以商定的計畫毫無變更，大家同意：他們第二天夜裡出發，假如風向和天氣允許的話，盡可能在第三天傍晚到達中立小島的海面。

chapter 23 基督山小島

那些總是劫難重重的人，有時竟然也會時來運轉，鄧蒂斯現在就交上了好運，他可以水到渠成地實現自己的目標，而且不會引起任何懷疑地登上那座島。

現在，離他所朝思暮想的遠征，中間只隔一夜了。

這一夜，鄧蒂斯在焦慮與興奮中輾轉反側，各種各樣有利的和不利的可能性都在他的腦中不斷穿梭。一合上眼，他就看見紅衣主教斯巴達的那封遺書用火紅的字寫在牆上，他剛睡著一會兒，他就會陷入最荒誕離奇的夢境中。他夢見自己走進岩洞裡，地上鋪著翠綠的玉石，牆上嵌著紅紅的寶石，洞頂閃閃發光，掛滿了金剛鑽凝成的鐘乳石。珍珠如地下水一般，顆顆滴落。

愛德蒙驚得眼花繚亂，把那些光彩四射的寶石裝滿了幾口袋，然後回到洞外，但在天光之下，他那些寶石都變成了平凡的石子。於是他試圖返回這匆匆一瞥的神奇洞穴，但回頭路蜿蜒曲折，化成無數條小徑，再也找不到入口了。他在枯竭的記憶中徒勞地搜尋那個具有魔力的詞，那個阿拉伯漁夫就靠這個詞打開了阿里巴巴的寶庫。一切都無濟於事，寶藏已失蹤了，他原想從護寶神祇的手上把寶藏偷走，現在寶藏卻已回到他們那兒去了。鄧蒂斯在神奇莫測的想像中度過了一夜。

白天終於來臨，但幾乎和夜晚一樣令人心神不寧。但白天卻給人帶來了理智，以彌補想像力的缺陷。到目前為止，鄧蒂斯的腦子模糊不清的想法已變得清晰了，他慢慢地想好了一個計畫。

黃昏來臨，一切都準備就緒。這些準備工作幫助鄧蒂斯掩飾了他的焦急。他已逐漸在他的同伴之中建立起自己的威信，可以像船主一樣發號施令了。又因為他的命令總是清晰的，易於執行，所以他的同伴樂於服從，而且迅速執行。

老船長並不干涉，因為他也不得不承認鄧蒂斯的確比全體船員和他自己都要高明。他在年輕人身上看到了一個天生的繼承者的風範，船長很懊惱自己沒有一個女兒，以致不能用一個美滿的婚姻來籠絡愛德蒙。

晚上七點鐘，一切準備就緒，七點十分，正當燈塔點亮時，帆船正好從它旁邊繞過去。

海面風平浪靜，夜空中明月高掛，借著從東南方吹來的一陣清新的和風，帆船順暢地航行，上帝逐漸在蒼穹中點燃它的燈塔，而每一盞燈就是一個世界。鄧蒂斯告訴他們大家都可以去休息，他願獨自把舵。

馬爾他人（因為他們是這樣稱呼他的）既然說了這句話，這就夠了，人人都安心睡覺去了。

這也是常有的事。鄧蒂斯雖為世所棄，但有時卻偏偏喜歡孤獨，而說到孤獨，有誰能找到比獨自駕船航行在漆黑的夜幕下，無邊的寂靜中，在上帝注視著的孤獨中更具詩意呢？

這一次，鄧蒂斯紛亂的思緒擾亂了孤獨，他的幻想照亮了夜空，他的諾言打破了沉寂。

當船長醒來的時候，船上的所有帆都已扯了起來，帆面上都飽孕著風，他們差不多在以每小時十海裡的速度疾駛前進。

基督山島隱約地聳立在地平線上。

愛德蒙把船交給船長負責，走去躺在吊床上。儘管整夜未曾合眼，他還是沒有一絲的睡意。

兩小時以後，他又回到甲板上，船已快要繞過愛爾巴島了。他們現在正和馬里西亞納平行，與平坦而荒蕪的皮亞諾扎島還有一段距離。可以看到基督山耀眼的頂峰直刺雲霄。

鄧蒂斯希望舵手能擺舵使船轉向左舷，這樣就可以在皮亞諾扎島的左方通過，他算過，這樣操作大約可以縮短兩三節的航程。

傍晚五點鐘，島上的一切都已一覽無遺，這是因為夕陽西下時，大氣格外明淨。

愛德蒙熱切地凝視著那一座山岩，山岩上正映射出斑斕的暮色，從淡淡的粉紅色到濃濃的暗藍色一應俱全，他的臉上一陣發熱，他的額頭被紅雲籠罩，他的眼睛也蒙上了一層薄霧。

即使一個壓上了全部身家財產，孤注一擲的賭徒，都沒有滿懷期望的愛德蒙那樣焦灼不安。

夜深了，到十點鐘，他們拋錨停泊。這次的約會還是宙納・阿米里號最先到。

鄧蒂斯一向具有很強的自制力，但此時卻無法壓抑心中的興奮。他第一個跳上岸，要是他膽敢冒險的話，他一定會像布魯特斯那樣「親吻大地」。

天很黑，到了十一點鐘，月亮從海中央升起來，月亮的光輝將一簇簇浪花染成銀色，之後，緩緩上升，又將這銀白的光灑在這座堪稱皮隆[94]第二的岩山上。

宙納・阿米里號的船員很熟悉這個島，這是他們平時的停靠站之一。至於鄧蒂斯，每次他航行到地中海東部沿岸地區，都看到它，但從來沒有在這兒停靠過。

於是他問賈可布：「我們在哪兒過夜呀？」

94.此山為希臘東北境內的高山，山中林木茂盛，景色秀麗，在希臘神話、詩歌等文學記載中十分著名。

「在船上。」水手答道。

「我們待在岩洞裡不更好嗎?」

「在哪個岩洞裡?」

「在這個島上的岩洞裡唄。」

「我不知道有什麼岩洞。」賈可布說道。

鄧蒂斯額上冒出一陣冷汗。

「基督山上沒有岩洞嗎?」他問道。

「沒有。」

鄧蒂斯一時被驚得頭暈目眩。然後他想到,這些洞窟大概是由於某種意外的事故而被湮沒了的,或許是紅衣主教斯巴達為小心防範起見而堵死了。

這樣的話,就要重新去找到這個被湮沒的洞口。晚上去找是無用的,所以鄧蒂斯只能暫時擱置一切調查工作,等到第二天早晨再進行。而且,一里半海面外已發出了一個信號,宙納・阿米里號也回答了一個同樣的信號,表示交易的時間已經到了。

遲到的帆船看到訊號後放了心,因為這個訊號已告知他們一切正常,交易可以照常進行,不久,這艘船就靜悄悄地駛來了,彷彿茫茫天際間走出來了一個幽靈,在距岸一箭路以外拋了錨。

搬運工作立即開始。

鄧蒂斯一面幹活一面想,如果他大聲說出心中那個念念不忘的想法,一開口他就會引起一片興奮的歡呼,但他絲毫沒有洩露這個寶貴的秘密,他怕自己已經透露得太多,而且這樣東張西望,不斷提問,一副心事重重的樣子,說不定已引起了人們的懷疑。幸好,在這種狀況下,過去的痛苦遭遇,卻幫了他一次忙，慘痛的往事在他的臉上刻下了一重無法消除的抑鬱，在這一重陰雲之下，喜悅的火花即使已燃起雄雄烈火，也只是轉瞬即逝。

沒有人產生絲毫懷疑。第二天，當鄧蒂斯拿起一支獵槍，帶了一點兒火藥和彈丸，要去打幾隻在岩石間跳躍的野山羊，在大家看來，他這個舉動只是因為愛好運動或喜歡獨處而已。但是，只有賈可布堅持要跟他去，鄧蒂斯並不反對，生怕一經反對，就會引起懷疑。他們還沒走到一里路，便找機會射殺一隻小山羊，於是他請賈可布把牠背回到他的夥伴們那兒去，請他們燒烤，燒好以後，鳴槍一聲通知他。這隻小山羊再配上一些乾果和一瓶普爾西亞諾山的葡萄酒，大約就補全這份菜單了。

鄧蒂斯繼續向前走，時時查看身後，並觀察四周。當他爬到一塊岩石頂上時，看見他的同伴們已在他的腳下，他已比他們高出一千尺左右。賈可布已和他們在一起，他們正在忙碌地準備，虧了鄧蒂斯的好槍法，午餐增加了一道野味。

愛德蒙帶著一種超凡脫俗的人才有的那種略帶哀傷而柔和的微笑，遠遠地望了他們一會。

「在兩小時以後，」他說，「這些人就會每人分得五十個畢阿士特出發，冒著生命的危險，再去爭取五十塊這樣的銀洋，他們會帶著一筆六百利弗爾的家當回來，帶著蘇丹的驕傲，大富豪的自信，在某個城市揮霍一空。現在，希望使我對他們的財富不屑一顧，那筆錢在我看來似乎太不值一提了。但明天，如果希望破滅，我將不得不把這種不值一提的財富看作是無上的幸福。噢，不！」他喊道，「千萬不要這樣，聰明的法利亞從來不曾失誤，他不會單單在這一件事上弄錯的。而且，假如繼續過這種卑微可憐的生活，倒還不如死了好。」

三個月前，鄧蒂斯心中渴求的只有自由，現在，自由不夠了，他還奢望著財富了。鄧蒂斯並沒有錯，錯在上帝，上帝限制了人的力量，但卻給人以無窮欲望。鄧蒂斯正沿著岩石間的夾道尋找，各種跡象表明，人類從未踏上這條小路。他認為這一帶一定有岩洞，就一步步向前走去。他現在是在沿著海濱走，認真仔細地觀察一個個細小的東西，他自認為在某些岩石上可追蹤到人的手留下的記號。

「時間」用苔蘚給一切有形的物體披上了一件外衣，正如它用「遺忘」這件外衣裹住了一切精神事物一樣，可是它卻相當重視這些記號。這些記號相當有規律，也許是為了有跡可尋才留下的，有幾處已被覆蓋在一大叢一大叢四散盛開著的金娘花底下，或寄生科的地衣底下。所以愛德蒙必須撥開花枝或剷除苔蘚方能看到在這個像迷宮似的給他指路的記號。再說，這些記號點燃了鄧蒂斯心中的希望。這難道不是紅衣主教留下，以防災禍突然降臨時，給他的侄子留下的路標？但他卻萬萬沒想到他的侄子竟會和他同時被飛來橫禍奪去性命。這些偏僻的地方很符合想埋藏寶藏的人的條件。只是，這些透露消息的記號，除了最初創造它們的人以外，有沒有吸引過旁人的眼睛呢？這個外表陰森神奇的小島忠實地守住了巨大的秘密了嗎？

由於地面凹凸不平，愛德蒙的同伴們看不到他。當他追蹤到離港口六十步的地方時，記號消失了，但記號中止的地方並沒有出現岩洞。一塊圓石穩穩地直立在那，似乎目標就在這裡。愛德蒙想到，或許他所到的地方不是終點而只是一個起點，因此他又調轉身子，原路返回。

在這期間，他的同伴們已準備好了午飯，並到泉水那裡打來了清水，擺開乾果和麵包，於是烤那隻羔羊。正當他們把那隻香氣撲鼻的小獸從鐵叉上取下來時，他們看見愛德蒙像一隻羚羊那樣輕捷而大膽地在岩石間跳來跳去，他們開了一槍，給他發了一個訊號。那獵人立刻改變他的方向，迅速地向他們奔來。正當他們注視著他那敏捷的跳躍，認為他的動作有些冒險時，彷彿上帝要應驗他們的擔心，愛德蒙腳下一滑，不見了。

他們向他衝過去，雖然愛德蒙比他們高明，卻很受他們的愛戴，而第一個衝到他那兒的就是賈可布。

他看到愛德蒙躺在血泊中，幾乎已失去了意識。他是從十二尺或十五尺高的地方滾下來的。他們把幾滴甜酒倒入他的喉嚨，而這服曾對他非常有效的藥，現在同第一次一樣產生了同樣的效果。

他睜開眼，訴說膝蓋很痛，頭覺得很沉，腰更痛得厲害。他們想把他扛到海濱去，雖然在賈可布的指揮之下，可是當他們一碰到他，還是呻吟地說，他感到根本沒有力量忍受移動的痛苦。

大家明白，對鄧蒂斯來說，現在根本沒有胃口，但他一定要他的同伴們去用膳，他們沒有理由要像他一樣挨餓。至於他自己，他說他只要休息一會兒，當他們回來的時候，他大概可以好轉了。

水手們不用客套，他們實在餓了，小山羊的香味一直飄到他們的鼻子裡，而且老水手之間根本不用這些虛禮。

一小時以後，他們回來了。愛德蒙盡力地把自己向前拖了十幾步，靠在一塊長滿苔蘚的岩石上。

但是，鄧蒂斯的痛苦似乎有增無減。老船長為了要把那批貨運到皮埃蒙特和法國邊境，在尼斯和弗雷儒斯之間卸貨上岸，所以不得不在早晨開船。他催促鄧蒂斯站起來試試看，鄧蒂斯做了極大地努力，想聽從他的指令，但他每一用力就倒了回去，口裡不住地呻吟，臉色轉成青白。

「他的腰扭傷了，」船長低聲說，「沒有關係，他是一個好人，不該扔下他。我們設法來把他抬到船上去吧。」

鄧蒂斯說他情願死在那兒，也不願意忍受劇痛，因為再輕微的移動，都會引起他的痛苦。

「好吧，」船長說，「那麼只好聽天由命了，我們不能讓人說閒話，說我們丟棄了像你這樣的一個好夥伴。我們等到晚上再走。」

這句話令水手們驚訝不已，雖然誰都不反對。船長素來紀律嚴明，大家從來沒有看到船老大放棄一筆生意，或者推遲履行計畫。

鄧蒂斯不允許船長為他破例。

「不，不，」他對船長說，「我太蠢了，本來就應由我自己承擔魯莽的後果。給我留下一點兒餅乾，一支槍，一點兒火藥和子彈，這樣我就可以打些小山羊或在需要的時候保護我自己，再留下一把鶴嘴鋤，要是你們遲遲不接我走，我自己就蓋一間小屋。」

「可你會餓死的。」船長說。

「我寧願這樣，」愛德蒙答道，「也不願被搬動，即使最輕微的搬動也會引起說不出的痛苦。」

船長轉過身子看看海船，帆船在小港中做好了起航的準備，只要接到命令，就馬上啟程。

「你讓我們怎麼辦呢，馬爾他人？」他說道，「我們不能這樣撂下你啊，可我們又不能留下來，該怎麼辦呢？」

「去吧，去吧！」鄧蒂斯大聲說道。

「我們至少得離開一個星期，」船長說，「另外，我們還得中途拐彎到這裡來接你。」

「請聽我說，」鄧蒂斯說，「要是兩三天內你們碰到什麼漁船，讓他們照顧我一下。我願意付二十五個畢阿士特，算是帶我回里窩那的船費。要是碰不到，那再來接我。」

船長搖了搖頭。

「這樣吧，波爾狄船長，我這有一個兩全其美的辦法，」賈可布說，「你們去，我留在這兒照顧他。」

「你甘願放棄你那一份紅利留下與我在一起嗎？」愛德蒙問道。

「嗯，」賈可布說，「而且毫不猶豫。」

「啊，你是一個好小夥子，」愛德蒙答道，「你這樣慷慨，上天會獎賞你的，但是我不願意任何人來陪我。經過一兩天休息，我就會恢復，我希望能在岩石縫裡找到一種神奇的跌傷草藥。」

他的嘴角上飄起一個奇妙的微笑。他親熱地緊緊抓住賈可布的手。但是他要留下，而且單獨留下的決心不曾改變。

這些走私販子只得給了他所要求的那些東西，然後和他道別，卻幾次回頭，依依惜別。愛德蒙只是揮手作答，彷彿他不能扭動身體的其他部位似的。

然後，當他們都走得不見了的時候，他微笑著說：

「真奇怪，只有在這種人中間才能證明友誼和忠誠的存在。」

然後他小心地把自己拖到一塊可以俯視海面的岩石頂上，從那個地方，他看到那艘獨桅船完成了一切出航的準備，起了錨，如一隻欲展翅高飛的海鷗那樣優雅地搖擺，然後起程了。

一小時以後。單桅三帆船完全看不見了，至少是，那受傷的人從他所在的地方再也看不到它了。

於是，鄧蒂斯一躍而起，彷彿比這荒野中穿越在愛神木和乳香黃連木中間的小山羊更加靈活和輕捷，他一手握槍，一手拿了鶴嘴鋤，急急忙忙向記號盡頭的那塊岩石走去。

「現在，」他想起法利亞講給他聽的阿拉伯漁夫的故事，於是喊道，「現在，芝麻開門！」

chapter 24

神奇的景觀

太陽差不多已到子午線，五月的陽光灼熱地、生機盎然地照射在岩石上，岩石似乎也承受不了那樣的熱度。成千隻紡織娘躲在草叢裡，吱呀吱呀地唱著單調冗長的歌曲。金娘花和橄欖樹的葉子在風中擺動發出近似金屬摩擦的聲音。愛德蒙每走一步，總要驚起幾隻閃著綠寶石光芒的蜥蜴。他看見野山羊在遠處的山坡上跳躍。總之，小島上確實有生命，而且生機勃勃。可是愛德蒙卻覺得他自己是孤獨的，只有上帝在為他指明方向。

他感到一種難以言表的，近似於恐懼的激動——是那種在光天化日之下，即使在沙漠裡我們也怕被人看到的恐怖。

這種感覺是這樣的強烈，以至於在動手幹活的時候，愛德蒙不得不停了下來，抓起他的槍，爬到最高的石頂上，從那兒向四面八方觀望。

但吸引他的注意力的，既不是隱約可見房屋的科西嘉島，不是在他身後、撒地尼亞這片未知的土地，也不是那富有歷史意義的愛爾巴島，也不是延伸在地平線上那一條無法辨別的線條，只有訓練有素的水手才具有這過人的眼力，才看得出它是壯麗的熱那亞和繁榮的里窩那。愛德蒙所注視的，是那艘清晨離開的雙桅船和剛才開出的那艘獨桅船。

前者剛剛漸漸消失在博尼法喬海峽裡，後者所去的方向卻正巧相反，傍著科西嘉島走，準備繞行。

這一望使他安了心。

於是他又察看周圍的景物。他看到自己正站在小島的最高點上，彷彿是巨大花崗岩底座之上的一尊脆弱的塑像，視野之內，渺無人跡，只有碧藍的海浪拍打著岸邊，泛起的白沫給小島鑲了一圈白邊。

於是他迅速下山，不過走起來小心翼翼，生怕他假裝出來的那種意外會真的發生。

我們上文說過，鄧蒂斯曾從大岩石那個地方出發，循著記號返回。他看到這條路線通到一個小海灣，海灣就像一個古代神話的仙女的浴池那樣掩藏起來。小溪中部的深淺和它開口處的寬度足夠容納一艘斯比羅娜[95]的小帆船，外面望來是完全看不到的。鄧蒂斯按照法利亞長老曾耐心地指導他的方法仔細梳理手中的線索，他想，紅衣主教斯巴達，為了掩人耳目，曾經將他的小帆船停泊在這個小灣中藏好，然後從山峽中循著留記號的這條小徑走，在小徑盡頭的大石處埋下了他的寶藏。

這樣一想，鄧蒂斯又回到那塊圓形大石那兒。

不過有一件事不符合愛德蒙的推理，令他百思不得其解。這塊重達數噸的大石，在沒有眾人幫助的前提下，是怎樣將它安放在那個地方的呢？

突然間他的腦中靈光一線。「不必抬起石頭，」他想道，「是把它推下來的。」

他衝到岩石的上方，要尋找它原來的位置。

他很快就看出一道斜坡，岩石是順著這條斜坡滑下來，一直滾到它現在所占的地點的。另一塊

95. 古代的一種簡易平底小船。

極普通的方石曾經用來使大圓石穩住，岩石四周塞了許多石片和鵝蛋石來掩飾洞口，周圍又蓋上了泥土，野草從泥土裡生長了起來，苔蘚佈滿了石面，金娘花也在那兒生了根，這塊年代已久的岩石好像跟泥土連成一片。

鄧蒂斯小心地扒開泥土，來偵察──或他自以為在偵察──紅衣主教的巧計。

於是他開始用鶴嘴鋤去挖這堵被歲月加固的隔牆。

十分鐘的努力，使這道牆屈服了，露出一個可以伸進一條手臂的洞。

鄧蒂斯砍斷了一棵他所能找到的最結實的橄欖樹，削去丫枝，把它當做杠杆插入洞裡。

但那塊岩石實在太重了，而且底下那方土也墊得太穩固，假如僅憑一個人的力量，就是大力士赫克里斯也是動搖不了。

於是鄧蒂斯考慮，必須先搬走那塊墊石。

但怎麼下手呢？

他環顧左右，不知所措，他的目光落在他的朋友賈可布給他留下的、放滿火藥的岩羊角上。

他微笑了一下。這一些魔鬼所發明的東西可以助一臂之力。

鄧蒂斯拿起鶴嘴鋤，在大圓石和那塊頂住它的大石之間挖了一個工兵開路時為了省力才創造出來的坑洞，把火藥填滿在坑洞裡，他又把自己的手帕撕成一縷縷，在硝煙裡滾了一滾，用作導火線。

燃著導線，趕快退開。

爆炸聲立刻響起。頃刻間，大圓石被巨大的力量托起，起固定作用的那塊大石被炸成碎片，四散亂飛，幾千隻小蟲從鄧蒂斯以前所挖成的洞口裡逃出來。一條大蛇，這座寶庫的守護者，扭著青色的身子轉了幾個彎，就不見了。

鄧蒂斯走近那塊大圓石，它現在已失去了支撐，斜臨著大海。這位勇敢的覓寶家繞著大石走，選擇了一處鬆動的地方，把他的杠子插入一道裂縫，於是用盡了渾身氣力來撬那塊大石。已經被震鬆的岩石搖搖欲墜。鄧蒂斯加倍用力。他像是一個古代拔山抗神的提旦的子孫。圓石終於倒了下去，翻滾著，向下衝去，落入大海，消失不見。

在大石所占的地方露出了一個圓形的洞，洞中央有一塊四方形的石頭，上面有一個鐵環。鄧蒂斯又驚又喜，高喊一聲，想不到第一次嘗試就能一舉成功。

他很想繼續工作，但他的膝頭發抖了，他的心跳得這樣劇烈，一片灼熱的雲彩在他的眼中掠過，他不得不停下來。

這種感覺只持續了一會兒。愛德蒙把他的杠子插進鐵環裡，用盡全力一撬，大石掀開了，露出一道向下伸展的石梯，底部隱沒在黑暗中。

換了別人一定會歡樂著跑進去。鄧蒂斯卻臉色發白，在洞口遲疑不決，陷入深思。

「嗨，」他對自己說，「我是一個頂天立地的男子漢。我已經習慣厄運，卻絕對不能被失望打倒。不然，嘗盡的痛苦還有什麼意義呢？」他的心被希望脹得滿滿的，沸騰的血液卻被冰封在冷酷的現實中，彷彿就要破裂！「法利亞只是做了一場夢。紅衣主教斯巴達並沒有埋什麼寶藏在這兒。或許他根本沒有到這兒來過。即使他來過，凱撒・布琪亞，那個大膽的冒險家，那個百折不撓，偷偷摸摸的強盜，隨後也來過，步我一樣的後塵，像我一樣地撬起這塊石頭，跑下洞去，他在我之前來過了，什麼都沒有留給我。」

有一會兒他就心事重重，一動不動地站在那裡，目不轉睛地看著那個陰森森、深不可測的洞口，又說：「我現在一無所求，我已對自己說過，心存希望是不明智的，那麼對我來說，這次冒險只是為了滿足好奇心而已。」

他依舊一動不動地站著，滿腹疑慮的樣子。

「是的，是的，這樣的一次冒險是值得在這位強盜國王一生的善惡大事中占一個地位的。這個看似荒誕的事件一定會與別的事牽連起來。是的，布琪亞曾來過這兒，一手舉著火炬，一手拿著劍，在二十步之內，或許竟就在這塊岩石腳下，站著兩個臉色沉沉、氣勢洶洶的守衛，他們監視著陸地、天空和海洋，而他們的主人則就像我快要下去一樣地下到洞裡，趁著黑暗冒險前進。」

「是的，但這兩個衛兵就這樣知道了他的秘密，凱撒會怎麼處置他們呢？」鄧蒂斯自問。

「他們的命運，」他微笑著回答，「就像那些埋葬阿拉列的人一樣，他死後，怕別人侵犯他的墳墓，所以那些修建墓地的人，同樣被埋葬了。」

「可是，假若他來過的話，」鄧蒂斯想道，「他會找到並奪走寶藏。而布琪亞，在他心中義大利就像一棵捲心菜，想一片一片把它剝來吃掉，可他太清楚怎樣利用時間，絕不會浪費時間再把圓石放在原處。」

「我還是下去吧。」

於是，他的嘴角泛起懷疑的微笑，走進洞裡，一面念叨著一句充滿哲理一個詞——「或許！」

鄧蒂斯本來以為洞裡一定很黑暗，空氣腐臭，可是相反，他卻看到一片青色的柔和光線，這種光線，也像空氣一樣，並非僅從他剛才挖開的洞口射進來，而且也從岩石的裂縫裡穿出來。這些在洞外是看不到的，透過岩石，可以看到蔚藍的天空和那些在石縫裡生長起來的常春藤，卷鬚蔓和野草的枝葉。

鄧蒂斯在洞裡站了幾分鐘，裡面的空氣並不潮濕，反倒有一種溫暖的芬芳，奇異芬芳，同洞外的溫度相比，就像在太陽下面戴上墨鏡。他的眼睛原是在黑暗中過慣了的，於是便能觀察岩洞最深角落。岩洞是花崗石構成的，閃閃發光，就像鑽石似的。

「唉！」愛德蒙微笑著說，「這就是紅衣主教所留下的寶藏，而那個心地善良的長老在夢裡看到這閃光的牆壁，便生起了無限希望。」

但他記起了遺囑上的話，那些話他早已爛熟於心。紅衣主教的遺囑說：「在第二洞口最深之一角。」遺囑上是這樣寫的。

他所找到的只是第一個洞窟。他現在得把第二個也找出來。鄧蒂斯在確定方向，這第二個洞窟自然在島的較深處，而且為了不暴露，自然也是很隱蔽的。他觀察石頭的底部，敲敲看來應是這個洞口的岩壁。

鶴嘴鋤最初敲上去只發出一聲沉悶的聲音，那種聲音使鄧蒂斯的前額掛滿了大滴的冷汗。這個堅韌不拔的挖掘工終於覺得，有一片花崗岩的岩壁在敲擊下發出十分空洞深遠的聲音，他趕緊上去，憑著一個囚徒所特具的那種敏捷的觀察力，發現這裡應該有一個洞口。

但是，他像布琪亞一樣，也研究過時間的價值。為了避免一場徒勞無益的辛苦，他用他的鶴嘴鋤敲遍其他各面的洞壁，用他的槍托敲遍地面，在可疑之處撥開泥土，卻一無所獲，於是就回到剛才他聽到發出那種使人興奮的聲音的那一部分洞壁前面。

他更加用力地敲打。

於是，一件奇蹟出現了。當他敲上去的時候，有一種像抹在壁畫上那樣的塗料翹了起來，露出一塊發白的、像普通方石的軟石。這個洞口是像花崗石那樣的石塊來封鎖的，而且上面抹了一層透明的塗料。

鄧蒂斯用鶴嘴鋤尖利的一頭敲上去，尖頭嵌入了石縫。

應該在這裡探尋。

但人類的身體總會發生一些難以解釋的現象，眼前的一切已經印證了法利亞長老的話，此時鄧蒂斯本該安心，可是他卻越來越無力，越來越懷疑，幾乎喪失了勇氣。這最後的證據不但沒有為他注入新的力量，反而把他原有的力量也吸乾了。鶴嘴鋤落下來的時候，幾乎從他的手裡滑了出來。他把它放到地上，擦拭額頭，朝亮光那邊爬上去，找了一個藉口，算是去看看有沒有人在窺視他，但實際上是因為他覺得快要昏倒了需要呼吸新鮮空氣。

小島上渺無人跡，此時，日上中天，似火的陽光籠罩著小島，遠處有幾艘小漁船點綴在藍色的海的胸懷裡。

鄧蒂斯不曾吃過一點兒東西，但在此刻，吃東西時間太長；他匆匆忙忙地吞了幾口甜酒，心裡踏實多了，又回進洞裡。

鶴嘴鋤剛才似乎這樣沉重，現在抓到他手裡卻輕如鵝毛。他舉起來彷彿揚起一片羽毛，於是重新勁頭十足地幹起來。

幾鋤以後他發覺石塊並沒有砌死，只是一塊一塊地疊著，在外面抹上一層塗料而已。他把鶴嘴鋤的尖頭插進去，用力一按鎬柄，興高采烈地看到石頭落在他的腳下。

現在他只要用鶴嘴鋤的鐵牙齒把石頭一塊一塊地鉤到身邊來就行了。

鄧蒂斯本來可以從剛打開的洞口進去，但多等一會兒，他就可以多抱一會兒希望，遲一會兒證實自己的被欺。

最後，他又猶豫了片刻，鄧蒂斯進入第二個洞窟。

這第二洞窟地勢較第一洞窟低，光線也較第一洞陰暗，空氣立刻從打開的第二個洞口湧進來，一陣惡臭撲面而來，這正是使鄧蒂斯驚異的，沒有在第一個洞窟中聞到臭味的原因。

他出來等了一會兒，讓新鮮的空氣去代替那不潔的空氣，然後再進去。

洞口左邊，有一個幽暗深邃的角落。

但是，正如上文說過的，對於鄧蒂斯來說，他的眼睛裡是沒有黑暗的。

他環視這第二洞窟，它像第一個一樣，也是空空的一無所有。

寶藏要是的確存在的話，想必是埋在那個黑暗的角落裡。

令人不安的時刻來臨了，只要挖開兩尺土，鄧蒂斯要麼登上歡樂的巔峰，要麼跌入絕望的深淵，只等揭開謎底了。

他向那個角落走去，集中起他全部決心，用鶴嘴鋤猛擊地面。

掘到第五下或是第六下，鶴嘴鋤打到一樣鐵的東西。

對於聽到這響聲的人，任何警鐘或喪鐘都不會帶來這樣的效果。要是鄧蒂斯的發掘一無所得，他的臉色也不能比現在更慘白了。

他再把鶴嘴鋤向泥土打去，遭到了同樣的抗拒力，卻得到了不同的聲音。

他想：「這是一隻包鐵皮的木箱子。」

正當這時，一個迅速掠過的影子，遮住了亮光。

鄧蒂斯扔下十字鎬，抓起槍，竄出洞口，奔上石級。

一隻野山羊奔過岩石前面，在不遠的距離外吃草。

這是一個好機會，他的晚餐有了著落，但鄧蒂斯深恐他的槍聲會引起注意。

他想了一想，砍下一條多脂的樹枝，來到走私販子們剛才準備午飯，仍在冒煙的火堆旁點燃，再帶著這個火炬回到洞中。

他希望把一切看看清楚。

他舉著火炬走近他剛才挖成的地洞前面，確證自己並沒有搞錯，剛才挖的幾下是輪流敲在鐵器和木頭上面。

他把他的火炬插在地上，重新開始工作。

一剎那，挖開了一塊三尺長兩尺寬的地面，鄧蒂斯看到一隻橡木錢櫃，外面包著已被挖破的鐵皮。在蓋子中央，他看到一塊光彩依舊的銀牌：上面刻著斯巴達的家徽，橢圓形的盾徽中雕刻了一柄長劍，樣子和義大利一般武器的式樣差不多，上面插著一把寶劍，在劍和盾之上則是一頂紅衣主教的帽子。

鄧蒂斯一看就認得，因為法利亞以前曾常常畫給他看。

從這時起，不再有懷疑，寶藏就在這裡，誰都不會這樣費心費力地來埋藏一隻空箱子的。

很快，箱子四周都清理乾淨了，看到在兩把掛鎖之間，穩穩地扣著一把大鎖，箱子的兩頭各有一隻提環，這一切東西上都刻有那個時代的雕刻，在那個時代，藝術可以使最平凡的金屬品變成寶物。

鄧蒂斯抓住兩個提環，用力想把銀櫃提起來，卻力不從心。

鄧蒂斯試圖打開箱子，但大鎖和掛鎖都扣得很緊——這些忠實的守衛者似乎不會輕易交出它們的寶藏。

鄧蒂斯將鶴嘴鋤尖利的一頭插進箱蓋縫，用力壓在柄上，箱蓋應聲而啟，鐵包皮也碎裂了，掉了下來，但還緊緊地連在箱板上，然而一切完全呈露了。

一陣狂喜向鄧蒂斯襲來，令他頭暈目眩，他扳上槍機，把它放在身邊。於是他閉上眼睛，像小孩子們在星光皎潔的夜晚閉目冥想，想在他們自己的想像中看到比天上更多的星星一樣，然後他又張開眼睛，他目眩神迷了。

那只錢櫃分成三格。

在第一格裡，淺黃色的金幣發出奪目的光彩；

在第二格裡，排著不曾打磨的金塊，除了它們的價值以外，倒也沒有什麼吸引人的地方；

在第三格裡，只裝了一半，愛德蒙抓起成把的鑽石，珍珠和紅寶石，它們落下來的時候互相撞擊著，發出像冰雹打在玻璃上一樣的聲音。

愛德蒙用顫抖的雙手抓起這些金銀財寶，不斷地撫摸著，隨後挺起身來，愛德蒙像一個突然發瘋的人似的衝出洞外，跳到一塊可以觀望大海的岩石上。確實只有他一個人，他獨自擁有這些難以計算、聞所未聞、神奇的寶藏，他究竟是醒著呢，或只是在做一場夢？

他本來很想一直看著他的金子，然而，他感到此刻已體力不支無法再看一次了。他用手抱住，像是要防止他的理智逃走似的。然後他在島上狂奔，毫無目標，他那種野性的喊聲和瘋狂的動作驚起了海鳥，嚇壞了野山羊，然後他回來，心裡依舊還不相信他自己的知覺所得到的證明，從第一個岩洞衝到第二個岩洞，又面對著那堆金子和鑽石。

這一次，他跪了下來向上帝禱告，顫抖的雙手按住狂跳的心，低聲念出的禱詞只有上帝才懂得。

他不久就覺得自己已平靜了一些，也比較快樂了一些，因為直到現在他才開始相信自己的幸福。

於是他開始計算自己的財富。金條共有一千塊，每塊重兩磅至三磅，接著他堆起兩萬五千個金埃居，每個埃居約值我們的錢八十法郎，上面刻有亞歷山大六世和他以前的歷代教皇肖像，這時他看到只空了半格。然後他又量了十滿捧寶石，其中有許多是那時最有名的匠人鑲嵌的，寶石本身的價值姑且不論，單是手工的價值就足以使它價值連城了。

鄧蒂斯看到天漸漸暗了下來，光線也全部消失了。不敢繼續留在洞裡，就拿了槍走出來。吃了一片餅乾和喝了幾口甜酒結束了他的晚餐，然後他又放好石頭，躺在上面，用身體堵住窗口，睡了幾小時。

這一夜既美好又恐怖，正如這個情感充沛的人在過去的生活中已經經歷過的那兩三夜一樣。

chapter 25 陌生人

鄧蒂斯望眼欲穿地等待著黎明，太陽終於又照亮了基督山荒涼的海岸。曙光一現，鄧蒂斯就爬起身來，像昨天一樣，登上小島最高處的岩石，舉目觀望，細細察看，不漏掉任何細節，可是小島依舊是一片荒蕪，無論是在燦爛的朝陽下，還是在黯淡的夕陽中，都沒有什麼不同。

鄧蒂斯從山上下來，掀起石頭，在口袋裡裝滿寶石，把箱子盡可能地埋好，又撒了些新土在上面，小心地踏勻地面，使四周看上去沒什麼不同。他走出洞來，放上石板，又在石板上堆了一些大小不一的石子，之後用泥土填滿空隙，把幾棵金娘花和荊棘花種植在這些空隙裡，給這些新移種的植物澆些水，使這些植物看上去像生長了很久一樣，然後抹去四周的足跡，焦躁地等待他的同伴回來。他並不想整天地守著那些黃金和鑽石，也不想像一條守護著寶藏的巨龍那樣留在基督山。他現在必須回到現實生活中，回到人群中，在社會上佔有一席之地並重新獲得勢力和名望，而在這個世界上，只有人類所擁有的，具有強大威力的財富──才能使你獲得這些東西。

到了第六天，走私販子回來了。鄧蒂斯遠遠地就認出宙納•阿米里號，於是就裝出很艱難的樣子，把自己拖到登岸的地方，他見到他的同伴就對他們說，他雖然還有些不舒服，但自己的傷已經明顯好多了。然後就問起他們這次旅程的經過。關於這個問題，走私販子們回答說，雖然貨是安全地卸上了岸，但剛一卸完，他們就得到消息，說是有一艘警備艦已從土倫港出發，正全速向他們駛來。於是他們趕快逃跑——一路抱怨著鄧蒂斯的缺席，因為在這種緊要關頭，他高超的駕船技術一定會發揮威力。不久，他們果然發現那艘帆船朝他們追來，幸虧有夜色的掩護，他們才得以繞過科西嘉海峽，擺脫了追逐。

但總體來說，這次旅程總算皆大歡喜。船員們，尤其是賈可布，惋惜鄧蒂斯沒有參加，不然，他也會和他們一樣得到同樣的紅利，每人足足得了五十個畢阿士特。

愛德蒙始終不動聲色。甚至聽了如果離島就可以分到紅利的數目時，他也不曾露出笑意。但宙納·阿米里號到基督山也是為了來接他的，於是當晚，他就上了船和船長一同繼續向里窩那前進。

到了里窩那，他找到了一家猶太人的鋪子，賣掉了四顆最小的鑽石，每粒賣出五千法郎。本來猶太人是該問問一個水手如何會擁有這些東西的，但他忍住了，每顆鑽石給他帶來了一千法郎的利潤。

第二天，鄧蒂斯買了一條嶄新的小船送給賈可布，除此之外又送了他一百個畢阿士特，這筆錢可以幫他雇一批合適的船員並購置其他必要的配備，條件是，賈可布要到馬賽去，打聽一個名叫路易士·鄧蒂斯的老人，住在米蘭巷的老人，還要打聽一個住在迦太蘭村，名叫美茜蒂絲的青年女子。

現在換成賈可布以為自己仍在夢中了。於是愛德蒙告訴他，自己出於一時的衝動當了水手，因為他的家庭拒絕給他生活費。但這次到里窩那，他得了一筆很大的財產，是他的一位叔父遺贈給他的，他原是他叔父的唯一繼承人。鄧蒂斯獲得的高等教育使這一番描述十分逼真，所以賈可布絲毫沒有懷疑它的真實性。

愛德蒙在宙納·阿米里號上服務的約期已滿了，他便向船老大告別，船長起先竭力挽留他，但聽了遺產的事以後，他也就不再強求了。

第二天清晨，賈可布揚帆向馬賽駛去，愛德蒙吩咐他在基督山會合。送賈可布駛出港灣以後，鄧蒂斯就到宙納・阿米里號上去作最後的告別，他贈送了許多禮物給船員，船員們都祝他好運，並親熱地表示了對他的關心。至於對船長，答應有一天會給他消息告訴他自己未來的計畫。禮儀性的告別結束後，他也不說去哪兒，便動身走了。

鄧蒂斯起程是要往熱那亞去。

他到達的時候，一艘小遊艇正在港灣裡試航。有一個英國人聽說熱那亞人是地中海最出色的造船者，所以就希望得到一個能證明他們的技巧的標本。英國人和熱那亞船商以四萬法郎的價錢談妥了交易。鄧蒂斯肯出六萬法郎買它，條件是遊艇要當天交貨。定造這艘遊艇的那個人已到瑞士去旅行，三四個星期之內大概不會回來，船商盤算著利用這段時間他可以另造一艘。所以這筆交易就成功了。鄧蒂斯領著造船商到一個猶太人的家裡，和猶太人到一間很狹小的會客廳裡去單獨談了幾分鐘，回來的時候，猶太人就數了六萬法郎給造船商。

船商願為鄧蒂斯效勞，幫他雇好船員，但鄧蒂斯婉言謝絕了他的好意。他說自己習慣了獨自遊行，他主要的樂趣在於親自駕駛他的遊艇。他唯一的希望是造船商能在他船艙的床頭設計安裝一個隱蔽櫃子，櫃裡要有三個暗格。他提出了這些暗格的尺寸。第二天造船商就按要求做好了。

兩小時以後在眾人的注目下，鄧蒂斯駕船離開了熱那亞港，圍觀的人都很好奇，他們都想看一看這位喜歡親自駕船的、有錢的西班牙貴族。

鄧蒂斯把他的船駕駛得得心應手，只要掌好舵就夠了，不需要離開舵去幹別的。船舵就像懂得鄧蒂斯的心思，只要輕輕地給船舵施以一點兒壓力，船就會立刻按照鄧蒂斯的心願航行。鄧蒂斯稍稍試了試他這艘美麗的船，就充分地相信，熱那亞人確實可以稱得上是世界一流的造船家。

看客們觀望著這艘小帆船，直到它駛出了他們的視野，於是大家紛紛議論起這艘船的目的地。有些人認為它要到科西嘉，有些人則堅持說是愛爾巴島。有些人打賭說它一定到西班牙去，而有些人則固執地以為它是到非洲去的。誰也想不到會是基督山。

可是，鄧蒂斯所去的地方卻正是基督山。

他在第二天傍晚時分抵達目的地。那是一條出色的帆船。從熱那亞到這兒的這一段距離只花了三十五小時。鄧蒂斯小心地注意著海岸的情況，他不在老地方登陸，卻停泊在小海灣。

小島上渺無人跡，自從他上次離開以來，似乎沒有人類的腳踏上這塊土地。他來到藏寶的地方，一切跟他離開時毫無差別。

第二天一早，他就開始搬運他的財產，在夜幕降臨以前，他那筆龐大的財富已全部安全地藏進了他的秘密櫃的暗格裡。

一個星期過去了。在這段時間，鄧蒂斯駕駛遊艇環島轉圈，研究他的遊艇，就像騎手研究坐騎一樣。經過這一段時間，他已完全摸清了遊艇的優點和缺點，可以做到發揮前者的優勢，彌補後者的不足。

到第八天，他看見有一艘小帆船扯起了所有的帆向基督山駛來。當它駛近的時候，他認出正是他送給賈可布的那艘船。他發出一個信號，賈可布給了他答覆，兩小時後那艘小帆船在遊艇旁拋下了錨。

對於鄧蒂斯提出的兩個問題，賈可布帶回的是令人悲痛的答案。

老鄧蒂斯死了。

美茜蒂絲失蹤了。

鄧蒂斯聽到這些傷心的消息時外表很鎮靜，他馬上上岸，不許任何人跟著他。

兩小時後，他回來了。賈可布調了兩名船員到遊艇上，協助駛船，於是鄧蒂斯下令前往馬賽。父親去世，是他預料之中的事，但美茜蒂絲究竟怎麼樣了呢？

鄧蒂斯不想洩露他的秘密，就不能對一個代理人和盤托出；但是，他很想確定其他具體情況，而這些細節，只有他親自去調查才能使自己安心。在里窩那，他通過鏡子，知道自己不會被人認出來，而且，他現在已可任意地喬裝打扮。於是，在一個晴朗的早晨，遊艇在小船的尾隨下，勇敢地駛進馬賽港內，分毫不差地停在了那個值得紀念的地點，那個地點，就是在終生難忘的那一夜，當他被挾持上船，被押解到伊夫堡去的那個碼頭。

當看到一個憲兵駕著一艘檢疫船近來的時候，鄧蒂斯不由自主地打了一個寒戰。但法利亞的言傳身教已使鄧蒂斯有了處變不驚的能力，他從容地把在熱那亞買來的英國護照遞給了憲兵。當時，英國護照在法國比本國的護照還受重視，所以憑著那張外國護照，鄧蒂斯毫無困難地登了岸。

鄧蒂斯來到了卡尼般麗街，一個「法老號」的船員立刻引起了他的注意。他的出現倒是給了鄧蒂斯一個檢驗自己外貌變化是否會引起懷疑的絕好機會。他徑直地朝他走過去，開始向對方提出各方面各種各樣的問題，一面問一面小心地觀察那個人的臉，水手作了回答。但不論從言語上或神色上，都沒有表露出他回想起曾經見過這個同他說話的人。

鄧蒂斯給那水手一塊錢，謝謝他提供的情況，然後繼續向前走。但他還沒有走出好多步，就聽到那個人跑過來追他。

鄧蒂斯立刻轉回頭來向他迎上去。

「對不起，先生，」那個誠實的人氣喘吁吁地說，「你一定是弄錯了，你本來是想給我一個四十蘇的角子，而你卻給了我一個雙拿破崙。」[96]

「謝謝你，我的好朋友。我知道，正如你所說的，我是有點兒弄錯了，但為了獎勵你的誠實，我再給你一個雙拿破崙，請你拿去和你的同伴們飲酒，祝我健康。」

水手驚詫不已，竟然連謝謝都忘了說，只是帶著說不出的驚訝凝視著他那逐漸遠去的背影。最後，當鄧蒂斯走得無影無蹤時，他才深深地吸了一口氣，再看一看他手中的金洋，走回到碼頭上，自言自語地說：

「這是印度來的一個大富翁。」

這時，鄧蒂斯繼續走他的路。他每邁一步就在自己的心裡增加了一分新的感觸。童年時代的記憶永遠不可磨滅，他所經過的每一棵樹，每一條街，都無一不喚起他美好而珍貴的回憶。當他走到諾黎史路的盡頭，望見米蘭巷的時候，感到膝蓋發軟，幾乎跌倒在一輛馬車的輪下。最後，他終於走到他父親所住過的那座房屋前面。那善良的老人所喜歡的牽牛花和其他花木，以前曾盤繞在他的窗前，現在那座房屋的頂樓，已什麼都沒有了。

鄧蒂斯靠在一棵樹上，望著這可憐的小樓凝視了許久，然後他走到門口，打聽這座屋子有沒有房間出租。雖然六樓那一套住房有人住著，他還是誠意地請求去參觀一下，看門人就上去問那兩個房間的住客，能不能讓一個陌生人來看看。房客是一對剛在一星期以前結婚的青年夫婦。

鄧蒂斯一看見他們，就發出一聲長歎。

再說，房間的陳設已經和老鄧蒂斯居住時完全不同了，連牆紙都換了。舊時的傢俱，在兒時的記

96. 拿破崙時代的一種金幣，價值四十法郎。

憶中是那樣的清晰，今天仍然歷歷在目，現在卻都不見了，只有四面的牆壁依然如故。

鄧蒂斯轉向床那邊，床還在老房客放床的地方。愛德蒙雖然極力壓抑著自己的悲傷，但當他想到那個老人曾在這個地方徒然地呼喊著他的兒子咽下最後一口氣時，不禁熱淚盈眶。

年輕的夫婦看到這位面貌嚴肅的人淚流滿面，很覺驚奇，可是他滿臉肅然的哀愁令人心生敬畏，於是就克制自己，不去問他。他們讓他獨自發洩他的悲哀。而他退出去的時候，他們一起陪他下樓，並向他表示，只要他高興，他隨時都可以再來，一再向他保證，他們寒舍是可以永遠為他而開的。

來到下面一層。愛德蒙停在另一扇門前，問裁縫卡德羅斯是否還住在那兒，他所得到的答覆是，他提到的這個人做買賣虧了本，目前在比里加答到布揆爾的路上開了一家小客棧。

鄧蒂斯在問清了米蘭巷這座房子的屋主的地址以後，就走到那裡，用威瑪勳爵的名義買下了那座小房子，房屋售價是兩萬五千法郎，至少比它的原值超出了一萬。如果房東要他五十萬，鄧蒂斯也會接受。

那所房子現在歸鄧蒂斯所有了，就在當天，六樓的住客得到辦理轉移房契手續的律師的通知，新房東讓他們選擇這棟樓裡的任何一套房間居住，絕不抬高房租，唯一的條件是他們得讓出現在所住的那兩個小房間。

這件怪事成了米蘭巷附近好奇的人們必談的話題，引起了千百種猜測，但沒有一種猜測是說對了的。

不過，尤其使人如墜霧中，意想不到的是，這位在早晨去訪問米蘭巷的怪客，在傍晚竟有人看到他在迦太蘭人住的小村莊中散步，後來走進一個窮苦的漁夫的茅舍裡，待了一個多小時，打聽幾個人的消息，而這幾個人不是已經去世，就是十五六年來都杳無音信。

第二天，被問到這種種情節的那個家庭收到一份厚禮，包括一艘全新的漁船和各種大大小小的優質漁網。

那些老實人很想謝謝那個慷慨的人；但他們看他離開茅屋以後，只對一個水手吩咐了幾句話，然後，輕鬆地躍上馬背，沿著埃克斯港離開了馬賽。

chapter 26 邦杜加客店

像我一樣，如果您曾徒步周遊過法國南部，可能會注意到，在布揆爾鎮和比里加答村的中途，有一家路邊小客棧，掛著一塊洋鐵皮招牌在風中叮噹作響，上面隱隱約約地可看出「邦杜加」三字。這家小客棧，若以羅納河為地標，是位於路的左邊，背靠著河。和小客棧相接連的，是一處朗格多克一帶被稱為花園的小園子。就是說，客棧迎賓的大門正對著一處四面圍起的小園子，園子裡有幾棵營養不良的橄欖樹和幾棵葉子上覆蓋著厚厚塵土的野生無花果樹，無精打采地趴在那裡；在這些病歪歪的矮樹之間，還零星生長著一些大蒜、番茄和冬蔥，還有一棵高大的松樹，孤孤單單矗立在那兒，它那盤曲的樹枝和一簇簇扇形的葉子看上去就像一個被遺忘的哨兵，哀怨著望向遠方的頭，在西北風的蹂躪下（好似天譴），它被吹得周身皸裂。

這些大大小小的樹，被米斯特拉爾風吹得全部朝著一個方向傾斜，米斯特拉爾風是普羅旺斯地區三大災難之一；另外兩大災難，無論你是否知道，就是杜朗斯河和議會。

周圍是一片平地，但與其說是平地，倒還不如說是一個污濁的泥沼，上面胡亂生長著一些可憐的麥莖。可能是當地的園藝師為了滿足好奇心才種植的，但這些麥莖卻為每一隻紡織娘充當了棲息。牠們隨著那些不幸的拓荒者來到這片荒地，以鍥而不捨的精神歷經無數次磨難之後，在這些發育不健全的園藝標本間定居下來，讓牠們那尖利刺耳的嘶喊聲傳進了人們的耳朵。

八年來，這家小客棧一直由一對夫妻共同經營，他們原來的兩個傭人一個名叫德麗妮蒂，另一個聽到巴卡就應聲而來的馬廄夥計。但是，唉！這種職務的分配實在是有名無實，因為在布揆爾和阿琪摩地之間，近來開通了一條運河，運河船代替了運貨馬車，花舫代替了驛車。

運河離這家門可羅雀的客棧不足百步，關於這家客棧，我們已很簡要但很真實地描述過了，面對瀕臨破產的窘境，這位不幸的客棧老闆本來已整日愁眉不展，現在又受到了這條繁榮的運河的打擊，真是雪上加霜，自然更增加了他的愁苦。

小客棧的掌櫃，約莫四十至四十五歲，身材高大強壯，骨骼粗大，是法國南部人的典型特徵。他深陷的黑眼睛閃閃發亮，鼻子彎曲，雪白的牙齒彷彿只有食肉獸才有。他的頭髮還沒有變白，似乎下定決心不會屈服於年歲的增長，像他那蓄在頷下的鬍鬚一樣，茂密而捲曲，但也可以找到幾根混入其中的銀絲。他的膚色天生黯黑，由於這個可憐的傢伙習慣長年累月從早到晚站在門口，熱切盼望著有一個騎馬或徒步來的旅客能讓他的眼睛感受到上天的恩賜，也讓他感受到又一次看見客人進門的喜悅，所以在黑色之外，又多了一層棕褐色。站在這樣強烈的陽光之下，他只是像西班牙人的騾夫那樣，將一條紅手帕纏在頭上，除此之外再沒有其他的遮陽物品。這個人就是我們以前認識的卡德羅斯。

他的妻子名叫做瑪德蘭・萊德兒，她卻正巧和他相反，臉色蒼白消瘦，一副病容。她出生在阿爾一帶，那裡盛產美女，而她也生來具有美麗的特質。但那種美麗，卻受到在阿琪摩地河與凱馬琪沼澤地帶附近非常流行的那種慢性寒熱症的摧殘，已日漸萎謝了。因此，她幾乎總是瑟縮發抖地坐在二樓的臥室房盡頭，或是躺在扶手椅上，或有氣無力地躺在床上，而她的丈夫則成天地在門口守望著——

他極其心甘情願地履行這樣的職責。只要這樣，他就可以不會被他的伴侶無休止的抱怨所打擾，因為那尖酸刻薄的妻子只要看見他，就會抱怨命運不濟。對於這一切，她的丈夫總是一成不變地用那滿含哲學意味的話平心靜氣地回答：

「別說了，卡康托人，這些事都是上帝安排的。」

瑪德蘭・萊德兒之所以得了「卡康托人」這個綽號，是因為她出生的村莊位於薩隆和蘭比克之間，那個村莊就叫這個名字。當地有一個風俗，總是給別人起一個有特點的綽號，而不是稱其大名，她的丈夫之所以稱她為卡康托人，或許是因為他那粗笨的舌頭發不出「瑪德蘭」這三個婉轉悅耳的讀音罷了。

可是，他雖然表面上看起來聽任命運的擺佈，我們卻不能妄下斷言，認為這個客棧掌櫃沒有真切地體會到這條可惡的布揆爾運河才是那個使他落到這種貧困的境地的罪魁禍首，或以為他永遠不會受到他妻子喋喋不休的抱怨的影響。不要以為當他眼睜睜地看著那條可恨的運河搶走了他的顧客和利潤時，當他受著那脾氣乖戾的伴侶因為賺不到錢而抱怨不止時，他會心如止水。在雙重痛苦的打擊下，他也會滿腹怨恨。

像所有的南方人一樣，這是一個沒有嗜好、欲求不多，但是愛出風頭，十分愛慕虛榮的人。在那順風順水的日子裡，每逢節日，國慶或舉行典禮的時候，在湊熱鬧的觀眾之中，總能找到他和他的妻子的。他穿起法國南部居民出席重大活動時才穿的那種漂亮的服裝，就像迦太蘭人和安達露西亞人所穿的那種樣式；而卡康托人則炫耀地穿著那種在阿爾婦女中流行的美麗時裝，這種服裝好像借自希臘和阿拉伯。但漸漸地，他們的錶鏈呀，項圈呀，花色領巾呀，繡花乳褡呀，絲絨背心呀，做工精美的襪子呀，條紋紮腳套呀，以及鞋子上的銀搭扣呀，都不見了，於是，葛斯帕・卡德羅斯再也沒有了往日的輝煌，和他的妻子一起從這些浮華虛榮的社交場合出現，所以當那些興高采烈的歡呼者所發出的高興的聲音和愉快的音樂傳到這個可憐的客棧時，心裡總是一陣暗暗地絞痛；他繼續守著這間客棧，因為這裡是他唯一的棲身之所，而不是賺錢。

這一天，卡德羅斯照常站在他門前的瞭望地上，憂鬱地望著一小塊光禿禿的草坪，草地上有幾隻家禽在那兒啄食，努力地想尋覓一些合牠們胃口的穀物或昆蟲，卻毫無收穫，他又舉目遠望，在這條由南至北的道路上，空寂無人。他的心裡正在盤算著，幻想著會不會碰巧有一個客人進來，使邦杜加客棧能夠盡它迎賓的職責，突然，他妻子尖厲的聲音使他離開了崗位。他口裡低聲抱怨著，很不高興他的思緒被他的妻子打斷，腳下卻朝著她樓上的房間走去——但是，在上樓以前，他把前門大開，彷彿邀請旅客路過時不要忘了進來似的。

當卡德羅斯離開他門前的時候，那條他舉目凝望的道路，像南方的荒漠一樣空曠無人。它直挺挺地躺在那兒，像是一條由灰和沙組成的線伸向遠方看不到盡頭，道路兩旁的樹雖然高大卻枝葉稀疏，看上去毫無美感，完全可以明白，任何旅客，只要能夠自由支配自己的行程時間，絕不會貿然在此時踏上這片可怕的撒哈拉沙漠的。

可是，如果卡德羅斯沒有回屋而是繼續留在他的崗位上的話，他大概可以隱隱約約地看到一個模糊的輪廓從比里加答那個方向過來。當那個目標再走近些時，他就輕易地辨出，走過來的原來是一人一馬，步態穩健優雅，說明坐騎和騎手之間配合默契。那匹馬一路踏著匈牙利馬種所特有的閒適的快步跑來。騎手是一位身穿黑衣服的教士，頭戴一頂三角帽，雖然中午的陽光很灼熱，那一人一馬卻疾馳而來。

那匹馬停在了邦杜加客棧門前，很難猜是馬止住了人，還是人止住了馬。但不論是誰要停的，總之，那位教士下了馬，牽住他那匹駿馬的轡頭，想找一個地方把牠繫上。恰巧一扇半倒的門上有一個突出來的門閂，他就把馬安全地繫在了那裡，慈愛地拍拍牠，然後拿出一塊紅色手帕擦拭汗淋淋的額頭，接著走到門前，用他的鐵頭手杖的一端敲了三下。

一聽到這突如其來的聲音，一隻大黑狗立刻躥出來，向著這個膽敢侵犯牠一向寧靜的寓所的人狂吠，露出雪白尖利的牙齒，表現出雙重的敵意，證明牠一點都不歡迎來者。

這時，那座通往樓上木梯上發出一陣沉重的腳步聲，於是，那家小客棧的店主連連鞠躬，帶著客氣的微笑，門口站著那個教士。

「我來了！」驚奇的卡德羅斯說，「我來了！不許叫，馬哥丁！別怕，先生，牠只會叫，從來不咬人的。我想，在這可怕的大熱天，一杯好酒無疑是受歡迎的吧！」然後，卡德羅斯第一次看清了他所接待的這位旅客的外貌，他趕快聲明說，「千萬請原諒，先生！我沒有看清我有幸能在我這可憐的屋簷底下接待的人是誰。您想要什麼，您來點兒什麼？教士先生？我聽候吩咐。」

教士就帶著怪異的神情打量著這個同他說話的人，甚至他似乎也不介意客棧老闆用同樣的眼神仔細地看他。然後，看到客棧老闆的臉上只表現出得不到回答的驚訝，他認為這一幕默劇可以結束了，於是便帶著濃重的義大利口音問道：「您就是卡德羅斯先生？」

「是的，先生，」店主人說道，對他的問話比剛才對他的沉默顯得更加驚奇，「那正是我——葛斯帕・卡德羅斯願為您效勞。」

「葛斯帕・卡德羅斯……是的，我想姓和名都對了，從前您住在米蘭巷是嗎？在五層，對嗎？」

「一點兒也不錯。」

「您過去在那裡當裁縫？」

「對，但生意不好。後來那一行越來越不行，簡直難以糊口了。而且，馬賽的天氣是這樣的熱，我實在也受不了啦，而據我看，凡是可敬的居民都應該學我的榜樣離開那個地方。說到天熱，您不想涼快一下嗎？」

「行啊，請把您最好的葡萄酒拿一瓶給我，我們先說到這，待會兒，咱們再接著往下談。」

「悉聽尊便，教士先生。」卡德羅斯說道。

卡德羅斯家藏有最後幾瓶卡奧爾葡萄酒。為了不失去推銷一瓶酒的良機，他匆匆忙忙掀開底層房間地板上的一個蓋子，這間房間就是設在用作店堂兼做廚房的底樓房間地板上的。

五分鐘之後，他又露面了。他看見教士坐在一張板凳上，胳膊支在一張長桌子上，而馬哥丁好像和他講和了，因為聽到這個古怪的旅客同往常的情況不一樣，要吃點兒東西。他伸著那沒毛的長頸子，用他那遲鈍的目光熱切地盯住這位奇怪的旅客的臉。

「您只有一個人嗎？」當主人在他面前放上一瓶酒和一只酒杯時，教士問他道。

「啊！我的上帝！是的，一個人，或者差不多是一個人，教士先生。因為我雖有一個老婆，但她根本幫不了我，她長年生病，可憐的東西。」

「哦！您結婚了！」教士饒有興趣地說道，一邊環顧四周，彷彿要掂量一下這個簡陋的房子裡這點寒酸的傢俱能值幾文錢似的。

「您看出我一貧如洗，是嗎，教士先生？」卡德羅斯歎了一口氣說道，「可有什麼辦法呢？要在這個世界上發達，老老實實做人是不夠的。」

教士用嚴厲的目光盯著他。

「是的，老老實實做人，這方面我可以誇口，先生，」店主把一隻手放在胸前，點著頭，經受住了教士的目光，說道，「而眼下不是人人都能這樣說。」

「假如您引以為傲的這點是真的，那就再好也不過啦，」教士說，「因為我遲早會證實，善有善報，惡有惡報的。」

「您幹這一行當然該這麼說，教士先生。」卡德羅斯帶著一種苦澀的表情說道，「可是我們沒有這樣的約束，當然可以不相信您說的話。」

「您不該這樣說，先生，」教士說道，「因為或許待會兒我就可以親自向您證明，我剛才提出的原則是完全正確的。」

「您說什麼？」卡德羅斯吃驚地問道。

「我想說，我首先得確信您是不是就是我要找的人。」

「您要我給您證實什麼呢？」

「在一八一四年到一八一五年，您認識一個名叫鄧蒂斯的水手嗎？」

「鄧蒂斯……當然，我認識他，這個可憐的愛德蒙！我想沒錯！甚至他是我最親密的朋友！」卡德羅斯大聲說道，他的臉漲得通紅，而教士也睜大了眼睛，明亮而堅定的目光彷彿要把他詢問的這個人整個兒包住看個透似的。

「是的，我想他確實名叫愛德蒙吧。」

「是叫愛德蒙，那個小夥子！我相信是這樣，千真萬確！就如我叫葛斯帕・卡德羅斯一樣沒錯。那麼這個可憐的愛德蒙，他現在怎樣了，先生？」客店主人繼續問道，「您認識他嗎？他還活著嗎？他獲得自由了嗎？他快活嗎？」

「他到死還是一個囚徒，比那些在土倫大帆船下層做苦工抵罪的重犯更悲慘，更無望，更心碎。」

在卡德羅斯的臉上，一層慘白取代了剛才泛起的緋紅。他掉轉了身子，教士看見他用一塊當成頭巾的紅手帕的一角擦去眼淚。

「可憐的小夥子！」卡德羅斯低聲說道，「看哪！這又是一個例證，證明我剛才對您說的話，教士先生。上帝只對惡人好。唉，」卡德羅斯操著法國南部口音繼續說，「世道越來越差啦。但願老天連續下兩天火藥，再劈下一小時的火焰，把一切惡人都剷除掉！」

「您看上去是真心喜歡這個小夥子，先生？」教士問道。

「是的，我很喜歡他，」卡德羅斯說道，「儘管我要責備自己一度嫉妒他的幸福，但打那以後，我以卡德羅斯的名譽向您發誓，我對他的不幸遭遇同情極了。」

這時，出現了片刻的靜默，教士犀利的目光盯著客棧老闆表情豐富的臉一刻不停地觀察著每一個細微的變化。

「這個可憐的小夥子，您認識他嗎？」卡德羅斯繼續問道。

「他臨終時，我被召到他床前給予他宗教上的最後安慰。」教士答道。

「他死於什麼病？」卡德羅斯聲音哽咽著問道。

「三十歲的人死在監獄裡，要不是被監獄折磨死的，還會是怎麼個死法呢？」

卡德羅斯擦去了淌在額上的大顆汗珠。

「這件事有點兒蹊蹺的是，」教士接著說，「鄧蒂斯竟然在臨終前已吻著耶穌基督的腳時，以基督的名義向我發誓，他不知道他坐牢的真正原因是什麼。」

「一點兒不錯，一點兒不錯，」卡德羅斯喃喃地說道，「他不可能知道的，不可能的，教士先生，可憐的小夥子！他沒撒謊。」

「因此，他委託我查清他自己已無法找到的真相，另外他還要我替他恢復名譽，假如他過去真的被人誣陷的話。」

說著，教士的目光變得越來越凝重了，意味深長地盯著卡德羅斯臉上出現的、近乎陰沉的表情。

「在患難中他結交了一個朋友，」教士繼續說，「是一個英國富翁，但在第二次復辟的時候，從獄中放了出來。這位英國富翁有一粒價值不菲的鑽石，在出獄的時候，他把這粒鑽石送給鄧蒂斯，作為一種感謝的紀念，來報答鄧蒂斯，因為有一次他生重病，鄧蒂斯像對待兄弟一樣照顧他，鄧蒂斯並沒有用這粒鑽石來賄賂他的獄卒，老實說，要是他這樣做，他們會收下鑽石，隨後再出賣他，他只是把它小心地藏了起來，以備有朝一日重獲自由時，還可以靠它維持生計，因為賣掉那粒鑽石的錢足以使他成為富翁。」

「照您的說法，」卡德羅斯帶著熾熱的目光說道，「這是一顆非常值錢的鑽石囉？」

「一切都是相對而言的，」教士又說道，「對愛德蒙來說是非常貴重的。這顆鑽石估計值五萬法郎。」

「五萬法郎！」卡德羅斯說道，「那麼它該像核桃一樣大囉？」

「不，不完全是，」教士說，「不過您自己來判斷一下，我帶在身上呢。」

卡德羅斯的目光似乎就要在教士的衣服裡搜尋到他說的那樣東西。

教士從口袋裡掏出一隻黑色皮質的小盒子，打開蓋子，讓鑲嵌在做工精美的戒指上的那顆光彩奪目的寶石呈現在卡德羅斯的眼前，不禁使後者又驚又喜。

「這東西值五萬法郎嗎？」

「還不算戒托，它本身也很值錢。」教士說道。

他關上盒子，放回口袋，但那鑽石仍在卡德羅斯的腦海裡熠熠生輝。

「不過您又是怎麼得到這顆鑽石的，教士先生？」卡德羅斯問道，「愛德蒙讓您做他的遺產繼承人了？」

「不是的，但我是他的遺囑執行人，他對我說，『我有三個好朋友和一個未婚妻，我有把握，這四個人都會因失去我而悲痛不已。其中一個好朋友名叫卡德羅斯。』」

卡德羅斯戰慄了一下。

「『另一個，』」教士接著說下去，裝作沒有注意到卡德羅斯的激動，「『另一個名叫鄧格拉司；第三個，』他補充說道，『雖說是我的情敵，但也是非常愛我的。』」

卡德羅斯的臉上現出了一個陰沉的微笑，他做了一個手勢打斷教士的話。

「請等等，」教士說，「讓我把話說完，假如您有什麼想法要說，待會兒再對我說吧。『另一個，雖說是我的情敵，但也是非常愛我的，他名叫弗南。說到我的未婚妻，她的名字叫……』我記不清楚他的未婚妻的名字了。」教士說道。

「美茜蒂絲。」卡德羅斯說道。

「啊！對了，是這名字，」教士輕輕歎了一口氣接著說道：「美茜蒂絲。」

「您怎麼啦？」卡德羅斯問道。

「請給我一瓶水。」教士說。

卡德羅斯趕緊照辦。

教士倒滿了玻璃杯，喝了幾口。

「我們說到哪兒啦？」他把杯子放在桌上問道。

「未婚妻名叫美茜蒂絲。」

「是的，是這樣。『您到馬賽去……』說話的人始終是鄧蒂斯，您明白嗎？」

「完全明白。」

「『您把這顆鑽石賣了，分成五份，平均分給我的這些好朋友。在這個世界上，只有他們才是愛我的！』」

「為什麼五份？」卡德羅斯說道，「您對我只說了四個人的名字。」

「因為據我所知，第五個人死了……這第五個是鄧蒂斯的父親。」

「唉！是的，」種種感情交匯在卡德羅斯心頭，他激動地說，「唉！是的，可憐的人哪，他死了。」

「我是在馬賽知道這件事情的，」教士竭力裝得無動於衷的樣子答道，「但是，他早就死了，詳情我瞭解不到……關於老人臨終的情況，您知道一點兒嗎？」

「呃！」卡德羅斯說道，「誰能比我瞭解得更清楚呢……我同老人緊挨門住著……啊！我的上帝啊！是的，他的兒子失蹤後將近一年時間，這個可憐的老人就死了！」

「他死於什麼病？」

「醫生說他得了……我想是腸膜炎。但熟悉他的人都說他是憂傷過度而死的……我幾乎是親眼看著他死去的，我要說他死於……」

卡德羅斯住了口。

「死於什麼？」教士焦急地問道。

「唉！是餓死的！」

「餓死的？」教士從木凳上跳了起來，大聲叫道，「什麼？最卑賤的畜生也不該餓死。即使那些在街上徘徊流浪，無家可歸的狗也會遇到一隻憐憫的手投給牠們一口麵包，而一個人，一個基督徒，卻餓死在像他一樣自稱基督徒的人們當中！不可能，噢，這太不可能了！」

「我說的卻是實情啊。」卡德羅斯接著說道。

「那你說錯了，」樓梯口傳來一個聲音，「你管什麼閒事呢？」

這兩個人回過頭去，從樓梯木欄杆的空隙中看到那個卡康托人的一張病懨懨的臉。她一直拖著身子，仔細地聽著談話的內容，之後就坐在最高一級樓梯上，把頭枕在膝蓋上。

「你自己管什麼閒事，老婆？」卡德羅斯說道，「這位先生在打聽消息，我出於禮貌也得告訴他。」

「可是出於謹慎你該拒絕回答。誰能告訴你，別人讓你說出來是出於什麼目的呢，傻瓜！」

「我用我的聖言向您保證，夫人，」教士說，「我絕無任何想傷害您或您丈夫的用意。您的丈夫只要坦率地回答，絲毫不用擔心什麼。」

「什麼也不用害怕，是啊！一開始說得天花亂墜，然後就只是說不必擔驚受怕，再後，你一走了之，把你所說的話全都拋在腦後，一旦哪天走了楣運，禍事就落到可憐蟲的頭上，他們甚至還不知道這禍事是從哪兒來的呢。」

「請放心吧，好太太，災難不會來自我這方面的，我向您保證這一點。」

卡康托人自言自語地說了幾個含糊不清的字，又讓抬一會兒的頭落在膝蓋上，繼續發她的寒戰，讓那兩個談話人重新拾起話頭。她依舊坐在那兒，坐在那兒不漏掉一句話。

教士不得不再咽下一口水，使他激動的情緒穩定下來，當他已完全平復了心態，恢復如常時，他說：

「那麼，難道是因為這個不幸的老人被大家拋棄了，他才死得這樣慘嗎？」

「啊！先生，」卡德羅斯說，「那個迦太蘭少女美茜蒂絲和那個摩賴爾先生可沒有拋棄他，但是可憐的老人對弗南卻非常厭惡，那個人，」卡德羅斯帶著嘲諷的微笑說道，「鄧蒂斯對您說是他的朋友。」

「他難道不配做朋友嗎？」教士問道。

「葛斯帕！葛斯帕！」那女人在樓梯上面輕聲說道，「小心別亂說話啊。」

卡德羅斯不耐煩地揮了一下手，不去理睬這個打斷他說話的女人。

「總是惦記著覬覦別人的老婆，還能算忠實的朋友嗎？鄧蒂斯，他有一顆金子般的心，將這種人稱作他的朋友……可憐的愛德蒙！事實上，他什麼都沒看到，這反倒好，否則，在臨終的時候要寬恕他們，就太難了。而不管旁人怎麼說，」卡德羅斯用他那種俗不可耐的語氣繼續說，「我更害怕死人的詛咒，而不是活人的咒罵。」

「傻瓜！」卡康托人說道。

「那麼您知道，」教士繼續問，「弗南是如何與鄧蒂斯為敵的呢？」

「我知道，而且我相信是這樣。」

「那就說吧。」

「葛斯帕，你愛怎麼做就怎麼做，你是一家之主嘛，」那女人說道，「不過你如果相信我，你就什麼也別說。」

「這次，我想你說得對，娘兒們。」卡德羅斯說道。

「這麼說您不願說囉？」教士跟著問道。

「唉，講出來又有什麼用呢？」卡德羅斯問。「如果小傢伙還活著，他來找我，我就會坦白地告訴他，誰是他的真朋友，誰是他的假朋友，那時或許我倒不會猶豫。眼下照您告訴我的，他已入土為安了，他已經可以放下心中的怨恨和復仇的心了，所以還是讓這一切善惡都與他一起長眠於地下吧。」

「那麼難道您願意我把一份該給忠實朋友的酬禮，分給您認為是邪惡的假朋友了？」教士說道。

「這倒也是，您說得對，」卡德羅斯說道，「再說，現在可憐的愛德蒙這點兒遺物對他們又算得什麼呢——不過是九牛一毛而已。」

「你倒不想想看，」婦人說，「這些人只要動一動就會讓你死得很慘。」

「怎麼回事？看來這些人已經變得既有錢又有勢囉？」

「怎麼，您不知道他們的經歷嗎？」

「不知道，請說給我聽聽吧。」

卡德羅斯似乎思索了一會兒。

「不，說真的，說來話太長啦。」他說道。

「好，我的好朋友，」教士用絕對冷漠的聲音說，「說不說是您的自由，盡可隨便。再說，您的所作所為已經使您稱得上正人君子了，這件事就到此為止吧。我只能憑良心盡我的責任，實現一個過世的人未了的心願而已。我的第一件任務是處置這粒鑽石。」

說著，教士又從他的口袋裡摸出那只小盒子，打開盒子，故意擺出一種角度，讓鑽石在卡德羅斯眼前閃爍，看得他眼花繚亂。

「老婆，老婆！」他喊道，他的聲音因情緒緊張而變得嘶啞了，「到這兒來看看這粒值錢的鑽石呀！」

「鑽石！」卡康托人一面喊，一面站起身來，步子堅定地走下樓梯，「你說的是什麼鑽石？」

「咦，我們說的話你難道沒有聽到嗎？」卡德羅斯問。「這粒鑽石是可憐的愛德蒙・鄧蒂斯遺留下來的，要把它賣了，把錢分給他的爹爹、他的未婚妻美茜蒂絲、弗南、鄧格拉司和我。這粒鑽石至少要值五萬法郎呢。」

「噢，多漂亮的一粒鑽石！」婦人喊道。

「這麼說，這筆錢的五分之一歸我們了？」卡德羅斯說道。

「是的，先生，」教士答道，「還有鄧蒂斯父親的那一份，我認為可以自作主張，分給你們四個人。」

「為什麼在我們四個人之中？」卡康托人問道。

「因為你們是愛德蒙的四個朋友。」

「那麼出賣過你，使你家破人亡的人是不能稱為朋友的！」那女人也嘟嘟噥噥起來。

「是啊，是啊，」卡德羅斯說，「我剛才說過了，我認為以德來報答那些奸惡，或許甚至有罪之人，是對上天不敬的行為。」

「要記得，」教士平靜地接口說道，一面又把鑽石放回到他長袍的口袋裡，「假如我這樣做，這可是您的錯，不關我事。請您告訴我愛德蒙那幾位朋友的地址，讓我能執行他的遺願。」

此時卡德羅斯激動不已，大顆汗珠從他的額頭上滾了下來。他看見教士站起來，向門口走去，好像是要上路，但隨後他又折了回來。

卡德羅斯和他的妻子別有深意地對視了一下。

「鑽石會完全歸我們所有的。」卡德羅斯說道。

「你認為會這樣？」女人問道。

「教會的人不會欺騙我們的。」

「你怎麼想就怎麼做吧，」女人說，「至於我，我不過問。」

說完，她又哆哆嗦嗦地爬上樓。雖說天氣炎熱，她的牙齒仍在格格打戰。

在最後一級樓梯上，她坐了一會兒。

「再仔細想想，葛斯帕！」她說道。

「我已經決定了。」卡德羅斯說道。

卡康托人歎了一口氣回到她的臥房。下面可以聽到她在樓板上走動的聲音，直到她走到扶手椅，重重地跌坐在裡面。

「您拿定什麼主意了？」教士問道。

「向您說出事情的真相。」那人答道。

「說真的，我想，最好也是這麼做，」教士說，「我並不是固執地要知道您本來想對我隱瞞的事。不過，假如您能讓我按照遺囑者的意願分配他的遺產，豈不是更好嘛。」

「我也希望如此。」卡德羅斯答道，雙頰被希望和貪婪燒得通紅。

「我在聽您說哪。」教士說道。

「請等等，」卡德羅斯接著說，「我可不希望講到故事最精彩的部分時卻被別人打斷，那就太掃興啦。再說，也沒有必要讓別人知道您來過這裡。」

他走到客棧門口，關上門。為了萬無一失，他又插上了平時到打烊才上的門閂。

接著，教士選定了一個位置，要舒舒服服地聽講。他坐在一個角落裡，使自己完全處在暗處，這樣燈光就可以完全照在他的對話者的臉上了。至於他，低垂著頭，雙手交叉著，或者說，緊緊絞在一起，他準備好洗耳恭聽。

這時候，卡德羅斯移過來一張板凳，在他對面坐下。

「要知道，我根本沒有慫恿你！」那個卡康托人抖抖顫顫地叫喊起來，彷彿她能穿透樓板看見樓下準備談話的情形似的。

「行啦，行啦，」卡德羅斯說道，「不必說了，一切由我來負責。」

於是，他便開始敘述了。

chapter 27

往事的追述

「首先，」卡德羅斯說，「我得請您答應我一件事，先生。」

「什麼事？」教士問道。

「就是：如果將來您利用到我即將給您講的這些詳情的話，絕不要讓人知道這些都是我透露給您的。因為我講到的那些人，是既有錢又有勢，假如他們把他們的手指尖彈到我身上，我就得像玻璃似的粉身碎骨。」

「您放心好了，我的朋友，」教士答道，「我是一個教士，懺悔的話只會永遠藏在我心中。請記著，我們唯一要做的就是恰當地執行我們朋友的最後願望。說的時候既不必太委婉，也不要太誇張，把真相講出來，講出全部的真相。我並不認識，也絕不會認識您快要說到的那些人。而且，我是一個義大利人而不是法國人，我屬於上帝，而不屬於世人，我就要退隱到我的修道院裡，我此來只是為了來實現一個人臨終時最後的願望而已。」

這明明白白的誓言似乎使卡德羅斯增添了勇氣。

「好吧！既然這樣，」卡德羅斯說，「我就告訴你全部的真相。我應該讓您看清楚可憐的愛德蒙以為忠誠的友誼到底是什麼。」

「請先從他的父親說起吧，」教士說道，「愛德蒙向我說了許多這位老人的事，他對老人懷有深沉的愛。」

「這是個悲慘的故事，先生，」卡德羅斯搖著頭說，「也許您知道這故事的開端。」

「是的，」教士答道，「愛德蒙對我把事情一直講到他在馬賽附近的一家小酒店被捕時為止。」

「在里瑟夫酒店！噢，上帝啊！往事好像就在昨天似的。」

「是不是在他的訂婚宴上發生的？」

「是的，婚宴開始時是高高興興的，但結局可慘了。一個員警分局局長、後面跟著四個持槍的士兵，闖了進來，於是鄧蒂斯被捕了。」

「我所知道的到此為止，先生，」教士說，「往後鄧蒂斯本人除了他自己的遭遇外，便一無所知了，因為他再也沒見過，也沒聽說過我對您提到的那五個人。」

「好吧！」卡德羅斯向教士回憶起當年的往事，「打從鄧蒂斯被捕以後，摩賴爾先生就跑去打聽消息，消息令人沮喪。老人隻身回到自己的家中，哭著疊起他那身參加婚禮時穿的禮服，整天在房間裡踱來踱去，晚上也整夜不眠。因為我住在他的樓下，聽到他通宵在踱步。我自己嘛，應該說，我也沒睡著，因為這個可憐的父親的痛苦讓我心裡感覺挺難受。他的每一步似乎都踩在我的心上，就好像他的腳真的踩在我的胸膛上似的。

「第二天，美茜蒂絲去馬賽懇求維爾福先生的保護。卻無功而返，她又去看望老人。她看見老人神情悲傷、垂頭喪氣，整夜都沒合眼，而且從頭天晚上起就沒吃過東西，她想把他帶走，以便照顧他，但老人堅決不同意。

「『不，』他說，『我不能離開家，因為我那可憐的孩子愛我勝過一切。一旦他出獄了，首先會跑來看我。如果我不在家裡等他，他會怎麼說呢？』

「這些話我都是站在樓道上聽來的，因為我倒希望美茜蒂絲能說服老人跟她走。每天在我頭頂上響起的腳步聲，使我一刻不得安寧。

「可您自己就不上樓去安慰安慰他嗎？」教士問道。

「啊！先生！」卡德羅斯答道，「這樣的安慰只對需要的人才有用啊，可他卻一點兒也不願意聽別人安慰。再說，我也不知道為什麼，我覺得他看到我並不高興。有一天夜裡，我聽到他在哭泣，我受不了了，就爬上樓去。但當我走到門口，他又不哭了，而是在祈禱。他的話是那樣有力，他的懇求更令人動容，我真不知該怎樣向您複述，先生，是不能只用虔誠和憂傷來簡單形容的。我不是虛偽的人，也不喜歡虛偽的人。從這天起，我心裡就想：我孤身一人，上帝沒有賜給我養兒女的快樂，因為如果我是父親，我如果遭受到可憐的老人所遭受的痛苦，感受到像可憐老人那樣的憂傷，我真會跳到海裡一死了之，省得再繼續受罪的。」

「可憐的父親！」教士喃喃說道。

卡德羅斯繼續回憶道：「他就這樣一天天獨自一人苦苦地支撐著。摩賴爾先生和美茜蒂絲常去看他，可他的門總關著。雖然我確信他在家裡，可他就是不答應。一天，他一反常態，接待了美茜蒂絲，可憐的女孩自己也傷心過度，但還努力安慰他。

「『相信我，我的女兒，』他說，『他死了。現在不是我們等他回來，而是他在等我們去見他。我很高興，我年紀最大，因此就能最先見到他。』

「您看，不管人的脾氣有多好，也不會總是去見那些讓您見了就傷心的人的。老鄧蒂斯最後就只剩孤苦伶仃的一個人。我只是看見一些不相識的人時而到他屋裡去，他們走時總看得出身邊帶著一個包裹。後來我才知道這些包裹是怎麼回事，他在一點一點變賣掉家裡的東西，以維持生計。最後，這個老好人把東西賣得一乾二淨，但還欠下了三個季度的房租，房東揚言要把他趕出去。他請求寬限一個星期，房東同意了。我知道這件事，因為房東從他的屋裡出來就上我屋裡了。

「最初三天，我聽見他像往常那樣來回走動，到了第四天，我聽不到任何響聲，我壯著膽子上樓去，門關著。但透過鎖孔，看見他面無人色，虛弱不堪，我肯定他病得很重，就讓人去叫摩賴爾先生，並親自跑去找美茜蒂絲。他倆急急忙忙地趕來了。摩賴爾帶來了一個醫生。醫生診斷是腸胃炎，要他少吃東西。當時我在場，先生，老人聽了這個醫囑後露出的笑容令我永生難忘。

「從那天以後，他把門打開了，他這時已有充分的理由可以不再多吃東西，因為是醫生吩咐他禁食的。」

教士發出一聲很像呻吟的聲音。

「這個故事您挺感興趣，是嗎，先生？」卡德羅斯問道。

「是的，」教士答道，「它催人淚下。」

「美茜蒂絲又來了，她發現他已大不如從前，所以比以前更希望能把他帶到她自己住的地方去。摩賴爾先生也是這樣想，他想硬把老人轉移出去，但是老人痛不欲生地哭喊著，以致他們不敢再堅持。所以美茜蒂絲就留在他的床邊，而摩賴爾先生也只好走了，走的時候，向她示意，表示他已經把他的錢袋留在壁爐架上。但是老人藉口遵從醫生的吩咐，根本不想吃東西。就這樣在絕望中，老人絕食了九天，最終撒手人寰，老人死了，臨死的時候詛咒著那些使他陷於這種慘境的人，並對美茜蒂絲說，

「『要是你再能看到我的愛德蒙，告訴他我臨死還是在為他祝福的』。」

教士站起來，用戰慄的手按在自己乾燥的喉嚨上，在房間裡轉了兩圈。

「那您認為他死於……」

「饑餓……先生，死於饑餓，」卡德羅斯說道，「我敢擔保是真的，如同您和我都是基督教徒一樣正確。」

教士用一隻痙攣的手抓起那只尚有一半水的杯子，一飲而盡，重新坐下，兩眼發紅，雙頰發白。

「您得承認，這真是太不幸了！」教士嘶啞著說道。

「先生，尤其這並非天意，而純粹是人為的。」

「那就告訴我這些人是誰，」教士說，「但要記住，」他口氣嚴厲地繼續說道，「您曾向我保證要把一切告訴我。說吧，讓兒子含冤入獄絕望而死，又讓父親悲痛欲絕饑餓而終的都是些什麼人？」

「兩個嫉妒他的人，先生，一個因為愛情，另一個因為野心，他們就是弗南和鄧格拉司。」

「他們是用什麼方式表現他們的嫉妒呢？告訴我吧！」

「他們去告密，把愛德蒙說成是拿破崙黨分子。」

「兩個人中間，是哪一個告發他的，哪一個是真正的罪犯？」

「兩個都是，先生，一個寫信，另一個寄信。」

「這封信是在哪兒寫的？」

「就在里瑟夫酒店，婚禮的前夜。」

「一點兒也不錯，一點兒也不錯，」教士喃喃地自語，「呵！法利亞！法利亞！你對人對事都看得如此透徹啊！」

「您說什麼，先生？」卡德羅斯問道。

「沒什麼，」教士接口道，「請繼續說下去。」

「是鄧格拉司用左手寫的告密信，為的是不讓人認出他的筆跡，而由弗南投送出去。」

「哦，」教士突然叫喊起來了，「您在場嘍！」

「我嗎，」卡德羅斯驚奇地說道，「誰告訴您我在場的？」

教士意識到自己說得太多了。

「誰也沒告訴我，」他說道，「既然您對所有細節都瞭解得這樣清楚，可見您一定是整件事的見證人。」

「這倒是真的，」卡德羅斯聲音哽咽著說，「我確實在場。」

「您沒有阻止這種卑劣勾當嗎？」教士說，「那麼您也是他們的同謀。」

「先生，」卡德羅斯說道，「他們倆一直給我灌酒，我喝得差不多迷迷糊糊。我當時看什麼都像隔了一層霧。凡是喝醉了酒的人會說的話我都說了，但是他倆回答我說他們只是想開個玩笑，而且這個玩笑到此為止。」

「第二天，先生，第二天，您該看見這個玩笑的結果了吧。但您卻閉口不說，而當他被捕時您就在現場。」

「是的，先生，我在場。我本來是想說，我想通通說出來，但鄧格拉司阻止我這樣做。」

「『如果他果真有罪，』他對我說，『如果他真的在厄爾巴島停泊過，真的為巴黎的拿破崙黨委員會送過一封信，如果有人在他身上找到了這封信，那麼同情過他的人就會被看成是他的同謀。』」

「我承認，當時那一套政治確實令人恐怖，我害怕受牽連所以保持了沉默，這是懦夫的行為，我同意，但不能說我犯罪。」

「我理解──您只是聽之任之，這就是全部事實。」

「是的，先生，」卡德羅斯答道，「這就是使我日日夜夜感到內疚的事實。我常常請求上帝的寬恕，我向您發誓，尤其因為這個行動是我這輩子需要認真自責的唯一一件事。毫無疑問，命運不濟正是上天給我的報應。我正在為一時的自私表現贖罪，因此，每當卡康托人埋怨時，我總對她說：『別說了，娘兒們，這都是上帝的安排。』」

卡德羅斯帶著真心的悔恨低下了頭。

「好啦，先生，」教士說道，「您說得非常坦率，您這樣自責，是會得到他的原諒的。」

「不幸的是愛德蒙死了，」卡德羅斯說道，「他沒原諒我！」

「他不知道。」教士說。

「可是他也許現在知道了，」卡德羅斯接著又說，「據說死人什麼都知道。」

他倆一時都沉默不語了，教士站起來，神情凝重地在房間轉了一圈；然後回到原位，坐下。

「您向我提到過兩三次一個名叫摩賴爾的人，」他說，「這個人是誰？」

「他是『法老號』船船主，鄧蒂斯的雇主。」

「在這個使人憂傷的故事裡，這個人起了什麼作用呢？」教士問道。

「扮演了一位仁厚長者，既勇敢，又熱心。他曾二十次去為愛德蒙說情。當皇帝歸來時，他曾寫信、請願、力爭，為他出了不少力，以致在王朝第二次復辟的時候，他被當做拿破崙黨分子，受到嚴重迫害。我已經告訴過您，他曾十次來看鄧蒂斯的父親，要把他接到自己家裡。那天晚上，就是在老鄧蒂斯去世前的一兩天，我已經說過，他在壁爐上留下一隻錢袋，也虧得錢袋裡的那些東西，才把老人的債務償清了，體面地安葬了他。可憐的老人至少像生前那樣，死後也沒有拖累任何人。那只錢袋現在我還保存著——很大的一隻，用紅色的絲帶織成的。」

「那麼這位摩賴爾先生還活著嗎？」教士問道。

「活著。」卡德羅斯說道。

「這麼說，」教士接口道，「他應該得到上帝的保佑，該是『很富有』、『很幸福』是嗎？」

卡德羅斯苦笑了一下。「是的，跟我一樣幸福。」他說道。

「摩賴爾先生會不幸嗎？」教士大聲說道。

「他已經淪落到了窮困潦倒的地步，先生。更為糟糕的是，他將名譽掃地。」

「怎麼回事？」

「哎，」卡德羅斯說道，「是這麼回事：做了二十五年的生意，他在馬賽商界為自己贏得了值得信賴的聲譽，可是這一切即將毀於一旦。在兩年之中他損失了五條船，又因三家商行的倒閉而大受牽連，他現在把唯一的希望寄託在那艘可憐的鄧蒂斯曾指揮過的『法老號』上了，老天保佑那艘船能從印度帶著洋紅和靛青回來。如果這艘船也像其他那幾艘一樣沉沒，他就完蛋了。」

「那麼，」教士問道，「有妻子兒女嗎？」

「有的，他有一個妻子，面對這一切，她的行為像個聖女。他有一個女兒，即將和自己心愛的人結婚，但是男方家庭不願意讓他娶一個即將破產的人家的女兒。他還有一個兒子，在軍隊裡當中尉。可是，您該明白，這一切非但不能使這個可憐的人減輕痛苦，反而使他的痛苦更深了。如果他是單身一人，他往自己的腦袋上打一槍也就了無牽掛了。」

「多麼可怕啊！」教士喃喃自語道。

「上帝就是這樣善待好人的，先生，」卡德羅斯說道，「聽著，我剛才對您說了，我除了做過一件錯事之外，從未幹過壞事，我卻窮得叮噹響。我看著可憐的妻子得了熱病奄奄一息，卻毫無辦法去救她，然後我也會像鄧蒂斯老先生那樣餓死的。可是弗南和鄧格拉司卻財源滾滾。」

「怎麼回事？」

「因為他們的事業興旺發達，而誠實的人卻總是處處倒楣。」

「鄧格拉司怎麼樣了？就是那個罪魁禍首，那個犯了重罪的人？」

「他怎麼樣了？因為不知道他犯下的罪行，在他離開馬賽的時候，得到了摩賴爾先生的一封介紹信，到一家西班牙銀行去當出納。法西戰爭期間，他負責供應法軍的一部分軍需，發了一筆財，憑了那筆錢，他投機公債，本錢翻了三四倍，他第一次娶了他那家銀行行長的女兒，後來又當了光棍。第二次再結婚，娶了一個寡婦，就是奈剛尼夫人，她是薩爾維歐先生的女兒，薩爾維歐先生是國王的御前大臣，眼下很受寵。他現在是一位百萬富翁，還受封獲得了一個伯爵的頭銜，現在他是鄧格拉司伯爵了，在蒙勃蘭克路有一座豪宅，他的馬廄裡養了十匹馬，候見室裡有六個僕人，我也不知道他的錢箱裡到底有多少財產。」

「哦！」教士用古怪的聲調說，「那麼他現在很幸福囉？」

「啊！幸福，誰說得上呢？**不幸或是幸福這是只有圍在牆壁裡面的人才知道的秘密**。牆壁雖然有耳朵，卻沒長舌頭。假如錢多就是幸福，那麼鄧格拉司就算是幸福的人了。」

「弗南呢？」

「弗南，他的經歷又不同了。」

「不過，一個沒有經濟來源，又沒受過教育的迦太蘭漁夫怎麼能發財呢？不瞞您說，這件事的確讓我很難理解。」

「所有的人都不理解，想來在他生活裡一定有過一樁無人知道的、不同尋常的秘密。」

「他究竟通過哪些顯而易見的手段，擁有這麼多財富或是取得那麼高的地位的呢？」

「他兩者兼而有之，先生，兼而有之！他既有錢又有地位。」

「您在對我編故事啦。」

「可事實上就是這樣子哪，您且聽我說下去，您會明白的。」

「早在皇帝回來之前，弗南已被編入兵役冊了。但波旁王室還是讓他在迦太蘭村過了一段平靜的日子，而拿破崙回歸後，立即下了一道特殊徵兵令，弗南就被迫從軍去了。我也去了，但因為我的年齡比弗南大，而且才娶了我那可憐的老婆，我只被派到海岸線。

「弗南被編入作戰隊伍裡，跟隨聯隊開赴邊境，參加了林尼[97]戰役。

「那一場大戰結束的那天晚上，他在將軍門口執勤，這個將軍是通敵的。就在那天晚上，將軍要投到英軍那裡去。他要弗南陪他去，弗南同意了，離開他的崗位，跟隨將軍去了。

「如果拿破崙還留在皇位上，弗南這樣私通波旁王室，就得上軍事審判庭。但是這件事卻使他獲得了波旁王室的信任。他身佩少尉肩章回到法國，那位將軍在朝非常得寵，並沒有拋棄他。在將軍的保護和照應之下，他在一八二三年西班牙戰爭期間就升為上尉，那就是說正是鄧格拉司開始做投機買賣的時候。弗南原是一個西班牙人，所以他被派到西班牙去調查他同胞的情緒。他到那兒遇到了鄧格拉司，兩個人交往甚密，他得到首都和各省保王黨普遍的支持，又經他一再申請，所以獲得上司的批准，由他指揮行動，帶領聯隊通過只有他一個人知道的羊腸小徑，通過保王黨所把守的山谷。在這短

97. 在比利時，一八一五年拿破崙與英軍大戰於此。

短的一段時間裡，他竟建立了這樣大的功績，以致在攻克德羅卡弟洛以後，他就被升為上校，得到伯爵的頭銜，還得到榮譽團軍官的十字勳章呢。」

「這是命，這是命！」教士自言自語地說道。

「是啊，不過請聽下去，我還沒講完，法西戰爭結束了，歐洲大有可能獲得長久的和平了，而和平就會阻礙弗南的升遷之路。當時只有希臘起來反抗土耳其，開始它的獨立戰爭，大家的目光都專注在雅典，對希臘的同情和支持是大家普遍的情緒。您知道，法國政府雖沒公開保護他們，卻正如您所知道的，容忍部分移居。弗南四處打通關係想到希臘去服務，結果是如願以償，同時還能繼續在軍隊中掛名。

「不久，據說馬瑟夫伯爵──這是他的新的名字──已在亞尼納總督阿里手下服務，職位是准將。

「正如您所知的，阿里總督遇刺殺，但在他去世以前，他給弗南留下了一大筆錢，感謝對他的效忠，他就帶著這筆鉅款回到法國，而在法國，他又把少將軍銜也弄到手了。」

「結果現在……」教士問道。

「結果現在，」卡德羅斯接著說道，「他在巴黎的海爾達路二十七號擁有一座華美的府邸。」

教士張開嘴，就像猶豫不決的人那樣一時不知從何說起，他努力控制住自己的情緒。

「那麼美茜蒂絲呢，」他說，「有人對我說，她已失蹤多年了？」

「失蹤，」卡德羅斯說道，「對，就像太陽今天不見了，在第二天升起時更加光輝燦爛。」

「那麼她也發了大財？」教士帶著譏諷的笑容問道。

「眼下美茜蒂絲成了巴黎的一位最高貴的夫人啦！」卡德羅斯說道。

「請說下去，」教士說，「我似乎覺得在聽人說夢話哩。但我自己已經看到了非同尋常的事，所以您對我說的並不使我那麼驚訝。」

「美茜蒂絲因為愛德蒙被捕，大受打擊，起初萬分絕望。我已經告訴過您，她曾怎樣去向維爾福先生求情，她對鄧蒂斯的父親也是十分忠誠的。她在絕望之中，又遭到了一重新的困難。這就是弗南的離開，她並不知道弗南的罪孽，而一向把他當做哥哥看待。

「弗南走了，美茜蒂絲只剩下孤孤單單一個人。

「三個月的時間她整天以淚洗面。愛德蒙沒有消息，弗南沒有消息，她的眼前只有一個絕望的奄奄一息的老人，別無他人。

「她整天坐在通往馬賽和迦太蘭村那兩條路的十字路口上，這成了她的習慣。有一天傍晚，她比平常更加頹喪地回到家裡，從這兩條路上，她沒有得到愛人或朋友的消息，也沒有看到他們的蹤影。

「突然間，一陣熟悉的腳步聲傳來，她焦慮不安地轉過身來，門開了，穿著少尉制服的弗南，站在她的面前。

「這不是她為之哀痛的生命的另一半，但她過去的生活總算有一部分回來了。

「美茜蒂絲情不自禁地緊緊抓住了弗南的雙手，而在弗南看來這是在向他示愛，但事實上在經歷了漫長的、痛苦孤寂的等待之後，這只是她一時快樂的表現。在這個世界上，她不再是孤零零的一個人，終於又看到一個朋友，僅此而已，可是，我們也必須承認，她從不討厭弗南，只是和他之間沒有愛情罷了。美茜蒂絲的心已完全被另一個人佔據了，可是那個人如今卻不在身邊，無影無蹤，興許死了。每想到最後這一種可能，美茜蒂絲總是淚如泉湧，痛苦地絞著她的雙手。這個念頭如無數匹奔騰的駿馬在她的腦子裡馳騁令她無法控制，以前別人提醒她的時候，她就竭力反駁，可是，連老鄧蒂斯也不斷地對她說：『我們的愛德蒙已經死了，要不，他是會回到我們這兒來的。』

「我已經跟您講過，老人是死了，要是他還在世，美茜蒂絲可能就不會嫁給另外一個人，因為他會責怪她的不忠。弗南很瞭解這一點，所以當他知道老人已死，他就回來了。他現在當上了少尉。他第一次來，沒有向美茜蒂絲提起任何還愛著她的事，第二次，他提醒她，他仍然，愛著她。

「美茜蒂絲請求再等六個月，為了等待並哀悼愛德蒙。」

「也就是說，總共是十八個月。」教士苦笑著說，「即使最專情的人付出的情意也只不過如此罷了？」然後他低聲吟誦出英國詩人的這句話，「『楊花水性啊，你的名字就叫女人。』[98]」

「六個月之後，」卡德羅斯接下去說，「婚禮在阿歌蘭史教堂舉行。」

「她本應該在這個教堂和愛德蒙舉行婚禮的，」教士喃喃說道，「只是換了個新郎而已。」

「美茜蒂絲結婚了，」卡德羅斯繼續說下去，「儘管在大家眼裡她似乎很平靜，但當她走過里瑟夫酒店時，她差點兒昏了過去。就在十八個月前，她同那個只要她有勇氣正視自己的真心，就會發現依然愛著的那個人在那酒店裡慶祝訂婚。

「弗南快活多了，但不見得那麼心安理得。因為我那時見過他，他一直擔心愛德蒙會回來。於是，弗南就立即安排讓他的妻子移民，和自己一起遠走高飛了，因為繼續留在迦太蘭村危險太大，會勾起回憶的東西也太多。

「他們婚後一個星期，就走了。」

「後來您還看到過美茜蒂絲嗎？」教士問道。

「見過，西班牙戰爭期間，在佩皮尼昂，弗南把她留在那裡，她當時在教育兒子。」

98.引自莎士比亞的《哈姆雷特》一劇中的一句台詞。

教士戰慄了一下。

「他的兒子？」他問道。

「是的，」卡德羅斯答道，「小阿爾培。」

「要教育她的兒子，」教士接著說道，「她本人該受過教育才行啊！我好像聽愛德蒙說過，她是一個貧窮的漁夫的女兒，漂亮，但沒有文化。」

「啊！」卡德羅斯叫了起來，「他太不瞭解自己的未婚妻了！美茜蒂絲可是做女皇的料，先生，要是皇冠是戴到最可愛和最聰明的人的頭上的話。隨著財富的不斷增加，她也變得越來越了不起了。她學習繪畫、音樂，她什麼都學會了。而且，我相信，這句話可只是我們兩個自己說說的，她所以要這樣做，我認為她只是為了消遣。為了忘卻往事，她把那麼多的東西裝進腦袋，只是為了抵抗心裡的感情，排遣心中的煩惱。但現在一切都很清楚了，」卡德羅斯繼續說，「財產和名譽當然使她得到了一點兒安慰。她很有錢，是一位伯爵夫人，可是……」

卡德羅斯住口不說下去了。

「不過什麼？」教士問道。

「不過，我有把握她並不幸福。」卡德羅斯說道。

「您為什麼這樣想呢？」

「當我落難的時候，我想，我的幾個老朋友也許能幫我點兒忙。我去找鄧格拉司，他甚至不出來見我。我上弗南家，他讓他的貼身侍僕給了我一百法郎。」

「那麼您見不到他們兩個了？」

「沒有。可是馬瑟夫夫人卻見我了。」

「怎麼回事？」

「正當我離開時，一隻錢包落到我的腳下，裡面有二十五個路易。我立即抬起頭，看見美茜蒂絲正在把百葉窗關上。」

「維爾福先生呢？」教士問道。

「啊！他可不是我的朋友。我根本不認識他。我沒有向他提出過什麼要求。」

「不過，難道您對他的近況也一無所知嗎？不知道他對愛德蒙的苦難要負多大責任？」

「不知道。我只知道，自從他派人逮捕了愛德蒙後不久，就娶了聖米蘭小姐為妻，並且很快就離開了馬賽。不用說，就像對別人那樣，幸福會對他微笑。毫無疑問，他像鄧格拉司一樣有錢，像弗南一樣受人尊重。只有我一個人，您瞧，還是貧窮、悲慘，完全被上帝遺忘啦。」

「您錯了，我的朋友，」教士說，「當上帝把正義感暫時擱置一旁的時候，它有時看起來很健忘，可是到時候它會想起來的，這就是證明。」

說著，教士從他的口袋裡掏出鑽石，遞給卡德羅斯。

「拿著吧，我的朋友，」他對他說，「拿著這顆鑽石，因為它是屬於您的。」

「什麼，屬於我一個人？」卡德羅斯驚呼道，「啊！先生，您不是在捉弄人吧？」

「這顆鑽石本該由愛德蒙的朋友們平分，可是他只有一個朋友，所以不用分了。拿著這顆鑽石，再把它賣了吧，它值五萬法郎。我再向您說一遍，我希望這筆錢，足以使您擺脫貧困。」

「啊！先生，」卡德羅斯怯生生地伸出一隻手，用另一隻手擦去額上沁出的汗珠說道，「啊！先生，別拿一個人的幸福或是絕望開玩笑吧！」

「我知道幸福意味著什麼，也知道絕望意味著什麼，我從來不會無故捉弄別人的。拿著吧，不過，作為交換……」

卡德羅斯已經碰到鑽石了，馬上抽回了手。

教士微微一笑。

「作為交換，」他繼續說道，「請把摩賴爾先生留在老鄧蒂斯壁爐上的那只紅絲線錢包給我。您對我說過的，錢包還在您的手裡。」

卡德羅斯越來越驚愕了。朝一隻大橡木櫃子走去，打開，將一只長長的、乾癟的紅緞錢袋交給教士。紅絲線已經退色了，上面有兩只從前是鍍金的銅圈。

教士接過錢包，然後把鑽石交給卡德羅斯。

「啊！您真是上帝派來的人，先生！」卡德羅斯大聲說道，「因為，說真的，沒有人會知道愛德蒙曾經把一顆鑽石交給您，您本來可以留下的。」

「嗯，」教士輕聲自言自語道，「看來你會這麼做的啊。」

教士站起來，拿起帽子和手套。

「啊！」他說道，「您告訴我的都是真的嗎？每一點我都能相信囉？」

「聽著，教士先生，」卡德羅斯說道，「牆角有一個聖木做的基督十字架，在這只箱櫃上有我老婆的《聖經》：請打開這本書，我馬上就把手伸向基督，面對《聖經》向您起誓，我以我靈魂的得救向您發誓，以我作為基督徒的信仰向您起誓，我對您說的所有事情都是真正發生過的，就像人類的天使在最後審判那一天對著上帝的耳邊所說的那樣。」

「這就好，」教士說道，卡德羅斯的態度和語氣使他相信了這些話的真實性，「這就好。但願這筆錢能對您有用！再見，我要回去了，遠離那些相互作惡的人。」

教士好不容易婉言謝絕了卡德羅斯的盛情挽留，親手卸下門閂，走出門，跳上馬，最後一次向客棧老闆致意，就沿著他來時的方向出發了。

當卡德羅斯回過頭來時，他看見卡康托人站在他身後，她比以前都更加臉色蒼白，瑟縮發抖。

「我聽到的話是真的嗎？」她問道。

「什麼？你問他是不是把鑽石給了咱們？」卡德羅斯說，欣喜若狂。

「是的。」

「沒有什麼比這更真實了，因為東西就在這兒。」

女人端詳了一會兒，然後輕聲說：

「如果是假的呢？」

卡德羅斯臉色陡變，身子搖晃起來。

「假的，」他嘟嘟囔囔地說道，「假的……可是為什麼這個人要給我一顆假鑽石呢？」

「為了不付錢就套出你的秘密唄，傻瓜！」

卡德羅斯受到了這個假設的打擊，臉上頓時失去了血色。

「啊！」待了一會兒，他將帽子戴在纏著紅手巾的頭上，「是真是假馬上就可以知道了。」

「你要幹什麼去？」

「在布揆爾有個集市，那裡有巴黎來的珠寶商，我去把鑽石拿給他們看看。你就守在家裡，老婆，過兩個鐘頭我就回來。」

說著卡德羅斯就跑出屋子，背對著陌生人離開的方向飛奔而去。

「五萬法郎！」卡康托人一個人留下來喃喃自語道，「錢不少……但是發不了財。」

chapter 28 監獄檔案

上文所述的那次會見發生後的第二天，一個年約三十一二歲，身穿鮮亮的藍色外套、紫花褲子、白色背心的人，去見了馬賽市長，他的舉止和口音都像是英國人。

「閣下，」他說，「我是羅馬湯姆生・弗倫奇銀行的高級職員。最近十年來，我們和馬賽摩賴爾父子公司一直保持業務上的往來。我們大約投給他們十萬法郎，我們目前很不放心，因為據說這家公司瀕臨破產。我是羅馬特地派來的，來向您諮詢關於這家公司的消息是否屬實。」

「先生，」市長回答道，「我確實得知，最近四五年來，摩賴爾先生似乎一直噩運不斷。他損失了四五條船，受到三四次倒閉的牽連。雖然我也是一個一萬法郎的債權人，可是關於他的經濟狀況，我卻不能向您提供任何資訊。如果您問我，作為市長，如何評價摩賴爾先生的話，我可以回答您，這是一個正直得有些刻板的人。到目前為止，每一筆賬，他都是十分嚴格地如期付款的。閣下，我所能說的只有這些。如果您想瞭解更多情況，請您自己去問獄長波維勒先生，他住在諾黎史路十五號。我相信，他在摩賴爾那投了十萬法郎，由於這筆款子比我的大得多，如果當真有什麼事不放心的話，他大概會比我瞭解得更清楚。」

英國人似乎很欣賞這個得體而又委婉的托詞，於是向他躬身致意，走了出去，邁著只有大不列顛的子孫才有的步子，向剛才說到的那條街走去。

波維勒先生正在他的書房裡，那個英國人一見他，彷彿表明他絕不是第一次面對這位他要來拜訪的那個人。但波維勒先生完全沉浸在絕望之中，他把全部腦力都投入到他當時正在思考的問題上了，所以他的記憶力或他的想像力都無暇去回想往事。

英國人帶著本民族固有的冷漠態度，幾乎用相同的措辭，向他提出他剛剛向馬賽市長提出過的相同問題。

「啊！先生，」波維勒先生大聲說道，「很不幸，您的擔心確實是有根據的，您說的那個人已到了山窮水盡的地步了。我有二十萬法郎放在摩賴爾公司，這筆錢是我女兒的陪嫁。我本來打算過半個月讓她出嫁。這二十萬法郎都是到期付款的，十萬在本月的十五日，十萬在下個月的十五日。我已經通知摩賴爾先生，希望這筆款子能按時付清。可是先生，他在半小時前剛剛來過，告訴我說，如果他的『法老號』在十五日之前不能返航，他就無力償還這筆錢款了。」

「不過，」英國人說，「看來很像要延期付款了。」

「還不如說，先生，這像是宣佈破產吧！」波維勒先生絕望地說道。

英國人沉思了一會兒，接著說道：

「這麼說來，先生，這筆債務使您很擔心啦？」

「我認為已經是收不回來了。」

「那好！我呀，我願意把您的債權買下來。」

「您？」

「是的，我。」

「不用說，要大打折扣了？」

「不，照二十萬法郎原價，」英國人笑著補充道，「我們的公司不做這種事。」

「那麼您要以什麼方式結帳呢？」

「現金。」

說著，英國人從口袋裡掏出一疊銀行鈔票，總數大概是波維勒先生擔心失去的那筆數目。一種欣喜的表情掠過波維勒先生的臉，不過他盡力克制住了自己，說：

「先生，我要事先告訴您，您至多只能收回全部錢款的百分之六。」

「這與我無關，」英國人答道，「那是湯姆生・弗倫奇銀行的事，我只是奉命行事。或許這家銀行有意它的競爭對手迅速破產吧。我所知道的，閣下，只是我準備把這筆款子交給您，而您給我一份債權轉讓文書。我只要求一點兒經手的酬勞。」

「哪裡的話，先生，這再公道不過！」波維勒先生大聲說道，「通常傭金是一厘半，您想要二厘嗎？或者三厘嗎？五厘？還是更多一些？請說吧！」

「先生，」英國人笑著接口說道，「我像我的公司一樣，不做這樣的買賣。不，我要的是另外一種性質的傭金。」

「請說吧，先生，我聽著呢。」

「您是監獄巡視員？」

「幹了不止十四年了。」

「您掌管著犯人進出獄的檔案資料吧？」

「當然。」

「有關犯人的記錄都寫在這些登記簿上了？」

「每個犯人都有各自的記錄。」

「那好，先生，我在羅馬是由一位可憐的，性情古怪的長老養大的，他後來突然失蹤了。我後來知道他是被囚禁在伊夫堡，我想瞭解他死時的一些情況。」

「他叫什麼名字？」

「法利亞長老。」

「啊！我完全記得起他！」波維勒先生大聲說道，「他發瘋了。」

「別人都這麼說。」

「哦！他肯定是發瘋。」

「有可能。他發瘋的症狀是什麼呢？」

「他以為發現一個極大的寶藏，如果政府釋放他，他願向政府捐獻一筆天文數字的鉅款。」

「可憐的人！他死了嗎？」

「是的，先生。差不多在五六個月之前，就在二月份吧。」

「您的記憶力真強，先生，居然能把日期都記住了。」

「我記得這個日期是因為可憐蟲死時還發生了一件古怪的事情。」

「可以說說這件怪事嗎？」英國人帶著一種好奇的表情問道，假如有一個目光敏銳的觀察者在場，很可能會由於在他的冷峻的臉上發現這個表情而感到吃驚的。

「啊！我的上帝！是的，先生。長老的黑牢離一個曾為拿破崙效力的犯人的黑牢約有四十五至五十尺的距離，那個人對篡權者一八一五年捲土重來起過最大的作用——是一個非常大膽，非常危險的人物。」

「真的嗎？」英國人問道。

「是的，」波維勒先生答道，「我在一八一六或是一八一七年曾經親自見過他一次。下到他的黑牢必須帶一支小分隊，此人給我的印象很深，我一輩子也忘不了他的那張臉。」

英國人難以覺察地微笑了一下。

「您說，先生，」他接著說道，「這兩間地牢……」

「相距有五十尺，不過，似乎這個愛德蒙・鄧蒂斯……」

「這個危險分子名叫……」

「愛德蒙・鄧蒂斯。是的，先生，似乎這個愛德蒙・鄧蒂斯弄到了工具，或是自己製造了工具，因為找到了一條兩個囚犯可以互相往來的地道。」

「挖掘這個地道無疑是想逃跑囉？」

「一點兒不錯。對於兩個囚犯來說，不幸的是，法利亞長老得了昏厥症，死掉了。」

「我明白了，這樣他們的逃跑計畫就只能中止了。」

「對死者是這樣的，」波維勒先生答道，「但對生者卻不是的。相反，這個鄧蒂斯發現了一個可以迅速逃跑的辦法。他大概以為在伊夫堡死去的犯人會被埋葬到通常的墳場裡去，於是他把死者搬到自己的房間，自己鑽進口袋，然後縫上口袋，再等待下葬的時機。」

「這個辦法很大膽，說明他真有膽量。」英國人接著說道。

「哦！我已經對您說過了，先生。這個人相當危險。幸好結果是他自己讓政府不用再為他操心了。」

「怎麼說呢?」

「怎麼?您不明白嗎?」

「不。」

「伊夫堡是沒有墳場的。犯人一死,就在他們的腳上綁上一只三十六磅重的鐵球,扔進海裡了事。」

「那又怎麼樣?」英國人說道,彷彿他很難領會似的。

「怎麼樣!他們在他的腳上綁上一隻三十六磅重的鐵球,然後把他扔進大海裡去了。」

「真的嗎?」英國人大聲問道。

「是的,先生,」巡視員繼續說道,「您知道,那個越獄的人感到自己從懸崖高處落下去的時候,他該多麼吃驚啊。我真想在那一刻看一看他那張臉。」

「這可不容易。」

「沒關係!」波維勒在確信能收回二十萬法郎後心情大好,講起話來便輕鬆幽默了許多,「沒關係!我想像得出來。」

說著,他放聲大笑起來。

「我也想像得出。」英國人說道。

他也笑了起來,但只是像英國人那樣,抿嘴而笑。

「這麼說,」英國人繼續說道,他首先斂住了笑容,「這麼說,逃跑者淹死了?」

「一點兒也不錯。」

「這樣,監獄長一下子就同時除掉了一個狂人和一個瘋子?」

「完全正確。」

「這件事總該記錄在案吧？」英國人問道。

「是的，是的，死亡證明。您知道，鄧蒂斯如果還有家屬的話，他們會關心他是死是活。」

「所以現在，如果他們還能繼承他的一點兒什麼的話，盡可以安心了。他死了，死定了？」

「啊！我的上帝，是死定了。假如他們需要，我們可以給他們出具證明。」

「但願如此，」英國人說道，「我們還是回頭談談檔案吧。」

「對了。那件事使我們扯遠了，對不起，對不起。」

「對不起什麼？為了這個故事？決不，我覺得這個故事饒有興味。」

「確實很有趣。現在，先生，您想看看跟那個可憐的長老有關的全部資料嗎？他倒是挺溫和的。」

「我很樂意。」

「請到我的書房，我拿出來給您看。」

於是兩個人走了進去。一切確實井然有序。每一本登記簿都編上了號碼，每一份檔案都放在格子裡。巡視員請英國人坐在自己的安樂椅裡，再把有關伊夫堡的登記簿和卷宗都放在他面前，請他隨意翻閱。而他本人則揀了一個角落坐下，讀起報紙來。

英國人毫不費力地找到了有關法利亞長老的卷宗。但看起來波維勒先生講給他聽的那個故事強烈地吸引了他，因為他看了頭幾頁之後，又繼續向後翻閱下去，一直找到愛德蒙·鄧蒂斯的有關資料才住手。他看到一切都原封不動：告發信、審訊記錄、摩賴爾的請願書、維爾福先生的批示。他悄悄地把告發信折攏，放進口袋裡，接著再讀審訊記錄，看見上面並未提到諾梯埃的名字，又流覽了一下標有一八一五年四月十日的請願書。由於當時拿破崙尚在掌權，所以摩賴爾根據代理檢察官的建議，出於善意，誇大了鄧蒂斯對帝國事業的效力，而維爾福的旁證文字又使他的貢獻成了不容置疑的了。

於是他通通都明白了。這份致拿破崙的請願書，在第二次王朝復辟時卻成了檢察官手中一件可怕的武器。他在翻閱檔案時，看到在他的姓名名目下有加上括弧的注腳，也就不再奇怪了：

愛德蒙・鄧蒂斯狂熱的波拿巴分子，
曾積極參與厄爾巴島的復辟。
不可洩露，嚴加看守。

在這幾行字下面，有一行用另一種筆跡寫的字：

以上記錄已閱，無法可想。

不過，他將括弧內注腳的筆跡與摩賴爾請願書下面的批示筆跡對比之後，確信兩者出自同一個人之手，就是說，括弧中的批註是維爾福親手寫下的。

至於注腳下面的一行字，英國人現在也明白了，它大概是由某個巡視員寫的。那人曾對鄧蒂斯的處境一時發生興趣，但上面的記錄已經使他無法繼續查究了。

我們已經說過，巡視員出於謹慎，加之為了不影響法利亞長老的學生查找資料，離他遠遠的，在讀他的那份《白旗》報。

因此他沒有看見英國人把鄧格拉司在里瑟夫酒店的涼棚下所寫的告密信折好，藏在兜裡，這封告密信蓋著馬賽郵局二月二十七日的郵戳，是在當晚六時取出的。

不過，也應該附帶說一句，即使他看到了，由於和他所看重的二十萬法郎相比，這封信也已經無足輕重了，哪怕違反了規定，也不會提出異議的。

「謝謝，」英國人重重地合上檔案後說，「我要知道的都知道了。現在，該輪到我來履行我的諾言了，給我寫一份普通的債權轉讓書吧，在上面確認收到現款，我就可付錢給您了。」

說完，他把他在辦公桌前的位子讓給波維勒先生，後者毫不拘禮地坐下，趕緊寫好那份轉讓書，而那個英國人則在檔案櫃上點數現鈔。

chapter 29 摩賴爾公司

凡是幾年以前離開馬賽而又熟知摩賴爾父子公司的人，如果現在回來，就會發現裡面已經在變樣了。

曾經生意興隆的商家所特有的熱鬧，愜意和愉悅的氛圍；曾經出現在窗簾後的那些愉快的面孔；曾經那些職員們匆匆穿過長廊的忙碌的身影；曾經堆滿在天井裡的一包包的貨物，以及送貨人的嬉笑呼喊聲——現在都消失了，而瀰漫在空氣中的只有一種揮之不去的憂鬱陰沉。在空蕩蕩的走廊和院子裡，在曾經滿是職員的辦公室中，如今只留下了兩個人。一個是年約二十三四歲的青年，名叫艾曼紐・赫伯特，他愛上了摩賴爾先生的女兒，雖然他的朋友們都竭力勸他辭職，他還是留了下來；另外一個是獨眼的年邁的出納，名字叫柯克萊斯[99]，這一個綽號是以前老是擠滿在這個大蜂窩（現在幾乎已空無一人）裡的青年人送給他的，這個綽號已完全取代了他的真名，如果今天有人叫他的真名，他大概連頭也不回。

99. 柯克萊斯是古代羅馬的一個英雄，在一次戰鬥中失去了一隻眼睛，這個諢名也是由此而來。

柯克萊斯依舊還在為摩賴爾先生服務，這個好人的地位發生了奇怪的變化。一方面他被提升為出納員，而同時卻又降低到一個僕役的地位。

可是，他還是依然如故，善良，忠心，吃苦耐勞，但在計算方面是毫不讓步的，在這一點上，他擁有同全世界抗爭的決心，甚至和摩賴爾先生抗爭；他只知道乘法表，並爛熟於心，不論設什麼詭計圈套去刁難他，永遠也難不倒他。

在摩賴爾公司陷入窘境時，柯克萊斯確是唯一一個毫不動搖的人。這倒並不是出於一種情感，相反，是來自堅定的信心。據說如果一艘船命中註定要在海洋裡覆滅，船上的老鼠會預先逃之夭夭，臨到那艘船起錨的時候，這些自私的乘客都已不見了蹤影，也正是像這樣，摩賴爾公司的所有職員，也像老鼠一樣，逐漸從辦公室和倉庫跑掉。柯克萊斯眼看著他們離開，卻並不追問他們離開的原因。我們已經說過，一切在他看來只是一個數學問題。他在摩賴爾公司做事的二十年來，總是看到辦公室業務不斷，貨款如期付清，所以在他看來，如說公司有一天竟連付款的錢都拿不出來，似乎是不可能的，正如一個磨坊老闆，不能接受推動的磨坊日夜不停流淌的河水卻突然斷流的事實一樣。目前還不曾發生過什麼事情可以動搖柯克萊斯的信仰。上個月的款項已經準確無誤地按時付清了。柯克萊斯查出一筆有損於摩賴爾的十四個蘇的錯賬，當天晚上，他把那十四個銅板交給摩賴爾先生，後者苦笑著，接過錢扔在了空空的抽屜裡，說：

「謝謝，柯克萊斯，你是出納人員中最閃亮的明珠。」

柯克萊斯退出時他的快樂難以言表，因為摩賴爾先生本身便堪稱馬賽忠厚者中之明珠，他這樣誇獎他，比送他一份五十埃居的禮還更使他高興。

但從月底以來，摩賴爾先生就在焦慮中備受煎熬。為了應付月底，他聚集了所有的財源。他生怕整個馬賽都知道了他的窘況，所以到布揆爾的集市，把他妻子和女兒的珠寶賣了，還賣了他的一部分金銀器皿。作出這樣的犧牲，才暫時保住了摩賴爾公司的名譽。但他現在已經走投無路了。由於流言四起，這些自私自利的借款人擔心虧本，個個都縮了回去。要償付波維勒先生這個月十五日的十萬法郎和下個月十五日的十萬，摩賴爾先生除了等待「法老號」回來，再沒有別的指望了。他知道「法老號」已經開出，那是他從一艘和它同時起錨的帆船上聽來的，而那艘船卻已經到港。

那艘船像「法老號」一樣，也是從加爾各答開來的，已經回來半個月，而「法老號」至今卻音信皆無。

在他跟波維勒先生了結了那椿上文描述的事務之後的第二天，就是在這種境況下，羅馬湯姆生‧弗倫奇銀行的那位專員來拜見摩賴爾。

接見他的是艾曼紐。這個青年人──每看到一個新的面孔就要擔心不已，因為每一個新的面孔就是一個聽了傳言跑來向公司老闆追債的新債主──以為來者也是因為擔心投資收不回來，所以來詢問公司經理的，不用說，年輕人不希望自己的老闆再次受這種會見的痛苦，於是他開始盤問來者。這位陌生人說，他和艾曼紐無話可說，他的事情需和摩賴爾先生親自面談。艾曼紐歎了一口氣，就召柯克萊斯來。柯克萊斯來了，青年吩咐引導來客到摩賴爾先生房間。

柯克萊斯先走，來客跟在他的後面。

在樓梯上，他們遇見一位十六七歲的美麗女孩，她不安地注視著這位外國人。

柯克萊斯一點兒也沒有在意她臉上的表情，但看來這表情卻沒逃過陌生人的眼睛。

「摩賴爾先生在書房裡是嗎，裘莉小姐？」出納員問道。

「是的，我想是的，」少女遲疑不決地說道，「請您先去看看，柯克萊斯，假如我的父親在那裡，就請通報一聲這位先生來了。」

「不用通報我的名字，小姐，」英國人答道，「摩賴爾先生並不知道我的名字。我是羅馬湯姆生‧弗倫奇銀行的高級職員，您父親的公司和他們有業務往來。」

少女的臉色變白了，她繼續往下走，而柯克萊斯和陌生人則朝上走。

她走進了艾曼紐待著的辦公室裡。柯克萊斯拿了一把鑰匙——表明他有事來見老闆。但這回他用這把鑰匙打開了三樓樓梯平台拐角上的一道門，把陌生人引進前廳，又打開第二道門，然後關上，讓湯姆生‧弗倫奇銀行的專員單獨等了一會兒，他重新出現時示意陌生人可以進去。

英國人走了進去。他看見摩賴爾先生坐在一張桌子後面，面無血色地盯著債務冊一條條可怕的記錄。

摩賴爾先生看見陌生人，便合攏帳本，站起來，向前移一張椅子。他等陌生人坐定後，也坐了下來。

十四年的歲月無情的改變了這位可敬商人的外表，在本故事開始時他才三十六歲，現在已經快到五十歲了。他的頭髮變白了，額上因為憂慮過度，刻下了幾道深深的皺紋。他的目光曾經是那樣的堅定和銳利，現在也變得茫然而有些遊移了，而且似乎總很害怕把思想集中在一個想法或是一個人身上。

英國人帶著好奇中明顯摻雜著關切的神情注視著他。

「先生，」摩賴爾說道，這種審視似乎加深了他的侷促不安，「您想和我談話嗎？」

「是的，先生。您知道我是代表哪家公司來的，是嗎？」

「代表湯姆生‧弗倫奇銀行，至少我的出納員是這麼對我說的。」

「他對您說得不錯，先生。湯姆生•弗倫奇銀行在本月和下個月內，有三四十萬法郎要在法國支付，由於瞭解您良好的信念，所以把凡是由您簽字的票據能找到的都買了過來，委託我根據這些期票的先後到期時間，到您這裡兌取這筆款項，將這幾筆資金集中使用。」

摩賴爾深深地歎了一口氣，把手放到汗水淋漓的額頭上。

「這麼說來，先生，」摩賴爾問道，「您手頭有我簽署的期票嗎？」

「是的，先生，數目相當大。」

「有多少？」摩賴爾竭力用鎮定的聲音問道。

「首先是這些，」英國人從口袋裡抽出一疊紙說道，「這是監獄巡視員波維勒先生轉讓給我們公司的二十萬法郎期票。您承認欠波維勒先生這筆款子嗎？」

「是的，先生，這筆款子是他以四厘半利息存在我處的，就快滿五年了。」

「您應該償還了……」

「本月十五日支付一半，下個月十五日支付另一半。」

「正是這樣。還有，這裡又是一張三萬兩千五百法郎的期票，本月到期，也是由您簽署，由持有者轉讓給我們的。」

「我認得的，」摩賴爾說道，想到平生也許要第一次不能使自己簽字的票據兌現，羞愧得滿面通紅，「全在這裡了嗎？」

「不，先生，我在下月底還有一些錢要兌現，這是巴斯卡爾商行以及馬賽的威都商行轉讓給我們的，約有五萬五千法郎；總共加起來是二十八萬七千五百法郎。」

一筆一筆的款項擺在眼前，此時可憐的摩賴爾感受到的痛苦簡直無法用語言來形容。

「二十八萬七千五百法郎。」他不由自主地重複道。

「是的，先生，」英國人答道，「不過，」他停頓了一會兒又繼續說道，「我不必向您隱瞞，摩賴爾先生。至今為止您那無可指責的信用是眾所周知的，但馬賽紛紛傳說，您將無法償還您的債務。」

摩賴爾聽了這一番近於唐突、開門見山的話之後，臉色刷的一下變得慘白。

「先生，」他說，「至今為止，我從我父親的手中接過公司已有二十四年了，他本人經管該公司也有三十五個年頭兒。至今為止，沒有一張簽署摩賴爾父子名字的期票送到櫃檯上會無法兌現的。」

「是的，這我全知道，」英國人答道，「不過，我們都是講信譽的人，談話盡可直截了當些。先生，您能準時支付這些期票嗎？」

摩賴爾戰慄了一下，望著那個直至剛才還沒有這樣語氣肯定地講話的人。

「既然您坦率地提出這些問題，」他說，「我也得坦率地答覆您。是的，先生，假如像我希望的那樣，我的船能順利返航的話，我可以支付，因為接二連三的意外事故使我受到很大打擊，所以欠下了債務，但我的帆船到達我就能支付。然而，假如事有不幸，我最後依賴的財源『法老號』出了事……」

可憐的船主眼睛裡盈滿了淚水。

「嗯，」對話者問道，「假如最後的財源斷了……」

「嗯，」摩賴爾接口說，「先生，要說出這樣的話真是太殘忍了……不過，我已經受夠了苦難，我也該習慣於蒙受羞辱。唉！我想，我不得不延期支付。」

「在這樣的情況下，您沒有一個朋友可以幫助您嗎？」

摩賴爾淒涼地笑了笑。

「在買賣中，先生，」他說道，「您也知道，沒有朋友，只有來往客戶。」

「這倒是真的，」英國人輕聲說道，「那您就只存一個希望了？」

「只有一個。」

「最後的希望？」

「最後的希望。」

「因此，要是您失去了這個希望……」

「我就完了，先生，徹底完了。」

「我來您這裡時，一艘船正在進港。」

「我知道，先生。有一個年輕人在我患難時仍然忠於我，他每天有一部分時間是在屋頂的平台上度過的，希望頭一個來向我報告好消息。我是通過他才知道這條船進港了。」

「那不是您的船嗎？」

「不是，那是一條波爾多的船，名叫吉倫特號。它也是從印度來的，但不是我的那條船。」

「也許這條船看到過『法老號』，會給您帶來一些消息的。」

「我要實話對您說，先生！我生怕知道三桅船的消息，幾乎就像擔心陷在迷霧中一樣。不過在這樣的不確定中，人們還抱有一線希望。」

接著，摩賴爾先生聲音喑啞地補充道：

「這次延誤不合常理。『法老號』是二月五日離開加爾各答的，已經過了一個多月，船早該到了。」

「什麼聲音？」英國人一邊側耳聽著，一邊說道，「為什麼這樣吵鬧？」

「啊，我的上帝！我的上帝啊！」摩賴爾臉色蒼白地叫道，「又出了什麼事啦？」

果真，在樓梯上傳來了喧嘩聲；有人跑來跑去，甚至聽到一聲痛苦的叫喊。

摩賴爾站起來想去開門，但渾身無力地又跌坐在安樂椅上。

這兩個人互相望著對方，摩賴爾四肢哆嗦。陌生人萬分同情地看著他。聲音停止了，然而摩賴爾似乎還在等著發生什麼事情，這喧嘩聲事出有因，必然還有下文。

陌生人似乎發覺有人輕輕地上了樓梯，好幾個人的腳步聲在樓梯平台上停住。

一把鑰匙插進第一道門的鎖孔裡，然後傳來了房門開啟的吱呀聲。

「只有兩個人有這扇門的鑰匙，」摩賴爾喃喃說道，「柯克萊斯和裘莉。」

與此同時，第二道門也開了，只見臉色蒼白，兩頰沾滿淚水的女孩出現了。

摩賴爾顫巍巍地欠起身，雙臂支在安樂椅的扶手上，因為他無法站穩。他想發問，但就是說不出聲音來。

「啊，我的父親！」少女合起雙手說道，「請原諒您的孩子給您帶來了一個壞消息！」

摩賴爾臉色白得嚇人，裘莉撲到了他的懷裡。

「啊，我的父親！我的父親！」她說道，「勇敢點兒！」

「這麼說，『法老號』沉沒了？」摩賴爾哽咽地問道。

少女一聲不吭，但點了點頭，靠在父親的胸膛上。

「那麼船員呢？」摩賴爾問道。

「他們得救了，」少女說，「剛剛進港的那條波爾多船把他們救上來了。」

摩賴爾雙手伸向天空，臉上帶著聽天由命和無限感激的虔誠表情。

「謝謝，我的上帝！」摩賴爾說，「至少您只是打擊了我一個人啊。」

不管英國人多麼冷漠無情，雙眼也被淚水浸濕了。

「請進來吧，」摩賴爾說道，「請進來吧，我料到你們都在門口。」

果然，他剛剛說出這句話，摩賴爾夫人就啜泣著走了進來，後面跟著艾曼紐。在候見室的盡頭，可以看見七八個衣不蔽體的水手各個面帶沮喪。英國人一看見這些人，就打了個哆嗦。他邁出一步似乎要向他們走去，但他抑制住了，退到房間最幽暗、最遠的角落。

摩賴爾夫人在一張安樂椅上坐定，拿起她丈夫的一隻手放在自己的雙手之間，而裘莉則仍然依偎在她父親的胸前。艾曼紐停在房間的中間，彷彿充當摩賴爾一家和站在門口的水手之間的連絡人。

「這是怎麼回事？」摩賴爾問道。

「走近些，庇尼龍，」年輕人說道，「把事情經過講一講。」

一個被赤道的陽光曬得黑黝黝的老水手，手裡捲著頂破破爛爛的帽子，走上前來。

「您好，摩賴爾先生，」他說道，好像他頭天晚上剛離開馬賽，又剛從埃克斯和土倫港回來似的。

「您好，我的朋友，」船主眼含熱淚，微笑著說道，「船長在哪兒啊？」

「船長的情況嘛，摩賴爾先生，他因為生病留在帕爾瑪，假如上帝保佑的話，不會出事的。再過幾天，您就會看見他回來，跟您和我一樣健康的。」

「這就好……現在，你把事情的經過講一講吧，庇尼龍。」摩賴爾先生說道。

庇尼龍把嚼煙從右頰移到左頰，用手遮在嘴前，轉過身子吐出一大口發黑的煙沫，然後岔開腿，開始講起來。

「當時，摩賴爾先生，」他說道，「起初我們順利地航行了一星期，後來，我們航行到了布蘭克岬和波加達岬之間，那時海面上的西南風非常和緩，但是突然茄馬特船長走到我面前——我得說我在掌舵——說，『庇尼龍，你看那邊升起的那些雲是怎麼回事？』

「我那時自己也正在看那些雲。

「『我看它們是升得太快了，不像是沒有原因的，超過了應有的限度，而且黑得可怕，不像是好兆頭。』『我也是這樣看。』

「船長說：『我得去採取措施，小心提防。喂！全體來鬆帆！拉落三角頭帆！』

「正是時候，命令還沒有執行完，狂風已經趕上我們了，船開始傾側起來。

「『呀，』船長說，『我們的帆還是扯得太多了，全體來落大帆！』

「五分鐘以後，大帆落下來了，我們只扯著前桅帆、第二層帆和第三層帆航行。

「『喂，庇尼龍，』船長說，『你為什麼搖頭？』

「『咦，』我說，『您看，在您的位置上，我看前面的情況不妙啊。』

「『你說得不錯，』他回答說，『我們要遇到大風了。』

「『大風！不止大風，我們要遇到的是一陣暴風，願意打賭那邊起大風的人是穩贏的，不然就算我不懂。』

「你可以看到那風就像蒙德里頓的灰沙一樣地刮過來，幸而船長知道如何應對。

「『全體注意！收起兩張第二層帆！』船長喊道，『帆腳索放鬆，綁緊，落上桅帆，扯起帆桁上的滑車！』

「在那個海域這樣做是解決不了問題的，」英國人說，「我會收起第二層帆，而不要前桅帆。」

這個聲音堅定、響亮、突如其來，使在場的人都怔住了。庇尼龍把手遮在眼睛上，仔細打量那個鎮定自若地批評他的船長指揮技術的人。

「我們做得更徹底，先生，」老水手不無尊敬地答道，「因為我們收起了後桅帆，把舵對準風，讓風吹著。十分鐘後，我們收下第二層帆，光著桅杆航行。」

「船太舊了，經不起這樣的風險。」英國人說道。

「對，讓您說著啦！就為這我們遭了殃。我們彷彿被惡魔纏住，在漏了一個洞經過十二個小時的顛簸後，船上漏了一個大洞。『庇尼龍，』船長說，『我想我們在往下沉，老夥計。把舵輪給我，到下艙去看看。』

「我把舵輪交給他，走下艙去。那裡已經積有三尺深的水了。我叫喊著跑上來：『抽水！抽水！』唉！是啊，已經為時太晚了！水手開始抽水。不過我想，抽得越多，進得越多。

「『啊！真是的，』工作了四個鐘點之後我說道，『既然船在往下沉，就讓它沉下去吧，人總有一死！』

「『你就是這樣為大家樹立榜樣的嗎，庇尼龍？』船長說道，『好吧！等一下，等一下！』

「他到他的艙房裡拿出兩把手槍，說：

「『第一個離開水泵的人，我就朝他的腦門兒上給他一槍！』」

「幹得好！」英國人說道。

「理智比其他任何東西更能帶給人勇氣，」水手繼續說道，「再說這時候天上放亮了，風也平息了。但是水仍然不斷漲上來，不算快，大約每小時升高兩寸左右，但是還在一點一點往上漲。您看，看起來不算什麼，但進了十二個小時水，至少有二十四寸深了，二十四寸也就是兩尺。兩尺加原來的三尺，一共是五尺。那麼，一艘船的肚子裡灌進五尺水，已經無藥可救了。

「『行啦，』船長說道，『已經很夠啦，摩賴爾先生沒什麼可指責我們的啦。為了救這艘船，我們已經盡力了。現在，要想辦法救人。孩子們，放救生艇，趕在水的前面！』

「您知道，摩賴爾先生，」庇尼龍繼續說道，「我們愛法老號，但不管水手如何愛他的船，他更愛他的那條命。所以我們也沒等他說第二遍就行動了。這時，您瞧，帆船在抱怨了，它似乎在對我們說：『你們走吧，你們走吧！』可憐的法老號也沒撒謊，我們感到它完全浸沒到我們的腳底。我們一起動手，迅速把救生艇放到海裡，八個人全都一起跳到裡面。

「船長最後一個下來，更準確地說他不是自己下來的，因為他不願意離開他的船，是我上去攔腰把他抱住，把他扔給其他夥計，然後，我也跟著跳下去了。真是九死一生啊，因為我剛剛跳下小艇，甲板就帶著一聲巨響炸裂了，好似一艘主力艦的側舷炮齊發似的。

「十分鐘後，帆船船首下沉，然後尾部下沉，接著就像一隻狗追逐自己的尾巴似的自身在兜著圈子。於是，晚安，老夥計，噗嚕嚕嚕……一切都結束了，法老號沒有了！

「至於我們，我們在小艇上三天三夜沒吃沒喝。以至於我們談到抽籤，決定哪一個給其他人充饑。就在這時，我們發現了吉倫特號，我們向它發出了信號。它看見了我們，向我們調轉船頭，為我們放下救生艇，把我們接上去了。這就是全部經過，摩賴爾先生，這些話我以名譽擔保！以水手的名譽擔保！其他人說說，是這樣的嗎？」

一片表示同意的絮絮聲說明，敘述者以原原本本的真實和繪聲繪色的細節獲得了一致的贊同。

「好，我的朋友們，」摩賴爾先生說道，「你們都是好樣的，我早就知道，這一切都是我的厄運造成的。這是上帝的旨意，而不是人的過錯。讓我們感謝上蒼吧！眼下，我欠你們多少薪水？」

「哦！算了！別談這個了，摩賴爾先生。」

「相反，我們來談談。」船主淒然一笑，說道。

「那行！欠我們三個月……」庇尼龍說。

「柯克萊斯，給這些誠實的人每人發兩百法郎。換了別的時候，我的朋友們，」摩賴爾繼續說道，「我會補充說道：給他們每人再發兩百法郎的獎金。可是日子不好過呀，朋友們，我剩下的一點兒錢也不屬於我的了。原諒我吧，不要因此怪罪我。」

庇尼龍臉上寫滿了感激，還有一種讓人難以琢磨的表情，轉向他的夥伴們，與他們交談了幾句話，又轉身回來。

「關於這點，摩賴爾先生，」他把嚼煙移到嘴的另一側，又往前廳裡吐了一口唾沫，與第一口形成一對，「關於這點……」

「至於什麼？」

「錢……」

「怎麼樣？」

「是這樣的！摩賴爾先生，夥伴們都說，眼下，他們每人有五十法郎就夠了，餘下的以後再說。」

「謝謝，朋友們，謝謝！」摩賴爾先生深受感動，大聲說道，「你們都是好心人啊。不過，還是拿著吧，拿著吧，如果你們找到好差事，就去幹吧，你們是自由的。」

他的最後一句話在這些可尊敬的水手中間產生了奇異的效果。他們驚慌失措地相互望著對方。庇尼龍憋住了氣，險些把那塊嚼煙吞下去。幸好他及時用手掐住了喉嚨。

「什麼？摩賴爾先生，」他結結巴巴地說，「什麼，您要辭退我們嗎？這麼說，您對我們不滿意嗎？」

「不是的，孩子們，」船主說道，「不是的，不是我對你們不滿意，而是恰恰相反。不是的，我沒有辭退你們。可是有什麼法子呢，我一艘船也沒有了，再也不需要水手啦。」

「什麼，您一艘船也沒有了！」庇尼龍說，「那好！您可以讓別人再造別的帆船啊，我們等著。

感謝上帝，我們知道遇到風浪該怎麼辦。」

「我沒有錢再造新船了，庇尼龍，」船主悲涼地笑笑說，「不管你的提議多麼好，但我還是不能接受你的建議。」

「那成！假如您沒有錢了，那就不該再付給我們工資了。得，我們會像可憐的『法老號』一樣，不再扯帆航行，沒事！」

「夠了，夠了，朋友們，」摩賴爾激動得幾乎說不出話來了，「去吧，求求你們了。有一天好運會使我們再相聚。艾曼紐，」船主補充說道，「你陪他們出去，照顧他們一下，並請按照我說的去做。」

「是再見不是永別，是嗎，摩賴爾先生？」庇尼龍說道。

「是的，朋友們，至少我希望是這樣，是再見，去吧。」

他示意柯克萊斯，後者走在前面。水手們跟在出納員後面，艾曼紐再隨其後。

「現在，」船主向他的妻子和他的女兒說道，「請讓我單獨待一會兒，我要與這位先生談談。」

他瞥了一眼湯姆生・弗倫奇銀行的代理人。整個過程中，代理人始終一動不動地站著，只是中間插了幾句話而已，我們已介紹過了。兩個女人抬起眼睛看了看剛才完全忽略的陌生人，然後默默退了出去。但是女孩退出去的時候，望了望這個陌生人，目光中充滿了懇求，那人以微笑作答。如果一個冷靜的局外人看到如此冷若冰霜的臉上也能綻放出這樣的微笑，他一定會驚訝不已。這時屋裡只剩下兩個男人了。

「好吧！先生，」摩賴爾重新跌坐在那張安樂椅裡說道，「您什麼都看見了，也都聽見了，我再沒什麼可說的啦。」

「我看見了，先生，」英國人說道，「如同前幾次一樣，您又遇到了不該承受的災禍，都是您完全不應該蒙受的，這就使我更加希望能使您感到有所寬慰。」

「呵，先生！」摩賴爾輕呼一聲。

「嗯，」陌生人繼續說道，「我是您最主要的債權人之一，是嗎？」

「至少您擁有近期兌現的全部期票。」

「您想延期支付嗎？」

「延期付款能挽救我的名譽，因而也能挽救我的生命。」

「您想延期多少時間？」

摩賴爾猶豫了一下。

「兩個月。」他說道。

「好吧，」陌生人說道，「我給您三個月期限。」

「可是，您相信湯姆生・弗倫奇銀行……」

「放心吧，先生，一切由我負責。今天是六月五日。」

「是的。」

「那好，請我將這些票據更改為九月五日到期。九月五日上午十一點，我再到您這裡來。」

「我會恭候您的，先生，」摩賴爾說，「到時候，要麼我付清票據，要麼我以死相報。」

這句話說得非常之輕，陌生人並沒能聽清楚。

期票重新開出，舊的撕掉了，可憐的船主至少還有三個月的寬限以聚集他所有的資產。

帶著本民族特有的平和態度，英國人欣然接受謝意，並向他道別，後者連聲感謝，一直把他送到門口。

在樓梯上，他遇見了裘莉。少女假裝下樓，實際上在等他。

「啊，先生！」她合著雙手說道。

「小姐，」陌生人說道，「你有一天會收到一封署名水手『辛巴德』的信……您要一步步按這封信所說的去做，不管你覺得這信上的要求看上去有多麼奇怪。」

「好的，先生。」裘莉答道。

「你答應這樣去做嗎？」

「我向您起誓。」

「好！再見，小姐。願你永遠像現在這樣，做一個善良、聖潔的女孩。我祈禱上帝會讓你如願以償，讓艾曼紐成為你的丈夫。」

裘莉輕輕叫了一聲，臉紅得像一顆櫻桃似的，她緊緊抓住樓梯的扶手，免得倒下。

陌生人向她揮手告別，繼續下樓而去。

在院子裡，他碰見了庇尼龍，兩隻手各拿著一卷一百法郎的鈔票，好像決定不了是否拿走。

「請來一下，我的朋友，」他對他說，「我要跟您談談。」

chapter 30 九月五日

摩賴爾根本沒有想到，湯姆生‧弗倫奇銀行代表會提出這樣的延期，在可憐的船主看來，他似乎又看到了轉機，這種機遇似乎在宣告命運終於要放棄對他的糾纏了。當天他就把經過詳細地講給他的妻女和艾曼紐聽。即使不能說這個家又恢復了往日的平靜，至少也點燃了大家心中的一線希望。

湯姆生‧弗倫奇銀行方面，雖然能體諒他的困境，但不幸的是，摩賴爾的債主並非只他們一家，而正如他所說的，在商場上，只有生意夥伴，沒有朋友。當他苦思冥想的時候，甚至不明白湯姆生‧弗倫奇銀行待他為什麼如此大度，或許銀行只是從自身利益出發，這樣想：「這個人欠我們將近三十萬法郎，我們與其強迫他破產，而只得到六厘或八厘倒賬，倒還不如支持他，在三個月以後收回三十萬為妙。」

不幸的是，或是由於宿日積怨，或是由於盲目跟風，摩賴爾的往來商行卻並不都是這樣想法。有幾家商行的態度甚至是截然相反的。摩賴爾簽署過的票據都極其嚴格地按時送到出納處，而由於英國人所賜的延期，那些期票依舊由柯克萊斯如期照付。所以柯克萊斯繼續保持著骨子裡透出的那份泰然自若的樣子。只有摩賴爾惶恐地想到，假如十五日應付獄長波維勒先生的十萬法郎和三十日到期的那幾張三萬兩千五百法郎的期票不曾延期，他就早已是一個破產的人了。幸虧他能延期償付監獄督察的債券。

大多數商人都會認為，摩賴爾是無法抵禦厄運接二連三的打擊的。所以當他們看到臨近月底時，而他照常能如期履行他所有的債務，不禁大為驚奇。可是，但是大家腦子裡根本沒有恢復對他的信任，一般人都說，那不幸的船主最多只能撐到下個月月底，然後就會徹底破產。

在那個月，摩賴爾以令人難以置信的努力來搜集他所有的財源。以前他開出去的期票，不論日期長短，大家都會帶著信任接受，甚至還有人想得到這些票據。現在摩賴爾只想貼現三個月期的期票，卻發現所有的銀行都婉言謝絕。幸而摩賴爾還有幾筆錢可收，這幾筆回收款子起了作用，摩賴爾於是還能應付契約，直到七月底。

湯姆生・弗倫奇銀行的代表不曾出現在馬賽。在拜訪摩賴爾先生後的一兩天，他就失蹤了。在馬賽，他只見過市長、典獄長和摩賴爾先生，他到此一遊，除了這三個人對他各自留下了一個不同的印象以外，再沒有別的蹤跡可尋。至於法老號的水手們，看來他們找到了某些差事，因為他們也不見了。

茄馬特船長病癒後從帕爾瑪島回來。他猶豫不決，是否去見摩賴爾，但那船主聽說他已到，就親自去看他。這位可敬的船主已從庇尼龍的口裡知道了船長在遇到暴風時的英勇行為，所以想去安慰安慰他。他給船長帶來了薪水，但茄馬特船長沒有勇氣去領這筆錢。

當摩賴爾從樓梯上下來的時候，他碰到庇尼龍正要上去。庇尼龍倒是很會花錢，因為他從頭到腳都換了新的行頭。當他看到他的雇主的時候，那可敬的水手似乎十分尷尬，他縮到樓梯的拐角，輪番地把那塊嚼煙從左邊頂到右邊，又從右邊頂到左邊，驚惶的眼睛遊移不定，只感到在握手的時候摩賴爾照常輕輕地回捏他一下。摩賴爾以為，庇尼龍的窘態是因為被人發現他穿了漂亮的新衣服的關係，很明顯，這個正直的人還沒有這樣大手大腳地花過錢，他無疑地已在別的船上找到工作了，所以他表現出的羞愧可能是因為他已不再為法老號哀痛了。或許他是來向茄馬特船長報告他的好消息的，並向船長轉達他的新主人的提議。

「可尊敬的人啊！」摩賴爾一面走一面說，「願你們的新主人也像我一樣地愛你們，並願他比我幸運！」

八月一天天地過去，摩賴爾從未鬆懈，他四處奔走借債。到八月二十日那天，馬賽謠言四起傳他已乘了郵政驛車離埠，據說他的公司月底就要宣告破產。摩賴爾之所以要離開，是不忍親眼目睹這個殘酷的場面，所以只好委託他的高級職員艾曼紐和出納柯克萊斯去處理。但出乎大家意料之外的是，當八月三十一日到來的時候，出納處照常營業，柯克萊斯坐在賬台柵欄後面，同樣聚精會神地審查別人遞過來的票據，從第一張到最後一張，照樣全部照付。其中有兩張還是摩賴爾拿去貼現的保付支票，但柯克萊斯照樣兌付，就像是船主直接發出去的期票一樣。這一切都很難令人相信。於是那些心有不甘的預言災禍的人，又把船主的破產推遲到九月底。

九月一日，摩賴爾回來了。全家都極其焦急地在等他，他最後的希望都寄託在這次到巴黎之行上了。摩賴爾想到了鄧格拉司，鄧格拉司現在是腰纏萬貫了，而以前他曾受過摩賴爾許多恩惠，既然是在摩賴爾的推薦下鄧格拉司才得到西班牙銀行家辦事的機會的，而他的巨大財富就是從這家銀行積累起來的。據說鄧格拉司目前的財產已有六百萬到八百萬法郎，而且還有很高的信用。所以鄧格拉司如果能出手相救，他不必從口袋掏出一個銅板，只要在借款時說一句話，摩賴爾就得救了。摩賴爾早就想到過鄧格拉司。但他對他有一種不由自主的本能地反感，所以摩賴爾盡可能拖延到最後才走這一步棋。摩賴爾是對的，因為他遭到了拒絕，丟盡了顏面。

可是回家以後，他沒有發過一句怨言，也沒有說過一句指責的話。他擁抱了一下那哀怨著哭泣的妻女，帶著友情的溫暖握一握艾曼紐的手，接著走上他三樓的書室裡，派人去叫柯克萊斯來。

「這一次，我們徹底地完了。」兩個女人對艾曼紐說道。

她倆進行了短暫的密談之後，商定由裘莉寫信給她在尼姆駐防的哥哥，請他立即趕回來。兩個可憐的女人本能地感到，她們需要集中全部力量來頂住正在威脅她們的打擊。再說，她的哥哥，瑪西米蘭·摩賴爾雖說未滿二十二歲，但對他的父親已經能產生很大的影響。

瑪西米蘭是個意志堅定、品行端正的男子漢。到了要考慮為他選擇一門職業的時候，他的父親並不想事先強行給他安排一個前途，而是詢問年輕的瑪西米蘭的興趣何在。瑪西米蘭當時宣稱，他想體驗軍人的生活。經過刻苦學習，他在軍官學校畢業時取得了優異的成績，離校後就在五十三聯隊當一名少尉。他擔任這個軍階已經一年，一有機會就能升為中尉。在他那一聯隊裡，瑪西米蘭·摩賴爾是大家公認的最嚴守紀律的人，不但遵守一個軍人所應負的義務，而且也遵守一個人所應盡的責任，所以他獲得了「斯多葛派」的美名。但毋庸說，許多人這樣稱呼他，只是人云亦云，並不知道其中的真正含義。

母親和妹妹就是向這個年輕人求援的，她們感到將要面臨嚴重的情況，希望他能和他們一起共渡難關。

她們並沒有低估問題的嚴重性，因為當摩賴爾先生帶著柯克萊斯走進書房後不多久，裘莉就看見後者從辦公室裡出來，臉色蒼白，渾身哆嗦，神色驚恐不安。

當他經過她面前時，她本想問問他怎麼回事的。但這個老實人繼續下樓，那種慌張一反常態，只是把胳膊向上舉起，大聲喊道：

「哦，小姐！小姐！多麼可怕的悲劇啊！簡直令人難以置信！」

又過了一會兒，裘莉看見他再次上樓，手上拿著兩三本厚厚的帳簿、一個資料夾和一袋錢。

摩賴爾查看了帳本，打開資料夾，點了點錢。

他的全部財產只有六千到八千法郎，到五日為止，他能收入的款項是四五千，加在一起最多也只有一萬四千法郎的現款，卻面臨著二十八萬七千五百法郎的期票債務，甚至沒有辦法部分付款。

然而，當摩賴爾下樓用晚餐時，他卻顯得十分平靜。這種平靜要比神情極度沮喪的樣子更讓這兩個女人感到驚慌不安。

用餐後，在平時，摩賴爾會出門去。他是要到福賽人俱樂部喝咖啡，讀讀《訊號報》。這天，他沒出去，徑直上樓回到他的辦公室。

至於柯克萊斯，他看上去完全懵住了。白天有一部分時間待在院子裡，光著腦袋，任由三十幾度的太陽曝曬。

艾曼紐設法安慰兩個女人，但是他不善言辭。年輕人對公司裡的事務瞭若指掌，不能不知道摩賴爾一家就要大難臨頭了。

夜晚來臨了。兩個女人在守夜，希望摩賴爾從工作室下來，能到她們待的屋裡坐一會兒。可是她們聽見他路過門口時放輕了腳步，不用說生怕被她們叫進去。

她們側耳傾聽，聽見他走進自己臥室，從裡面把門關上。

摩賴爾夫人讓女兒先去睡，裘莉退出後半小時，她起身，脫掉鞋子，躡手躡腳來到走廊，想從門鎖孔裡窺望她丈夫在幹什麼。

在過道上，她瞥見一個人影縮了回去，原來是裘莉，她也忐忑不安，比母親先來一步。

少女走近摩賴爾夫人。

「他在寫東西。」她說道。

兩個女人早就猜到了，雖然沒有相互說出來。

摩賴爾夫人彎腰再湊近鎖孔。果真，摩賴爾在寫東西。但是她的女兒沒有注意到的東西，她卻注意到了，那就是她的丈夫是在一張貼有印花的公文紙上寫東西。

一個可怕的想法掠過了她的腦海：他是在寫遺囑。她嚇得四肢瑟瑟發抖，但她仍克制住隻字不提。

次日，摩賴爾先生顯得異常平靜。他像往日一樣待在辦公室裡，像平常那樣下樓用早餐。只不過午飯後他讓女兒坐在他身邊，抱住她的頭，長時間把它貼在自己胸前。

傍晚，裘莉對母親說，雖說表面上看來父親很平靜，父親的心劇烈跳動。

接下來的兩天也差不多這樣過去了。九月四日晚上，摩賴爾先生向女兒要回他書房的鑰匙。

聽了這個要求，裘莉不禁打了個寒噤，她覺得這是個凶兆。她一直保留著這把鑰匙，她孩提時只是作為懲罰他才向她要回去，為什麼她的父親現在又要向她討回了呢？

少女凝視著摩賴爾先生。

「我做錯了什麼事，父親，」她說道，「您要向我討回這把鑰匙嗎？」

「沒有，我的孩子，」痛苦的摩賴爾答道，這個如此簡單的問題竟使他的眼裡湧滿了淚水，「什麼也沒有做錯，只不過我需要用一下。」

裘莉裝作在找鑰匙。

「我大概把它留在我的臥室裡了。」她說道。

她走了出去，但她沒有回房，而是下樓跑去徵求艾曼紐的意見。

「別把鑰匙還給你的父親，」艾曼紐說道，「明天上午，要盡可能陪伴著他。」

她想問艾曼紐為什麼要這樣做。但他不瞭解其他情況，或者說不願意說出來。

九月四至五日的整個夜間，摩賴爾夫人一直把耳朵貼在板壁上。凌晨三點以前，她聽見丈夫不安地在房間裡走動。

直到三點鐘，他才倒在床上。

兩個女人相守著過了一夜。從前一天晚上起，她倆就等著瑪西米蘭回家了。

八點鐘，摩賴爾先生走進她們的臥室。他很鎮靜，但他蒼白而憔悴的臉卻難以掩飾一夜的焦慮。

兩個女人不敢問他夜裡睡得如何。

摩賴爾對他的妻子溫柔之至，對他的女兒充滿了父愛，他凝視和擁抱著可憐的孩子，但仍感到不滿足，這都是以前從未有過的。

當父親走出去時，裘莉想起了艾曼紐的告誡，想跟隨他，可是被父親輕輕地推開了。

「留在你母親身邊吧。」他對她說道。

裘莉還想堅持。

「照我的話去做！」摩賴爾說。

摩賴爾對自己的女兒說「照我的話去做」，還是平生第一次。不過他說這句話的口氣裡充滿了父親的柔情，以致裘莉不敢再向前邁出一步。

她留在原地沉默不語，一動不動地站著。不一會兒，門又重新打開，她感到兩隻胳膊摟住了她，一張嘴貼在她的額頭上。

她抬起眼睛，興奮地叫出聲來。

「瑪西米蘭，我的哥哥！」她喊道。

聽到這叫聲，摩賴爾太太跑了出來，跑過來撲進了兒子的懷抱裡。

「母親，」年輕人一會兒看看摩賴爾夫人，一會兒又看看自己的妹妹，說道，「怎麼啦，發生了什麼事情？你們的信讓我嚇了一大跳，我就趕來了。」

「裘莉，」摩賴爾夫人說，同時向年輕人遞了一個眼色，「去告訴你的父親，說瑪西米蘭剛剛回來。」

少女衝出房間，但剛走上樓梯的第一級，她看見一個人手上拿著一封信。

「您是裘莉・摩賴爾小姐嗎？」此人帶著濃重的義大利口音問道。

「是的，先生，」裘莉結結巴巴地答道，「您有什麼事情？我不認識您。」

「請讀一讀這封信。」那人說，遞給她一封短信，

裘莉猶豫了一下。

「信裡關係到如何搭救你的父親。」送信人說道。

少女從那人手裡奪過信紙。

然後她迅速展開，讀了起來：

請即刻到米蘭路去，進入第十五號樓房，向門房索取六樓房間的鑰匙。走進這間屋子，取走放在壁爐一角的紅絲線錢包，把這個錢包交給你的父親。

十一點之前要拿到這只錢袋，事關重大。

你答應過無條件服從我，我在此向你提醒你的諾言。

水手辛巴德

少女發出快樂的喊聲，抬眼四下尋找送信的人，想問問他，但他已不見了。

這時，她的目光又落到紙上，想再念一遍，發現紙上還有一段附言。

她念道：

有一點很重要，就是你得親自並單獨完成這趟使命，假如有人陪你，或者不是你，或是另一個人去了，門房會回答，她不知道來人在胡說些什麼。

這段附言給少女的歡喜潑了一盆冷水。她沒有什麼可擔心的嗎？這不是給她布下的一個陷阱嗎？她太單純了，不會知道像她這樣年齡的少女可能會遇到什麼樣的危險，然而人們不用知道到底有什麼樣的危險，也照樣會產生恐懼心理。還有一點需要指出，恰好是無法預知的危險會引起最強烈的恐懼。

裘莉猶豫了，她決定同別人商量。

不過，出於一種微妙的情感，她想求助的既不是她的母親，也不是她的哥哥，而是艾曼紐。她走下樓，向他敘述湯姆生・弗倫奇銀行代表代理人到她父親那裡去的那天遇到的事情。她告訴他在樓梯上發生的場景，向他重複她的諾言，並把信交給他看。

「應該去，小姐。」艾曼紐說道。

「應該去？」裘莉囁嚅著問道。

「是的，我陪你一起去。」

「你沒有看到我應該單獨前往嗎？」裘莉問道。

「到時候你會是一個人的，」年輕人答道，「我呢，我在穆薩街的拐角等你。如果你遲遲不下來，令我擔心的話，我就去找你。我向你保證，假如你對我說，有人找你麻煩，惹你討厭的話，那麼就活該他倒楣！」

「這麼說，艾曼紐，」少女遲疑不決地接口道，「你的意見是，我去赴約？」

「對，送信的人不是對你說，信裡關係到怎麼搭救你的父親嗎？」

「可是，艾曼紐，到底他遇到什麼危險了？」少女問道。

艾曼紐猶豫了片刻，但為了使少女趕緊下定決心：

「請聽我說，」他對她說，「今天是九月五日，是嗎？」

「是的。」

「今天，在十一點鐘，您的父親要支付將近三十萬法郎。」

「對，我們都知道。」

「那好，」艾曼紐說，「在會計室裡只剩下一萬五千法郎。」

「那他會出什麼事呢？」

「如果今天在十一點鐘之前，你的父親找不到某個人來幫助他的話，到了中午，你的父親就不得不宣告破產了。」

「啊！走吧！走吧！」少女喊道，拖上年輕人就走。

在這當口，摩賴爾夫人已經把一切都對她的兒子說了。

年輕人很清楚，隨著父親遭到這接二連三災禍的打擊後，在家庭的開支方面已經有了很大的變化，可是他還不知道事情會發展到如此嚴重的地步。

他沮喪極了。

驀地，他衝出房間，迅速登上樓梯，因為他相信父親在工作室，他敲了敲門，但裡面沒人應。

正當他要離開父親的書房門口時，他聽見套間的房門開了，他回過頭來，看見了父親。摩賴爾先生剛才沒有徑直上樓回書房，而是回到了自己的臥室，直到現在才從裡面出來。

摩賴爾先生看見瑪西米蘭，驚奇得大呼一聲。他不知道年輕人已經回來了。他木然地站在原地，左手握住藏在禮服底下的一樣東西。

瑪西米蘭飛快地跳下樓梯，撲上去摟住他父親的脖子。可是，突然間他往後退下一步，只有右手頂住父親的胸部。

「父親，」他的臉刷地變成死灰色，「為什麼您在禮服裡面藏著一對手槍呢？」

「啊！我擔心要節外生枝！」摩賴爾說道。

「父親！父親！看在上天的份兒上！」年輕人大聲說道，「告訴我您要這武器有什麼用？」

「瑪西米蘭，」摩賴爾凝神望著兒子答道，「你是一個男子漢，一個珍惜名譽的男子漢。來吧，我給你說清楚。」

摩賴爾邁著堅定的步伐上樓走向自己的書房，而瑪西米蘭踉踉蹌蹌地尾隨在後。

摩賴爾打開門，等兒子進來後又把門關上。他穿過候見室，走進辦公室，把兩支手槍放在桌旁，用手指向他兒子指了指一本打開的帳本。

帳簿上記載著目前準確的境況。

摩賴爾再過半個小時必須支付二十八萬七千五百法郎。

他現在總共才只有一萬五千兩百五十七個法郎。

「念吧。」摩賴爾說。

年輕人念完了，有一會兒像被打垮了似的。

摩賴爾不說一句話，在這張用數字寫成的無情的判決書面前，還能說些什麼呢？

「為了應付這場災難，父親，」年輕人停頓了一會兒說道，「您已經竭盡全力了是嗎？」

「是的。」摩賴爾答道。

「您再沒有別的進賬了嗎？」

「沒有什麼進賬了。」

「您已經想盡所有的辦法了嗎？」

「全想盡了。」

「那麼再過半個鐘頭，」瑪西米蘭語調低沉地說道，「我們的名字就要受到玷污了嗎？」

「鮮血會洗清恥辱的。」摩賴爾說道。

「您說得對，父親，我懂您的意思。」

接著，他把手伸向手槍。

「一支是您的，一支是我的，」他說，「謝謝。」

摩賴爾攔住了他的手。

「還有你的母親呢……你的妹妹呢……誰來養活她們哪？」

年輕人全身上下打了個寒戰。

「父親，」他說道，「您在對我說要我活下去嗎？」

「是的，我要你這樣做，」摩賴爾接著說道，「因為這是你的責任。你是一個頭腦冷靜、意志堅強的人，瑪西米蘭……瑪西米蘭，你不是一個普通的人，你不是一個平庸的人，我也不命令你去做什麼，我只是對你說：請你以局外人的角度冷靜地審視一下你的處境，然後由你自己做出判斷吧。」

年輕人思索了片刻，隨後他的目光中露出一種崇高的聽天由命的神色。然後他緩慢而悲傷地撕下了標誌他軍銜的肩章和無流蘇肩章。

「好吧，」他向摩賴爾伸出手說道，「安心地離開吧，父親！我會活下去的。」

摩賴爾做了一個動作，要撲在他兒子的膝下，但瑪西米蘭把他拉向自己，這兩顆高貴的心一時間緊緊地貼在一起跳動了。

「你知道我沒有錯嗎？」摩賴爾說道。

瑪西米蘭笑了。

「我明白，父親，您是我所認識的人中最正直的人。」

「好了，都說定了。現在，回到你的母親和妹妹身邊去吧。」

「父親，」年輕人單膝跪下說道，「為我祝福吧！」

摩賴爾用雙手捧住他兒子的頭，湊到自己的嘴上，吻了又吻。

「啊！是啊，是啊，」摩賴爾說道，「我用我自己的名義和三代沒有污點的祖先的名義祝福你，聽好他們通過我的聲音所說的話：『災禍所摧毀的大廈，天命會使之重建。』看到我以這樣的方式結束生命，即使鐵石心腸的人也會對你心生憐憫。他們拒絕寬限我的時間，也許會給你的。一定不要說出不得體的話。去工作，去勞動，青年人呀，投入全部的熱情勇敢地奮鬥，要活下去，你、你的母親和你的妹妹，要吃苦耐勞地活下去，這樣，你或許會一天一天積累起你的財富，把我所欠下的債還清。要設想有朝一日，到恢復信譽的那一天，你可以就在這間辦公室裡說：『我父親的死，是因為他不能做到我在今天所做到的事。但他走得很安心，因為他在臨死的時候知道我會完成他未完成的事業。』想想看，那一天將是多麼光榮，多麼偉大，多麼莊嚴。」

「啊！父親，父親，」年輕人大聲叫道，「如果您能活下去該有多好啊！」

「假如我活著，一切都改變了。假如我活著，關心會被懷疑取代，憐憫會變成敵意。假如我活著，我只不過是一個欠債不還、失了信譽的人。總之，我只是一個破了產的人。反之，假如我死了，請想想吧，瑪西米蘭，我的屍體便是一個正直而不幸的人的屍體。活著，連我最好的朋友都避開我的家門。而死了，全部馬賽人都將會哭泣著一直把我護送到我最後的安息之地。活著，你要為我的姓氏羞恥。而死了，你可以昂起頭顱說：

「『我就是那個因為第一次迫不得已食言而自殺的人的兒子。』」

年輕人呻吟了一聲，看來他只能接受命運的擺佈了。不是他的心，而是他的頭腦，這已經是第二次被說服了。

「現在，」摩賴爾說道，「讓我一個人待在這兒，你設法讓你母親和妹妹別過來。」

「您難道不想再見一次我妹妹嗎？」瑪西米蘭問道。

在這次會見中，年輕人內心隱隱約約懷著最後的一線希望，因此他提出了她。摩賴爾先生搖了搖頭。

「今天早上我已經見過她了，」他說，「我已經跟她告別過了。」

「您對我還有什麼囑咐嗎，父親？」瑪西米蘭用異樣的聲音問。

「有的，兒子，有一個神聖的囑託。」

「請說吧，父親。」

「湯姆生・弗倫奇銀行是唯一一家同情我的公司。他們這樣做是出於人道，還是為了一己之利，我不知道，不過不該由我來研究他們的心理了。這家公司的代理人再過十分鐘就要來提取二十八萬七千五百法郎到期期票的現款了。我跟你說過是他主動提出為我寬限三個月的。我的兒子，你首先要把這家公司的欠債還清，這個人對你來說是值得尊重的。」

「我知道了，父親。」瑪西米蘭說道。

「現在，再說一次永別吧，」摩賴爾說，「去吧，去吧，我需要一個人待著。你在我臥室的寫字台裡會找到我的遺囑的。」

年輕人站在那裡，心情沉重。他鼓足勇氣、下定了決心，卻沒有勇氣去實行。

「聽著，瑪西米蘭，」他的父親說道，「請設想我與你一樣是軍人，接到命令去攻佔一個碉堡，而你知道我在攻佔這座碉堡時會被打死，難道你不會說出像你剛才對我說的那些話嗎：『去吧，父親，因為假如您留下來會玷污家族的名譽，那麼我們寧願赴死也絕不受辱！』」

「是的，是的，」年輕人說道，「是的。」

說著，他渾身顫抖地把老摩賴爾摟在自己的懷裡。

「做吧，父親。」他說道。

他衝出工作室。

兒子走出房門以後，摩賴爾有一會兒站著沒動，眼睛凝視著房門；然後，他伸出一隻手，找到了拉鈴繩，拉了一下。

不一刻工夫，柯克萊斯進來了。

這不再是原來的那個人，三天來有個可怕的想法將他摧毀了，於是身心整個垮了。二十年的歲月都沒能使他的頸項變彎，但當他現在想到摩賴爾公司將無力付款時，他的整個身子變得佝僂了。

「我的好柯克萊斯，」摩賴爾用難以形容的聲調說，「你就在等候室，三個月前湯姆生・弗倫奇銀行的代理人曾來過一次，你是知道的。這位先生馬上還要來，等他來了你通報我一聲。」

柯克萊斯一聲不吭。他只是點了一下頭，走去坐在等候室等待。

摩賴爾又跌坐在椅子上。他的眼睛不由自主地移向掛鐘，還剩七分鐘，這是他生命的最後七分鐘了。指標的移動快得令人難以置信，他似乎看到它在行走似的。

這個人年紀還不大，他還依舊年輕，而為了一種或許是虛妄但至少在表面上看來很正當的想法，就要同人世間熱愛的一切訣別——對他來說，生活有著無限的快樂，在這最後的一刻，沒有人能描述得出他腦中如潮水般澎湃的想法。如果要對此有個概念，只需看看他那張大汗淋漓然而又顯得聽天由命的臉，看看他那噙著淚水然而又凝望著蒼天的雙眼就行了。

指針仍在走動，手槍裝上了子彈。他伸出手拿了一支槍，喃喃地念叨著他女兒的名字。

接著，他放下那致命的武器，又提起筆，寫了幾個字。

這時他覺得對心愛的女兒還有著說不完的話。

接著，他又轉向掛鐘，他不再以分而是以秒計數了。

他拿起武器，半張開嘴巴，眼睛盯在指針上。一聽到自己扣動扳機的聲音，他不寒而慄。

此時，一陣冷汗打濕了他的前額，更要命的是一陣錐心的痛在他胸口散開。

他聽見樓梯口的那扇門的轉動聲。

接著是他的工作室的門也打開了。

掛鐘即將敲響十一點。

摩賴爾沒回過頭來，他只等著柯克萊斯說出這麼一句話：

「湯姆生・弗倫奇銀行代理人到。」

他把武器移向自己的嘴……

突然，他聽到一聲叫喊，是他女兒的聲音。

他轉過身子，看見了裘莉。手槍從他手中滑到了地上。

「父親！」少女氣喘吁吁，快樂得要命，「得救了！您得救了！」

說著她一頭栽進他的懷裡，手上舉起一隻紅絲線錢包。

「得救了！我的孩子！」摩賴爾說道，「你在說什麼啊？」

「是的，得救了！看哪，看哪！」少女說道。

摩賴爾拿起錢包，不禁吃了一驚，因為他隱約記得這件東西屬於他。

錢包的一端是一張二十八萬七千五百法郎的期票。

票據已經付清。

另一端是一顆大如榛子的鑽石，還附著一小張羊皮紙，上面寫有五個字：「裘莉的嫁妝。」

摩賴爾用手去抹額頭，他自己身處夢中。

這時，掛鐘敲響十一點。

對他來說，鐘聲的震顫就如同鋼錘一樣，每一下都敲在他的心上。

「哎，我的孩子，」他說道，「快說說是怎麼回事。你是在哪兒找到這只錢包的？」

「在米蘭路十五號六樓，一個小房間的壁爐角上找到的。」

「可是，」摩賴爾大聲說道，「這只錢包不是屬於你的。」

裘莉把她在上午收到的信遞給她的父親。

「你獨自到這棟樓裡去的嗎？」摩賴爾讀完信後問道。

「艾曼紐陪我去的，父親。他該在穆薩院街的拐角處等我的。可是，奇怪得很，我返回時，他不在那裡了。」

「摩賴爾先生！」樓梯上有一個聲音大聲叫喊道，「摩賴爾先生！」

「是他的聲音。」裘莉說道。

就在這時，艾曼紐走了進來，臉色異常的興奮和激動。

「法老號！」他大聲叫喊道，「法老號！」

「啊，什麼？法老號！你瘋了嗎，艾曼紐？你明明知道它已經沉沒了。」

「法老號！先生，他們發出的信號是法老號。法老號進港了。」

摩賴爾又跌倒在椅子上。現在他渾身無力，他的理智無法使自己弄清這一連串不可思議的、聞所未聞的、神奇的事。

這時他兒子進來了。

「父親，」瑪西米蘭喊道，「您幹嗎要說法老號沉了呢？海面監視員打訊號報告是這艘船，它進港了。」

「我的朋友們，」摩賴爾說，「假如這些都是真的，那就得說是上天的奇蹟了！不可能！不可能！」

不過，更加令人難以相信的是他捏在手裡的這只錢袋、這張付訖的期票和這顆晶瑩璀璨的鑽石，卻又都是那樣真實，不是憑空想像得出來的。

「啊！先生，」這時柯克萊斯說話了，「法老號，這是怎麼回事啊？」

「呵，我的孩子們，」摩賴爾直起身子說道，「我們去看看吧，如果這是個假消息的話，但願上天憐憫我們。」

這一行人走下樓去。摩賴爾夫人等在樓梯中間，這個可憐的女人沒敢上樓來。

不一會兒工夫，他們就來到卡尼般麗街。

港口上擠滿了人。

人群紛紛為摩賴爾閃開一條路。

「法老號！法老號！」所有的人齊聲喊道。

果然，真是千古奇聞，在聖・琪安瞭望塔的對面，一艘海船正在拋錨收帆，它的尾部寫著幾個白色大字：法老號[100]。大小同另一艘法老號完全一致，也像那條船一樣滿載著洋紅和靛藍。船長茄馬特在甲板上下達著命令，而庇尼龍師傅在向摩賴爾先生招手致意。

再也沒什麼可以懷疑的了：現場親眼所見、親耳所聞便是證明，而上萬人又來幫忙作證。

正當摩賴爾和他的兒子在全城人的一片鼓掌歡呼聲中站在海堤上熱烈擁抱時，有一個黑鬍鬚遮住了半張臉的男人，躲在一個哨兵的哨所後面，滿懷激動地欣賞著這個場面，口中喃喃地說道：

「祝您幸福，高貴的心靈。因為您做過的和將要做過的善事而得到祝福。但願我的感謝如同您的

100. 馬賽摩賴爾父子公司。

善舉一樣都是深藏不露的吧。」

於是，帶著快樂和幸福的微笑，他離開了他的隱身之處。大家誰也沒有注意到他，因為每個人都在關注著眼前發生的事情；那人走下用作碼頭的一種小扶梯，一連呼喚了三聲：

「賈可布！賈可布！賈可布！」

這時，一隻划子向他駛來，把他接上船，並把他送到一艘設施豪華的遊艇旁。他像水手那樣，動作敏捷地跳到遊艇的甲板上。他站在那裡，再次看了看摩賴爾。後者淌著歡樂的淚水，同人群熱情的握手。但他目光茫然，彷彿在向上天尋覓，感謝那位不知名的恩人。

「現在，」那個不知名的男人說道，「永別了，善良、人道和感激……永別了，所有使人心暖意融融的情感……我已代替上帝酬報了善者……但願復仇之神讓位於我去懲治惡人吧！」

說完這句話，他揮了一下手，遊艇似乎就等著這個信號以便起航似的，立即向大海飛駛而去。

chapter 31 義大利水手辛巴德

一八三八年年初，兩位巴黎上流社會的年輕人阿爾培・馬瑟夫子爵和弗蘭士・伊辟楠男爵，來到佛羅倫斯。他倆商定去羅馬參加當年的狂歡節，弗蘭士住在義大利已將近四年之久，因此當起了阿爾培的導遊。

在羅馬度狂歡節可算是一件大事，尤其是如果你堅持不睡在吓布林廣場或凡西諾廣場上的話就更不能見識，所以他們寫信給愛斯巴廣場倫敦旅館的老闆派里尼，請他為他們保留幾個舒適的房間。

派里尼老闆回信說，他只有三層樓的兩間臥室和一間浴室，租金不貴，每天只要一個路易。他們接受了他的建議，為了充分利用剩下來的時間，阿爾培就動身到那不勒斯去遊覽。而弗蘭士依舊留在佛羅倫斯。

在這兒過了幾天以後，他去過那家叫卡西諾的俱樂部，也受到了佛羅倫斯的幾個顯赫家族的熱情款待，在他遊覽了波拿巴的出生地科西嘉以後，他忽然想再去訪問一下曾經監禁過拿破崙的厄爾巴。

於是在一天傍晚，他解開繫在里窩那港內鐵環上的小船，跳到船裡，裹上大衣，躺在床的盡裡頭，對船員們說：「開到厄爾巴島去！」

小船離開港口，像海鳥離開鳥巢，第二天早晨，弗蘭士便在費拉約港離船登岸。在尋著那位巨人所留下的足跡，穿越了這位皇帝待過的小島之後，重新上船，向馬西亞納駛去。兩小時以後，他在皮亞諾扎上岸，他曾聽人煞有架勢地說過，那兒遍地都是紅色的鷓鴣，隨處都可以獵到。

但打獵的成績卻不盡如人意，弗蘭士只射死了幾隻鷓鴣，其他的獵人一樣，因為一點兒小事就會掃興，他回到船上就大發脾氣。

「啊！假如閣下願意，」船主對他說，「有個地方是可以盡興打獵的！」

「在哪兒？」

「您看見那個島了嗎？」船主用手指著南方，那裡從蔚藍色的海面中冒出來一堆圓錐形的東西。

「嗯，那是什麼島啊？」弗蘭士問道。

「基督山島。」那人答道。

「可我沒得到在那個島上打獵的許可呀？」

「閣下無須許可，該島荒無人煙。」

「啊！是嗎？」年輕人說道，「在地中海中央居然有這麼一個荒無人煙的小島，真是不可思議啊。」

「也是很自然的事，閣下。那個島是一大片岩石，全島的可耕地也許還不到一畝呢。」

「這個島歸屬哪個省啊？」

「歸屬托斯卡納。」

「我在那裡能找到什麼獵物呢？」

「成千頭野山羊。」

「難道牠們靠舔石頭為生嗎？」弗蘭士帶著疑惑的微笑問道。

「不，這些山羊以啃歐石楠、香桃木和黃連木為生。這些植物都生長在岩石縫中。」

「那麼我睡哪兒呢？」

「上岸就睡在岩洞裡，在船上就裹著您的大衣。再說，假如閣下願意的話，我們在打獵後馬上就可以離開。閣下知道我們的船在夜間與白天一樣能行駛。沒有風，我們可以划槳。」

既然弗蘭士在與夥伴會合前還有不少時間，他又不用擔心在羅馬尋找住的地方，於是他就接受了這個建議，決心要把第一次狩獵的損失補回來。

得到他肯定的回答之後，水手們相互間低聲交談了幾句話。

「怎麼！」他問道，「還有什麼問題嗎？難道臨時有什麼阻礙了嗎？」

「不是，」船主接口道，「不過我們得事先稟告閣下，這個島是禁地。」

「這是什麼意思啊？」

「就是說，基督山上由於不住人，有時就成了從科西嘉、薩丁島或是非洲來的走私販子和海盜的中轉地。如果有什麼徵兆暴露了我們在那個島上待過，那麼當我們回到里窩那時，就可能不得不接受六天的隔離防疫檢查了。」

「見鬼！這不就打亂計畫了嗎！六天！正好是上帝創造世界所需要的時間。這可未免長了點兒吧，我的夥計們？」

「可是誰會說出閣下去過基督山呢？」

「哦！不會是我。」弗蘭士大聲說道。

「也不會是我們。」水手們異口同聲說道。

「這樣的話，我們就去基督山吧。」

船老大下令開船，船頭轉向了那個小島，很快小船便朝著小島的方向駛去。

弗蘭士靜等水手們完成掉轉船頭的操作。直到船駛向新的航程，和風鼓起了帆蓬，四名水手各就各位，三名在前，一名掌舵。此時，他又重拾剛才的話頭。

「親愛的蓋太諾，」他對船主說，「我想，您剛才對我說，基督山島是海盜的藏身之地，我看這不像山羊那樣好對付啊。」

「是的，閣下，確實是這樣。」

「我很清楚走私販子是存在的。不過我以為，自從攻佔阿爾及爾和攝政時期結束之後，海盜只能存在於庫珀和馬里亞特上尉的小說裡了。」

「啊喲！閣下可想錯了。有海盜就跟有強盜是一回事，大家認為已被教皇利奧十二世消滅光了，可事實上他們每天都在搶劫旅客，甚至在羅馬的城門口都有這種事。您難道沒有聽說，半年前法國駐羅馬教廷代辦就在離韋萊特里五百步遠的地方被搶劫了嗎？」

「聽說了。」

「那好，假如閣下像我們一樣長住在里窩那，您會時不時地聽說一條滿載貨物的小船或是一艘漂亮的英國遊艇沒有按時返回，人們在巴斯蒂亞港、費拉約港或契維塔•韋基亞港老等著，它卻下落不明，就說它大概是撞上什麼礁岩粉身碎骨了吧。啊哈！它撞上的礁岩其實是一條又矮又窄的小船，上面只有七八個人。他們趁著一個月黑風高的夜晚，在一個荒島僻靜處襲擊或者搶掠這艘船，這同綠林大盜在一片森林的角落攔路搶劫一輛郵車是一個道理。」

「不過話說回來，」弗蘭士仍然平躺在船艙裡接口道，「真的出了這種事，人怎麼不告狀，怎麼不要求法國、薩丁島或是托斯卡納政府對這些海盜採取報復行動呢？」

「為什麼？」蓋太諾微笑著問道。

「是啊，為什麼呀？」

「因為，首先海盜將一切值錢的東西都拿走，從商船上或者遊艇上都搬運到自己的小船上，再把被劫船上所有人的手腳都捆綁起來，還要在每個人的頸脖上繫上一隻二十四磅的鐵球，又在俘虜的商船的龍骨上鑿一個酒桶大小的洞，然後跑上甲板，關閉艙口，再跳上自己的小船。十分鐘後，商船就開始吱吱咯咯搖擺著，慢慢往下沉。起初，船的一側下沉了，接著便是另一側。隨後它又浮起來，然後又繼續往下沉，越沉越深。突然，響起一聲放炮似的巨響，這是空氣漲破了甲板。此時，商船像一個拚命掙扎的溺水者似的在搖擺，每動一下，軀體就更加往下沉了。很快，艙間的水壓過大，水就從每個裂口處噴射出來，酷似巨大的抹香鯨從鼻孔裡噴出的巨大水柱。最後，它吐出最後一口氣，旋轉了最後一個圈，就沉了下去。在海底捲起一個碩大的漏斗狀的旋渦，這個大旋渦逐漸裝滿水，最後完全消失。這樣，再過五分鐘，就只有上帝才能在平靜的海底找到失蹤的商船了。」

「現在您明白，」船主笑著補充道，「商船為什麼不返回港口，船員為什麼不告官了吧？」

假如蓋太諾在提出遠航前就講這些話，弗蘭士或許在出發前會再三猶豫的。然而他們已經出發了，他覺得再往後退是怯懦行為。他屬於這種人：不會輕率地自甘去冒險，但如果險情出現，就會鎮定自若地去迎接挑戰。有些人很鎮定果敢，他們視危險為決鬥中的對手，他們計算它的動作，研究它的進攻，停下來只是為了調整呼吸，並不是怯懦的表現。他們懂得一切於自己有利的地方，能一擊殺死敵人，他也是那種人。

「算了吧！」他接著說道，「我走遍西西里島和卡拉布里亞，並曾在愛琴海周遊過兩個月，我可從未看見過一個強盜、或是一個海盜的影子。」

「因此，我對閣下講的這番話，並不是要閣下放棄計畫，」蓋太諾說道，「閣下問到我，我就如實回答，僅此而已。」

「好吧，親愛的蓋太諾，你這番話非常有趣。因此，我想盡可能久地回味一下，那就往基督山駛去吧。」

此刻，小船已迅速接近這趟航行的終點。風勢很大，小船以每小時六至七海浬的速度行駛著。離小島越來越近了，它似乎在海中變得越來越大，透過夕陽下明淨的空氣，可以看見層層疊疊的岩石像火藥庫裡的圓形炮彈似的堆積在那兒。而在岩層的縫隙間，歐石楠紅豔似火，樹木蒼翠欲滴。至於水手，雖然他們看起來很平靜，但顯然，他們已經加強了戒備，目光注視著他們行駛其上的平滑如鏡的無垠的海面。海面上點綴著幾隻掛著白帆的漁船，如同悠然掠過海面的海鷗在輕輕晃動。

當他們離基督山只有十五浬的時候，太陽開始沉落到科西嘉的後面，暮色中右邊的山巒在天空中映襯出犬牙交錯的影子。這座大岩山像巨人亞達麥斯脫似的威嚴地俯視著小船，陡峭的岩石給小船擋住了陽光，山頂處也染上了一層金色。陰影漸漸從海上升起，似乎像在驅逐落日的餘暉。最後，太陽的餘暉停留在山頂上，並在那兒逗留了一會兒把山頂染紅，看上去如同一座火山冒出的火焰。然後，陰影漸漸地吞沒了山頂，像它剛才吞沒山腳一樣，而全島現在變成了一座灰色的山，越來越昏沉。半小時後，夜幕完全落下。

幸好水手們是在他們熟悉的海域航行，他們對托斯卡納群島瞭若指掌，認得島上的每一塊岩石。因為，在籠罩著小帆船的夜色中，弗蘭士並非那麼悠然自得。科西嘉已完全消失了，基督山也看不清了。但水手們似乎個個都長著一對猞猁的眼睛，具有在黑暗中辨清東西的能力，而掌舵的舵手也沒有半點兒猶豫不決的樣子。

太陽落山已經將近一個小時了。突然，弗蘭士在左側四分之一海浬處似乎看見一個黑糊糊的龐然大物，但他無法分清這是什麼，所以擔心自己會把幾片浮動的雲看成是陸地，而成為水手們的笑柄，於是依然保持沉默。驀地，在岸邊出現了一簇火光。陸地可能被錯看成一片雲，而火光絕不會被誤認為是一顆隕星。

「這亮光是什麼？」他問道。

「噓！」船主說道，「是火。」

「可你說過，島上沒人住。」

「我只是說，沒有人常住，可我也說過，這裡是走私販的停泊地。」

「還有海盜！」

「還有海盜，」蓋太諾重複弗蘭士的話說道，「因此，我才下令越過這個島，因為，正如您看見的，火光現在在我們的後面。」

「這火光倒是安全而不危險的信號。那些人如果害怕被人發現，就不會點火了。」弗蘭士接著說道。

「哦！不能這樣說，」蓋太諾說道，「假如您在黑暗裡能判斷島的方位，您就會看見，這火光的位置從海岸線上看不見，從皮亞諾扎島的方向也看不見，而只有從海上才能看得到。」

「因此您擔心這火光預示有壞人來了？」

「這正是該弄清楚的。」蓋太諾說道，他的目光始終注視著那顆「陸地上的星星」。

「怎麼弄清楚呢？」

「您待會兒就看到了。」

說完，蓋太諾與他的夥伴商量起來，他們討論了五分鐘，之後默默地行動起來。眨眼工夫，船頭掉轉了方向，於是又朝來時的路返回。掉頭之後數秒鐘，火光被一處隆起的地面遮掩住了，不見了。這時候，舵手又轉舵把小船駛向一個新的方向。小船正明顯地接近小島，一會兒離島只有五十來步。

蓋太諾落下帆，小船停滯不前了。

所有這一切都是在悄然無聲之中進行的，而且，改變航道以後，船上就再無人說話了。

蓋太諾由於先提出這次航行的建議，所以要負起全責。四名水手目不轉睛地看著他，一面備好槳，隨時準備划出去，由於是在黑暗中，這樣做並不困難。

至於弗蘭士，他帶著讀者已經知道的那種鎮靜檢查武器。他有兩支雙筒槍和一支馬槍。他把三支槍都裝上子彈，檢查了一下扳機，等待著。

在此期間，船主把他的厚呢上衣和襯衫脫下來，把褲腰紮緊了。由於光著腳，他不需要拖鞋和襪子。一旦變成了這副裝束，或者更準確地說把衣服整理好之後，他就把一個手指頭放在嘴上，示意絕對保持安靜，自己則潛入水裡，極為謹慎地向岸邊游去，悄無聲息。從那泛起的粼粼水紋，他們才可以追隨他的蹤跡。

很快，水紋也消失了，顯然，蓋太諾已經游到了岸邊。

小船上的所有人都靜候了半個鐘頭。而後，又看到靠近岸邊，一道閃光的軌跡出現了，並向小船靠近。不一會兒，蓋太諾猛划兩下，便爬上了船。

「怎麼樣？」弗蘭士和四個水手一齊問道。

「怎麼樣！」他說道，「都是西班牙走私販，不過還有兩個科西嘉強盜同他們在一起。」

「那麼這兩個科西嘉強盜與西班牙走私販混在一起幹什麼呀？」

「啊，我的上帝！」蓋太諾以最虔誠的基督徒的慈悲口吻接口道，「必須相互照應。這些強盜常常在陸地上被憲兵和海關人員逼得無路可逃。於是他們找到一條小帆船，小船上有幾個像我們這樣的棒小夥子，於是他們跑來請求上我們的船。有什麼辦法能拒絕援助一個被追逐的可憐蟲呢！我們收容了他，為了安全起見，我們就出海了。我們並不破費什麼，然而救出了一條命，或者至少挽救了他的自由，興許以後機會來了，他會記得我們給他的好處，給我們指出一塊好地方，我們可以將貨物卸到岸上，而且不會受到好管閒事的人干擾呢。」

「哦，原來如此！」弗蘭士說道，「你自己似乎也有點兒像走私販呢，我親愛的蓋太諾？」

「呃！您叫我怎麼辦呢，閣下！」他帶著一種難以形容的微笑說道，「什麼都得幹一點兒，為了生活嘛。」

「這麼說，你與此刻在基督山落腳的那些人是老相識囉？」

「差不多。我們這些水手，就如共濟會的會員，打幾個暗號就彼此認識啦。」

「你認為我們也上岸，沒有什麼可擔心的嗎？」

「絕對沒問題，走私販並不是盜賊。」

「不過這兩個科西嘉強盜……」弗蘭士接著說道，他掂量著各種危險的可能性。

「我的上帝啊！」蓋太諾說道，「假如他們當了強盜，可不是他們的錯，而是當局的錯啊。」

「怎麼回事呢？」

「肯定是這樣的！當局四處追捕他們不為別的，只是因為他們殺了人，彷彿科西嘉人生來就不該有『有仇必報』的想法似的！」

「『殺人』是什麼意思呀？暗殺了一個人嗎？」弗蘭士繼續追問。

「我的意思是說殺了一個仇人，」船主接口道，「那就另當別論了。」

「那好吧！」年輕人說道，「我們去拜訪一下走私販和強盜吧。你認為他們會接受嗎？」

「一定會的。」

「他們共有多少人？」

「四個，閣下。加上兩個強盜，一共是六個。」

「嗨！我們正好也是六個。一旦那幾位發起脾氣，我們旗鼓相當，因而可以抵擋他們。這麼說，我再說最後一遍，去基督山吧。」

「是，閣下。但您能允許我們採取必要的防範措施嗎？」

「此話怎講，親愛的！請像涅斯托耳那樣明智，像尤利西斯那樣謹慎吧。我不但允許你，我更鼓勵你這樣做。」

「那好！現在，請保持安靜！」蓋太諾說道。

大家都不出聲了。

對於一個像弗蘭士這樣考慮任何事情都透徹全面的人來說，當前的處境雖不能說是危險，但也不能等閒視之。他待在一片漆黑之中，他是孤身一人飄蕩在海上，身邊的那些水手對他並不熟悉，也沒有理由對他忠誠；他們知道他腰帶上藏著幾千法郎；有很多次，他們雖說不是出於羨慕，至少出於好奇，來查看他的武器，這些武器非常漂亮。從另一方面來看，他除了那幾個人外，並沒有其他的保護了。這個島的名字宗教意味非常濃厚，但弗蘭士覺得這些走私販子和強盜除了給他以被釘在十字架上的基督的待遇而外，似乎不會給他其他的禮遇。再說，那只帆船被鑿沉的故事，在白天聽來可能危言聳聽，但在夜間卻覺得有些真實可信了。於是，他此刻置身在這也許是想像出來的雙重危險之中，目光緊隨著這些人，手也不曾離開過槍。

這時，水手們升起了風帆，又駛回剛才的航道。弗蘭士已經有點兒習慣黑暗了。穿過夜色，他現在能辨別出小船從其身邊駛過的花崗岩巨人了。當船再次駛過一塊岩石的尖角時，他終於看見了火光，比先前更加明亮，並且看到有五六個人圍坐在火堆旁。

火堆的光照到一百步左右的海面上。蓋太諾順著火光行駛，但始終讓小船航行在沒被照亮的暗處。接著，當小船駛到那堆火的正面時，他就把船頭直接對準了它，大膽地駛進光圈範圍之內，同時唱起一首漁歌。他獨自一人領唱，他的夥伴則齊唱副歌部分。

圍著火堆而坐的人一聽到歌聲便都站起來，走近小碼頭，目光緊緊地盯住小船。顯然，他們在盡力估計來者的力量，琢磨來者的意圖。他們似乎很快就摸清對方的底細了，除了留下一人站在岸邊以外，其他人又都重新圍著火堆坐下，那裡正在烤一隻小山羊。

當小船駛到離岸二十來步遠時，站在岸邊的那個人用短槍機械地揮舞，彷彿哨兵在遇見巡邏隊，互致敬意時打的一個手勢，並用薩丁島的土話喊道：「誰？」

弗蘭士冷靜地上好他的雙筒槍。

蓋太諾與此人交換了幾句話，弗蘭士雖然一句也聽不懂，但顯然是關於他的。

「閣下，」船主問道，「您願意自報姓名還是隱姓埋名？」

「我的名字千萬不能告訴他們，」弗蘭士接著說道，「所以你只要告訴他們，我是一個法國遊客，到此地是來玩玩的。」

蓋太諾轉達了這句話之後，哨兵給坐在火堆旁邊的一個人下了一個命令。那人立即站起來，在一堆岩石之間消失不見了。

一時間誰也不作聲了。似乎每個人都只關心自己的那份事情了。弗蘭士忙著準備下船，水手在收帆，走私販子忙著烤他的小山羊。不過，雖然大家表面上漫不經心，彼此卻在相互觀察著。

走遠的那個人突然又出現了，他是從剛才離去的那條路的對面返回的，他向那個哨兵點頭示意，哨兵回過身來對著帆船那邊，只說了這麼一句話：「S'accommodi」這個字。[101]

水手們沒等他說第二遍就猛划幾下，小船便抵達岸邊。蓋太諾跳上沙灘，又低聲向哨兵交談了幾句。他的夥伴便一個接一個走下船，弗蘭士最後一個下來。

他把一支槍斜背在肩上，蓋太諾拿上另一支，一個水手提著他的馬槍。他的穿著既像藝術家又像是貴公子，這絲毫沒有引起對方的懷疑，所以他們也就放下心了。

他們把船泊在岸邊，邁出幾步想尋找一個合適的露營地點。然而，他們選擇那個地點顯然沒能讓那個走私販子滿意，因為他對蓋太諾大聲喊叫道：「不，請別往那裡去。」

蓋太諾嘟噥著道了一句歉，也不再堅持，就往相反方向走去。而另外兩個水手為了照路，走到篝火旁去點著火把。

他們走了約莫三十步，停在一個由岩石環繞的小空地上。岩石上鑿出幾個座位模樣的墩子，有點兒像讓人坐著放哨的小小哨所。在周圍積存腐殖土的岩縫中，生長著幾株矮小的橡樹和枝繁葉茂的香桃木。弗蘭士放低火把，從一堆灰燼中看出他不是第一個發現這個隱蔽地點的人，也許它是基督山島上那些來訪者的一個常常駐足的處所。

101.「S'accommodi」這個義大利字是無法翻譯的，它的意義同時包含著「來吧，請進，歡迎光臨，像在自己家裡一樣別拘束，您是主人」等，它就像莫里哀說的那句土耳其話一樣，以其內涵之豐富而使醉心於貴族的小市民驚歎不已。

至於之前的種種推測，現在他已經不放在心上了。自他上岸後，看見主人的接待雖不能說是友好，但至少可說是溫和有禮的，所有的疑慮也打消了，而當他聞到在鄰近的露營地上正在烤炙的山羊肉的香味時，他的注意力又集中到食欲上了。

他對蓋太諾說起吃飯的事。後者回答他道，他們在船上備有麵包、葡萄酒、六隻山鶉，還有一盆可以烤熟它們的旺火，要準備一頓飯是再簡單不過的了。

「再說，」他補充說道，「假如閣下覺得烤山羊的香氣實在誘人，我可以向我們的鄰居提出用兩隻飛禽換回一些山羊肉。」

「就這樣辦，蓋太諾，就這樣辦，」弗蘭士說道，「你天生就是個真正的外交家。」

這會兒，水手們已經折下了幾大把草，紮了幾捆香桃木和橡樹幼枝，並在上面點上火，燒起了一堆相當旺的篝火。

弗蘭士鼻子不停地嗅著烤山羊的香味，等待著船主歸來。正等得不耐煩時，船主出現了，帶著憂心忡忡的神態向他走來。

「怎麼說？」他問道，「有什麼消息嗎？他們不同意交換嗎？」

「恰恰相反，」蓋太諾說道，「他們對頭兒說您是一個年輕的法國人，頭兒就邀請您與他共進晚餐。」

「嗯！」弗蘭士說道，「既然這個頭兒是個很有教養的人，我也找不出任何理由拒絕他，尤其我還帶上自己的晚餐。」

「哦！問題不在這裡。他的晚餐很豐盛，而且絕對足夠您吃的，但是他提出要答應一個古怪的條件，才讓您去他家裡做客。」

「他家裡！」弗蘭士接著說道，「他叫人造一套房子？」

「不是的，不過他那裡是有一個相當舒適的住所，至少他們是那麼說的，而且說得非常肯定。」

「您認識這個頭兒嗎？」

「我只是聽人說起過。」

「說好話還是說壞話？」

「兩種說法都有。」

「見鬼！那麼是個什麼樣的條件呢？」

「就是您得先讓人把您的眼睛蒙上。直到他親自告訴你的時候，您才能把蒙眼布取下來。」

弗蘭士打量蓋太諾的目光，想知道這個建議背後有什麼名堂。

「哦！當然！」蓋太諾看出了弗蘭士的心思，接著說道，「我很明白，這件事是值得考慮的。」

「你要是處在我的位子上會怎麼辦呢？」弗蘭士問道。

「我嘛，我一無可失，我會去的。」

「您會接受？」

「是的，即便是出於好奇心也得去。」

「在這個頭兒的住處，有什麼值得可看的嗎？」

「請聽著，」蓋太諾壓低了聲音說道，「我不知道人家說的是不是確有其事……」

他停下來，看看是否有人在偷聽。

「別人說什麼？」

「說這位首領住在一個岩洞裡，和它一比，庇梯宮簡直就不算一回事了。」

「天方夜譚！」弗蘭士又坐下來說。

「哦！這可不是天方夜譚，」船主繼續說道，「這可是個事實！聖・費狄南號的舵手卡瑪曾經進去過一次，出來時非常吃驚，說這樣的財富只有在童話裡有。」

「是嗎？不過，你知道嗎，」弗蘭士說道，「照你這麼說，我這不是就要到阿里巴巴的寶洞去了嗎？」

「我只是把聽到的話告訴您而已，閣下。」

「這麼說，你勸我接受囉？」

「啊！我可沒這麼說！閣下悉聽尊便。我不想在這種場合向您提出什麼建議。」

弗蘭士思索了片刻，終於想通了：感到這個人既然如此富有，就絕不可能貪圖他的錢，他身上才帶著區區幾千法郎。而且，他在這次交往中充其量只是吃一頓豐盛的晚餐，沒什麼了不起的，於是他接受了。蓋太諾帶走了他的回覆。

然而，正如我們說起過的，弗蘭士是個小心謹慎的人，因此他想盡可能詳細地知道這個神秘莫測的主人的情況。在剛才他跟船主談話的當兒，有一個水手帶著忠於職守的自豪感，在一本正經地拔山鶉毛，於是他向這個人轉過身子，問他：「這些人是靠什麼上岸的呢？因為在這周圍並沒有發現小帆船、平頂船和單桅帆船？」

「我可不擔這個心，」水手說道，「我見過他們使用的那條船。」

「那條船漂亮嗎？」

「我希望閣下也有這麼一艘，可以周遊世界。」

「它載重有多少？」

「將近一百噸吧。再說，這條船挺有浪漫氣息的，照英國人的說法是一艘遊艇，但是您看，經受得住任何風浪。」

「它是在哪兒建造的？」

「我不知道，不過我想這是條熱那亞船。」

「走私販子的一個頭兒，怎麼敢在熱那亞港叫人建造一條遊艇，用來幹他的營生呢？」弗蘭士繼續問道。

「我沒有說這艘遊艇的主人是一個走私販子啊。」水手說道。

「沒說過，不過蓋太諾似乎說過的。」

「蓋太諾只是從遠處看這些人，他還從未與船上的人說過話哩。」

「不過，假如此人不是走私販頭子的話，他又是什麼人呢？」

「一個有錢的紳士，愛遊山玩水。」

「算了吧，」弗蘭士想道，「既然大家的說法不一，這個人物就更加神秘了。」

「他叫什麼名字啊？」

「每當有人問他時，他總是回答說，他叫水手辛巴德。不過我懷疑這不是他的真名。」

「水手辛巴德？」

「是的。」

「這位老爺住在哪兒呢？」

「在海上。」

「他是哪國人？」

「我不知道。」

「你見過他嗎？」

「見過幾次。」

「他是什麼樣的人？」

「待會兒閣下自己判斷吧。」

「他要在哪兒接待我啊？」

「大概就在蓋太諾向您講起的那個地下宮殿裡。」

「你以前在這裡停泊，看到島上荒無人煙，你就從未受到好奇心的驅使，想方設法去看看那座迷人的宮殿嗎？」

「啊！有過的，閣下，」水手接著說道，「甚至不止一次呢，但我們的尋找總是白費心思。我們到處搜尋岩洞，連最小的通道也沒找到。不過，聽說不是用鑰匙開門的，而是用一種咒語來開門的。」

「行啦，」弗蘭士喃喃自語道，「我肯定是走進《一千零一夜》的童話故事裡啦。」

「爵爺在恭候您。」在他後面一個聲音說道，他聽出是哨兵的聲音。

新來者後面還跟著遊艇上的另外兩個人。

作為回覆，弗蘭士掏出他的手帕，遞給對他說話的那個人。

那些人也沒說一句話，小心翼翼地替他蒙住眼睛，那種小心翼翼，表明擔心他會偷看。紮好之後，他們又讓他發誓在任何情況下，他絕不會擅自把罩布取下來。

此時，那兩個人每人挽住他的一條胳膊，於是他由他倆帶著走，前面是那個哨兵。

所以他發了誓。

走了三十來步，他聞到小山羊越來越誘人的香味，他感到他又經過了那個露營地。接著，他們又讓他走了五十來步，明顯是往剛才他們不許蓋太諾深入的那個方向走，他現在才明白剛才不准他們往那兒走的原因了。不一會兒，空氣就不一樣了，他知道他已走進地洞。又走了幾秒鐘，他聽到咔噠一聲，覺得空氣又與之前不同——變得潮濕而芬芳了。最後，他感到雙腳落到一張厚實而軟軟的地毯上，他的陪同都離開他了。安靜了片刻以後，有一個聲音儘管帶著外國人的口音，卻用純粹的法語說：

「歡迎您光臨寒舍，先生，您可以取下蒙眼的手帕了。」

讀者不難想到，弗蘭士不等對方第二次邀請，他便去掉了手帕。他發覺自己已站在一個年約三十八到四十歲的男子面前。那人身穿一套突尼斯人的服飾，即一頂紅色的便帽，帽上垂下一長綹藍色的絲穗，一件繡金的黑色長袍，深紅色的褲子，同色的紮腳套，紮腳套很寬大，也像長袍一樣是繡金的，一雙黃色的拖鞋，一條華麗的絲帶束緊他的腰，一把銳利的小彎刀插在這條腰帶上。

雖然他的臉毫無血色，但這個人的五官卻非常標緻：他的眼睛虎虎有生氣，洞察力很強；鼻樑筆直，幾乎和額頭齊平，典型的希臘的鼻子；他的牙齒潔白得像珍珠，排得很整齊美觀，唇上是一叢黑色的髭鬚。

不過這種蒼白的臉色令人心生疑惑，好像這個人長期被關在墳墓裡，所以無法再恢復活人那種健康的膚色。

他的身材適中而且勻稱，像法國南方人一樣，手腳都很纖細。

但使弗蘭士驚奇的是，自己曾認為蓋太諾的敘述是做夢，而現在竟親自證實了居室的華麗。整個房間都掛滿了繡著金花的大紅錦緞。在一個凹進去的地方，上面放著一套阿拉伯式的寶劍，劍鞘是銀的，劍柄上鑲嵌著燦爛的寶石；天花板上吊著一盞威尼斯的琉璃燈，式樣和色彩都很精美，而腳下的土耳其的地毯，一直沒到腳踝；弗蘭士進來的那扇門前懸著織錦門帷，另外一扇門前也懸著同樣的門帷，那道門通向第二個燈火通明的房間。

那位主人暫時任由弗蘭士去表示他的驚訝，而他自己也在審察客人，始終不曾把眼光離開過他。

「閣下，」他終於打破沉默，「千萬原諒對您採取小心的措施，才把您領到我這裡來，但這個島一向是荒無人居的。假如這個寓處的秘密被人發現了，回來的時候就會看到因為有人入侵而使我落腳的地方面目全非，那就太令人惱怒了。倒也不是擔心會損失多少財物，而是因為我現在可以過著與世隔絕的生活，到那時怕這種樂趣就不復存在了。現在讓我儘量來使您忘記這暫時的不快，請您享受在這裡意想不到會看到的東西，就是說，一頓還算可口的晚餐和相當舒服的床鋪。」

「真的！我親愛的主人，」弗蘭士答道，「您不必客氣。我知道，那些深入魔宮的人總是被綁上眼睛的，譬如說，《新教徒列傳》裡的萊奧爾便是其中之一。我當真沒有什麼可抱怨的，因為我所看到的，是《一千零一夜》神話的一部續集。」

「唉！我或許可以借用魯古碌斯的一句話，『如果我早知道有幸接待您來訪，我就會事先準備』。不過，我還是讓您隨意支配我這未加修飾的隱居地，還有簡單的晚餐，如果您肯賞光，願與您一同分享。」

說到這裡，有人撩開了門帷，一個穿著一套白色便服，黑如烏木般的黑奴向他的主人打了一個手勢，表示可以到餐廳去了。

「哦，」那陌生人對弗蘭士說，「我不知道您是否和我看法一致，但我認為，像這樣單獨待上兩三個小時，而互相竟不知道如何稱呼對方的名字或頭銜，實在是件令人懊惱的事。請注意，我也很尊重待客的禮節，不會問您的名字和頭銜。我只是請您隨便給我一個名字，以便我可以稱呼您而已。至於我自己，為了不使您感到拘束，我告訴您，大家通常都叫我『水手辛巴德』。」

「而我，」弗蘭士答道，「可以告訴您，由於我只要得到一盞神燈，否則就會處在阿拉丁的位置，所以我覺得目前似乎沒有理由不把自己叫作阿拉丁。這就能使我們不致離開東方，不論我怎樣想，總之我是被某些善良的神靈帶到東土啦。」

「好吧，那麼，阿拉丁先生，」那位奇怪的主人回答說。「您已經聽到我們的晚餐已準備好了，現在請您移步餐廳好嗎？在下走在前面給您引路。」

說著，辛巴德就撩開門帷，為客人引路。

弗蘭士從一個奇觀走進另一個奇觀中，餐桌上擺滿了珍饈佳餚，一旦對這重要的一點確信無疑之後，便開始環顧四周。餐廳並不比他剛才離開的客廳有絲毫遜色，全部用大理石建成，還有價值連城的古代浮雕。餐廳是長方形的，兩端各有兩尊精美的石像，石像的手裡拿著籃子。這些籃子裡的美果堆成金字塔形，裡面有西西里的鳳梨、馬拉加的石榴、巴里立克島的橘子、法國的水蜜桃和突尼斯的棗。

至於晚餐，菜餚有烤野雞，周圍擺上科西嘉烏鶇，一隻凍火腿，一隻芥汁羔羊腿，一條珍貴無比的比目魚和一隻碩大無朋的龍蝦。在這些大菜之間，還有較小的碟子盛著各種珍饈美味。碟子是銀製的，而餐盆則是日本瓷器。

弗蘭士揉揉眼睛，要確定自己是不是身處夢境。

在餐桌旁邊侍候的只有阿里一人，但服侍起來卻毫不含糊，讓主人稱讚不已。

「是的，」他一面很莊重得體地盡地主之誼，一面回答，「是的，他是一個可憐蟲，對我極其忠心，而且盡可能地竭力來證明這一點。他記得我救了他的命，由於看來他很重視他的那顆腦袋，所以他始終對我感激不盡。」

阿里走到他的主人前面，捧起他的手，吻了一下。

「辛巴德先生，」弗蘭士說，「您能告訴我您是在什麼樣的情況下完成那件義舉的，我這樣的要求是否太唐突呢？」

「噢！說來很簡單，」主人回答說。「這個傢伙好像是因為在突尼斯王的後宮附近閒蕩時被捉住的，因為那裡的法律規定，有色人種不可以在王宮附近逗留，於是治他的罪，命人割掉他的舌頭，砍斷他的手，斬掉他的頭——第一天是舌頭，第二天手，第三天頭。我一直渴望有一個啞巴為我服務，我等到他的舌頭割掉以後，才去向國王建議，用一把精巧的雙筒槍來交換他，因為我知道他非常想要一支這樣的槍。他衡量再三，堅持要結果這個可憐蟲。但我還有一柄英國彎刀，這柄彎刀可以把國王的土耳其劍切得粉碎，當我在長槍以外再加上這柄英國彎刀時，國王決定饒過這個可憐蟲的手和頭，只是有一個條件，就是不許他的腳再踏上突尼斯。這項交易條件實在是不必的，因為那膽小鬼一望見非洲海岸，就立刻跑到艙底下去，直到看不見世界第三大洲的時候，才能把他叫出來。」

弗蘭士沉思默想了一會兒，對於主人剛剛敘述時那種善良又殘忍的態度，他不知作何評價。為了轉變話題，他說：「既然您用了這個可敬可佩的水手的名字，那麼，您是在旅行中度過一生的嗎？」

「是的。那是我曾經發誓時立下的一個誓願，」陌生人帶著奇怪的微笑說，「我另外還發了幾個誓，我希望能按時兌現它們。」

雖然辛巴德在說這番話的時候態度溫和，他的眼睛裡卻射出異常凶猛的光芒。

「您吃過很多苦嗎，閣下？」弗蘭士試著問道。

辛巴德哆嗦了一下，盯住他，反問道：

「您怎麼會這樣想呢？」

「一切都使我這樣想！」弗蘭士答道，「您的聲音、眼光、蒼白的膚色和您眼下所過的這種生活。」

「我！我過著我所知道的最快樂的生活——真正是一位總督的生活。我是萬物之王！什麼地方我過得很愉快，我就留在那裡；我厭倦它了，就離開。我享受著鳥一樣的自由，也像鳥一樣的有翅膀。我只要稍稍示意我的部下，命令就會立刻執行。我不時取笑人類的司法機構，以此取樂，帶走一個它所通緝的強盜，或它所追捕的犯人。再說我有自己的司法機構，有低級和高級的裁判權，設有緩刑，也設有上訴，有罰有赦，而誰都不知道。啊！假如您體驗過我的生活，您就不願再過別的生活了，您絕不願再回到世俗的社會中，除非您要到那兒去實施某種大計畫。」

「譬如說，復仇！」弗蘭士說。

陌生人用那種能洞察心靈深處的目光盯著這個青年人。

「為什麼是復仇呢？」他問。

「因為，」弗蘭士答道，「我覺得您的模樣就像受到社會所迫害，對社會有無法泯滅的仇恨似的。」

「啊！」辛巴德面帶古怪的神情，大笑著回答，笑時露出他那雪白銳利的牙齒，「您猜錯了。正像您所看到的，我是一位慈善家。有一天，或許我會到巴黎去，跟亞伯特閣下和穿藍色小外套的那個人作對。」

「您到那裡是第一次吧？」

「是的，是第一次。您一定覺得我這個人很古怪，但我向您保證，我之所以拖延了那麼久，其錯並不在我，有朝一日，我會成行的。」

「這次的旅行您準備很快實行嗎？」

「我也不知道，一切只能依情況而定，而世事卻很難說準。」

「我很希望您來的時候我也在那兒，我要竭盡所能以盡地主之誼，來報答在基督山對我的盛情款待。」

「我很高興能利用您的好意，」主人回答，「但不幸，假如我到那兒去，或許我會隱姓埋名。」

這時，他們繼續用晚餐，但這一頓晚餐倒像是專為弗蘭士而準備的，因為那位陌生人對於這一席豐盛的酒筵簡直碰都沒有碰，但這個不速之客卻吃得津津有味，而陌生人只略嘗了一兩樣菜。

然後，阿里把甜品捧了上來，準確地說，就是從石像的手上拿下籃子，放在桌子上。他又在兩隻籃子之間，放下一隻小銀盃，銀盃上扣著一個同樣質地的蓋子。

阿里端來這只杯子時畢恭畢敬，挑起了弗蘭士的好奇心。他揭開蓋子，看到一種淺綠色的糊汁，有點兒像年代久遠的白葡萄酒，但他一點兒也不知道是什麼東西。

他把蓋子重新蓋好，和揭開蓋子之前一樣，仍然不知杯子裡的東西是何物，於是抬眼望向它的主人，他發現對方正面帶微笑看著失望不已的自己。

「您看不出這只杯子裡是什麼甜食，這使您驚詫莫名，是不是？」

「我承認是的。」

「好，那麼我告訴您，那種綠色的甜食就是青春女神赫柏為大神朱庇特擺下的筵席上奉獻的神漿。」

「但是，」弗蘭士答道，「這種神漿，經過人手傳遞，無疑喪失了天上原本的名稱，而取了一個人間的名稱，用俗語來說，您可以把這種藥品叫做什麼名稱呢？說老實話，我倒並不十分想嘗它。」

「啊！我們凡夫俗子的本性就這樣顯露出來了，」辛巴德大聲說，「**快樂常常從我們身邊悄然經過，可是我們卻沒有看見它，沒有去注意它，或是即使我們的確看到它而且注意到它了，但是卻又認不得它。**你要做一個重實利的人，而金錢是您的神靈嗎？嘗嘗這個，於是秘魯，古齊拉，戈爾康達的金礦都會在你的眼前打開了。你要做一個富有想像力的人，成為一名詩人嗎？嘗嘗這個，於是一切的阻礙都不復存在，無限的太空就會在你的眼前打開，您會感覺到身心和思想都擺脫了束縛，您會漫步在無垠的幻想世界裡。你想建功立業，要使自己有更廣闊的天地嗎？嘗嘗這個，於是在一小時以內，您就是一位國王了——不是僻處在歐洲某個角落裡的一個小國家的國王，如法國，西班牙或英國，而是世界之王、宇宙之王、萬物之王。您的寶座將建立在耶穌被撒旦所奪去的那座高山上，您不必對撒旦卑躬屈膝，不必被迫去吻他的魔爪，您將是地球上一切王國的至尊。我描述的畫面還不夠誘人嗎？因為只要像我這樣做事，一切就皆可實現，瞧！」

說著，他揭開那只小杯子，裡面盛著他大加讚美的東西，舀了一匙有魔力的瓊漿，舉到他的唇邊，瞇著眼睛，倒仰著頭，慢慢地把它吞了下去。

弗蘭士沒有打擾他品嘗鍾愛的食品，但當他吃完以後，他就問道：

「那麼，如此珍貴的東西究竟是什麼呢？」

「你聽過高山老人嗎，」主人問道，「那個想暗殺菲力浦・奧古斯都的山中老人？」

「當然聽說過呀。」

「好，你知道，他統治著一片物產豐富的山谷，山谷兩旁是巍然高聳的大山，他那文雅的名字就是因這座山才取的。在這片山谷裡，有山中老人海森班莎所精心照料的美麗花園。而在這座花園裡，點綴著一座座互不相連的亭台樓閣。在這些亭台樓閣裡，他接見他的選民。而就在那兒，據馬可・波羅說，他把某種藥草賜給他們吃，這種草藥會助他們升到樂園，那裡的常青樹四季花開不敗，鮮美的果子長年不斷，而少男少女們則享受著永不流逝的青春年華。嗯，這些非常幸福的年輕人看作是現實的東西，實際上只是一個夢，但這個夢是這樣的祥和，這樣的安逸，這樣的使人如癡如醉，以致他們把自己的肉體和靈魂都賣給讓他們做過這個夢的人。他們服從他的命令像服從上帝一樣——他指使他們去殺死誰，他們就走遍天涯海角去追殺那個犧牲者，他們寧願在折磨中死去，也不會有半句怨言——相信死會幫助他們擺脫塵世升到極樂世界的捷徑，而他們已從聖草中品嘗過極樂世界的滋味。放在你面前的就是已經給他們事先嘗過的聖草。」

「那麼，」弗蘭士喊道，「這是大麻精！我知道的——至少知道它的名稱。」

「正是，你說中了，阿拉丁先生，這是大麻精，是亞歷山大出產的最好最純粹的大麻精，是阿波考調製的大麻精。阿波考是無人匹敵的製藥聖手，我們應該給他建造一座宮殿，上面刻這樣的幾個字：『世界感謝幸福的商人』。」

「你知道嗎，」弗蘭士說，「我很想親自來判斷您這篇頌詞是真實的還是誇張的？」

「您自己去判斷吧，阿拉丁先生，判斷吧，但千萬不要只嘗試一次，像對其他一切事物一樣，我們的感官對於任何新的印象，不論是溫和的或猛烈的、悲哀的或愉快的，一定得嘗試多次才會習慣。人的天性中總是排斥著快樂，而癡迷著痛苦，因此自然而然會抗拒這種神聖的物質。在這一場鬥爭中，天性一定會屈服，而夢幻也會緊隨現實生活。於是夢幻成了一切的主宰。那時，夢和生活變得水乳相融，不可分割。但兩者的變化是多麼與眾不同啊！就是說，將實際生活的痛苦和虛幻的生活相比較，你不想再生活，只想永遠地這樣夢下去。當你從你的虛幻世界回到這個現世的真實中的時候，你就像是離開那不勒斯的春天到了北極拉伯蘭的冬天，離開樂園到了塵世，離開天堂到了地獄！嘗嘗大麻精吧，我的客人，嘗嘗大麻精吧！」

作為回答，弗蘭士舀起一匙這種神妙的藥劑，分量約莫和他的主人所吃的差不多，把它舉到口邊。

「見鬼！」他在咽下了神漿以後抱怨道，「我不知道它是否會帶來您所描述的那樣美妙效果，但我吃起來絕不像您說的那樣美味。」

「因為您的味覺還沒有嘗出這樣東西的真味。告訴我，當您第一次嘗到牡蠣、茶、黑啤酒、松菌，以及其他各種您現在極力稱讚為無限美味的東西的時候，您喜歡它們嗎？羅馬人用魏草給野雉做調料，而中國人愛吃燕窩，這您理解嗎？哦，不懂！好，大麻精也一樣，只要連吃一星期，今天或許您覺得這種味道淡而無味，但不久您就會覺得它的甘美是這世上任何東西都無法匹敵的，而現在您或許只是對它感到厭惡。我們到旁邊的房間，那是您的臥室，阿里會給我們把咖啡和煙斗拿來的。」

他們都站起來，當那個自稱為辛巴德——我們也不時這樣稱呼他，因為同他的客人一樣，我們總得給他一個稱呼吩咐他的僕人的時候，弗蘭士就走進旁邊的那個房間。

這個房間佈置得很簡單，但卻很華麗。圓形的房間沿著牆壁擺放了一圈很大的無扶手沙發，沙發上、牆上、天花板上、地板上，都裝飾著華麗的獸皮，踏上去柔軟得像踩在名貴的地毯上一樣。其中有鬃毛蓬鬆的、阿脫拉斯的獅子皮，條紋斑斕的、孟加拉的老虎皮，散佈著美麗的花點的、曾出現在但丁面前的、卡浦的豹皮，西伯利亞的熊皮，挪威的狐皮，這些獸皮層層相疊，使人以為走在最茂密的草坪上，躺在最柔軟的床上。

他們靠在沙發上，素馨木管琥珀嘴的土耳其式長煙筒已放在他們的手邊，而且並排放著許多支，無須連抽兩回一隻煙筒。他們每人各拿一支，阿里為他們點了火，然後出去端咖啡。

沉默片刻，辛巴德沉浸在想像中，看來有一種念頭不斷縈繞在他的頭腦中揮之不去，甚至在談話的時候也不曾斷絕過；弗蘭士則默默地陷入一種迷離恍惚的狀態之中，抽上上好的煙草，幾乎總是陷入這種狀態，煙草中升起的嫋嫋青煙似乎把腦子裡一切的煩惱都給帶走了，使一幕幕奇幻的景象呈現在吸煙者的腦子裡。

阿里端著咖啡走了進來。

「您愛怎麼喝？」陌生人問道，「法國式的還是土耳其式的，濃的還是淡的，冷的還是熱的，加糖還是不加糖？隨您歡喜，樣樣都很方便。」

「我喜歡土耳其式的。」弗蘭士回答。

「您選得對，」主人說，「這證明您喜愛東方式的生活。啊！那些東方人──只有他們才懂得如何生活。至於我，」青年又看到他的臉上出現了一個怪異的微笑，「當我了結了巴黎的事情之後，我要老死在東方。假如您想再見到我，您就必須到開羅、巴格達，或是伊斯法罕來找我了。」

「啊喲！」弗蘭士說，「這太容易了，因為我覺得我的肩膀上已長出兩隻老鷹的翅膀，憑著這一對翅膀，我可以在二十四小時以內環繞世界一周。」

「啊，啊！這是大麻精發揮效力了。好吧，展開您的翅膀，到人類不可企及的領域飛翔吧。什麼都不必怕──有人在您身邊守候，假如您的翅膀也像伊卡路斯的那樣被太陽曬融了，我們會來接住您的。」

他於是對阿里說了幾句阿拉伯話，阿里用動作表示聽從主人的吩咐，退後幾步，但仍舊站在附近。

至於弗蘭士，他的體內發生了一種奇異的變化，白天體力上的勞累和晚上的經歷使他產生的精神顧慮，全部消失了。正像人們剛剛入夢，卻還能意識到自己快要睡熟的時候一樣。他的身體似乎輕得像空氣一樣，他的知覺變得異常敏銳，他的感官似乎增強了一倍力量。他的視野始終在擴大，這不是他在入夢以前，從高空中看到的那種了無生氣，令人驚懼又充滿憂傷的地平線，而是另一種藍色的、透明的、看不到邊際的地平線融合了大海的蔚藍色，太陽的萬道金光以及和風的熏香。然後，在水手們的歌聲裡──歌聲是如此的嘹亮優美，要是有人能記下他們的樂譜，就成了一首神曲──他看到了基督山島。它不再是驚濤駭浪中令人生畏的礁石，而是像流落在沙漠裡的一片綠洲。當小船駛近的時候，歌聲更響了——因為一片迷人的、神秘的歌聲從島上升向蒼穹，彷彿有一位像羅萊那樣的女妖或一位像安菲翁那樣的魔術家故意用歌聲引誘一個靈魂到那兒去築起一座城池。

船終於靠了岸，但毫不費力，也沒有絲毫的晃動，就像合攏了嘴唇一樣。他回到岩洞，但是這迷人的音樂沒有停止。他向下走了幾步，或說得更確切些，只是似乎「像」下走了幾步，一面走，一面吸著清新溫香的空氣，好似走進了那香得令人如癡如醉，暖得令人神往的塞茜的魔窟裡。他重又看到他在入睡之前見過的東西，從辛巴德，他那神秘的東道主，到阿里，那啞巴的侍僕。然後一切似乎就在他的注視下煙消雲散，彷彿一盞即將熄滅的魔燈那最後的一縷光線；他又到了那個有石像的房間，房間裡只點著一盞昏黃的古色古香的油燈，在這寂靜的黑夜中，只有這盞燈守護著人們的睡眠和寧靜。

幾尊石像依然如故，逼真的姿態，栩栩如生，散發著藝術的美，她們的眼睛如此迷人，笑容如此魄人，濃密的長髮如此飄逸。她們是費麗妮、喀麗奧柏德拉、美莎麗娜這三個鼎鼎大名的多情女子。然後，從她們之間，彷彿一縷清光，彷彿一個從奧林匹斯山裡出來的基督的天使，一個純潔的身影輕飄飄的溜過，這是一個寧靜的靈魂，一個柔和的幻象。面對這三個大理石雕塑的蕩婦，它似乎害羞得用面紗遮住了它那貞潔的額頭。

於是弗蘭士覺得，這三尊塑像把她們的愛情都傾注在他一個人的身上，她們走到他躺著的床前——她們的腳遮在長袍裡面，她們的頸脖赤裸著的，頭髮像波浪似的飄動著，那種姿態連天神也要屈膝拜倒，只有聖人才能抵擋，她們的眼光裡燃燒著火一般的熱情，一眨不眨地望著他像一條赤鏈蛇盯住一隻小鳥一樣。這種目光給人感到一種被懾住的痛苦，同時又使人體味到了如親吻般的甜蜜，在這樣的目光中他無法自拔。

弗蘭士似乎覺得他閉攏了眼睛，當他向周圍投了最後一瞥時，他看到那些貞潔的石像都完全遮上了面紗。然後他的眼睛對真實的事物閉上了，他的感官卻已打開，準備迎接奇妙的景象。

這種幸福源源不斷，這種愛似乎永遠不會枯竭，就像穆罕默德曾經承諾要向他的選民奉獻的愛一樣。於是所有的石頭嘴巴都有了生機，所有這些胸脯都溫暖起來，對弗蘭士來說，他第一次受制於大麻的藥力，這種愛伴著痛苦，這種幸福伴著折磨，這時，他感到這些塑像的嘴唇像蛇身一樣柔軟冰冷，爬過他扭曲的嘴巴；他的手臂越想將這種陌生的愛推開，他的感官就越受到這神秘的夢的吸引，最終，在這場以出賣靈魂為代價來換取這種感受的搏鬥中，他徹底甘拜下風，大理石情婦的親吻伴著這神奇的夢的魔力，他終於變得氣喘吁吁，期待著疲憊將睡眠帶給他，結果卻被這快感弄得筋疲力盡。

chapter 32 醒來之後

當弗蘭士從夢中醒來時，他以為周圍的一切仍是夢中的另一個場景。他以為自己是躺在一個墳墓裡，一縷陽光從外面透進來，好似對他憐憫的一瞥。他伸出手去，觸著了石頭。他坐起身來，發覺他還裹著斗篷，睡在一張用還帶著芳香的歐石楠乾草鋪成的柔軟的床上。

幻景已煙消雲散，似乎那些石像只是在他睡夢中從她們的墳墓裡爬出來的幽靈，在他醒來時，她們便紛紛逃走了。

他向光線照進來的那個地方走了幾步，此時夢境帶來的興奮與激動已經平復，眼下只有現實的寧靜。他看到自己是待在一個岩洞裡，便走向洞口，穿過拱門，一片蔚藍的海和一片淡藍色的天空便呈現在眼前。在清晨的陽光照耀下，空氣和海水閃閃發亮，岸上，水手們坐在那邊聊天說笑，離開十步遠，小帆船被錨拉著輕悠悠地蕩在海面上。

他在洞口站了一會兒，清新的微風拂過他的額頭，令他心曠神怡，同時他也在傾聽著浪濤湧向海灘時、撞擊在礁石上留下一圈銀白色的泡沫時所發出的拍擊聲。他暫時讓自己沉醉在大自然的聖景中，把一切回憶和思慮都拋在一邊。這種感覺尤其是做過夢之後，更加強烈。於是，這種如此寧靜、純潔、宏偉的外界生活漸漸地向他證實了夢的虛幻，往事慢慢在他的記憶中展開。

他記起自己怎樣到達這個島上，怎樣被引薦給一個走私販子的首領，怎樣步入一座富麗堂皇的地下宮殿，怎樣享用了一頓山珍海味的晚餐，怎樣咽下了一茶匙大麻精。

不過，面對著燦爛的陽光，他覺得所有經歷的事彷彿發生在一年前，但那個夢卻在他的腦子裡留下了深刻的印象，在他的想像中佔據了牢固的地位。他常常在幻想，看到夢中投入他的懷抱給了他一切甜蜜的女仙中的一個出現在水手之中。他的幻想使他看見一個幽靈坐在在水手中間，或者穿過一塊岩石，或者蕩漾在小帆船上。除了這一點以外，他的頭腦卻十分清醒，他的身體也已消除了疲倦完全恢復了過來。他的頭腦毫不遲鈍，相反的，他卻感覺到相當輕鬆，比以往更能吸收空氣和陽光。

於是，他高高興興地向水手們走去。

他們一看到他便站起身來，船老大走近他。

「辛巴德爵爺託付我們向閣下轉達他的敬意，還讓我們向閣下表達他不辭而別的歉意。他不能向大人告別了，」頭兒對他說道，「然而，他希望當閣下知道是一件十萬火急的事情讓他必須立即動身去馬拉加的時候，閣下是會原諒他的。」

「是嗎！我親愛的蓋太諾，」弗蘭士說道，「這麼說，這一切都是實有其事嗎。也就是說，真有過這麼一個人在這個島上接待我，把我奉為君王一樣精心款待，並且在我睡著時就走了嗎？」

「千真萬確，您看他的遊艇已經駛遠了，扯滿了帆。假如您願意拿起望遠鏡，您很可能會看見您的東道主就在他的船員們中間的。」

一邊說著，蓋太諾一邊朝一艘小船那個方向揮了揮手，小船正揚帆駛向科西嘉的南端。

弗蘭士拉長望遠鏡，調整焦距，向所指的地方望去。

蓋太諾沒有說錯。那個神秘的外國人站在船尾，正對著這邊，像他一樣手中拿著一架望遠鏡。他仍穿著頭天晚上接待他的賓客時穿的那身衣服，正在晃動手帕向他告別呢。

弗蘭士也抽出手帕，像他一樣揮動著，向他表示自己的敬意。

突然間，船尾冒出一片煙雲，緩慢地嫋嫋升起，漸漸地融入了空中。接著弗蘭士聽到了一聲微弱的炮聲。

「聽哪，您聽見了嗎，」蓋太諾說道，「他在向您道別哪！」

年輕人拿起馬槍，對著天空放了一槍。不過，他對這槍聲能否從岸上傳到遊艇上並不抱多大希望。

「閣下有何吩咐啊？」蓋太諾問道。

「首先，請給我點燃一支火把。」

「嗯，好的，我明白，」頭兒接口說道，「那是為了尋找魔宮的入口處吧。如果您有興趣，我樂意遵命，閣下，我這就給您送上您要的火把。說實話，我也曾產生過您現在這樣的想法，這種衝動我有過三四次，但都放棄了。切沃列，」他補充說道，「點一支火把，把它交給閣下。」

切沃列遵命服從。弗蘭士拿起火把，鑽進地道，蓋太諾跟在後面。

他從那張弄亂了的歐石楠鋪成的床鋪，認出了他曾睡過的地方，他舉著火把沿著岩洞的外層照來照去，但仍然一無所獲。他除了從煙灰的痕跡上認出有其他人先於他已經勞而無功地試圖探出個究竟而外，什麼也沒發現。

花崗岩的牆壁像未來一樣難以穿越，每一尺牆面他都仔細檢查，絕不放過。他每看見一處裂縫，都要用他的獵刀尖刃插進去探探；他沒有發現有突出的地方可以按，希望能按下去，一切都白費工夫。

到最後，他不想再尋找了，這應驗了蓋太諾說的話。

當弗蘭士再次回到沙灘上時，遊艇在地平線上只剩下了一個小白點。他求助於望遠鏡，但即使借助工具，還是一無所見。

蓋太諾提醒他說，他來是為了打山羊的，而他早已把此事置之腦後了。他拿起槍，跑遍了全島，看起來不如說是在履行職責，而不像盡興玩樂。一刻鐘之後，他獵到了一頭山羊，兩隻羊羔。這些山羊雖說是野生的，而且像羚羊一樣輕捷靈敏，卻酷似我們馴養的山羊，弗蘭士並不把牠們當成獵物。再說，他的頭腦裡縈繞著另外一些想法，而且它們要強烈得多。從頭天晚上起，他真的成了《一千零一夜》神話故事裡的主人公，他忍不住又回到岩洞。

儘管第一次搜索勞而無功，但他關照蓋太諾炙烤一隻小山羊之後，又開始了第二次搜索。第二次檢查的時間相當長，因為當他返回時，羊羔烤好了，午飯也已準備就緒。

弗蘭士坐在頭天晚上神秘的主人派人邀他去吃晚飯時的那個地方，他遠遠地仍能瞥見小遊艇如同在浪尖上翱翔的海鷗那樣，繼續向著科西嘉的方向行駛。

「你對我說，辛巴德爵爺是去馬拉加，」他對蓋太諾說道，「可我覺得，他正在徑直向波托韋基奧港駛去。」

「您忘記了，」船主接著說道，「在他的船員中，我告訴過您，眼下有兩個科西嘉的強盜嗎？」

「不錯！他要把他倆送到那個島上去嗎？」弗蘭士問道。

「正是。啊！這個人哪，」蓋太諾大聲說道，「聽人說，他膽大包天，他會繞上五十海浬，幫一個可憐的人。」

「不過，這種幫忙會使他與地方當局發生麻煩的，因為他是在他們的轄區內發揚這種博愛精神的呀。」弗蘭士說道。

「嗨！」蓋太諾笑著說道，「當局對他有什麼辦法！他可會嘲弄當局呢！讓他們去追追看吧。首先，他的遊艇不是一條船，而是一隻小鳥，一艘三桅戰船每走十二海浬就會被它甩出三海浬。然後他只要上岸就行，他哪裡找不到朋友呢？」

從這番話中能清楚地看到，就是弗蘭士的東道主辛巴德爵爺，有幸與地中海沿岸的走私販子和強盜有著良好的關係，這就使他處於一種非常特殊的地位。

對弗蘭士來說，沒有什麼能使他羈留在基督山。他已經完全失去了揭開岩洞秘密的希望，於是便匆匆吃了飯，一面吩咐水手們，等他一吃完飯就把小帆船準備好。

半小時後他已登上了小船。

他向遊艇望了最後一眼，遊艇即將消失在波托韋基奧海灣。

他發出起航的信號。

正當小船開始航行時，遊艇就消失不見了。

隨後，昨夜留下的最後一點兒痕跡也煙消雲散了。於是，對弗蘭士來說，晚餐、辛巴德、印度大麻和雕像，全都融進同一個夢境之中了。

小船航行了整整一天一夜。次日，當太陽升起時，基督山也隱沒不見了。

弗蘭士一上岸，至少暫時忘記了不久前才剛剛發生的事情。在佛羅倫斯他還要繼續尋歡作樂，還要應對禮尚往來的應酬，就一心想要去會見在羅馬等待著他的夥伴。

於是他出發了，星期六傍晚時分，他搭乘郵車到達杜阿納廣場。

我們已經介紹過，房間早先已經預訂了，只需尋到派里尼老闆的旅館就行了。這可不是容易的事，因為大街小巷裡都已擠滿了人。羅馬已經處於大節日之前那種喧鬧、歡騰的狀態之中。而在羅馬，一年裡就有四件大事：狂歡節、復活節、上帝節和聖•彼得節。

在一年的其他日子裡，這座城市又處於陰沉麻木之中，這是不死不活的中間狀態，如同陰陽兩界的中轉站。單這個中轉站是一個崇高、富有詩意和個性的歇腳地。弗蘭士已經待過五六次，每一次他都感到格外美妙，格外神奇。

他終於穿過人數越聚越多、情緒越來越激動的人群，來到旅館裡。他一提及，飯店服務人員就用車已包出的車夫和房客已滿的旅店老闆所持有的傲慢態度來回答他，倫敦飯店已沒有他的位置了。於是他遞上名片，請人轉交給派里尼老闆，並要找阿爾培•馬瑟夫這個人。這一招奏效了，派里尼老闆親自跑來，連聲道歉，說讓閣下久等了，斥責了侍者，從那個已經奪到遊客的嚮導手裡拿過蠟燭盤，正準備要領他去見阿爾培時，想不到後者已迎了上來。

這個預訂的套房，包括兩間臥室和一間書房。兩間臥室面向大街，派里尼老闆指出這一優點，認為這會帶來難以估量的價值。同一層樓的其他房間都已經出租給一個很富有的人了。此人看上去像是西西里人或是馬爾他人，旅館主人也說不準這位旅客是屬於上述哪一個民族的。

「很不錯，派里尼老闆，」弗蘭士說道，「我們必須馬上用晚餐，隨便吃點兒什麼都行，明天及往後幾天會需要一輛敞篷馬車。」

「晚餐嘛，」旅館主人答道，「馬上給你們端上來，至於敞篷馬車嘛……」

「什麼，至於馬車，」阿爾培大聲說道，「等等，等等！別開玩笑了，派里尼老闆！我們必須有一輛四輪大馬車啊。」

「先生，」旅館主人說道，「我會竭盡全力給兩位準備一輛。我能說的就是這些。」

「我們什麼時候能得到回音呢？」弗蘭士問道。

「明天上午。」旅館主人答道。

「活見鬼！」阿爾培說道，「只要我們要多出一點兒錢，就能解決問題。在德雷克或是阿隆車行，平常每天只要二十五個法郎，星期天和節日是三十到三十五個法郎。我們每天再加上五個法郎的傭金，一共是四十法郎，就不用多說了。」

「那麼就把馬套在我的馬車上好了，我的馬車在旅途中損壞了邊角，不過沒關係。」

「我很擔心即使給這些先生雙倍的傭金，他們也沒辦法搞到馬車。」

「馬也找不到。」

阿爾培望著弗蘭士，像是不理解這句回話的意思似的。

「你不明白，弗蘭士！沒有馬，」他說道，「驛馬呢，難道也沒有嗎？」

「兩個星期前就都租出去啦。眼下只剩下必不可少要派上用場的幾匹。」

「你看怎麼辦呢？」弗蘭士問道。

「我說，一旦有什麼事超過了我的理解力，我就不會死死纏住他不放，而會去考慮另一件事情。晚餐準備好了嗎，派里尼老闆？」

「準備好了，閣下。」

「那好，先吃飯去吧。」

「那麼四輪敞篷馬車和馬呢？」弗蘭士問道。

「放心吧，親愛的朋友，到了時候會自動來的，就看給多少價錢了。」

弗蘭士認為，只要他錢包鼓鼓的、天下任何事也難不倒他，他就是帶著這種令人讚歎的哲學觀去吃飯、睡覺了，而且一夜高枕無憂的，夢見他坐上六匹馬駕轅的敞篷四輪馬車，在狂歡節跑遍羅馬。

chapter 33

羅馬強盜

翌日，弗蘭士先醒了，他剛醒就拉鈴。

鈴聲尚在，派里尼老闆就親自來了。

「嗨！」老闆甚至不等弗蘭士問他，便得意地說道，「昨天我沒敢貿然答應你們，心想這事已經辦不成了，你們著手太晚了。在狂歡節的最後三天，羅馬連一輛馬車都找不到了。」

「是啊，」弗蘭士接口說道，「就是馬車必不可少的那幾天。」

「什麼事？」阿爾培走進來問道，「沒有馬車嗎？」

「一點兒不錯，親愛的朋友，」弗蘭士答道，「您一下子就猜中了。」

「啊哈！你們的城市名垂千古，這才稱得上一座漂亮的城市呢。」

「換句話說，閣下，」派里尼老闆接著說道，他想在遊客眼裡保持基督教之都才有的尊嚴，「換句話說，從星期天上午一直到下星期二的晚上沒有馬車。不過，從現在起到星期天上午之前，只要您願意，五十輛都找得到。」

「啊！這還像句話，」阿爾培說道，「今天是星期四，從現在起到星期天，誰知道會發生什麼事情呢？」

「要來一萬至一萬兩千名遊客，」弗蘭士答道，「這些人一來，困難就大大增加。」

「我的朋友，」馬瑟夫說道，「現在就去享受到手的東西吧，別為未來擔憂。」

「至少，」弗蘭士問道，「我們總能租到一個窗口吧？」

「面對什麼地方？」

「面對高碌街，那還用說嘛！」

「噢！一個窗口！」派里尼老闆驚呼道，「不可能，完全不可能的！杜麗亞宮的六樓本來還剩下一個窗口，也以每天二十西昆的價格出租給一個俄國親王了。」

聽了這話，兩位年輕人驚得目瞪口呆。

「呃，親愛的，」弗蘭士對阿爾培說道，「你知道我們最好幹什麼嗎？就是到威尼斯去過狂歡節。至少在那裡，如果我們找不到馬車，我們可以找到一條貢朵拉。」

「哦！絕不！」阿爾培大聲說道，「我已決定在羅馬觀看狂歡節，我一定要在這裡看，哪怕踩高蹺看也行。」

「行啊！」弗蘭士大聲說道，「這是一個絕妙的主意，尤其是吹長明燭就更方便了。我們可以化裝成滑稽的吸血鬼，或是蘭德斯牧童，我們一定就會取得驚人的成功。」

「兩位閣下是否想從現在到星期天雇一輛馬車？」

「當然啦！」派里尼老闆耳畔響道，「你以為我們要像律師的小夥計那樣用兩隻腳在羅馬的街上跑嗎？」

「我會立即執行兩位閣下的吩咐，」派里尼老闆說道，「不過我先要說一聲，兩位包租一輛車每天要花六個畢阿士特。」

「我說，親愛的派里尼先生，」弗蘭士說道，「我不像我們的鄰居，不是百萬富翁。我也預先跟您講好，我這已經是第四次來羅馬了，我知道平時、星期天和節日馬車分別是什麼價格。今天、明天和後天我們總共給您十二個畢阿士特，您還可以大賺一筆。」

「不過，閣下……」派里尼老闆說道，他還想討價還價一番。

「得了，親愛的旅館老闆，得了，」弗蘭士說道，「要不我就親自與您的關係人講價錢去了，他也是我的搭檔，這是我的一個老朋友，他這麼些年來已經騙去我不少錢，而且還希望可以繼續騙下去，會出比我給您的更低的價錢。這樣，您就會損失一筆賺頭，那可是您的錯。」

「別費這份心了，閣下，」派里尼老闆說，帶著一個義大利投機商甘拜下風的笑容，「我會盡力而為，並且希望您會滿意。」

「好極啦！這樣才像話啊。」

「你們什麼時候要車子？」

「一小時後。」

「一小時後，車子將候在門口。」

果真，一小時後，馬車已在等待著這兩個年輕人了。這是一輛普通的出租馬車，由於正逢盛典，它的身價已被抬高到了敞篷四輪馬車的地位。雖說這輛車外觀簡陋，但兩個年輕人能在狂歡節的最後三天找到這麼一輛交通工具，也很高興的了。

「閣下！」導遊看見弗蘭士把頭伸向窗口，就大聲喊道，「要把豪華馬車駛近王宮嗎？」

雖然弗蘭士早已習慣了義大利人的誇張措辭，但他仍本能地朝周圍看了看，來確定這句話是否是對著他說的。

弗蘭士就是「閣下」，「豪華馬車」就是出租馬車，而「王宮」就是倫敦旅館。一句話就把這個民族愛恭維人的本性表現得淋漓盡致。

弗蘭士和阿爾培走下樓來。豪華馬車駛近王宮，他們在座位上伸直了腿，導遊跳進來坐在後座。

「兩位閣下想去哪兒啊？」

「先去聖彼得大教堂，再去鬥獸場。」阿爾培以正宗巴黎人的口氣說道。

但阿爾培不知道：參觀聖彼得大教堂得一天的工夫，研究它需要一個月，因此，一天時間僅夠看看這座教堂而已。

這兩位朋友忽然發覺天色暗了下來。

弗蘭士掏出懷錶，已經四點半了。

於是他們立即返回旅館。到了門口，弗蘭士吩咐車夫八點鐘要用車。他想讓阿爾培觀賞一下月光下的鬥獸場，就如大白天讓他參觀聖彼得大教堂一樣。**讓朋友參觀一座自己看過的城市，正如指給他們看一個曾做過我們情婦的女人一樣，心裡充滿得意。**

因此，弗蘭士給馬夫畫出行車路線，他要從波波羅門出城，繞城一周，再從聖・喬凡尼門進城，這樣，他們就可以在赴鬥獸場去的途中順便看看朱庇特神殿、古市場、色鐵穆斯・塞維露斯宮的拱門、安多尼的聖殿和薩克拉廢墟。

他們入席進餐。派里尼老闆曾答應為他的客人們準備一頓豐盛的晚宴。他卻給他們準備了一頓差強人意的晚飯，對此也沒什麼可說的了。

晚餐結束時，派里尼老闆親自走了進來，弗蘭士起初以為他來是為了聽恭維話的，便在心中措好了詞，不料話剛出口，老闆便打斷了他的話。

「閣下，」他說道，「我得到您的贊許十分榮幸，但我上樓到這裡來不是為了這事……」

「是不是來告訴我們您已經找到一輛馬車了？」阿爾培點燃了一支雪茄問道。

「那就更不是了，閣下，您最好別再想車子啦，並請趁早拿定主意。在羅馬，事情是要麼辦得到，要麼辦不到。當別人告訴您事情已經辦不到時，那麼就一定是辦不到了。」

「在巴黎，事情好辦得多。辦不到時就用一倍的錢來解決，馬上你就會如願以償。」

「我聽到所有的法國人都是這麼說的，」派里尼老闆說道，他有點兒被激怒了，「這就讓我弄不明白他們為什麼要外出旅遊了。」

「所以嘛，」阿爾培說，冷漠地向天花板上噴煙圈，一邊蹺起安樂椅的兩條前腿，晃動著身體說道，「像我們這些旅遊的人都是瘋子和傻瓜，聰明人才不會離開他們在海爾達路的公館、林蔭大道和巴黎咖啡館呢。」

不言而喻，阿爾培是住在上述街上，每天都跟時髦到街上逛一逛，還常常到那家唯一可以吃飯的咖啡館去用餐。當然，要同侍者有交情才能在那裡吃到飯。

派里尼老闆沉默了片刻。顯然，他在回味這個回答，無疑他還是一頭霧水。

「說到底，」弗蘭士打斷旅館主人對地域觀念的思考，說道，「您來是有事的，您願意把您的來意說一下嗎？」

「啊！對，是這樣的：您訂了一輛豪華馬車，八點鐘要用，是嗎？」

「一點兒也不錯。」

「您想去參觀嗎？」

「您是說鬥獸場嗎？」

「一點兒不錯。」

「是的。」

「您告訴車夫從波波羅門出城，繞城一周，再從聖・喬凡尼門進城？」

「我是這樣說的。」

「嗯！這條路線是不能走的。」

「不能走？」

「或者說至少是很危險的。」

「危險？為什麼？」

「因為有大名鼎鼎的羅傑・范巴。」

「首先，我親愛的老闆，這個大名鼎鼎的羅傑・范巴是什麼人？」阿爾培問道，「他在羅馬聲名赫赫，但我得告訴您，在巴黎可沒人知道他啊。」

「什麼！您不認識他？」

「我還沒有這個榮幸。」

「您從來沒有聽人提起過這個名字？」

「從來沒有。」

「那好！我來告訴您他是個強盜，要是狄西沙雷和蓋世皮龍和他一比，就成了唱詩班的孩子啦。」

「留神，阿爾培！」弗蘭士大聲說道，「畢竟是個強盜！」

「我得預先告訴您，親愛的老闆，您即將要對我們說的話，我可一句也不會相信的。我們之間先確定這一點，接下去您愛怎麼說就怎麼說吧，我聽著。『從前啊，有個……』是嗎，快說吧。」

派里尼老闆轉向弗蘭士，他覺得在兩個年輕人之中，他比較明白事理些。這裡，我們得為這個誠實的人說句公道話：他這一輩子接待過許多法國人，但他根本無法理解他們的某些想法。

「閣下，」他神情十分嚴肅地對弗蘭士說道，「如果您把我看作一個說謊的人，我要對您說的話就不必說了。再說，我可以向您肯定一點，這完全是為兩位閣下著想。」

「阿爾培沒說您在撒謊，親愛的派里尼先生，」弗蘭士接著說道，「他只是對您說他不相信您要說的話，如此而已。不過我嘛，我相信您，您盡可放心，請說吧。」

「不過，閣下，您知道，如果懷疑我是否誠實……」

「親愛的，」弗蘭士接著說道，「您比卡莎德拉更加多心啦。不過她是個女預言家，卻無人相信她的預言。而您呢，您至少肯定有一半聽眾相信您說的。嗨，請坐下，快告訴我們范巴先生是什麼樣的人。」

「我已經向您說過了，閣下。他是一個強盜，自從聞名遐邇的馬特里拉時代以來，我們還沒有看到過這樣厲害的強盜呢。」

「好嘛！那麼這個強盜與我吩咐車夫從波波羅門出城再從聖・喬凡尼門入城，這兩者之間有什麼關係呢？」

「關係在於，」派里尼老闆答道，「您完全可以從那個城門出去，但我懷疑您是否能從另一個城門進來。」

「為什麼會這樣？？」弗蘭士問道。

「因為天黑之後，走出城門五十步遠，安全就很難保證了。」

「此話當真嗎？」阿爾培大聲問道。

「子爵先生，」派里尼老闆說道，阿爾培對他的誠實總是抱有疑慮，這深深地刺傷了他的自尊心，「我不是對您說的，而是向您的旅伴說的。他熟悉羅馬，知道不能拿這些事情開玩笑。」

「親愛的，」阿爾培對弗蘭士說道，「這倒是一次現成的絕妙冒險啊，我們在馬車裡裝滿手槍、霰彈槍和雙筒槍。羅傑・范巴來抓我們，我們就逮住他。我們把他帶回羅馬，我們把他獻給教皇陛下，教皇陛下會問以什麼來報償我們的豐功偉績。這時，我們就直截了當地向他提出要一輛四輪馬車和他馬廄裡的兩匹馬，我們坐在馬車觀看狂歡節，說不定羅馬老民眾出於感激，在朱庇特神殿為我們加冕，如同對待保國英雄庫提斯和賀拉斯那樣，稱我們是他們祖國的救星呢。」

正當阿爾培說出這個設想時，假如有人試圖描繪出此時派里尼老闆的面部表情的話，那肯定是枉費心機。

「首先，」弗蘭士對阿爾培說道，「你到哪兒去弄到這些手槍、霰彈槍和雙筒槍，塞滿您的馬車呢？」

「在我的裝備裡確實沒有，」他說道，「因為在特拉契納，小偷連我的短刀都偷走了。你呢？」

「我在阿瓜本特，也有同樣的遭遇。」

「噢！我親愛的旅館老闆，」阿爾培用雪茄煙的煙蒂又點燃了一支，說道，「您知道，這個辦法對付小偷非常合適，而且我覺得還沒有同他們算帳呢！」

派里尼老闆大概覺得這個玩笑開得有點兒過分了，因此他對這個問題只回答了一半，而且是對弗蘭士說的，他認為只有弗蘭士還能聽得進別人的意見，他們還談得攏。

「閣下該明白，遇到強盜襲擊，反抗通常是行不通的。」

「什麼！」阿爾培叫了起來，他想到自己被人洗劫一空還要一聲不吭，血性又上來了，「什麼！不能自衛？」

「不能！因為一切反抗都是沒有用的。要是有十一二個強盜從壕溝裡、破屋裡或者引水渠裡跳出來，通通向您瞄準，您還能怎樣反抗呢？」

「該死的！我寧可他們把我殺了！」阿爾培大聲說道。

旅館主人轉身面向弗蘭士，那神態意味著：「閣下，您的夥伴肯定是瘋了。」

「親愛的阿爾培，」弗蘭士接著說道，「你的回答太偉大了，與老高乃依的那句台詞『讓他去死吧』有異曲同工之妙。不過，賀拉斯這樣回答時，羅馬正處於生死存亡的關鍵時刻，為國捐軀是值得的。至於我們，你得想想啊，這僅僅是一時心血來潮，想去玩玩而已。由於一時的心血來潮拿生命去冒險是荒唐可笑的。」

「啊！」派里尼老闆高聲說道，「說得好，這叫一語中的。」

阿爾培自斟了一杯酒，小口啜飲著，嘰哩咕嚕地說了幾句含糊不清的話。

「嗨！派里尼老闆，」弗蘭士接著又說道，「您瞧，現在我的夥伴不吭聲了，您盡可相信我也是不願與別人爭鬥的性情。現在，請說說看，羅傑•范巴老爺是個什麼樣的角色？他是牧童還是貴族呢，年輕人還是老頭兒，小個兒還是大個子？請為我們描述一下他的外貌，如果我們碰巧在社交場合遇到他，如同看見讓•斯波加或勒拉那樣，我們至少也可以把他認出來呀。」

「要向我瞭解這些情況，您倒是問對人了，閣下，因為我在羅傑•范巴小時候就認識他了。有一天，我從費倫鐵諾到阿拉特里去的路上落到了他的手裡，我真運氣，他還記得我，他就放了我，不僅不用付贖金，還送了一隻非常名貴的錶，而且還給我講了他的身世。」

「讓我們看看這塊錶吧，」阿爾培說道。

派里尼從他的褲袋裡掏出一塊製作精良的佈雷蓋懷錶，上面刻著製作者的名字、巴黎的印記和一頂伯爵的冠冕。

「這就是。」他說道。

「喲！」阿爾培驚呼道，「我祝賀您，我也有一隻幾乎一模一樣的錶，」他從背心口袋裡也掏出一塊錶，「它值三千法郎呢。」

「聽聽他的故事吧，」輪到弗蘭士開口了，他拉過一張安樂椅，示意派里尼老闆坐下。

「兩位閣下容許我坐下嗎？」旅館主人問道。

「當然啦！」阿爾培說道，「您不是佈道神甫，親愛的，用不著站著講話。」

旅館主人向兩位未來的聽眾每人都恭恭敬敬地鞠了一躬，然後坐下，這一鞠躬是要表明，他已準備把他們想知道的關於羅傑・范巴的情況都講出來。

「喔！」正當派里尼老闆要開口之際，弗蘭士阻止了他，說道，「您說您在羅傑・范巴小時候就認識他了，那麼他還是個年輕的人了？」

「什麼，年輕人！那當然，他剛剛才滿二十二歲！啊！這是一條好漢，前途似錦，等著瞧吧。」

「你怎麼看，阿爾培？二十二歲就已經出名了，不錯嘛！」弗蘭士說道。

「一點兒也不錯，在他這個年紀，亞歷山大、凱撒和拿破崙這些日後在世上嶄露頭角的人，還沒他那樣成名得早哪。」

「這麼說，我們就要洗耳恭聽的故事的主人公，」弗蘭士面向旅館主人說道，「只有二十二歲。」

「剛剛才到，我已榮幸地告訴過您。」

「他是大高個兒還是小個子？」

「中等身材，與閣下的身材差不多，」旅館主人指著阿爾培說道。

「謝謝您用我來和他比較。」阿爾培鞠了一躬說。

「說下去吧，派里尼老闆，」弗蘭士又說道，他對他朋友的敏感報以微笑，「他屬於什麼社會階層呢？」

「他是聖費理斯伯爵農莊裡的一個牧童，那個農莊在派立斯特里納和卡白麗湖之間。他出生在班壁娜拉，五歲就到伯爵的農莊裡去做事。他的父親也是一個牧羊人，自己有一小群羊，他家就靠綿羊毛和羊乳製品生活，由他父親運到羅馬賣掉。

「小范巴從小就氣質出眾。當他還只有七歲的時候，他找到派立斯特里納的教士，請求神甫教他認字。這件事多少有點兒困難，因為他不能離開他的羊群，但善良的神甫每天要到一個貧窮的小鎮去做彌撒。那個小村莊太窮了，養不起一個教士，也沒有什麼正式的村名，叫博爾戈。他告訴范巴說，在他回去的時候，等在路上，然後上課，並且預先告訴他，只能教短短的一課，他一定要竭力用功，好好利用這短短的時間。

「那孩子歡天喜地地接受了。

「每天，羅傑領了他的羊群到那條從派立斯特里納到博爾戈去的路上去吃草。每天早晨九點鐘，教士和孩子就坐在一條壕溝的背壁上，小牧童就從教士的祈禱書上學功課。

「三個月以後，他已經能夠朗朗上口了。

「這還不夠，他還要學寫字。

「教士從羅馬的一位教書先生那兒弄來了三套字帖——一套大楷、一套中楷、一套小楷，他讓孩子照字母表用一根鐵針寫在一塊石板上，這樣就能學會寫字了。

「晚上，當羊群已平安地趕進農莊以後，小羅傑就急忙到派立斯特里納的一個鐵匠家裡，討了一隻大釘，燒紅了捶打，使鐵釘成為一枝鐵筆，這樣就能學會寫字了。

「第二天早晨，他拾了許多片石板，開始做起功課來。

「三個月以後，他已學會寫字了。

「教士看他這樣聰明，很是驚奇，又看到他很有天分，十分感動，就送了他幾支筆、一些紙和一把削筆刀。

「這是一門新功課，但同第一門功課相比，算不了什麼。一星期以後，他用筆寫字已和用鐵筆寫得一樣好了。

「教士把這樁奇聞講給聖費理斯伯爵聽，伯爵想見見小牧童，讓他當著自己的面念書寫字，吩咐他的跟班讓他和家僕一起吃飯，每個月給他兩個畢阿士特。

「羅傑就用這筆錢來買書和鉛筆。

「他這種善於模仿的能力在其他方面也發揮得淋漓盡致，像小時候的琪奧托一樣，他也在他的石板上畫起羊呀、房屋呀、樹林呀來。

「然後，他又用小刀來雕刻各種各樣的木頭東西，大名鼎鼎的雕刻家庇尼里也是這樣邁出第一步的。」

「有一個六七歲的女孩——比范巴還要小一點兒——也在派立斯特里納的一個農莊上看羊。她是一個孤兒，是在凡爾蒙吞出生的，名字叫作德麗莎。

「兩個孩子相遇了，他們並排坐下來，讓羊群混在一起吃草，他們聊天、嬉笑、玩耍。到黃昏的時候，他們把聖費理斯伯爵的羊和雪維里男爵的羊分開，然後分手，回到各自的農莊，並約定在第二天早晨再會。第二天他們果然沒有失約。他們就這樣一起長大。范巴長到十二歲，而德麗莎是十一歲。這時，他們的天性顯露了。羅傑已表現出對藝術的濃厚興趣和天賦。獨自一人時，他經常容易衝動，一會兒發愁，一會兒熱情，一會兒又要生氣，反覆無常，總愛冷嘲熱諷。班壁娜拉、派立斯特里納，或凡爾蒙呑附近的男孩子沒有一個能控制他，甚至連做他的同伴都很難。他的天性（總是要別人屈服，自己從來不肯退讓）使一切友好的行動和同情的表示都遠離他。只有德麗莎可以用一個眼色、一個字，或一個手勢就使他服服貼貼。他在一個女人的手裡溫柔體貼，而在不管哪一個男人的手中卻硬梆梆的無法通融。

「與他相反，德麗莎很活潑，很快樂，只是太愛撒嬌。羅傑每月從聖費理斯伯爵的管家那兒得來的兩個畢阿士特和他的木刻小玩意兒在羅馬賣得的錢，都花在耳環呀、項鍊呀和金子的夾髮針等東西上去了，因此，倚仗她的朋友這樣不惜金錢，德麗莎成了羅馬附近最漂亮、打扮最入時的村姑。

「這兩個孩子一天天長大，天天在一起度過，聽任各自的天性自由發展，但從不發生矛盾。在他們所有的夢想、希望和談話裡，范巴總是想像自己將成為艦長，一軍的將帥或一省的總督。德麗莎看到自己發了財，身穿最漂亮的長裙，穿著制服的僕從跟隨在後。當他們這樣在幻想中度過一天的時間以後，他們就把他們的羊群分開，從他們夢想的雲端又跌回他們現實的卑微之中。

「一天，年輕的牧羊人對伯爵的管賬說，他曾看見一隻狼從沙坪山中跑出來，在他的羊群周圍轉悠。管賬給了他一支長槍，這正是范巴所希望的。

「這支長槍正巧是佈雷西亞產的，槍筒很好，像英國馬槍一樣性能很好。不過，有一天，伯爵猛擊一頭受傷的狐狸時，把槍托砸碎了，這支槍就棄置不用了。

「這對像范巴這樣的雕刻家來說並不是難事。他檢查了舊槍托，計算了一下如何改造以適應他的瞄準距離，然後做成了另一個槍托，上面刻上精美的花紋。假如他想到城裡僅僅把槍托賣掉，他肯定也能掙得十五至二十個畢阿士特。

「但他忍住了沒有這樣做，有一支槍可是這個年輕人長久以來的一個美夢。在所有獨立替代了自由的國家裡，凡是英勇善戰、體魄強健的人感到的第一需要就是擁有一把槍。它既能攻擊，又能自衛，它能使攜帶者令人畏懼。

「從此，范巴把所有餘暇都用來練習射擊。他自己買了火藥和子彈，什麼都成了他的目標，譬如一棵長在薩皮納山坡上的枯瘦、乾巴、灰不溜秋的橄欖樹枝幹，夜間從洞穴中爬出開始覓食的狐狸還有空中翱翔的老鷹。沒過多久，他就能百發百中了。德麗莎起初聽到槍聲就膽戰心驚，後來也不害怕了，很樂意觀看她年輕的同伴隨心所欲地用子彈打中目標，其準確程度，就像他是用手把子彈放到那裡去似的。

「一天晚上，一隻狼真的從松樹林裡鑽出來了，而這一對年輕人此時正在這林子附近消磨時間，狼在平原上走了不到十步，便一命歸天了。

「范巴對這漂亮的一槍得意極了，他把狼扛在肩上，帶回了農莊裡。

「各種各樣的事使羅傑在農莊附近小有名氣。強者不論在哪兒，總會有一大幫追隨者的。在附近，人們把這個年輕的牧羊人說成是方圓十里之內最機靈、最強健、最勇敢的農民。雖說德麗莎在更廣闊的方圓之內被認為是薩皮納地區最美麗的少女，但沒有人膽敢對她調情，因為他們都知道范巴喜歡她。

「不過，這兩個年輕人彼此從未互道愛慕之心。他們肩並肩一同長大，彷彿兩棵樹，樹根在泥中互相纏繞，交錯的枝葉伸向空中難分你我，花香飄在空中融於一體。不過，他們倆都渴望著見到對方，這種願望成為一種需要。在他們心中，他們寧願死也不願忍受一天的分離。

「德麗莎十六歲了，而范巴是十七歲。

「那個時候，一隊山賊盤踞了黎比尼山，附近的居民對此紛紛議論。羅馬附近事實上並沒有將強盜徹底消滅。有時土匪們可能會群龍無首，但如果有人站出來挑起大樑，一般說，他倒是不會缺少一幫嘍囉的。

「大名鼎鼎的古古密陀在那不勒斯進行了一場真正的戰爭，他在阿布魯齊被人圍剿，被趕出了那不勒斯的國境，他就像曼弗雷特那樣越過加里利亞諾山，穿過松尼諾和耶伯那交界的地方，逃到阿馬森流域。

「他一心想捲土重來，學狄西沙雷和蓋世皮龍的榜樣橫行起來，他希望不久就超越這兩個強盜。派立斯特里納、弗拉斯卡蒂和班壁娜拉有許多青年人失蹤了。起先大家為他們擔驚受怕，但不久就知道他們都投奔了古古密陀手下當嘍囉去了。

「沒有多少時候，古古密陀就成了大家關注的焦點，大家談到這個強盜頭子膽大包天和令人反感的野蠻等不同尋常的特點。

「有一天，他擄去了一個年輕女孩，她是弗羅齊諾內一個土地丈量員的女兒。強盜也有嚴明的紀律，女孩先屬於把她擄來的那個強盜，然後其餘的人抽籤佔有她，她一直要被他們蹂躪到死方才可以脫離苦海。

「假如她的父母有錢，有能力付得起一筆贖金，強盜就派出一個使者談判贖金。被擄的肉票作為差人安全的人質。要是不肯付贖金呢，肉票就判了死刑了。

「那個年輕女孩的愛人也在古古密陀的隊伍裡，他的名字叫作卡烈尼。

「當她認出她的愛人的時候，那可憐的女孩向他伸出雙手，相信她自己是安全的了，但卡烈尼卻覺得他的心在往下沉，因為他已經料到什麼命運等待著自己的情人。

「但是，由於他是古古密陀身邊的紅人，由於他已在他手下效忠了三年，而且曾經當一個憲兵舉起刀來對準古古密陀的腦袋時，他一槍打倒了憲兵，他希望他會可憐他。

「他拉他到一邊，而那年輕女孩則坐在樹林中央的一棵大松樹腳下，用羅馬農婦的別致頭巾當做面幕，遮住自己的臉，這樣就躲開了強盜們那種窮凶極惡的眼睛。

「他把一切都告訴了古古密陀：他同被綁架的女孩之間的愛情，他們的海誓山盟，和怎樣自從他到這兒附近來了以後天天和她在一間破屋裡相會。

「就在那天晚上，正巧古古密陀派卡烈尼到一個鄰近的村子裡去，他就沒能赴約，而照古古密陀的說法，他碰巧路過那裡，於是他擄走了女孩。

「卡烈尼哀求首領看在他的面子上破一次例，並請他尊重麗達，並對他說，少女的父親很有錢，他會付一筆可觀的贖金。

「古古密陀似乎依從了朋友的哀求，吩咐他去找一個牧童送信到弗羅齊諾內給她的爹爹。

「卡烈尼高高興興地跑到麗達那兒，告訴她她已經得救了，吩咐她寫信給她的爹爹，她在信裡敘述出了事，並告訴他，她的贖金定為三百畢阿士特。

「時間只限十二小時，就是說，到第二天早晨九點鐘為止。

「信寫好之後，卡烈尼馬上奪過來，跑到平原找一個使者。

「他發現有一個少年牧童在看羊。強盜的信使向來都是牧羊人，因為他們正巧生活在城市和山林之間，文明生活和原始生活之間。

「那牧童接受了這項使命，答應在一小時之內跑到弗羅齊諾內。

「卡烈尼歡天喜地地回來，要去見他的情人，把這個好消息告訴她。

「他發現夥伴們都坐在樹林裡一片空曠的草地上，正在那兒享用從農家勒索得來的慰勞品。他用眼光在這一堆人中間尋找麗達和古古密陀，但卻一無所獲。

「他問他們到哪兒去了，卻引來一陣哄笑。一陣冷汗從他的額頭上流下來，他感到惶恐不安、頭髮直豎。

「他再問一遍。有一個強盜站起來，遞給他一滿杯甜酒，說：

「『祝勇敢的古古密陀和漂亮的麗達健康！』

「正在這個時候，卡烈尼聽到了一個女人的喊聲，他猜出了一切，他拿起酒杯，砸在那個遞給他的人的臉上，然後向那發出喊聲的地點衝過去。

「跑了一百碼以後，在一簇灌木叢的拐角，就發現麗達昏迷不醒地躺在古古密陀的懷抱裡。

「一看到卡烈尼，古古密陀就站起身來，兩隻手裡都握著手槍。

「兩個強盜對視了一會兒──一個在唇邊掛著猥褻的微笑，一個臉色像死人一樣的慘白。

「簡直可以說這兩個人中間的戰爭一觸即發，但卡烈尼的神情漸漸緩和了下來。放在腰間的手槍上的手也垂到了身邊。

「麗達躺在他們之間。

「月光照亮了這個場面。

「『呃！』古古密陀對他說道，『你去辦妥那件事了嗎？』

「『是的，頭兒，』卡烈尼答道，『明天九點之前，麗達的父親就把錢帶來了。』

「『好極了。這段時間，我們要過一個快樂的夜晚。這個少女的確非常迷人，說真的，你的眼力不錯，卡烈尼兄弟。我並不自私，我們回到大夥兒身邊去吧，抽籤決定她現在歸誰所有。』

「『這麼說，您決定按常規處理她了？』卡烈尼問道。

「『為什麼要為她破例呢？』

「『我原以為我的請求……』

「『你比別人更有權力嗎？』

「『說得對。』

「『不過請放心吧，』古古密陀接著說道，『遲早也會輪到你的。』

「卡烈尼的牙齒都要咬碎了。

「『走吧，』古古密陀向食客們邁出一步說道，『你來嗎？』

「『我隨後就來。』

「古古密陀走了，但目光沒有離開卡烈尼，因為，他很擔心後者會從背後襲擊他。但卡烈尼身上卻絲毫沒有流露出一點兒敵意。

「他交叉著手臂，站在麗達身邊，後者始終昏迷不醒。

「一時間，古古密陀頭腦裡閃出個念頭，年輕人會抱起她逃走。但此刻，一切對他都已無所謂了，他已經任意地佔有了麗達。至於錢，三百個畢阿士特經手下人一分，自己所得無幾，他毫不放在心上。

「於是他逕自向林中空地走去。可是，大大出乎他的意料的是，卡烈尼幾乎與他同時到達。

「『抽籤！抽籤！』」一個個強盜看到首領都叫了起來。

「所有人的眼睛都是醉意朦朧的，閃動著淫蕩的目光，加上篝火在他們身上投下殷紅的光芒，使他們看上去就像一群魔鬼。

「他們的要求天經地義，因此首領點頭表示同意了他們的請求。他們把所有人的名字都寫在小紙條上，放在一個帽子裡，卡烈尼的名字同別人的名字混在一起。隊伍中最年輕的一個從臨時票箱裡取出一張票。

「這張票上寫著達伏拉西奧的名字。

「他就是剛才向卡烈尼提議祝頭兒健康，而被卡烈尼用酒杯砸了臉的那個人。

「那人的額角到嘴上砸開了一個大口子，鮮血汩汩地滴下來。

「達伏拉西奧看到自己福星高照，發出一陣大笑。

「『頭兒，』他說道，『剛才卡烈尼不肯為您的健康乾杯，現在請建議他為我的健康乾杯吧，他不給我面子，興許會給您面子。』

「在場的每個人都以為卡烈尼會發作的，但令他們吃驚的是，他一手端起一隻酒杯，另一隻手拿起一瓶酒，把酒杯斟滿。

「『祝你健康，達伏拉西奧，』他異常鎮靜地說道。

「他一飲而盡，手連抖都不抖一下。過後，他靠近篝火坐了下來。

「『我的那份飯呢？』他說道，『我跑了半天，現在倒有了胃口。』

「『好樣的，卡烈尼！』強盜們大聲呼喊道。

「『好啊，這樣對待才像個好傢伙。』

「於是所有的人都在篝火旁圍成一圈，而達伏拉西奧走開了。

「卡烈尼吃著，喝著，彷彿什麼事也沒發生過似的。

「強盜們驚訝地看著他，無法理解他怎能如此無動於衷。突然，他們聽到身後有人踏著沉重的步伐走過來了。

「他們回過頭來，看見達伏拉西奧雙臂抱著少女。

「她的頭向後仰著，長髮垂到地面。

「當他倆走近篝火的光照裡後，他們這才發現少女和強盜都面無血色。

「這兩個人出現得如此古怪，如此莊嚴，以至於每個人都情不自禁地站起來，只有卡烈尼例外，照舊吃喝，彷彿在他周圍並未發生什麼事似的。

「達伏拉西奧在一片死寂中繼續向前走了幾步，把麗達放在首領的腳下。

「這時，大家終於知道少女和強盜都面無血色的原因了：麗塔的左乳房下面有一把刀一直插到刀柄。

「所有的人都把目光轉向卡烈尼，只見他腰帶上的刀鞘是空的。

「『哦！哦！』首領說道，『現在我明白為什麼卡烈尼要留在我後面了。』

「天生野蠻的人都能敬佩這種拚死一搏的行為，雖說也許沒有一個強盜能幹得出卡烈尼剛才所做出的事情，但所有人都理解他這個舉動。

「『怎麼樣！』卡烈尼說道，他也站了起來了，走近屍體，然後把手放在一把槍的槍把上，『還有誰想與我爭奪這個女人嗎？

「『沒有了，』首領說道，『她是屬於你的！』

「於是輪到卡烈尼把她摟在懷裡，帶她走出篝火映照的光圈。

「古古密陀像往常一樣佈置了哨兵，強盜都一個個裹著披風，圍著篝火躺下了。

「半夜，哨兵發出警報，剎那間，首領和他的夥伴都起來了。

「是麗達的父親親自來了，他把女兒的贖金親自送來了。

「『喏，』他把錢袋遞給古古密陀，對他說道，『這裡是三百個畢阿士特，將我的女兒還給我吧。』

「但首領並沒去接錢，示意他跟著自己走。老人於是照辦了。兩人在樹叢下走著，一輪圓月從樹枝隙間灑下一綹綹的月光。最後，古古密陀停下來，伸出手向老人指著一棵樹下纏在一起的兩個人，對老人說：

「『瞧，向卡烈尼要你的女兒吧，他會向你說清楚的。』

「於是他又返回夥伴那邊。

「老人一動不動地站著，兩眼發直。他感覺到一場出人意料的大禍已經降臨了。

「他終於向那兩個模模糊糊的人影邁出了幾步，心裡卻不明白他們是怎麼一回事。

「聽到他走過來的聲音，卡烈尼抬起了頭。這時老人才逐漸看清了那兩個人的形體。

「一個女人躺在地上，頭枕在一個坐著的男人的腿上。這個男人抬起身子時露出了他緊抱在胸前的女人的面孔。

「老人認出了女兒，卡烈尼也認出了老人。

「『我一直在等你，』強盜對麗達的父親說道。

「『渾蛋！』老人說道，『你對她做了什麼？』

「他驚恐地看著麗達，她臉色慘白，毫無生息，血跡斑斑，而一把刀還插在胸前。

「月光照在她的身上，白花花的月光把她照亮了。

「『古古密陀強姦了你的女兒，』強盜說，『我愛她，所以我把她殺了。因為在他之後，她要被所有強盜玩弄。』

「老人一句話也沒說，不過，他的臉色白得像死人一樣。

「『現在，』卡烈尼說道，『如果我錯了，就為她報仇吧。』

「說著，他拔出插在少女胸脯上的尖刀，站起來，走過去遞給老人，然後他用另一隻手撕開了上衣，露出赤裸的胸膛。

「『你做得對，』老人聲音低沉地對他說，『擁抱我吧，我的兒子。』

「卡烈尼嗚咽著投入他情人的父親的懷抱，這位血氣方剛的男子平生第一次落淚。

「『現在，』老人對卡烈尼說道，『幫我把我的女兒埋掉吧。』

「卡烈尼去找了兩把鏟子，父親和戀人開始在一棵橡樹下挖坑，橡樹濃密的枝葉大概能覆蓋住女孩的墳墓。

「墓穴挖好後，父親先抱吻了他的女兒，繼而是她的戀人。接著，一個抓住她的雙腳，另一個捧起她的雙肩，他們把她安放在墓穴內。

「然後他們跪在兩邊，念起安靈祈禱。

「祈禱完畢後，他們便把泥土堆到屍體上面，直到墓穴填滿為止。

「這時，老人向卡烈尼伸出一隻手。

「『我謝謝你，我的兒子！』老人對卡烈尼說道，『現在，讓我一個人待一會兒吧。』

「『可是……』另一個喃喃地說道。

「『去吧，我命令你這麼做。』

「卡烈尼服從了，走回到夥伴們身邊，裹上披風，不久就好像同別人睡得一樣了。』

「頭天晚上他們就決定了要換個露營地。

「破曉前一個小時，古古密陀叫醒了他手下的人，命令大家出發。

「但卡烈尼要瞭解麗達父親究竟怎樣才肯離開森林。

「他向跟老人分手的那個地方走去。

「但他發現老人吊死在了遮蔽他女兒墳墓的那棵橡樹的一根樹枝上。

「於是，他對著老人屍體和女孩的墳墓發誓要為他倆復仇。

「然而他並未能實現自己的誓言。因為兩天後，在同羅馬憲兵的遭遇戰中，卡烈尼被打死了。

「不過，令人驚奇的是，他面對著敵人，卻在背後挨了一顆子彈。

「當一個強盜向夥伴指出，當卡烈尼倒下時，古古密陀正站在他身後十步遠的地方，於是大家就心知肚明了。

「原來在他們從羅齊諾內森林出發的當天早晨，他就暗中跟蹤卡烈尼，聽見了他立下的誓言。他做事從來都是滴水不漏，搶在了前面阻止了誓言的發生。

「人們還敘述著有關這個可畏的匪幫首領的很多其他故事，各個都帶有傳奇色彩。

「就這樣，從豐迪到庇魯斯，所有人只要聽到古古密陀這個名字就會嚇得發抖。

「這些故事常常是羅傑和德麗莎聊天的話題。

「少女聽到這些傳說就嚇得要命，然而范巴卻面露微笑地安慰她，拍拍他那支萬無一失的好槍，讓他放心。假如她還不放心的話，他就向她指著百步之外棲息在一根枯樹枝上的一隻小鳥，向牠瞄準，只放一槍，鳥兒就會應聲落地。

「時光就這樣流逝著，兩位年輕人決定，等范巴二十歲，德麗莎十九歲時，他倆就結婚。

「他倆都是孤兒，他們只徵得主人的同意，他們提了出來，而且獲得了准許。

「一天，正當他倆暢談未來時，突然聽到兩三聲槍響。一個男人從兩個年輕人經常放牧羊群的草地附近那個樹林裡疾奔而出，並向他們奔過來。

「那人跑到他們能聽見他說話的地方後，便對他們叫喊道：

「『有人在追我！你們能把我藏起來嗎？』

「兩個年輕人一眼便看出逃跑者很可能是個強盜，但是在農民和羅馬盜匪之間有一種天然的同情心理，使得前者總是樂於幫助後者。

「於是范巴什麼也沒說，奔向用來堵住岩洞入口的那塊石頭，使勁把石頭移開，露出洞口，示意逃跑者躲進這個無人知道的隱蔽處，然後又把石頭推回去，回來坐到德麗莎身旁。

「幾乎在同時，四名騎著馬的憲兵出現在樹林邊，三個憲兵好像在追蹤亡命徒，第四名則掐住一個被俘獲的強盜的頸脖推著他往前走。

「那三名憲兵向周圍掃了一眼，看見這對年輕人，便策馬向他們奔來，向他們詢問。

「但是他們說什麼也沒看見。

「『這可真糟糕啊，』隊長說，『因為我們搜尋的那個人是個頭領。』

「『是古古密陀嗎？』羅傑和德麗莎禁不住一起嚷道。

「『是的，』憲兵隊長答道，『他的腦袋被懸賞一千個羅馬埃居，假如你們能幫助我抓住他，其中五百就歸你們所有了。』

「兩位年輕人交換了一個眼色。隊長一時覺得大有希望。五百個羅馬埃居相當於三千法郎，三千法郎對這兩個即將結婚的可憐孤兒來說可是一筆不小的財富哪。

「『是的，真討厭，』范巴說道，『可我們沒看見他啊。』

「這時，幾個憲兵又分頭去搜尋了，但一無所獲。

「隨後，他們相繼走得看不見了。

「於是，范巴走上前移開石頭，古古密陀鑽了出來。

「他透過這道花崗岩的門縫，看到了兩個年輕人與憲兵們交談的一幕，他大致猜到了他們談話的內容，並從羅傑和德麗莎的臉部表情看出來他倆絕不會把他交出去的，於是便從口袋裡掏出一個塞滿金子的錢袋，說要把它送給他倆。

「可是范巴高傲地抬起頭來，德麗莎呢，她想到用這只裝滿金子的錢袋可以買到很多漂亮的首飾和華貴的衣服時，眼睛就熠熠放光。

「古古密陀本來就是一個老奸巨猾的惡魔。他化作了強盜為外形，實際上卻是一條毒蛇。他發現了她的目光，看出德麗莎是一個愛慕虛榮的輕佻女人，於是在回到森林裡去時，一路上他好幾次回過頭來看她，藉口是向這兩位救命恩人致意。

「幾天又過去了，古古密陀再也沒露面，也未聽見誰再談論起他。

「狂歡節的日子慢慢臨近了。聖費理斯伯爵宣佈要舉辦一個盛大的化裝舞會，羅馬所有具有一定地位的人士都受到邀請。

「德麗莎很想看看這次舞會。於是羅傑請求管賬的，即他的保護人准許他倆人混雜在東家眾多的侍僕中間，一睹舞會的場面。他得到了准許。

「伯爵很愛她的女兒卡美拉，這次舞會就是專門為了讓她高興而舉行的。

「卡美拉與德麗莎的年齡和身材正巧相仿，德麗莎至少與卡美拉同樣漂亮。

「舞會的當晚，德麗莎穿上她最漂亮的衣服——戴上她那最燦爛的髮飾和最華麗的玻璃珠鏈——這是弗拉斯卡蒂婦女的穿戴。

「羅傑也穿著羅馬農民每逢過節的日子穿的那種異常鮮麗的衣裝。

「他倆就像得到准許一樣，就混雜在僕役和農民之中了。

「場面非常華麗。不僅別墅裡燈火通明，而且還有幾千盞彩色宮燈吊在花園的樹木中間。沒多久，府邸裡擠不下的來賓就只能擁到涼台上，繼而又從涼台擠到外面的走道上。

「在每一個交叉通道處，都設有一個樂隊，並備有酒菜櫃和飲料。散步的人便停住腳步，大家組成四對舞的舞組，在選好的地方翩翩起舞。」

「卡美拉打扮得像一個松尼諾農婦：她戴著一頂綴滿珍珠的無邊軟帽，她的金髮針上嵌著鑽石，她的腰帶是土耳其綢做的，上面繡著朵朵大花，她的短衫和裙是喀什米爾呢子做的，她的圍裙是印度麻紗的，她的短上衣的鈕扣由寶石做成。

「她那兩位同伴的服裝，一位像一個內圖諾農婦，另外那一位像一個立西阿農婦。

「羅馬最富有和最顯赫的家族中的四個年輕人，以世上少有的義大利式的瀟灑風度伴隨在她們左右，這種無拘無束是世界上任何一個國家都無法與之相提並論的，他們分別穿著阿爾巴諾、韋萊特裡、契維塔卡斯特拉納和索拉的鄉間服裝。

「不言而喻，這些農夫的服裝，如同那些農婦的服裝一樣，綴滿了奪目的珠寶，光彩照人。

「卡美拉突然想跳一組純粹的四對舞，但缺少一個女伴。

「卡美環顧四周，女賓中沒有一個穿著跟她和她女伴相配的服裝。

「聖費理斯伯爵給她指點待在農婦中、倚著羅傑手臂的德麗莎。

「『您允准嗎，父親？』卡美拉問道。

「『當然，』伯爵答道，『我們是在度狂歡節嘛！』

「卡美拉欠身對著陪她談話的一個年輕男子，對他說了幾句話，並用手指了指那個少女。

年輕人的眼睛順著那隻纖巧的小手所指的方向看去，他做了一個服從的手勢，走過去邀請德麗莎參加伯爵女兒率領的四對舞的舞組。

「德麗莎感到臉上火辣辣地在燃燒。她用目光探問羅傑：沒有辦法拒絕。羅傑本挽著德麗莎的胳膊，慢慢地讓它抽回去。德麗莎由高雅的舞伴帶領著走開了，緊張地站在貴族婦女組成的四對舞的位置上。

「當然啦，在藝術家的眼光裡，德麗莎那身端莊、古板的服飾與卡美拉和她的女伴的服飾相比自有一番別致的情趣。但德麗莎是個輕佻、愛賣弄風騷的女孩，所以那些刺繡呀、花紗呀、喀什米爾呢子的腰帶呀，都使她心馳神往，而那藍寶石和鑽石折射出的燦爛光芒更使得她目眩神迷了。

「至於羅傑，他心中產生一種從未有過的感情，彷彿一種無聲的痛苦在撕咬他的心，接著又恐怖地透過他的骨骼，鑽進他的血管，擴散到他全身。他的眼光跟隨著德麗莎和她舞伴的每一個動作。當他們的手相觸的時候，他好像感到頭暈目眩，他的心在狂跳著，像是有一隻鐘在他的耳朵旁邊敲起巨大的聲音。當他們談話的時候，儘管德麗莎怯生生的、眼簾低垂，在傾聽舞伴說話，但從那個美貌的青年男子的熱情的目光裡，羅傑看出他是在講讚美的話，他似乎覺得天旋地轉，從地獄裡發出的聲音提醒他去行兇殺人。他生怕這種強烈的情感使他不能自制，他一手攀住自己靠在那裡的綠籬，另外那隻手則痙攣似的緊握住他腰帶上那把柄上雕花的匕首，他毫無覺察，不時幾乎把匕首完全拔出刀鞘。

「羅傑醋意大發，他覺得，在她的野心和那種愛出風頭的天性的影響之下，德麗莎可能會離他遠去。

「那個年輕的農家女，最初很膽怯，幾乎像受了驚似的，但不久就恢復常態了。我曾說過，德麗莎是很漂亮的，這還不夠，她很嬌媚。這種野性的嬌媚不同於那矯揉造作的高雅，另有一番風韻。

「那一次四對舞的讚美幾乎都被她一個人占去了，假如說她在妒忌聖費理斯伯爵的女兒，我可不敢擔保卡美拉沒妒忌她。

「因此，她漂亮的舞伴對她讚不絕口，一面將她帶回原來的地方，就是羅傑在等她的地方。

「在那次跳舞的期間，這位年輕女孩時時瞟著羅傑，而每次她都看到他臉色蒼白，神態激動，甚至有一次他的刀刃一半抽出刀鞘，像一道不祥的閃電，刺得她眼花。

「所以當她重新挽上她情人的臂膀時，她幾乎有點兒發抖。

「四對舞大獲成功，很明顯，大家要求跳第二次。只有卡美拉一個人表示反對，但聖費理斯伯爵對他女兒要求太懇切了，她終於也同意了。

「一個男舞伴馬上走過來邀請德麗莎，因為沒有她就組不成四對舞，但那年輕女孩卻已不見蹤影了。

「羅傑感到確實沒有力量承受第二次考驗，於是他連拉帶勸地把德麗莎拖到花園的另外一邊去了。德麗莎不由自主地任他擺佈，但當她望到那青年人激動的臉時，她從他一言不發卻在神經質的顫抖中意識到，他的心中一定很亂。所以她自己的心中也無法平靜，雖然她並沒有做錯什麼事，卻總覺得羅傑應該責備她，關於什麼，她一無所知，但她總覺得，她是該受責備的。

「可是，使德麗莎大為驚奇的是，羅傑卻仍舊緘默不語，在舞會的其餘時間，他未曾開口，但當夜的寒冷使來賓們不得不離開花園，走進別墅關好門戶，舉行室內的宴會時，他就帶她走了。他送她到她的家裡，說：

「『德麗莎，當你面對面同年輕的聖費理斯伯爵小姐跳舞時，你心裡在想些什麼？』

「『我想，』那年輕女孩有著與生俱來的坦白個性，就回答說，『我情願減一半壽命換得一套她所穿的那種衣服。』

「『你的男舞伴對你說了什麼？』

「『他說這就看我自己了，只要我說一句話就得了。』

「『他說得不錯，』羅傑說，『你真是像你所說的那樣一心想得到它嗎？』

「『是的。』

「『那麼，你會有的！』

「少女吃了一驚，抬起頭想問他這是什麼意思，可是他的臉色是那麼陰沉、那麼可怕，她的話已凝結在舌尖上。

「而且羅傑說完這幾句話後就走開了。

「德麗莎在夜色中一直目送著他，直到他消失了，她才歎著氣回到家裡。

「就在那天夜裡發生了一件很大的事故，無疑的是由於某個僕人的疏忽，忘了熄燈，闖了大禍。聖費理斯的府邸起了火，起火的房間正在可愛的卡美拉的隔壁。她在半夜裡被火光驚醒，跳下床來，裹上衣服試圖從門口逃走，但那條走廊已經被煙火封住。於是她只好退回到房中，使盡全力大喊救命，突然間，她的窗戶打開了，這扇窗離地面有二十尺高，一個青年農民跳進房間裡來，抓住她的兩臂，以驚人的技巧和氣力把她帶到草地上，她在那裡就暈過去了。當她甦醒過來的時候，她的爸爸已在她身邊。所有僕人圍在四周，緊張地服侍她。這一場火燒掉了府邸的一整排廂房，但既然卡美拉平安無事，這些損失算得了什麼呢？

「大家四處找她的救命恩人，但那個人卻從未露面；向每個人打聽，但誰都不曾見過他。至於卡美拉，她當時驚慌失措，根本沒有看清他。

「伯爵家財萬貫，只要卡美拉沒有危險，從她這樣神奇地脫險這一點看來，他覺得這寧可說是又一次天恩，而不是突遭橫禍，火災的損失在他只是一件微不足道的小事。

「第二天，兩個年輕人在老時間在森林邊上相聚。羅傑先到。他興高采烈地向德麗莎走來，似乎已把昨天晚上的事情拋在了腦後。那女孩明顯地若有所思，但看到羅傑心情這樣好，她便也擺出無憂無慮的笑臉來，只要她的心境不被激動的情緒打亂，她素來都是這樣的。

「羅傑挽住她的手臂，領她到地洞門口，停下來。女孩明白有不同尋常的事情要發生，就靜靜地望著他。

「『德麗莎，』羅傑說，『昨天晚上你告訴我說，你情願拿世界上的一切來換得一套伯爵的女兒所穿的那樣一套衣服。』

「『是的，』德麗莎驚奇地回答說，『但那只是一時的瘋話。』

「『而我回答說，『那麼，你會有的。』』

「『是啊，』年輕女孩回答，羅傑的話使她愈來愈震驚，『但你那麼說當然只是為了使我開開心罷了。』

「『我只要答應你，就一定能辦到，德麗莎，』羅傑得意揚揚地說，『到洞裡去把衣服穿起來吧。』

「說著，他就移開那塊石板，德麗莎看到岩洞裡點了兩支蠟燭，每支蠟燭旁邊有一面很華美的鏡子。在一張羅傑親手製成的古色古香的桌子上，放著珍珠項鍊和鑽石髮針，還有一些衣服放在旁邊的一張椅子上。

「德麗莎驚喜地喊了一聲，也沒想到問問這套衣飾從哪裡來的，甚至都來不及向羅傑道謝，便衝進改裝成梳妝室的岩洞裡。

「羅傑在她身後馬上就把巨石推上了，因為他看到在一座介於他和派立斯特里納之間的近處小山頂上，有一個騎馬的旅客，停下來彷彿不知道走哪條路似的，在蔚藍的天空和南方特有的景致的映襯下，來者的輪廓更加清晰了。

「那人發現羅傑，便策馬向他跑來。

「羅傑沒猜錯，這個遊客從派立斯特里納到蒂沃利去，拿不準該走哪條路。

「年輕人把路指給了他。可是這條路再往前走四分之一里地，又變成了三條岔道，走到交叉路口，遊客又會迷路，於是他請羅傑充當他的嚮導。

「羅傑脫下外套，放到地上，然後把馬槍扛在肩上，擺脫了那件笨重的衣服，馬兒不好容易才跟得上山裡人的快步，走在遊客前面。

「十分鐘後，羅傑和旅人走到了年輕牧羊人指出的那個岔路口。

「到了那兒，羅傑以帝王的架勢，威嚴地指出三條小道中旅人要走的那一條。

「『您請走這條路，大人，』他說道，『現在您不會再走錯啦。』

「『那麼您呢，這是您的報酬，』旅人說著，向年輕的牧羊人遞過去幾枚小錢。

「『謝謝，』羅傑抽回了手『我的服務只是予人方便，不是賣錢的。』

「『可是，』旅人說道，他似乎早已習慣城裡人的曲意逢迎與山裡人的高傲之間的區別，『如果您拒收一份酬勞的話，那麼至少可以接受一件禮物吧！』

「『哦！當然可以，這是另一碼事了。』

「『那好，』旅人說道，『拿著這兩枚威尼斯金幣吧，再送給您的未婚妻，換成一對耳環。』

「『您呢，那麼請您拿著這把短刀吧，』年輕的牧羊人說道，『您從阿爾巴諾到契維塔卡斯特拉納再也找不到一把刀柄雕刻得更精美的小刀了。』

「『我收下了，』旅人說道，『那麼，是我受之有愧了，因為這把刀不止值兩個金幣呢。』

「『如果從商人那裡買，也許是的。對於我來說，由於這是我自己雕刻的，所以至多值一個畢阿士特。』」

「『您叫什麼名字啊？』旅人問道。

「『羅傑・范巴，』牧羊人答道，其神色就像在回答：我是馬其頓國王亞歷山大，『那麼您呢？』

「『我嗎，』旅人說道，『我叫水手辛巴德。』」

弗蘭士・伊辟楠發出一聲驚叫。

「水手辛巴德！」他說道。

「對，」敘說者接著說道，「這是旅人報給范巴的名字。」

「嗯！您對這個名字有什麼意見嗎？」阿爾培打斷他的話說道，「這個名字相當漂亮，不瞞您說，在我的青年時代，這個水手的冒險經歷非常吸引我。」

弗蘭士不再多說了。讀者不難理解，水手辛巴德這個名字，在他的腦子裡喚起了一大堆記憶，就像昨晚基督山伯爵這個名字起到的作用一樣。

「請繼續說下去。」他對旅館主人說道。

「范巴驕傲地把兩枚金幣揣進兜裡，慢吞吞地往原路回去。他走到離山洞兩三百步遠處，似乎聽到了某種叫聲。

「突然他收住腳步，傾聽叫聲從哪兒傳來的。

「一秒鐘後，他清楚地聽到有人在呼喚著他的名字。

「呼喚聲來自山洞那邊。

「他像一頭羚羊那樣跳向前去，一邊跑一邊上好子彈，不到一分鐘便跑到了與他瞥見旅人的那個小山包遙遙相望的一個山包頂上。

「到了那裡，救命的呼喊聲就聽得更清晰了。

「他居高臨下的俯視周圍，只見一個人正在劫持著德麗莎，正像尼蘇斯搶蒂茄美拉一樣。

「這個人向樹林裡跑去，從山洞到樹林已跑了四分之三的路程了。

「范巴目測了一下距離；這個人至少超前他兩百步遠，在他到達樹林之前，不可能追上他了。

「於是年輕的牧羊人停了下來，彷彿他的雙腳在地上生了根似的。他把槍抵住肩，朝搶女人的傢伙那個方向慢慢抬起槍管，對著那個奔跑的人瞄了一秒鐘，然後開火。

「劫持者猛地站住，雙膝下跪，拖著德麗莎一起倒了下來。

「不過德麗莎隨即就站了起來，至於那個逃跑的人，他仍然躺在地上，在臨死前的抽搐中掙扎。

「范巴立即衝向德麗莎，因為離開那個垂死的人十步遠，她的腿也站不穩了，她跪倒在地。年輕人唯恐他的子彈在擊中他的敵人的同時也打傷了他的未婚妻。

「幸而什麼事也沒有，德麗莎僅僅因為受了驚嚇才癱倒在地的。當羅傑確信她安然無恙後，就轉向那個受傷的人。

「那個傢伙剛剛捏緊了拳頭斷了氣，嘴巴歪扭在一邊，頭髮直豎，滿頭冷汗。

「他的眼睛仍然睜著，氣勢逼人。

「范巴走近屍體，認出是古古密陀。」

「自從這個強盜被兩個年輕人救下來那天起，他打起了德麗莎主意，並發誓要把她弄到手。從那天起，他就一直在盯著她，他趁她的戀人撇下她去為旅人帶路的當兒，把她劫走。以為她屬於他，范巴的子彈藉助年輕人萬無一失的目力，射穿了他的心臟。

「范巴對他凝視了一會兒，臉上沒有流露出任何激動的神色。相反，德麗莎卻還在瑟瑟發抖，她只敢一步步慢慢地移近死去的強盜，遲疑不決地越過情人的肩膀，向屍體瞥了一眼。

「過了一會兒，范巴轉身面向他的戀人。

「『哦！哦！』他說道，『好嘛，你穿上了，現在輪到我來打扮了。』

「果然，德麗莎從頭到腳都穿戴上聖費里斯伯爵女兒的衣裝了。

「范巴抱起古古密陀的屍體，搬到岩石洞，這回輪到德麗莎留在洞外了。

「這時要是再有一個旅客經過，他就會看到一件怪事——一個牧羊女身穿喀什米爾呢子的長袍，戴著珍珠的耳環和項鍊，鑽石的夾針，以及翡翠、綠寶石、紅寶石的鈕扣。

「他無疑地會相信自己已回到了弗洛琳的時代，回到巴黎時，他會斷定遇到一位阿爾卑斯山的牧羊神女坐在沙坪山的山腳下。

「一刻鐘後，輪到范巴走出岩洞。他的衣飾並不遜於德麗莎的，也是那樣的華麗。

「他身穿綴有鏤金鈕扣、石榴紅絲絨上衣；一件繡滿了花的緞子背心，脖子上圍著一條羅馬的領巾；掛著一只用金色、紅色和綠色絲錦繡花的彈藥盒；天藍色天鵝絨的短褲，褲腳管到膝頭上部為止，是用鑽石鈕扣扣緊了的。一雙阿拉伯式的鹿皮長筒靴和一頂拖著五色絲帶的帽子。兩隻錶掛在腰上，一把精緻的匕首插在子彈帶上。

「德麗莎發出一聲讚美的喊叫。范巴這身穿戴裝束酷似萊奧波爾・羅貝爾或是西奈茲畫中的人物了。

「他已換上了古古密陀的全套裝束。

「年輕人發覺他的裝扮已在他的未婚妻身上產生了效果，於是嘴角也揚起了一絲驕傲的微笑。

「『現在，』他對德麗莎說道，『你準備與我同生死共患難嗎？』

「『啊，是的！』少女充滿熱情地叫喊道。

「『無論任何地方都願跟我去嗎？』

「『天涯海角也去。』

「『那麼，挽起我的手臂，我們出發吧，因為我們不能再浪費時間了。』

「少女把手伸進她戀人的臂彎裡，甚至都不問問他要把她帶到哪兒去。因為這時她覺得他如同天神般俊美、自豪和強大有力。

「他倆向樹林走去，幾分鐘後，他們已越過林子的邊緣。

「不用說，范巴熟悉山裡的每一條小徑。因此他可以毫不猶豫地在森林裡穿行。山上雖然沒有現成的路，但只要望望樹木和草叢，他就可以辨別方向，他們就這樣的向前走了一個半鐘頭。

「過了一會兒，他們已經走到樹林最茂密的地方。一條乾涸的河床通向一個深邃的山谷。范巴沿著這條荒僻的路走，兩邊的山將河床夾在中間，山坡上生長的松樹東一簇西一簇的，看上去這裡的環境並不適合這些松樹生長，這條路倒像是維吉爾所說的通向地獄的火山口。

「德麗莎看到周圍一片荒涼，心中不由得緊張起來。她緊緊貼著她的嚮導，一句話也說不出來。可是既然她看見他始終在邁著平穩的步伐向前走，而臉上又顯現出鎮定自若的神情，她也產生一股力量，掩飾住自己慌張的心情。

「突然，在離他們十步遠處，一個人似乎從他藏身的樹後閃現出來，把槍對準范巴。

「『站住！』他叫喊道，『要不就打死你。』

「『行啦，』范巴抬起手輕蔑地揮了一下說道，而德麗莎卻無法抑制住自己的恐懼，緊緊地貼著他，『難道狼與狼還要相互殘殺嗎？』

「『你是誰？』哨兵問道。

「『我是羅傑·范巴，聖費理斯農莊的牧羊人。』

「『你有什麼事嗎？』

「『我要跟你那些聚在比卡岩林中空地的同伴們說話。』

「『那麼就隨我來吧，』哨兵說道，『既然你知道這地方在哪兒，那麼你就走在前頭吧。』

「面對強盜如此小心提防，范巴只是藐視地一笑就帶著德麗莎走在前面，用與剛才走來時同樣堅定而自信的步伐繼續往前走。

「五分鐘後，強盜向他倆示意停下來。

「兩個年輕人站住不動。

「於是那強盜學了三聲烏鴉叫。

「一聲老鴉叫作了回應。

「『好了，』強盜說，『現在你可以繼續往前走了。』
羅傑和德麗莎又往前走去。
「他倆越往前走，瑟縮發抖的德麗莎就越緊地貼在她的戀人身上。果然，透過樹木的間隙，可以影影綽綽地看見一些武器和長槍閃閃發光的槍筒。
「比卡山坳是在一座小山的山頂上，這座山頭以前必定是火山——一座在雷默斯和羅默羅斯逃出阿爾伯後，來建造羅馬城以前就熄滅了的火山。
「德麗莎和羅傑爬到山頂，眼前頓時出現了二十來個強盜。
「『這個人要找你們，有話對你們說。』哨兵說道。
「『他想和我們說什麼呢？』首領不在，那個當代理隊長的強盜問道。
「我想說我已經討厭再幹牧羊這一行了。』范巴說道。『嗯，我明白，』臨時的頭兒說道，『你是來請求我們讓你入夥的嗎？』『歡迎他入夥！』來自費羅西諾、班壁娜拉和阿納尼地區的好幾個強盜齊聲叫喊道，他們都認得羅傑・范巴。『『是的，不過，我來這裡還有別的要求，不僅僅是要求做你們的同伴。』『你還要向我們要求什麼嗎？』強盜們驚訝地問道。『我來要求做你們的隊長。』年輕人說道。強盜們哈哈大笑。『你有什麼能耐，要想得到這個榮譽呢？』臨時的頭兒問道。『你們的首領古古密陀死在我手中，這就是他身上的衣服，』范巴說道，『我還放火燒了聖費里斯別墅，為的是送一套結婚長裙給我的未婚妻。』果然一小時過後，羅傑・范巴被選為首領，替代古古密陀。」
「啊哈，親愛的阿爾培，」弗蘭士轉身向他的朋友說道，「現在，你對公民羅傑・范巴作何感想呢？」
「我說這是一個神話，」阿爾培答道，「他只是虛構的人物。」

「神話是什麼意思啊？」派里尼問道。

「要向您解釋的話就麻煩了，親愛的旅館老闆，」弗蘭士答道，「您說現在范巴大人正在羅馬附近幹他那個營生嗎？」

「當然，而且在他之前，沒有任何一個強盜有他這樣的膽量。」

「那麼警方對他也束手無策嗎？」

「有什麼辦法？他和平原上的牧人、海上的漁夫、沿岸的走私販子都交情很好。警方在山裡搜索他，他卻在海上，他們跟他到海上，他卻到大海洋裡。他們再追他，他卻突然躲到季利奧島、加奴地，或是基督山這種小島上去了。當他們到那兒去搜捕他的時候，他又突然在阿爾巴諾、蒂沃利，或立西亞出現了。」

「他怎樣對待遊客呢？」

「哦！上帝啊！再簡單不過啦。根據旅客離城距離的遠近，他給他們八小時、十二小時、一天的付贖金的時間。過了這個期限，他再寬限一個小時。到了這個小時的第六十分鐘，假如他還沒拿到錢，他就一槍崩掉肉票的腦袋，或是在他的胸口捅上一刀，於是一切都了結了。」

「呃，阿爾培，」弗蘭士向他的夥伴問道，「你仍然準備通過外環路到鬥獸場嗎？」

「當然啦，」阿爾培說道，「只要路上風景更美一些就成。」

這時，九點鐘敲響，門開了，馬車夫出現了。

「兩位閣下，」他說道，「馬車在下面等候。」

「好，」弗蘭士說道，「這樣的話，就去鬥獸場吧。」

「兩位閣下是出波波羅門還是穿過大街？」

「從大街走，當然啦！從大街走！」弗蘭士大聲說。

「啊！我親愛的！」阿爾培站起來，點燃了第六支雪茄煙，說道，「說實在的，我本以為你會比現在更勇敢些呢。」

說著，兩個年輕人走下樓梯，登上馬車。

chapter 34

現身

弗蘭士找到一個巧妙的辦法，使他們能夠不經過任何古代遺跡，就可以直達競賽場，這樣，這些古蹟就不會在頭腦中留下深刻的印象，而搶去了他們要去欣賞的那座龐大建築物的風采。他所選定的路線是先沿著西斯蒂納街走，到聖・瑪麗亞教堂向右轉彎，順著烏巴那街和聖・彼得街折入文卡利街，到了文卡利街，遊客們就會發現他們已到了鬥獸場的正面。

再說，這條路線還有另外一個好處——就是可以使弗蘭士的思緒不受干擾，利用這段時間把派里尼老闆詳述給他聽的那個故事仔細回味一番，因為，這個故事裡還出現了他在基督山碰到的那位神秘的東道主。他兩臂交疊靠在馬車的一個角落裡，一遍遍想著剛才所聽到的那一篇奇聞，他向自己提出了千百個疑問，卻找不出一個令人滿意的答案。

有一件事最使他想起他的朋友「水手辛巴德」來，就是，在強盜和水手之間，似乎存在著一種帶著神秘的友好關係。派里尼說范巴常常藏身於走私販子和漁夫的船上，這使弗蘭士想起他自己也曾看到那兩個科西嘉強盜和那艘小遊艇的船員親密地一起用膳，那艘小遊艇改變航線，在韋基奧港停靠，只為了送他們上岸。倫敦旅館的老闆也曾提到基督山他那位東道主的化名，他覺得單憑這一個名字就足以證明他那位島上的朋友樂善好施的行為已遠涉科西嘉、托斯卡納和西班牙沿岸，甚至同樣地遍及皮昂比諾，契維塔·韋基亞、奧斯蒂亞和加埃塔沿海一帶。弗蘭士盡可能地回憶，這個人談起過突尼斯和巴勒莫，這表明他的遊歷範圍很廣。

不管這個年輕人多麼專注於自己的思緒，當一片黑森森的鬥獸場遺跡出現在眼前時，他的思緒還是被打斷了，月光透過鬥獸場的窗洞，射出長長的、慘白的光線，像是孤魂野鬼的眼睛裡所射出來的光。馬車在蘇丹台附近停了下來，門是大開著的。兩個年輕人跳下馬車，迎面站著一個導遊，彷彿是從地底下鑽出來的。

因為飯店的嚮導跟著他倆，所以他們就有了兩位導遊。

再說，在羅馬，也無法避免這種同時雇用幾個導遊的情況：你一踏入飯店一個嚮導便會抓住你，他會一直跟著你直到你離開羅馬城，除此之外，每一處名勝還有專設的導遊，甚至在每個名勝的每個景點都有。所以我們很容易想像得到，鬥獸場裡也不會缺少嚮導的，鬥獸場是雄偉壯麗的建築，關於它，詩人馬西阿爾曾做過這樣的讚美：

「埃及人不要再因粗陋的金字塔而沾沾自喜，我們也別再炫耀巴比倫的名勝古蹟，一切其他的建築物都無法和凱撒的鬥獸場相提並論，一切讚美的聲音都應該聯合起來歌頌那宏偉的建築。」

阿爾培和弗蘭士絕不想逃避嚮導的控制。老實說，即使有逃避的想法也很難實現，因為只有嚮導才有權利拿著火把去參觀這些名勝。所以他們不作任何抵抗，只好甘願向他們的嚮導投降。

弗蘭士已經到鬥獸場來夜遊過十次，但他的同伴卻是第一次參觀維斯派森大帝建造的這個古蹟。客觀地說，雖然那兩個嚮導滔滔不絕地在他的耳邊講個不停，他的頭腦裡還是形成了很強烈的印象。事實上，要不是親眼目睹，誰都無法想像一座廢墟也會有如此宏大的氣勢，歐洲南部的月光和東方的落日餘暉卻有著異曲同工之妙，在這種神秘的月光之下，廢墟看起來增加了一倍。

弗蘭士沿著廢墟的內廊底走大約一百步，心中便感時傷懷起來，他不願受時間的約束，於是把阿爾培獨自留下，讓嚮導為他詳細講解獅子窟、角鬥士集中的房間、羅馬皇帝的看台。他走上一座荒廢的台階，讓他們按照規定的遊覽路線去參觀，自己則走進一處斷壁對面廊柱的陰影裡，安靜地坐下來。這樣，他可以將這座宏偉的廢墟的全景盡收眼底，盡情欣賞這龐大無比的建築物。

弗蘭士在一根柱子的陰影裡大約待了一刻鐘，他的目光一直跟隨著阿爾培和那兩個手裡握著火把的嚮導，看見他們從鬥獸場盡頭的一座正門裡轉出來，然後又消失在台階下面，大概是參觀修女們的包廂去了。當他們悄無聲息地溜過的時候，好似幾個倉皇的鬼影在追隨一簇忽隱忽現的磷火。這時，他好像聽到一塊石頭從他剛才走到這個坐處的階梯正對面的石階滾落下來，掉到鬥獸場的底下。在這種環境裡，一片剝落的花崗石從上面掉下來，本來是很平常的，但他覺得這種石塊似乎是被一隻腳踩下來的，而且似乎有個人正朝他坐的地方走過來，腳步很輕，似乎是在盡力不被別人發現似的。

果然，有一個人拾級而上，又漸漸穿過黑暗，隨後終於現身。弗蘭士正對著台階口，此時月光灑在台階的最高級，而下層的台級則全部隱沒在黑暗中。

他或許也像弗蘭士一樣，是個喜歡獨自賞景的遊客，不喜歡自己的寧靜被聒噪的導遊打斷，所以他的出現並不令人感到驚異，但是，從這個人登上最後幾級石階的遲疑態度來看，他來到平台，止住腳步，似乎在傾聽的樣子，這使弗蘭士相信他來此必有目的，肯定與某人有約。

弗蘭士本能地退到廊柱後面。

來客停在離他十尺遠的地方，那裡屋頂破了，一個圓形的大洞，從這個缺口裡望出去，可以看到那群星璀璨的藍色天空。

幾百年來，月光就從這個缺口照進來，缺口的四周佈滿了爬牆類植物，它那纖細的綠色小枝，襯著明淨的天空，使得枝葉清晰可見，粗大的春藤強韌的枝條順著從這個高台垂掛下來，宛如一根根飄蕩的繩子，在拱頂下搖擺。

那行動詭秘而引起弗蘭士注意的人恰好站在一個半明半暗的地方，所以他的面貌無從分辨，但他的服裝倒是清晰可見。他穿著一件寬大的棕褐色披風，下擺的一角掀起蓋住他的左肩，好像有意用它來遮住下半張臉似的，而他的寬邊帽擋住了臉的上半部。皎潔的月光從殘缺的屋頂照進來，使他下半身的著裝一覽無遺，月光照出他那擦得雪亮的皮靴和黑色的長褲。

可以肯定，這個人如若不屬於貴族，顯然也是上流社會中的人。

他在那裡站了幾分鐘，開始顯現出不耐煩的樣子，突然，在上面的平台上，響起了輕微的聲響。

與此同時，一個黑影擋住了光線，有個人出現在窗洞口上面，銳利的目光射向黑暗，當他看到那個穿披風的人時，他就抓住一簇向下飄垂密密地纏結在一起的鬚根，順著它滑到離地三四尺的地方，然後輕輕地跳了下來。他穿著一套勒司斐人的服裝。

「請原諒，閣下，」他用羅馬方言說道，「讓您久等了。不過，我只來遲幾分鐘。聖•琪安教堂鐘樓剛剛敲過十點。」

「是我早到，而不是您晚到了，」陌生人用道地的托斯卡納方言說道，「所以別客氣。再說，即便你讓我等了，我料想你也是身不由己。」

「果然如此，您說對了，閣下。我從聖•琪安堡來，費了好大勁兒才與俾波談了一次。」

「俾波是什麼人？」

「俾波是監獄的一個管理員，我給他存了一小筆年金，才瞭解到在教皇堡裡的情況。」

「真的！我看出你是個十分細心的人，親愛的朋友。」

「有什麼辦法呢，閣下！天有不測風雲，也許我也有一天會像這個可憐的佩皮諾一樣中計落網，那時我倒非常高興有一隻牙齒發癢的小老鼠在我的網上來咬幾個小洞。」

「總之，你瞭解到什麼情況？」

「在星期二的兩點鐘要處死兩個人，就像羅馬每逢盛大節日開始時的老規矩，大家對這一幕儀式都抱著極大的熱情。一個犯人處錘刑，那個傢伙是一個喪盡天良的流氓，他謀殺了那個將他養大成人的教士，真是一點兒都不必可憐他的。另外那個被判處斬刑，而他呀，大人，就是可憐的佩皮諾。」

「那有什麼辦法呢，親愛的，你不僅使教皇政府驚恐萬分，而且也使鄰近的王國人心惶惶，他們正需要殺一儆百呢。」

「可是佩皮諾不是我的手下啊。他只是個無辜的牧羊人，要說有罪，也只是給我們提供了一些糧食罷了。」

「這就完全可以把他當成你的同謀了。因此，請看看當局對他們的優待呢。假如哪一天他們抓住了你，那你也知道，他們是會判你錘刑的，而對他不是這樣，只是判他上斷頭台。再說，這倒會給節日增添色彩，這個場面會滿足不同人的胃口。」

「還不算我給老百姓安排的一個意想不到的場面呢，」

「親愛的朋友，請允許我對你說一句，」穿披風的人又說道，「我覺得你正準備做一件蠢事。」

「這個可憐蟲由於替我辦事而身陷險境，我要不惜一切代價阻止對他的判決。聖母在上，假如我不為這個好心的小夥子做點兒什麼，我就要把自己看成是一個懦夫了。」

「準備怎麼辦呢？」

「我將在斷頭台周圍安置二十來個人，當佩皮諾帶上去行刑的時候，以我發出的訊號為準，我們就手執匕首，衝向押送隊，把犯人劫走。」

「這個辦法看來勝算不大，我以為我的計畫肯定比你的更高明。」

「您的計畫是什麼，閣下？」

「我贈送一萬個畢阿士特給一個熟人，他設法將佩皮諾的刑期推遲到明年。然後，在這一年裡，我再把一千個畢阿士特給另一個我熟悉的人，讓他幫助佩皮諾越獄。」

「您確信能成功嗎？」

「當然了！」穿披風的人用法語說道。

「請再說一遍好嗎？」另一個人問道。

「我是說，親愛的，我只需要錢，要比你和你手下的人用刀子、短槍、馬槍和火槍有用得多。就讓我去做吧。」

「再好也沒有了，可要是您失敗了，我們會隨時準備幹的。」

「如果你願意，你們就隨時做好準備吧。但請放心，我會獲准讓他緩刑。」

「請您注意，後天就是星期二了，您只有明天一天的時間了。」

「那又怎麼樣？一天有二十四個小時，每小時有六十分鐘，每分鐘有六十秒，用八萬六千四百秒可以做成許多事的。」

「假如您成功了，閣下，我們如何能知道呢？」

「很簡單。我在羅斯波麗宮訂了三個最後的窗口，如果我獲准延期執行，則旁邊兩個窗口就掛黃緞窗簾，中間窗戶會掛上帶紅十字的白色錦緞窗簾。」

「好極了。那麼您會讓誰遞交特赦令呢？」

「你派一個化裝成苦修士的手下人給我，我會把特赦令交給他的。他靠了那身衣服，就能來到斷頭台下，將教皇教諭交給為首的苦修修士，由他轉交給劊子手。在這之前，請把這個消息告訴佩皮諾，別讓他嚇死或者嚇得發瘋，否則，我們可要為他白白花一筆冤枉錢了。」

「請聽我說，閣下，」那人說道，「我對您忠心耿耿，您確信這樣，是嗎？」

「至少希望如此。」

「好！假如您把佩皮諾救出來，今後我對您就不僅僅是忠誠，而是願為您赴湯蹈火。」

「你可要好好想想你剛才說的話啊，親愛的朋友！或許有一天我會提醒你履行諾言，因為也可能在某天，我本人也需要你……」

「無論是哪一天，閣下。您在需要我的時候盡可找我，就如現在我需要您的時候來找您一樣。哪怕您在天涯海角，您只要通知我：『吩咐我去做一件怎樣怎樣的事』，我就會去幹，我發誓……」

「噓！」陌生人說道，「我聽到了聲音。」

「這是拿著火把，參觀競技場的遊客。」

「沒有必要讓他們看見我們在一起。這些導遊都可能是探子，會認出你來的。不管您的友誼對我有多重要，我親愛的朋友，但如果他們知道我們之間像現在這樣關係親密的話，我很擔心，這種聯繫會使我喪失一些信譽。」

「那好吧，如果您得到緩刑令？」

「那麼中間窗戶就掛上帶紅十字的白色錦緞。」

「如果您拿不到呢？」

「三個緞面都會是黃色的。」

「那時怎麼辦呢？」

「到那時，親愛的朋友，就隨你使用匕首，一言為定，屆時我也會在那裡看你動武的。」

「再見，閣下，我依靠您了，請您也信任我。」

說著，勒司斐人在梯級上不見了，而陌生人用披風更加緊緊地遮住自己的臉，從離弗蘭士兩步遠處擦過去，順著外圈階梯而下，走到比武場上了。

一秒鐘後，弗蘭士聽見他的名字在穹頂下迴盪，這是阿爾培在叫他。

他等到那兩個人走遠之後才回答，不願意讓他們知道剛才他們的身邊還有一個目擊者。因為他雖無法認清他們的面貌，但至少已聽到了他們所講的每一個字。

十分鐘後，弗蘭士坐車返回西班牙廣場的倫敦旅館，一路心不在焉地聽阿爾培根據普林尼和卡爾布紐的著作大談那用來防止猛獸撲到看客身上的鐵絲網。

弗蘭士任他講個不停，不曾插嘴，他急於獨處一室，細細地回想一下剛剛眼前發生的一幕。

那兩個人之中，毫無疑問，一個他很陌生，但另外那一個卻不然。他的臉雖然用披風裹住，而且藏在陰影裡，使弗蘭士無法辨認，但他的嗓音在弗蘭士第一次聽到以後就留下了非常強烈的印象，所以如果弗蘭士再有機會聽到，一定會聽出來。

尤其是在他帶著譏諷的語調中，夾著一種金屬音，使他在鬥獸場的廢墟中不寒而慄，正如在基督山的岩洞中那樣。

所以他得出了一個令人滿意的結論，這個人不是別人，正是「水手辛巴德」。

對這個神秘莫測的人，弗蘭士曾抱著極大的好奇心，所以在任何其他情況之下，他都會上去招呼他，但在這種場合，他聽到的談話過於隱秘，所以他自然要止住腳步：他的露面絕不會受到對方的歡迎。所以，正如我們所知，他只能任一個人離開，並不去招呼他，但卻在心中安慰自己，要是再碰到他，就絕不讓他再從眼前逃脫。

弗蘭士思緒萬千，輾轉反側，想要躲避這惱人思緒的襲擊，但卻是無處可逃；想用睡眠來恢復他的精神，卻無法入夢。睡神不肯光顧他的眼皮，就這樣，他徹夜未眠，頭腦中充斥著各種想法，試著要找到鬥獸場的這個神秘遊客就是基督山岩洞裡的那個居民的證據，前思後想的結果就是他愈加堅定自己的想法。

天亮時他才沉沉睡去，因此他醒得很晚。阿爾培作為道地的巴黎人，已經為當晚的活動作了安排。他已派人到愛根狄諾劇院去訂一個包廂。

弗蘭士要寫好幾封信發回法國，因此白天他把馬車讓給了阿爾培。

下午五點鐘，阿爾培回來了。他是身上帶著幾封介紹信出去的，因而得到了參加所有晚會的請柬，並且已經把羅馬流覽了一遍。

一天的時間足夠讓阿爾培完成所有的一切。

而且他竟還有足夠的時間來流覽愛根狄諾戲院的戲單，來瞭解一下當晚上演的劇碼和演員。戲單上列出，上演的歌劇是《巴黎茜娜》，由考塞黎、穆黎亞尼和斯必克主演。

我們的兩個年輕人還算幸運，竟還能有機會聽到由三位義大利享有盛名的歌唱家出演的《拉莫摩爾的未婚妻》的作者最優秀的歌劇。

阿爾培對義大利的戲院頗有不滿，因為設在舞台前面的樂隊把觀眾隔開，使人看不清舞台上的表演，而且又沒有花樓和雅座。對於一個在義大利劇院有單人座位，在歌劇院佔有大包廂的人來說，這是難以忍受的。

可是，阿爾培還是穿上了他最漂亮和最動人的服裝，他每到戲院裡去，總得把這套衣服穿戴整齊再出去亮相。這身華麗的衣服有點兒白穿了，因為必須承認，一位法國上流社會名副其實的代表之一在義大利漫遊了四個月，竟沒遇過一次豔遇。

有的時候，阿爾培也曾裝作對此一笑置之，但在內心裡，他卻深受打擊，想不到他，阿爾培・馬瑟夫，一個最受歡迎的青年，居然花了錢還沒有得到任何回報。而更令人懊惱的是，按我們親愛的法國同胞的謙虛習慣，阿爾培從法國動身時就帶著堅定的信心，滿以為只要到義大利轉上一圈，就會撞上桃花運，待他回到巴黎時，這次浪漫之旅一定會帶來無數豔羨。

唉！他連一次豔遇也沒有遇到。那些可愛的伯爵夫人——熱那亞的、佛羅倫斯的和那不勒斯的——都是忠貞不貳的，即使不忠於她們的丈夫，至少也忠於她們的情人。阿爾培已得出一個痛苦的結論：比起法國女人，義大利女人至少有一個優點，就是：她們能忠貞於她們的不貞。

我不敢說，在義大利，同別處一樣，不會有例外。

阿爾培不但是一個風流瀟灑的青年，而且也有過人的頭腦和處世的能力。不錯，是新晉貴族，但在目前，人們不會看重你的爵位究竟導源於一三九九年或是一八一五年。除了這一切優點以外，阿爾培・馬瑟夫每年還有五萬利弗爾收入，須知，要跟上巴黎的時尚，這已經超過了所需要的開支。所以像他這樣的一個人，不論到哪一個城市去，要是得不到任何人的特殊青睞，的確是大可痛心的事情。

但是，他希望能在羅馬挽回自己的面子。狂歡節確是一個值得稱讚的節日，在世界上所有歡度這個節日的國家裡，狂歡節是無拘無束的日子，在這幾天之內，甚至最理智和最嚴肅的人也會拋開他們往日那種刻板的面孔，不由自主地做出一些不經大腦的行動。由於狂歡節第二天就要開始，阿爾培為了不使自己的希望落空必須立刻行動起來。

出於這個考慮，阿爾培在劇院租了一個最顯眼的包廂。經過一番精心地打扮，再到劇院去。他坐在第一排，相當於我們法國的樓座。不過，前三排包廂都佈置得具有貴族氣派，由此，人們稱之為「貴族包廂」。

另外，這個包廂可以容納十二個人而不顯擁擠，而這兩個朋友的花費卻比在巴黎音樂戲劇院的四人座包廂還要少些。

阿爾培另有打算，這就是假如他能博得一個羅馬美人的歡心，那麼他就自然地也能在她的馬車上得到一個座位，也許可以坐在一輛貴族馬車或一處豪華的陽台上觀看狂歡節了。

所有這些考慮使阿爾培興奮異常，他以往可從未這樣激動過。他背對著演員，半個身子探在包廂之外，拿起一副觀劇用的半尺長的望遠鏡，開始全神貫通地觀察起每一個漂亮的女人。

但是，唉！他試圖引起那些漂亮女人的注意，卻發現對方連一個眼神，甚至好奇的眼神都未投向他。

事實上，每個人都在聊著自己的話題，談論著即將到來的狂歡節的快樂，他們把所有的心思都放在這些事上，沒有人關注舞台上的表演。只是在需要保持安靜或是要為演員喝彩的時候，觀眾會突然停止談話，或從沉思中回過神來，聽一段穆黎亞尼的精彩的唱詞，考塞黎的音調鏗鏘的道白，或是為斯必克的賣力表演致以熱烈的掌聲。暫時的興奮過去以後，他們便立刻又陷入到之前的沉思狀態或繼續他們有趣的談話。

到第一幕接近尾聲時，一個一直空著的包廂的門打開了，弗蘭士看見一個女人走進去，他有幸在巴黎與她相識，他以為她眼下還在巴黎呢。阿爾培看見那個女人出現時他的朋友怔了一下，便朝他轉過臉來。

「你認識這位夫人嗎?」他問道。

「是的,你覺得她怎麼樣啊?」

「非常迷人,親愛的,頭髮是金黃色的。啊!一頭秀髮!她是法國人嗎?」

「是威尼斯人。」

「你如何稱呼她?」

「G伯爵夫人。」

「啊!我知道她的芳名,」阿爾培大聲說道,「據說她美貌和智慧兼備。在最近一次維爾福夫人舉辦的舞會上,她也在,我本來想請人把我介紹給她的,而我錯過了那個機會,我真是個大笨蛋。」

「你願意我來幫你彌補這個損失嗎?」弗蘭士問道。

「什麼!你與她如此熟悉,竟能把我引薦到她的包廂裡去嗎?」

「我平生有幸跟她說過三四次話。因此,如你所知,有這樣的交情,還不至於魯莽地冒犯了她。」

這時,伯爵夫人瞧見了弗蘭士,優雅地向他招了招手,他恭敬地點點頭作答。

「喲!我覺得你和她挺情投意合的?」阿爾培說道。

「嗨!你這就錯了,正是法國人的這點輕率使得我們在其他國家屢屢出糗——我的意思是說,你在用我們巴黎人的標準來衡量義大利和西班牙的社會風俗。相信我吧。絕不要根據態度的親昵去判斷人們的親密程度。目前,在我們和伯爵夫人之間,只是互有好感而已。」

「心靈上的好感嗎?」阿爾培笑著問道。

「不,思想上的,僅此而已。」弗蘭士嚴肅地答道。

「在什麼情況下發生好感的呢？」

「在鬥獸場遊玩的時候，就像我們那次一樣。」

「在月光下嗎？」

「是的。」

「就你們兩個嗎？」

「差不多！」

「你們談到了……」

「死。」

「哦！」阿爾培大聲說道，「說真的，這可太有意思啦。好嘛！我嘛，我向你擔保，如果我有幸在這樣一次同遊中成為一位漂亮的伯爵夫人的男伴，我一定會同她談談活著的人的。」

「那你也許就錯了。」

「以後再說吧，待會你可要說話算數，把我介紹給她嗎？」

「等幕落下就去。」

「真要命，第一幕也太長了點兒！」

「聽聽這最後的唱段，非常美，考塞黎唱得真精彩。」

「嗯，可是身段太差！」

「但是斯必克小姐唱的真是激動人心了。」

「你知道，凡是聽過桑德格和曼麗蘭的人——」

「至少你總得佩服穆黎亞尼的做工和台步吧。」

「我不喜歡唱歌改變自己的嗓音。」

「啊！我親愛的，」弗蘭士轉過臉去說道，而阿爾培卻繼續用望遠鏡在看，「說真的，你的要求也太高了。」

帷幕終於落下，馬瑟夫子爵感到非常欣慰，他拿起帽子，迅速用手捋一捋頭髮，整理領結和袖口，向弗蘭士表示他已整裝待發。

弗蘭士已和伯爵夫人打過招呼，她露出一個殷勤的微笑，表示歡迎他去，於是不再拖延，滿足阿爾培的願望，立刻起身就走。阿爾培緊隨其後，並利用往對面包廂走的時間，理一理他的領口，拉一拉他的衣襟。弗蘭士在伯爵夫人佔據的四號包廂敲了敲門。

包廂前面坐在伯爵夫人旁邊的那個青年立刻站起來，按義大利的習俗，給來者讓出自己的位子，假如再有其他的客人來訪，他們照樣也要退席的。

弗蘭士向伯爵夫人介紹阿爾培時，說他憑其社會地位和才能，不愧為我們最傑出的青年之一。這樣介紹並不錯，因為在巴黎，在阿爾培生活的圈子裡，他是一個無可指摘的騎士。他還補充說，阿爾培很遺憾沒能趁伯爵夫人在巴黎逗留的機會與她結識，因此就委託他彌補這個過失。所以，他請求伯爵夫人原諒他的唐突，讓他完成這趟使命，而他要接近她，本來也需要一個引薦人。

伯爵夫人一面向阿爾培嫵媚地笑笑作為回答，一面把手伸給弗蘭士。

阿爾培受到邀請，坐在前排的空位子上，而弗蘭士則坐在第二排她的後面。

阿爾培很快就滔滔不絕地講起巴黎和巴黎的各種軼事，向伯爵夫人講起那兒他們大家都認識的一些人。弗蘭士明白，阿爾培對此是遊刃有餘。他讓朋友侃侃而談，不願去打擾他，就拿起阿爾培的望遠鏡，也開始品評起觀眾來。

一個絕色的美人單獨坐在一個包廂的前面，這個包廂位於他們對面的第三層，她穿的是一套希臘式的服裝，而從她穿那套衣服的安閒和雅致上判斷，顯然她是穿著她本國的服飾。

在她後面的陰影深處，有一個男人的身影，但無法看清他的面孔。

弗蘭士禁不住打斷伯爵夫人和阿爾培之間愉快的談話，問伯爵夫人知不知道對面那個漂亮的阿爾巴尼亞人是誰，因為無論男女都不會忽視她的美麗。

「不認識，」她說道，「就我所知，她在這個季節初就在羅馬了。因為在戲劇節開場的那天，我就看見她坐在現在的位子上了。一個月來，她沒有錯過一次演出，有時由現在她身邊的那個男子陪著，有時身後乾脆跟著一個黑奴。」

「您覺得她如何，伯爵夫人？」

「噢，我認為可愛極了——她正是我想像中的夏娃的模樣，我覺得夏娃一定也是那樣美的。」

弗蘭士和伯爵夫人彼此笑了笑。她又重新與阿爾培交談下去。而弗蘭士用望遠鏡觀察那個阿爾巴尼亞人。

大幕拉開，歌舞團登台，這是義大利最好的巴黎舞團之一，導演是亨利，他在義大利全國享有盛名，此導演大型舞蹈場面的風格和技巧堪稱一流，但這個不幸的人卻在海上喪生。這次上演的，是他的傑作之一，舞姿優美，動作整齊，高雅脫俗；歌舞團全體演員，無論主角和配角，都同時登台；一百五十個人都以同樣的姿態出現，一舉手，一投足，動作整齊如一。這叫作「波利卡」舞。

弗蘭士全神貫注於那個希臘美人，因此無論芭蕾舞如何精彩，他也無心顧及。至於她，她顯然看得興味盎然，她那熱情生動的神采和她同伴的那種冷漠呆板形成了一個鮮明的對比。在這個歌舞傑作的演出過程中，他一動不動，雖然樂隊裡的喇叭、鐃鈸、銅鑼鬧得震耳欲聾，但這樣的喧囂對他沒有任何的影響，他似乎在享受著寧靜，沉浸在溫馨的夢境中。

歌舞終於結束了，帷幕伴著一群熱心的觀眾狂熱的喝彩聲落了下來。

義大利的歌劇安排合理，每兩幕正戲之間插一段歌舞，所以落幕的時間極短——當舞蹈演員用足尖取悅觀眾的時候，歌唱演員則抓緊時間休息和改換服裝。

第二場的序曲開始了。琴弓才拉幾下，弗蘭士就看見閉目養神的人緩緩地抬起身子，傾向希臘美人。後者回過頭來與他說了幾句話，重新又將雙肘支在包廂的前面。

那個男子的面孔始終藏在黑暗裡，所以弗蘭士仍看不清他的面貌。

大幕升起，弗蘭士的注意力被演員吸引了過去。他的眼光暫時從希臘美人所坐的包廂轉移過去注視舞台上的場面。

眾所周知，《巴黎茜娜》第二幕開場的時候，正是那一段精彩動人的二重唱，巴黎茜娜在睡夢中向亞佐洩露了她愛烏哥的秘密，遭到背叛的丈夫在火中備受煎熬，終於確信妻子對他不忠。於是，一種暴怒和憤激使他處於瘋狂狀態，他搖醒他那犯罪的妻子，告訴她，他已經知道她犯下的罪，並威脅她要向她復仇。

這段二重唱是杜尼茲蒂生花妙筆所寫出來的最美麗、最震撼、最有感染力的一曲。弗蘭士現在已是第三次聽這一曲了，雖然他不算一個狂熱的音樂迷，這首曲子還是令他深受感染。他隨著大家一同站起來，正準備用掌聲表達讚美時，突然間，他的動作停了下來，衝口而出的喝彩聲卻在嘴唇上咽了下去。

原來希臘美人所坐的那間包廂的主人似乎受到全場熱烈氣氛的感染，他站了起來，燈光照在他的頭上，這一下，他的面目可全部呈露了。

弗蘭士毫不費力地認出他就是基督山那個神秘的居民，也就是昨天晚上在鬥獸場的廢墟中被他認出了聲音和身材的人。

他以前的一切懷疑現在都消失了——這個神秘的旅行家顯然就住在羅馬。

這個人的出現在他腦子裡引起的驚異和興奮的混亂情緒，完全寫在了弗蘭士的臉上，因為伯爵夫人迷惑不解地向他那激動的臉上凝視了一會兒以後，就突然咯咯地大笑起來，問他究竟發生了什麼事。

「伯爵夫人，」弗蘭士答道，「剛才我問您是否認識那位希臘女子。現在我問您是否認識她的丈夫。」

「同樣不認識。」伯爵夫人答道。

「您從來沒有注意過他嗎？」

「典型的法國式提問！您不是不知道，對我們義大利女人來說，世上除了我們所愛的男人以外，其他的男人都是不存在的！」

「一點兒不錯。」弗蘭士答道。

「不管怎麼說，」她邊把阿爾培的望遠鏡罩在眼睛上，移向那個包廂，邊說道，「在我看來，這大概是剛從地下挖出來的人。他看上去不像人，倒像是一具死屍，是得到盜墓人允許從墳墓裡挖出來的死人。」

「他一向如此，」弗蘭士答道。

「那麼您認識他囉？」伯爵夫人問道，「這麼說，該由我來問問您他是誰了。」

「我想已經見過他，我覺得我好像認識他。」

「確實如此，」她說，她美麗的肩膀做了一個動作，彷彿她的全身上下打了一個寒戰似的說道，

「我能理解，不論誰只要見過這個人一面，就再也忘不了他了。」

所以說，並不是只有弗蘭士才有這特殊的感受，既然另一個人也有同樣的感覺。

「嗯！」待伯爵夫人第二次拿起望遠鏡觀察過後，弗蘭士向伯爵夫人問道，「您認為這個人怎麼樣呢？」

「哦，我覺得他活像有血有肉的羅思文勳爵呀。」

這樣用拜倫詩中的主角來比喻引起了弗蘭士的興趣。如果有什麼人能使他相信確實存在吸血鬼的話，那就是他對面的這個人了。

「我得弄清此人是誰。」弗蘭士站起來說道。

「啊，不！」伯爵夫人說道，「不，別離開我，我要靠您送我回家，您不能走。」

「怎麼，」弗蘭士向她傾身耳語道，「您當真害怕？」

「我告訴您吧，」伯爵夫人答道。「拜倫曾向我發誓，他相信世界上有吸血鬼，甚至還一再地對我說，他還見過他們呢。他把他們的樣子形容給我聽，而他所形容的正符合他的模樣——黑頭髮，閃著怪異光芒的大眼睛，慘白如死人的臉色。還有，您瞧，和他在一起的那個女人與別的女人不同。她是一個外國人，一個希臘人——一個異教徒——大概也像他一樣，是個魔術師。我求求您別去走近他——至少在今天晚上。明天，隨您的便去追尋他好了，但現在我要留您在身邊。」

弗蘭士堅持說，有種種理由使他無法把調查拖延到明天。

「聽著，」她站起來說道，「我走了，我不能等到散場，我家裡有一大堆客人。您拒絕陪我走是不是有失紳士風度？」

弗蘭士無話可說了，他所能做的只是拿起帽子，打開門，讓伯爵夫人挽起他的胳膊。

伯爵夫人果真非常不安，而弗蘭士自己也不自覺地流露出某種迷信的恐懼，這種恐懼很自然，因為它來自於實實在在的回憶，而伯爵夫人的恐懼只是出於一種本能的感覺而已。

他感到她上車時瑟縮發抖。

他把她送回到她家中，裡面空無一人，沒有誰在等她。他責備了她幾句。

「說實在的，」她對他說，「我不大舒服，需要出來一個人待著。看到這個人使我惶恐不安。」

弗蘭士勉強地笑了笑。

「別笑吧，」她對他說，「再說您也不想笑。唉，答應我一件事情好嗎？」

「什麼事？」

「一定要答應我。」

「什麼事都好說，除了要我放棄探聽出這是一個什麼樣的人。您不知道，我有許多理由要探聽出他究竟是誰，從哪兒來，到哪兒去。」

「他從哪兒來，我不清楚。可是他到哪裡去，我可以告訴您。他肯定會走向地獄。」

「還是說說您要我答應什麼事吧，伯爵夫人。」弗蘭士說道。

「好吧，那麼，答應我：就是直接回飯店，今晚不要試圖去看這個人。我們離開第一個人見第二個人的時候，那第一個人和第二個人之間，也會產生某種聯繫的。請您不要把這個人和我牽扯在一起。明天您愛怎麼去追蹤他盡可隨便您。但假如您不想嚇死我，就絕不要來看我。好了，晚安，回去好好地睡一覺，把今天晚上的事情都忘了吧。至於我，我相信我是絕不能合眼的了。」

說完，伯爵夫人離開弗蘭士，弄得他猶豫不決，要確定她是否在捉弄他，還是當真如她說的那樣害怕。

弗蘭士回到旅館後，看見阿爾培穿著便袍、睡褲，舒舒服服躺在安樂椅上，抽著雪茄煙。

「喲！是你！」他對弗蘭士說，「我滿以為你要明天才回來哩。」

「親愛的阿爾培，」弗蘭士答道，「我很高興有機會真真切切地告訴你：對於義大利女人，你的想法是大錯特錯了。我還以為這幾年屢次的戀愛失敗使你的頭腦變聰明了呢。」

「你叫我有什麼辦法呢！這些女人，連鬼都捉摸不透。咦，你瞧，她們伸手給你親，她們挽著你的手，她們湊在你的耳朵邊上談話，還允許你陪她們回家！嘿，假如是一個巴黎女人，只要做了其中的四分之一，就顧不得什麼名譽啦！」

「嘿！一點兒也不錯，因為她們沒有什麼可隱瞞，因為她們生活在燦爛的陽光下，就像但丁說的，在這個『是的』滿天飛的國度，她們對於自己的言語和行動很少約束。況且，你也看見了，伯爵夫人確實受驚嚇了。」

「為什麼？因為看到了與坐在我們對面那可愛的希臘女子一起的那位可敬的先生嗎？他們離開時，我想弄個明白，我在過道裡同他們擦肩而過，我不知道你們怎麼會聯想到地獄呢！他很漂亮，衣服穿得很考究，那一身打扮很有法國人的風範，臉色確定有點兒蒼白，但你知道，臉色蒼白正是出身顯貴的標誌。」

弗蘭士笑了，阿爾培對自己顯得蒼白的臉色總是沾沾自喜的。

「所以說嘛，」弗蘭士對他說道，「我相信伯爵夫人對這個人的懷疑是毫無根據的。他在你身邊說過話嗎？你聽到他的隻言片語了嗎？」

「聽到的，但他們說的是羅馬土語。我因為聽到裡面夾有一些蹩腳的希臘字，所以知道。應該告訴你，親愛的，不瞞你說，我在中學裡希臘文學得非常好。」

「這麼說來，他說的是羅馬話囉？」

「有可能。」

「毫無疑問了，」弗蘭士喃喃說道，「就是他。」

「你說什麼……」

「沒什麼。你剛才在這裡幹什麼呢？」

「我想讓你大吃一驚。」

「什麼事啊？」

「你不是知道弄不到敞篷四輪馬車了嗎？」

「當然啦！雖然我們已盡了一切力所能及的努力，但還是毫無用處啊。」

「好的！我有一個絕妙的主意。」

弗蘭士凝視著阿爾培，不大相信他的想像力。

「親愛的，」阿爾培說道，「承蒙你看重，因為你那不屑的眼神，你可真要向我賠禮道歉呢。」

「假如你的想法果然如你所說的有那麼妙，我一定道歉，親愛的。」

「請聽著。」

「我在聽。」

「對於弄到馬車一籌莫展了是嗎？」

「沒有辦法。」

「也弄不到馬？」

「弄不到。」

「可以找到一輛大車吧？」

「也許。」

「找到一對牛呢？」

「有可能。」

「那麼你看，我的好人，有了一輛牛車和一對牛，我們的問題就解決了。我讓人把大車裝飾起來，而假如你和我穿上那不勒斯農夫的衣服，就像李奧波・羅勃脫的名畫上的那樣，那樣的畫面一定會令人震驚的。為了更加逼真，如果伯爵夫人肯穿上波若里或索倫托來的農婦衣服，那樣，我們這一隊可算很完美的了，尤其是因為伯爵夫人很美，夠得上做『兒童之母』的資格。」

「那當然！」弗蘭士大聲說道，「這一次你倒是說對了，阿爾培先生，這真是個絕妙的辦法。」

「而且具有民族特色，」阿爾培飄飄然地回答。「按懶王的辦法將它革新。哈，哈！羅馬諸君呀，你們以為在你們的討飯城市裡找不到車馬，就可以使我們不幸的異鄉人，在你們的大街小巷徒步跋涉。嗨，我們自己會製造。」

「你已經把這個成功的設想告訴誰了嗎？」

「已經告訴我們的旅館老闆了。回來後，我叫他上來，向他陳述我的願望。他讓我放心，說這事容易極了。我想叫人在牛角上鍍上金，可是他對我說，這要三天工夫，我們大可免去這多餘的裝飾了。」

「他現在在哪兒？」

「誰？」

「我們的旅館老闆。」

「去找東西了。不然明天可能就來不及了。」

「那麼他在今晚就要給我們一個回音囉？」

「我正在等他。」

這時，門開了，派里尼老闆探進頭來。

「可以嗎？」他問道。

「當然可以！」弗蘭士大聲說道。

「怎麼樣？」阿爾培問道，「要找的大車和牛都找到了嗎？」

「不止於此。」老闆沾沾自喜地回答。

「啊！親愛的旅館老闆，請注意，」阿爾培說道，「『更好』可是『好』的死對頭哇。」

「兩位閣下相信我好了。」派里尼老闆滿有把握地說道。

「那麼事情究竟怎麼樣了？」這時弗蘭士發問了。

「您知道，」旅館老闆說道，「基督山伯爵與您二位住在同一層樓上吧？」

「我以為是的，」阿爾培說道，「就是因為這個，我們才像巴黎小弄堂裡的兩個窮學生，住在這種地方。」

「呃，哦，基督山伯爵聽說你們有這樣的難處，派我來告訴一聲，他的馬車上給你們留了兩個位子，還有和他在羅斯波利大廈所定的窗口的兩個位置。」

阿爾培和弗蘭士面面相覷。

「不過，」阿爾培問道，「我們應該接受一個與我們素不相識的人的邀請嗎？」

「這個基督山伯爵是個什麼樣的人呢？」弗蘭士向旅館主人問道。

「一個非常顯赫的馬爾他或者西西里貴族，其他的我說不準。但有一點我是知道的：他真可以說是貴冑王侯，富比金礦。」

「我覺得，」弗蘭士對阿爾培說道，「如果這個人真像老闆說的那樣舉止得體，他就會用另外一種方式來邀請，不能這樣不懂禮貌地告訴我們一聲就完事。他應該寫一封信，或是——」

這時，有人敲門。

「請進。」弗蘭士說道。

一個僕人，穿著非常高雅的制服，出現在門口。

「基督山伯爵向阿爾培・馬瑟夫子爵閣下和弗蘭士・伊辟楠閣下致意。」他說道。他把兩張名片遞給老闆，後者又交給了兩個年輕人。

「基督山伯爵先生，」僕人繼續說道，「請兩位先生允許他於明天上午以鄰居身分登門拜訪，他想問一問兩位先生什麼時候能接見？」

「得了，」阿爾培對弗蘭士說道，「沒半點兒岔子好挑了，一切都無懈可擊。」

「請回稟伯爵，」弗蘭士答道，「本該由我們拜訪他。」

僕人退了出去。

「我們來比一比誰的禮節更周到，」阿爾培說，「你講得很對，派里尼老闆。基督山伯爵肯定是一個很有教養的人。」

「那麼您接受他的邀請啦？」旅館主人問道。

「當然啦，」阿爾培答道，「不過，不瞞您說，我很留戀大車和收割者的計畫。要不是有羅斯波麗宮的窗口來彌補我們的損失，我想，我可能不會改變初衷的。你的意見呢，弗蘭士？」

「我說，讓我拿定主意的也是羅斯波麗宮的窗口，」弗蘭士答道。

「我同意你，我也是為了羅斯波麗宮的窗口才決定的。」

其實，一提到羅斯波麗宮的兩個位子，弗蘭士的腦子裡便又想起了昨天晚上在鬥獸場的廢墟中所竊聽到的那一段談話，在談話中，穿披風的人承諾要為那個判死罪的人取得緩刑批准，無論從哪個方面來看，弗蘭士都相信那個穿披風的人就是剛才他在愛根狄諾戲院裡見到的那個人。假若真是這樣，他顯然是認識他的，那麼，他不由得要滿足一下自己的好奇心。

弗蘭士夜裡花了很長時間回憶這兩次露面的情況，盼望第二天的到來。明天，一切的謎底都會揭開，除非他那位基督山的東道主有枚古傑斯的戒指，戴上它就可以隱身，很明顯，這個人就逃不過他了。早晨八點鐘，弗蘭士已起身把衣服穿好。

阿爾培因為沒有這同樣的心思催他早起，所以仍然呼呼大睡。

弗蘭士立即派人去叫旅館老闆，老闆帶著一向謙卑的態度應聲而至。

「派里尼老闆，」弗蘭士問旅館老闆，「今天大概要處決一個人吧？」

「是的，閣下。不過要是您問我這事是為了要一個窗口的話，您的動作就太慢了。」

「不是的，」弗蘭士接著說道，「何況，如果我非要觀看這個場面不可的話，我想，我在平西奧山上會找到位子的。」

「噢，我想大人是不願意和那些下等人混在一起的，有損身分，可以說，平西奧山是他們天然的圓形劇場。」

「我有可能不去了，」弗蘭士說，「不過我想瞭解一些情況。」

「什麼情況啊？」

「我想知道犯人的人數，他們的名字和將受什麼刑罰。」

「真巧，閣下！剛剛有人給我帶來了『祈禱單』？」

「『祈禱單』是什麼玩意兒？」

「每一次殺人的前一天傍晚，各條街的拐角處就掛出木頭牌子來，在木牌上寫著犯人的名字，判決原因和行刑方式。這張佈告的目的是籲請信徒們做禱告，求上帝賜犯人誠心懺悔。」

「而他們把這種傳單拿給你，是希望你也和那些信徒們一同禱告是不是？」弗蘭士疑疑惑惑地問道。

「不是的，閣下。我與貼告示的人事先約好，讓他給我帶這個來，就像送來劇院的戲目單一樣，如果我的幾位旅客想觀看行刑，他們就會及早知道了。」

「啊！服務真周到啊！」弗蘭士大聲說道。

「哈！」派里尼老闆微笑著說道，「我不是自誇，對任何信得過我的、高貴的外國客人，本人定會竭盡所能滿足他們的要求。」

「這一點，我已經看在眼裡啦，你是最能幹的老闆，這就是你對客人體貼入微最好的一個證明，我一定讓所有人都知道這一點。現在，請把這種『祈禱單』拿一張來給我看看吧！」

「這很容易，」旅館老闆一面說，一面打開房間門，「我已經在靠近你們房間的樓梯口上貼了一張。」

於是，他出去取下告示，交給弗蘭士。

弗蘭士讀道：

公告：奉宗教審判廳令，二月二十二日星期三，即狂歡節之第一日，死囚兩名將於波波羅廣場明正典刑，一名安德里・倫陀拉，一名佩皮諾，即羅卡・庇奧立。前者犯謀害罪，謀殺德範可風之聖・拉德蘭教堂教士西塞・德列尼先生；後者則係惡名昭彰之大盜羅傑・范巴之黨羽。

第一名處錘刑。

第二名處斬刑。

凡我信徒，請務必為這兩位不幸之人祈禱，籲求上帝喚醒彼等之靈魂，使自知其罪孽，並使彼等真心誠意懺罪悔過。

這與弗蘭士前天晚上在鬥獸場廢墟中聽到的情況一致，公告上寫的無一處不同：罪犯姓名，判罪緣由以及執刑方式全都完全相符。所以，那個勒司斐人多半就是大盜羅傑・范巴，而那個穿披風的人則多半就是「水手辛巴德」。他在羅馬、韋基奧港和突尼斯都在堅持不懈地實施他的博愛事業。

轉眼，已經到九點鐘了，弗蘭士正準備去喊醒阿爾培，這時，令他大吃一驚的是，阿爾培已經穿好衣服走了出來，阿爾培的頭腦裡也早已被狂歡節的種種樂趣所占滿，以致他竟出乎他朋友的意料之外，很早就離開了他的枕頭。

「嗯！」弗蘭士對旅館老闆說道，「現在我倆都準備妥了，親愛的派里尼先生，您認為我們可以去拜訪基督山伯爵了嗎？」

「啊，當然！」他答道，「基督山伯爵有早起的習慣，我有把握，他已起床兩個多小時了。」

「您認為現在拜見他不會唐突吧？」

「不。」

「這樣，阿爾培，如果你準備好了……」

「完全準備好了。」阿爾培說道。

「那我們就去感謝我們鄰居的盛情吧。」

「走！」

弗蘭士和阿爾培只需穿過一個過道，旅館主人走在他倆前面，為他們拉了鈴。一個僕人走上前來開門。

「法國先生來訪。」旅館老闆說道。

僕人鞠了一躬，請他們進去。

他們穿過兩個房間，佈置得新穎華貴，他們真想不到在派里尼老闆的旅館裡能有這樣豪華的房間，最後他們被引進一間佈置得很高雅的客廳裡。地板上鋪著最名貴的土耳其地毯，柔軟的沙發上擺著蓬鬆的墊子，椅背向後傾斜。牆壁上很整齊地掛著傑出大師的名畫，中間裝飾著古代戰爭留下的勝利紀念品，房間裡每一扇門的前面都懸掛著昂貴的厚厚的門帷。

「假如兩位閣下願意坐下，」僕人說道，「我這就去通報伯爵先生。」

他從一扇門出去了。

當那扇門打開的時候，南斯拉夫達爾馬提亞人使用的一種單弦小提琴的聲音傳到了兩個青年的耳朵裡，但隨即消失，因為門關得非常快，可以說只讓一陣悅耳的樂音傳進客廳。

弗蘭士和阿爾培對望了一眼，又把目光轉移到傢俱、油畫和武器上了。再次欣賞時，他們覺得這一切顯得更加華麗了。

「呃！」弗蘭士向他的朋友問道，「你作何感想？」

「哦，憑良心說，我的好人哪，據我看，我們這位鄰居要不是個經紀人，做過空頭的西班牙公債生意，要不就一定是位微服出遊的親王。」

「噓！」弗蘭士對他說道，「馬上就見分曉，瞧，他來了。」

果然，門軸旋轉的聲音傳到了兩個來訪者的耳朵裡，幾乎在同時，掛毯掀起來了，為所有這些財富的主人讓開了路。

阿爾培迎上前去，但是弗蘭士像釘在原地般的一動也不動。

剛剛走進來的這個人，正是在鬥獸場穿披風的那個人，也是包廂裡的那個陌生人，也就是基督山島上神秘的主人。

chapter 35

錘刑

「先生們，」基督山伯爵邊走邊說道，「請原諒我沒有先去拜訪二位。不過假如我過早拜訪你們的話，擔心給二位帶來不便。而且，你們通知我要來，於是我就恭敬不如從命了。」

「弗蘭士和我，我們對您萬分感激，伯爵先生，」阿爾培說道，「正當我們陷入困境時，您為我們解了圍，我倆正在異想天開地設計一種怪異的車子，這時我們接到了您慷慨的邀請。」

「真的！」伯爵示意兩位年輕人在沙發上就座，接著說道，「讓你們感到這樣束手無策，那是派里尼這個傻瓜的錯，他沒有對我提到你們的窘況，我很孤單寂寞，很想找一個機會來認識認識我的鄰居。一聽說我可以助二位一臂之力，你們看到了，我多麼急切地抓住這個機會，為你們效勞。」

兩個年輕人鞠了一躬。弗蘭士尚未找到一句話來應答，而且他也沒有做出決定。由於伯爵沒有表明要與他相認，他就不知道應該說些什麼才能重提往事，或是留到以後有了充分的證據再跟他說。況且，他有十足的把握這就是昨晚包廂裡的那個男子，但他不能肯定那晚在鬥獸場上見到的人是否就是他。因此，他決定順其自然，不向伯爵直接點明。再說，他現在更佔優勢——他已經掌握了他的秘密，而相反，伯爵對弗蘭士卻沒有任何威脅，因為弗蘭士根本沒有什麼需要掩飾的事情。

但是，他決心要把談話引到一個或許可以使他茅塞頓開的題目上去。

「伯爵先生，」他對他說，「您讓我們坐您的馬車，還給我們提供了您在羅斯波麗宮所定的窗口。您能不能告訴我們，就像義大利人所說的那樣，怎樣才能在波波洛廣場弄到一個看台呢？」

「哦！是的，一點兒也不錯，」伯爵正深沉地凝視著馬瑟夫，心不在焉地說道，「波波洛廣場不是有什麼事，好像要行刑嗎？」

「是的。」弗蘭士答道，他發現伯爵竟主動談到他原想引他說的那個話題了。

「請等等，等等，我想昨天已吩咐我的管家去辦這件事了，也許我能幫你們一個小小的忙。」

他伸手抓住一根繩，一連拉了三下鈴。

「您考慮過，怎樣召喚僕人更加節約時間嗎？我倒有：我拉一次鈴，是叫我的跟班兒；兩次，叫旅館老闆；三次，叫我的管家。這樣我就可以不必浪費一分鐘或一句話。他來啦！」

進來的那個人年約四十五至五十歲，看起來就像那個帶自己進入岩洞的那個走私販子，但他似乎並不認識他。顯然他是受了叮囑的。

「伯都西奧先生，」伯爵說道，「您是否已經按照我昨天的吩咐，設法在波波洛廣場給我弄到一個窗口呢？」

「是的，大人，」管家答道，「可是已為時過晚了。」

「什麼！」伯爵皺著眉頭說道，「我不是告訴過您我想要一個嗎？」

「已經給大人弄到了一個，那本來是租給洛巴尼夫親王的，我不得不花了一百——」

「那就得了，那就得了，伯都西奧先生，別在這兩位先生面前嘮叨這些家務瑣事。你已經弄到窗口，那就夠了。把地址告訴車夫，你準備送我們出去，好了，去吧。」

管家鞠躬致意，邁步正要退出去。

「哦！」伯爵又說道，「請問問派里尼，他是否收到『祈禱單』，能否給我送一份處決告示來。」

「沒有必要了，」弗蘭士從他的口袋裡掏出記事本接著說道，「我看到過這些木牌上張貼的公告，並抄下來了，您瞧。」

「太好了，這麼說，伯都西奧先生，你可以走了，我不再需要你了。早餐準備好了之後，請來告訴我們一聲。兩位先生，」他轉向這兩位朋友繼續說道，「願意賞光與我一起用早餐嗎？」

「可是，說真的，伯爵先生，」阿爾培說道，「這就過分打擾了吧。」

「不，恰恰相反，你們使我非常高興。你們當中的這一位或另一位，或許兩位，有一天在巴黎會回請我的。伯都西奧先生，你安排放上三副刀叉。」

他從弗蘭士手中接過記事本。

「『公告』：」他用讀報紙一樣的語氣念道，「『奉宗教審判廳令，二月二十二日星期三，即狂歡節之第一日，死囚兩名將於波波羅廣場明正典刑，一名安德里・倫陀拉，一名佩皮諾，即羅卡・庇奧立。前者犯謀害罪，謀殺德範可風之聖・拉德蘭教堂教士西塞・德列尼先生；後者則係惡貫滿盈之大盜羅傑・范巴之黨羽。』哼！『第一名處錘刑，第二名處斬刑』。」

伯爵又說道，「本來事情是這樣安排的。不過，我想自昨天開始，行刑的順序和過程都發生了一些變化。」

「喔！」弗蘭士輕呼道。

「昨天晚上我在紅衣主教羅斯辟格里奧賽那兒，有人好像提到其中一個犯人被准予緩刑。」

「是安德里・倫陀拉嗎？」弗蘭士問道。

「不，」伯爵漫不經心地說，「是另外那一個，」他向傳單瞟了一眼，似乎已記不得那個人的名字了，「是佩皮諾，即羅卡•庇奧立。如果這樣你們就看不到斬首了，但錘刑還會照常進行，你們第一次看的時候一定會覺得那種刑法非常奇特，甚至第二次再看都會有同樣的感受。而另一種刑罰你們大概是知道的，是很簡單的。那斷頭機是絕不會失靈，絕不會顫抖，也絕不會像殺夏萊伯爵的那個兵那樣連著砍三十次。黎希留也許有意將受刑的人交給這個士兵去處理。啊！」伯爵用一種輕蔑的口吻繼續說，「至於刑罰，別提歐洲人了，他們一無所知，就殘酷程度來說，與其說它還處在嬰兒時代，倒不如說，簡直已到了暮年啦。」

「說真的，伯爵先生，」弗蘭士答道，「可以設想，您對世界上不同民族的刑典已作過一番比較和考證了。」

「至少，我沒看過的刑罰不多了。」伯爵冷冰冰地接口說道。

「那麼您觀看這些恐怖場面的時候感到快樂嗎？」

「我最初的感覺是厭惡，接下去是無動於衷，再後來則是好奇了。」

「好奇！這個字眼太可怕了，您明白嗎？」

「為什麼？人一生只擔心一件事，就是死亡。那麼，研究靈魂怎樣脫離肉體，並研究具有不同個性和氣質的人，甚至那些來自不同國家和風俗的人，怎樣忍受從存在到虛無的轉變，不是饒有興味嗎？至於我，我可以向你們保證一件事——你見證的死亡越多，死的時候就變得越從容。照我看，死或許是一種刑罰，但並不等同於贖罪。」

「我不太明白您的意思，」弗蘭士說道，「請解釋一下，因為您所說的話將我的好奇心刺激到什麼程度，我難以盡述。」

「聽著，」伯爵說，他的臉上流露出仇恨，要是換了別人，這時一定會漲得滿臉通紅。「要是一個人用了聞所未聞、最殘酷、最痛苦的方法摧毀了你的父親，你的母親，你的愛人——總之，奪走一個一旦從你的心中連根拔去，就會留下永遠無法癒合的傷口的人，而社會所給你的補償，只是用斷頭台上的刀在那個兇手的脖子上割一下，讓那個使你精神上折磨了許多年的人只受幾秒鐘肉體上的痛苦，你覺得那種補償夠不夠？」

「是的，我明白這個道理，」弗蘭士接口說道，「人類的法律還不足以使我們得到慰藉，她只能以血還血，如此而已，必須向她要求力所能及的東西，而不能要求別的。」

「我再舉一個例子給你聽，」伯爵繼續說，「只要因為一個人的死，社會連同它賴以存在的根基都受到攻擊，社會就以死來報復死。但是，難道不是有人受到千百種慘刑，而社會對他不聞不問，甚至連我們剛才所說的那種不足補償的報復方式也不提供給他嗎？有幾種罪惡，即使用土耳其人的刺刑，波斯人的鑽刑，印第安人的炮烙和火印都會顯得太輕，難道社會卻可以對此置若罔聞任其逍遙法外嗎？請回答我，這些罪惡不是存在的嗎？」

「有的，」弗蘭士接口說道，「為了懲罰它們，社會才允許決鬥存在的。」

「啊！決鬥，」伯爵大聲說道，「憑良心說，當目的是復仇時，用這種方法來達到你的目的未免太荒唐啦！一個人奪走你的愛人，一個人引誘了你的妻子，一個人玷污了你的女兒，一個人本來有權期望上帝給他幸福，那是上帝創造人類時對人類做出的承諾，而他卻將你的一生毀掉，使你的一生充滿痛苦與羞恥。他使你的頭腦瘋狂，使你的心中絕望，你用利劍刺穿他的胸膛，或者把一顆子彈射進他的大腦，就自以為已經報了仇了——卻沒有想到，他才是這場決鬥的勝利者，因為在全世界人的眼裡，他已洗刷了自己的罪過，可以說得到上帝的寬恕了！不，不，」伯爵繼續說道，「假如我要報復，我不會用這種方式。」

「這麼說來，您不贊成決鬥啦？而且您也不會決鬥啦？」阿爾培插嘴問道，聽到有人發表這樣驚世駭俗的理論，他感到萬分驚愕。

「哦，我也會決鬥！」伯爵說道，「請瞭解我，我會為一件小事決鬥。譬如說，為了一次侮辱，為了一記耳光，而且很願意決鬥。因為，各種體格訓練已使我身手敏捷，而且我已習慣了危險能夠泰然應對，所以我有十足的把握殺死對手。噢，為了這樣的原因我是會決鬥的。對於緩慢的、深切的、沒有盡頭的、永久的痛苦，我卻要以同樣的痛苦來回答：以眼還眼，以牙還牙。如東方人所說的那樣——東方人在各方面都是我們的導師。那些得天獨厚的人可以把夢境變為現實，把現實變成天堂。」

「不過，」弗蘭士對伯爵說道，「這種理論，使您自己同時扮演了原告、法官和劊子手三種角色，而您還要時刻提防法律的制裁，您一定會遇到重重困難。仇恨是盲目的，憤怒會使你失去理智，凡是為他人斟滿復仇苦酒的人，他自己也無法全身而退，也許會飲下一杯更苦澀的酒。」

「是的，如果他既沒有錢又沒有頭腦的話，會是這樣，如果他是百萬富翁，又有手腕那就不會。而且，即使他受到懲罰，最壞也不過是我們已經說過的那一種罷了，而那方面，具有博愛精神的法國大革命已經廢止了五馬分屍或車輪碾斃，而用這種刑罰取而代之。只要他已報了仇，這種刑罰又算得什麼呢？說真的，我幾乎有點兒可惜，這個可憐的佩皮諾多半是不會像公告所說的被殺頭了，不然你們倒有一個機會可以看看這種刑罰所產生的痛苦是多麼短暫，看看這種痛苦是否值得一提——哦，真的，在狂歡節談這樣的事未免太奇怪了，二位，是怎麼談起來的？啊！我想起來了！您向我提出在我的窗口占一個位子，好嘛！沒問題，我給你們留著。不過，我們還是先入席吧，因為僕人來稟告我們，早飯備好了。」

果真，一個僕人打開客廳四扇門中的一扇，莊嚴地高聲宣佈道：

「請入席！」兩個年輕人於是站起來，走進餐廳。

早餐很豐盛，侍候得又極其周到。用餐時，弗蘭士瞟著阿爾培的眼睛，他以為他聽了這位主人的一番話會產生某種想法，希望在他的目光裡能看出來。可是，要麼是他向來隨意的性格使他並不在意這番話，要麼是基督山伯爵在決鬥問題上所作的解釋令他心悅誠服，也或許由於我們敘述的一些往事只有弗蘭士一個人知道，所以伯爵的理論只對他一人加倍產生了影響。總之，他沒有發現他的同伴有任何異樣的反應。恰恰相反，阿爾培由於四五個月以來只能吃到義大利菜，據說是世界上最糟糕的菜餚之一，所以這頓早餐令他胃口大開。而伯爵呢，他只是嘗了嘗每樣菜，彷彿他與賓客同上餐桌僅僅是出於禮儀，要等他們走了之後才會再認真地吃幾樣奇特而別致的菜餚似的。

這使弗蘭士不由得想起了伯爵使G夫人產生的恐懼，並想起了在和她分手時他心中留下的那個執著的想法：伯爵，也就是那個他向她指出的坐在對面包廂裡的男人，是一個從墳墓裡出來的吸血鬼。

吃完早飯時，弗蘭士抽出懷錶。

「哦！」伯爵向他問道，「你們還有什麼事嗎？」

「請您原諒我們，伯爵先生，」弗蘭士答道，「還有一大堆的事等著我們處理。」

「什麼事？」

「我們還沒有化裝的衣服，今天化裝的衣服是一定要弄到的。」

「別為這個操心啦。我想，我們在波波洛廣場有一個專用房間。你們不論選中什麼服裝，我都可以叫人送去，你們可以在那化妝。」

「在行刑之後嗎？」弗蘭士大聲問道。

「也行，在這之前、之後或期間，悉聽尊便。」

「面對斷頭台嗎？」

「斷頭台屬於節目的一部分。」

「嗨，伯爵先生，我想過了，」弗蘭士說道，「對您的盛情我感激不盡。但我只能接受在您的馬車裡占一個位子，在羅斯波麗宮的窗口佔有一個座位，至於在波波洛廣場的那個靠窗的位子，您盡可另作安排。」

「這樣，我得預先告訴您，不然您可要錯失良機，看不到一件非常新鮮的事情了。」

「您以後敘述給我們聽好啦，」弗蘭士接著說道，「我相信，從您嘴裡敘述出來，給我的印象，就好像這一切就發生在眼前的一樣。再說，我不止一次想親眼看一回殺人的，但一直下不了這個決心。您呢，阿爾培？」

「我嘛，」子爵答道，「我看過殺卡斯泰，但我想，那天我有點兒喝醉了。這是在我放學之後，我們不知在哪一間酒店過了一夜。」

「一件事情，不能因為您在巴黎沒有嘗試過，到國外來也就不做，這不算是理由。旅遊就是為了使自己見多識廣，到不同的地方就是為了多看看。將來有人問您：『羅馬是如何處決犯人的呢？』而您回答說：『我不知道。』那時您多尷尬。據說，這個犯人是無恥之徒，這個傢伙竟然用壁爐木柴敲死了一個把他當做兒子養大的、善良的議事司鐸。真該死！殺教堂裡的人，應該用另外一種武器，不應用木柴，尤其是對一位慈愛如父的教士。要是您到西班牙去，您會不去看鬥牛嗎？那麼，請設想，我們去看的是一場搏鬥。請想想古代競技場上的羅馬人，他們在競技場上殺死了三百隻獅子和一百個人呢。請想想這八萬觀眾為此熱情喝彩，請想想古羅馬賢慧的主婦會帶著待嫁的女兒一同觀看，請想想這些迷人的貞女，伸出白皙的雙手，用大拇指嫵媚地做著手勢，彷彿在說：『來吧，別待著呀！來給我殺死那個人吧，他已經嚇得半死的啦。』」

「你去嗎，阿爾培？」弗蘭士問道。

「哦，是啊，我親愛的！剛才我的想法與你一樣，但伯爵的高論讓我改變了主意。」

「既然您願意，那麼就去吧，」弗蘭士說道，「不過我想借道高碌街去波波洛廣場，有可能嗎，伯爵先生？」

「徒步可以，坐車不行。」

「那好！就步行去。」

「您真有必要走高碌街嗎？」

「是的，我在這條街上要看一件東西。」

「就這樣吧！就走高碌街吧，我們讓馬車經過巴布諾街口的拐角，在波波羅廣場等候我們，因為我也很高興能經過高碌街，我想去看看我所吩咐的一件事情辦妥沒有。」

「大人，」僕人打開車門說道，「一個穿著苦修士衣服的人請求與您說話。」

「啊！是的，」伯爵說道，「我知道是什麼事了。二位，請到客廳稍事休息，你們會在中央的桌子上找到上好的哈瓦那雪茄煙，我待會兒就來找你們。」

兩個年輕人便站起來，從一扇門走了出去，而伯爵向他們再次表示道歉之後，就從另一扇門出去了。阿爾培酷愛雪茄，自他來到義大利之後，抽不到巴黎咖啡館的雪茄煙覺得犧牲頗大，於是趕忙走近茶几，看到真正的蒲魯斯雪茄，高興得大喊一聲。

「喂！」弗蘭士問他道，「你對基督山伯爵有什麼看法呢？」

「問我怎麼想嗎？」阿爾培說道，明顯驚異於他的同伴會問他這樣的問題，「我覺得他是一個很有趣的人，飲食講究，見多識廣，博覽群書，而且，像布魯特斯一樣是個無欲無求的人。再說，」他吐了一口煙，煙霧向房頂呈螺旋形嫋嫋上升，接著補充說道，「除此之外，他還有上等的雪茄煙。」

這就是阿爾培對伯爵的看法。然而，阿爾培沒有經過深思熟慮絕不會對人和事發表意見，所以他也就不想去改變它了。

「不過，」他說道，「你發現一件奇特的事情嗎？」

「什麼事？」

「他看您時那專注的態度。」

「盯著我看？」

「是的，是你。」

阿爾培想了想。

「哦！」他歎了一口氣說道，「那也不算稀奇。我離開巴黎已有一年多了，我的衣服式樣已經過時了，伯爵大概把我看成了一個鄉下人。把他的看法糾正過來，親愛的，請您一有機會就告訴他，他完全錯了。」

弗蘭士笑了。過了一會兒，伯爵進來了。

「我來了，先生們。」他說道，「有話請吩咐，我已經做好安排，馬車逕自去波波洛廣場。如果你們願意，我們自己從高碌街走。請帶上幾支雪茄煙，馬瑟夫先生。」

「真的，我完全贊同，」阿爾培說道，「義大利的雪茄太可怕了。將來您到巴黎來的時候，我一一回敬。」

「我不會拒絕的，我打算過幾天就去。既然得您允許，我一定會登門拜訪。走吧，先生們，走吧，我們沒有時間浪費啦，已經十二點半了，我們出發吧。」

一行人走下樓。這時，車夫已知道主人最後的吩咐，順著巴布諾街行駛，三位先生就經弗拉鐵那街向愛斯巴廣場走去。這樣，他們就可以在菲亞諾宮和羅斯波麗宮之間經過。

弗蘭士仔細觀察波波羅大廈的窗戶，他沒忘記在鬥獸場廢墟上穿披風的人和勒司斐人之間約定的信號。

「您的窗口在哪兒呢？」他盡力裝作泰然地問伯爵。

「最後的三扇。」他很自然地答道，毫無矯飾之情，因為他猜不透向他提出這個問題的目的。

弗蘭士的目光迅速移向那三扇窗口。兩邊的窗口掛著黃色錦緞，中間的那扇掛著白色錦緞，上面還有一個紅十字。

穿披風的人對勒司斐人實踐了約定，現在不該再有疑問了：穿披風的人就是伯爵本人。

三個窗戶都還沒有人。

不過，人們已在廣場四周做著準備工作了：有人在安放椅子，有人在架設行刑台，還有人在窗口上掛旗幟。要等到鐘聲響起才能帶上假面具出現，馬車才能通行。然而，人們可以感覺到，所有的窗口後面都隱隱約約有面具在晃動，馬車藏在每扇大門的後面。

弗蘭士、阿爾培和伯爵繼續順高碌街的下坡路走。當他們接近波波羅廣場的時候，人群越來越密了，在人頭攢動的上空，可以看見聳立著兩樣東西：方尖碑，上面有一個十字架，標明這是廣場的中心在巴布諾街、高索街、立庇得街三條路的交叉口聳立一座斷頭台，架著斷頭台上面的兩根木樑，一把刀刃雪亮的鍘刀懸掛在中間。

在街的一角，伯爵的管家正在等著他的主人。

這個無疑用高價租來的窗口，就設在位於巴布諾街和平西奧山之間的大宮殿的第三層上，而對於花了多大代價伯爵卻對客人們守口如瓶。我們已經說過了，這房間很像盥洗室，隔壁就是臥室，而關上臥室的門，小間的主人就等於獨門獨戶了。椅子上已經放著極其高雅的、藍白兩色緞子的小丑服裝。

「既然由我來挑選服裝，」伯爵對兩位朋友說道，「我就拿了這幾套來，首先，今年穿這一種最好，其次，當人家向你們撒紙花，也不會黏在身上。」

弗蘭士對伯爵的話似聽非聽，或許他沒有正確評價伯爵這番新的好意，因為他的全部注意力都被波波洛廣場上的情景，還有此時作為廣場主要裝飾品的恐怖的行刑器具吸引住了。

這是弗蘭士第一次看見斷頭台。我們稱之為斷頭台，是因為羅馬的斷頭機與我們的死刑工具相仿，幾乎是在同一個模子上鑄造出來的。鍘刀呈月牙形，只是這裡用凸面往下切割，從相對而言不太高的地方落下來，如此而已。

兩個人坐在一塊兒按倒犯人的起落板上，一面吃飯一面等待，就弗蘭士看到，他們吃的是麵包和香腸。其中的一個人掀起木板，取出一瓶葡萄酒，喝了一口，又把酒瓶遞給他的同伴，這兩個人是劊子手的助手。

弗蘭士看到這景象，感到髮根上都冒出了汗珠。

兩個犯人在頭天晚上就從諾伏監獄被帶到小教堂裡來了。每一名犯人有兩個教士陪伴，關押在燈火通明、上鐵柵的一個小教堂內，外面有輪流換班的衛兵站崗。

教堂門前兩側，各站著一排憲兵，一直延伸到斷頭台，再繞台一周，中間空著一條約莫十尺寬的一條通道，而在鍘刀周圍，則空出周長百來步的一塊空地。廣場的其他地方人頭攢動，擠滿了男男女女。許多婦女讓她們的孩子騎在自己肩上。這些孩子高出人群半身，地位是非常優越的。平西奧山像是一家擠滿了看客的露天大戲院，巴布諾街和立庇得街拐角上的兩座教堂的陽台上擠下了滿滿的人。列柱廊的台階上似乎湧起了色彩斑斕的波浪，又在永不停息的浪潮推動下湧向前方，高低不平的牆上凡是能容得下一人站立的地方，似乎都添了一尊活塑像。

伯爵說得不錯——人生最吸引人的景致就是死亡的現場。

可是，這肅穆的景象中應有的寧靜，卻被從人群中升起一片喧嘩所打破——這片鬧聲中盡是人們的歡笑和呼喊。顯然在人們的眼中，這次殺人只是狂歡節的開幕典禮。

突然間，彷佛是中了魔法般，騷動停止了，教堂的門開了。

最先出現的，是一小群苦修士，其中有一個領頭走在前邊。每個人都套著一隻灰色的袋子，只在眼睛的地方有兩個洞，他們的手裡都拿著點燃了的小蠟燭。

在苦修士的後面，走著一個身材高大的人。除了一條灰色口袋，只露出雙眼，左腰上佩著一把插在鞘裡的牛耳尖刀，右肩上扛著一把笨重的長錘——此人便是劊子手。

另外，他穿著便鞋，用繩子綁在腳踝上。

走在劊子手後面的是將被處死的犯人，按先後順序，佩皮諾在前，安德里在後。

每個犯人都由兩個教士陪送著。

兩個犯人都沒有蒙上眼睛。

佩皮諾邁著堅定的步伐向前走，不用說，他已得知緊接著將發生的事。

安德里則是由一個教士扶著胳膊走來的。

這兩個人都不時地吻著懺悔師向他們遞過來的帶耶穌像的十字架。

一看到這個場面，弗蘭士就感到雙腿支撐不住，他望望阿爾培，阿爾培的臉色白得像他身上穿著的那件襯衣，他已經本能地把雪茄煙扔得遠遠的，雖說僅僅吸了一半而已。

只有伯爵似乎不為所動。實際上，他很激動，一層淺紅色似乎正在拚命地從他那蒼白的面頰上透出來。

他的鼻子像嗅到血腥的猛獸一樣大大張開。他的嘴巴半開著，露出他那雪白的、又細又尖、像狼一樣的牙齒。

可是，他的臉上卻露出一種溫柔的微笑，這種表情弗蘭士以前是從來不曾在他的臉上看見過的，尤其他的黑眼睛閃著慈悲憐憫的光芒。

這時，兩個罪犯繼續向斷頭台走去。隨著他們走近，可以看清他們的面容。佩皮諾是一個只有二十四五歲的漂亮小夥子，皮膚因日曬顯得黝黑，目光無畏。他高昂著頭顱，似乎在使勁嗅著自由的空氣，想知道他的解救者來自何方。

安德里長得很胖，他的臉透著卑劣和兇殘，看不出年紀，也許在三十歲上下吧。在監獄裡，他的鬍子長得很長。他的腦袋側向一邊，雙腿發軟，他似乎已經失去了意識，他整個人似乎只是在機械地活動著。

「我好像聽您說，」弗蘭士對伯爵說道，「今天只處死一個人。」

「我說的是實情。」他冷冷地答道。

「可是現在來了兩個犯人。」

「對！不過這兩人之中，一個已經在死亡的邊緣，另一個卻可以長命百歲。」

「我覺得如果有特赦令的話，沒有時間浪費了。」

「是嘛，看哪，這不就來了嘛。」伯爵說道。

果真，正當佩皮諾走到斷頭台腳下，一個苦修修士好像姍姍來遲，擠開士兵。他走到苦修士的領班跟前，交給他一張折好的紙。

佩皮諾熾熱的目光追隨著一個細節。苦修士領班打開那張紙，讀完後，舉起一隻手。

「感謝上帝，讚美教皇陛下！」他大聲地、字字清晰地，「對一名犯人有特赦令。」

「特赦令！」群眾異口同聲地喊道，「有特赦令！」

安德里聽到「特赦令」三字，似乎驚跳了一下，抬起頭來。

「特赦哪一個？」他大聲喊叫道。

佩皮諾仍然一動不動，默不作聲，自己喘著粗氣。

「赦佩皮諾，即羅卡・庇奧立，免除死刑。」苦修士的領班說道。

說完，他把那張紙交給馬槍兵的隊長，後者看完後，又把紙還給了他。

「特赦佩皮諾！」安德里大聲說道，完全擺脫了剛才好像陷入的麻木狀態，「為什麼寬赦他不寬赦我？要死就一起死啊。事前答應過我，他死在我前面，你們無權讓我一人去死，我不願意一個人死，我不願意！」

說著，他掙脫了那兩個教士的胳膊，扭動著、喊叫著、怒吼著，發瘋似的拚命想掙斷捆住他雙手的繩索。

劊子手向兩名助手示意。那兩個人跳下斷頭台，衝上前去揪住他。

「發生了什麼事？」弗蘭士問伯爵。

由於整個過程說的都是羅馬方言，他聽不太懂。

「發生了什麼事?」伯爵說道,「您沒有聽明白嗎?那個快要死的人聽到同赴刑場的人不會同他一起死去,就要發瘋了,要是可能的話,他會用他的牙齒和指甲把他撕得粉碎,絕不肯讓他去獨享那他自己快要失去的生命。噢,人哪,人哪!鱷魚的子孫哪!」伯爵大聲說,向人群伸出兩隻拳頭,「我對你們看透了,你們向來道貌岸然!」

果然,安德里和劊子手的兩名助手在塵土上滾作一團,罪犯一直在吼叫著:「他該死,我要他死!你們無權只殺我一個!」

「看哪,看哪,」伯爵抓著兩個年輕人的手繼續說道,「憑良心說,真奇怪,這個人本來已經屈服於命運,向斷頭台走去——像一個懦夫,這是真的,他是預備服服貼貼地去死的。你們知道他為什麼能那樣,你們知道是什麼安慰了他嗎?你們知道是什麼給了他力量嗎?那是因為另外還有一個人要和他一同處刑;因為另外還有一個人要分享他的痛苦;因為另外還有一個人要比他先死!把兩頭綿羊和兩頭牛牽到屠宰場去,讓其中一頭明白,牠的同伴會免於一死,羊會歡喜地『咩咩』叫,牛會高興得亂吼。但是人——上帝照他自己的形狀創造出來的人,上帝給他的第一條最重要的戒條就是叫他愛他的鄰人,上帝給他聲音以表達他的思想——當他聽到他的同類得救的時候,他的第一聲喊叫是什麼!是一聲譏罵!人哪,你這自然的傑作,你這萬物之靈,真夠體面的!」

伯爵哈哈大笑,那是可怕的笑聲,看來他本人一定也曾受到過百般煎熬的痛苦,現在才會笑成這個樣子。

然而掙扎還在繼續,看了令人心生不忍。兩名下手把安德里揪到斷頭台上。所有老百姓都反對他,兩萬個人齊聲大叫道:「處死他!處死他!」

弗蘭士往後一退,可是伯爵抓緊他的胳膊,把他拽在窗口前。

「您幹什麼呢？」伯爵向他說道，「憐憫嗎？說實話，居然憐憫這樣的人嗎？假如您聽到有人喊『瘋狗！』您就會抓起槍來，您就會毫不猶豫地打死那可憐的畜生，說到底，牠只是被另一隻狗咬了才會亂咬人，以牙還牙而已。而這個人，人家並不去咬他，他倒反而謀殺了他的恩人。現在他的手被綁住了，不能再殺人了，他不顧一切想看到同赴刑場的人、他的難友死掉！不，不，看，看哪！不，不，看下去，看下去。」

大可不必叫弗蘭士快看，弗蘭士似乎被可怕的場面深深吸引住了。那兩個助手已把安德里拖到斷頭台上，無論他怎樣掙扎，怎麼咬，怎麼喊，已經按著他跪了下來。這時，劊子手站在一旁。舉起大鐵錘不動，看到一個示意，兩個助手閃開一邊。那犯人想掙扎起來，不等他站起來，那把錘已打到他的左面太陽穴上。一聲重濁的聲音傳來，那個人像一條牛似的撲面倒下去，然後又翻身仰面躺在台上。於是劊子手扔下大鐵錘，從腰帶上抽出刀來，一下就割開犯人的喉嚨，跳到他的肚皮上，猛力用腳踏。

每一踏，傷口裡便噴出一股鮮血。

這一回，弗蘭士再也堅持不住了。他向後退去，跌落在一張扶手椅中。嚇得差點昏過去。

而阿爾培緊閉雙眼，仍然站著，但攀住窗簾。

伯爵卻一直站著，像個叛逆的天神似的宣告勝利。

chapter 36 羅馬狂歡節

當弗蘭士恢復神智時，他看見阿爾培正在喝一杯水，蒼白的臉色表明他很需要這杯水。同時，他看見伯爵已經穿上了他那套小丑的服裝。他不由得望向廣場，斷頭台、劊子手和犯人，一切都不見了，現在只有熱熱鬧鬧、忙忙碌碌、歡天喜地的市民百姓。西托里奧山上的鐘只為教皇升天和狂歡節開幕而鳴響，這時使勁敲著。

「哦！」他問伯爵道，「出了什麼事？」

「沒什麼，」他說道，「就如你所見的，狂歡節已經開始了，我們得趕快換上衣服。」

「說真的，」弗蘭士對伯爵說道，「這可怕的一幕就像夢的場景。」

「這是因為你所見到的實實在在是一個夢，一場噩夢。」

「是的，我是做了一場夢，可是對犯人呢？」

「也是一場夢。區別在於當你醒來時，他卻還在夢中。可是，誰能說得準你們之中到底哪一位是幸運者呢？」

「還有佩皮諾，」弗蘭士問道，「他怎麼啦？」

「佩皮諾是一個很聰明的小夥子，他可不想炫耀，一般人得不到人家的注意，就要大發脾氣，而他卻很高興看到大眾的注意力都放在他的同伴身上。他就趁著大家不注意，混入人群裡溜走了，甚至連感謝的話都沒有對那兩個陪伴過他的高尚教士說。唉，人真是一種忘恩負義、自私自利的畜生。但您換衣服吧。瞧，馬瑟夫先生已經給您做榜樣了呢。」

果然，阿爾培已經下意識地把他那條塔夫綢褲子套在他的黑褲子和擦得錚亮的皮靴上了。

「嗨！阿爾培，」弗蘭士問道，「難道您真想去狂歡嗎？啊，實話對我說吧。」

「不，」他說道，「不過說真的，看到那樣一種場面，我現在感到非常高興，我完全領會伯爵先生說的話了，當你對這麼一個場面習以為常時，那其他的場面就不會再使你激動了。」

「這是千載難逢的研究人性的良機，」伯爵說道，「**在斷頭台的踏級上，死亡撕掉了人一生所戴的假面具，使人的真面目徹底暴露**。應該說，安德里的面目十分醜惡……醜陋的傢伙！……我們穿衣服吧，二位，我們穿衣服吧！」

弗蘭士再拖拖拉拉，不學他的兩個同伴給他做的榜樣，那未免太可笑了。於是，他也穿上衣服，戴上面罩，那面罩肯定不會比他的那張臉更加蒼白。

穿好衣服後，大家下樓。馬車已經等在門口了，車子裡堆滿了彩紙屑和花束。

他們的馬車很快匯入了車流。

很難設想剛才的場景和眼前的一幕竟然有這樣的天壤之別。在波波洛廣場上，死的陰鬱和沉寂，已經被狂歡的熱烈和喧鬧所取代。戴著假面具的人群從四面八方不斷湧來，有從門裡跑出來的，有從窗口爬下來的。馬車也從各個街口滾滾而來，車上坐滿了不同扮相的人，有的身穿小丑服、有的穿著帶風帽的黑色長外套、有的裝扮成喜劇中的侯爵、還有戴半邊面具的男男女女，侯爵夫人，勒司斐人，騎士和農民。大家高聲尖叫，打打鬧鬧，裝腔作勢，投擲裝滿麵粉的蛋殼、彩紙屑和花束，一邊與別人唇槍舌劍，一邊用可投擲的物品到處攻擊人，大家你來我往不分敵友，是同伴還是陌生人，誰也沒有權利惱火，只能報以大笑。

弗蘭士和阿爾培和那些借酒消愁的人一樣，在喝醉了以後，就覺得一重厚厚的紗幕已隔開了過去和現在。他們仍然可以看到，或者確切地說他們繼續感到之前所見的情景在他們身上產生的影響。但慢慢地，他們也被這無處不在的興奮情緒所感染，他們覺得搖擺不定的理智就要離他們而去，一種說不清的欲望，吸引著他們加入這喧鬧、騷動和眩暈之中。附近的一輛馬車裡拋來了一把五色碎紙，把車上的三位同伴撒得滿身都是，馬瑟夫的脖子上和面具未遮住的那一部分臉上像是被一百隻小針刺中似的弄得怪癢的，這樣，終於促使他投入這場混戰中。他站起身來，抓起幾把裝在馬車裡的五色碎紙，使勁向他左面的人投去，表示他也是深諳此道的老手。

戰鬥順利地展開了。半小時前所見的那一幕情景留下的印跡漸漸地在兩個青年的腦子裡消失了，他們完全被眼前五彩繽紛、變化莫測、熱烈瘋狂的景象所吸引，面對這樣的情景，基督山伯爵卻始終無動於衷。

試想那一條寬闊華麗的高碌街，兩旁從頭到尾都聳立著巍巍的大廈，所有窗台都拉上帷幔，所有窗戶都掛滿彩旗，在這些陽台上和窗口裡，有三十萬看客——羅馬人、義大利人，還有從世界各地來的外國人，他們都是貴族，有的世承爵位、有的富可敵國、還有的天賦過人，可愛的女人們也被這種場面深之吸引，或倚著陽台，或靠著窗口，向經過的馬車拋撒五色碎紙，馬車裡的人則以花球作回報。天空似乎要被這些飛舞著往下落的彩紙和往上扔的鮮花遮住了。街上擠滿了興奮的人群，都穿著稀奇古怪的服裝——碩大無比的大頭鬼目中無人地走來走去，水牛頭在人的身體上哞哞叫，狗被擠得只能抬起前爪用兩條後腿走路。在這一切嘈雜當中，一個假面具揭開了，而像卡洛的《聖安東尼之誘惑》裡所作的那樣，露出了一個可愛的面孔。人們很想隨她而去，但一群宛如夢境中的那種魔鬼突然出現把你們隔開了，以上的描述可以使你對於羅馬的狂歡節有一個粗略的概念。

馬車轉了兩圈，伯爵吩咐停下來，同他的兩個同伴告別，留下馬車聽憑他們使用。弗蘭士抬眼一看，他們正在羅斯波麗宮的對面。在宮殿中央的窗口上，掛著繡著紅十字的白色錦緞。一個穿帶風帽的藍色長外套的人站在那裡，弗蘭士一下子便聯想到她就是劇院的那個漂亮的希臘女人。

「兩位先生，」伯爵跳下馬車說道，「等你們厭倦當演員，而想重新成為觀眾時，你們知道在我的窗口上會有你們的座位的。現在我的馬車夫、馬車和僕人聽憑二位的吩咐。」

我們忘了補充一句，伯爵的車夫是穿著一套熊皮的衣服，和《熊與巴乞》一劇裡奧德萊所穿的那種服裝一模一樣，站在馬車後面的兩個跟班則打扮成兩隻綠毛猴子，衣服非常合體，還戴著彈簧面具，對路人扮著鬼臉。

弗蘭士感謝伯爵的熱情幫助。阿爾培呢，他正在與一馬車的羅馬女農民調情，並向她們猛扔花束。這會兒這輛馬車也像伯爵的馬車一樣受堵，停下來等著。

不幸的是，因為馬車行列又動了起來，他的那輛下坡向波波洛廣場駛去，而吸引他注意力的那一輛卻沿山坡駛向威尼斯宮。

「啊！我親愛的！」他對弗蘭士說道，「你沒看見嗎？……」

「看見什麼？」弗蘭士問道。

「呃，這輛剛剛開走的、載滿羅馬農婦的敞篷四輪馬車。」

「沒有。」

「啊哈！我有把握，都是迷人的女人。」

「真不幸你戴著面罩，親愛的阿爾培，」弗蘭士說道，「這可是彌補你情場失意的機會呀。」

「哦！」他帶著默認的神情微笑著答道，「我希望狂歡節結束前，老天總會給我帶來一些補償。」

雖說阿爾培滿懷希望，但整整一天過去了，他除了與那一輛載滿羅馬農婦的馬車邂逅兩三次而外，並無其他豔遇。在其中一次相遇中，或是出於偶然，或是阿爾培故意所為，他的面罩居然落下來了。

在這次相遇時，他拿起剩下的花朵，全部扔進那輛馬車裡了。

不用說，那群被阿爾培認定是漂亮女子的打扮妖嬈的農婦中，有一位被他這種賣弄風情打動了，因為當這兩位朋友的馬車再次擦身而過時，她竟然也把一束紫羅蘭扔了過來。

阿爾培趕忙去拿鮮花。由於弗蘭士沒有任何理由想到鮮花是送給他的，他便讓阿爾培給奪去了。阿爾培得意揚揚地把花束插在自己衣服的鈕扣孔裡，馬車接著揚長而去。

「好嘛！」弗蘭士對他說道，「豔遇開了頭啦。」

「您儘管嘲笑吧，」他答道，「不過，說真的，我覺得的確如此哩。所以說，我是不會扔掉這束花啦。」

「當然啦，我相信！」弗蘭士笑著說道，「這是定情之物。」

不過，戲言很快就演變成為事實，因為隨著車流的湧動，弗蘭士和阿爾培與農婦們的馬車再次相遇，剛才向阿爾培扔鮮花的那個女農看見她的花插在阿爾培的鈕扣孔裡時，高興地鼓起掌來了。

「好哇，親愛的，好哇！」弗蘭士對他說道，「這好戲開場啦！你要我離開你嗎，你更想一個人應對嗎？」

「不，」他說道，「我們別冒冒失失的。我不能像白癡一樣，一點暗示就讓我們繳械投降，就像歌劇中的場景，一在大鐘下約會，發現自己中了圈套。假如那個漂亮的農婦願意有所發展，我們明天會再看見她的，或者不如說她會再見到我們。到那時，她會對我進一步的表示，我就知道該怎麼辦了。」

「說真的，阿爾培，」弗蘭士說道，「你真可謂明智如涅斯托耳，謹慎不亞於尤利西斯。如果你的塞西終於把你變成一頭野獸，那麼她一定要滿腹心機或者神通廣大才行呢。」

阿爾培說得對。也許俊俏的陌生女人不想在這天讓這事發展得過快吧，因為雖然兩個年輕人又轉了幾圈，他們四處張望，再看不到那輛四輪馬車。它可能從鄰近的一條街跑掉了。

於是，他倆又回到羅斯波麗宮，不過伯爵與那個穿藍色披風的女人也不見了。那兩扇掛著黃色錦緞的窗口仍被一些人占著，依然被他邀請的人佔據著。

此時，宣佈狂歡節揭開序幕的那座鐘樓上，又敲響了這天到此結束的鐘聲。科爾索街上的車流立刻中斷了，轉眼間所有馬車都消失在斜穿而過的街道裡。

這時，弗蘭士和阿爾培已經到了馬拉特街的對面。

馬車夫默默無語地駕車穿過這條街，徑直沿著羅斯波麗宮駛入西班牙廣場，停在旅館門口。

派里尼老闆在大門口迎接他的賓客。

弗蘭士最關心的就是伯爵的去向，而且表示很抱歉，未能及時去接他。但是派里尼讓他放心，說基督山伯爵已經為自己租用了另一輛馬車，這輛車在下午四時就去羅斯波麗宮接他了。此外，他本人還受託把伯爵在愛根狄諾劇院的包廂鑰匙轉交給他的兩位朋友。

弗蘭士詢問阿爾培有何安排，阿爾培在考慮，去劇院之前有重大的計畫要去實施，因此他在回答之前，倒是先向派里尼老闆打聽能否為他找一個裁縫。

「一個裁縫，」旅館老闆問道，「幹什麼用啊？」

「明天，我們需要兩套高雅的羅馬農民服裝。」阿爾培說道。

派里尼老闆搖了搖頭。

「從現在到明天，給你們做兩套服裝！」他大聲說道，「我請求兩位閣下原諒，這是法國式的要求。兩套衣服！您在一個星期之內肯定找不到一個裁縫會同意僅僅縫製一件六個鈕扣的背心，哪怕您每個鈕扣付一個埃居也辦不到。」

「難道我只能放棄我的計畫嗎？」

「那倒不見得，因為我們有現成的。請讓我來安排吧，明天你們醒來時會看到包括衣服、帽子、上裝和褲子，你們會滿意的。」

「親愛的，」弗蘭士對阿爾培說道，「讓我們的旅館老闆去操辦吧，他已經給我證明他很有辦法。我們就安心去吃晚飯吧，吃過飯了去看《一個義大利女郎在阿爾及爾》。」

「我們就去看《一個義大利女郎在阿爾及爾》吧。不過，派里尼老闆，請您想著點兒，我和這位先生，」他指著弗蘭士接著說道，「事關重大，明天一定要為我們準備好所要的服裝。」

旅館主人再次向兩位客人保證，他們無須再擔心，一定會如願以償。弗蘭士和阿爾培上樓去脫去小丑的衣服。

阿爾培脫下衣服時，小心翼翼地保存好紫羅蘭花，因為這是次日的識別標誌啊。

兩個朋友在餐桌前就座。不過阿爾培在吃飯時，不禁發現派里尼老闆的廚師與基督山伯爵的廚師兩者的烹調技術之間有著天壤之別。這樣的事實迫使弗蘭士不得不承認，儘管他對伯爵心存芥蒂，在這種對比之下，派里尼老闆的廚師只能甘拜下風。

在吃甜點時，僕人詢問兩位年輕人要車的時間。阿爾培和弗蘭士彼此看了一眼，擔心唐突。僕人明白他們的想法。

「基督山伯爵大人明確吩咐過，」他對他倆說，「馬車整天都歸兩位大人調遣。兩位大人不必擔心失禮，儘管使用好了。」

兩個年輕人決定徹底享受伯爵的殷勤關照，便下令備馬，他們去換一套晚禮服，因為白天原來那套服裝已經經歷了無數次戰鬥的洗禮，現在看起來已經有點兒皺巴巴的了。

一番打扮之後，他們便去愛根狄諾劇院，在伯爵的包廂裡安頓下來。

G伯爵夫人在第一幕開演後走進她的包廂。她首先向頭天晚上她看見伯爵的那個方向張望，卻看見了弗蘭士和阿爾培坐在那人的包廂裡。就在二十四小時之前，她曾向弗蘭士發表了對伯爵的一通奇怪想法。

她的望遠鏡頻頻地對準了弗蘭士，以至於他看出，他要是拖延下去，不滿足她的好奇心，那就有點兒殘忍了。因此，兩位朋友利用了義大利劇院的觀眾把看戲的包廂變成接見室的特權，離開了自己的包廂去向伯爵夫人請安了。

他們才走進她的包廂，她就示意弗蘭士坐在她旁邊的榮譽席上。

輪到阿爾培坐在後面。

「怎麼啦？」她還沒等弗蘭士坐定便問道，「似乎您除了急於認識再生的羅思文勳爵之外就沒事可幹了，你們成了忘年交了嗎？」

「我們之間的交往還沒如您說的那麼親密，不過我不否認，伯爵夫人，」弗蘭士答道，「我們整天都在享受他的殷勤招待。」

「什麼，整整一天？」

「當然啦，說得不過分。今天早上，我們接受了他的早餐，而且整個狂歡節過程中，我們用他的車子遊遍了科爾索街。最後，今天晚上，我們坐在他的包廂看戲。」

「那麼您原來就認識他了？」

「又認識又不認識。」

「這話怎麼講呢？」

「說來話就長了。」

「您願意對我說說嗎？」

「會嚇壞您的。」

「那就更要說了。」

「至少等到這個故事告一段落再說吧。」

「行，我就愛聽有開頭有結局的故事。現在，你們是怎樣認識的呢？誰把您引見給他的啊？」

「沒有人，相反是他主動讓人把自己介紹給我們的。」

「什麼時候？」

「昨天晚上離開您之後。」

「誰是中間人？」

「啊！我的上帝！說起來平淡無奇，通過我們旅館老闆認識他的。」

「這麼說他與你們一樣，住在西班牙廣場上的那家旅館裡了？」

「不僅同住一家旅館，而且同住在一層樓上。」

「他叫什麼名字？因為您想必知道他的姓名了吧？」

「完全清楚，叫基督山伯爵。」

「什麼怪名字？不像是族名。」

「不，這是他買下的一座島的名字。」

「他是伯爵嗎？」

「托斯卡納的伯爵。」

「這一點沒什麼好談的了，」伯爵夫人說道，她本人就是一個威尼斯附近的最悠久世家的後裔，「那麼他為人如何？」

「請問馬瑟夫子爵吧。」

「您聽見了嗎，先生，有人把我打發到您這裡來。」伯爵夫人說道。

「要是我們再不覺得他為人有風趣，我們也就實在太難討好啦，夫人。」阿爾培答道，「有十年情誼的老友不見得比他為我們做的事更多，而且舉止優雅，應對自如，彬彬有禮，顯然是一位善於交際的人物。」

「算了吧，」伯爵夫人笑著說道，「我看我那位殭屍只是一位百萬富翁罷了。他想讓別人原諒他的幾百萬家產，他會擁有萊拉的眼光，使別人不至把他跟德・羅特希爾德先生混同起來。呃，她呢，您看見她了？」

「哪個她？」弗蘭士笑著問道。

「昨天那個美麗的希臘女人。」

「沒有。我想，我們聽到過她彈月琴的聲音，但人卻沒有看到。」

「親愛的弗蘭士，你說『沒有露面』，這確實是要製造神秘，」阿爾培說道，「那麼待在那扇掛起白色錦緞帷幔的窗口上的那個穿藍色披風的人又是誰呢？」

「掛著白色錦緞帷幔的窗口在哪兒啊？」伯爵夫人問道。

「在羅斯波麗宮。」

「那麼伯爵在羅斯波麗宮佔有三扇窗口了？」

「是的。您經過了高碌街嗎？」

「當然。」

「好啦！那麼您有沒有注意到在兩扇窗口上掛著黃色錦緞帷幔，還有一扇窗口上掛著白色帷幔，上面還繡有一個紅十字嗎？這三扇窗口是伯爵租下的。」

「哎喲！那麼這個人是一個大富翁了？您知道狂歡節的一個星期時間，在羅斯波麗宮，也就是在科爾索大街最走俏的地段，這三扇窗口值多少錢嗎？」

「兩三百羅馬埃居吧。」

「不如說兩三千呢。」

「上帝呀！」

「他的島能給他帶來這麼多收益嗎？」

「他的島？那裡一個銅板也生長不出來啊。」

「那他為什麼買下它呢？」

「出於一時衝動。」

「那麼他是一個奇人了？」

「的確，」阿爾培說道，「在我看來，他多少有點兒怪僻。如果他住在巴黎，而且常常去看戲，那麼我就會說他把世界當做戲場，他自己扮演了憤世嫉俗的丑角，或者他是一個被文學作品弄得神魂顛倒的書呆子。的確，他今天早晨上演的那兩三齣戲，大有達第亞或安多尼的作風。」

這時，有人來訪，按照慣例，弗蘭士把座位讓給新來者。這下子不僅換了座位，而且也換了話題。

一小時後，兩位朋友回到旅館。派里尼老闆已經對他倆次日穿的衣裝做好了安排。他保證他們一定會對他的辦事能力感到滿意的。

果然，到了次日九點鐘，他帶著一個裁縫走進了弗蘭士的房間，裁縫手裡拿了八到十套羅馬農民的服裝。兩位朋友從中挑選了兩套款式相同的服裝，與他們的身材非常相稱，然後叫旅館老闆派人在他倆的帽子上縫製一條二十碼長的飾帶，並且給他們定做兩根漂亮的絲質腰帶，要色彩鮮豔的，那是下層人民在節日期間習慣纏在腰上的。

阿爾培急切地想知道這套新衣服是否適合他。這套衣裝包括一件藍絲絨短褂和一條藍絲絨褲子，一雙繡花邊長襪，一雙帶搭扣的鞋子和一件絲質背心。穿上這套別致的服裝，阿爾培更加風度翩翩。當他用腰帶紮緊他那修長的腰身，把帽子歪戴在頭上，拖下一束束披肩的飾帶時，弗蘭士不得不承認，這種服裝特別適合體格健美的某些民族表現他們的自然美。但有些服裝卻無法體現這樣的美，譬如說土耳其人吧，以前他們穿上絢麗多彩的長袍真是風流倜儻，但現在穿上帶雙排紐的藍禮服，戴上希臘無邊圓帽，那副醜陋的模樣，看上去不是活像一瓶瓶蓋上紅印戳的葡萄酒嗎？

弗蘭士對阿爾培大加讚賞，後者看著鏡中的自己，臉上也露出了自信而得意的微笑。

他倆正忙著打扮時，基督山伯爵走了進來。

「先生們，」他對他倆說道，「不管尋歡作樂時有人陪伴是多麼令人愉快，但來去自由更是其樂無窮，因此我來對你們說，今天和以後的幾天，我讓你們使用昨天你們用的那輛馬車。我們的旅館老闆大概對你們說過了，我在他那裡還有三四輛備用的，所以你們不會使我沒有馬車坐。隨意用吧，去玩樂也行，去辦正經事也行。如果有事商量，那麼我們就在羅斯波麗宮見面。」

兩個年輕人還想推讓幾句，然而他們確實沒有充分的理由拒絕這份盛情，何況這也正合他們心意，所以最後還是接受了。

基督山伯爵在他們的房間裡待了一刻鐘光景，海闊天空地談論各種各樣的事情。我們已經說過，他熟知各國的文學。在他的客廳牆壁上瞥一眼，弗蘭士和阿爾培就知道了他是一個美術愛好者。而從他無意間吐露的幾句話裡，他們知道他對科學也有涉獵，看來他尤其關心化學。

兩位朋友沒有回請伯爵一頓早餐的奢望，拿派里尼老闆拙劣的家常飯來交換他的精美菜餚，簡直令人貽笑大方。他倆直率地向他說出了自己的想法，他非常欣賞他們的體貼，也接受了他們的歉意。阿爾培被伯爵的風度給迷住了，要不是他懂得這麼多科學知識，他真會認為他是一個十足的紳士了。另一方面，完全可以自由支配馬車使他喜不自勝，他對那些嫵媚的農婦念念不忘，由於她們昨天出現時坐著一輛非常雅致的馬車，他很樂意繼續能跟她們並駕齊驅。

到了午後一點半鐘，兩位年輕人下樓了。車夫和幾個僕人早先想出了一個主意，將他們的制服套在獸皮服裝上，這使他們的神態比頭天晚上顯得更為怪誕，讓阿爾培和弗蘭士讚不絕口。

阿爾培多情的將那束枯萎的紫羅蘭插在他的鈕扣孔裡。

鐘聲響起來了，他們就出發了，沿著維多利亞街，向伏流街飛駛而去。

馬車轉到第二圈時，又一束紫羅蘭鮮花從載滿穿著奇裝異服的女人的馬車上落到了伯爵的馬車裡。阿爾培看到，和他的朋友一樣，昨天的那群農婦改了裝。或許是出於偶然，或許是出於心有靈屖，就在他殷勤地穿上她們的家鄉服裝時，她們也已換上了他小丑式樣的服裝了。

阿爾培把新鮮的花枝插在他的鈕扣裡，但他手裡仍然拿著那枝枯萎的花。當他再次與那輛馬車相遇時，他深情地把手中的那束花放在雙唇上。這個舉動似乎不僅使向他扔花的女郎感到欣喜，也使她那群熱情的女伴歡呼雀躍。

這天的氣氛與頭天晚上的氣氛同樣活躍，細心的觀察家甚至可能會發現今天比昨天還更熱鬧、更愉快一些。伯爵曾出現在他的窗口，可是當馬車再次經過時，他又不見了。

不用說，阿爾培和那個扔紫羅蘭花束的女小丑之間的調情延續了整整一天。

傍晚回旅館時，弗蘭士收到一封來自使館的信。通知他第二天他將榮幸地得到教皇陛下的接見。他以前每次到羅馬來，總要懇求並獲得這種恩典，由於受到宗教情緒的感染，還有感恩之情的鼓舞，他如果不到這位集一切美德於一身的聖彼德堡繼承者腳下去表示敬意，就不願離開這基督世界的首都。

所以那一天，他沒有多大的心情去想到狂歡節——儘管格里哥里十六外表仁慈，但任何人到了這位尊嚴高貴的老人面前，都會不自覺地產生一種敬畏之感。

從梵蒂岡回來的時候，弗蘭士有意避開了高碌街。他滿腦子都是虔敬的思想，擔心沾染到狂歡節瘋狂的歡樂，會褻瀆這種神聖的思想。

五點十分，阿爾培回來了，他興奮極了。那位女小丑又換上了農婦的服裝，在與阿爾培的馬車相遇時，她揭開她的假面具。

她真是個迷人的女子。

弗蘭士真誠地向阿爾培表示祝賀，他當之無愧地接受了他的祝賀。他說，從她那無法仿效的種種高雅的舉止來看，這個不知名的美人大概出身於名門望族。

於是他決定次日給她寫信。

弗蘭士在聽他詳細講述自己的經歷時，注意到阿爾培似乎有事要懇求他，然而，他遲疑著不好意思說出口。他堅持要他說，並且事先向他聲明，只要能有助他獲取幸福，他願意作出一切力所能及的犧牲。阿爾培再三推讓，直拖到從朋友之間的情誼和禮節來講都可以接受為止，最後，他向弗蘭士道出了心裡話，說假如次日弗蘭士能把馬車讓他獨自使用，就算幫了他的大忙了。

阿爾培認為，就是因為他的朋友不在場，那漂亮的農婦才肯大發慈悲，掀開她的面罩的。大家明白，弗蘭士絕不會自私自利，在朋友豔遇到來之際成為阿爾培的絆腳石。而且這次豔遇看來一定能夠既滿足他的好奇心也能鼓勵他的自信心。他確信他這位嘴巴不嚴的朋友一定會把經過的一切都告訴他。由於兩三年來他跑遍了義大利，卻從來沒有機會體驗這樣的豔遇，弗蘭士也很想知道如何應對這樣的情況。

於是他答應了阿爾培，並且表示自己只想次日在羅斯波麗宮的窗口上看看熱鬧就行了。

果然，次日，他看見阿爾培在下面一次又一次經過，他捧著一大束花，不用說，這花是用來傳遞情意的。這個想法很快就得到了證實，因為弗蘭士看見一個穿著粉紅色綢衣的迷人的女小丑的雙手上拿著同樣大的一束花，上面一圈白茶花非常耀眼。

因此，到了傍晚，阿爾培表現出來的已經不僅僅是高興，而是欣喜若狂了。阿爾培沒想到，不知名的美人竟會以同樣的方式來答覆他。弗蘭士迎合著他的意思，對他說，這些喧鬧聲已使他感到疲倦，他決定用次日整整一天時間來看看紀念冊，做些筆記。

確實，阿爾培沒有失算：第二天黃昏時分，弗蘭士看到他手舞足蹈地走進房來，拿著一張折成正方形的紙，興奮地揮舞著。

「怎麼樣！」他說道，「我沒猜錯吧？」

「她有回信了？」弗蘭士問道。

「看吧。」

他說最後這句話時，聲調之激動真是難以言述。弗蘭士接過便條，念道：

「星期二晚上七點鐘，在蓬替飛西街下車，跟隨那個搶走您『長生燭』的羅馬農民。當您到達聖・甲珂摩教堂第一階踏級的時候，務必請在您那套小丑服裝的肩頭綁上一綹玫瑰色緞帶，以資識別。從現在到那時，暫作小別。

望忠貞謹慎。」

「怎樣！」待弗蘭士看完信，他說，「你對此有何感想呢，親愛的朋友？」

「我想，」弗蘭士答道，「從事態的發展看，似乎這次邂逅相當順心啊。」

「我也這麼看，」阿爾培說道，「我怕是只能您一個人參加勃拉西諾公爵的舞會了。」

弗蘭士和阿爾培在當天上午已分別收到了這位羅馬著名銀行家的請柬。

「請注意，親愛的阿爾培，」弗蘭士說道，「到那個時候，所有的貴族都將出現在公爵府上，如果不知名的美女果真是個貴族，她也不會缺席的。」

「她去也罷不去也罷，我對她的看法是不會改變的，」阿爾培繼續說道，「你讀過便條了嗎？」

「是的。」

「你知道在義大利 **mezo cito**[102] 的婦女所受的教育是很可憐的嗎？」

102. mezo cito 就是所謂的中產階級。

「嗯。」弗蘭士又答道。

「那不就得了！再看看這封信，細看一下筆跡，並給我找出一個語法錯誤或是拼寫錯誤來。」

果然，字寫得端正娟秀，拼寫正確無誤。

「你是老天的寵兒。」弗蘭士對阿爾培說道，並再一次把紙條交還給他。

「隨你怎麼譏笑，什麼事都開玩笑，」阿爾培接著說道，「反正我愛上她啦。」

「啊！我的上帝啊！您讓我感到害怕！」弗蘭士大聲說道，「我看我不但得獨自到勃拉西諾公爵那兒去，而且也得獨自回佛羅倫斯哩。」

「事實是，假如我那位不相識的美人兒，其可愛程度不遜於她的美貌的話，我事先說明，我在羅馬至少要待上六個星期。我愛羅馬，再說，我對考古學始終抱有濃厚的興趣。」

「得啦，再來一兩次這樣的豔遇，我對你有朝一日成為銘文和文學學院的院士是不會感到吃驚的。」

阿爾培確實想認真討論一番他加入皇家學院的資格問題，但侍者來稟報兩位年輕人，晚飯已經準備好。不過，對阿爾培來說，愛情與他的食欲並不互相排斥。於是他與他的朋友急急忙忙地去進餐了，反正晚餐後再繼續討論也不遲。

晚餐後，僕人通報基督山伯爵到。兩個年輕人已有兩天沒有見到他了。據派里尼老闆說，有件事要他親自趕到契維塔韋基亞去處理。他昨晚動身，剛回來一個小時。

伯爵真是個可愛的人。不知道他究竟是有意克制著他自己呢，還是時機未到，曾經有兩三次在他感傷的談話中流露出來的刻薄本性，此時並沒有被喚醒，現在他的態度看起來與常人無異。這個人在弗蘭士眼中是一個謎。伯爵不會不懷疑年輕的遊客認出了他，但是，自從再次相遇以來，他從未說過一句能夠證明他們曾經相識的話。在弗蘭士這方面，他雖然非常想提起他們的第一次相遇，但是他卻擔心一旦說明，會引起對方的不快，而且對方又是這樣慷慨地招待他和他的朋友，所以他也只能隻字不提。

伯爵早先已得悉兩位朋友想在愛根狄諾戲院訂一個包廂，卻未能如願。

因而他給他們送自己包廂的鑰匙來了，至少，表面上看這是他來訪的目的。

弗蘭士和阿爾培一再推脫，他們擔心會給伯爵帶來不便，使他無法看戲。可是伯爵對他們說，他當晚去巴麗劇院，他在愛根狄諾戲院的包廂，假如他倆不用，就白白空著了。這番話使得兩個朋友決定接受。

弗蘭士已漸漸看慣伯爵那種蒼白的臉色，他第一次看見他的時候，這點曾經給他留下了非常強烈的印象。他必須承認伯爵臉上有一種嚴肅美，而那種美的唯一缺點，或更準確地說，主要的特徵，就在於那種蒼白。他就是拜倫詩裡的主角！弗蘭士雖說不能看到這主角，但想起伯爵就會聯想到曼弗雷特肩膀上或勒拉的頭盔下陰沉的那張臉。他的前額上刻著幾條皺紋，證明他時刻不忘某種痛苦；他的目光深邃，似乎能看透人心；他的嘴唇掛著倨傲和譏諷，說出的話會讓凡是聽過的人都會銘記在心。

伯爵已經不年輕了，少說也有四十歲。可是，他卻對他現在所交的這兩個青年有極大的影響力。事實上，伯爵除了與英國詩人筆下傳奇式的主人公相像而外，他似乎還具有天生的魅力。

阿爾培總是說他和弗蘭士很幸運能結識這樣的人。弗蘭士沒像他那麼熱情，不過他還是受到了某些影響，那是任何超凡脫俗的人都會對他周圍的人的思想上產生的那種影響。

他想伯爵已有兩三次提到要到巴黎去的打算，他毫不懷疑，憑著他那種怪異的個性，令人印象深刻的面孔和他那龐大的財富，一定會在那裡產生巨大的反響。

然而，當伯爵去巴黎時，他並不想在那裡。

這天晚上如同在義大利劇院裡的其他晚上一樣，聽眾並不在意演員的唱詞，而是熱衷於訪客和談天。G伯爵夫人本想把談話內容引向伯爵，但弗蘭士對她說，他有一件更為新奇的事情要對她說，儘管阿爾培裝出謙遜的模樣，他還是將那件大事講給伯爵夫人聽：三天來，這件大事是兩個朋友關注的重心。

由於這一類風流韻事，在義大利並不鮮見，伯爵夫人對此深信不疑。她恭喜阿爾培的這次豔遇有了良好的開端，並且祝願有個圓滿的結局。

他們分手時說定在勃拉西諾公爵的舞會上再見，全羅馬的名流都受到了邀請。

拋花束的女子很信守諾言，在第二、第三天，她都沒有給阿爾培任何資訊。

星期二到了，這是狂歡節最熱鬧也是最後的一天。星期二，劇院在上午十時就開門了，因為晚上八時一過，人們就要進入四月齋。星期二，凡是因為缺少時間、金錢或熱情，而沒有參加前幾天狂歡的人，也加入到狂歡的隊伍中來，在一片喧囂中，他們也貢獻了一份歡樂與激情。

從兩點到五點，弗蘭士和阿爾培一直隨著車流前進，與相對而行的馬車隊伍和行人、互撒彩紙屑，行人在馬腿之間和車輪之間穿行，在這片混亂中，竟沒有發生一件意外、一件糾紛，或一次毆鬥。節日是義大利人真正快樂的日子。本書作者旅居義大利五六年，卻從未聽說重大節日慶典曾發生過任何意外事故，而這種事故在我們的節日裡卻總是不可避免。

阿爾培穿著小丑的服裝神氣活現，他在肩上繫了一條粉紅色的綢帶，兩端一直拖到他的膝蓋。弗蘭士為了不讓人把他錯看成阿爾培，仍然穿著那身羅馬農民的服裝。

隨著時間的前進，喧囂聲也越來越大了。在人行道上，在馬車裡，在窗口裡，沒有一張嘴緊閉不語，沒有一條手臂靜止不動。這是一場人為的風暴，雷鳴般的叫喊，千萬人的歡呼，鮮花、蛋殼、橘子和花球所組成的風暴。

到了午後三點在這震耳欲聾的喧囂聲中，隱約傳來，在波子路廣場和威尼斯宮同時點放的焰火響聲，這炮聲向人們宣佈，賽馬即將開始。

賽馬與「長生燭」一樣，是狂歡節最後一天的特別節目。聽到焰火的響聲，馬車立刻離開排好的隊伍，隱入鄰近的橫街小巷裡去。

這一切動作熟練得令人難以相信，而且極其神速，警方根本不用費心去劃定觀眾的位置和行車路線。徒步的遊人都齊齊貼牆而立，接著就聽到了馬蹄的踐踏聲和鐵器的撞擊聲。

一對馬和兵並排十五個人，疾馳著越過行市街，為賽馬者掃清道路。當那一隊人馬到達威尼斯宮的時候，第二組炮聲接連響起，宣告街道已經肅清。

幾乎立刻，在一陣衝破雲霧的呼喊聲中，只見七八匹馬受到三十萬觀眾的吶喊聲的鼓舞和馬刺的刺激，像幽靈一樣疾馳而過。然後，聖‧安琪堡連放三聲大炮，表示得勝的是第三號。

立刻，不用任何其他信號，馬車出動了，從各條大街小巷裡擁出來，向高索街流去，好似無數條被暫時阻斷的急流，又瀉入大河，這股巨流來勢迅猛，在花崗岩的兩岸之間繼續奔騰。

不過，在人群之中又摻雜了另一種聲音，另一個動態，原來是賣長生燭的商販粉墨登場了。

長生燭，實際上就是蠟燭，其大小不一，從復活節的大蠟燭到線蠟燭，這是狂歡節最後的一個節目，凡是參加這個大場面的演員，要做兩項截然不同的任務：

（一）保住自己的長生燭不熄滅。

（二）熄滅他人的長生燭。

長生燭猶如生命。人類還只找到一種繁衍後代的方法，而那是上帝所賜予的。

但人類卻發明了成千種消滅生命的方法，至於怎樣死，人多少得到鬼魔的幫助，這倒是真的。要點燃長生燭只有用火。

但誰能列舉出那成千種熄滅長生燭的方法？——巨人似的口風、奇形怪狀的熄燭帽、超人用的扇子。於是人人爭先恐後購買長生燭，弗蘭士和阿爾培也不例外。

夜色很快降臨了。隨著一聲「賣長生燭喲！」的尖叫聲，上千個小販也以刺耳的叫喊聲遙相呼應，兩三點星火已經在人頭簇擁的上方閃現。這是另一個信號。

十分鐘後，五萬支閃閃爍爍的燭光從威尼斯宮蜿蜒而下，直至民眾廣場，又從民眾廣場漸次而上抵達威尼斯宮。

簡直可以說這是鬼火節。

不是親身目睹的人是難以想像這種情景的。

請設想所有的星星都從天上飛落下來，和人們一道狂舞。

何況這一切還伴有地球上所有其他地方的人從未聽見過的叫喊聲。

尤其在這時候，人們已經沒有了富貴低賤之分。苦力追著親王，親王追著鄉下人，鄉下人追著城裡人，每一個人都在吹、熄、重點。要是「風伯」在這時出現，他就會宣稱自己是長生燭之王，而指定北風使者作自己的繼任。

這場燭光閃閃的瘋狂的角逐持續了將近兩個小時，高祿街被照得如同白晝。可以看見四五樓上看客的面容。

每隔五分鐘，阿爾培就掏出懷錶看看，終於時針指向七點了。

這時，兩個朋友正巧位於蓬替飛西街上。阿爾培跳下馬車，手上擎著蠟燭。

有兩三個戴假面具的人走近他，想吹滅他的蠟燭，或者搶走他的蠟燭，但是阿爾培的拳擊高超，他把他們一個個打出十步開外，繼續向聖·甲珂摩教堂跑去。

教堂的台階上擠滿了好奇的看客和戴面罩的人，他們都在爭搶著奪取他人手中的燭火。弗蘭士目送著阿爾培，看見他踏上了第一級台階，幾乎與此同時，一個戴面罩的人，身穿農婦服裝令人覺得眼熟，伸長了胳膊，一下奪走了阿爾培手上的蠟燭。這一次，他沒有任何反抗的表現。

弗蘭士離得太遠，聽不見他們的交談。不過可以肯定的是，話中毫無敵意，因為他看見阿爾培和農婦臂挽臂地走開了。

有一會兒他在人群中目送著他們，但到了馬西羅街，他倆便從他的視野中消失了。

突然，發出狂歡節閉幕信號的鐘聲響了。與此同時，所有的蠟燭被施魔法般，通通熄滅。又好似一陣狂風把一切蠟燭都吹滅了。

弗蘭士置身於無盡的黑暗之中。

所有的叫喊聲都驟然停止了，好似帶走光明的勁風同時也把聲音卷走了。

只聽到四輪馬車把戴假面具的人送回家去時發出的粼粼輪聲。只看到一些窗後透出的閃閃微光，除此而外，萬籟俱寂，一片漆黑。

狂歡節結束了。

請續看《基督山恩仇記》中冊

經典新版世界名著：16

基督山恩仇記(上)【全新譯校】

作者：〔法〕大仲馬
譯者：赫易 / 王琦
發行人：陳曉林
出版所：風雲時代出版股份有限公司
地址：10576台北市民生東路五段178號7樓之3
電話：(02) 2756-0949
傳真：(02) 2765-3799
執行主編：劉宇青
美術設計：吳宗潔
行銷企劃：林安莉
業務總監：張瑋鳳

初版日期：2021年1月
版權授權：鄭紅峰
ISBN：978-986-352-916-3

風雲書網：http://www.eastbooks.com.tw
官方部落格：http://eastbooks.pixnet.net/blog
Facebook：http://www.facebook.com/h7560949
E-mail：h7560949@ms15.hinet.net
劃撥帳號：12043291
戶名：風雲時代出版股份有限公司

風雲發行所：33373桃園市龜山區公西村2鄰復興街304巷96號
電話：(03) 318-1378
傳真：(03) 318-1378
法律顧問：永然法律事務所 李永然律師
北辰著作權事務所 蕭雄淋律師

行政院新聞局局版台業字第3595號 營利事業統一編號22759935

定價：480元

國家圖書館出版品預行編目資料

基督山恩仇記 / 大仲馬著；赫易, 王琦譯. -- 臺北市：風雲時代出版股份有限公司, 2020.12　冊；　公分
譯自：Le Comte de Monte-Cristo
ISBN 978-986-352-916-3 (上冊：平裝).--

876.57　　109017997